Der
Friedhof
in Prag

Umberto Eco, 1932 in Alessandria geboren, lebt heute in Mailand. Er studierte Pädagogik und Philosophie und promovierte 1954 an der Universität Turin. Anschließend arbeitete er beim italienischen Fernsehen und war als freier Dozent für Ästhetik und visuelle Kommunikation in Turin, Mailand und Florenz tätig. Seit 1971 unterrichtet er Semiotik in Bologna.

Burkhart Kroeber, 1940 geboren, übersetzte u. a. Bücher von Umberto Eco, Italo Calvino und *Die Brautleute* von Alessandro Manzoni. 2011 erhielt er den Wieland-Preis.

Umberto ECO

Der Friedhof in Prag

Roman

Aus dem Italienischen von
Burkhart Kroeber

Weltbild

Die italienische Originalausgabe erschien 2010 unter dem Titel
Il Cimitero di Praga bei Bompiani, Mailand.

Die Übersetzung wurde durch ein
Stipendium des Deutschen Übersetzerfonds gefördert.

Besuchen Sie uns im Internet:
www.weltbild.de

Genehmigte Lizenzausgabe für Verlagsgruppe Weltbild GmbH,
Steinerne Furt, 86167 Augsburg
Copyright der Originalausgabe © 2010 by
RCS Libri S.p.A. Bompiani, Milano
Copyright der deutschsprachigen Ausgabe © 2011 by
Carl Hanser Verlag, München
Übersetzung: Burkhart Kroeber
Umschlaggestaltung: bürosüd°, München
Umschlagmotiv: GlowImages.com (© Bjorn Andren/NordicPhotos)
Gesamtherstellung: GGP Media GmbH, Pößneck
Printed in the EU
ISBN 978-3-86365-437-5

2015   2014   2013   2012
Die letzte Jahreszahl gibt die aktuelle Lizenzausgabe an.

Weil spektakuläre Szenen notwendig sind, ja den Haupt-
teil einer historischen Erzählung ausmachen, haben wir
die Hinrichtung von hundert öffentlich gehängten Bürgern, diejenige von zwei lebendig verbrannten Kloster-
brüdern sowie das Auftauchen eines Kometen eingefügt,
lauter Ereignisse, die jedes soviel wie hundert Turniere
zählen und den Vorteil haben, den Geist des Lesers weiter
denn je von der Hauptsache abzulenken.

Carlo Tenca, *La ca' dei cani* (1840)

1.

Der Passant, der an jenem grauen Morgen

Der Passant, der an jenem grauen Morgen im März 1897 auf eigene Gefahr die Place Maubert überquert hätte – »la Maub«, wie sie im Ganovenmilieu genannt wurde (einst Zentrum des universitären Lebens im Mittelalter, Treffpunkt der Studenten, die an der Fakultät der Freien Künste am *Vicus Stramineus*, heute Rue du Fouarre, studierten, dann Pranger-, Folter- und Hinrichtungsstätte für Jünger des freien Denkens wie Étienne Dolet) –, wäre in eines der wenigen Viertel von Paris gelangt, das von den Planierungen des Barons Haussmann verschont geblieben war, ein Gewirr übelriechender Gassen, zerschnitten vom Lauf der Bièvre, die damals dort aus den Eingeweiden der Metropole herauskam, in denen sie so lange eingepfercht gewesen war, um sich fiebernd, gurgelnd und voller Würmer in die nahe Seine zu ergießen. Von der Place Maubert, die heute durch den Boulevard Saint-Germain verunstaltet wird, gelangte man damals in eine Vielzahl enger Sträßchen wie der Rue Maître-Albert, der Rue Saint-Séverin, der Rue Galande, der Rue de la Bûcherie und der Rue Saint-Julien-le-Pauvre bis hinüber zur Rue de la Huchette, in denen es allerlei schmutzige kleine Hotels gab, meist geführt von Auvergnaten, Wirten mit einer legendären Habgier, die für die erste Nacht einen ganzen Franc nahmen und für die folgenden vierzig Centimes (plus zwanzig Sous, wenn man auch ein frisches Laken wollte).

Wäre unser Passant dann in jene Straße eingebogen, die später Rue Frédéric-Sauton heißen sollte, aber damals noch Rue d'Amboise hieß, so hätte er etwa in ihrer Mitte, zwischen einem als Bierlokal getarnten Bordell und einer Taverne, in der man, zu billigstem Wein, für zwei Sous speisen konnte (was schon damals sehr wenig war, aber gerade soviel, wie die Studenten der nahen Sorbonne es sich leisten konnten), rechts eine Sackgasse gefunden, die schon damals Impasse Maubert hieß, aber bis 1865 Cul-de-sac d'Amboise genannt wurde und in früheren Jahren einen *tapis-franc* beherbergt hatte (so hieß im Jargon des Milieus eine Spelunke, eine Kaschemme untersten Ranges, die gewöhnlich von einem Exhäftling geführt und von frisch aus dem Knast Entlassenen frequentiert wurde), und die auch deshalb zu traurigem Ruhm gelangt war, weil sich dort im 18. Jahrhundert das Laboratorium dreier berühmter Giftmischer befunden hatte, die eines Tages tot darin aufgefunden worden waren, erstickt von den Ausdünstungen der Substanzen, die sie auf ihren Brennern destilliert hatten.

Am Ende dieser Sackgasse tat sich ganz unbeachtet das Schaufenster eines Trödlerladens auf, dessen Auslage ein verblasstes Firmenschild als *Brocantage de Qualité* anpries – ein nicht sehr transparentes Schaufenster, wegen des dicken Staubes, der auf den Scheiben lag, die im übrigen auch nur wenig von der ausgestellten Ware und dem Inneren zeigten, da jede von ihnen, eingefasst von einem hölzernen Rahmen, kaum mehr als zwanzig Zentimeter hoch und breit war. Neben diesem Schaufenster hätte unser Passant eine Tür erblickt, die immer geschlossen war, und neben dem Draht einer Klingel ein Schildchen, auf dem zu lesen stand, dass der Eigentümer vorübergehend abwesend sei.

Wäre jedoch, was selten geschah, die Türe offen gewesen, so hätte der Eintretende im ungewissen Licht jenes Raumes, verteilt auf wenige schiefe Regale und einige ebenso wacklige Tische, eine Anhäufung von Gegenständen gesehen, die auf den ersten Blick begehrenswert aussehen mochten, bei genauerem Hinsehen sich jedoch als ganz und gar unbrauchbar für jeden ehrlichen Handel erwiesen, auch wenn sie zu ebenso verschlissenen Preisen angeboten würden. So zum Beispiel zwei verbogene Feuerböcke, die jeden Kamin geschändet hätten, eine Pendeluhr aus teilweise abgesplitterter blauer Emaille, verblichene Kissen, die vielleicht einmal in lebhaften Farben bestickt waren, hohe Blumenständer mit Putten aus angestoßener Keramik, schwankende Tischchen in unklarem Stil, ein Briefkartenkörbchen aus verrostetem Eisen, undefinierbare Schachteln mit Brandmalerei, abscheuliche Fächer aus Perlmutt mit chinesischen Motiven, eine Halskette offenbar aus Bernstein, zwei weiße Leinenschühchen mit glasdiamantbesetzten Schnallen, eine angeschlagene Napoleonbüste, Schmetterlinge unter gesprungenem Glas, Früchte aus buntem Marmor unter einer einst durchsichtigen Glasglocke, Kokosnüsse, alte Alben mit bescheidenen Blumenaquarellen, ein paar gerahmte Daguerreotypien (die zu jener Zeit noch gar nicht den Reiz einer Antiquität hatten) – so dass einer, der plötzlich, verruchterweise von einem dieser elenden Überreste alter Pfändungen verarmter Familien angezogen, den misstrauisch blickenden Eigentümer gefunden und ihn nach dem Preis gefragt hätte, mit einer Summe konfrontiert worden wäre, die selbst den verrücktesten Sammler antiquarischer Missbildungen entwaffnet hätte.

Und wäre der Besucher schließlich kraft eines Passierscheins durch eine zweite Türe geschritten, die das Innere des Ladens von den oberen Stockwerken des Gebäudes trennte, und hätte die Stufen einer knarzenden Wendeltreppe erklommen, wie sie charakteristisch für jene schmalen Pariser Häuser ist, deren Fassaden kaum breiter als ihre Haustüren sind (jedenfalls dort, wo sie sich schräg und schief aneinanderreihen), so wäre er in einen weiträumigen Salon getreten, der nicht den Plunder des Erdgeschosses zu beherbergen schien, sondern eine Sammlung ganz andersartiger Objekte: ein dreibeiniges Empiretischchen, dessen Beine mit Adlerköpfen verziert waren, einen Spieltisch, gestützt von einer geflügelten Sphinx, einen barocken Wandschrank, ein Bücherregal aus Mahagoniholz, auf dem sich an die hundert in kostbares Maroquinleder gebundene Bücher reihten, einen Schreibtisch von jener Sorte, die man die »amerikanische« nennt, mit Rollverschluss und vielen Schubfächern wie ein Sekretär.

Und wäre der Besucher ins Nebenzimmer gegangen, so hätte er dort ein luxuriöses Himmelbett vorgefunden, eine rustikale Étagère mit Porzellanfiguren aus Sèvres, einer türkischen Wasserpfeife, einer großen Alabasterschale, einer Kristallvase, und an der Wand dahinter Paneele mit mythologischen Szenen, zwei große Ölbilder, auf denen die Musen der Geschichte und der Komödie zu sehen waren, sowie verschiedentlich an den Wänden arabische Barrakane, andere orientalische Tücher aus Kaschmirwolle, eine antike Feldflasche für Pilger, auch eine Waschschüssel auf einem schmiedeeisernen Ständer mit einer Zwischenetage voller Toilettengegenstände aus kostbaren Materialien – kurzum, ein bizarres Ensemble kurioser und teurer Objekte, das vielleicht nicht von einem besonders kohärenten und raffinierten Geschmack zeugte, wohl aber von einem Wunsch nach demonstrativ ausgestellter Opulenz.

Zurück im vorderen Salon, hätte der Besucher vor dem einzigen Fenster, durch das jenes bisschen Licht eindrang, das die Impasse erhellte, am Tisch sitzend einen älteren Herrn im Morgenrock wahrgenommen, der, soweit der Besucher es über seine Schulter spähend hätte erkennen können, gerade dabei war zu schreiben, was wir nun zu lesen uns anschicken und was der ERZÄHLER bisweilen zusammenfassen wird, um die Geduld des LESERS nicht allzusehr zu strapazieren.

Auch möge der LESER jetzt nicht erwarten, dass der ERZÄHLER ihm gestehe, wie überrascht er in dem Schreibenden einen schon früher Genannten wiedererkannt habe, denn da ja diese Geschichte eben jetzt erst beginnt, ist vorher noch niemand genannt worden, und selbst der ERZÄHLER weiß noch nicht, wer dieser geheimnisvolle Schreiber ist, und nimmt sich vor, es gemeinsam mit dem LESER zu erkunden, während beide ihm zudringlich über die Schulter spähen und die Zeichen verfolgen, welche die Feder des Fraglichen auf das Papier kritzelt.

2.

Wer bin ich?

24. März 1897

Es bereitet mir eine gewisse Verlegenheit, mich ans Schreiben zu machen, als würde ich meine Seele entblößen auf Anordnung – nein, Gott bewahre! sagen wir: auf Anraten – eines deutschen Juden (oder eines österreichischen, aber das kommt auf dasselbe hinaus). Wer bin ich? Vielleicht frage ich mich besser nach den Leidenschaften, die ich vielleicht noch habe, als nach den Tatsachen meines Lebens. Wen liebe ich? Mir kommen keine geliebten Gesichter in den Sinn. Ich weiß, dass ich die gute Küche liebe. Beim bloßen Aussprechen des Namens »La Tour d'Argent« erfasst mich ein Zittern am ganzen Leibe. Ist das Liebe?

Wen hasse ich? Die Juden, möchte ich sagen, aber die Tatsache, dass ich so eilfertig auf die Anregungen jenes österreichischen (oder deutschen) Doktors eingehe, spricht eher dafür, dass ich nichts gegen die verdammten Juden habe.

Über die Juden weiß ich nur das, was mich mein Großvater gelehrt hat: »Sie sind das gottlose Volk par excellence«, erklärte er mir. »Sie gehen von der Idee aus, dass sich das Gute hier auf Erden verwirklichen muss, nicht im Jenseits. Daher tun sie alles, um diese Welt zu erobern.«

Die Jahre meiner Kindheit waren beherrscht und verdunkelt von ihrem Phantom. Der Großvater beschrieb mir jene lauernden Augen, die einen so falsch ansehen, dass man unwillkürlich erbleicht, jenes schleimige Lächeln, jene hyänengleich über die Zähne zurückgezogenen Lippen, jene schweren, verderbten, verrohten Blicke, jene vom Hass eingegrabenen Falten zwischen Nase und Lippen, die niemals zur Ruhe kommen, jene Hakennase gleich dem Schnabel eines exotischen Vogels... Und das Auge, ah, das Auge... Fiebrig rollt es mit seiner Pupille in der Farbe gerösteten Brotes und enthüllt Krankheiten der von den Sekreten eines achtzehn Jahrhunderte währenden Hasses zerfressenen Leber, beugt sich über tausend winzige Runzeln, die mit dem Alter zunehmen, doch schon mit zwanzig Jahren scheint der Jude verwelkt wie ein Greis. Wenn er lächelt, ziehen sich seine dicken Lider zu einem schmalen Schlitz zusammen, was manche für ein Zeichen von Schläue halten, was aber eines von Lüsternheit sei, wie mein Großvater präzisierte... Und als ich groß genug war, um zu verstehen, erklärte er mir, dass der Jude nicht nur eitel ist wie ein Spanier, ignorant wie ein Kroate, gierig wie ein Levantiner, undankbar wie ein Malteser, unverschämt wie ein Zigeuner, dreckig wie ein Engländer, schmierig wie ein Kalmücke, herrisch wie ein Preuße und lästerlich wie ein Piemontese aus Asti, sondern auch ehebrecherisch aus unbezähmbarer Geilheit – was von der Beschneidung kommt, die sie erektionsfreudiger macht, bei monströser Diskrepanz zwischen der Zwergwüchsigkeit ihres Körperbaues und dem Schwellvermögen dieses ihres halbverstümmelten Auswuchses.

Von den Juden habe ich Nacht für Nacht geträumt, jahrelang.

Zum Glück bin ich niemals einem begegnet, abgesehen von der kleinen Nutte aus dem Turiner Ghetto, als ich ein Junge war (aber wir haben nicht mehr als zwei Worte gewechselt), und von diesem österreichischen Doktor (oder deutschen, aber das kommt auf dasselbe hinaus).

Die Deutschen habe ich kennengelernt, und ich habe sogar für sie gearbeitet: die denkbar niedrigste Stufe der Menschheit. Ein Deutscher produziert im Durchschnitt doppel soviel Fäkalien wie ein Franzose. Hyperaktivität der Verdauungsfunktion zu Lasten der des Hirns, die ihre physiologische Unterlegenheit zeigt. Zur Zeit der Barbareneinfälle übersäten die germanischen Horden ihre Wege mit unsinnigen Haufen fäkaler Materie. Infolgedessen konnte ein französischer

Von den Juden habe ich Nacht für Nacht geträumt, jahrelang… (S. 12)

Reisender auch in früheren Jahrhunderten sofort an der abnormen Größe der Exkremente neben der Straße erkennen, ob er die elsässische Grenze schon überschritten hatte. Und wenn's nur das wäre: Typisch für den Deutschen ist auch die Bromhidrose, das heißt der unangenehme Schweißgeruch, und es ist bewiesen, dass bei einem Deutschen der Urin zwanzig Prozent Stickstoff enthält, während es bei den anderen Rassen nur fünfzehn sind.

Der Deutsche lebt in einem Zustand permanenter Verdauungsbeschwerden wegen seines exzessiven Bierkonsums und jener Schweinswürste, mit denen er sich vollstopft. Ich habe sie gesehen, eines Abends während meiner einzigen Reise nach München, in einer von jenen Schenken, die an profanierte Kathedralen erinnern, verraucht wie ein englischer Hafen, nach Speck und Schweinefett riechend, wie sie da dicht an dicht nebeneinandersitzen, sogar je zwei und zwei, sie und er, die Hände fest um jene Bierhumpen geklammert, die jeder allein den Durst einer Herde Dickhäuter stillen würden, Nase an Nase in einem tierischen Liebesdialog, wie zwei Hunde, die sich beschnuppern, mit ihrem brüllenden Gelächter, ihrer trüben gutturalen Heiterkeit, Gesichter und Leiber glänzend von einem immerwährenden Fett, das sie salbt wie das Öl die Haut der antiken Gladiatoren.

Sie nehmen den Mund voll mit ihrem *Geist*, was zwar im doppelten Sinne *spiritus* heißt, aber den Geist des Bieres meint, der sie von Jugend auf verblödet, was erklärt, warum jenseits des Rheins nie etwas Interessantes in der Kunst produziert worden ist, außer ein paar Gemälden mit abstoßenden Fratzen und Gedichten von tödlicher Langeweile. Zu schweigen von ihrer Musik – ich spreche gar nicht von diesem lärmenden und pathetischen Wagner, der jetzt auch die Franzosen so besoffen macht, aber nach dem wenigen, was ich gehört habe, sind auch die Kompositionen ihres Bach total unharmonisch und kalt wie eine Winternacht, und die Symphonien dieses Beethoven sind eine Orgie von Ungehörigkeit und Flegelei.

Ihr maßloser Bierkonsum macht sie unfähig, sich auch nur die geringste Vorstellung von ihrer Vulgarität zu machen, aber der Gipfel dieser Vulgarität ist, dass sie sich gar nicht schämen, Deutsche zu sein. Sie haben einen verfressenen und lüsternen Mönch wie Luther ernst genommen (kann man im Ernst eine Nonne heiraten?), bloß weil er die Bibel ruiniert hat, indem er sie in ihre Sprache übersetzte. Wer war es noch gleich, der gesagt hat, die Deutschen hätten die beiden großen europäischen Drogen missbraucht, den Alkohol und das Christentum?

Sie halten sich für tief, weil ihre Sprache unklar ist, ihr fehlt die *clarté* der französischen Sprache, sie sagt nie exakt das, was sie sollte, so dass kein Deutscher jemals weiß, was er sagen wollte – und dann verwechselt er diese Undeutlichkeit mit Tiefe. Es ist mit den Deutschen wie mit den Frauen, man gelangt bei ihnen nie auf den Grund. Unglücklicherweise hat mein Großvater mich diese ausdruckslose Sprache mit ihren Verben, die man beim Lesen angestrengt mit den Augen suchen muss, weil sie nie da stehen, wo sie sollten, als Kind zu lernen gezwungen, was angesichts seiner Austrophilie kein Wunder war. Und so habe ich diese Sprache hassen gelernt, ebenso wie den Jesuiten, der täglich ins Haus kam, um sie mir mit Stockschlägen auf die Finger beizubringen.

Seitdem jener Gobineau über die Ungleichheit der Rassen geschrieben hat, scheint es, wenn jemand schlecht über ein anderes Volk spricht, dass er sein eigenes für überlegen hält. Ich habe keine Vorurteile. Seit ich Franzose geworden bin (was ich bereits zur Hälfte durch meine Mutter war), habe ich begriffen, wie sehr meine neuen Landsleute faul, betrügerisch, nachtragend, eifersüchtig und so maßlos eingebildet sind, dass sie alle anderen für Barbaren halten und keinerlei Tadel ertragen. Aber ich habe auch begriffen, dass man, um sie dazu zu bringen, einen Makel ihrer Rasse einzuräumen, bloß schlecht über ein anderes Volk zu sprechen braucht, etwa indem man sagt:»Wir Polen haben diesen oder jenen Fehler«, denn da ein Franzose niemals hinter anderen zurückstehen will, nicht einmal im Schlechten, reagiert er sofort mit einem»O nein, wir in Frankreich sind noch schlimmer«, und schon zieht er ausgiebig über seine eigenen Landsleute her, bis er merkt, in welche Falle er gegangen ist.

Sie lieben ihresgleichen nicht, selbst wenn sie von ihnen profitieren. Niemand ist so ruppig wie ein französischer Gastwirt, der sich benimmt, als hasste er seine Kunden (was er vielleicht auch tut) und als wünschte er sich, sie wären nicht da (was er bestimmt nicht tut, denn der Franzose ist überaus habgierig). *Ils grognent toujours* – sie grunzen immer. Frag sie was, und du kriegst ein *sais pas, moi* zu hören, dazu pusten sie durch die Lippen, als würden sie furzen. Sie sind böse. Sie töten aus Langeweile. Sie sind das einzige Volk, das seine Angehörigen jahrelang damit in Atem gehalten hat, sich gegenseitig den Kopf abzuschlagen, und ein Glück, dass Napoleon dann ihre Wut auf andere Rassen umgelenkt hat, indem er sie in Reih und Glied aufstellte und zur Zerstörung Europas aussandte.

Sie sind stolz darauf, einen Staat zu haben, den sie für mächtig halten, aber sie verbringen ihre ganze Zeit damit, ihn zu Fall zu bringen: Niemand ist so gut im Barrikadenbauen wie die Franzosen, aus jedem Anlass und bei jeder Gelegenheit, oft sogar ohne zu wissen warum, einfach mitgerissen vom Pöbel. Der Franzose weiß nicht recht, was er will, außer dass er sehr genau weiß, dass er nicht will, was er hat. Und um das zu sagen, fällt ihm nichts anderes ein, als Lieder zu singen.

Sie glauben, dass alle Welt französisch spricht. Vor ein paar Jahren war das sehr schön zu sehen bei diesem Lucas, einem Genie – dreißigtausend falsche Dokumente, Autographen auf echtem altem Papier, das er sich besorgte, indem er die Vorsatzblätter alter Bücher aus der Bibliothèque Nationale herausschnitt, mit gekonnter Imitation der verschiedenen Handschriften, wenn auch nicht so gut, wie ich es gekonnt hätte... Ich weiß nicht, wie viele davon er zu Höchstpreisen an diesen Strohkopf von Chasles verkauft hatte (ein großer Mathematiker, heißt es, und Mitglied der Akademie der Wissenschaften, aber ein großer Trottel). Und nicht nur der, sondern viele seiner Kollegen Akademiker fanden es ganz in Ordnung, dass Leute wie Caligula, Cleopatra oder Julius Cäsar ihre Briefe angeblich auf Französisch geschrieben hatten und dass auch die Korrespondenz zwischen Pascal, Newton und Galileo auf Französisch geschrieben war, obwohl doch jedes Kind weiß, dass die Gelehrten jener Zeit auf Latein miteinander korrespondierten. Die französischen Gelehrten hatten keine Ahnung davon, dass andere Völker anders als französisch sprachen. Inhaltlich stand in den falschen Briefen, dass Pascal die universale Schwerkraft zwanzig Jahre vor Newton entdeckt habe, und das genügte, um jene von nationalem Dünkel zerfressenen Sorbonnarden für alles andere blind zu machen.

Vielleicht kommt diese Ignoranz von ihrem Geiz – dem nationalen Laster, das sie für eine Tugend halten und Sparsamkeit nennen. Nur in Frankreich hat man sich eine ganze Komödie über einen Geizigen ausdenken können. Um nicht von Père Grandet zu sprechen. Den Geiz sieht man an ihren staubigen Wohnungen, an ihren nie renovierten Tapeten, an ihren Badewannen aus der Zeit ihrer Vorfahren, an ihren engen hölzernen Wendeltreppen, die sie einbauen, um den schmalen Raum pedantisch auszubeuten. Verschneidet, wie man es bei Pflanzen tut, einen Franzosen mit einem Deutschen (womöglich jüdischer Herkunft), und ihr habt, was wir haben: die Dritte Republik…

Dass ich Franzose geworden bin, lag daran, dass ich es nicht mehr ertragen konnte, Italiener zu sein. Als gebürtiger Piemontese fühlte ich mich wie die Karikatur eines Galliers, aber mit borniereteren Vorstellungen. Die Piemontesen schrecken vor jeder Neuerung zurück, alles Unerwartete macht ihnen Angst, um sie bis nach Sizilien zu treiben – dabei waren unter den Garibaldinern nur sehr wenige Piemontesen – brauchte es zwei Ligurier, einen Schwärmer wie Garibaldi und einen Unglücksbringer wie Mazzini. Und reden wir nicht von dem, was ich entdeckt hatte, als ich nach Palermo geschickt worden war (wann ist das gewesen? ich muss es rekonstruieren). Nur dieser eitle Pfau Dumas liebte jene Völker, vielleicht weil sie ihn mehr verehrten als die Franzosen, die ihn immer noch als einen Mischling ansahen. Er gefiel den Sizilianern und Neapolitanern, die selber so etwas wie Mulatten waren, nicht wegen des Fehltritts einer einzelnen liederlichen Mutter, sondern aufgrund der Geschichte von Generationen, Ergebnis der Kreuzung von zwielichtigen Levantinern, verschwitzten Arabern und degenerierten Ostgoten, die jeder das Schlechteste von ihren hybriden Vorfahren mitgebracht hatten, von den Sarazenen die Trägheit, von den Schwaben die Wildheit, von den Griechen die Inkonsequenz und die Gewohnheit, sich in endlose Palaver zu verlieren, bis ein Haar in vier Teile gespalten war. Im übrigen braucht man bloß die Gassenjungen in Neapel zu sehen, wie sie die Fremden betören, indem sie sich mit Spaghetti strangulieren, die sie sich mit den Fingern in die Gurgel stopfen, wobei sie sich mit verdorbener Tomatensoße bekleckern. Ich habe es nicht mit eigenen Augen gesehen, glaube ich, aber ich weiß es.

Der Italiener ist treulos, verlogen, feige, verräterisch, ihm liegt der Dolch mehr als der Degen, das Gift mehr als das Medikament, er ist glatt wie ein Aal beim Verhandeln und kohärent nur im Seitenwechsel bei jeder Drehung des Windes – ich habe gesehen, wie es den bourbonischen Generälen ergangen ist, kaum dass die Abenteurer Garibaldis und die piemontesischen Generäle aufgetaucht waren.

Es liegt daran, dass die Italiener sich immer am Vorbild der Priester orientieren, der einzigen echten Regierung, die sie je hatten, seit dieser perverse letzte römische Kaiser von den Barbaren sodomisiert worden war, weil das Christentum den Stolz der antiken Rasse gebrochen hatte.

Die Priester... Wie habe ich sie kennengelernt? Im Haus des Großvaters, glaube ich, ich erinnere mich dunkel an flüchtige Blicke, schlechte Zähne, schweren Atem, schwitzende Hände, die mich im Nacken zu streicheln versuchten. Ekelhaft. Als Müßiggänger gehören sie zu den gefährlichen Klassen, wie die Diebe und die Vagabunden. Priester oder Mönch wird man nur, um im Müßiggang leben zu können, und den Müßiggang garantiert ihnen ihre Anzahl. Wären die Priester nur, sagen wir, einer auf tausend Seelen, dann hätten sie so viel zu tun, dass sie nicht auf der faulen Haut liegen und Kapaune schmausen könnten. Und von den faulsten Priestern sucht sich die Regierung immer die dümmsten aus und ernennt sie zu Bischöfen.

Man hat sie ständig um sich, sobald man auf die Welt gekommen ist und getauft wird, man trifft sie in der Schule wieder, wenn man Eltern hat, die bigott genug sind, ihnen ihre Kinder anzuvertrauen, dann kommt die erste Kommunion und der Katechismus und die Firmung; den Priester hat man am Hochzeitstag vor sich, wenn er einem sagt, was man im Schlafzimmer tun soll, und am Tag danach in der Beichte, wenn er fragt, wie oft man es getrieben hat, um sich hinter seinem Gitter daran erregen zu können. Sie sprechen voller Abscheu

*Sie haben einen verfressenen und lüsternen Mönch
wie Luther ernst genommen (kann man im Ernst
eine Nonne heiraten?), bloß weil er die Bibel ruiniert hat,
indem er sie in ihre Sprache übersetzte… (S. 14 f.)*

vom Sex, aber jeden Tag sieht man sie aus einem inzestuösen Bett aufstehen, ohne sich auch nur die Hände gewaschen zu haben, und so gehen sie ihren Herrn essen und trinken, um ihn dann später zu kacken und zu pissen.

Sie sagen andauernd, dass ihr Reich nicht von dieser Welt sei, und nehmen sich alles, was sie nur raffen können. Die Zivilisation wird nicht vollendet sein, solange nicht der letzte Stein der letzten Kirche den letzten Priester erschlagen hat und die Erde frei ist von diesem Gezücht.

Die Kommunisten haben den Gedanken verbreitet, dass die Religion das Opium des Volkes sei. Das stimmt, denn sie dient dazu, die Versuchungen der Untertanen zu zügeln, und wenn es die Religion nicht gäbe, wären doppelt so viele Menschen auf den Barrikaden, während es in den Tagen der Kommune zu wenige waren, so dass man sie ohne viel Mühe erledigen konnte. Aber nachdem ich diesen österreichischen Doktor über die Vorteile der kolumbianischen Droge habe reden hören, würde ich sagen, dass die Religion auch das Kokain der Völker ist, denn sie treibt die Völker seit jeher zu Kriegen und Massakern an Ungläubigen, und das gilt für Christen, Muselmänner und andere Götzenanbeter, und während die Neger in Afrika sich damit begnügten, einander gegenseitig zu massakrieren, haben die Missionare sie bekehrt und zu Kolonialsoldaten gemacht, die bestens geeignet sind, an vorderster Front zu sterben und die weißen Frauen zu vergewaltigen, wenn sie in eine Stadt kommen. Die Menschen tun das Böse nie so vollständig und begeistert, wie wenn sie es aus religiöser Überzeugung tun.

Am schlimmsten von allen sind sicher die Jesuiten. Ich habe irgendwie das Gefühl, ihnen ein paar Streiche gespielt zu haben, oder vielleicht waren sie es, die mir etwas angetan haben, ich erinnere mich nicht mehr genau. Vielleicht waren es auch ihre leiblichen Brüder, die Freimaurer. Die Freimaurer sind wie die Jesuiten, nur ein bisschen konfuser. Diese haben wenigstens eine eigene Theologie und wissen sie zu gebrauchen, jene haben zu viele davon und verlieren leicht die Übersicht. Von den Freimaurern hat mir mein Großvater erzählt. Zusammen mit den Juden haben sie dem französischen König den Kopf abgeschlagen. Und in Italien haben sie die Carbonari hervorgebracht, die ein bisschen dümmere Freimaurer waren, denn mal ließen sie sich füsilieren und mal ließen sie sich enthaupten, weil sie es nicht geschafft hatten, eine funktionierende Bombe zu bauen, oder sie wurden zu Sozialisten, Kommunisten und Kommunarden. Alle an die Wand. Gut gemacht, Monsieur Thiers! Freimaurer und Jesuiten. Die Jesuiten sind Freimaurer in Frauenkleidern.

Ich hasse die Frauen, nach dem wenigen, was ich von ihnen weiß. Jahrelang haben mich jene *brasseries à femmes* umgetrieben, in denen sich Übeltäter aller Arten und Sparten versammeln. Schlimmer als die Freudenhäuser. Die haben wenigstens noch Schwierigkeiten, sich zu etablieren, weil die Nachbarn dagegen sind, während diese Bierlokale überall eröffnet werden können, da sie ja, wie es heißt, nur eben Lokale zum Biertrinken seien. Aber getrunken wird dort nur im Erdgeschoss, und in den oberen Stockwerken wird Hurerei getrieben. Jedes dieser Lokale hat ein Thema, und die Kostüme der Mädchen richten sich danach, hier findet man deutsche Kellnerinnen, dort vor dem Justizpalast Serviererinnen in Advokatenrobe. Im übrigen genügen bereits die Namen, wie *Brasserie du Tire-cul*, *Brasserie des belles marocaines* oder *Brasserie des quatorze fesses*, unweit der Sorbonne. Fast alle werden von Deutschen betrieben – auch eine Art, die französische Moral zu untergraben. Allein zwischen dem fünften und sechsten Arrondissement gibt es mindestens sechzig solche Lokale, in ganz Paris sind es fast zweihundert, und alle sind auch für Jugendliche offen. Erst kommen die Jungs aus Neugier, dann aus Lüsternheit, und am Ende holen sie sich einen Tripper – wenn's gut geht. Befindet sich das Lokal in der Nähe einer Schule, gehen die Schüler nach dem Unterricht hin, um durch die Tür nach den Mädchen zu linsen. Ich gehe hin, um zu trinken. Und um von innen durch die Tür nach den Schülern zu linsen, die von außen hereinlinsen. Und nicht nur nach den Schülern. Man lernt viel über die Gewohnheiten und Frequentationen der Erwachsenen, was immer nützlich sein kann.

Am meisten amüsiert mich, die Natur der verschiedenen wartenden Zuhälter an den Tischen zu erkennen. Einige von ihnen sind Ehemänner, die von den Reizen ihrer Frauen leben, und die sitzen gut gekleidet, rauchend und kartenspielend zusammen, und der Wirt oder die Bedienungen sprechen von ihnen als vom Tisch der Gehörnten. Aber im Quartier Latin gibt es auch viele gescheiterte Ex-Studenten, die immer fürchten, dass jemand ihnen ihre Einnahmequelle wegschnappt, und die ziehen oft das Messer. Am ruhigsten sind die Diebe und Mörder, sie kommen und gehen, weil sie sich um ihre Diebes- und Mördergeschäfte kümmern müssen, und sie wissen, dass die Mädchen sie nicht verraten werden, weil sie sonst am nächsten Tag in der Bièvre treiben würden.

Es gibt auch Perverse, die sich damit beschäftigen, verdorbene junge Männer oder gar Frauen für schmutzigere Dienste zu gewinnen. Sie suchen sich ihre Kunden am Palais-Royal oder auf den Champs-Élysées und locken sie mit konventionellen Angeboten. Im Zimmer lassen sie dann ihre Komplizen als Polizisten verkleidet eindringen, diese drohen dem Kunden in Unterhose, ihn zu verhaften, er bettelt um Gnade und zückt ein Bündel Scheine.

Wenn ich diese Lokale betrete, verhalte ich mich vorsichtig, denn ich weiß, was mir passieren könnte. Sieht ein Kunde wohlhabend aus, macht der Wirt ein Zeichen, eines der Mädchen nähert sich ihm und bringt ihn dazu, nach und nach alle anderen an seinen Tisch einzuladen und teure Getränke für sie zu bestellen (aber in Wahrheit trinken sie, um nüchtern zu bleiben, *anisette superfine* oder *cassis fin*, farbiges Wasser, für das der Kunde einen hohen Preis bezahlt). Dann versuchen sie, ihn zum Kartenspiel zu überreden, und natürlich geben sie einander Zeichen, so dass er verliert und das Essen für alle bezahlen muss, auch für den Wirt und dessen Frau. Und wenn er aufhören möchte, schlagen sie vor, von nun an nicht mehr um Geld zu spielen, sondern so, dass bei jeder Runde, die er gewinnt, eines der Mädchen sich etwas ausziehen muss… Und bei jedem Dessous, das fällt, kommt etwas von diesem ekligen weißen Fleisch zum Vorschein, von diesen schwellenden Brüsten, diesen dunklen Achselhöhlen mit ihrem säuerlichen Geruch, der mich entnervt…

Die Jesuiten sind Freimaurer in Frauenkleidern… (S. 21)

In den Oberstock bin ich nie gegangen. Jemand hat gesagt, Frauen seien bloß ein Ersatz für das einsame Laster, das lediglich mehr Phantasie verlange. Also kehre ich nach Hause zurück und träume nachts von ihnen, ich bin ja nicht aus Stein, und schließlich sind sie es, die mich provoziert haben.

Ja, ja, ich habe den Doktor Tissot gelesen, ich weiß, dass sie auch von weitem Schaden anrichten. Wir wissen nicht, ob die animalischen Säfte und die Genitalflüssigkeit dasselbe sind, aber bestimmt haben diese beiden Liquide eine gewisse Ähnlichkeit, und nach langen nächtlichen Ergüssen schwinden einem nicht nur die Kräfte, sondern der Leib magert ab, das Gesicht wird blass, das Gedächtnis lässt nach, die Sicht verschwimmt, die Stimme wird rauh, der Schlaf wird von unruhigen Träumen geplagt, man bekommt Augenschmerzen und rote Flecken im Gesicht, manche spucken kalkweißes Zeug, bekommen Herzklopfen, Erstickungs- und Ohnmachtsanfälle, andere klagen über Verstopfung oder immer dünneren Durchfall. Und schließlich erblindet man.

Vielleicht sind das ja Übertreibungen, als Bub hatte ich das Gesicht voller Pusteln, aber das war wohl typisch für mein Alter, vielleicht bereiten sich alle Jungen dieses Vergnügen und manche so ausgiebig, dass sie sich Tag und Nacht unzüchtig berühren. Heute jedenfalls kann ich es mir dosieren, mein Schlaf ist nur unruhig, wenn ich in einem Bierlokal war, und es geht mir nicht so wie vielen anderen, dass ich Erektionen hätte, sobald ich nur einen Rock auf der Straße sehe. Die Arbeit hält mich vom Sittenverfall ab.

Aber warum philosophiere ich hier, statt die Ereignisse zu rekonstruieren? Vielleicht weil ich nicht nur wissen muss, was ich bis gestern getan habe, sondern auch, wie ich im Innern bin. Vorausgesetzt, dass ich ein Inneres habe. Manche behaupten, die Seele sei nur das, was man tut, aber wenn ich jemanden hasse und dieses Gefühl kultiviere, bei Gott, dann heißt das doch wohl, dass es ein Inneres gibt! Wie sagte der Philosoph? *Odi ergo sum.*

Vor kurzem hat es unten geklingelt, ich fürchtete schon, da sei so ein Dummkopf, der etwas kaufen wolle, aber der Betreffende sagte, Tissot habe ihn geschickt – wieso habe ich ausgerechnet dieses Erkennungswort gewählt? Er wollte ein eigenhändiges Testament, unterzeichnet von einem gewissen Bonnefoy zugunsten eines gewissen Guillot (der wohl er selber war). Er hatte das Briefpapier mitgebracht, das Bonnefoy zu benutzen pflegt oder pflegte, sowie eine Probe seiner Handschrift. Ich ließ ihn ins Studio hinauf, wählte die passende Feder und Tinte und fabrizierte das Dokument aus dem Stand, ohne auch nur geübt zu haben. Perfekt. Als hätte der Mann die Tarife gekannt, zahlte er mir ein der Hinterlassenschaft angemessenes Honorar.

Ist dies also mein Metier? Eine schöne Tätigkeit, aus dem Nichts einen notariellen Akt zu erzeugen, einen echt aussehenden Brief zu verfassen, ein kompromittierendes Geständnis zu formulieren, ein Dokument zu erschaffen, das jemanden ins Verderben stürzen wird. Die Macht der Kunst... Darauf gönne ich mir einen Besuch im Café Anglais.

Ich muss ein Nasengedächtnis haben, aber mir ist, als hätte ich seit Jahrhunderten nicht mehr den Geruch dieses Menus genossen: *soufflés à la reine, filets de sole à la Vénitienne, escalopes de turbot au gratin, selle de mouton purée bretonne...* Und als Entrée *poulet à la portugaise* oder *pâté chaud de cailles* oder *homard à la parisienne* oder alles zugleich, und als Plat de résistance, nun, nehmen wir *canetons à la rouennaise* oder *ortolans sur canapés*, und als Entremet *aubergines à l'espagnole, asperges en branches, cassolettes princesse...* Beim Wein weiß ich nicht recht, vielleicht Château-Margaux oder Château-Latour oder Château-Lafite, kommt auf den Jahrgang an. Und zum Abschluss eine *bombe glacée*.

Gutes Essen hat mich schon immer mehr befriedigt als Sex. Vielleicht eine Folge meiner Erziehung durch Priester.

Immer ist mir, als hätte ich etwas wie eine Wolke im Kopf, die mich daran hindert, Rückschau zu halten. Warum tauchen in meinem Gedächtnis auf einmal die kleinen Fluchten zum Bicerin wieder auf, die ich mir im Gewand von Pater Bergamaschi geleistet habe? Pater

Bergamaschi hatte ich völlig vergessen. Wer war das? Es gefällt mir, die Feder einfach laufen zu lassen, wie mein Instinkt es befiehlt. Diesem österreichischen Doktor zufolge müsste ich auf diese Weise zu einem wirklich schmerzhaften Punkt in meinen Erinnerungen gelangen, der erklären würde, warum ich auf einmal so vieles ausgelöscht habe.

Gestern, an dem Tag, den ich für Montag, den 22. März, gehalten hatte, war mir beim Erwachen, als ob ich noch sehr genau wüsste, wer ich bin: Hauptmann Simonini, geschlagene siebenundsechzig Jahre alt, aber gut erhalten (mein Leibesumfang ist gerade so, dass man mich als einen stattlichen Herrn bezeichnen kann), mit einem Titel, den ich in Frankreich zur Erinnerung an meinen Großvater angenommen hatte, unter Berufung auf vage militärische Jugendsünden in den Reihen der garibaldinischen Truppen, was einem in diesem Lande, in dem Garibaldi höher geschätzt wird als in Italien, ein gewisses Prestige einbringt. Simon Simonini, geboren in Turin, der Vater Turiner, die Mutter aus Frankreich (oder genauer aus Savoyen, aber zur Zeit ihrer Geburt war Savoyen von Frankreich annektiert).

Noch im Bett liegend, habe ich vor mich hin phantasiert… Bei den Problemen, die ich mit den Russen hatte (mit Russen?), sollte ich mich lieber nicht in meinen bevorzugten Restaurants sehen lassen. Ich könnte mir selbst etwas kochen. Es entspannt mich, ein, zwei Stündchen zu werkeln, um mir einen Leckerbissen zuzubereiten. Zum Beispiel *côtes de veau Foyot* – das Fleisch mindestens vier Zentimeter dick, doppelte Portion, versteht sich, zwei mittelgroße Zwiebeln, fünfzig Gramm Brosamen, fünfundsiebzig Gramm geriebenen Gruyère, fünfzig Gramm Butter, die Brosamen zu Paniermehl zerreiben und mit dem Gruyère vermischen, die Zwiebeln schälen und klein hacken, vierzig Gramm Butter in einer kleinen Kasserolle schmelzen lassen, während in einer anderen bei kleiner Hitze die Zwiebeln in der restlichen Butter brutzeln, den Boden eines Topfes mit der Hälfte der Zwiebeln bedecken, das Fleisch salzen und pfeffern und auf die Zwiebeln legen, dann oben mit dem Rest der Zwiebeln garnieren, das Ganze mit einer ersten Schicht Paniermehl und Käse bedecken und dabei das Fleisch gut auf den Boden der Pfanne drücken, die geschmolzene Butter darübergießen und leicht mit der Hand eindrücken, dann eine zweite Schicht Paniermehl mit Käse draufpacken, bis eine Art Kuppel entsteht, erneut geschmolzene Butter dazugeben und alles mit Weißwein und Brühe übergießen, bis etwa die mittlere Höhe des Fleisches erreicht wird. Das Ganze nun etwa eine halbe Stunde brutzeln lassen und nach Bedarf weiter mit Wein und Brühe anfeuchten. Mit geröstetem Blumenkohl anrichten.

Es dauert ein Weilchen, aber die Freuden der guten Küche beginnen bereits vor denen des Gaumens, und zubereiten heißt immer auch Vorfreude genießen, so wie ich es tat, als ich mich wohlig im Bett räkelte. Die Dummen brauchen eine Frau neben sich unter der Decke, oder einen Knaben, um sich nicht so allein zu fühlen. Sie ahnen nicht, dass das Wasser, das einem im Munde zusammenläuft, viel besser ist als eine Erektion.

Ich hatte alles im Hause, bis auf den Gruyère und das Fleisch. Für das Fleisch gab es an anderen Tagen den Metzger an der Place Maubert, aber der hat, aus welchen Gründen auch immer, montags geschlossen. Ich kannte jedoch einen anderen, zweihundert Meter weiter am Boulevard Saint-Germain, und ein kleiner Spaziergang würde mir sicher nicht schaden. So zog ich mich an, und bevor ich hinausging, klebte ich mir vor dem Spiegel über der Waschschüssel den gewohnten schwarzen Schnauzer und meinen schönen Kinnbart an. Dann setzte ich mir die Perücke auf und kämmte sie säuberlich zu einem Mittelscheitel, nicht ohne den Kamm leicht anzufeuchten. Ich schlüpfte in den Gehrock und steckte mir die silberne Uhr mit ihrer gut sichtbaren Kette in die Westentasche. Um wie ein pensionierter Hauptmann zu erscheinen, spiele ich gern beim Reden mit einer kleinen Schildpattdose voll rautenförmiger Lakritzebonbons, deren Deckel auf der Innenseite das Porträt einer hässlichen, aber gut gekleideten Frau erkennen lässt, sicher einer teuren Verstorbenen. Ab und zu stecke ich mir ein Bonbon in den Mund und schiebe es mit der Zunge von einer Seite zur anderen, was mir erlaubt, langsamer zu sprechen – und dann folgt der Zuhörer den Bewegungen meiner Lippen und achtet nicht so genau auf das, was ich sage. Das Problem ist, den

Eindruck von jemandem zu erwecken, der mit einer weniger als mediokren Intelligenz begabt ist.

Ich ging auf die Straße hinaus und bog vorn um die Ecke, bemüht, nicht vor dem Bierlokal stehenzubleiben, aus dem schon am frühen Morgen das schrille Gekeife seiner liederlichen Weiber ertönte.

Die Place Maubert ist nicht mehr jene *Cours des Miracles*, die sie war, als ich vor fünfunddreißig Jahren hier ankam. Damals wimmelte sie von zwielichtigen Gestalten – von fliegenden Händlern, die wiederaufbereiteten Tabak anboten, groben aus Zigarrenstummeln und Pfeifenböden, feinen aus Zigarettenkippen, den groben für einen Franc zwanzig das Pfund, den feinen für einen Franc fünfzig bis fünfundsiebzig (wobei dieses Geschäft nicht viel einbringen konnte, da keiner dieser fleißigen Kippensammler, wenn er einen größeren Teil seiner Tageseinnahmen in einer Kneipe gelassen hatte, dann wusste, wo er in der Nacht schlafen sollte); von Zuhältern, die, nachdem sie sich bis mindestens mittags im Bett geräkelt hatten, den Rest des Tages rauchend an eine Mauer gelehnt verbrachten wie gutsituierte Pensionäre, um dann bei Einbruch der Dämmerung in Aktion zu treten wie Hirtenhunde; von Dieben, die sich gezwungen sahen, einander gegenseitig zu beklauen, da kein guter Bürger (außer ein paar Nichtstuern vom Lande) es gewagt hätte, diesen Platz zu überqueren – auch ich wäre eine gute Beute gewesen, hätte ich nicht einen militärisch strammen Gang vorgelegt und dazu meinen Stock geschwungen, außerdem kennen mich die örtlichen Taschendiebe, einige grüßen mich sogar und nennen mich *Capitaine*, sie denken wohl, dass ich irgendwie zu ihrer Unterwelt gehöre, und eine Krähe hackt der anderen kein Auge aus –, sowie von Prostituierten mit verwelkten Reizen, denn wenn sie noch reizvoll gewesen wären, hätten sie ihren Beruf in den *brasseries à femmes* ausgeübt, aber sie boten sich nur noch den Lumpensammlern, den Gaunern und den stinkenden Tabakhändlern an – doch wenn ein gutgekleideter Herr mit Gehstock und steifem Zylinder daherkam, konnten sie es wagen, ihn zu berühren oder gar am Arm zu packen, und dabei kamen sie einem so nahe, dass man diesen schrecklichen Geruch ihrer Armut wahrnahm, der sich mit ihrem

Schweißgeruch mischte, und das wäre eine allzu unangenehme Erfahrung gewesen (davon wollte ich nachts nicht träumen), und so schwang ich, wenn ich eine von ihnen näherkommen sah, meinen Stock heftig im Kreise, wie um mir einen unzugänglichen Schutzraum zu schaffen, was sie sofort verstanden, denn sie waren es gewohnt, herumkommandiert zu werden, und vor einem Stock hatten sie Respekt.

Und schließlich trieben sich in dieser Menge auch die Spitzel der Polizei herum, die hier ihre *mouchards* oder Zuträger rekrutierten oder wertvolle Informationen über geplante Streiche aufschnappten, wenn jemand zu laut mit jemand anderem darüber sprach, weil er meinte, dass es im allgemeinen Lärm nicht zu hören sei. Aber man erkannte sie auf den ersten Blick an ihren übertrieben schurkischen Galgengesichtern. Kein echter Schurke sieht wie ein Schurke aus. Nur sie.

Heute fährt sogar die Straßenbahn über den Platz, und man fühlt sich nicht mehr im eigenen Hause, auch wenn man die Individuen, die einem nützlich sein können, schon noch findet, sofern man sie zu erkennen weiß – an eine Mauerecke gelehnt, auf der Schwelle des Café Maître-Albert oder in einer der Seitengassen. Aber schließlich ist Paris ohnehin nicht mehr das, was es einmal war, seit man an jeder Ecke diesen Bleistiftanspitzer von Eifelturm in der Ferne aufragen sieht.

Genug, ich bin kein sentimentaler Nostalgiker, und es gibt andere Orte, wo ich noch finden kann, was ich brauche. Gestern morgen brauchte ich Kalbfleisch und Käse, und dafür war die Place Maubert immer noch gut.

Als ich den Käse eingekauft hatte, kam ich bei meinem gewohnten Metzger vorbei und sah, dass er offen hatte.

»Seit wann haben Sie montags offen?« fragte ich, als ich eintrat.

»Aber heute ist doch Dienstag, Capitaine«, antwortete er lachend. Verwirrt entschuldigte ich mich und murmelte etwas von nachlassendem Gedächtnis im Alter, worauf er erwiderte, ich sei doch noch jung und es könne jedem passieren, dass er sich im Datum vertut, wenn er zu früh aufgewacht ist. Ich wählte das Fleisch und bezahlte, ohne auch nur einen Moment um Rabatt zu feilschen – nur so gewinnt man die Achtung von Kaufleuten.

Mit der Frage im Kopf, welchen Tag wir hatten, kehrte ich nach Hause zurück. Ich wollte mir gerade den Bart abnehmen, wie ich es stets tue, wenn ich allein bin, und trat ins Schlafzimmer. Und erst in diesem Augenblick fiel mir etwas Ungewöhnliches auf: Am Kleiderhaken neben der Kommode hing ein schwarzes Gewand, eine unverkennbar priesterliche Soutane. Und als ich näher trat, sah ich, dass auf der Kommode eine kastanienbraune, fast blonde Perücke lag.

Ich fragte mich gerade, welchem Schmierenkomödianten ich in den letzten Tagen Gastfreundschaft gewährt hatte, als mir bewusst wurde, dass ja auch ich maskiert war, denn Bart und Haupthaar, die ich trug, waren nicht meine. War ich demnach einer, der sich mal als wohlhabender Gentleman und mal als Geistlicher kostümierte? Aber wieso hatte ich dann jede Erinnerung an meine zweite Natur ausgelöscht? Oder verkleidete ich mich aus irgendeinem Grund (vielleicht um einer Verhaftung zu entgehen) mit Bart und Perücke und ließ gleichzeitig jemanden bei mir wohnen, der sich als Priester verkleidete? Und wenn dieser falsche Priester (denn ein echter hätte sich keine Perücke aufgesetzt) bei mir wohnte, wo schlief er dann, es gab doch nur ein Bett in meiner Wohnung? Oder wohnte er gar nicht bei mir, sondern hatte sich gestern aus irgendeinem Grunde zu mir geflüchtet, um sich dann seiner Verkleidung zu entledigen und Gott weiß wohin zu gehen, um Gott weiß was zu tun?

Ich fühlte eine Leere im Kopf, als wäre da etwas, woran ich mich erinnern müsste, aber nicht konnte, wie wenn es zu den Erinnerungen eines anderen gehörte. Ja, ich glaube, von den Erinnerungen eines anderen zu sprechen ist hier der richtige Ausdruck. Im selben Augenblick hatte ich das Gefühl, ein anderer zu sein, der sich von außen beobachtete. Jemand beobachtete Simonini, der auf einmal das Gefühl hatte, nicht mehr genau zu wissen, wer er war.

Ruhe und Vernunft bewahren, sagte ich mir. Für einen, der unter dem Vorwand, Trödlerware zu verkaufen, falsche Dokumente herstellt und sich entschlossen hat, in einem der eher verrufenen Viertel von Paris zu leben, war es nicht unwahrscheinlich, dass er einem in unsaubere

Machenschaften verstrickten Zeitgenossen Unterschlupf gewährt hat. Aber dass ich vergessen haben könnte, wem ich Unterschlupf gewährt habe, das klang mir nicht normal.

Unwillkürlich sah ich mich um, und plötzlich kam mir mein eigenes Haus wie ein fremder Ort vor, der womöglich noch andere Geheimnisse barg. Ich fing an, es zu erkunden, als wäre es das eines anderen. Wenn man aus der Küche tritt, liegt rechts das Schlafzimmer und links der Salon mit den gewohnten Möbeln. Ich zog die Schubladen am Schreibtisch auf, die mein Arbeitswerkzeug enthielten, die Federn, die Fläschchen mit den verschiedenen Tinten, noch weiße (oder vergilbte) Papierbögen in diversen Formaten und Alterungsstufen; auf den Regalen standen außer den Büchern die Schachteln, die meine Dokumente enthielten, sowie eine Art Tabernakel aus antikem Nussholz. Ich versuchte mich gerade zu erinnern, wozu es diente, als es unten klingelte. Ich ging hinunter, um einen Störenfried zu verjagen, aber da erblickte ich eine Alte, die mir bekannt vorkam. Sie sagte durchs Fenster: »Tissot schickt mich«, und so musste ich sie hereinlassen – wieso zum Teufel habe ich bloß ausgerechnet dieses Erkennungswort gewählt?

Sie kam herein, schlug eine Art Tuch auf, das sie an die Brust gedrückt hielt, und zeigte mir eine Handvoll Hostien.

»Der Abbé Dalla Piccola hat gesagt, Sie wären interessiert.«

Ich antwortete fast mechanisch »sicher« und fragte nach dem Preis. Zehn Francs pro Stück, sagte die Alte.

»Sie sind verrückt«, rief ich aus, dem Instinkt des Händlers folgend.

»Verrückt sind Sie, Sie mit Ihrem verrückten Wunsch, schwarze Messen zu feiern! Meinen Sie, es ist leicht, in drei Tagen in zwanzig Kirchen zu laufen, an der Kommunion teilzunehmen, nachdem man nüchtern zu bleiben versucht hat, sich hinzuknien mit den Händen vor dem Gesicht und zu versuchen, die Hostie aus dem Mund herauszubekommen, ohne dass sie nass wird, sie in einen Beutel zu tun, den ich an der Brust trage, und alles, ohne dass der Pfarrer oder die Nachbarn es merken? Um gar nicht von dem Sakrileg zu reden und von der Hölle, die mich erwartet. Also, wenn Sie die wollen, das sind zwanzig Stück, macht zweihundert Francs, oder ich gehe zu Abbé Boullan.«

»Abbé Boullan ist tot, Sie sind offenbar schon länger nicht mehr Hostien besorgen gegangen«, antwortete ich wiederum fast mechanisch. Dann beschloss ich, angesichts meines verwirrten Kopfes lieber meinem Instinkt zu folgen, ohne lange zu überlegen.

»Na ja, lassen wir das. Also gut, ich nehme sie«, sagte ich und bezahlte. Und in dem Moment begriff ich, dass ich die geweihten Oblaten in das Tabernakel in meinem Studio legen musste, um auf interessierte Kunden zu warten. Ein Geschäft wie jedes andere.

Kurz, alles erschien mir normal und alltäglich. Und doch war mir, als spürte ich rings um mich den Geruch von etwas Unheilvollem, das sich mir entzog.

Ich ging wieder ins Studio hinauf und bemerkte, dass hinter einem Vorhang an der Rückwand eine Tür war. Schon beim Öffnen wusste ich, dass ich in einen Korridor treten würde, der so dunkel war, dass man eine Lampe brauchte. Der Korridor glich dem Kostümmagazin eines Theaters oder dem Hinterzimmer eines Trödlers am Carreau du Temple. An den Wänden hingen die verschiedensten Kostüme, für Bauern, Köhler, Laufburschen, Bettler, zwei weitere Soutanen, eine Soldatenuniform, und jeweils daneben die passenden Schuhe und Kopfbedeckungen. Ein Dutzend Köpfe aus Draht, ordentlich auf einem Wandbrett aufgereiht, trug ebenso viele Perücken. Weiter hinten stand eine *pettineuse* ähnlich dem Schminktisch in Schauspielergarderoben, übersät mit allerlei Döschen, Lippenstiften, schwarzen und blauen Schminkstiften, Hasenpfoten, Puderquasten, Pinseln und Bürsten.

Am Ende machte der Korridor einen Knick nach rechts, und dort gab es eine weitere Tür, die in ein Zimmer führte, das heller als meine Räume war, da das Licht aus einer Straße hereinfiel, die nicht die enge Impasse Maubert sein konnte. Und tatsächlich, als ich an eines der Fenster trat, sah ich, dass es die Rue Maître-Albert war.

Von diesem Zimmer führte eine schmale Treppe zur Straße, und das war schon alles. Es handelte sich um eine Ein-Zimmer-Wohnung, halb Studio, halb Schlafzimmer, mit einfachen dunklen Möbeln, ein Tisch, ein Betpult, ein Bett. Neben dem Ausgang befand sich eine kleine Küche und an der Treppe ein WC mit Waschbecken.

Es war offenbar das Pied-à-terre eines Geistlichen, mit dem ich eine gewisse Vertrautheit haben müsste, da unsere Wohnungen miteinander kommunizierten. Doch obwohl mich das alles an etwas zu erinnern schien, hatte ich tatsächlich den Eindruck, dieses Zimmer zum ersten Mal zu sehen.

Ich trat an den Tisch und erblickte einen Stoß Briefe mit ihren Umschlägen, alle an dieselbe Person adressiert: an den hochwürdigsten oder sehr hochwürdigen Monsieur l'Abbé Dalla Piccola. Neben den Briefen lagen einige Bögen, beschrieben mit einer feinen, verschnörkelten, fast weiblichen Handschrift, sehr verschieden von meiner. Entwürfe für Briefe ohne besondere Bedeutung, Danksagungen für ein Geschenk, Bestätigungen eines Treffens. Obenauf aber lag ein Bogen mit sehr fahrig hingekritzelten Zeilen, als hätte der Schreibende sich nur rasch etwas notiert, um darüber nachzudenken. Ich las mit einiger Mühe:

Alles scheint unwirklich. Als wäre ich ein anderer, der mich beobachtet. Aufschreiben, um sicher zu sein, dass es stimmt.

Heute ist der 22. März

Wo sind die Soutane und die Perücke?

Was habe ich gestern abend gemacht? Mir ist, als hätte ich Nebel im Kopf.

Ich erinnere mich nicht einmal mehr, wohin die Tür hinten im Zimmer führt.

Ich habe einen Korridor entdeckt (noch nie gesehen?), der voller Kleider, Perücken, Pasten und Schminke ist, wie Schauspieler sie gebrauchen.

Am Haken hing eine gute Soutane, und auf einem Wandbord habe ich nicht nur eine gute Perücke gefunden, sondern auch falsche Wimpern. Mit einer fahlgelben Haut und leicht geröteten Wangen bin ich wieder der geworden, der ich zu sein glaube, bleich und leicht fiebrig. Asketisch. Das bin ich. Ich wer?

Ich weiß, dass ich der Abbé Dalla Piccola bin. Oder genauer: der, den die Welt als Abbé Dalla Piccola kennt. Aber offensichtlich bin ich es nicht, denn um wie er auszusehen, muss ich mich ja verkleiden.

Wohin führt dieser Korridor? Angst, bis ans Ende zu gehen.

Diese Notizen wiederlesen. Wenn geschrieben steht, was da geschrieben steht, ist es mir wirklich passiert. Den geschriebenen Dokumenten vertrauen.

Hat mir jemand einen Trank verabreicht? Boullan? Der wäre dazu fähig. Oder die Jesuiten? Oder die Freimaurer? Was habe ich mit denen zu tun?

Die Juden! Ja, die könnten es gewesen sein.

Ich fühle mich nicht mehr sicher hier. Jemand könnte nachts eingedrungen sein, sich meine Kleider geholt und, schlimmer noch, in meinen Papieren herumgewühlt haben. Womöglich geht jemand in Paris umher, der sich erfolgreich als Abbé Dalla Piccola ausgibt.

Ich muss nach Auteuil fliehen. Vielleicht weiß Diana weiter. Wer ist Diana?

Hier endeten die Notizen des Abbé Dalla Piccola, und ich fand es merkwürdig, dass er ein so vertrauliches Dokument nicht mitgenommen hatte, er musste sehr aufgeregt gewesen sein. Und damit endete auch, was ich über ihn erfahren konnte.

Ich ging zurück in die Wohnung an der Impasse Maubert und setzte mich an meinen Arbeitstisch. Auf welche Weise überkreuzte sich das Leben des Abbé Dalla Piccola mit meinem?

Natürlich konnte ich nicht umhin, die nächstliegende Hypothese aufzustellen: Abbé Dalla Piccola und ich sind ein und dieselbe Person, und wenn dem so wäre, würde sich alles erklären, die beiden miteinander verbundenen Wohnungen und sogar, dass ich als Dalla Piccola verkleidet in Simoninis Wohnung gekommen wäre, die Soutane und die Perücke abgelegt hätte und dann zu Bett gegangen wäre. Alles bis auf ein kleines Detail: Wenn Simonini identisch mit Dalla Piccola war, warum wusste ich dann nichts von Dalla Piccola und fühlte mich nicht als Dalla Piccola, der nichts von Simonini wusste? Ja, um Dalla Piccolas Gedanken und Gefühle kennenzulernen, hatte ich erst seine Notizen lesen müssen! Und wenn ich identisch mit Dalla Piccola wäre, hätte ich in Auteuil sein müssen, in jenem Hause, von dem er alles zu wissen schien und ich (Simonini) überhaupt nichts. Und wer war Diana?

Es sei denn, ich wäre manchmal Simonini, der Dalla Piccola vergessen hat, und manchmal Dalla Piccola, der Simonini vergessen hat. Das wäre nichts Neues. Wer war es, der mit mir über Fälle von Persönlichkeitsspaltung gesprochen hatte? Ist das nicht die Krankheit, an der Diana leidet? Aber wer ist Diana?

Ich nahm mir vor, methodisch vorzugehen. Ich wusste, dass ich ein Notizbuch führte, in das ich meine Termine eintrug, und da fand ich folgende Einträge:

21. März, Messe
22. März, Taxil
23. März, Guillot wg. Testament Bonnefoy
24. März, zu Drumont?

Wieso ich am 21. März zur Messe gehen sollte, weiß ich nicht, ich glaube nicht, dass ich gläubig bin. Wer gläubig ist, glaubt an etwas. Glaube ich an etwas? Mir scheint nein. Also bin ich ungläubig. Das ist Logik. Aber lassen wir das. Manchmal geht man aus vielen Gründen zur Messe und der Glaube spielt gar keine Rolle.

Sicherer war, dass der Tag, den ich für Montag gehalten hatte, Dienstag, der 23. März war, und tatsächlich ist da ja dieser Guillot gekommen, um sich von mir das Testament Bonnefoy machen zu lassen. Es war der 23., und ich hatte gedacht, es sei der 22. gewesen. Was war am 22. März geschehen? Wer oder was war Taxil?

Dass ich dann am heutigen Donnerstag einen Drumont aufsuchen sollte, kam jetzt nicht mehr in Frage. Wie kann ich mich mit jemandem treffen, wenn ich nicht einmal mehr weiß, wer ich selber bin? Ich muss mich irgendwo verstecken, bis ich Klarheit darüber gewonnen habe. Drumont... Ich redete mir ein, sehr gut zu wissen, wer das sei, aber wenn ich ihn mir vorzustellen versuchte, war mein Kopf wie von zuviel Wein benebelt.

Stellen wir ein paar Hypothesen auf, sagte ich mir. Erstens: Dalla Piccola ist ein anderer, der aus mysteriösen Gründen oft in meine Wohnung kommt, die durch einen mehr oder minder geheimen Korridor mit der seinen verbunden ist. Am Abend des 21. März ist er zu mir in die Impasse Maubert gekommen, hat seine Soutane dort abgelegt (aber warum?) und ist dann zum Schlafen in seine Wohnung gegangen, wo er am nächsten Morgen ohne Gedächtnis aufgewacht ist. So wie ich zwei Tage später ohne Gedächtnis aufgewacht bin. Aber was hätte ich dann am 22. März so Einschneidendes erlebt oder getan, dass ich am Morgen des 23. ohne Gedächtnis aufgewacht bin? Und wieso sollte Dalla Piccola sich bei mir ausgezogen haben, um dann ohne Soutane in seine Wohnung zu gehen – und zu welcher Uhrzeit? Mich schauderte bei dem Gedanken, dass er die erste Hälfte der Nacht in meinem Bett verbracht haben könnte... Mein Gott, es stimmt, dass die Frauen mir Abscheu einflößen, aber mit einem Priester wäre es noch schlimmer. Ich bin keusch, aber nicht pervers...

Oder aber, zweitens, Dalla Piccola und ich sind ein und dieselbe Person. Da ich die Soutane in meiner Wohnung gefunden habe, hätte ich nach der Messe (am 21.) in die Impasse Maubert gekommen sein können, gekleidet als Dalla Piccola (wenn ich zu einer Messe gehen musste, war es glaubwürdiger, als Abbé hinzugehen), um mich dann der Soutane und der Perücke zu entledigen und später zum Schlafen in die Wohnung des Abbé zu gehen (und zu vergessen, dass ich die Soutane bei Simonini gelassen hatte). Am nächsten Morgen, also am Dienstag, dem 22., als Dalla Piccola aufgewacht, hätte ich nicht nur mein Gedächtnis verloren, sondern auch die Soutane nicht zu Füßen des Bettes vorgefunden. Als Dalla Piccola, ohne Gedächtnis, hätte ich eine Ersatzsoutane im Korridor gefunden und alle Zeit gehabt, am selben Tage nach Auteuil zu fliehen, um mich jedoch gegen Ende des Tages eines anderen zu besinnen, wieder Mut zu fassen und am späten Abend nach Paris zurückzukehren, in die Wohnung an der Impasse Maubert zu gehen, dort die Soutane an den Haken im Schlafzimmer zu hängen und am Mittwochmorgen, erneut ohne Gedächtnis, aber als Simonini aufzuwachen, in der Meinung, es sei noch Dienstag. Infolgedessen, sagte ich mir, hatte Dalla Piccola den 22. März vergessen und einen ganzen Tag aus seinem Gedächtnis gelöscht, um am 23. als ein gedächtnisloser Simonini aufzuwachen. Nichts Außergewöhnliches nach dem, was ich von diesem Doktor an der Klinik in Vincennes – wie hieß er noch gleich? – erfahren hatte.

Bis auf ein kleines Problem. Ich las noch einmal meine Notizen: Wenn es so gewesen wäre, hätte Simonini am 23. morgens in seinem Schlafzimmer nicht eine, sondern zwei Soutanen vorfinden müssen: die, die er in der Nacht des 21., und die, die er in der Nacht des 22. dort gelassen hatte. Aber da war nur eine.

Doch nein, was bin ich für ein Dummkopf! Dalla Piccola war am Abend des 22. aus Auteuil in die Rue Maître-Albert zurückgekommen, hatte dort seine Soutane abgelegt, war dann in die Wohnung an der Impasse Maubert hinübergegangen, um dort zu schlafen, war am nächsten Morgen (dem 23.) als Simonini aufgewacht und hatte nur eine Soutane am Haken vorgefunden. Zwar hätte ich, wenn es so gewesen wäre, als ich an jenem Morgen in Dalla Piccolas Wohnung eingedrungen war, dort die Soutane vorfinden müssen, die er am Abend des 22. abgelegt hatte. Aber er hätte sie ja auch wieder in den Korridor zurückbringen können, in dem er sie gefunden hatte. Ich brauchte bloß nachzusehen.

So ging ich mit der Lampe und nicht ohne ein bisschen zu zittern erneut in den Korridor. Wenn Dalla Piccola nicht ich gewesen wäre, sagte ich mir, dann hätte ich sehen können, wie er am anderen Ende des Korridors auftauchte, womöglich ebenfalls mit einer Lampe in der Hand… Zum Glück ist das nicht geschehen. Und am Ende des Korridors fand ich die Soutane am Haken hängen.

Und doch, und doch… Wenn Dalla Piccola aus Auteuil zurückgekehrt wäre und, nachdem er die Soutane an den Haken gehängt hätte, durch den ganzen Korridor bis zu meiner Wohnung gegangen wäre und sich ohne zu zögern in mein Bett gelegt hätte, dann doch wohl deshalb, weil er sich beim Nachhausekommen daran erinnert hatte, dass er *ich* war, und wusste, dass er bei mir ebenso gut schlafen konnte wie bei sich, da wir ja ein und dieselbe Person waren. Also war Dalla Piccola schlafen gegangen im Bewusstsein, Simonini zu sein, während Simonini am nächsten Morgen erwachte, ohne zu wissen, dass er Dalla Piccola war. Mit anderen Worten, erst verliert Dalla Piccola sein Gedächtnis, dann findet er es wieder, schläft darüber ein und gibt seinen Gedächtnisverlust an Simonini weiter.

Gedächtnisverlust... Dieses Wort, das einen Ausfall des Erinnerungs-
vermögens bezeichnet, hat mir so etwas wie eine Bresche im Nebel der
vergessenen Zeit geöffnet. Über Fälle von Gedächtnisverlust sprach
ich beim Essen im Magny, vor mehr als zehn Jahren. Dort war es, wo
ich mit Bourru und Burot darüber sprach, mit Du Maurier und mit
diesem österreichischen Doktor.

3.

Chez Magny

25. März 1897, frühmorgens

Chez Magny... Ich weiß, dass ich ein Liebhaber der guten Küche bin, und nach dem, was ich von jenem Restaurant in der Rue de la Contrescarpe-Dauphine in Erinnerung habe, zahlte man dort nicht mehr als zehn Francs pro Kopf, und die Qualität entsprach dem Preis. Aber man kann ja nicht jeden Tag ins Foyot gehen. Früher gingen viele ins Magny, um von weitem berühmte Schriftsteller wie Gautier oder Flaubert zu bewundern, und noch früher jenen schwindsüchtigen polnischen Pianisten, der von einer Entarteten ausgehalten wurde, die in Hosen herumlief. Ich hatte eines Abends mal reingeschaut und war sofort wieder gegangen. Künstler sind unerträglich, auch von weitem, sie blicken dauernd umher, um zu sehen, ob man sie erkennt.

Dann hatten die »Großen« das Magny verlassen und waren ins Brébant-Vachette am Boulevard Poissonnière umgezogen, wo man besser aß und mehr zahlte, aber *carmina dant panem*, wie man sieht. Und als das Magny sich sozusagen purifiziert hatte, bin ich seit Anfang der achtziger Jahre öfter hingegangen.

Ich hatte gesehen, dass Wissenschaftler dort aßen, zum Beispiel berühmte Chemiker wie Berthelot und viele Ärzte von der Salpêtrière. Das Hospital liegt nicht gerade um die Ecke, aber vielleicht fanden es diese Mediziner schön, einen kurzen Spaziergang durch das Quartier Latin zu machen, anstatt in den schmutzigen *gargottes* zu essen, wohin die Angehörigen der Kranken gehen. Unterhaltungen von Ärzten sind interessant, weil sie immer die Schwächen eines anderen betreffen, und im Magny redeten alle sehr laut, um den Lärm zu übertönen, so dass ein gespitztes Ohr immer etwas Interessantes zu hören bekam. Lauschen heißt nicht, etwas Bestimmtes erfahren zu wollen. Alles, auch das scheinbar Belanglose, kann sich eines Tages als nützlich erweisen. Worauf es ankommt, ist, etwas zu wissen, von dem die anderen nicht wissen, dass man es weiß.

Während die Literaten und Künstler immer an großen Tischen zusammensaßen, speisten die Wissenschaftler lieber allein, wie ich. Doch wenn man ein paarmal am Nachbartisch gesessen hat, macht man allmählich Bekanntschaft. Meine erste Bekanntschaft war Dr. Du Maurier, ein hässliches Individuum, bei dem man sich fragte, wie ein Psychiater (das war er) mit einem so abstoßenden Gesicht seinen Patienten Vertrauen einflößen konnte. Es war das Neid und Missgunst ausdrückende Gesicht eines Mannes, der sich als ewigen Zweiten sah. Tatsächlich leitete er eine kleine Nervenklinik in Vincennes, aber er wusste nur zu gut, dass sein Institut nie den Ruhm und die Einnahmen der Klinik des berühmteren Dr. Blanche genießen würde – auch wenn er sarkastisch knurrte, vor dreißig Jahren sei dort ein gewisser Nerval eingeliefert worden (seines Erachtens ein bedeutender Dichter), den die Pflege in der hochberühmten Klinik von Blanche zum Selbstmord getrieben habe.

Zwei andere Tischgenossen, mit denen ich gute Beziehungen angeknüpft hatte, waren die Doktoren Bourru und Burot, zwei einzigartige Typen, die wie Zwillingsbrüder aussahen, immer in Schwarz gekleidet mit fast dem gleichen Anzugsschnitt, den gleichen schwarzen Schnauzern und glattrasiertem Kinn, die Hemdkragen immer leicht schmutzig, was nicht zu vermeiden war, denn in Paris waren sie auf der Reise, ihren normalen Dienst taten sie an der École de Médecine von Rochefort und kamen nur jeden Monat für ein paar Tage in die Hauptstadt, um die Experimente von Charcot zu verfolgen.

»Was, heute gibt's keinen Porree?« fragte Bourru eines Tages ärgerlich. Und Burot setzte empört nach: »Keinen Porree?!«

Während der Kellner sich noch entschuldigte, mischte ich mich vom Nachbartisch ein: »Aber es gibt sehr guten Bocksbart, den ich dem Porree vorziehe.« Und dann trällerte ich fröhlich: »*Tous les légu-*

mes / au clair de lune / étaient en train de s'amuser / et les passants les regardaient. / Les cornichons / dansaient en rond, / les salsifis / dansaient sans bruit...«

So hatte ich sie überzeugt, die beiden Tischgenossen nahmen die *salsifis*, und das war der Beginn einer schönen Gewohnheit, für jeweils zwei Tage im Monat.

»Sehen Sie, Monsieur Simonini«, erklärte mir Bourru, »Doktor Charcot erforscht die Hysterie, eine Form von Neurose, die sich in verschiedenen psychomotorischen, sensorischen und vegetativen Reaktionen manifestiert. Früher hatte man sie für ein ausschließlich weibliches Phänomen gehalten, ausgelöst durch Störungen der Uterusfunktion, aber Charcot hat erkannt, dass die hysterischen Manifestationen unter beiden Geschlechtern gleichermaßen verbreitet sind und Paralyse, Epilepsie, Blindheit, Taubheit, Atem-, Sprech- und Schluckbeschwerden umfassen können.«

»Der Kollege«, mischte Burot sich ein, »hat noch nicht gesagt, dass Charcot auch behauptet, eine Therapie entwickelt zu haben, die ihre Symptome zu heilen vermag.«

»Dazu wollte ich gerade kommen«, sagte Bourru pikiert. »Charcot hat den Weg der Hypnose gewählt, der bis gestern noch Sache von Scharlatanen wie Mesmer gewesen war. Die Patienten sollen sich in hypnotisiertem Zustand an traumatische Erlebnisse erinnern, die ihrer Hysterie zugrunde liegen, und durch deren Bewusstmachung gesund werden.«

»Und werden sie gesund?«

»Das genau ist der Punkt, Monsieur Simonini«, sagte Bourru, »für uns riecht das, was in der Salpêtrière geschieht, oft mehr nach Theater als nach klinischer Psychiatrie. Verstehen wir uns recht, nicht um die unfehlbaren diagnostischen Qualitäten des großen Meisters in Frage zu stellen...«

»Nicht um sie anzuzweifeln«, bestätigte Burot. »Es ist die Technik der Hypnose an sich, die...«

Bourru und Burot erklärten mir die verschiedenen Methoden des Hypnotisierens, von den noch scharlatanhaften eines gewissen Abbé Faria (dieser Dumas'sche Name ließ mich aufhorchen, aber Dumas

Früher hatte man Hysterie für ein ausschließlich weibliches Phänomen gehalten, ausgelöst durch Störungen der Uterusfunktion… (S. 41)

hat bekanntlich reale zeitgeschichtliche Chroniken geplündert) bis zu den wissenschaftlichen von Doktor Braid, einem echten Pionier.

»Inzwischen«, sagte Bourru, »befolgen die guten Magnetiseure einfachere Methoden.«

»Und wirkungsvollere«, präzisierte Burot. »Man lässt vor dem Kranken eine Medaille oder einen Schlüssel pendeln und sagt ihm, er solle ihn unverwandt ansehen. Nach ein bis drei Minuten fallen die Pupillen des Patienten in eine oszillierende Bewegung, der Blutdruck sinkt, die Augen schließen sich, das Gesicht bekommt einen entspannten Ausdruck, und der Schlaf kann bis zu zwanzig Minuten dauern.«

»Allerdings«, korrigierte Bourru, »hängt das vom Patienten ab, denn Magnetisierung entsteht nicht durch Übertragung mysteriöser Ströme, wie dieser Scharlatan Mesmer meinte, sondern durch Phänomene der Autosuggestion. Die indischen Fakire kommen zum selben Ergebnis, indem sie aufmerksam die eigene Nasenspitze betrachten, oder die Mönche vom Athos, indem sie ihren Bauchnabel fixieren.«

»Wir glauben nicht sehr an diese Formen von Autosuggestion«, sagte Burot, »auch wenn wir nichts anderes tun, als Intuitionen in die Praxis umzusetzen, die Charcot gehabt hatte, bevor er anfing, soviel auf Hypnotisierung zu geben. Wir beschäftigen uns mit Fällen von Persönlichkeitsspaltung, das heißt mit Patienten, die sich an einem Tag für die eine Person und an einem anderen Tag für eine andere halten, ohne dass die beiden Personen etwas voneinander wissen. Letztes Jahr ist ein gewisser Louis in unsere Klinik gekommen.«

»Ein interessanter Fall«, präzisierte Bourru, »er litt an Paralyse, partieller Gefühllosigkeit, Kontrakturen, Muskelkrämpfen, Hyperästhesie, Stummheit, Hautreizungen, Hämorrhagie, Husten, Übelkeit, epileptischen Anfällen, Katatonie, Somnambulismus, Veitstanz, Sprachstörungen...«

»Manchmal hielt er sich für einen Hund«, fügte Burot hinzu, »oder für eine Dampflokomotive. Außerdem hatte er paranoische Halluzinationen, Blickfeldverengungen, Halluzinationen des Geschmacks-, Geruchs- und Gesichtssinns, pseudotuberkulöse Lungenkongestionen, Kopfschmerzen, Bauchweh, Verstopfung, Anorexie, Bulimie und Lethargie, Kleptomanie...«

»Kurzum«, schloss Bourru, »ein normaler Befund. Aber anstatt nun auf Hypnose zu rekurrieren, haben wir am rechten Arm des Patienten eine stählerne Schiene angelegt, und siehe da, auf einmal erschien er uns wie durch Zauber als eine neue Person. Paralyse und Gefühllosigkeit waren auf der rechten Seite verschwunden, um sich auf die linke zu verlagern.«

»Wir standen vor einem anderen Menschen«, präzisierte Burot, »der sich an nichts von dem erinnerte, was er eben noch gewesen war. In einem seiner Zustände war Louis abstinent und im anderen wurde er geradezu trunksüchtig.«

»Man beachte«, ergänzte Bourru, »dass die magnetische Kraft einer Substanz auch auf Distanz wirkt. Zum Beispiel stelle man, ohne dass der Patient es weiß, ein Fläschchen mit einer alkoholischen Substanz unter seinen Stuhl. In diesem Zustand des Somnambulismus wird der Patient alle Symptome der Betrunkenheit zeigen.«

»Sie sehen, dass unsere Praktiken die psychische Unversehrtheit des Patienten respektieren«, schloss Burot. »Hypnose raubt dem Patienten das Bewusstsein, während beim Magnetisieren keine heftige Erschütterung eines Organs stattfindet, sondern eine zunehmende Aufladung der Nervengeflechte.«

Dieses Gespräch brachte mich zu der Überzeugung, dass Bourru und Burot zwei Spinner waren, die arme Geistesverwirrte mit ätzenden Substanzen quälten, und in dieser Überzeugung wurde ich bestärkt, als ich den am Nebentisch sitzenden Dr. Du Maurier, der dem Gespräch gefolgt war, mehrmals den Kopf schütteln sah.

»Lieber Freund«, erklärte er mir zwei Tage später, »sowohl Charcot als auch unsere beiden Kollegen aus Rochefort stellen sich falsche Fragen: Anstatt das gelebte Leben ihrer Patienten zu analysieren und sich zu fragen, was es heißt, ein doppeltes Bewusstsein zu haben, beschäftigen sie sich damit, ob man mit Hypnose oder mit Metallschienen auf die Patienten einwirken kann. Das Problem ist, dass bei vielen Patienten der Übergang von der einen zur anderen Persönlichkeit spontan erfolgt, in unvorhersehbaren Formen und Abständen. Wir könnten von Selbsthypnose sprechen. Meines Erachtens haben Charcot und seine Schüler nicht genug über die Erfahrungen von Dr. Azam und über den Fall Félida nachgedacht. Wir wissen noch sehr wenig über diese Phänomene, die Gedächtnisstörung kann als Ursache eine Verringerung der Blutzufuhr in einem noch unbekannten Teil des Gehirns haben, und die momentane Gefäßverengung kann von der Hysterie provoziert worden sein. Aber wo fehlt der Blutzufluss bei Gedächtnisverlust?«

»Wo fehlt er?«

»Das ist die Frage. Sie wissen, dass unser Gehirn zwei Hälften hat. Es kann also Personen geben, die mal mit einer vollständigen Hälfte denken und mal mit einer unvollständigen, der das Gedächtnisvermögen fehlt. Ich habe in der Klinik einen ganz ähnlichen Fall wie den von Félida. Eine junge Frau, kaum älter als zwanzig, namens Diana.«

Hier hielt Du Maurier einen Augenblick inne, als fürchtete er, etwas Vertrauliches zu verraten.

»Eine Verwandte von ihr hatte sie mir vor zwei Jahren in Pflege gegeben und ist dann gestorben, selbstverständlich ohne die weitere Pension zu bezahlen, aber was sollte ich machen, die Patientin auf die Straße setzen? Über ihre Vergangenheit weiß ich wenig. Ihren Erzählungen zufolge scheint sie seit der Adoleszenz alle fünf oder sechs Tage nach einer Gefühlsaufwallung Schmerzen an den Schläfen gespürt zu haben und dann in eine Art Schlaf gesunken zu sein. Was sie Schlaf nennt, sind in Wahrheit hysterische Anfälle, und jedenfalls ist sie, wenn sie dann wieder aufwacht oder sich beruhigt, sehr anders als vorher, das heißt, sie ist in das eingetreten, was schon Dr. Azam den *zweiten Zustand* nannte. In dem Zustand, den wir als ihren ›normalen‹ bezeichnen können, benimmt sich Diana wie die Anhängerin einer Art Freimaurersekte… Missverstehen Sie mich nicht, auch ich gehöre dem Grand Orient de France an, dem Freimaurertum der anständigen Leute, aber Sie wissen vielleicht, dass es auch verschiedene ›Obedienzen‹ templerischer Tradition gibt, mit seltsamen Neigungen zu okkulten Wissenschaften, und einige von ihnen – zum Glück nur Randgruppen – neigen zu satanischen Riten. In dem Zustand, den man bei Diana leider *normal* nennen muss, betrachtet sie sich als Anhängerin Luzifers oder etwas in der Art, sie führt freizügige Reden, erzählt schlüpfrige Vorfälle, versucht die Pfleger und sogar mich zu verführen – es tut mir leid, so etwas Peinliches zu sagen, auch weil Diana das ist, was man eine attraktive Frau nennt. Meines Erachtens steht sie in diesem Zustand unter dem Eindruck von Traumata, die sie während ihrer Adoleszenz erlitten hat, und versucht sich diesen Erinnerungen zu entziehen, indem sie streckenweise in ihren zweiten Zustand eintritt. In diesem zweiten Zustand erscheint Diana dann als ein sanftes und reines Wesen, sie ist eine gute Christin, fragt immer nach ihrem Gebetbuch und will zur Messe gehen. Aber das ungewöhnlichste Phänomen, das auch bei Félida auftrat, ist, dass Diana in ihrem zweiten Zustand, wenn sie die tugendhafte Diana ist, sich sehr gut daran erinnert, wie sie in ihrem normalen Zustand war, und sich bekreuzigt und sich fragt, wie man so böse gewesen sein konnte, und sich mit einem Bußgürtel bestraft. Dabei geht sie soweit, dass sie diesen zweiten Zustand als *ihren Vernunftzustand* bezeichnet und sich an ihren normalen Zustand als an eine Phase erinnert, in der sie Halluzinationen zum Opfer gefallen war. In ihrem normalen Zustand erinnert sich Diana dagegen an nichts von dem, was sie in ihrem zweiten Zustand getan hat. Die beiden Zustände alternieren in unregelmäßigen, unvorhersehbaren Abständen, manchmal bleibt sie mehrere Tage lang in dem einen oder dem anderen. Ich wäre einverstanden mit Dr. Azam, hier von *perfektem Somnambulismus* zu sprechen. Denn nicht nur die Schlafwandler, auch diejenigen, die sich mit Drogen, Haschisch, Belladonna, Opium oder Alkohol berauschen, tun ja Dinge, an die sie sich beim Aufwachen nicht mehr erinnern können.«

Ich weiß nicht, warum mich die Schilderung von Dianas Krankheit so berührte, aber ich erinnere mich, zu Dr. Du Maurier gesagt zu haben: »Ich werde darüber mit einem Bekannten sprechen, der sich mit beklagenswerten Fällen wie diesem befasst und weiß, wo man ein armes Waisenmädchen unterbringen kann. Ich werde Sie mit dem Abbé Dalla Piccola bekannt machen, einem Ordensmann mit viel Einfluss in den Kreisen der frommen Einrichtungen.«

Demnach hatte ich damals, als ich mit Du Maurier sprach, zumindest den Namen Dalla Piccolas schon gekannt. Aber warum hatte ich mich so um diese Diana gesorgt?

*Charcot hat den Weg der Hypnose gewählt,
der bis gestern noch Sache von Scharlatanen wie
Mesmer gewesen war… (S. 41)*

Ich schreibe ununterbrochen seit Stunden, der Daumen schmerzt mich, und gegessen habe ich bloß kurz zwischendurch am Arbeitstisch, ein paar Scheiben Brot mit Butter und Pâté, dazu ein paar Gläser Château Latour, um das Gedächtnis anzuregen.

Eigentlich hätte ich mich jetzt gern mit einem Besuch zum Beispiel im Brébant-Vachette belohnt, aber solange ich nicht herausgefunden habe, wer ich bin, kann ich mich draußen nicht zeigen. Früher oder später werde ich mich jedoch zur Place Maubert wagen, um etwas für morgen einzukaufen.

Also rasch wieder an die Arbeit!

In den Jahren, als ich ins Magny ging (das muss '85 oder '86 gewesen sein), hatte ich auch denjenigen kennengelernt, den ich nach wie vor als den österreichischen Doktor in Erinnerung habe. Jetzt fällt mir auch sein Name wieder ein, er hieß Froïde (ich glaube, so schreibt er sich), ein Arzt um die Dreißig, der sicher nur deshalb ins Magny kam, weil er sich nichts Besseres leisten konnte, und der eine Lehrzeit bei Charcot verbrachte. Er setzte sich gewöhnlich an den Nachbartisch, und anfangs beschränkten wir uns darauf, einander zur Begrüßung höflich zuzunicken. Ich schätzte ihn als geborenen Melancholiker ein, leicht fremdelnd und schüchtern hoffend, mit jemandem ins Gespräch zu kommen, um etwas von dem loszuwerden, was ihn beschäftigte. Bei zwei oder drei Gelegenheiten hatte er nach Vorwänden gesucht, um ein paar Worte mit mir zu wechseln, aber ich war nicht darauf eingegangen.

Auch wenn der Name Froïde mir nicht wie Steiner oder Rosenberg klang, wusste ich doch, dass alle Juden, die in Paris leben und sich hier bereichern, deutsche Namen haben, und angesichts seiner Hakennase fragte ich eines Tages Du Maurier, aber der machte nur eine vage Geste und sagte: »Ich weiß nicht recht, aber jedenfalls halte ich ihn mir fern, Jude und Deutscher ist eine Mischung, die mir nicht gefällt.«

»Ist er nicht Österreicher?«

»Das kommt doch aufs selbe hinaus, oder? Selbe Sprache, selbe Denkweise. Ich habe nicht vergessen, wie die Preußen über die Champs-Élysées defilierten.«

»Es heißt, der Arztberuf sei bei den Juden einer der häufigsten, fast so wie das Geldverleihen zu Wucherzinsen. Gewiss ist es besser, nie Geld zu brauchen und niemals krank zu werden.«

»Immerhin gibt es auch christliche Ärzte«, sagte Du Maurier mit eisigem Lächeln.

Ich hatte einen Fauxpas begangen.

Unter den Pariser Intellektuellen gibt es viele, die zugeben, bevor sie ihren Abscheu vor Juden ausdrücken, dass einige ihrer besten Freunde Juden seien. Heuchelei. Ich habe keine jüdischen Freunde (Gott bewahre!), ich habe die Juden mein Leben lang immer gemieden. Vielleicht habe ich sie instinktiv gemieden, denn die Juden erkennt man (wie die Deutschen, welch ein Zufall) an ihrem Geruch (das hat auch Victor Hugo gesagt: *fetor judaica*), was ihnen hilft, sich an diesem und anderen Zeichen zu erkennen, ähnlich wie die Päderasten. Mein Großvater hatte mir eingebleut, dass ihr Geruch von dem vielen Knoblauch und den Zwiebeln kommt, die sie verzehren, vielleicht auch von dem Hammel- und Gänsefleisch, beschwert mit dickflüssigen Zuckersoßen, die sie hypochondrisch machen. Aber es muss auch die Rasse sein, das unreine Blut, die lahmen Lenden. Sie sind allesamt Kommunisten, siehe Marx und Lassalle, in diesem Punkt hatten für einmal meine Jesuiten recht.

Ich habe die Juden immer gemieden, auch weil ich auf die Namen achte. Die österreichischen Juden kauften sich, wenn sie reich wurden, anmutig klingende Namen, solche von Blumen, Edelsteinen oder -metallen wie Rosenbaum, Silbermann oder Goldstein. Die ärmsten mussten mit Namen wie Grünspan oder Schweißloch vorliebnehmen. In Frankreich und Italien haben sie sich hinter Namen von Städten oder Regionen versteckt, Ravenna, Modena, Picard, Flamand, manche haben sich auch am Revolutionskalender orientiert, Froment, Avoine, Laurier – zu Recht, waren ihre Väter doch die heimlichen Drahtzieher des Königsmords. Aber man muss auch auf die Vornamen achten, die manchmal jüdische Namen maskieren – hinter einem Maurice kann ein Moses stecken, hinter Isidor ein Isaak, hinter Édouard ein Aaron, hinter Jacques ein Jakob und hinter Alphonse ein Adam…

Ist Sigmund ein jüdischer Name? Ich hatte instinktiv beschlossen, diesem Froïde kein Vertrauen zu schenken, aber eines Tages stieß er, als er danach griff, das Salzfässchen um. Unter Tischnachbarn muss man gewisse Höflichkeitsregeln beachten, und so reichte ich ihm das meine, nicht ohne zu sagen, dass in manchen Ländern das Verstreuen von Salz als schlechtes Vorzeichen gilt, worauf er lachend erwiderte, er sei nicht abergläubisch. Seitdem wechselten wir immer öfter ein paar Worte. Er entschuldigte sich für sein Französisch, das er zu schwerfällig sprach, aber er konnte sich sehr gut verständlich machen. Die Juden sind Nomaden aus schlechter Angewohnheit und müssen sich allen Sprachen anpassen. Ich sagte freundlich: »Sie müssen nur noch das Ohr besser eingewöhnen.« Er lächelte dankbar. Schleimer.

Froïde war auch als Jude ein Lügner. Ich hatte immer gehört, die Angehörigen seiner Rasse dürften nur besondere, eigens zubereitete Speisen essen und lebten deswegen immer in Ghettos, während Froïde mit gutem Appetit alles aß, was ihm im Magny vorgesetzt wurde, und auch ein Glas Bier nicht verschmähte.

Eines Abends schien es jedoch, als wolle er sich total gehenlassen. Er hatte bereits zwei Bier bestellt, und nach dem Essen, während er nervös rauchte, bestellte er noch ein drittes. Nach einer Weile, während er mit großen Handbewegungen redete, stieß er das Salzfässchen abermals um.

»Nicht dass ich ungeschickt wäre«, entschuldigte er sich, »aber ich bin beunruhigt. Seit drei Tagen habe ich keine Post von meiner Verlobten bekommen. Ich erwarte nicht, dass sie mir jeden Tag schreibt, wie ich es tue, aber dieses Schweigen beunruhigt mich. Sie ist von zarter Gesundheit, ich leide sehr darunter, nicht in ihrer Nähe zu sein. Außerdem brauche ich ihre Billigung für alles, was ich tue. Ich wünschte zum Beispiel, dass sie mir schriebe, was sie von meinem Abendessen bei Charcot denkt. Sie müssen nämlich wissen, Monsieur Simonini, ich war vor ein paar Tagen zum Essen bei dem großen Mann eingeladen. Das passiert nicht jedem jungen Doktor, der auf Besuch ist, noch dazu Ausländer.«

Sieh da, sagte ich mir, der kleine semitische Parvenü, der sich in die guten Familien einschleimt, um Karriere zu machen. Und dieser Drang nach seiner Verlobten, verriet der nicht die sinnliche, lüsterne Natur des Juden, der immer an Sex denkt? Nachts träumst du von ihr, nicht wahr? Und vielleicht berührst du dich dann unzüchtig, wenn du von ihr phantasierst, du solltest auch mal Tissot lesen… Aber ich ließ ihn erzählen.

»Da waren illustre Gäste, der Sohn von Daudet, Doktor Strauss, der Assistent von Pasteur, Professor Beck vom Institut und Emilio Toffano, der große italienische Maler. Der Abend hatte mich vierzehn Francs gekostet, für eine schöne schwarze Krawatte aus Hamburg, weiße Handschuhe, ein neues Hemd – und den Frack, zum ersten Mal in meinem Leben. Und gleichfalls zum ersten Mal in meinem Leben hatte ich mir den Bart stutzen lassen, *à la française*. Und gegen die Schüchternheit half eine Prise Kokain, um mir die Zunge zu lösen.«

»Kokain? Ist das nicht ein Gift?«

»Alles ist Gift, wenn man es in zu hoher Dosis nimmt, auch der Wein. Aber ich studiere seit zwei Jahren diese wunderbare Substanz. Sehen Sie, Kokain ist ein Alkaloid, das aus einer Pflanze gewonnen wird, die die Indios in Südamerika kauen, um die großen Andenhöhen zu ertragen. Im Unterschied zum Opium und zum Alkohol ruft es geistige Erregungszustände hervor, ohne deswegen negative Effekte zu haben. Es ist hervorragend als Analgetikum, besonders in der Augenheilkunde oder bei Asthma, nützlich bei der Behandlung von Alkoholismus und Drogensucht, perfekt gegen Seekrankheit, wertvoll zur Kur von Diabetes, es vertreibt wie durch Zauber den Hunger und Müdigkeit, es ist ein guter Tabakersatz, es heilt Verdauungsstörungen, Blähungen, Koliken, Magenkrämpfe, Hypochondrie, Migräne, Rückgratentzündung, Heuschnupfen, es ist ein wertvolles Stärkungsmittel bei Schwindsucht, und in Fällen von akuter Karies genügt es, in den Hohlraum einen winzigen, mit einer vierprozentigen Lösung getränkten Wattebausch einzuführen, und der Schmerz lässt sofort nach. Aber vor allem ist es ein wunderbares Mittel, um Depressiven wieder Vertrauen einzuflößen, ihren Geist aufzurichten, sie wieder aktiv und optimistisch zu machen.«

Der Doktor war inzwischen bei seinem vierten Bier und offensichtlich in einem melancholischen Rausch. Er beugte sich zu mir vor, als wollte er mir etwas gestehen.

»Kokain ist optimal für einen wie mich, der sich, wie ich immer zu meiner verehrungswürdigen Martha sage, nicht für besonders attraktiv hält, der als Jugendlicher nie richtig jung gewesen ist und jetzt mit dreißig noch nicht richtig gereift. Es gab eine Zeit, da war ich ganz voller Ehrgeiz und Lernwille und fühlte mich Tag für Tag entmutigt durch den Umstand, dass Mutter Natur mir nicht in einem ihrer gütigen Momente den Stempel jenes Genies aufgedrückt hat, das sie hin und wieder einem von uns gewährt.«

Er verstummte plötzlich mit der Miene dessen, dem bewusst wird, dass er sein Innerstes bloßgelegt hat. Kleiner lamentierender Jude, sagte ich mir. Und beschloss, ihn in Verlegenheit zu bringen.

»Spricht man vom Kokain nicht auch als einem Aphrodisiakum?« fragte ich.

Froïde errötete. »Es hat auch diese Kraft, glaube ich, aber… ich habe keine einschlägigen Erfahrungen. Als Mann bin ich für diese Reizungen nicht empfänglich. Und als Arzt hat mich das Thema Sexualität nie besonders interessiert. Obwohl man jetzt auch in der Salpêtrière angefangen hat, viel darüber zu sprechen. Charcot hat entdeckt, dass eine seiner Patientinnen, eine gewisse Augustine, in einer fortgeschrittenen Phase ihrer hysterischen Manifestationen zu erkennen gegeben hat, dass ihr primäres Trauma eine als Kind erlittene Vergewaltigung war. Natürlich leugne ich nicht, dass es unter den hysterieauslösenden Traumata auch Phänomene geben kann, die mit der Sexualität verbunden sind, wie könnte ich auch. Nur scheint es mir einfach übertrieben, alles auf Sexualität zurückzuführen. Aber vielleicht ist es ja meine kleinbürgerliche Prüderie, die mich von diesen Problemen abhält.«

Nein, sagte ich mir, es ist nicht deine Prüderie, es liegt daran, dass du wie alle Beschnittenen deiner Rasse vom Sex besessen bist, aber es zu vergessen suchst. Ich möchte sehen, wenn du deine schwitzigen Hände auf diese deine Martha legst, ob du ihr nicht eine Brut kleiner Juden machst und sie vor lauter Anstrengung schwindsüchtig werden lässt…

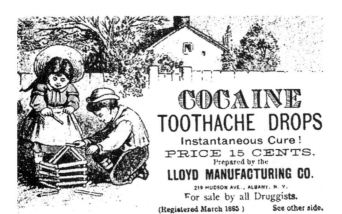

...in Fällen von akuter Karies genügt es, in den Hohlraum einen winzigen, mit einer vierprozentigen Lösung getränkten Wattebausch einzuführen, und der Schmerz lässt sofort nach... (S. 51)

Unterdessen fuhr Froïde fort: »Mein Problem ist eher, dass mir meine Kokainvorräte ausgegangen sind und ich im Begriff bin, in die Melancholie zurückzufallen, die antiken Ärzte würden sagen, ich hätte einen Erguss schwarzer Galle. Früher bezog ich die Präparate von Merck und Gehe, aber sie haben ihre Produktion einstellen müssen, da sie nur noch minderwertigen Rohstoff bekamen. Die frischen Blätter können nur in Amerika bearbeitet werden, und die beste Produktion ist die von Parke und Davis in Detroit, eine leichter lösliche Sorte, rein weiß und aromatisch riechend. Ich besaß einen kleinen Vorrat davon, aber hier in Paris weiß ich nicht, an wen ich mich wenden soll.«

Ein Wink mit dem Zaunpfahl für einen, der mit den Geheimnissen der Place Maubert und Umgebung vertraut ist. Ich kannte Individuen, bei denen man nicht nur Kokain bestellen konnte, sondern auch einen Diamanten, einen ausgestopften Löwen oder eine Korbflasche Vitriol, und am nächsten Tag wurde einem das Gewünschte gebracht, ohne dass man fragen musste, wo sie es aufgetrieben hatten. Für mich ist Kokain ein Gift, sagte ich mir, und zur Vergiftung eines Juden beizutragen, dagegen habe ich nichts. So versprach ich dem Doktor Froïde, dass er in wenigen Tagen einen schönen Vorrat seines Alkaloids haben würde. Natürlich sollte er nicht befürchten müssen, dass meine Vorgehensweise nicht ganz einwandfrei sein könnte. Ach, wissen Sie, sagte ich, wir Antiquitätenhändler kennen die verschiedensten Leute.

Dies alles hat nichts mit meinem Problem zu tun, aber es erklärt, wie wir allmählich Vertrautheit gewannen und über dieses und jenes sprachen. Froïde war gesprächig und geistreich, vielleicht täuschte ich mich und er war gar kein Jude. Jedenfalls unterhielt man sich besser mit ihm als mit Bourru und Burot, und als wir einmal über die Experimente der beiden sprachen, erwähnte ich die Patientin von Du Maurier.

»Glauben Sie«, fragte ich ihn, »dass solch eine Kranke mit den Magneten von Bourru und Burot geheilt werden kann?«

»Lieber Freund«, antwortete Froïde, »in vielen der Fälle, die wir untersuchen, wird den physischen Aspekten zuviel Beachtung geschenkt und vergessen, dass die Krankheit, wenn sie ausbricht, viel wahrscheinlicher psychische Ursachen hat. Und wenn sie psychische Ursachen hat, dann ist es die Psyche, die geheilt werden muss, nicht der Körper. Bei einer traumatischen Neurose ist die wahre Krankheitsursache nicht die Verletzung, die als solche oft nur gering ist, sondern das primäre psychische Trauma. Kommt es nicht vor, dass man nach einer starken Gefühlsaufwallung in Ohnmacht fällt? Nun, und dann ist das Problem für den, der sich mit Nervenkrankheiten beschäftigt, nicht zu erklären, wie man physisch die Sinne verliert, sondern welche Gefühlsaufwallung es war, die dazu geführt hat.«

»Aber wie findet man heraus, welche Gefühlsaufwallung das war?«

»Sehen Sie, lieber Freund, wenn die Symptome eindeutig hysterischer Art sind, wie im Falle dieser Patientin von Du Maurier, dann kann Hypnose künstlich dieselben Symptome erzeugen, und man könnte tatsächlich bis zum primären Trauma vordringen. Aber andere Patienten haben eine so unerträgliche Erfahrung gemacht, dass sie sie ausgelöscht haben wollten, als hätten sie sie in eine unzugängliche Zone ihrer Seele verbannt, so tief, dass man nicht einmal unter Hypnose zu ihr vordringt. Und übrigens, wieso sollten wir unter Hypnose größere geistige Fähigkeiten haben als im Wachzustand?«

»Also wird man nie erfahren…«

»Verlangen Sie von mir keine klare und definitive Antwort, denn ich vertraue Ihnen hier Gedanken an, die noch im Werden sind. Manchmal bin ich versucht zu glauben, dass man in jene tiefe Zone nur vordringt, wenn man träumt. Schon die Alten wussten, dass Träume enthüllend sein können. Ich habe den Verdacht, wenn ein Kranker über längere Zeit, tagelang, mit einer Person sprechen könnte, die ihm zuzuhören verstünde, womöglich indem er sogar seine Träume erzählt, dann könnte das primäre Trauma plötzlich ans Licht kommen und zu erkennen sein. Im Englischen spricht man von *talking cure*. Sie kennen das sicher, wenn Sie jemandem lange zurückliegende Ereignisse erzählen, dann fallen Ihnen plötzlich Einzelheiten ein, die Sie vergessen hatten oder vergessen zu haben glaubten, die jedoch Ihr Gehirn in einer verborgenen Falte aufbewahrt hatte. Ich glaube, je detaillierter solch eine Rekonstruktion wäre, desto klarer könnte eine vergessene

Episode auftauchen, was sage ich, eine unbedeutende Tatsache, sogar bloß eine Winzigkeit, die jedoch eine so unerträglich störende Wirkung gehabt hat, dass sie eine… wie soll ich sagen, eine *Abtrennung* bewirkt, eine *Beseitigung*, ich finde den richtigen Ausdruck nicht, auf englisch würde ich *removal* sagen, wie sagt man auf französisch, wenn man ein Organ entfernt… *une ablation?* Ja, auf deutsch wäre wohl *Entfernung* der richtige Ausdruck.«

Da kommt der Jude wieder zum Vorschein, sagte ich mir. Ich glaube, ich hatte mich damals schon mit den verschiedenen jüdischen Verschwörungen beschäftigt und mit dem Plan dieser Rasse, ihre Kinder Ärzte und Apotheker werden zu lassen, um sowohl den Körper als auch den Geist der Christen beherrschen zu können. Wenn ich krank wäre, würdest du wollen, dass ich mich in deine Hände begäbe und dir alles von mir erzählte, auch was ich gar nicht weiß, so dass du zum Herrn über meine Seele würdest, nicht wahr? Das wäre noch schlimmer als beim jesuitischen Beichtvater, denn mit dem würde ich wenigstens geschützt durch ein Gitter sprechen und würde nicht sagen, was ich denke, sondern nur das, was alle tun, weshalb man es fast schon mit Termini technici benennen kann, die für alle gleich sind, ich habe gestohlen, ich habe Unzucht getrieben, ich habe Vater und Mutter nicht geehrt. Deine Sprache selbst verrät dich, du sprichst von Ablation, als wolltest du mir das Gehirn beschneiden…

Doch inzwischen hatte Froïde angefangen zu lachen und hatte sich noch ein Bier bestellt.

»Aber nehmen Sie meine Worte nicht für getriebenes Gold, es sind Phantasien eines tatenlos Strebenden. Wenn ich nach Österreich zurückkehre, werde ich heiraten, und um meine Familie ernähren zu können, werde ich eine ärztliche Praxis eröffnen müssen. Und dann werde ich brav die Hypnose anwenden, wie Charcot es mich gelehrt hat, und werde nicht anfangen, in den Träumen meiner Patienten zu schnüffeln. Ich bin keine Pythia. Ich frage mich, ob es dieser Patientin von Du Maurier nicht guttäte, ein bisschen Kokain zu nehmen.«

So endete dieses Gespräch, das damals so wenige Spuren in meinem Gedächtnis hinterlassen hatte. Aber jetzt fällt mir alles wieder ein, weil ich mich jetzt vielleicht, wenn nicht in der Situation von

Diana, so doch in der eines fast normalen Menschen befinde, der einen Teil seines Gedächtnisses verloren hat. Aber selbst wenn ich wüsste, wo Froïde sich derzeit befindet, würde ich um nichts in der Welt hingehen und ihm mein Leben erzählen, ihm als Juden schon gar nicht, aber auch nicht einem guten Christen. In dem Metier, das ich ausübe (welches Metier?), muss ich Angelegenheiten anderer Leute erzählen, gegen Bezahlung, aber mich um jeden Preis davor hüten, meine eigenen offenzulegen. Allerdings kann ich mir meine eigenen selbst erzählen. Bourru (oder Burot) hatte doch gesagt, dass es heilige Männer gebe, die sich selber hypnotisierten, indem sie auf ihren Bauchnabel starrten.

So habe ich beschlossen, dieses Tagebuch zu führen, wenn auch rückläufig, um mir meine Vergangenheit Stück für Stück zu erzählen, so wie ich sie mir ins Gedächtnis zurückzurufen vermag, einschließlich der belanglosesten Dinge, bis das... wie hieß es gleich?... das traumatisierende Element zum Vorschein kommt. Für mich allein. Und für mich allein will ich gesund werden, ohne mich in die Hände der Klapsmühlenärzte zu begeben.

Bevor ich anfange (aber ich habe ja inzwischen schon angefangen, gerade gestern) würde ich gerne, um mich in den richtigen Gemütszustand für diese Art von Autohypnose zu bringen, in die Rue Montorgueil *chez Philippe* gehen. Ich würde mich in Ruhe hinsetzen, würde lange die Speisekarte studieren, mit den Menüs, die von sechs Uhr abends bis Mitternacht serviert werden, und würde dann *potage à la Crécy* bestellen, Steinbutt mit Kapernsoße, Rinderfilet und *langue de veau au jus*, um mit einem Sorbet *al maraschino* und diversen Plätzchen zu enden, das Ganze begossen mit zwei Flaschen altem Burgunder.

Derweil würde es Mitternacht geworden sein, und ich würde das Nachtmahl in Erwägung ziehen: vielleicht eine Schildkrötensuppe (mir kommt eine köstliche von Dumas in den Sinn – habe ich Dumas gekannt?), dann eine Scheibe Lachs an Zwergzwiebeln mit javanisch gepfefferten Artischocken, zum Abschluss einen Rum-Sorbet und englische Gewürzplätzchen. In vorgerückter Nacht würde ich mir eine Delikatesse des frühen Morgens spendieren, sprich eine *soupe aux oignons*, wie sie zu dieser Zeit die Lastträger der Pariser Hallen genießen, glücklich, mich mit ihnen gemein zu machen. Dann, um mich auf einen aktiven Morgen vorzubereiten, einen starken Kaffee mit einem Schuss Cognac und Kirsch.

Ich würde mich, zugegeben, körperlich ein bisschen schwer fühlen, aber der Geist wäre entspannt.

Doch leider kann ich mir diese genüssliche Auszeit nicht erlauben. Ich habe mein Gedächtnis verloren, sage ich mir, und wenn ich im Restaurant jemandem begegne, der mich erkennt, kann es sein, dass ich ihn nicht erkenne. Wie würde ich dann reagieren?

Ich frage mich auch, wie ich reagieren würde, wenn jemand den Laden besuchen käme. Bei dem Typ mit dem Testament Bonnefoy und bei der Alten mit den Hostien ist es gut gegangen, aber es hätte auch anders gehen können. Darum hänge ich besser ein Schild an die Tür, auf dem steht: »Der Eigentümer ist für einen Monat abwesend«, ohne zu präzisieren, wann dieser Monat beginnt und wann er endet. Solange ich nicht etwas mehr über mich begriffen habe, werde ich mich im Hause verkriechen müssen und nur ausgehen, um mir ab und zu etwas zu essen zu holen. Vielleicht wird Fasten mir guttun, wer weiß, ob das, was mir zugestoßen ist, nicht das Ergebnis einer exzessiven Völlerei war, die ich mir… wann?… am Abend des berüchtigten 21. März gegönnt habe?

Im übrigen hätte ich, um mit der Rekonstruktion meiner Vergangenheit zu beginnen, meinen Nabel fixieren müssen, wie Burot (oder Bourru) gesagt hat, und mit vollem Bauch hätte ich dann, auch wenn ich nicht voluminöser bin, als es mein Alter verlangt, die Erinnerungsarbeit damit beginnen müssen, mich im Spiegel zu betrachten.

Stattdessen habe ich gestern an diesem Schreibtisch angefangen und seitdem fast ohne Pause geschrieben, ohne etwas anderes zu essen als ab und zu einen Happen und dazu, dies ja, rückhaltlos zu trinken. Das Beste an diesem Haus ist sein guter Keller.

4.

Großvaters Zeiten

26. März 1897

Meine Kindheit. Turin... Ein Hügel jenseits des Po, ich auf dem Balkon mit Mama. Dann war meine Mutter nicht mehr da, mein Vater saß weinend auf dem Balkon vor dem Hügel, während die Sonne unterging, und Großvater sagte, Gott habe es so gewollt.

Mit meiner Mutter sprach ich französisch, wie jeder Piemontese aus gutem Hause (hier in Paris glauben die Leute, ich sei aus Grenoble, wo man das reinste Französisch spricht, nicht das *babil* der Pariser). Seit der Kindheit habe ich mich mehr französisch als italienisch gefühlt, wie es bei jedem Piemontesen vorkommt. Deshalb finde ich die Franzosen unerträglich.

* * *

Meine Kindheit, das war mein Großvater, mehr als mein Vater oder meine Mutter. Ich hasste meine Mutter, die sich einfach davongemacht hatte, ohne mir vorher etwas zu sagen, meinen Vater, der unfähig war, etwas dagegen zu tun, Gott, weil er es so gewollt hatte, und den Großvater, weil er es normal fand, dass Gott es so gewollt hatte. Mein Vater war immer irgendwo anders – um Italien zu schaffen, sagte er. Dann hat Italien ihn geschafft.

Der Großvater. Giovan Battista Simonini, einst Offizier des savoyischen Heeres, ich glaube mich zu erinnern, dass er es in der Zeit der Napoleonischen Invasionen verlassen hatte, um sich den Bourbonen in Florenz anzuschließen, und als dann auch die Toskana unter die Herrschaft einer Bonaparte geriet, war er nach Turin zurückgekehrt, um als pensionierter Hauptmann seinen Ärger und Groll zu kultivieren.

Knollennasig, wie er war, sah ich von ihm, wenn er mich an der Hand führte, nur seine Nase. Und spürte auf dem Gesicht seine Speichelspritzer. Er war das, was die Franzosen einen *ci-devant* nannten, ein Nostalgiker des Ancien Régime, und er hatte sich nicht mit den Untaten der Revolution abgefunden. Er trug weiterhin die *culottes* – er hatte noch kräftige Waden –, die unter dem Knie mit einer goldenen Spange zusammengehalten wurden, und golden waren auch die Schnallen seiner Lackschuhe. Anzug, Weste und Krawatte, alles schwarz, gaben ihm ein leicht priesterliches Aussehen. Obgleich die Eleganzregeln der vergangenen Zeit es nahelegten, auch eine gepuderte Perücke zu tragen, hatte er darauf verzichtet, weil, wie er sagte, auch Pfaffenfresser wie Robespierre sich mit gepuderten Perücken schmückten.

Mir war nie klar, ob er wirklich wohlhabend war, aber er verbot sich nicht eine gute Küche. Vom Großvater meiner Kindheit habe ich vor allem die »*bagna caöda*« in Erinnerung, eine Art Gemüseeintopf mit Karden: In einem Terrakottagefäß auf kleinem Feuer erhitzte man Öl zusammen mit Sardinen, Knoblauch und Butter, tauchte die Karden hinein (die vorher in kaltem Wasser mit Zitronensaft eingelegt worden waren – für manche auch, aber nicht für meinen Großvater, in Milch), dazu rohe oder geröstete Peperoni, Weißkohlblätter, Topinambur und sehr zarter Blumenkohl – oder auch (aber das war, wie Großvater sagte, die Version für Arme) gekochtes Gemüse, Zwiebeln, Runkelrüben, Kartoffeln oder Karotten. Ich aß schon als Kind gern, und Großvater gefiel es, mich (wie er zärtlich sagte) dick wie ein kleines Schweinchen werden zu sehen.

Speicheltröpfchen über mich sprühend, legte er mir seine Grundsätze dar: »Die Revolution, mein Junge, hat uns zu Sklaven eines atheistischen Staates, ungleicher als vorher und zu feindlichen Brüdern gemacht, jeden zum Kain des anderen. Es ist nicht gut, allzu frei zu sein, und es ist auch nicht gut, alles Notwendige zu haben. Unsere Väter waren ärmer und glücklicher als wir, denn sie blieben in Kontakt mit der Natur. Die moderne Welt hat uns die Dampfmaschine gegeben, die das Land verpestet, und die mechanischen Webstühle, die so vielen Armen die Arbeit wegnehmen und nicht mehr die schönen Gewebe von einst erzeugen. Der sich selbst überlassene Mensch ist zu schlecht, um frei zu sein. Das bisschen Freiheit, das er braucht, muss durch einen Souverän garantiert sein.«

Doch sein bevorzugtes Thema war der Abbé Barruel. Wenn ich an meine Kindheit zurückdenke, sehe ich diesen Abbé fast leibhaftig vor mir, als ob er bei uns im Hause wohnte, obgleich er schon lange tot sein musste.

»Weißt du, mein Junge«, höre ich Großvater sagen, »nachdem der Wahnsinn der Revolution alle Nationen Europas erschüttert hatte, verschaffte sich eine Stimme Gehör, die enthüllte, dass die Revolution nichts anderes gewesen war als das letzte und jüngste Kapitel einer universalen Verschwörung, die von den Templern gegen Thron und Altar geführt wurde, das heißt gegen die Könige, besonders die französischen, und gegen die Allerheiligste Mutter Kirche… Diese Stimme war die des Abbé Barruel, der Ende des Jahrhunderts seine *Mémoires pour servir à l'histoire du Jacobinisme* geschrieben hatte…«

»Aber Herr Großvater, was hatten denn die Templer damit zu tun?« fragte ich dann, obwohl ich diese Geschichte längst auswendig kannte, aber ich wollte dem Großvater Gelegenheit geben, über sein Lieblingsthema zu reden.

»Mein Junge, die Templer sind ein sehr mächtiger Ritterorden gewesen, den der König von Frankreich zerschlagen hatte, um sich seiner Reichtümer zu bemächtigen und viele von ihnen auf den Scheiterhaufen zu schicken. Doch die Überlebenden hatten sich zu einem geheimen Orden zusammengeschlossen, um sich an den Königen Frankreichs zu rächen. Und tatsächlich, als König Ludwigs Kopf unter die Guillotine rollte, ist ein Unbekannter aufs Schafott geklettert, hat den armen Kopf hochgehoben und gerufen: »Jacques de Molay, du bist gerächt!« Molay war der Templer-Großmeister gewesen, den der König auf der äußersten Spitze der Île de la Cité in Paris hatte verbrennen lassen.«

*Wenn ich an meine Kindheit zurückdenke, sehe ich
diesen Abbé fast leibhaftig vor mir, als ob er
bei uns im Hause wohnte, obgleich er
schon lange tot sein musste… (S. 61)*

»Wann ist denn dieser Molay verbrannt worden?«

»Im Jahre 1314.«

»Lassen Sie mich rechnen, Herr Großvater... das war ja beinahe fünfhundert Jahre vor der Revolution! Und was haben die Templer in all diesen vielen Jahren getan, um verborgen zu bleiben?«

»Sie haben die Zünfte der mittelalterlichen Kathedralenmaurer unterwandert, und aus diesen Zünften ist dann das englische Freimaurertum entstanden, das sich so nennt, weil seine Angehörigen sich als *free masons* betrachteten, das heißt freie Maurer.«

»Und warum sollten diese Maurer dann die Revolution in Frankreich machen?«

»Barruel hatte begriffen, dass die ursprünglichen Templer und die Freimaurer von den Bayerischen Illuminaten erobert und korrumpiert worden waren. Das war eine schlimme Sekte, begründet von einem gewissen Weishaupt, in der jedes Mitglied nur seinen unmittelbaren Vorgesetzten kannte und nichts von den Anführern weiter oben und von ihren Plänen wusste und deren Ziel nicht nur war, Thron und Altar zu zerstören, sondern auch eine Gesellschaft ohne Gesetze und ohne Moral zu schaffen, in der alles allen gemeinsam gehörte, sogar die Frauen – Gott vergebe mir, wenn ich solche Dinge einem Jungen wie dir erzähle, aber man muss die Ränke Satans erkennen. Und fest verbunden mit diesen Illuminaten waren jene Verleugner allen Glaubens, die das Projekt der *Encyclopédie* ins Leben gerufen hatten, ich meine Voltaire und d'Alembert und Diderot und diese ganze Sippschaft, die nach dem Vorbild der Illuminaten in Frankreich vom Zeitalter des Lichtes und in Deutschland von Aufklärung sprachen und die schließlich, als sie sich heimlich versammelten, um den Sturz des Königs zu betreiben, den Club der sogenannten Jakobiner gründeten – so genannt nach ebendem Namen jenes Jakob oder Jacques de Molay. Da siehst du, wer die Revolution in Frankreich angezettelt hat.«

»Dieser Barruel hatte alles durchschaut...«

»Er hatte nur noch nicht verstanden, wie aus einem Kern von christlichen Rittern eine christenfeindliche Sekte entstehen konnte. Weißt du, das ist wie die Hefe im Teig, wenn der Teig fehlt, wächst sie nicht, geht nicht auf, und es gibt kein Brot. Was aber war die Hefe, die jemand – oder das Schicksal oder der Teufel – in den noch gesunden Körper des Templerordens und der Freimaurer eingeführt hatte, um die teuflischste Sekte aller Zeiten in ihm aufgehen zu lassen?«

Hier machte der Großvater eine Pause, faltete die Hände, wie um sich besser zu konzentrieren, lächelte schlau und enthüllte mit kalkulierter und triumphaler Bescheidenheit: »Derjenige, der den Mut hatte, es als erster zu sagen, das war dein Großvater, lieber Junge. Als ich das Buch des Abbé Barruel gelesen hatte, habe ich nicht gezögert, ihm einen Brief zu schreiben. Geh mal da nach hinten, Junge, und hol mir den Schrein, der dort steht.«

Ich tat, wie mir geheißen, der Großvater schloss den kleinen Schrein mit einem vergoldeten Schlüssel auf, den er an einem Band um den Hals trug, und holte ein Blatt Papier heraus, das infolge seiner vierzig Jahre ziemlich vergilbt war. »Dies ist das Original des Briefes, den ich in sauberer Abschrift an Barruel geschickt habe.«

Ich sehe den Großvater noch vor mir, wie er mit dramatischen Pausen las.

»Nehmen Sie, werter Herr, von einem unwissenden Militär, der ich bin, die aufrichtigsten Glückwünsche zu Ihrem Werk entgegen, das man mit gutem Recht das exemplarische Werk des letzten Jahrhunderts nennen kann. Oh, wie gut haben Sie diese infernalischen Sekten entlarvt, die dem Antichrist den Weg bereiten und die unversöhnlichen Feinde nicht nur der christlichen Religion, sondern aller Kulte aller Gesellschaften jeglicher Ordnung sind. Gleichwohl gibt es da noch eine weitere Sekte, die Sie nur gestreift haben. Vielleicht haben Sie das ja mit Absicht getan, denn sie ist die bekannteste und infolgedessen am wenigsten zu fürchtende. Doch meines Erachtens ist sie heute die gewaltigste Macht, bedenkt man ihre großen Reichtümer und die Protektion, die sie in fast allen Staaten Europas genießt. Sie verstehen richtig, mein Herr, ich spreche von der jüdischen Sekte. Sie scheint gänzlich abgetrennt von den anderen und mit ihnen verfeindet zu sein, aber in Wahrheit ist sie das nicht. Tatsächlich genügt es, dass eine von diesen sich feindselig gegenüber dem christlichen Namen zeigt, und schon wird sie von ihr begünstigt, finanziell unterstützt und protegiert. Und haben wir sie nicht gesehen und

sehen sie noch immer ihr Gold und Silber ausgeben, um die modernen Sophisten, die Freimaurer, die Jakobiner, die Illuminaten zu unterstützen und zu führen? So formen die Juden aus allen übrigen Sekten nichts anderes als eine einzige Partei mit dem Ziel, wo immer es möglich ist den christlichen Namen zu zerstören. Und glauben Sie nicht, mein Herr, dass dies alles bloß eine Übertreibung von mir wäre. Ich wiederhole hier nur, was mir von den Juden selbst gesagt worden ist…«

»Und wie haben Sie all diese Dinge von den Juden erfahren?«

»Ich war Anfang zwanzig und ein junger Offizier des savoyischen Heeres, als Napoleon ins Königreich Piemont-Sardinien einfiel. Bei Millesimo wurden wir geschlagen, und Piemont kam zu Frankreich. Es war ein Triumph der gottlosen Bonapartisten, die nun Jagd auf uns Offiziere des Königs machten, um uns am Halse aufzuhängen. Und so war es nicht ratsam, noch in Uniform herumzulaufen, was sage ich, sich überhaupt noch zu zeigen. Mein Vater war im Handel tätig und hatte gute Kontakte zu einem Juden, der Geld zu Wucherzinsen verlieh, ihm aber aus irgendeinem Grunde einen Gefallen schuldete, und so kam es, dass man mir durch seine Vermittlung für ein paar Wochen, bis sich die Lage beruhigt haben würde und ich nach Florenz zu Verwandten gehen könnte, ein kleines Zimmer – natürlich zu einem teuren Preis – im Ghetto anbot, das damals direkt hinter unserem Hause lag, zwischen der Via San Filippo und der Via delle Rosine. Es behagte mir gar nicht, mich unter diese Leute zu mischen, aber das Judenghetto war der einzige Ort, den zu betreten niemandem einfallen würde, die Juden durften ihn nicht verlassen, und die braven Leute hielten sich von ihm fern.«

Der Großvater schlug sich die Hände vor die Augen, wie um eine unerträgliche Vision zu verscheuchen: »So habe ich, in der Hoffnung, dass der Sturm sich bald legte, in jenen schmutzigen Löchern gelebt, wo manchmal bis zu acht Personen in einem einzigen Raum wohnten, der gleichzeitig Küche, Schlafraum und Abtritt war, alle von Anämie verzehrt, die Haut wie aus Wachs und leicht bläulich wie Sèvres-Porzellan, immer bemüht, sich in die entlegensten Winkel zu drücken, die nur vom Licht einer Kerze erhellt wurden. Nicht ein Tropfen Blut, der Teint gelblich, das Haar fischleimfarben, der Bart in einem undefinierbaren Rostrot oder, wenn er schwarz war, graufleckig wie ein abgetragener Gehrock… Ich konnte den Gestank im Hause nicht ertragen und trieb mich in den fünf Höfen herum, ich erinnere mich noch gut, sie hießen Cortile Grande, Cortile dei Preti, Cortile della Vite, Cortile della Taverna und Cortile della Terrazza, und sie waren durch finstere Torgänge, die Portici Oscuri, miteinander verbunden. Heute findest du Juden auch auf der Piazza Carlina, ja du findest sie überall, denn die feigen Savoyer gehen vor ihnen in die Knie, aber damals drängten sie sich dicht an dicht in jenen lichtlosen Gassen, und ich hätte mich, eingezwängt in jene schmierige, schmutzige Menge – wäre nicht meine Angst vor den Bonapartisten gewesen – gewiss übergeben…«

Der Großvater machte eine Pause und befeuchtete sich die Lippen mit einem Taschentuch, wie um einen unerträglichen Geschmack loszuwerden. »Und *ihnen* hatte ich meine Unversehrtheit zu verdanken, welch eine Demütigung! Doch wenn wir Christen sie verachteten, waren auch sie alles andere als lieb zu uns, im Gegenteil, sie hassten uns, wie sie's ja auch heute noch tun. So erzählte ich ihnen, ich sei in Livorno geboren, in einer jüdischen Familie, und sei als Waise von Verwandten aufgezogen worden, die mich unglücklicherweise taufen ließen, aber im Herzen sei ich immer Jude geblieben. Das schien sie nicht weiter zu beeindrucken, denn – so sagten sie – vielen von ihnen sei es ähnlich ergangen, ohne dass sie noch großes Aufhebens davon machten. Aber ich hatte mir durch meine Worte das Vertrauen eines Alten erworben, der im Cortile della Terrazza wohnte, neben einem Backofen, in dem sie ihr ungesäuertes Brot buken.«

Hier wurde der Großvater lebhafter und imitierte mit rollenden Augen und großen Handbewegungen den alten Juden, von dem er erzählte. Wie es scheint, war dieser Mordechai in Syrien geboren und in Damaskus in eine trübe Geschichte geraten. In der Stadt war ein kleiner arabischer Junge verschwunden, und zunächst hatte man nicht die Juden als Täter verdächtigt, weil man meinte, die Juden töteten für ihre Riten nur Christenkinder. Aber dann fand man in einem Graben die Reste eines Kinderleichnams, der in Stücke gerissen und mit einem Mörser zerstampft worden sein musste. Die Umstände des

Verbrechens glichen so haargenau denen, die man den Juden vorzuwerfen pflegte, dass die Gendarmen nun doch zu glauben begannen, die Juden hätten, als Ostern nahte und sie Christenblut für den Teig ihres ungesäuerten Brotes brauchten, aber kein Christenkind finden konnten, kurzerhand einen Araberjungen genommen, ihn getauft und sodann zerstückelt.

»Du weißt doch«, kommentierte der Großvater, »eine Taufe ist immer gültig, von wem sie auch vorgenommen wird, solange man sie nach dem Ritus der Heiligen Römischen Kirche vornimmt, was die perfiden Juden natürlich wissen, weshalb sie sich nicht schämen zu sagen: ›Ich taufe dich, wie es ein Christ tun würde, an dessen Götzenkult ich zwar nicht glaube, den er jedoch in bestem Glauben befolgt.‹ So hatte der kleine Märtyrer wenigstens das Glück, ins Paradies zu kommen, wenn auch durch die Hand des Teufels.«

Mordechai war sofort verdächtigt worden. Um ihn zum Reden zu bringen, hatten sie ihm die Hände auf den Rücken gebunden und Gewichte an die Füße gehängt und ihn mehr als zehnmal mit einer Winde hochgezogen und auf den Boden fallen lassen. Dann hatten sie ihm Schwefel unter die Nase gehalten und ihn in eiskaltes Wasser getaucht, und wenn er den Kopf herausstreckte, drückten sie ihn wieder hinein, bis er gestand. Andere sagten, um der Sache ein Ende zu machen habe der Elende die Namen von fünf seiner Glaubensbrüder genannt, die nichts mit der Sache zu tun hatten, und die seien daraufhin zum Tode verurteilt worden, während er mit ausgerenkten Gliedern freigelassen worden sei, aber unterdessen habe er den Verstand verloren, und da habe ihn eine gute Seele auf ein Handelsschiff gebracht, das nach Genua fuhr, sonst hätten ihn die anderen Juden gesteinigt. Jemand sagte sogar, auf dem Schiff sei er von einem Barnabiten überredet worden, sich taufen zu lassen, was er akzeptiert habe, um nach der Landung im Königreich Piemont-Sardinien Hilfe zu bekommen, aber im Herzen sei er der Religion seiner Väter treu geblieben. Somit wäre er das, was die Christen einen Marranen nennen, nur dass er, als er nach Turin kam und um Aufnahme ins Ghetto bat, leugnete, jemals zum Christentum übergetreten zu sein, so dass viele meinten, er sei ein falscher Jude, der sich im Herzen seinen neuen christlichen Glauben bewahrte – also gewissermaßen ein zweifacher Marrane. Da jedoch niemand all diese Gerüchte aus Übersee prüfen konnte, wurde er aus Mitleid, das man den Geistesverwirrten schuldet, von allen gemeinsam am Leben erhalten, wenn auch sehr kärglich, und in einen Verschlag gesteckt, den nicht einmal ein Ghettobewohner betreten hätte.

Nach Ansicht meines Großvaters war dieser alte Jude, was immer er in Damaskus getan haben mochte, durchaus nicht verrückt. Er sei einfach von einem unauslöschlichen Hass auf die Christen beseelt gewesen, und – so der Großvater weiter – in seiner elenden fensterlosen Behausung habe der Alte ihn mit zitternder Hand am Arm gefasst, ihn mit im Dunkeln glühenden Augen angesehen und gesagt, seit damals habe er sein Leben der Rache gewidmet. Er habe ihm erzählt, wie ihr Talmud den Hass auf die christliche Rasse vorschreibe und wie sie, die Juden, um die Christen zu verderben, die Freimaurer erfunden hätten, bei denen er einer der unbekannten Oberen geworden sei, der die Logen von Neapel bis London befehlige, was aber geheim bleiben müsse, streng geheim und verborgen, damit er nicht von den Jesuiten erstochen werde, die überall nach ihm suchten.

»Beim Sprechen sah er sich dauernd um, als könne aus jeder Ecke ein Jesuit mit einem Dolch hervorspringen, zog dann geräuschvoll die Nase hoch, weinte ein bisschen über seine traurige Lage, grinste ein bisschen schlau und sichtlich genießend, dass die ganze Welt nichts ahnte von seiner schrecklichen Macht, tastete schmierig nach meiner Hand und fuhr fort zu phantasieren. Und sagte mir, wenn ich wolle, würde mich seine Sekte mit Freuden aufnehmen und er würde mich in die geheimste der Freimaurerlogen einführen.«

Weiter enthüllte er, dass sowohl Mani, der Gründer der Sekte der Manichäer, als auch der ruchlose Alte vom Berge, der seine Assassinen mit Drogen vollstopfte, um sie zum Mord an christlichen Fürsten auszusenden, gleichfalls jüdischer Rasse waren. Dass die Freimaurer und die Bayerischen Illuminaten von zwei Juden begründet wurden und dass alle antichristlichen Sekten auf die Juden zurückgehen, die inzwischen in der ganzen Welt so zahlreich geworden sind, dass sie auf viele Millionen Menschen jeden Geschlechts, jeden Standes, jeden

Ranges und jeder gesellschaftlichen Lage kommen, unter Einschluss auch vieler Geistlicher und sogar einiger Kardinäle, und in Kürze hofften sie sogar einen Papst aus ihren Reihen zu haben (was mein Großvater in späteren Jahren mit den Worten kommentierte, seit ein so zweifelhafter Mann wie Pius IX. den Stuhl Petri bestiegen habe, sei das gar nicht so unwahrscheinlich). Denn um die Christen besser täuschen zu können, gaben sie sich oft selber als Christen aus, reisten und übersiedelten von einem Lande zum anderen mit falschen Taufscheinen, die sie sich von korrupten Pfaffen besorgten, suchten durch Geld und Betrug in allen Ländern das Bürgerrecht zu erhalten, was ihnen schon in vielen gelungen war, erwarben dann Häuser und Land, um mit Wucherzinsen die Christen ihres Grundeigentums und ihrer Ersparnisse zu berauben, und versprachen sich auf diese Weise, in weniger als einem Jahrhundert die Herren der Welt zu sein, alle anderen Sekten abzuschaffen, um allein die ihre herrschen zu lassen, die christlichen Kirchen in lauter Synagogen umzuwandeln und die restlichen Christen der Sklaverei zu unterwerfen.

»Das war es«, schloss der Großvater, »was ich dem Abbé Barruel enthüllt habe. Vielleicht habe ich ein bisschen übertrieben, als ich sagte, ich hätte von allen gehört, was mir in Wahrheit nur einer anvertraut hatte, aber ich war überzeugt und bin es noch immer, dass mir der Alte die Wahrheit gesagt hat. Und so habe ich geschrieben… lass mich das Ende noch einmal vorlesen…«

Und Großvater las erneut:

»Dies, mein Herr, sind die perfiden Pläne des jüdischen Volkes, die ich mit eigenen Ohren gehört habe… Es wäre daher sehr wünschenswert, dass eine energische und überlegene Feder wie Ihre den Regierungen in den genannten Ländern die Augen öffnet und sie lehrt, dieses Volk in die Verworfenheit zurückzustoßen, die ihm gebührt und in der unsere Väter, die politischer und urteilsfähiger waren als wir, sie stets zu halten Sorge trugen. Dazu, mein Herr, lade ich sie untertänigst ein, und bitte verzeihen Sie einem Italiener und Soldaten die Fehler jedweder Art, die Sie in diesem Briefe finden werden. Ich wünsche Ihnen die großzügigste Belohnung aus der Hand Gottes für die erhellenden Schriften, mit denen Sie Ihre Kirche bereichert haben, und möge Er denen, die sie lesen, die-

selbe Hochachtung und denselben Respekt einflößen, die Ihnen, mein Herr, entgegenbringt Ihr demütigster, untertänigster Diener, Jean-Baptiste Simonini.«

Nach diesen Worten pflegte der Großvater den Brief in den Schrein zurückzulegen, und dann fragte ich: »Und was hat der Abbé Barruel geantwortet?«

»Er hat mich gar keiner Antwort gewürdigt. Aber ich hatte einen guten Freund in der römischen Kurie, und so erfuhr ich, dass der Angsthase fürchtete, wenn diese Wahrheiten veröffentlicht würden, könnten sie ein Massaker an den Juden auslösen, was er nicht provozieren wolle, weil er der Ansicht war, dass es unter ihnen auch Unschuldige gebe. Im übrigen müssen auch einige Machenschaften der französischen Juden jener Zeit mit im Spiel gewesen sein, als Napoleon beschloss, die Vertreter des Großen Sanhedrins zu treffen, um sich ihre Unterstützung für seine Ambitionen zu sichern – und jemand muss dann wohl dem Abbé gesteckt haben, dass es nicht ratsam sei, die Wasser zu trüben. Aber Barruel hat trotzdem nicht schweigen wollen, sondern hat das Original meines Briefes an den Pontifex Maximus Pius VII. geschickt, jawohl, und Kopien an etliche Bischöfe. Und das war noch nicht alles, denn er hat den Brief auch Kardinal Fesch, dem damaligen Primas von Gallien zukommen lassen, auf dass der ihn dem Kaiser zur Kenntnis bringe. Und ebenso auch dem Pariser Polizeipräfekten, woraufhin die Pariser Polizei, wie ich hörte, eine Anfrage bei der Kurie in Rom einreichte, um herauszufinden, ob ich ein glaubwürdiger Zeuge sei – und zum Teufel, das war ich, das konnten die Kardinäle nicht leugnen! Kurz, um es mit einem Sprichwort zu sagen, Barruel warf den Stein und versteckte die Hand, er wollte nicht in ein weiteres Wespennest stechen, ein noch größeres als das, in welches er schon mit seinem Buch gestochen hatte, aber mit der Miene eines Unschuldslammes verbreitete er meine Enthüllungen in die halbe Welt. Du musst wissen, Barruel war von den Jesuiten erzogen worden, bis Ludwig XV. die Jesuiten aus Frankreich verbannt hatte, und war dann zum weltlichen Priester ordiniert worden, um jedoch wieder Jesuit zu werden, als Pius VII. dem Orden die volle Legitimität zurückgegeben hatte. Nun weißt du ja, dass ich ein glühender Katholik bin und höchste Achtung vor jedem habe, der eine Soutane trägt, aber ein Jesuit ist und bleibt eben immer ein Jesuit, er sagt das eine und tut das andere, er tut das eine und sagt das andere, und Barruel hat sich nicht anders verhalten…«

Der Großvater lachte spöttisch, belustigt von seiner eigenen schwefligen Impertinenz, und spuckte Tröpfchen durch die wenigen Zähne, die ihm verblieben waren. »Siehst du, mein Simonino«, schloss er, »ich bin alt, ich habe kein Talent zum einsamen Rufer in der Wüste, und wenn sie mich nicht anhören wollten, werden sie es vor dem Herrn im Himmel zu verantworten haben, aber an euch Junge gebe ich die Fackel der Zeugenschaft weiter, besonders jetzt, wo die gottverdammten Juden immer mächtiger werden und unser feiger König Carlo Alberto sich ihnen gegenüber immer nachgiebiger zeigt. Aber er wird von ihrer Verschwörung hinweggefegt werden…«

»Verschwören die sich auch hier in Turin?« fragte ich.

Der Großvater blickte umher, als ob jemand seine Worte hören könnte, während die Schatten der Dämmerung das Zimmer verdunkelten. »Hier und überall«, sagte er. »Sie sind eine verfluchte Rasse, und ihr Talmud verlangt, wie jeder versichert, der ihn zu lesen weiß, dass sie dreimal täglich die Christen verfluchen und Gott bitten, sie auszurotten und zu vernichten, und dass, wenn einer von ihnen einen Christen an einem Abhang trifft, er ihn hinunterstoßen muss. Weißt du, warum du den Namen Simon trägst? Ich habe gewollt, dass deine Eltern dich so tauften, zum Gedenken an San Simonino, ein Märtyrerkind aus Trient, das im fünfzehnten Jahrhundert von den Juden entführt worden ist, die es ermordet und zerstückelt haben, um sein Blut für ihre Riten zu verwenden.«

* * *

»Wenn du nicht brav bist und sofort schlafen gehst, kommt heute Nacht der schreckliche Mordechai zu dir.« So droht mir der Großvater. Und ich kann nicht einschlafen in meinem kleinen Zimmer unterm Dach, ich horche auf jedes Knistern und Knarren in dem alten Haus, schon höre ich auf der hölzernen Treppe die Schritte des schrecklichen Alten, der mich holen kommt, um mich in sein höllisches Loch zu zerren und mir ungesäuertes Brot in den Mund zu stopfen, in dessen Teig das Blut von Märtyrerkindern geknetet ist. Vermengt mit anderen Geschichten, die ich von Mamma Teresa gehört habe, der alten Magd und Amme, die schon meinen Vater gesäugt hat und immer noch im Hause umherschlurft, höre ich Mordechai, wie er sabbernd lispelt: »Sniff, snaff, snuffel, ich rieche Christenmuffel.«

* * *

Ich bin fast vierzehn und war schon mehrmals versucht, ins Ghetto zu gehen, das inzwischen über seine alten Grenzen hinausgewuchert ist, da in Piemont viele einstige Restriktionen aufgehoben worden sind. Vielleicht, wenn ich mich an den Rändern dieser verbotenen Welt herumtreibe, begegne ich einigen Juden, aber ich habe gehört, dass viele von ihnen ihre jahrhundertealten Trachten abgelegt haben. Sie verkleiden sich, sagt Großvater, sie gehen neben uns her, und wir wissen es gar nicht... Während ich mich also an jenen Rändern herumtrieb, bin ich einem schwarzhaarigen Mädchen begegnet, das jeden Morgen die Piazza Carlina überquerte, um einen mit einem Tuch bedeckten Korb in einen nahen Laden zu bringen. Feuriger Blick, samtene Augen... Undenkbar, dass sie eine Jüdin ist, unvorstellbar, dass diese Väter, die Großvater mir mit Raubvogelgesicht und stechenden Augen beschreibt, so rassige Weibsbilder zeugen können. Und doch kann sie nur aus dem Ghetto kommen.

Es ist das erste Mal, dass ich eine Frau ansehe, die nicht Mamma Teresa ist. Ich gehe jeden Morgen hin, und wenn ich sie in der Ferne sehe, spüre ich, wie mein Herz zu klopfen beginnt. An Tagen, wenn ich sie nicht sehe, treibe ich mich auf dem Platz herum, als suchte ich einen Fluchtweg und lehnte sie allesamt ab, und mittags bin ich immer noch dort, wenn der Großvater mich zu Hause bei Tisch erwartet und wütend Brotkrumen kaut.

Eines Morgens wage ich sie anzusprechen, ich frage sie mit niedergeschlagenen Augen, ob ich ihr helfen könne, den Korb zu tragen. Sie antwortet lachend im Dialekt, den könne sie sehr gut alleine tragen.

...schon höre ich auf der hölzernen Treppe die Schritte des schrecklichen Alten, der mich holen kommt, um mich in sein höllisches Loch zu zerren und mir ungesäuertes Brot in den Mund zu stopfen, in dessen Teig das Blut von Märtyrerkindern geknetet ist... (S. 71f.)

Sie nennt mich nicht *monssü*, mein Herr, sondern *gagnu*, Bübchen. Ich habe sie nie mehr gesucht, ich habe sie nie mehr gesehen. Bin ich von einer Tochter Zions beleidigt worden? Vielleicht weil ich so dick bin? In jedem Fall hat hier mein Krieg mit allen Töchtern Evas begonnen.

* * *

Während meiner ganzen Kindheit hat mich Großvater nicht in die Schulen des Königreichs schicken wollen, weil dort, wie er sagte, nur Republikaner und Carbonari unterrichteten. Ich habe all die Jahre im Hause gelebt, allein, stundenlang neidisch den anderen Kindern nachblickend, die am Flussufer spielten, als nähmen sie mir etwas weg, was mir gehörte. Und die übrige Zeit verbrachte ich eingeschlossen in einem Zimmer mit einem Hauslehrer, einem Jesuitenpater, den Großvater jeweils meinem Alter entsprechend aus dem Kreise der ihn umgebenden Schwarzröcke auswählte. Ich hasste den jeweiligen Lehrer, nicht nur weil er mich alles, was er mir beibringen wollte, mit Stockschlägen auf die Finger lehrte, sondern auch weil mein Vater (die seltenen Male, in denen er sich zerstreut mit mir unterhielt) mir seinen Priesterhass einflößte.

»Aber meine Lehrer sind keine Priester, sondern Jesuitenpatres«, sagte ich.

»Das ist noch schlimmer«, entgegnete er. »Traue nie einem Jesuiten. Weißt du, was ein frommer Priester namens Gioberti geschrieben hat, wohlgemerkt ein Priester, nicht ein Freimaurer oder ein Carbonaro? Es sei das Jesuitentum, das die mit freiem Geist begabten Menschen anschwärzt, belästigt, plagt, beschimpft, verfolgt und ruiniert, es sei das Jesuitentum, das die Guten und Tüchtigen aus den öffentlichen Ämtern verdrängt und durch trübe und gemeine Figuren ersetzt, es sei das Jesuitentum, das die öffentliche und private Erziehung verlangsamt, behindert, stört und auf tausenderlei Weise verdirbt, das Misstrauen, Bitterkeit, Groll, Hass und Streit sowie offene und verborgene Zwietracht unter den Individuen, in den Familien, zwischen den Klassen, den Staaten und Völkern sät, es sei das Jesuitentum, das die Intellektuellen schwächt, die Herzens- und Willensregungen mit

Trägheit zügelt, die Jungen mit einer weichen Disziplin entnervt, das reife Alter mit einer nachgiebigen und heuchlerischen Moral korrumpiert, die Freundschaft, die familiären Gefühle, die Sohnesliebe, die heilige Liebe zum Vaterland bei der größten Zahl von Bürgern bekämpft, erkalten und erlöschen lässt…«

Keine Sekte auf der Welt sei so herzlos – habe dieser Gioberti erklärt –, so hart und gnadenlos, wenn es um ihre Interessen gehe, wie die *Societas Jesu.* Unter seinem milden und schmeichlerischen Gesicht, seinen honigsüßen Worten und seiner leutseligen Redeweise habe der Jesuit, der sich streng an die Disziplin des Ordens halte und auf die Worte seiner Oberen höre, eine Seele aus Eisen, unzugänglich für die heiligsten Gefühle und edelsten Affekte. Rigoros befolge er die Vorschrift Machiavellis, derzufolge man, wenn es um das Heil des Vaterlandes geht, keinerlei Bedenken haben darf, weder im Hinblick auf Recht oder Unrecht noch auf Erbarmen oder Grausamkeit. Und darum würden sie von klein auf im Kolleg dazu erzogen, keine Familienliebe zu kultivieren, keine Freunde zu haben, sich bereit zu halten, ihren Oberen jede noch so kleine Verfehlung auch des liebsten Kameraden zu melden, jede Herzensregung zu disziplinieren und sich dem absoluten Gehorsam zu unterwerfen, *perinde ac cadaver.* Während die indische Mördersekte der Phasingars ihrem Gott die Leiber ihrer Feinde opfere, die sie mit einer Schlinge oder einem Dolch getötet habe, töteten die italienischen Jesuiten die Seele mit der Zunge, wie die Reptilien, oder mit der Feder.

»Auch wenn es mich immer ein bisschen belustigt hat«, schloss mein Vater, »dass Gioberti einige dieser Ideen aus zweiter Hand hatte, nämlich aus dem ein Jahr zuvor erschienenen Roman *Der Ewige Jude* von Eugène Sue.«

* * *

Mein Vater. Das schwarze Schaf der Familie. Wollte man Großvater glauben, so hatte er sich mit den Carbonari eingelassen oder jedenfalls mit den Freimaurern. Wenn er auf die Ansichten seines Vaters zu sprechen kam, begnügte er sich, mir halblaut zu sagen, ich solle nicht auf seine Phantastereien hören, aber ich weiß nicht, ob aus Scham, aus Respekt vor seinem Vater oder aus Desinteresse an mir vermied er es, mit mir über seine eigenen Ideale zu sprechen. Es genügte mir aber, ein paar Gespräche des Großvaters mit seinen Jesuitenpatres zu belauschen oder auf den Klatsch zwischen Mamma Teresa und dem Pförtner zu horchen, um zu begreifen, dass mein Vater zu denen gehörte, die nicht nur die Revolution und Napoleon guthießen, sondern sogar von einem Italien sprachen, das sich die Habsburger, die Bourbonen und den Papst vom Halse schaffen müsse, um endlich eine *Nation* zu werden (ein Wort, das man in Gegenwart des Großvaters nicht einmal aussprechen durfte).

* * *

Die ersten Rudimente waren mir von dem fuchsgesichtigen Pater Pertuso beigebracht worden. Pater Pertuso war der erste gewesen, der mich etwas über die Geschichte unserer Gegenwart lehrte (während Großvater mir alles über die Vergangenheit erzählte).

Später kamen dann die ersten Gerüchte über die Carbonari auf – ich las darüber in den Zeitungen, die für meinen abwesenden Vater ins Haus kamen und die ich mir sicherte, bevor Großvater sie vernichten ließ –, und ich erinnere mich, dass ich die Latein- und Deutschstunden absitzen musste, die mir Pater Bergamaschi erteilte, der so intim mit Großvater war, dass ihm ein kleines Zimmer nicht weit von meinem zur Verfügung stand. Pater Bergamaschi… Im Gegensatz zu Pater Pertuso war er ein junger Mann von schöner Erscheinung, mit welligem Haar, wohlgeformtem Gesicht und einer betörenden Redeweise, und zumindest im Hause trug er eine gepflegte Soutane. Seine weißen Hände kommen mir in den Sinn, mit ihren schlanken Fingern und den etwas zu langen Nägeln für einen Kirchenmann.

Wenn er mich am Tisch sitzend über die Bücher gebeugt sah, setzte er sich oft hinter mich, streichelte mir den Kopf und warnte mich vor den vielen Gefahren, die einen unerfahrenen jungen Menschen bedrohen. Unter anderem erklärte er mir, dass die Bewegung der Carbonari nichts anderes sei als eine verkappte Form der größten aller Geißeln, nämlich des Kommunismus.

»Die Kommunisten«, sagte er, »schienen bisher nicht so gefährlich, aber jetzt nach dem Manifest dieses Marss (so klang der Name in seinem Mund) müssen wir ihre Ränke aufdecken. Du weißt nichts über Babette von Interlaken. Als würdige Urenkelin von Weishaupt ist sie es, die man die hehre Jungfrau des helvetischen Kommunismus genannt hat.«

Wer weiß, warum Pater Bergamaschi sich so obsessiv für die religiösen Konflikte zwischen Schweizer Katholiken und Protestanten zu interessieren schien, mehr als für die Aufstände in Mailand und Wien, von denen man in jenen Tagen sprach.

»Babette war in Lug und Trug geboren und aufgewachsen unter Säufern, Räubern und Mördern; Gott kannte sie nicht anders als aus den Flüchen, die sie ständig hörte. In den Scharmützeln bei Luzern, als die Radikalen einige Katholiken der Urkantone umgebracht hatten, war sie es, die ihnen das Herz ausreißen und die Augen ausstechen ließ. Babette, die ihr langes Blondhaar nach Art der Großen Hure von Babylon im Winde wehen ließ, verbarg unter dem Mantel ihrer Reize die Tatsache, dass sie die Heroldin der Geheimgesellschaften war, die Dämonin, der sich alle Ränke und Tücken jener mysteriösen Kongregationen verdankten. Sie erschien plötzlich und verschwand blitzartig wie ein Irrlicht, kannte undurchdringliche Geheimnisse, fing diplomatische Depeschen ab und öffnete sie, ohne das Siegel zu brechen, schlich sich wie eine Natter in die innersten Kabinette von Wien und Berlin und sogar St. Petersburg ein, fälschte Wechsel, änderte Passnummern, kannte schon als Kind den Umgang mit Giften und wusste sie anzuwenden, wie es die Sekte befahl. Sie schien vom Satan besessen, so groß war die betörende Kraft ihrer Blicke.«

Ich saß mit weit aufgerissenen Augen da und versuchte nicht hinzuhören, aber nachts erschien mir Babette von Interlaken im Traum. Und während ich im Halbschlaf das Bild dieser blonden Dämonin mit wehendem Haar auf den sicherlich nackten Schultern zu verscheuchen suchte, dieses dämonisch lockende Irrlicht mit vor sündiger Wollust bebendem Busen, schwebte sie mir als Modell zur Nachahmung vor – oder besser, während ich beim bloßen Gedanken, sie mit den Fingern zu berühren, Grauen verspürte, kam mir der Wunsch, so zu sein wie sie, ein allmächtiger und geheimer Agent, der Passnummern ändert, um seine Opfer vom anderen Geschlecht ins Verderben zu stürzen.

* * *

Meine Lehrer liebten es, gut zu speisen, und dieses Laster muss mir von damals geblieben sein. Ich erinnere mich an Tafelrunden, die, wenn nicht ausgelassen, so doch wenigstens reuevoll waren und bei denen die guten Patres über die Vortrefflichkeit eines *bollito misto* diskutierten, den mein Großvater zubereitet hatte.

Man braucht dazu mindestens ein halbes Kilo Muskelfleisch, ein Endstück mit Schwanz, kleine Salami, Kalbszunge, Kalbskopf, Schlackwurst, Huhn, eine Zwiebel, zwei Karotten, zwei Selleriestangen und eine Handvoll Petersilie. Das Ganze verschieden lang kochen lassen, je nach der Art des Fleisches. Doch wie Großvater mahnend sagte und Pater Bergamaschi mit energischem Kopfnicken unterstrich, sobald das Gericht auf dem Servierteller lag, mussten eine Handvoll grobes Salz über das Fleisch gestreut und einige Esslöffel kochende Brühe darübergegossen werden, um den Geschmack gebührend hervortreten zu lassen. Wenige Beilagen, außer ein paar Kartoffeln, aber fundamental die Soßen, sprich Traubensenf, Rettichsoße, Senfsoße, aber vor allem – darauf bestand der Großvater – das grüne Bad: eine Handvoll Petersilie, vier Sardellenfilets, das Innere einer Semmel, ein Löffel Kapern, eine Knoblauchzehe, ein hartgekochtes Eigelb. Das Ganze fein zerkleinert, mit Essig und Öl.

Dies waren, so erinnere ich mich, die Freuden meiner Kindheit und Jugend. Was will man mehr?

* * *

Ich saß mit weit aufgerissenen Augen da und versuchte nicht hinzuhören, aber nachts erschien mir Babette von Interlaken im Traum… (S. 77)

Ein schwüler Nachmittag. Ich sitze am Tisch und lerne. Pater Bergamaschi setzt sich leise hinter mich, seine Hand legt sich fest auf meinen Nacken, und er raunt mir ins Ohr, dass er einem so frommen, so guten Jungen, der die Verführungen des feindlichen Geschlechts zu meiden suche, nicht nur eine väterliche Freundschaft anbieten könne, sondern die Wärme und Liebe, die ein reifer Mann ihm zu geben vermöge.

Seit damals lasse ich mich von keinem Priester mehr berühren. Verkleide ich mich womöglich als Abbé Dalla Piccola, um meinerseits andere zu berühren?

* * *

Gegen Ende meines achtzehnten Lebensjahrs hatte Großvater, nach dessen Wunsch ich Advokat werden sollte (in Piemont nennt man jeden, der Rechtswissenschaft studiert hat, Advokat), sich resignierend dazu entschlossen, mich aus dem Hause gehen zu lassen und zur Universität zu schicken. Zum ersten Mal erprobte ich den Umgang mit meinen Altersgenossen, aber es war zu spät, ich erlebte sie voller Misstrauen. Ich verstand nicht ihr unterdrücktes Kichern und ihre beziehungsreichen Blicke, wenn sie von Mädchen sprachen, und sie tauschten französische Bücher mit geschmacklosen Illustrationen aus. Ich las lieber für mich allein. Mein Vater hatte die Pariser Zeitung *Le Constitutionnel* abonniert, die den Roman *Der Ewige Jude* von Eugène Sue in Fortsetzungen brachte, und natürlich habe ich ihn verschlungen. Aus ihm habe ich gelernt, wie die infame Gesellschaft Jesu es schaffte, die abscheulichsten Verbrechen zu begehen, um sich einer Erbschaft zu bemächtigen, unter schnöder Missachtung der Rechte sowohl der Elenden wie der Guten. Und zugleich mit dem Misstrauen gegen die Jesuiten hat mich diese Lektüre in die Wonnen des *roman feuilleton* eingeführt: Auf dem Dachboden entdeckte ich eine Kiste mit Büchern, die mein Vater offenbar dem Zugriff des Großvaters entzogen hatte, und verbrachte ganze Nachmittage (ebenfalls darauf bedacht, dieses einsame Laster vor den Augen des Großvaters zu verbergen), bis mir die Augen schmerzten, über den *Geheimnissen von Paris*, den *Drei Musketieren* und dem *Grafen von Monte Christo*.

Inzwischen war jener *annus mirabilis* angebrochen, zu dem das Jahr 1848 werden sollte. Alle Studenten jubelten über die Besteigung des Heiligen Stuhls durch Kardinal Mastai-Feretti, der bei seinem Amtsantritt als Pius IX. zwei Jahre zuvor eine Amnestie für politische Häftlinge verkündet hatte. Es begann im Januar mit den ersten anti-österreichischen Unruhen in Mailand, wo die Bürger beschlossen hatten, nicht mehr zu rauchen, um die Staatsfinanzen der k.u.k.-Regierung in die Krise zu treiben (und meinen Turiner Kommilitonen erschienen jene Mailänder Kameraden, die mit eiserner Miene den Soldaten und Polizisten standhielten, die sie mit Rauchschwaden aus verführerisch duftenden Zigarren provozierten, als Helden). Im selben Monat kam es zu revolutionären Erhebungen im Königreich beider Sizilien, und Ferdinand II. musste eine Verfassung versprechen. Doch nachdem im Februar in Paris ein Volksaufstand den »Bürgerkönig« Louis-Philippe abgesetzt und (erneut und endlich!) die Republik ausgerufen hatte – und sowohl die Todesstrafe für politische Delikte als auch die Sklaverei abgeschafft und das allgemeine Wahlrecht eingeführt worden waren –, konzedierte der Papst im März nicht nur eine Verfassung für den Kirchenstaat, sondern auch die Pressefreiheit und befreite die Juden im Ghetto von vielen demütigenden Ritualen und Knechtungen. Und zur selben Zeit versprach auch der Großherzog der Toskana eine Verfassung, während Carlo Alberto die konstitutionelle Monarchie im Königreich Piemont-Sardinien ausrief. Schließlich kamen die revolutionären Aufstände in Wien und Böhmen und Ungarn und jener fünftägige Aufstand in Mailand, der zur Vertreibung der Österreicher führte, mit dem piemontesischen Heer, das in den Krieg eintrat, um das befreite Mailand an Piemont anzuschließen. Meine Kommilitonen raunten auch etwas vom Auftauchen eines Manifests der Kommunisten, und so kam es, dass nicht nur die Studenten jubelten, sondern auch die Arbeiter und Angehörigen der unteren Klassen, die alle davon überzeugt waren, dass sie in Bälde den letzten Priester an den Eingeweiden des letzten Königs aufhängen würden.

Nicht dass alle Nachrichten gut waren, Carlo Alberto musste Niederlagen einstecken und wurde von den Mailändern und generell von den Patrioten aller Couleurs als Verräter angesehen, Pius IX. war, erschrocken über die Ermordung eines seiner Minister, nach Gaeta zum König von Neapel geflohen und erwies sich – auch er einer, der den Stein warf und dann die Hand versteckte – als keineswegs so liberal, wie er anfangs erschienen war, viele der schon gewährten Verfassungen wurden wieder zurückgezogen... Doch in Rom waren unterdessen Garibaldi und die Patrioten Mazzinis eingetroffen, und zu Beginn des folgenden Jahres sollte die Römische Republik ausgerufen werden.

Seit März war mein Vater endgültig von zu Hause verschwunden, und Mamma Teresa war überzeugt, dass er sich den Mailänder Aufständischen angeschlossen hatte, bis dann im Dezember einer der Jesuiten im Hause die Nachricht erhielt, dass er zu den Mazzinianern gegangen sei, die nach Rom eilten, um sich an die Spitze der neuen Republik zu setzen. Verbittert überhäufte Großvater mich mit schrecklichen Voraussagen, die den *annus mirabilis* in einen *annus horribilis* verwandelt sahen. Wahr ist, dass die piemontesische Regierung damals den Jesuitenorden auflöste, seine Güter einzog und, um auch sein Umfeld trockenzulegen, sogar die Orden der sogenannten *gesuitanti* verbot, wie die Oblaten von San Carlo und der Maria Santissima und die Liguoristen.

»Wir stehen vor der Ankunft des Antichrist«, lamentierte Großvater, und natürlich schrieb er alles den Machenschaften der Juden zu und sah die schlimmsten Prophezeiungen des alten Mordechai sich erfüllen.

* * *

Großvater gewährte den Jesuiten Zuflucht, wenn sie sich vor der Volkswut zu retten suchten und hofften, irgendwie wieder im weltlichen Klerus unterzukommen. Anfang 1849 trafen viele ein, die aus Rom geflohen waren und entsetzliche Dinge von dort zu berichten wussten.

Pater Pacchi. Nachdem ich den *Ewigen Juden* von Sue gelesen hatte, sah ich in ihm eine Inkarnation des Paters Rodin, jenes perversen Jesuiten, der im Dunklen agierte und alle moralischen Grundsätze dem

Triumph der Gesellschaft Jesu unterwarf, vielleicht weil Pater Pacchi wie Pater Rodin seine Zugehörigkeit zum Orden verbarg, indem er bürgerliche Kleidung trug, das heißt einen abgetragenen Gehrock, dessen Kragen von altem Schweiß glänzte und mit Schuppen bedeckt war, ein Halstuch statt einer Krawatte, eine schwarze Weste, bei der man schon die Webfäden sah, schwere, stets schlammverkrustete Schuhe, mit denen er sorglos auf die schönen Teppiche in unserem Hause trat. Er hatte ein blasses hageres Gesicht, graue fettige Haare, die an den Schläfen klebten, Schildkrötenaugen und dünne violette Lippen.

Nicht zufrieden damit, durch seine bloße Anwesenheit bei Tisch Ekel zu erregen, nahm er allen den Appetit, indem er schauerliche Geschichten im Tonfall und Duktus frommer Prediger erzählte. »Meine Freunde, die Stimme zittert mir, aber ich muss es euch sagen. Die Lepra hat sich von Paris aus verbreitet, denn Louis-Philippe war zwar gewiss nicht aus dem Stoff, aus dem man Hostien macht, aber er war ein Damm gegen die Anarchie. Ich habe in diesen Tagen das römische Volk gesehen! Aber war es wirklich das römische Volk? Es waren zerzauste und zerlumpte Gestalten, Galgenvögel, die für ein Glas Wein das Paradies verlassen würden. Nicht Volk, sondern Plebejer, die sich in Rom mit dem niedrigsten Abschaum der italienischen und ausländischen Städte vermischt hatten, Garibaldiner und Mazzinianer, blindes Werkzeug aller Übel. Ihr wisst nicht, wie ruchlos die Scheußlichkeiten sind, die von den Republikanern begangen werden. Sie gehen in die Kirchen und rauben die Urnen der Märtyrer, verstreuen die Asche im Wind und nehmen die Urnen als Nachttöpfe. Sie reißen die heiligen Steine aus den Altären und beschmieren sie mit Kot, sie zerkratzen die Madonnenfiguren mit ihren Dolchen, stechen den Heiligenbildern die Augen aus und schmieren mit Kohle unzüchtige Parolen darauf. Einen Priester, der gegen die Republik predigte, haben sie in einen Torbogen gezerrt, haben ihn mit Dolchstößen durchbohrt, ihm die Augen ausgestochen und die Zunge ausgerissen, und nachdem sie ihm den Bauch aufgeschlitzt hatten, haben sie ihm seine Eingeweide um den Hals gewunden und ihn damit erdrosselt. Und glaubt nicht, dass wenn Rom befreit ist – man spricht schon von Hilfe, die aus Frankreich kommen soll –, dass dann die Mazzinianer besiegt sein werden. Sie sind aus allen Provinzen Italiens herbeigeströmt, sie sind schlau und durchtrieben, scheinheilig und heuchlerisch, verwegen, geduldig und beharrlich. Sie werden sich weiter in den geheimsten Zirkeln der Stadt treffen, ihre Heuchelei und Verstellungskunst verschafft ihnen Eingang in die Kabinette, die Polizei, die Armee, die Flotte, die Zitadellen.«

»Und mein Sohn ist unter ihnen«, jammerte Großvater, an Leib und Seele geschlagen.

Dann aber erfreute er sich bei Tisch an einem exzellenten Schmorbraten in Barolo. »Nie wird mein Sohn begreifen«, sagte er, »wie schön solch ein Braten mit den richtigen Zutaten ist: mit Zwiebeln, Karotten, Sellerie, Salbei, Rosmarin, Lorbeer, Gewürznelken, Zimt, Wacholder, Salz, Pfeffer, Butter, Olivenöl und natürlich einer Flasche Barolo, serviert mit Polenta oder Kartoffelpüree. Macht ihr nur die Revolution, macht sie nur… Ihr habt die Freude am Leben verloren. Ihr wollt den Papst verjagen, um die *bouillabaisse* nach Nizzaner Art zu essen, wie es dieser Nizzaner *pêcheur* Garibaldi euch aufzwingen wird… Es gibt keine Religion mehr.«

* * *

Oft zog auch Pater Bergamaschi bürgerliche Kleidung an und ging davon mit den Worten, er werde ein paar Tage wegbleiben – ohne zu sagen, wie und warum. Dann schlich ich mich in sein Zimmer, holte mir seine Soutane, streifte sie über und betrachtete mich in einem Spiegel, wobei ich kleine Tanzbewegungen machte. Als wäre ich – der Himmel vergebe mir – eine Frau, oder als wäre der Pater eine, die ich imitierte. Wenn sich herausstellen sollte, dass ich der Abbé Dalla Piccola bin, dann hätte ich hier die fernen Ursprünge meiner Lust am Verkleiden entdeckt.

In den Taschen der Soutane fand ich Geld, das der Pater offensichtlich vergessen hatte, und beschloss, mir damit ein paar Gaumensünden zu gönnen sowie ein paar Erkundungen in Gegenden der Stadt, die ich oft hatte rühmen hören.

Einen Priester, der gegen die Republik predigte, haben sie in einen Torbogen gezerrt, haben ihn mit Dolchstößen durchbohrt, ihm die Augen ausgestochen und die Zunge ausgerissen… (S. 83)

So gekleidet – und ohne zu bedenken, dass eine Soutane in jenen Zeiten bereits eine Provokation war – begab ich mich in das Gassengewirr des *Balôn*, jenes Bezirks von Porta Palazzo, der damals vom Bodensatz der Turiner Bevölkerung bewohnt wurde, aus dem sich das Heer der schlimmsten Spitzbuben rekrutierte, welche die Stadt unsicher machten. Aber wenn Festtage anstanden, belebte sich der Markt von Porta Palazzo enorm, die Leute drängten sich vor den Auslagen, die Hausfrauen strömten scharenweise in die Metzgereien, die Kinder blieben verzückt vor den Nougatfabrikanten stehen, die Feinschmecker machten ihre Einkäufe an Geflügel, Wild und Wurstwaren, in den Restaurants fand man keinen freien Tisch, und ich streifte mit meiner Soutane wehende Weiberröcke und sah aus den Augenwinkeln, während ich priesterlich fromm auf meine gefalteten Hände blickte, Frauenköpfe mit Hütchen, Hauben, Schleier oder Halstuch und fühlte mich wie betäubt vom Hin und Her der Karossen und Kutschen, von den Rufen und Schreien und dem Getöse.

Erregt von diesem Trubel, den sowohl mein Großvater wie mein Vater, wenn auch aus entgegengesetzten Gründen, mir vorenthalten hatten, war ich zu einem der legendären Orte des damaligen Turin gelangt. Als Jesuit gekleidet und maliziös das Erstaunen genießend, das ich hervorrief, trat ich in das *Caffè al Bicerin* an der Piazza della Consolata, um das namengebende Glas mit Schutzring und Griff aus Metall zu bestellen, das nach Sahne, Kakao, Kaffee und anderen Aromen roch. Natürlich wusste ich damals noch nicht, dass ein paar Jahre später sogar Alexandre Dumas, einer meiner Helden, über das *bicerin* schreiben sollte, aber nach nicht mehr als zwei bis drei Streifzügen zu jenem magischen Ort wusste ich alles über diesen Nektar, der sich von der *bavareisa* ableitet, in der Kaffee, Trinkschokolade und Sahne gemischt und mit Sirup gesüßt werden, während beim *bicerin* die drei Bestandteile in Schichten getrennt und sehr heiß bleiben, so dass man drei Varianten bestellen kann, *pur e fiur*, nur Kaffee und Sahne, *pur e barba*, Kaffee und Schokolade, und *'n poc 'd tut* mit allen drei Bestandteilen.

Die Seligkeit jenes Milieus mit schmiedeeisernem Rahmen, die Werbeplakate an den Wänden, die gusseisernen Säulchen und Kapitelle, die Holztäfelung, dekoriert mit Spiegeln, die Marmortischchen, die Theke, hinter der sich die hohen, nach Mandeln riechenden Gläser mit vierzig verschiedenen Bonbonsorten reihten... Besonders gern ließ ich mich dort am Sonntagvormittag zur Beobachtung nieder, weil das Getränk dann der Nektar derjenigen war, die nach nüchternem Gang zur Kommunion nun Stärkung suchend aus der gegenüberliegenden Basilica della Consolata kamen – und das *bicerin* war ein beliebtes Getränk in der Fastenzeit, weil warme Schokolade nicht als Speise galt und daher beliebig konsumiert werden konnte. Heuchler.

Doch Kaffee- und Schokoladengenuss beiseite, was mich dort mit besonderer Freude erfüllte, war, als ein anderer zu erscheinen: Die Tatsache, dass die Leute nicht wussten, wer ich wirklich war, gab mir ein Gefühl der Überlegenheit. Ich besaß ein Geheimnis.

* * *

Allerdings musste ich diese Abenteuer dann einschränken und schließlich ganz abbrechen, weil ich fürchtete, dabei auf den einen oder anderen meiner Kommilitonen zu stoßen, die mich ja nicht als Frömmler kannten, sondern mich für einen glühenden Anhänger der Carbonari-Bewegung hielten, wie sie selbst es allesamt waren.

Mit diesen Vorkämpfern eines befreiten Vaterlandes traf man sich gewöhnlich in der Osteria del Gambero d'Oro. In einer engen dunklen Gasse über einem noch dunkleren Eingang standen auf einem Schild unter einem vergoldeten Krebs die Worte *All'osteria del gambero d'oro, buon vino e buon ristoro.* Innen öffnete sich ein schlauchartiger Raum, der als Küche und Weinkeller diente. Man trank zwischen Wurst- und Zwiebelgerüchen, manchmal spielte man Morra, häufiger verbrachten wir, Verschwörer ohne Verschwörung, die wir waren, die Nacht mit Phantastereien über unmittelbar bevorstehende Volksaufstände. Die Küche meines Großvaters hatte mich daran gewöhnt, als Gourmand zu leben, während man im Gambero d'Oro bestenfalls (wenn man nicht wählerisch war) den Hunger stillen konnte. Aber ich musste ja auch ein geselliges Leben führen und den Jesuiten zu Hause

*Doch Kaffee- und Schokoladengenuss beiseite,
was mich dort mit besonderer Freude erfüllte,
war, als ein anderer zu erscheinen…* (S. 87)

entfliehen, und so war das fettige Essen im Gambero mit ein paar heiteren Freunden immer noch besser als die düsteren Abendmahlzeiten zu Hause.

Gegen Morgen kam man heraus, der Atem knoblauchgesättigt und das Herz voller patriotischer Gefühle, und verlor sich in einem tröstlichen Mantel von Nebel, dem besten Schutz vor den Augen der Polizeispitzel. Manchmal stieg man noch auf die Hügel jenseits des Po, um von oben auf die Dächer und Glockentürme zu blicken, die aus den Nebelschwaden über der Ebene ragten, während sich in der Ferne die schon von der Sonne beschienene Basilica di Superga wie ein Leuchtturm mitten im Meer erhob.

Doch wir Studenten sprachen nicht nur von der künftigen Nation. Wir sprachen auch, wie es in diesem Alter vorkommt, von Frauen. Mit glühenden Augen erinnerte jeder der Reihe nach an ein Lächeln, das er beim Blick auf einen Balkon erhascht, eine Hand, die er auf einem Treppengeländer berührt, eine welke, aus einem Messbuch gefallene Blume, die er aufgehoben hatte und die, so der Prahler, noch den Duft der Hand bewahrte, von welcher sie zwischen die heiligen Seiten gelegt worden war. Ich zog mich pikiert zurück und gewann den Ruf eines ernsten und sittenstrengen Mazzinianers.

Nur enthüllte dann eines Abends der Liederlichste unserer Truppe, dass er auf dem Dachboden, gut versteckt in einer Truhe seines Vaters, dieses schamlosesten aller Liederjane, einige jener Bände entdeckt hatte, die man damals in Turin (auf französisch) *cochons* nannte, und da er nicht wagte, sie auf dem schmierigen Tisch im Gambero d'Oro auszubreiten, hatte er beschlossen, sie uns reihum auszuleihen, so dass ich, als ich an der Reihe war, sie nicht gut ablehnen konnte.

So kam es, dass ich zu fortgeschrittener Nachtstunde in jenen Bänden blätterte, die kostbar und teuer sein mussten, in Maroquinleder gebunden, wie sie waren, mit Goldschnitt, vergoldeten Bünden und Rückenschildchen, vergoldeten *fleurons* auf dem Deckel und einige auch *aux armes*. Die Titel lauteten *Une veillée de jeune fille* oder *Ah! Monsieur, si Thomas nous voyait!*, und ich erschauerte, als ich in diesen Seiten blätterte und Illustrationen fand, die mir Ströme von Schweiß aus den Haaren über die Wangen in den Hals laufen ließen: junge

Frauen, die ihre Röcke hoben, um Hinterteile in blendendem Weiß zu zeigen, Angebote an laszive, gewaltbereite Männer – und ich wusste nicht, was mich mehr verwirrte, ob diese unverschämten Rundungen oder das fast jungfräuliche Lächeln ihrer Besitzerin, die unverfroren den Kopf zu dem drehte, der sie gerade missbrauchte, mit maliziös blickenden Augen und einem keuschen Lächeln, das ihr von rabenschwarzen Locken umrahmtes Gesicht erhellte; oder, noch viel erschreckender, drei Frauen auf einem Diwan, die ihre Beine öffneten und zeigten, was der natürliche Schutz ihrer jungfräulichen Scham hätte sein müssen, eine bot sie der rechten Hand eines Mannes mit zerrauften Haaren dar, der zur gleichen Zeit ihre schamlose Nachbarin penetrierte und küsste und mit der Linken der dritten, ihre entblößte Leistengegend verschmähend, das nur leicht geöffnete Mieder aufknöpfte. Und danach fand ich die kuriose Karikatur eines Abbé mit knollennasigem Gesicht, die sich bei näherem Hinsehen als zusammengesetzt aus lauter miteinander verschlungenen nackten Männer- und Frauenleibern erwies, penetriert von enormen männlichen Gliedern, die scharenweise den Nacken umgaben, wie um mit ihren Hoden eine dichte Haartracht zu bilden, die in pummeligen Locken endete.

Ich weiß nicht mehr, wie diese höllische Nacht endete, in der die Sexualität sich mir in ihren erschreckendsten Aspekten gezeigt hatte (erschreckend im sakralen Sinne des Ausdrucks, wie das Rollen des Donners, das zugleich mit dem Gefühl des Göttlichen die Furcht vor dem Diabolischen und dem Sakrileg auslöst). Ich weiß nur noch, dass ich mich aus jener verwirrenden Erfahrung mit einem Ausspruch rettete, den Pater Pertuso mich vor Jahren hatte auswendig lernen lassen und den ich nun halblaut wie ein Stoßgebet vor mich hinsprach, ohne mich noch an den Autor zu erinnern: »Die Schönheit des Leibes ist auf die Haut beschränkt. Wenn die Männer sähen, was unter der Haut ist, würde ihnen übel werden beim Anblick der Frau. Die weibliche Anmut besteht nur aus Schleim und Blut und Körpersäften und Gallert. Bedenket, was in den Nasenlöchern, im Hals und im Bauche steckt… Und wenn es uns ekelt, Erbrochenes oder Kot auch nur mit den Fingerspitzen zu berühren, wie können wir dann jemals begehren, einen Sack voller Exkremente in unsere Arme zu schließen?«

Vielleicht glaubte ich in jenem Alter noch an Gottes Gerechtigkeit, jedenfalls schrieb ich es seiner Vergeltung für diese höllische Nacht zu, was dann am nächsten Tage geschah. Ich fand Großvater zusammengesunken in seinem Sessel, röchelnd mit einem zerknitterten Brief in der Hand. Wir riefen den Arzt, ich nahm den Brief und las, dass mein Vater bei der Verteidigung der Römischen Republik tödlich von einer französischen Kugel getroffen worden war, genau in jenem Juni 1849, in dem General Oudinot im Auftrag Louis Napoleons nach Rom geeilt war, um den Heiligen Stuhl von Mazzinianern und Garibaldinern zu befreien.

Großvater ist damals nicht gestorben, dabei war er schon über achtzig, aber er verharrte tagelang in grollendem Schweigen, ich weiß nicht ob aus Hass auf die Franzosen oder auf die Papisten, die ihm seinen Sohn genommen hatten, oder auf seinen Sohn, der es unverantwortlicherweise gewagt hatte, sie herauszufordern, oder auf die Patrioten jeder Couleur, die ihn verdorben hatten. Manchmal gab er klagende Laute von sich und redete von der Verantwortlichkeit der Juden für die Ereignisse, die Italien erschütterten, so wie sie fünfzig Jahre zuvor bereits Frankreich erschüttert hatten.

* * *

Vielleicht zum Gedenken an meinen Vater verbrachte ich lange Stunden auf dem Dachboden mit Romanen, die er hinterlassen hatte, und es gelang mir, den *Joseph Balsamo* von Dumas abzufangen, der mit der Post eintraf, als mein Vater ihn schon nicht mehr hätte lesen können. Dieser wunderbare Roman erzählt bekanntlich die Abenteuer des Grafen Cagliostro und wie er die Affäre mit dem Halsband der Königin angezettelt hat, durch die mit *einem* Schlag der Kardinal de Rohan moralisch und finanziell ruiniert, die Königin Marie-Antoinette kompromittiert und der ganze Hof der Lächerlichkeit preisgegeben waren, so dass viele zur Überzeugung gelangten, durch Cagliostros Betrug sei das Prestige der Monarchie so gründlich ruiniert worden, dass er letztlich zur Revolution von 1789 geführt habe.

Aber Dumas geht noch weiter, er sieht in Cagliostro alias Joseph Balsamo denjenigen, der bewusst nicht nur einen Betrug, sondern ein politisches Komplott im Schatten des weltweiten Freimaurertums organisiert hat.

Ich war fasziniert von der Eröffnungsszene. Ort: der Donnersberg, französisch Mont Tonnerre. Am linken Rheinufer, in der nördlichen Pfalz, wenige Meilen entfernt von der alten Kaiserresidenz Worms, beginnt eine Reihe von düsteren Bergen mit bedeutungsschweren Namen wie Königsstuhl, Falkenstein, Schlangenkopf, und der höchste von allen ist der Donnersberg. Am Abend des 6. Mai 1770 (also fast zwanzig Jahre vor dem Ausbruch der schicksalhaften Revolution), während die Sonne im ganzen Rheingau hinter der Nadelspitze des Straßburger Münsters versinkt, so dass sie fast in zwei feurige Hälften zerteilt erscheint, reitet ein Unbekannter, aus Mainz kommend, die Hänge dieses Berges hinauf. Als der Wald immer dichter wird, bindet er sein Pferd an einen Baum und geht zu Fuß weiter. Doch plötzlich wird er von drei Maskierten gepackt, die ihm die Augen verbinden und ihn durch den Wald führen, bis sie auf eine Lichtung mit einer Burgruine kommen, wo ihn dreihundert Phantomgestalten in langen Mänteln mit Schwertern bewaffnet erwarten, die sofort beginnen, ihn einem scharfen Verhör zu unterziehen.

»Was willst du hier?« – »Das Licht sehen.« – »Bist du bereit zu schwören?…« Und so weiter bis zu einer Reihe von Prüfungen wie das Blut eines eben getöteten Verräters trinken, sich mit einer Pistole in den Kopf schießen, um die Gehorsamsbereitschaft zu prüfen, und andere Mätzchen dieser Art, die an Freimaurerrituale der niederen Ordnung erinnern, wie sie auch vielen Dumas-Lesern gut bekannt waren, so dass der Reisende beschließt, dem Mummenschanz ein Ende zu machen, und sich hochmütig an die Versammelten wendet, um klarzustellen, dass ihm diese Riten und Tricks allesamt bekannt sind und sie aufhören sollen, mit ihm Theater zu spielen. Denn er sei etwas Höheres als sie alle, nämlich der von Gott gesandte Großkophta, der Oberste des weltweiten Freimaurertums.

Alsdann ruft er, um sie unter sein Kommando zu stellen, die Häupter der Logen von Stockholm, London, New York, Zürich, Madrid,

Warschau und mehrerer asiatischer Länder auf, die offenbar alle dort auf dem Donnersberg zusammengekommen sind.

Warum haben sich die Freimaurer aus aller Welt dort versammelt? Der Unbekannte erklärt es nun: Er verlangt von ihnen den Einsatz mit eiserner Hand und feurigem Schwert und diamantharten Bilanzen, um das Unreine vom Antlitz der Erde zu tilgen, sprich: die beiden großen Feinde der Menschheit niederzuringen und zu vernichten, die da heißen Thron und Altar (Großvater hatte mir auch gesagt, dass der infame Voltaire das Motto *Écrasez l'infame!* hatte). Sodann enthüllt der Unbekannte, dass er (wie alle guten Nekromanten jener Epoche) seit unzähligen Generationen gelebt habe, schon vor Moses und vielleicht vor Assurbanipal, und nun aus dem Orient gekommen sei, um zu verkünden, dass die Zeit sich erfüllt habe. Die Völker bildeten eine riesige Heerschar, die unermüdlich dem Licht entgegenmarschiere, und Frankreich sei die Avantgarde dieser Heerschar. Man solle ihm die Fackel dieses Marsches in die Hand drücken, auf dass sie ein heilbringendes Feuer in der Welt entzünde. In Frankreich regiere zur Zeit noch ein alter korrupter König, dem nur noch wenige Jahre zu leben blieben. Obwohl einer der Versammelten – wie sich herausstellt, ist es Lavater, der berühmte Physiognomiker aus Zürich – zu bedenken gibt, dass die Gesichter des jungen Thronfolgerpaares (also des künftigen Ludwig XVI. und seiner Gemahlin Marie-Antoinette) Güte und Sanftmut ausstrahlen, betont der Unbekannte (in dem die Leser vermutlich längst jenen Joseph Balsamo alias Cagliostro erkannt haben, dessen Namen Dumas aber bisher noch nicht genannt hat), dass man kein Mitleid mit einzelnen Menschen haben dürfe, wenn es darum gehe, die Fackel des Fortschritts voranzutragen. In zwanzig Jahren werde die französische Monarchie vom Erdboden verschwunden sein.

Nun treten die Repräsentanten der Logen jedes Landes der Reihe nach vor und bieten an, entweder Menschen oder Gelder bereitzustellen als ihren Beitrag zum Sieg der republikanischen und freimaurerischen Sache unter der Parole *Lilia pedibus destrue*, »Zertritt die französische Lilie«.

Ich hatte mich nicht gefragt, ob ein Komplott von fünf Kontinenten nicht ein bisschen zuviel war, um die Regierungsform Frankreichs zu ändern. Letztlich war ein Piemontese jener Zeit überzeugt, dass es draußen in der Welt nur Frankreich gab, sicher auch Österreich, vielleicht noch ganz weit in der Ferne Cochinchina, aber dass kein anderes Land der Beachtung wert war, außer natürlich der Kirchenstaat. Angesichts der Inszenierung von Dumas (den ich als großen Autor verehrte) fragte ich mich vielmehr, ob der Seher hier nicht womöglich, während er von einem einzelnen Komplott erzählte, so etwas wie die Allgemeine Form Jedes Möglichen Komplotts entdeckt hatte.

Vergessen wir den Donnersberg, das linke Rheinufer und die Epoche, sagte ich mir. Denken wir uns Verschwörer, die aus allen Teilen der Welt zusammenkommen als Repräsentanten ihrer Sekten, deren Tentakel sich in alle Länder erstrecken, versammeln wir sie auf einer Lichtung, in einer Burgruine, in einer Höhle, auf einem Friedhof, in einer Krypta, es muss nur schön düster sein, lassen wir einen von ihnen eine Rede halten, in der er ihre konspirativen Pläne offenlegt und ihren Willen zur Eroberung der Welt bekundet... Ich habe immer Leute gekannt, die fest daran glaubten, dass irgendwelche verborgenen Feinde eine große Verschwörung planen, für den Großvater waren es die Juden, für die Jesuiten die Freimaurer, für meinen mazzinianischen Vater die Jesuiten, für halb Europa die Carbonari, für meine carbonarischen Kommilitonen der von den Priestern beeinflusste König, für die Polizeien der halben Welt die Bayerischen Illuminaten... und so weiter, wer weiß, wie viele andere Leute es noch auf dieser Welt gibt, die sich von einer Verschwörung bedroht fühlen. Hier haben wir eine Form, die jeder nach Belieben mit einem Inhalt füllen kann. Jedem sein Komplott.

Alexandre Dumas war wirklich ein profunder Kenner der menschlichen Seele. Wonach strebt jeder, und zwar umso mehr, je elender und vom Glück verlassener er sich fühlt? Nach Geld, und zwar leicht verdientem, nach Macht (was für eine Lust, einen deinesgleichen herumkommandieren und erniedrigen zu können!) und nach Rache für erlittenes Unrecht (und jeder hat zumindest einmal im Leben ein Unrecht erlitten, so klein es auch sein mag). Und voilà, Dumas zeigt im *Grafen von Monte Christo*, wie es möglich ist, einen immensen Reichtum zu erwerben, der dir übermenschliche Macht verleiht und dich in die Lage versetzt, deine Feinde für alles, was sie dir angetan haben, bezahlen zu lassen. Warum, so fragt sich ein jeder, warum bin gerade ich vom Glück benachteiligt (oder zumindest nicht so begünstigt, wie ich es wollte), warum sind gerade mir Belohnungen vorenthalten worden, die weniger Verdienstvolle erhalten haben? Weil niemand auf den Gedanken kommt, dass seine Missgeschicke mit seiner eigenen Beschränktheit zu tun haben könnten, deshalb muss jeder einen Schuldigen finden. Dumas bietet allen Frustrierten – den einzelnen wie den Völkern – eine Erklärung für ihr Scheitern. Es sind immer andere gewesen, Leute, die sich auf dem Donnersberg versammelt haben, um unseren Ruin zu planen…

Wenn man's genau bedenkt, hat Dumas nichts erfunden: Er hat nur in erzählerische Form gebracht, was meinem Großvater zufolge der Abbé Barruel enthüllt hatte. Diese Erkenntnis legte mir damals schon nahe, dass ich, wenn ich die Enthüllung eines Komplotts irgendwie verkaufen wollte, dem Käufer nichts Originelles liefern durfte, sondern nur und vor allem das, was er entweder schon gehört hatte oder leicht auf andere Weise hätte erfahren können. Die Leute glauben nur, was sie schon wissen, und dies war die Schönheit der Allgemeinen Form des Komplotts.

* * *

Es war das Jahr 1855, ich war inzwischen fünfundzwanzig, hatte ein Examen in Jurisprudenz abgelegt und wusste noch nicht, was ich aus meinem Leben machen sollte. Hin und wieder traf ich mich mit meinen Kommilitonen, aber ohne allzu große Begeisterung für ihre revolutionären Wallungen, da ich immer mit ein paar Monaten Vorsprung und entsprechender Skepsis ihre Enttäuschungen vorwegnahm: Da seht ihr's, Rom ist wieder vom Papst zurückerobert, und Pius IX. verwandelt sich aus einem Reformpapst in einen noch reaktionäreren als seine Vorgänger, da seht ihr's, wie die Hoffnungen schwinden – sei's durch Unglück oder durch Feigheit –, dass Carlo Alberto zum Herold des geeinten Italiens wird, da seht ihr's, wie sich in Frankreich, nach mitreißenden sozialistischen Bewegungen, die alle Gemüter entflammt hatten, schon wieder ein Kaiserreich etabliert, da seht ihr's, wie die neue piemontesische Regierung, anstatt Italien zu befreien, Soldaten in einen unnützen Krieg auf der Krim schickt...

Ich konnte nicht einmal mehr jene Romane lesen, die mich stärker geprägt haben, als meine Jesuiten es je vermocht hätten, denn in Frankreich hatte ein Conseil Supérieur de l'Université, in dem wer weiß warum drei Erzbischöfe und ein Bischof saßen, den sogenannten Abänderungsantrag Riancey gebilligt, demzufolge jede Zeitung, die einen *roman feuilleton* in Fortsetzungsfolgen publizierte, eine Steuer von fünf Centimes pro Exemplar zahlen musste. Wer nicht viel von Verlagsgeschäften verstand, maß der Nachricht keine große Bedeutung bei, aber ich und meine Kommilitonen begriffen sofort die Tragweite: Die Steuer war zu hoch, geradezu eine Strafsteuer, und die französischen Zeitungen würden darauf verzichten müssen, Romane zu drucken. Die Stimme derer, die die Übel der Gesellschaft angeprangert hatten, wie Sue und Dumas, war für immer zum Schweigen gebracht.

Trotzdem lamentierte Großvater, der immer öfter nichts mehr mitbekam, aber in helleren Augenblicken noch genau registrierte, was um ihn her vorging, dass die piemontesische Regierung, seit sie Freimaurern wie Massimo d'Azeglio und Graf Camillo Cavour in die Hände gefallen war, sich in eine Synagoge Satans verwandelt habe.

»Stell dir vor, mein Junge«, sagte er, »die Gesetze dieses Siccardi haben die sogenannten Privilegien des Klerus abgeschafft. Was heißt Privilegien, wenn der Klerus im Dienst der Gläubigen steht? Und wieso das Asylrecht in Kirchen abschaffen? Hat eine Kirche etwa weniger Rechte als eine Gendarmeriekaserne? Wieso das Kirchengericht für Geistliche abschaffen, die gewöhnlicher Delikte angeklagt sind? Hat die Kirche etwa kein Recht, über die ihren zu richten? Wieso die kirchliche Vorzensur der Publikationen abschaffen? Darf jetzt etwa jeder schreiben, was ihm gefällt, ohne Hemmungen und ohne Achtung vor Glauben und Moral? Und als unser Erzbischof Fransoni den Turiner Klerus aufgefordert hat, diesen Verfügungen nicht zu gehorchen, ist er vor Gericht gestellt und zu einem Monat Gefängnis verurteilt worden! Und jetzt sind wir bei der Unterdrückung der Bettel-

und Schweigeorden angelangt, mehr als dreißig Klöster, fast sechstausend Ordensbrüder und -schwestern! Der Staat zieht ihre Güter ein und sagt, sie würden zur Bezahlung der Gehälter für die Pfarrer verwendet, aber wenn du alle Güter dieser Orden zusammennimmst, kommst du auf eine Zahl, die zehnmal, ach was, hundertmal soviel wie alle Gehälter des Reiches zusammen ist, und in Wahrheit wird die Regierung diese Gelder in die öffentlichen Schulen stecken, wo man lehrt, was einfachen Leuten nichts nützt, oder man wird es zum Pflastern der Ghettos nehmen! Und das alles tun sie unter dem Motto ›Freie Kirche in freiem Staat‹, wo doch der Staat als einziger wirklich frei ist, seine Amtspflichten zu verletzen. Wahre Freiheit ist das Recht des Menschen, Gottes Gesetz zu befolgen und sich das Paradies oder die Hölle zu verdienen. Heute dagegen versteht man unter Freiheit die Möglichkeit, sich Glaubensformen und Meinungen auszusuchen, von denen eine soviel wie die andere gilt, und es ist dem Staat egal, ob du Freimaurer, Jude, Christ oder Anhänger des Großtürken bist. So wird man gleichgültig für die Wahrheit.«

»Und so, mein Sohn«, klagte eines Abends mein Großvater, der in seiner Verwirrung nicht mehr zwischen mir und meinem Vater unterscheiden und nur noch ächzend und stöhnend sprechen konnte, »so verschwinden dann Lateranensische Kanoniker, reguläre Kanoniker von Sant'Egidio, Barfüßige und Beschuhte Karmeliter, Kartäuser, Cassinesische Benediktiner, Zisterzienser, Olivetaner, Mindeste Brüder, Konventuale Minoriten, Observanz-Minoriten, Reformierte Minoriten, Kapuziner, Oblaten von Santa Maria, Passionisten, Domenikaner, Mercedarier, Diener Mariens, Väter des Oratoriums – und dazu Klarissen, Kreuzschwestern, Zölestinerinnen oder Turchinen und Baptistinnen.«

Und während er diese Liste wie einen Rosenkranz rezitierte, immer erregter und als hätte er gegen Ende vergessen, Atem zu schöpfen, ließ er sich das *civet* auftragen, mit Speck, Butter, Mehl, Petersilie, einem halben Liter Barbera, einem samt Herz und Leber in eigroße Stücke geschnittenen Hasen, Zwiebelchen, Salz und Pfeffer, Gewürzen und Zucker.

Und als unser Erzbischof Fransoni den Turiner Klerus aufgefordert hat, diesen Verfügungen nicht zu gehorchen, ist er vor Gericht gestellt und zu einem Monat Gefängnis verurteilt worden… (S. 96)

So tröstete er sich eine Weile und hatte sich fast schon wieder beruhigt, aber plötzlich riss er die Augen auf, fiel zurück und verschied mit einem leichten Rülpser.

Die Pendeluhr schlägt Mitternacht, und ich merke, dass ich seit viel zu langer Zeit fast ununterbrochen schreibe. So sehr ich mich auch anstrenge, für heute kann ich mich an nichts mehr erinnern, was in den Jahren nach Großvaters Tod geschehen ist.

Mir dreht sich der Kopf.

5.

Simonini als Carbonaro

Nacht zum 27. März 1897

Verzeihen Sie, Hauptmann Simonini, wenn ich mich in Ihr Tagebuch einmische, das zu lesen ich nicht umhin konnte. Aber es war nicht aus freiem Willen, dass ich heute morgen in Ihrem Bett aufgewacht bin. Wie Sie gewiss schon verstanden haben, bin ich der Abbé Dalla Piccola (oder halte mich jedenfalls dafür).

Ich bin in einem mir unbekannten Bett aufgewacht, in einer mir unbekannten Wohnung, ohne eine Spur von meiner Soutane und meiner Perücke zu finden. Nur einen falschen Bart neben meinem Bett. Einen falschen Bart?

Schon vor ein paar Tagen war es mir widerfahren, dass ich beim Aufwachen nicht mehr wusste, wer ich bin, aber damals geschah das in meiner Wohnung, und diesmal war es in der eines anderen. Ich fühlte mich, als hätte ich verklebte Augen. Mir tat die Zunge weh, als hätte ich auf sie gebissen.

Als ich aus einem Fenster sah, stellte ich fest, dass die Wohnung an der Impasse Maubert liegt, direkt hinter der Rue Maître-Albert, wo ich wohne.

So fing ich an, mich in dieser Wohnung umzusehen, die offenbar von einem Laien bewohnt wird, der einen falschen Bart trägt und daher womöglich (verzeihen Sie bitte) von zweifelhafter Moral ist. Ich kam in einen Salon, dessen Möblierung eine gewisse Prunksucht verrät; am anderen Ende entdeckte ich hinter einem Vorhang eine Tür, durch die ich in einen Korridor gelangte. Er glich dem Kostümmagazin eines

Theaters, voller Kleider und Perücken, genau wie der Ort, an dem ich vor ein paar Tagen eine Soutane gefunden hatte. Da wurde mir klar, dass dieser Korridor, durch den ich damals in umgekehrter Richtung gegangen war, zu meiner Wohnung führte.

Auf meinem Tisch fand ich eine Reihe kurzer Notizen, die ich Ihren Rekonstruktionen zufolge am 22. März geschrieben haben müsste, an dem Tag, als ich wie heute morgen ohne Gedächtnis erwacht war. Aber was heißt dann, fragte ich mich, die letzte Notiz, die ich an jenem Tage geschrieben hatte, betreffend Auteuil und Diana. Wer ist Diana?

Es ist schon merkwürdig. Sie haben den Verdacht, dass wir beiden ein und dieselbe Person sind. Aber Sie erinnern sich an viele Dinge Ihres Lebens und ich nur an sehr wenige aus dem meinen. Dafür wissen Sie, wie Ihr Tagebuch zeigt, nichts von mir, während ich, wie ich gerade bemerke, mich an nicht wenige andere Dinge erinnern kann, die Ihnen widerfahren sind, und zwar – welch ein Zufall – genau an jene, derer Sie sich offenbar nicht mehr entsinnen können. Müsste ich also sagen, wenn ich mich an so viele Dinge aus Ihrem Leben erinnern kann, dass ich Sie bin?

Wohl eher nein, wir sind zwei verschiedene Personen, die sich aus irgendeinem mysteriösen Grunde in eine Art gemeinsames Leben verstrickt haben, ich bin ja ein Geistlicher und weiß vielleicht etwas von Ihnen, was Sie mir unter dem Siegel des Beichtgeheimnisses erzählt haben. Oder bin ich derjenige, der den Platz des Doktor Froïde eingenommen hat, und habe, ohne dass Sie sich dessen entsinnen, aus den Tiefen Ihres Innern etwas zutage gefördert, was Sie dort begraben sein lassen wollten?

Wie auch immer, es ist meine seelsorgerische Pflicht, Sie an das zu erinnern, was nach dem Tode Ihres Herrn Großvaters – möge Gott seine Seele in den Frieden der Gerechten aufgenommen haben – mit Ihnen geschehen ist. Ich fürchte nämlich, wenn Sie in diesem Augenblick sterben müssten, würde Gott Sie nicht in den besagten Frieden aufnehmen, denn mir scheint, dass Sie Ihresgleichen nicht gut behandelt haben. Vielleicht ist dies ja der Grund dafür, dass Ihr Gedächtnis sich weigert, Erinnerungen zu speichern, die Ihnen keine Ehre machen.

* * *

In Wirklichkeit war es nur eine recht karge Abfolge von Fakten, die Dalla Piccola aufzählte, immer in seiner feinen verschnörkelten Handschrift, die so ganz anders aussah als die von Simonini; aber es waren genau diese wenigen Andeutungen, die bei Simonini als Auslöser wirkten, so dass ihm plötzlich ganze Fluten von Bildern und Worten in den Sinn kamen. Diese wird nun der ERZÄHLER zu resümieren oder, wo nötig, auch zu erweitern versuchen, um dieses Spiel von Reizen und Reaktionen besser verständlich zu machen – und um dem LESER den heuchlerisch tugendhaften Ton zu ersparen, in dem der Abbé die Verfehlungen seines Alter ego mit übertrieben salbungsvollen Worten benotet.

Wie es scheint, hatte nicht nur die Abschaffung der Barfüßigen Karmeliter, sondern auch der Tod seines Großvaters den jungen Simonini nicht sonderlich erschüttert. Er mag vielleicht an seinem Großvater gehangen haben, aber nach einer Kindheit und Jugend, die er eingeschlossen in einem Hause verbracht hatte, das eigens dazu gemacht schien, ihn zu unterdrücken, und in dem sowohl sein Großvater wie auch seine schwarzberockten Erzieher ihm unentwegt Misstrauen, Groll und Abneigung gegenüber der Welt eingeflößt hatten, war er immer unfähiger geworden, andere Gefühle zu hegen als eine düstere Selbstliebe, die allmählich zur ruhigen Heiterkeit einer philosophischen Meinung fand.

Nachdem er sich um das Begräbnis gekümmert hatte, zu dem hohe kirchliche Würdenträger und die Crème des dem Ancien Régime verbundenen piemontesischen Adels gekommen waren, hatte sich Simonini mit dem alten Notar der Familie getroffen, einem gewissen Rebaudengo, der ihm das Testament verlas, worin sein Großvater ihm seinen gesamten Besitz vermachte. Nur sei, gab ihm der Notar zu verstehen (und er schien die Mitteilung zu genießen), wegen der vielen Hypotheken, die der Verstorbene aufgenommen habe, und wegen diverser schlechter Investitionen von diesem Besitz so gut wie nichts mehr vorhanden, nicht einmal das Haus mit den vielen Möbeln darin, das als erstes an die Gläubiger gehen würde – die sich bisher noch aus Respekt vor dem geachteten alten Herrn zurückgehalten hätten, aber bei seinem Enkel keine Hemmungen haben würden.

»Sehen Sie, caro Avvocato«, sagte der Notar, »es mögen ja die Tendenzen der neuen Zeiten sein, die nicht mehr so sind wie früher, aber auch Söhne aus guter Familie müssen sich manchmal dazu herablassen, etwas zu arbeiten. Wenn Sie sich zu diesem wahrhaft demütigenden Schritt entschließen würden, könnte ich Ihnen eine Anstellung in meiner Kanzlei anbieten, wo mir ein junger Mann mit juristischen Kenntnissen gut zupass käme, und obwohl ich Sie selbstverständlich nicht Ihrem Ingenium gemäß bezahlen könnte, müsste das, was ich Ihnen geben könnte, immerhin reichen, eine andere Wohnung zu finden und in bescheidenem Anstand zu leben.«

Simonini hatte sofort den Verdacht, dass der Notar sich vieles von dem unter den Nagel gerissen hatte, was sein Großvater glaubte, durch unvorsichtige Aktienkäufe verloren zu haben, aber er hatte keine Beweise dafür und musste schließlich überleben. So sagte er sich, wenn er in der Kanzlei des Notars arbeitete, würde er es ihm eines Tages heimzahlen können, indem er ihn um das erleichterte, was er sicher zu Unrecht erworben hatte. Also fügte er sich darein, in zwei Zimmern an der Via Barbaroux zu wohnen und mit Besuchen in den verschiedenen Kneipen, wo seine Kameraden sich trafen, zu knausern, um die Arbeit bei dem geizigen, autoritären und misstrauischen Rebaudengo anzutreten – der sofort aufhörte, ihn *caro Avvocato* zu nennen, sondern ihn schlicht Simonini rief, um klarzustellen, wer Herr im Hause war. Aber nach ein paar Jahren als *tabellione* (wie man damals einen Notariatsanwärter nannte), hatte er die staatliche Anerkennung erworben, und im selben Maße, wie er das vorsichtige Vertrauen seines Chefs gewann, wurde ihm klar, dass dessen Hauptbeschäftigung nicht in dem bestand, was ein Notar für gewöhnlich tut, nämlich Testamente, Schenkungen, An- und Verkäufe und andere Verträge zu beglaubigen, sondern Schenkungen, An- und Verkäufe, Testamente und Verträge zu bezeugen, die niemals stattgefunden oder existiert hatten. Mit anderen Worten, der Notar Rebaudengo fabrizierte für angemessenes Honorar falsche Akten, indem er, wo nötig, die Handschriften anderer Leute nachahmte und Zeugen bereitstellte, die er in den umliegenden Kneipen rekrutierte.

»Damit wir uns recht verstehen, lieber Simon«, erklärte er seinem Angestellten, den er inzwischen duzte, »ich produziere keine Fälschungen, sondern neue Kopien eines echten Dokuments, das verlorengegangen oder aufgrund eines banalen Zwischenfalls nie produziert worden ist, aber es hätte sein können oder müssen. Eine Fälschung wäre, wenn ich einen Taufschein fabrizieren würde, aus dem hervorginge, entschuldige das Beispiel, dass du von einer Prostituierten in dem Kuhkaff Odalengo Piccolo geboren wärst« – und er kicherte glücklich über diese demütigende Hypothese. »Ich würde es nie wagen, ein solches Verbrechen zu begehen, denn ich bin ein Ehrenmann. Aber wenn einer deiner Feinde, nur mal so angenommen, Ansprüche auf dein Erbe erheben würde und du wüsstest, dass der Betreffende weder ein Sohn deines Vaters noch deiner Mutter ist, sondern der Sohn einer Nutte aus Odalengo Piccolo, und dass er seinen Taufschein hat verschwinden lassen, um deine Reichtümer zu ergattern, und du mich nun bitten würdest, diesen verschwundenen Taufschein zu produzieren, um den Kerl zu verwirren, dann würde ich sozusagen der Wahrheit unter die Arme greifen und beweisen, was wir wissen, weil wir wissen, dass es wahr ist, und dabei hätte ich keine Gewissensbisse.«

»Ja gut, aber woher würden Sie wissen, wer die wahre Mutter des Betreffenden wäre?«

»Das würdest du mir doch gesagt haben! Du, der du ihn doch so gut kennst.«

»Und Sie würden mir vertrauen?«

»Ich vertraue meinen Klienten immer, denn ich bediene nur ehrenhafte Personen.«

»Aber wenn der Klient zufällig gelogen hat?«

»Dann ist er es, der gesündigt hat, nicht ich. Wenn ich auch nur zu *denken* anfinge, dass mich ein Kunde belogen haben könnte, würde ich diesen Beruf nicht mehr ausüben, denn er beruht auf ungetrübtem Vertrauen.«

Simonini war nicht ganz überzeugt, dass Rebaudengos Beruf einer war, den andere ehrlich genannt hätten, aber seit er in die Geheimnisse der Kanzlei eingeweiht worden war, hatte er an den Fälschun-

»Damit wir uns recht verstehen, lieber Simon«,
erklärte er seinen Angestellten, den er inzwischen duzte,
»ich produziere keine Fälschungen, sondern neue Kopien eines
echten Dokuments, das verlorengegangen oder aufgrund
eines banalen Zwischenfalls nie produziert worden ist,
aber es hätte sein können oder müssen…« (S. 105)

gen teilgenommen, seinen Meister bald übertroffen und bei sich selbst ein wunderbares Talent zur Handschriftenimitation entdeckt.

Zudem lud ihn der Notar, fast als wollte er sich für seine Worte entschuldigen oder als hätte er die Schwäche seines Mitarbeiters erkannt, manchmal in Luxusrestaurants wie das Cambio ein (wo auch Graf Cavour speiste) und machte ihn mit den Mysterien der *finanziera* bekannt, einer Symphonie aus Hahnenkämmen, Kalbshirn, Kalbshoden und -gekröse, Rinderfilet, Steinpilzen, einem halben Glas Marsala, Mehl, Salz, Öl und Butter, das Ganze angesäuert durch eine alchimistische Dosis Essig – und um es standesgemäß zu genießen hätte man sich, wie der Name dieses Gerichts besagte (der die Berufskleidung des Finanzmannes bezeichnete), im Geh- oder Bratenrock präsentieren müssen.

Mag sein, dass Simonini trotz der Ermahnungen seines Vaters nicht zu heroischer Aufopferung erzogen worden war, aber für solche Abende war er bereit, Rebaudengo bis zum Tod zu dienen – jedenfalls bis zu dessen Tod, der nicht mehr lange auf sich warten lassen würde.

Unterdessen war sein Gehalt gestiegen, wenn auch nur wenig, denn da sein Chef schwindelerregend schnell alterte, so dass er bald nicht mehr gut sehen konnte und seine Hände zitterten, war er für ihn unverzichtbar geworden. Doch gerade weil er sich nun etwas mehr gönnen konnte und es ihm nicht mehr gelang, die renommiertesten Turiner Restaurants zu meiden (ah, die Wonnen der *agnolotti alla piemontese*, wegen der Füllung mit gebratenem weißem und rotem Fleisch, gekochtem Rindfleisch, gekochtem Huhn ohne Knochen, mitgebratenem Wirsingkohl, vier ganzen Eiern, geriebenem Parmigiano, Muskatnüssen, Salz und Pfeffer, und als Sauce der Bratenfonds mit Butter, einer Knoblauchzehe und einem Rosmarienzweig), durfte der junge Simonini, um zu befriedigen, was immer mehr zu seiner größten fleischlichen Leidenschaft wurde, in jene Orte nicht mehr ärmlich gekleidet gehen, und so wuchsen mit seinen Möglichkeiten auch seine Ansprüche.

Bei der Arbeit mit dem Notar musste er feststellen, dass dieser nicht nur vertrauliche Aufträge für private Klienten ausführte, son-

dern – vielleicht um sich Rückendeckung zu verschaffen für den
Fall, dass Teile seiner nicht ganz legalen Tätigkeit den Behörden zur
Kenntnis gelangten – auch denen Dienste leistete, die sich um die öffentliche Sicherheit kümmerten. Denn manchmal war es nötig, um
einen Verdächtigen rechtmäßig verurteilen zu lassen, wie er sich ausdrückte, den Richtern einen dokumentförmigen Beweis vorzulegen,
um sie davon zu überzeugen, dass die Deduktionen der Polizei nicht
aus der Luft gegriffen waren. So kam Simonini in Kontakt mit Personen ungewisser Identität, die manchmal in der Kanzlei erschienen
und im Wortschatz des Notars als »die Herren vom Büro« figurier-
ten. Was für ein Büro das war und wen es vertrat, war nicht schwer zu
erraten: Es handelte sich um vertrauliche Angelegenheiten im Regie-
rungsinteresse.

Einer dieser Herren war der Cavaliere Bianco, der sich eines Tages
sehr zufrieden mit der Art zeigte, wie Simonini ein gewisses unwider-
legliches Dokument angefertigt hatte. Er musste einer sein, der, bevor er mit jemandem Kontakt aufnahm, sichere Informationen über
ihn einholte, denn eines Tages zog er Simonini beiseite und fragte
ihn, ob er noch das Caffè al Bicerin frequentiere, um ihn dorthin zu
einer, wie er sagte, privaten Unterredung zu bitten. Und dort sagte er
dann:

»Carissimo Avvocato, wir wissen sehr gut, dass Sie der Enkel eines
der treuesten Untertanen Seiner Majestät sind und infolgedessen
eine sehr gute Erziehung genossen haben. Wir wissen auch, dass Ihr
Herr Vater mit dem Leben bezahlt hat für Dinge, die auch wir guthei-
ßen, mag er es auch sozusagen mit übertriebenem Eifer getan haben.
Daher vertrauen wir auf Ihre Loyalität und Ihre Bereitschaft zur
Zusammenarbeit, auch im Hinblick darauf, dass wir uns sehr nachsichtig Ihnen gegenüber verhalten haben, bedenkt man, dass wir Sie
und den Notar Rebaudengo schon seit langem nicht ganz löblicher
Unternehmungen hätten beschuldigen können. Wir wissen, dass Sie
Umgang mit Freunden, Kameraden, Ex-Kommilitonen haben, die
von den Ideen der... wie soll ich sagen... der Mazziniander, der Garibaldiner, der Carbonari beseelt sind. Das ist nur natürlich, es ent-
spricht den Tendenzen der jungen Generationen. Aber hier liegt

auch unser Problem: Wir wollen nicht, dass diese jungen Leute mit dem Kopf durch die Wand gehen, oder jedenfalls nicht, bevor es nützlich und vernünftig ist. Sehr ungelegen kam unserer Regierung das verrückte Unternehmen dieses Pisacane, der vor ein paar Monaten mit vierundzwanzig anderen Umstürzlern ein Linienboot gekapert hat, auf der Insel Ponza unter Schwenken der Trikolore von Bord gegangen ist, um dreihundert dort inhaftierte Sträflinge zu befreien, und mit denen dann weiter nach Sapri in Südkampanien gefahren ist im Glauben, die dortige Bevölkerung würde ihn mit Jubel begrüßen. Die Nachsichtigsten sagen, Pisacane sei ein großherziger Mann gewesen, die Skeptischsten sagen, er sei ein Dummkopf gewesen, die Wahrheit ist, er war ein Schwärmer. Diese Bauerntölpel, die er befreien wollte, haben ihn und die Seinen allesamt umgebracht, und daran sehen Sie, wohin gute Absichten führen können, wenn sie nicht den Tatsachen Rechnung tragen.«

»Verstehe«, sagte Simonini, »aber was wollen Sie von mir?«

»Nun, wenn wir verhindern sollen, dass diese jungen Leute Fehler machen, ist es am besten, sie für einige Zeit ins Gefängnis zu stecken, unter Anklage eines Anschlags auf die staatlichen Institutionen, um sie dann wieder freizulassen, wenn wirklich Bedarf an großen Herzen besteht. Wir müssen sie also bei einem offenkundigen Verschwörungsdelikt überraschen. Sie wissen bestimmt, welchen Anführern sie vertrauen. Es würde also genügen, ihnen ein Schreiben eines dieser Anführer zu schicken, mit dem er sie an einen bestimmten Ort zusammenriefe, in Waffen, mit Kokarden und Fahnen und anderen Insignien, die sie als bewaffnete Carbonari auswiesen. Die Polizei würde kommen und alle verhaften, und die Sache wäre erledigt.«

»Aber wenn ich in dem Moment bei ihnen wäre, würde auch ich verhaftet werden, und wenn nicht, würden sie begreifen, dass ich sie verraten habe.«

»O nein, mein Herr, wir sind nicht so unbedarft, daran nicht gedacht zu haben.«

Wie wir sehen werden, hatte Bianco die Sache gut bedacht. Aber exzellente Denkergaben hatte auch unser Simonini. Nachdem er sich den Plan angehört hatte, dachte er sich eine ungewöhnliche Art von

Belohnung aus und erklärte Bianco, was er von der königlichen Freigebigkeit erwarte.

»Sehen Sie, Cavaliere, der Notar Rebaudengo hat viele Widerrechtlichkeiten begangen, bevor ich meine Mitarbeit bei ihm anfing. Es würde genügen, dass ich zwei oder drei dieser Fälle identifizierte, für die es eine ausreichende Dokumentation gibt, die keine wirklich wichtige Person belastet, höchstens jemanden, der inzwischen verstorben ist, und dass ich dieses Material mit Ihrer freundlichen Hilfe anonym der Staatsanwaltschaft zukommen ließe. Sie hätten dann genug, um den Notar der wiederholten Urkundenfälschung anzuklagen und ihn für eine angemessene Zahl von Jahren aus dem Verkehr zu ziehen, bis die Natur ihren Lauf nimmt, was angesichts seines Zustandes nicht mehr allzu lange dauern kann.«

»Und dann?«

»Dann würde ich, sobald der Notar im Gefängnis sitzt, einen Kaufvertrag vorlegen, datiert auf einen Tag kurz vor seiner Inhaftierung, aus dem hervorginge, dass ich, nach soeben erfolgter Abzahlung der letzten Rate, nun definitiv die Kanzlei von ihm erworben hätte und ihr Inhaber geworden sei. Was das Geld betrifft, mit dem ich die Raten bezahlt zu haben vorgäbe, so werden alle glauben, ich hätte genügend von meinem Großvater geerbt, und der einzige, der die Wahrheit kennt, ist Rebaudengo.«

»Interessant«, sagte Bianco. »Aber der Richter wird fragen, wo dann das Geld geblieben ist, das Sie ihm gezahlt haben wollen.«

»Rebaudengo misstraute den Banken und behielt alles in einem Tresor, der in seinem Büro steht und bei dem ich natürlich weiß, wie man ihn öffnet, denn Rebaudengo genügt es dabei, mir den Rücken zuzudrehen, und da er mich dann nicht sieht, meint er, dass ich nicht sehe, was er macht. Nun werden die Männer des Gesetzes diesen Tresor sicher irgendwie öffnen, und dann werden sie ihn leer finden. Ich könnte bezeugen, dass Rebaudengos Angebot überraschend kam, ich selbst sei erstaunt über die geringe Summe gewesen, die er verlangt habe, so dass mir schon der Verdacht gekommen sei, er habe gewisse Gründe, seinen Beruf aufzugeben. Und tatsächlich wird man außer dem leeren Tresor auch die Asche wer weiß welcher Dokumente im

Kamin finden und in seiner Schreibtischschublade einen Brief, in dem ein Hotel in Neapel ihm die Reservierung eines Zimmers bestätigt. An diesem Punkt wird klar sein, dass Rebaudengo sich schon im Visier der Strafverfolger sah und sich aus dem Staub machen wollte, um seinen Lebensabend bei den Bourbonen zu verbringen, wohin er sein Geld vielleicht schon vorausgeschickt hatte.«

»Aber vor Gericht würde er doch, wenn er mit diesem Kaufvertrag konfrontiert würde, alles abstreiten…«

»Wer weiß, was er sonst noch alles vor Gericht abstreiten wird, der Richter wird ihm kaum Glauben schenken.«

»Der Plan ist gut durchdacht. Sie gefallen mir, Avvocato. Sie sind schneller, motivierter und entschiedener als Rebaudengo und dabei… wie soll ich sagen… vielseitiger. Also gut, liefern Sie uns diese Carbonari-Gruppe aus, und wir werden uns um Rebaudengo kümmern.«

Die Verhaftung der Carbonari war offenbar ein Kinderspiel, was auch insofern nicht überrascht, als diese Enthusiasten ja wirklich noch beinahe Kinder waren und Carbonari nur in ihren patriotischen Träumen. Seit langem schon hatte Simonini, anfangs aus purer Eitelkeit, weil er wusste, dass man jede seiner Enthüllungen auf Nachrichten zurückführen würde, die er von seinem heroischen Vater erhalten hatte, über die Carbonari allerlei wilde Geschichten verbreitet, die ihm Pater Bergamaschi eingeflüstert hatte. Der Jesuit hatte ihn ja unentwegt vor den Komplotten der Carbonari, Freimaurer, Mazzinianer, Republikaner und als Patrioten verkleideten Juden gewarnt, die, um sich vor den Augen der Polizeien aller Welt zu verbergen, sich als Kohlenhändler ausgaben (daher der Name Carbonari) und sich an geheimen Orten versammelten unter dem Vorwand, ihre geschäftlichen Transaktionen durchzuführen.

»Alle Carbonari unterstehen dem Kommando der *Alta Vendita*, ihrer obersten Loge, die vierzig Mitglieder hat, die meisten davon – *horribile dictu!* – aus der Blüte des römischen Patriziats, plus natürlich einige Juden. Ihr Oberhaupt war Nubius, ein großer Herr, korrupt und verdorben wie ein ganzes Zuchthaus, aber dank seines Namens und seines Vermögens hatte er sich in Rom eine über allen

Verdacht erhabene Position verschafft. Aus Paris befragten ihn Buonarroti, General Lafayette oder Saint-Simon, als wäre er das Orakel von Delphi. Desgleichen aus München wie aus Dresden, aus Berlin wie aus Wien und St. Petersburg die Oberhäupter der dortigen Logen, Tscharner, Heymann, Jacobi, Chodzko, Lieven, Mouravieff, Strauß, Pallavicini, Driesden, Bem, Bathyani, Oppenheim, Klauß und Carolus, alle wollten sie von ihm hören, welchen Weg sie gehen sollten. Nubius lenkte die Geschicke der Alta Vendita, bis ihn 1844 jemand mit Arsen vergiftete. Denk nicht, das seien wir Jesuiten gewesen. Es besteht der Verdacht, dass der Anstifter des Verbrechens Mazzini war, der sich mit Hilfe der Juden an die Spitze der Carbonari-Bewegung setzen wollte und immer noch will. Der Nachfolger von Nubius ist jetzt ein Jude namens Kleiner Tiger, der wie Nubius nicht aufhört, überall Feinde gegen Golgatha zu mobilisieren. Aber Zusammensetzung und Ort der Alta Vendita sind geheim. Alles muss den Logen, die von ihr befehligt und gelenkt werden, unbekannt bleiben. Sogar die vierzig Mitglieder der Alta Vendita haben niemals erfahren, woher die Befehle kamen, die sie ausführen oder weitergeben sollten. Und dann sagen sie, die Jesuiten seien Sklaven ihrer Oberen! Die Carbonari sind Sklaven, Sklaven eines Herrn, der sich ihren Blicken entzieht, vielleicht ist es ein Großer Alter, der dieses unterirdische Europa lenkt.«

Der junge Simonini hatte sich diesen Nubius zu seinem Helden erkoren, als eine Art männliches Gegenstück zu Babette von Interlaken. Und indem er das, was Pater Bergamaschi ihm in Form eines Schauerromans erzählt hatte, nun in die Form eines epischen Gedichts umwandelte, hypnotisierte er damit seine Kameraden. Wobei er ihnen das nebensächliche Detail verschwieg, dass Nubius längst tot war.

Bis er eines Tages einen Brief vorlegte, den zu fabrizieren ihn nicht viel Mühe gekostet hatte, in welchem Nubius einen unmittelbar bevorstehenden Volksaufstand in ganz Piemont ankündigte, Stadt für Stadt. Die Gruppe, die Simonini anführte, solle dabei eine gefährliche und heroische Aufgabe übernehmen. Wenn sie sich an einem bestimmten Morgen im Hof der Osteria del Gambero versammle,

Alle Carbonari unterstehen dem Kommando der Alta Vendita, ihrer obersten Loge, die vierzig Mitglieder hat, die meisten davon – horribile dictu! – aus der Blüte des römischen Patriziats, plus natürlich einige Juden... (S. 111)

werde sie dort Säbel und Gewehre vorfinden sowie vier Karren voll alter Möbel und Matratzen, mit denen sie sich zum Ausgang der Via Barbaroux begeben solle, um dort eine Barrikade zu errichten, die den Zugang zur Piazza Castello versperre. Dann solle sie auf weitere Order warten.

Mehr brauchte es nicht, um die Gemüter der rund zwanzig Studenten zu entzünden: Prompt versammelten sie sich an jenem schicksalhaften Morgen im Hof der Weinschenke und fanden dort tatsächlich, versteckt in ein paar alten Fässern, die versprochenen Waffen. Noch während sie sich nach den Karren mit dem alten Hausrat umsahen, ohne daran gedacht zu haben, ihre Gewehre zu laden, wurde der Hof von fünfzig Gendarmen mit vorgehaltener Waffe gestürmt. Widerstandslos ergaben sich die jungen Leute, wurden entwaffnet, hinausgebracht und beiderseits des Eingangs mit dem Gesicht zur Wand aufgereiht. »Vorwärts, Kanaillen, Hände hoch, Ruhe!« rief ein Beamter in Zivil mit ausnehmend finsterer Miene.

Während die Verschwörer anscheinend fast zufällig aufgereiht wurden, stellten zwei Gendarmen Simonini ganz ans Ende der Reihe, genau an die Ecke einer Gasse, und kurz darauf wurden sie von einem ihrer Serganten gerufen und entfernten sich zum Eingang des Hofes. Das war der (vereinbarte) Moment. Simonini drehte sich zu dem neben ihm stehenden Kameraden und raunte ihm etwas zu. Ein rascher Blick zu den ziemlich weit entfernten Gendarmen, und schon waren die beiden um die Ecke geflitzt und rannten davon.

»Achtung! Die hauen ab!« rief jemand. Die beiden Fliehenden hörten die Rufe und Schritte der Gendarmen, die ebenfalls um die Ecke bogen, Simonini hörte zwei Schüsse, einer traf seinen Freund, aber Simonini fragte sich nicht, ob er tödlich war. Es genügte ihm, dass der zweite Schuss wie vereinbart in die Luft ging.

So kam es, dass er kurz darauf in eine andere Straße einbog, dann in noch eine andere, während er von weitem die Rufe der Verfolger hörte, die befehlsgemäß in die falsche Richtung liefen. Schon überquerte er die Piazza Castello und ging wie ein x-beliebiger Bürger nach Hause. Für seine Genossen, die man inzwischen abtransportiert hatte, war er entkommen, und da sie als Haufen verhaftet und sofort mit dem Gesicht zur Wand gedreht worden waren, hätte keiner der Gendarmen sich an Simoninis Gesicht erinnern können. Darum war es für ihn auch nicht nötig, Turin zu verlassen, und er konnte seine Arbeit ungestört wieder aufnehmen, ja die Familien der Verhafteten besuchen, um ihnen sein Beileid auszusprechen.

Blieb nur noch, zur Liquidation des Notars Rebaudengo zu schreiten, die in der vereinbarten Weise erfolgte. Dem Alten brach ein Jahr später das Herz im Gefängnis, aber Simonini fühlte sich nicht schuldig. Sie waren quitt: der Notar hatte ihm einen Beruf verschafft, und er war für ein paar Jahre sein Sklave gewesen, der Notar hatte seinen Großvater ruiniert, und Simonini hatte dasselbe mit ihm getan.

Dies war es, was der Abbé Dalla Piccola in Simoninis Tagebuch enthüllte. Und dass auch er sich nach all diesen Rückbesinnungen auf die Vergangenheit erschöpft fühlte, könnte man dadurch bewiesen sehen, dass sein Beitrag zum Tagebuch mit einem unvollendeten Satz aufhörte, als hätte er, während er schrieb, sich plötzlich in Luft aufgelöst.

6.

Im Dienst der Dienste

28. März 1897

Monsieur l'Abbé,

es ist merkwürdig, dass sich dies, was ein Tagebuch sein sollte (also zum Lesen nur für den bestimmt, der es schreibt), in einen Austausch von Botschaften verwandelt. Aber jetzt schreibe ich Ihnen einen richtigen Brief, da ich so gut wie sicher bin, dass Sie ihn eines Tages, wenn Sie wieder hier vorbeikommen, lesen werden.

Sie wissen zuviel über mich. Sie sind ein unbequemer Zeuge. Und übertrieben streng.

Ja, ich gebe es zu, meine carbonarisch gesinnten Kameraden und Rebaudengo habe ich nicht so behandelt, wie es den Sitten entspräche, die zu predigen Sie gehalten sind. Aber seien wir ehrlich, Rebaudengo war ein Schurke, und wenn ich an all das denke, was ich danach getan habe, so scheint mir, dass ich mich schurkisch nur zu Schurken verhalten habe. Was diese Jungen betrifft, so waren sie exaltierte Schwärmer, und exaltierte Schwärmer sind das Verderben der Welt, denn durch sie und durch die vagen Prinzipien, für die sie schwärmen, entstehen die Kriege und Revolutionen. Und da ich mittlerweile begriffen habe, dass die Zahl der Schwärmer auf dieser Welt niemals abnehmen wird, kann ich ebensogut auch Profit aus ihrer Schwärmerei ziehen.

Jetzt nehme ich *meine* Erinnerungsarbeit wieder auf, wenn Sie gestatten. Jawohl, ich sehe mich wieder als Inhaber der Kanzlei des verstorbenen Notars Rebaudengo, und dass ich schon mit ihm zusammen falsche notarielle Akten fabriziert habe, überrascht mich nicht, denn genau das tue ich heute noch hier in Paris.

Ich erinnere mich jetzt auch gut an den Cavaliere Bianco. Eines Tages sagte er zu mir: »Sehen Sie Avvocato, die Jesuiten sind zwar aus dem Königreich Piemont-Sardinien verbannt worden, aber alle wissen, dass sie verdeckt weiter operieren und Anhänger werben. Das geschieht in allen Ländern, aus denen sie vertrieben worden sind. Vor kurzem ist mir eine amüsante Karikatur in einer ausländischen Zeitung vorgelegt worden, sie zeigt eine Gruppe von Jesuiten, die jedes Jahr so tun, als wollten sie in ihr Herkunftsland zurück (natürlich werden sie an der Grenze aufgehalten), damit man nicht merkt, dass ihre Mitbrüder schon in jenem Lande tätig sind, auf freiem Fuß unter dem Habit eines anderen Ordens. Kurzum, diese Leute sind überall, und wir müssen wissen, wo. Nun ist uns bekannt, dass manche von ihnen seit den Zeiten der Römischen Republik das Haus Ihres Herrn Großvaters frequentierten. Es scheint uns schwer vorstellbar, dass Sie nicht mit einigen von ihnen Kontakt gehalten haben, und darum bitten wir Sie, ihre Stimmungen und Absichten zu sondieren, denn wir haben den Eindruck, dass der Orden in Frankreich wieder mächtig geworden ist, und was in Frankreich geschieht, kann jederzeit auch in Turin geschehen.«

Es stimmte zwar nicht, dass ich noch Kontakt mit den guten Patres hatte, aber viele Dinge über die Jesuiten erfuhr ich aus sicherer Quelle. In jenen Jahren hatte Eugène Sue sein letztes großes Werk publiziert, *Die Geheimnisse des Volkes*, es war gerade noch rechtzeitg fertig geworden, bevor er im savoyischen Annecy starb – im Exil, denn er war seit langem mit den Sozialisten verbunden und hatte sich unmissverständlich gegen die Machtergreifung und die Proklamation des Kaiserreiches durch Louis Napoleon ausgesprochen. Da wegen der sogenannten *loi Riancey* keine Fortsetzungsromane in Zeitungen mehr gedruckt wurden, war dieses letzte Werk von Sue in kleinen Bändchen erschienen, die jeder durch die strengen Hände vieler Zensoren gehen mussten, inklusive der piemontesischen, so dass es schwierig gewesen war, sie alle lückenlos zu bekommen. Ich erinnere mich, dass ich mich beim Lesen dann tödlich gelangweilt habe, denn es ging um eine verschlungene Geschichte zweier Familien, einer gallischen und einer fränkischen, von der Frühgeschichte bis zu Napoleon III., wobei die Franken die bösen Herrscher sind und die Gallier seit Vercingetorix allesamt Sozialisten, aber Sue war nun einmal, wie alle Idealisten, besessen von einer fixen Idee.

Den letzten Teil des Romans hatte er offensichtlich in denselben Monaten geschrieben, in denen Louis Napoleon die Macht ergriff und Kaiser wurde. Um dessen Projekte als hassenswert darzustellen, hatte Sue eine geniale Idee gehabt: Da der andere große Feind des republikanischen Frankreichs seit den Zeiten der Revolution die Jesuiten waren, brauchte er bloß vorzuführen, wie die Eroberung der Macht durch Louis Napoleon von den Jesuiten inspiriert und dirigiert wurde. Zwar waren die Jesuiten seit der Julirevolution 1830 auch aus Frankreich verbannt worden, aber in Wirklichkeit waren sie heimlich im Lande geblieben – und konnten sich beinahe frei bewegen, seit Louis Napoleon seinen Aufstieg zur Macht begonnen hatte und sie tolerierte, um gute Beziehungen zum Papst zu behalten.

So gab es in dem Buch einen langen Brief von Pater Rodin (der schon im *Ewigen Juden* aufgetreten war) an den General der Jesuiten, Pater Roothaan, in dem das Komplott ausführlichst dargelegt wurde. Die letzten Geschehnisse im Roman ereignen sich während des letzten sozialistischen und republikanischen Widerstands gegen den Staatsstreich, und der Brief war so formuliert, dass die Dinge, die Louis Napoleon dann wirklich getan hatte, noch als Zukunftspläne erschienen. Dass dann später, als die Leser das lasen, all dies bereits geschehen war, machte die Sache noch bestürzender.

Natürlich musste ich wieder an den Anfang von Dumas' *Joseph Balsamo* denken: Es würde genügen, den Donnersberg durch ein irgendwie klerikal wirkendes Ambiente zu ersetzen, vielleicht die Krypta eines alten Klosters, um dort nicht die Freimaurer, sondern die Söhne Loyolas aus der ganzen Welt zusammenkommen zu lassen, es würde genügen, anstelle von Balsamo den Pater Rodin sprechen zu lassen, und schon hätte man das alte Schema der Allgemeinen Weltverschwörung an die Gegenwart angepasst.

So kam ich auf die Idee, dass ich Bianco nicht bloß ein paar da und dort aufgeschnappte Klatschgeschichten verkaufen könnte, sondern ein ganzes den Jesuiten entwendetes Dokument. Sicher musste ich da und dort etwas ändern, den Pater Rodin eliminieren, den vielleicht jemand als Romanfigur wiedererkennen könnte, und dafür Pater Bergamaschi ins Spiel bringen, von dem ich zwar nicht wusste, wo er sich jetzt befand, aber von dem man in Turin sicherlich hatte reden hören. Außerdem war, als Sue schrieb, der General des Ordens noch Pater Roothaan, während er nun, wie es hieß, durch einen gewissen Pater Beckx ersetzt worden war.

Das Dokument müsste wie eine fast wörtliche Mitschrift der Rede durch einen glaubwürdigen Informanten aussehen, und der Informant dürfte nicht als Denunziant erscheinen (denn bekanntlich verraten die Jesuiten nie ihre Bruderschaft), sondern eher als ein alter Freund meines Großvaters, dem er diese Dinge als Beweis für die Größe und Unbesiegbarkeit seines Ordens anvertraut hat.

Gern hätte ich auch die Juden in die Geschichte mit eingebaut, sozusagen als Hommage an Großvater, aber Sue hat nicht von ihnen gesprochen, und es gelang mir nicht, sie mit den Jesuiten zusammenzubringen – außerdem interessierten die Juden damals so gut wie niemanden in Piemont. Den Agenten der Regierung darf man den Kopf nicht mit zu vielen Informationen vollstopfen, sie wollen einfache, klare Ideen, mit Schwarz und Weiß und Gut und Böse, und der Böse darf immer nur einer sein.

Allerdings wollte ich auch nicht ganz auf die Juden verzichten, und so habe ich sie für den Hintergrund benutzt. Das war immerhin eine Möglichkeit, bei Bianco einen Verdacht gegen sie zu wecken.

Ich sagte mir, dass eine Lokalisierung in Paris oder gar in Turin leicht überprüft werden könnte. Ich musste also meine Jesuiten an einem Ort versammeln, der auch für die piemontesischen Geheimdienste nicht so leicht zugänglich wäre und von dem sie nur legendäre Nachrichten hätten. Die Jesuiten konnten ja, wie man weiß, überall sein, diese Polypen des Herrn, die ihre Krakenarme sogar nach den protestantischen Ländern ausstrecken.

Um Dokumente zu fälschen, muss man sich immer genau informieren, deshalb ging ich oft in Bibliotheken. Bibliotheken sind faszinierend: Man meint manchmal gleichsam auf einem Bahnsteig zu stehen, und wenn man in Büchern über exotische Länder blättert, hat man den Eindruck, an ferne Strände zu reisen. So war mir ein Buch in die Hände gefallen, in dem ich schöne Stiche des jüdischen Friedhofs in Prag entdeckte. In diesem heute verlassenen Friedhof gab es fast zwölftausend Grabsteine auf sehr engem Raum, aber es mussten früher noch sehr viel mehr gewesen sein, denn im Lauf der Jahrhunderte waren viele von neuen Erdschichten überdeckt worden. Nachdem der Friedhof verlassen worden war, hatte jemand einige der zugeschütteten Gräber wieder freigelegt mitsamt ihren Steinen, so dass sich eine unregelmäßige Ansammlung von Grabsteinen ergab, die sich in alle Richtungen neigten (oder vielleicht hatten die Juden sie schon so achtlos eingerammt, bar jeden Sinnes für Schönheit und Ordnung, wie sie sind).

Dieser längst verlassene Ort passte mir gut ins Konzept, auch wegen seiner Ausgefallenheit: Mit welchen Hintergedanken hatten die Jesuiten beschlossen, sich an einem Ort zu versammeln, der den Juden heilig war? Und welche Kontrolle hatten sie über diesen von allen vergessenen und vielleicht unzugänglichen Ort? Lauter unbeantwortbare Fragen, die dem Bericht Glaubwürdigkeit verschaffen würden, denn wie ich Bianco einschätzte, würde er einen Bericht, in dem alles gut erklärbar und wahrscheinlich klingt, mit Sicherheit für gefälscht halten.

Als guter Dumas-Leser hätte es mir nicht missfallen, jene Nacht und jene Zusammenkunft düster und schaurig zu zeichnen, mit jenem kaum von der Sichel eines schwindsüchtigen Mondes erhellten Gräberfeld und den im Halbkreis aufgestellten Jesuiten, so dass es wegen ihrer schwarzen breitkrempigen Hüte von oben betrachtet so ausgesehen hätte, als ob der Boden von Schaben wimmelte – oder auch das diabolische Grinsen von Pater Beckx zu beschreiben, mit dem er die finsteren Pläne jener Feinde der Menschheit vortrug (und dazu den Geist meines Vaters, wie er feixend vom Himmel herabsah, was sage ich, aus den Tiefen jener Hölle herauf, in welche Mazzinianer und Republikaner vermutlich von Gott verdammt worden sind), und

am Ende zu zeigen, wie die infamen Boten ausschwärmen, um ihren
über die ganze Welt verstreuten Brüdern den teuflischen neuen Plan
zur Eroberung der Welt mitzuteilen, wie eine Schar schwarzer Vögel,
die in der bleichen Dämmerung aufflattern, um diese höllische Nacht
zu beschließen.

Aber der Bericht musste knapp und aufs wesentliche beschränkt
sein, wie es sich gehört für einen Geheimbericht, denn bekanntlich
sind die Agenten der Geheimpolizei keine Literaten und schaffen es
nicht, mehr als zwei bis drei Seiten zu lesen.

Also berichtete mein angeblicher Informant, dass in jener Nacht
die Repräsentanten der Gesellschaft Jesu aus den verschiedenen Ländern in Prag zusammengekommen seien, um Pater Beckx anzuhören,
der ihnen den Pater Bergamaschi vorgestellt habe, welcher dank einer
Reihe von günstigen Umständen zum persönlichen Berater von Louis
Napoleon avanciert sei.

Alsdann habe Pater Bergamaschi über die Unterwerfung unter die
Befehle des Ordens berichtet, die Louis Napoleon Bonaparte gerade
zu bezeugen im Begriff sei.

»Wir müssen die Schläue loben«, habe er gesagt, »mit der Bonaparte die Revolutionäre getäuscht hat, indem er vorgab, ihre Doktrinen zu übernehmen, um stattdessen ihre Pläne an uns zu verraten, die
Geschicklichkeit, mit der er gegen Louis-Philippe konspiriert hat, um
den Fall jenes gottlosen Regimes zu begünstigen, und die Treue, mit
der er unsere Ratschläge befolgt hat, als er sich 1848 den Wählern als
ehrlicher Republikaner präsentierte, so dass er zum Präsidenten der
Französischen Republik gewählt werden konnte. Vergessen wir auch
nicht seinen Beitrag zur Zerstörung der Römischen Republik Mazzinis und zur Wiederherstellung der weltlichen Macht des Heiligen
Vaters.«

Was Bonaparte sich vorgenommen habe – so Bergamaschi weiter –,
sei die definitive Vernichtung der Sozialisten, Revolutionäre, Philosophen, Atheisten und all jener infamen Rationalisten, die von Souverä-
nität der Nation, freier Auslegung der Bibel, Religionsfreiheit sowie
politischer und sozialer Freiheit reden, er wolle die Nationalversamm-
lung auflösen, die Volksvertreter unter dem Vorwand der Konspira-

…oder auch das diabolische Grinsen von Pater Beckx zu beschreiben, mit dem er die finsteren Pläne jener Feinde der Menschheit vortrug (und dazu den Geist meines Vaters, wie er feixend vom Himmel herabsah, was sage ich, aus den Tiefen jener Hölle herauf, in welche Mazzinianer und Republikaner vermutlich von Gott verdammt worden sind)… (S. 121)

tion verhaften lassen, den Belagerungszustand in Paris ausrufen, bewaffnete Barrikadenkämpfer standrechtlich erschießen lassen, die gefährlichsten Individuen auf die Teufelsinsel deportieren, die Presse- und die Versammlungsfreiheit abschaffen, die Armee in die Forts zurückbeordern und von dort die Hauptstadt bombardieren, sie in Brand schießen, keinen Stein auf dem anderen lassen, um so die römisch-katholisch-apostolische Kirche auf den Ruinen des modernen Babylon triumphieren zu lassen. Danach wolle er das Volk zur Abstimmung aufrufen, um seine Präsidentschaft um zehn Jahre zu verlängern und anschließend die Republik in ein neues Kaiserreich zu verwandeln – denn die allgemeine Volksabstimmung sei das einzige Heilmittel gegen die Demokratie, da sie auch das Landvolk miteinbeziehe, das noch treu auf die Stimme seiner Pfarrer höre.

Am interessantesten war, was Bergamaschi am Ende sagte, nämlich zur Politik gegenüber Piemont. Hier ließ ich den Pater jene Zukunftspläne der Jesuiten vortragen, die sich inzwischen voll verwirklicht hatten.

»Dieser Weichling Vittorio Emanuele träumt von einem Königreich Italien, sein Premierminister Cavour schürt das Verlangen danach, und beide planen nicht nur, Österreich von der Apenninenhalbinsel zu vertreiben, sondern auch die weltliche Macht des Heiligen Vaters zu zerstören. Sie werden sich Unterstützung in Frankreich suchen, für das es leicht sein wird, sie in einen Krieg gegen Russland hineinzuziehen, indem es ihnen Beistand gegen Österreich verspricht, aber dafür Savoyen und Nizza verlangt. Dann wird der Kaiser so tun, als ob er sich für die Piemontesen engagiert, wird aber – nach ein paar unbedeutenden örtlichen Siegen – ohne sie zu fragen mit Österreich Frieden schließen und für die Bildung einer italienischen Konföderation unter Vorsitz des Papstes eintreten, zu der auch Österreich mit seinen Hoheitsgebieten auf italienischem Boden gehören soll. So wird Piemont, das einzige Land mit einer liberalen Regierung auf der Apenninenhalbinsel, sowohl Frankreich als auch Rom untergeordnet bleiben und von den französischen Truppen, die Rom besetzt haben, sowie von denen in Savoyen unter Kontrolle gehalten.«

Voilà, dies war das Dokument. Ich wusste nicht, ob der piemontesischen Regierung diese Anklage Napoleons III. als Feind des Königreichs Piemont-Sardinien sehr gefallen würde, aber ich hatte schon intuitiv erkannt, was mir die Erfahrung später bestätigen sollte, nämlich dass es den Angehörigen der Sonderdienste immer genehm ist, ein Dokument zu besitzen, auch auf Vorrat, mit dem man die Angehörigen der Regierung erpressen oder verwirren oder gegeneinander aufbringen könnte.

Tatsächlich las Bianco den Bericht sehr aufmerksam, hob dann die Augen von den Papieren, sah mir fest ins Gesicht und sagte, das sei Material von höchster Bedeutung. Womit er mir einmal mehr bestätigte, dass ein Spion, wenn er etwas Unerhörtes verkaufen will, nichts anderes tun darf als etwas zu erzählen, was man auf jedem kleinen Markt für gebrauchte Bücher finden könnte.

Allerdings war Bianco, wenn auch kaum informiert über Literatur, sehr gut über mich informiert, denn er fügte mit hinterhältiger Miene hinzu: »Natürlich ist das alles von Ihnen erfunden.«

»Ich bitte Sie!« rief ich empört. Aber er hob abwehrend die Hand: »Lassen Sie's, Avvocato. Selbst wenn dieses Dokument allein Ihr Werk wäre, kommt es mir und meinen Vorgesetzten gelegen, um es der Regierung als echt zu präsentieren. Sie werden wissen, warum es inzwischen *urbi et orbi* bekannt ist, dass unser Premierminister Cavour überzeugt war, Napoleon III. in der Hand zu haben, nämlich weil er ihm die Contessa Castiglione ans Herz gelegt hatte, eine schöne Frau, das ist nicht zu leugnen, und der Franzose hat sich auch nicht lange bitten lassen, ihre Reize zu genießen. Aber dann hat sich herausgestellt, dass Napoleon keineswegs alles tat, was Cavour wollte, und die Contessa Castiglione hatte ihre Göttergabe für nichts verschwendet, vielleicht hatte sie Gefallen daran gefunden, aber wir können die Staatsangelegenheiten nicht von den Launen einer leichtlebigen Dame abhängig machen. Es ist sehr wichtig, dass Seine Majestät unser König dem Bonaparte misstraut. Binnen kurzem, das ist schon voraussehbar, werden Garibaldi oder Mazzini oder beide zusammen eine Expedition ins Königreich Neapel organisieren. Sollte diese Unternehmung zufällig erfolgreich verlaufen, wird Piemont intervenieren müssen, um jene Länder nicht in der Hand von verrückt gewordenen Republikanern zu lassen, und um das zu tun, wird unser Heer beim Marsch den Stiefel hinunter durch den Kirchenstaat müssen. Daher wird es zur Erreichung dieses Ziels unerlässlich sein, unseren Souverän so zu konditionieren, dass er Misstrauen und Groll gegen den Papst hegt und nicht viel auf die Empfehlungen Napoleons III. gibt. Wie Sie verstanden haben werden, caro Avvocato, wird die Politik häufig von uns allerdemütigsten Dienern des Staates gemacht, mehr als von denen, die in den Augen des Volkes regieren...«

Dieser Bericht war meine erste wirklich ernsthafte Arbeit, bei der ich nicht bloß ein Testament für irgendeinen Privatmann fabrizierte, sondern einen komplexen politischen Text erstellte, mit dem ich vielleicht zur Politik des Königreiches Piemont-Sardinien beigetragen habe. Ich weiß noch, dass ich richtig stolz darauf war.

Unterdessen war das schicksalhafte Jahr 1860 gekommen. Schicksalhaft für das Land, noch nicht für mich, der ich mich damit begnügte, die Ereignisse aus der Distanz zu verfolgen, indem ich den Reden der Müßiggänger in den Cafés zuhörte. Ich spürte, dass ich mich immer mehr mit politischen Dingen würde beschäftigen müssen, und sagte mir, dass die begehrenswertesten Nachrichten, die es zu fabrizieren galt, nicht die sein würden, die von den Zeitungsleuten als gesichert verbreitet wurden, sondern diejenigen, die sich die Müßiggänger in den Cafés erhofften.

So erfuhr ich, dass die Bevölkerungen des Großherzogtums Toskana, des Herzogtums Modena und des Herzogtums Parma ihre Souveräne verjagten, dass die sogenannten Päpstlichen Legationen der Emilia und Romagna sich der Kontrolle des Papstes entzogen, dass alle den Anschluss ans Königreich Piemont-Sardinien verlangten, dass es im April 1860 in Palermo zu Aufständen kam, dass Mazzini den Anführern der Revolte schrieb, Garibaldi werde ihnen zu Hilfe eilen, dass Garibaldi auf der Suche nach Männern, Geld und Waffen für seine Expedition war und dass die bourbonische Marine bereits vor Sizilien kreuzte, um jede feindliche Invasion zu blockieren.

»Aber wissen Sie, dass Cavour einen Mann seines Vertrauens benutzt, den Sizilianer La Farina, um Garibaldi unter Kontrolle zu halten?«

»Aber was reden Sie da? Der Premierminister hat eine Subskription für den Kauf von zwölftausend Gewehren gebilligt, extra für die Garibaldiner!«

»Jedenfalls ist die Verteilung dann blockiert worden, und von wem? Von den königlichen Carabinieri!«

»Also hören Sie mal, hören Sie! Cavour hat die Verteilung erleichtert, von wegen blockiert!«

»Ja schon, nur waren es nicht die schönen Enfield-Gewehre, die Garibaldi sich erhofft hatte, sondern völlig veraltete Schießprügel, mit denen der Held bestenfalls auf Lerchenjagd gehen kann.«

»Ich weiß von Leuten aus dem Palast, fragen Sie nicht nach Namen, dass La Farina Garibaldi achttausend Lire und tausend Gewehre gegeben hat.«

»Ja, aber es sollten dreitausend sein, zweitausend hat der Gouverneur von Genua behalten.«

»Wieso Genua?«

»Na, Sie werden ja wohl nicht erwarten, dass Garibaldi auf einem Maultier nach Sizilien reitet. Er hat einen Vertrag über den Kauf von zwei Schiffen unterschrieben, die in Genua oder da in der Nähe ablegen sollen. Und wissen Sie, wer für den Kredit gebürgt hat? Die Freimaurer, genauer gesagt eine Loge aus Genua.«

»Ach was, Loge! Die Freimaurer sind eine Erfindung der Jesuiten!«

»Schweigen Sie! Sie sind doch selber einer, und jeder weiß es!«

»Ah ja?... *Glissons.* Ich weiß jedenfalls aus sicherer Quelle, wer bei der Vertragsunterzeichnung anwesend war, nämlich« – hier dämpfte sich die Stimme des Sprechers zu einem Raunen – »der Advokat Riccardi und General Negri di Saint Front...«

»Und wer sind diese Herrschaften?«

»Das wissen Sie nicht?« Die Stimme dämpfte sich zu einem kaum hörbaren Flüstern. »Das sind die Chefs des Büros für Besondere Angelegenheiten, genauer gesagt des Büros für Hohe Politische Überwachung, mit anderen Worten der Nachrichtendienst des Ministerpräsi-

»Ach was, Loge! Die Freimaurer
sind eine Erfindung der Jesuiten!«
»Schweigen Sie! Sie sind doch selber einer,
und jeder weiß es!«… (S. 127)

denten... Die sind eine *Macht*, sage ich Ihnen, die haben mehr Einfluss als der Erste Minister des Königs... *Das* sind sie – von wegen Freimaurer!«

»Meinen Sie? Man kann zum Geheimdienst gehören und trotzdem Freimaurer sein, das hilft sogar.«

Am 5. Mai 1860 brach Garibaldi mit tausend Freiwilligen übers Meer nach Sizilien auf. Piemontesen waren nicht mehr als zehn dabei, aber auch Ausländer, und scharenweise Anwälte, Ärzte, Apotheker, Ingenieure und Grundbesitzer. Wenige aus dem einfachen Volk.

Am 11. Mai legten die Schiffe in Marsala an. Und wohin schaute derweil die bourbonische Marine? Es schien, als hätte sie sich von zwei britischen Kanonenbooten einschüchtern lassen, die im Hafen lagen, offiziell um die Güter ihrer Landsleute zu beschützen, die in Marsala einen florierenden Handel mit Qualitätswein betrieben. Oder waren es etwa die Engländer, die Garibaldi halfen?

Kurz und gut, nach wenigen Tagen besiegten Garibaldis Tausend (wie man sie jetzt allgemein nannte) die Bourbonen bei Calatafimi. Sie bekamen Zuwachs durch lokale Freiwillige, Garibaldi proklamierte sich zum Diktator Siziliens im Namen von König Vittorio Emanuele II., und Ende Mai war Palermo erobert.

Und Frankreich, was sagte Frankreich dazu? Frankreich schien vorsichtig zu beobachten, aber ein Franzose, der noch berühmter als Garibaldi war, Alexandre Dumas, der große Romancier, kam mit seinem privaten Schiff *Emma* herbeigeeilt, um sich den Befreiern anzuschließen, auch er mit Waffen und Geld.

In Neapel saß derweil der arme König beider Sizilien, Francesco II., der schon fürchtete, dass die Garibaldiner an vielen Orten gesiegt hätten, da ihn seine Generäle verraten hatten, weshalb er sich beeilte, eine Amnestie für politische Häftlinge zu erlassen und die Verfassung von 1848, die er abgeschafft hatte, erneut zu versprechen. Aber es war zu spät, die Volksaufstände reiften inzwischen auch in seiner Hauptstadt heran.

Und genau in diesen ersten Junitagen erhielt ich ein Billet des Cavaliere Bianco, der mich bat, um Mitternacht selbigen Tages eine Kutsche zu erwarten, die mich am Eingang meiner Kanzlei abholen werde. Seltsame Verabredung, aber ich witterte ein interessantes Geschäft, und so wartete ich um Mitternacht, schwitzend wegen der Hundstagshitze, die in jenen Tagen auch Turin quälte, vor der Tür meines Büros. Es erschien eine geschlossene Kutsche mit verhängten Fenstern und einem mir unbekannten Herrn, der mich an einen mir unbekannten Ort brachte – nicht sehr weit vom Zentrum entfernt, schien mir, ja ich hatte sogar den Eindruck, dass die Kutsche zwei oder dreimal durch dieselben Straßen fuhr.

Sie hielt im dunklen Hof eines alten, heruntergekommenen Wohnblocks, der eine einzige Wirrnis ramponierter Geländer war. Ich wurde durch eine schmale Tür und einen langen Korridor geführt, an dessen Ende eine weitere kleine Tür in das Vestibül eines Hauses von ganz anderer Qualität führte, in dem sich eine breite geschwungene Treppe erhob. Aber nicht die gingen wir hinauf, sondern eine kleine Treppe am Ende des Vestibüls, und die führte in ein Kabinett mit damastseidenen Tapeten, einem großen Porträt des Königs an der Rückwand und einem grünbezogenen Konferenztisch, an welchem vier Personen saßen, von denen einer der Cavaliere Bianco war, der mich den drei anderen vorstellte. Keiner gab mir die Hand, alle begnügten sich mit einem kurzen Kopfnicken.

»Nehmen Sie Platz, Avvocato. Der Herr zu Ihrer Rechten ist General Negri di Saint Front, dieser zu Ihrer Linken der Avvocato Riccardi, und der Herr gegenüber ist Professor Boggio, Abgeordneter für den Wahlkreis Valenza Po.«

Nach dem, was ich in den Bars und Cafés hatte raunen hören, erkannte ich in den beiden ersten Personen jene Chefs der Hohen Politischen Überwachung, die (*vox populi*) den Garibaldinern beim Kauf der beiden berühmten Schiffe geholfen hatten. Was den dritten betraf, so kannte ich seinen Namen: Er war Journalist, mit dreißig schon Juraprofessor geworden, Abgeordneter und immer in nächster Nähe Cavours. Er hatte ein gerötetes Gesicht, das ein zierlicher Schnurrbart schmückte, ein Monokel von der Größe eines Trinkglasbodens und die Miene des unschuldigsten Mannes der Welt. Aber die Ehrerbietung, mit der die drei anderen ihn behandelten, zeugte von seiner Macht in Regierungskreisen.

Negri di Saint Front begann: »Caro Avvocato, in Kenntnis Ihrer Fähigkeiten beim Sammeln von Informationen sowie der Umsicht und Verschwiegenheit, mit der Sie diese einzusetzen verstehen, gedenken wir Sie mit einer sehr delikaten Mission in den soeben von General Garibaldi eroberten Gebieten zu betrauen. Machen Sie kein so besorgtes Gesicht, wir haben nicht vor, Sie zu beauftragen, die Rothemden zum Angriff zu führen. Es geht darum, dass Sie uns Nachrichten liefern. Doch damit Sie wissen, welche Art Nachrichten die Regierung interessieren, sehen wir uns genötigt, Ihnen Dinge anzuvertrauen, die ich nicht zögere, als Staatsgeheimnisse zu definieren, und so werden Sie verstehen, dass Sie von jetzt an bis zum Ende der Mission und darüber hinaus sehr viel Umsicht werden an den Tag legen müssen. Auch damit Sie… wie soll ich sagen… damit Sie sich Ihre persönliche Unversehrtheit bewahren, an der uns natürlich sehr viel liegt.«

Diplomatischer konnte man es nicht sagen: Saint Front lag sehr viel an meiner persönlichen Unversehrtheit, und darum ließ er mich wissen, dass diese meine Unversehrtheit, wenn ich das, was ich nun gleich hören würde, herumerzählte, ernstlich gefährdet wäre. Doch seine umständliche Präambel ließ mich auch ahnen, dass die Höhe meiner Belohnung der Wichtigkeit dieser Mission entsprechen würde. Darum ermunterte ich ihn mit einem zustimmenden Kopfnicken, in seinen Darlegungen fortzufahren.

»Niemand wird Ihnen die Lage besser erklären können als der Abgeordnete Boggio, auch weil er seine Informationen und seine Desiderata aus der höchsten Quelle bezieht, der er sehr nahe steht. Ich bitte Sie, Professore…«

»Sehen Sie, Avvocato«, begann Boggio, »es gibt in Piemont niemanden, der größere Bewunderung als ich für jenen integren und großherzigen Mann hegt, der General Garibaldi ist. Was er in Sizilien vollbracht hat, mit einer Handvoll Tapferer gegen eine der bestbewaffneten Armeen Europas, ist mirakulös.«

Dieser Einstieg genügte, um mich argwöhnen zu lassen, dass Boggio der schlimmste Feind Garibaldis war, aber ich hatte mir vorgenommen, schweigend zuzuhören.

»Gleichwohl«, fuhr Boggio fort, »wenn es auch wahr ist, dass Garibaldi die Diktatur über die eroberten Länder im Namen unseres Königs Vittorio Emanuele II. übernommen hat, kann derjenige, der hinter ihm steht, diese Entscheidung nicht billigen. Mazzini liegt ihm im Nacken mit seiner Forderung, dass die große Volkserhebung des Südens zur Republik führen müsse. Und wir kennen die große Überzeugungskraft dieses Mazzini, der still und geduldig im Ausland agierend schon so viele unbedachte Eiferer dazu gebracht hat, in den Tod zu gehen. Zu den nächsten Mitarbeitern des Generals gehören Crispi und Nicotera, Mazzinianer reinsten Wassers, die einen schlechten Einfluss ausüben auf einen Mann wie Garibaldi, der in seiner Güte unfähig ist, die Bosheit anderer zu erkennen. Genug, sagen wir es in aller Klarheit: Garibaldi wird in Bälde die Meerenge von Messina erreichen und nach Kalabrien übersetzen. Der Mann ist ein weitsichtiger Stratege, seine Freiwilligen sind Enthusiasten, viele Insulaner haben sich ihnen angeschlossen, man weiß nicht, ob aus Vaterlandsliebe oder aus Opportunismus, und viele bourbonische Generäle haben sich schon als so führungsunfähig erwiesen, dass einem der Verdacht kommt, sie könnten durch verborgene Zuwendungen von ihren militärischen Tugenden abgebracht worden sein. Wir müssen Ihnen nicht sagen, wen wir als Spender dieser Zuwendungen verdächtigen. Bestimmt nicht unsere Regierung. Sizilien ist jetzt in der Hand Garibaldis, und sollten bald auch Kalabrien und das Gebiet um Neapel in seine Hände fallen, so würde der General, unterstützt von den mazzinianischen Republikanern, über die Ressourcen eines Reiches von neun Millionen Einwohnern verfügen und, getragen von einem unwiderstehlichen Prestige beim Volk, stärker sein als unser König. Um diese Katastrophe zu vermeiden, bleibt unserem Souverän nur eines: mit unserem Heer in den Süden zu ziehen, dabei sicher nicht ohne Konflikte den Kirchenstaat zu durchqueren, um in Neapel einzutreffen, ehe Garibaldi dort eintrifft. Klar?«

»Klar. Aber ich sehe nicht, wie ich…«

»Warten Sie. Garibaldis Expedition war von Vaterlandsliebe geprägt, doch um einzugreifen und sie zu disziplinieren oder, besser gesagt, sie zu neutralisieren, müssten wir beweisen können, und zwar
durch gut verbreitete Gerüchte und Zeitungsartikel, dass sie von zwei-
felhaften und korrupten Personen verunreinigt worden ist, so dass
sich der piemontesische Eingriff als notwendig erwiesen hat.«

»Kurzum«, schaltete sich der Advokat Riccardi ein, der bisher noch
nichts gesagt hatte, »wir brauchen das Vertrauen in Garibaldis Expedition nicht zu unterminieren, sondern nur das in die revolutionäre
Verwaltung, die sich daraus ergeben hat. Graf Cavour ist im Begriff,
La Farina nach Sizilien zu schicken, der ein großer sizilianischer Patriot ist, im Exil leben musste und daher Garibaldis Vertrauen genießen müsste, aber der zur gleichen Zeit auch ein vertrauter Mitarbeiter
unserer Regierung geworden ist und eine *Società Nazionale Italiana*
gegründet hat, die für den Anschluss des Reiches beider Sizilien an
ein geeintes Italien eintritt. La Farina hat den Auftrag, Klarheit über
einige sehr besorgniserregende Gerüchte zu schaffen, die uns zu Ohren gekommen sind. Es scheint, dass Garibaldi dort unten aus gutem Glauben und Inkompetenz im Begriff ist, eine Regierung zu
installieren, die eine Karikatur, ja geradezu die Negation einer jeden
Regierung wäre. Selbstverständlich kann der General nicht alles kontrollieren, seine Ehrlichkeit steht außer Zweifel, aber in wessen Händen lässt er die öffentlichen Angelegenheiten? Cavour erhofft sich von
La Farina einen vollständigen Bericht über jede mögliche Unterschla-
gung, aber die Mazziniander werden alles tun, um La Farina vom Volk
fernzuhalten, jedenfalls von jenen Schichten der Bevölkerung, bei
denen man am leichtesten plastische Auskünfte über Skandale einho-
len kann.«

»Und jedenfalls vertraut unser Büro diesem La Farina nur bis zu
einem gewissen Grade«, warf Boggio ein. »Nicht um ihn zu kritisieren, Gott behüte, aber auch er ist ein Sizilianer, und die mögen ja brave
Leute sein, aber sie sind anders als wir, finden Sie nicht? Sie werden
einen Empfehlungsbrief für La Farina dabeihaben, und machen Sie
ruhig Gebrauch davon, aber Sie werden sich mit größerer Freiheit bewegen, wir erwarten nicht, dass Sie bloß dokumentierte Daten sam-

meln, sondern – wie Sie es ja schon andere Male getan haben – dass Sie auch welche fabrizieren, wenn es nötig ist.«

»Und wie und als wer soll ich mich dorthin begeben?«

»Wir haben wie üblich an alles gedacht«, sagte Bianco lächelnd. »Monsieur Dumas, den Sie als berühmten Romancier kennen werden, ist im Begriff, mit einem privaten Schiff namens *Emma* in Palermo zu Garibaldi zu stoßen. Wir haben nicht ganz verstanden, was er da machen will, vielleicht will er bloß eine romanartige Geschichte der Expedition Garibaldis schreiben, vielleicht ist er eitel und will seine Freundschaft mit dem Helden zur Schau stellen. Wie auch immer, wir wissen, dass er in etwa zwei Tagen in Sardinien an Land gehen wird, und zwar in der Bucht von Arzachena, also bei uns. Sie brechen morgen früh nach Genua auf, gehen an Bord eines unserer Schiffe, das Sie nach Sardinien bringen wird, wo Sie Dumas treffen werden, ausgerüstet mit einem Empfehlungsschreiben von jemandem, dem Dumas viel verdankt und dem er vertraut. Sie werden sich als Sonderkorrespondent der von Professor Boggio geleiteten Zeitung vorstellen, der nach Sizilien geschickt worden ist, um die Unternehmung von Dumas und Garibaldi zu feiern. So werden Sie zur *Entourage* dieses Romanciers gehören und mit ihm in Palermo eintreffen. Mit Dumas einzutreffen wird Ihnen ein Prestige und eine Unverdächtigkeit verleihen, die Sie nicht genießen würden, wenn Sie alleine kämen. In Palermo können Sie sich dann unter die Freiwilligen mischen und zugleich Kontakt mit der lokalen Bevölkerung aufnehmen. Ein Empfehlungsbrief einer bekannten und geachteten Person wird Sie bei einem jungen garibaldinischen Offizier, Hauptmann Nievo, einführen, den Garibaldi inzwischen zu seinem Vizeschatzmeister ernannt haben dürfte. Stellen Sie sich vor, schon bei der Abfahrt des *Lombardo* und des *Piemonte*, der beiden Dampfer, die Garibaldi nach Marsala gebracht haben, waren diesem Hauptmann 14 000 der 90 000 Lire anvertraut worden, aus denen die Kasse der Expedition bestand. Wir wissen nicht recht, wieso man ausgerechnet den jungen Nievo mit solchen Verwaltungsaufgaben betraut hat, wo er doch, wie es heißt, eher ein Literat ist, aber er scheint einen tadellosen Ruf zu haben. Er wird sich glücklich schätzen, mit jemandem sprechen zu können, der für Zeitungen schreibt und sich als Freund des berühmten Alexandre Dumas vorstellt.«

Den Rest dieser mitternächtlichen Sitzung verbrachten wir mit der Klärung technischer Aspekte des Unternehmens sowie meiner Vergütung. Am nächsten Morgen schloss ich die Kanzlei für unbestimmte Zeit, packte das Nötigste ein und nahm auch, einer spontanen Eingebung folgend, die Soutane mit, die Pater Bergamaschi in Großvaters Haus gelassen hatte und die ich damals hatte retten können, bevor alles den Gläubigern überlassen wurde.

7.

Mit den Tausend

29. März 1897

Ich weiß nicht, ob es mir gelungen wäre, mir alle Ereignisse in Erinnerung zu rufen, zumal auch die Eindrücke und Gefühle während meiner Sizilienreise von Juni 1860 bis März 1861, hätte ich nicht gestern Abend beim Kramen zwischen alten Papieren in einer Kommode unten im Laden ein Bündel zerknitterter Seiten gefunden, auf denen ich jene Ereignisse knapp notiert hatte, vermutlich um später einen detaillierten Bericht für meine Turiner Auftraggeber zu schreiben. Es sind lückenhafte Notizen, ich hatte offensichtlich nur das notiert, was ich für wichtig hielt oder von dem ich *wollte*, dass es wichtig erschien. Was ich verschwiegen habe, weiß ich nicht mehr.

* * *

Seit dem 6. Juni bin ich an Bord der *Emma*. Dumas hat mich sehr herzlich empfangen. Er trug eine leichte hellbraune Stoffjacke und sah ganz unverkennbar so aus wie das Mischblut, das er ist. Olivbraune Haut, wulstige sinnliche Lippen, helmartiges Kraushaar wie ein Afrikaner. Ansonsten ein lebhafter und ironischer Blick, ein herzliches Lächeln, die pralle Rundlichkeit des *bon vivant*... Ich erinnerte mich an eine der vielen Legenden, die von ihm erzählt werden: Ein Pariser Stutzer hatte in seiner Gegenwart maliziös auf jene neuartigen Theorien angespielt, die eine Verbindung zwischen Urmensch und niederen Arten sehen. Und er hatte geantwortet: »Jawohl, mein Herr, ich stamme vom Affen ab. Aber Sie, meine Herren, Sie steigen zu ihm auf!«

Er stellte mir Kapitän Beaugrand vor, den Ersten Offizier Brémond, den Steuermann Podimatas (ein behaartes Individuum mit einem schwarzen Fell wie ein Wildschwein, bei dem Bart und Kopfhaar überall im Gesicht zusammenwachsen, so dass es aussieht, als rasiere er sich bloß das Weiß der Augen) und vor allem den Koch Jean Boyer – und nach der Art, wie Dumas ihn präsentierte, könnte man meinen, er sei die wichtigste Person der Truppe. Dumas reist mit einem Hofstaat wie ein Grandseigneur aus früheren Zeiten.

Während mich Podimatas in meine Kabine führte, kündigte er mir an, dass Boyers Spezialität die *asperges aux petits pois* seien, ein kurioses Gericht, denn Erbsen waren keine darin zu finden.

Wir passierten die Insel Caprera, auf die sich Garibaldi zurückzuziehen pflegt, wenn er nicht kämpft.

»Dem General werden Sie bald begegnen«, sagte Dumas zu mir, und das bloße Reden von ihm ließ sein Gesicht vor Bewunderung aufleuchten. »Mit seinem blonden Bart und den blauen Augen sieht er aus wie der Jesus in Leonardos *Letztem Abendmahl*. Seine Bewegungen sind voller Eleganz, seine Stimme ist von unendlicher Sanftheit. Er wirkt ruhig und gelassen, aber sprechen Sie vor ihm die Worte *Italien* und *Unabhängigkeit* aus, und Sie werden ihn erwachen sehen wie einen Vulkan, mit Feuerstößen und Lavaströmen. Zum Kampf geht er nie bewaffnet; im Moment der Aktion zieht er den erstbesten Säbel, der ihm vor die Finger kommt, wirft die Scheide fort und stürzt sich auf den Feind. Er hat nur eine Schwäche: Er glaubt, ein As im Boccia zu sein.«

Kurz darauf große Aufregung an Bord. Die Matrosen waren dabei, eine große Meeresschildkröte zu fangen, wie man sie südlich von Korsika finden kann. Dumas rieb sich die Hände.

»Da wird's Arbeit geben. Man muss sie erst auf den Rücken drehen, das dumme Tier wird den Hals herausstrecken, und dann nutzen wir seine Torheit, um ihm den Kopf abzuhacken, zack, dann hängen wir es am Schwanz auf und lassen es zwölf Stunden lang ausbluten. Danach drehen wir es erneut auf den Rücken, führen eine robuste Klinge

»Dem General werden Sie bald begegnen«, sagte Dumas
zu mir, und das bloße Reden von ihm ließ sein Gesicht
vor Bewunderung aufleuchten. »Mit seinem blonden
Bart und den blauen Augen sieht er aus wie der Jesus
in Leonardos Letztem Abendmahl... (S. 138)

zwischen Bauch- und Rückenschuppen und öffnen es, wobei wir gut aufpassen müssen, dass wir nicht die Galle verletzen, sonst wird alles ungenießbar. Wir ziehen die Eingeweide heraus und behalten nur die Leber, das transparente Gallert ist zu nichts zu gebrauchen, aber es gibt zwei weiße Fleischlappen, die wie Kalbsnüsse aussehen und auch so schmecken. Danach trennen wir die Gliedmaßen ab, den Hals und die Flossen, das Fleisch wird in nussgroße Stücke geschnitten, geschabt und gesäubert und in eine gute Brühe gelegt, mit Pfeffer, Nelken, Thymian und Lorbeer gewürzt und das Ganze drei bis vier Stunden auf kleiner Flamme geköchelt. Unterdessen schneidet man Hühnerfleisch in Würfel, tut sie mit Petersilie, Zwiebelkraut und Sardellen in die kochende Brühe, lässt sie dann abtropfen, verteilt sie auf die Tassen und gießt die abgeseihte Schildkrötensuppe darüber, die mit drei bis vier Gläsern trockenem Madeira abgeschmeckt worden ist. Wenn kein Madeira da wäre, könnte man auch Marsala nehmen, mit einem Gläschen Aquavit oder Rum. Aber das wäre bloß ein *pis aller*, ein Notbehelf. Morgen abend werden wir unsere Suppe genießen.«

Ich empfand Sympathie für einen Mann, dem gutes Essen so sehr am Herzen liegt, mag er auch von dubioser Rasse sein.

* * *

(13. Juni) Seit vorgestern liegt die *Emma* im Hafen von Palermo. Mit ihrem Gewimmel von Rothemden erinnert die Stadt an ein Mohnfeld. Dabei sind viele Garibaldiner gekleidet und bewaffnet, wie's gerade kommt, einige tragen nur eben ein Hütchen mit Feder zu ihren bürgerlichen Kleidern. Das liegt daran, dass roter Stoff kaum noch aufzutreiben ist, und ein Hemd in dieser Farbe kostet ein Vermögen, vielleicht kriegen es eher die vielen Söhne des hiesigen Adels, die sich den Garibaldinern nach den ersten blutigen Schlachten angeschlossen haben, als die aus Genua aufgebrochenen Freiwilligen. Der Cavaliere Bianco hatte mir genug Geld gegeben, um in Sizilien zu überleben, und so habe ich mir sofort eine ziemlich abgetragene Uniform besorgt, um nicht wie ein eben eingetroffener Stutzer zu wirken, mit ausgeleierter Hose und einem Hemd, das durch vieles Waschen schon

langsam rosa wird. Aber dieses eine Hemd hat mich schon den Gegenwert von 15 Francs gekostet, für dasselbe Geld hätte ich in Turin vier Hemden bekommen.

Hier ist alles unsinnig teuer geworden, ein Ei kostet umgerechnet vier Sous, ein Pfund Brot sechs, ein Pfund Fleisch dreißig. Ich weiß nicht, ob es daher kommt, dass die Insel arm ist und die Besatzer ihre geringen Ressourcen verbrauchen, oder dass die Palermitaner beschlossen haben, die Garibaldiner als ein vom Himmel gefallenes Manna zu betrachten und sie gebührend auszunehmen.

Die Begegnung der beiden Großen im Palast des Senats (»Genau wie das Hôtel de Ville in Paris im Jahre 1830!« sagte Dumas begeistert) war sehr theatralisch. Ich weiß nicht, wer von den beiden der bessere Histrione ist.

»Lieber Dumas, wie sehr habe ich Sie vermisst!« rief der General, und als Dumas ihm gratulierte: »Nicht mir, nicht mir, gratulieren Sie diesen Männern. Sie waren Giganten!« Und dann zu den Seinen: »Gebt Monsieur Dumas sogleich die beste Suite im Königspalast. Nichts ist gut genug für einen Mann, der mir Briefe überbracht hat, die mir die Ankunft von zweitausendfünfhundert Männern, zehntausend Gewehren und zwei Dampfbooten ankündigen.«

Ich betrachtete den Helden mit jenem Misstrauen, das ich seit dem Tod meines Vaters für Helden empfinde. Dumas hatte ihn mir wie einen Apoll beschrieben, und nun erschien er mir eher von bescheidener Statur, nicht blond, sondern gelblich, mit kurzen O-Beinen und, nach seiner Gangart zu schließen, von Rheumatismus geplagt. Ich sah, wie er mühsam aufs Pferd stieg, unterstützt von zweien seiner Leute.

Gegen Ende des Nachmittags versammelte sich unter dem Palast eine Menschenmenge und schrie: »Viva Dumas, viva Italia!« Der Gefeierte war sichtlich gerührt, aber ich hatte den Eindruck, dass die Sache von Garibaldi organisiert worden war, der die Eitelkeit seines Freundes kennt und die versprochenen Gewehre braucht. Ich mischte mich unter die Menge und versuchte zu verstehen, was sie in ihrem

Dialekt sagten, der mir so unverständlich vorkommt wie das Palaver der Afrikaner, aber einen kurzen Dialog habe ich doch verstanden: Einer fragte einen anderen, wer denn dieser Dumas sei, den sie da hochleben ließen, und der andere antwortete, das sei ein tscherkessischer Prinz, der in Gold schwimme und gekommen sei, um Garibaldi sein Geld zur Verfügung zu stellen.

Dumas hat mich einigen Männern des Generals vorgestellt. Wie ein Blitz traf mich der grimmige Blick von Garibaldis Stellvertreter, dem schrecklichen Nino Bixio, und ich war davon so eingeschüchtert, dass ich die Runde verließ. Ich musste ein Lokal finden, in dem ich kommen und gehen konnte, ohne irgendwem aufzufallen.

In den Augen der Einheimischen bin ich jetzt ein Garibaldiner, in den Augen des Expeditionscorps ein freier Journalist.

* * *

Habe Nino Bixio wiedergesehen, während er durch die Stadt ritt. Nach dem, was die Leute sagen, ist er der wahre militärische Anführer der Expedition. Garibaldi zerstreut sich, denkt immer an das, was morgen getan werden muss, ist tapfer beim Angriff und zieht die anderen mit, aber Bixio denkt an die Gegenwart und stellt die Truppen auf. Während er vorbeiritt, hörte ich einen Garibaldiner neben mir zu einem Kameraden sagen: »Schau mal, wie stechend er dauernd umherblickt. Sein Profil ist scharf wie ein Säbel. Bixio! Schon der Name klingt wie ein Blitzschlag.«

Es ist klar, dass Garibaldi und seine Stellvertreter diese Freiwilligen hypnotisiert haben. Schlecht. Führer mit zuviel Charisma werden alsbald geköpft, zum Wohl und Weiterbestehen der Königreiche. Meine Auftraggeber in Turin haben recht: Es muss verhindert werden, dass dieser Garibaldi-Mythos sich auch im Norden ausbreitet, sonst werfen sich alle Reichsbürger dort in rote Hemden und wir haben die Republik.

* * *

(15. Juni) Mit der örtlichen Bevölkerung sprechen ist schwierig. Klar ist nur eins: Sie versuchen jeden auszubeuten, der »wie ein Piemontese aussieht«, wie sie sagen, dabei sind unter den Freiwilligen nur sehr wenige Piemontesen. Ich habe eine Taverne gefunden, in der ich für wenig Geld essen und einige dieser lokalen Speisen mit unaussprechlichen Namen probieren kann. Ich bin fast erstickt an den kleinen, mit Milz gefüllten *pagnotti*, aber mit dem guten hiesigen Wein kriegt man mehr als eins davon runter. Beim Essen habe ich Freundschaft mit zwei Freiwilligen geschlossen, einem kaum mehr als zwanzigjährigen Ligurier namens Abba und einem Journalisten aus Livorno namens Bandi, etwa in meinem Alter. Durch ihre Erzählungen habe ich Genaueres über die Ankunft der Garibaldiner und ihre ersten Schlachten erfahren.

»Ah, wenn du wüsstest, caro Simonini«, sagte Abba. »Die Landung in Marsala war ein einziger Zirkus! Also da hatten wir vor uns die *Stromboli* und die *Capri*, zwei bourbonische Schiffe, und unser *Lombardo stößt* an eine Klippe, und Nino Bixio sagt, es ist besser, sie kriegen ihn mit einem Loch im Bauch als heil und gesund, ja wir sollten auch gleich den *Piemonte* versenken. Schöne Verschwendung, sage ich, aber Bixio hatte recht, man durfte den Bourbonen nicht zwei Dampfer schenken, außerdem machen alle großen Feldherrn das so, nach der Landung verbrennt man die Schiffe und auf geht's, da gibt's kein Zurück mehr. Der *Piemonte* beginnt mit der Landung, auf der *Stromboli* kracht ein Kanonenschuss, aber die Kanone hat eine Ladehemmung. Der Kommandant eines englischen Schiffes, das im Hafen liegt, geht an Bord der *Stromboli* und sagt dem Kapitän, an Land seien britische Untertanen und er mache ihn für jeden internationalen Zwischenfall verantwortlich. Du weißt ja, die Engländer haben in Marsala große ökonomische Interessen wegen dem Wein. Der bourbonische Kommandant erwidert, internationale Zwischenfälle seien ihm egal, und lässt noch einen Schuss abgeben, aber die Kanone ist noch immer verstopft. Als die bourbonischen Schiffe schließlich ein paar Schüsse abfeuern, tun sie niemandem weh, außer dass sie einen Hund zweiteilen.«

»Also haben die Engländer euch geholfen?«

»Sagen wir, sie haben sich still und ruhig dazwischengestellt, um die Bourbonen in Verlegenheit zu bringen.«

»Was hat denn der General für Beziehungen zu den Engländern?«

Abba zuckte die Achseln wie um zu sagen, kleine Infanteristen wie er gehorchen und stellen nicht viele Fragen. »Hör lieber das noch, das war schön. Als wir in die Stadt kamen, hatte der General befohlen, das Telegraphenamt zu besetzen und die Drähte zu kappen. Sie schicken einen Leutnant mit ein paar Männern hin, und als der Angestellte im Telegraphenamt sie kommen sieht, rennt er weg. Der Leutnant tritt in das Amt und findet die Kopie einer Depesche, die eben an den Kommandanten von Trapani abgeschickt worden ist: ›Zwei Dampfer unter sardischer Flagge sind eben eingetroffen und setzen Männer an Land.‹ Genau in diesem Moment kommt die Antwort getickert. Einer der Freiwilligen, der beim Telegraphenamt in Genua angestellt war, übersetzt die Morsezeichen: ›Wie viele Männer und warum gehen sie an Land?‹ Der Leutnant lässt antworten: ›Entschuldigung, habe mich geirrt, es sind zwei Handelsschiffe aus Girgenti mit einer Ladung Schwefel.‹ Reaktion aus Trapani: ›Sie sind ein Idiot!‹ Der Leutnant steckt alles zufrieden ein, lässt die Drähte kappen und geht davon.«

»Seien wir ehrlich«, mischte sich Bandi ein, »die Landung war nicht bloß ein Zirkus, wie Abba sagt. Als wir anlegten, sind von den bourbonischen Schiffen schließlich doch noch die ersten Granaten und Gewehrschüsse gekommen. Wir haben uns darüber amüsiert, das ja. Mitten zwischen den Schützen ist da plötzlich ein dicker alter Klosterbruder erschienen, der uns mit dem Hut in der Hand das Willkommen entbot. Jemand rief hinüber: ›He, Brüderchen, was kommst du uns in die Quere?‹, aber Garibaldi hob die Hand und fragte: ›Pater, was sucht Ihr hier? Hört Ihr nicht die Kugeln pfeifen?‹ Darauf der Mönch: ›Die Kugeln machen mir keine Angst, ich bin ein Diener des armen Franziskus und ein Sohn Italiens.‹ – ›Dann seid Ihr also mit dem Volk?‹ fragte der General. ›Mit dem Volk, mit dem Volk‹, rief der Mönch. Da begriffen wir, dass Marsala unser war. Und der General schickte Crispi zum Steuereinnehmer, um im Namen Vittorio Emanueles, des Königs von Italien, gegen Quittung alle Einnahmen zu be-

144

schlagnahmen und sie dem Schatzmeister Acerbi zu übergeben. Ein Königreich Italien gab es noch nicht, aber die Quittung, die Crispi dem Steuereinnehmer ausgestellt hat, ist das erste Dokument, in dem Vittorio Emanuele als König von Italien bezeichnet wird.«

Ich nutzte die Gelegenheit, um zu fragen: »Aber ist der Schatzmeister nicht Hauptmann Nievo?«

»Nievo ist der Stellvertreter von Acerbi«, präzisierte Abba. »So jung und schon ein großer Schriftsteller. Ein wahrer Dichter. Das Genie ist ihm auf die Stirn geschrieben. Er geht immer allein und schaut in die Ferne, als wollte er mit seinen Blicken den Horizont erweitern. Ich glaube, Garibaldi wird ihn in Kürze zum Oberst ernennen.«

Und Bandi setzte noch eins drauf: »Bei Calatafimi war er ein bisschen zurückgeblieben, um Brot zu verteilen, und als Bozzetti ihn in die Schlacht rief, hat er sich ins Getümmel gestürzt und ist dem Feind entgegengeprescht wie ein großer schwarzer Vogel, mit wehendem Mantel, der ihm prompt von einer Kugel durchlöchert wurde...«

Das genügte schon, um mir diesen Nievo unsympathisch zu machen. Er musste in meinem Alter sein und betrachtete sich bereits als Berühmtheit. Der kriegerische Poet. Kein Wunder, dass sie dir deinen Mantel durchlöchern, wenn du ihn vor ihnen wehen lässt. Schöne Art, ein Ziel zu bieten, das nicht deine Heldenbrust ist...

Nun begannen Abba und Bandi von der Schlacht bei Calatafimi zu sprechen, diesem geradezu mirakulösen Sieg, mit tausend Freiwilligen auf der einen Seite und fünfundzwanzigtausend gutbewaffneten Bourbonen auf der anderen.

»Garibaldi voran«, sagte Abba, »auf einem prächtigen Fuchs wie für einen Großwesir, mit herrlichem Sattel, durchbrochenen Steigbügeln, rotem Hemd und einem Hut von ungarischem Zuschnitt. Bei Salemi erreichen uns die lokalen Freiwilligen. Sie kommen von allen Seiten, zu Pferd, zu Fuß, zu Hunderten, eine Teufelsbrut, Leute aus den Bergen, bewaffnet bis an die Zähne, manche mit Visagen wie Schergen und Augen wie Pistolenmündungen. Aber angeführt von *gentiluomini*, den Grundbesitzern dieser Gegend. Salemi ist schmutzig, die Straßen gleichen Abflussrinnen, aber die Franziskaner hatten schöne Klöster, und da haben wir uns einquartiert. Vom Feind hörten wir in diesen Tagen unterschiedliche Nachrichten, es seien viertausend, nein, zehntausend, zwanzigtausend, mit Pferden und Kanonen, sie verschanzten sich dort unten, nein, dort oben, sie rückten vor, sie wichen zurück… Und plötzlich steht er vor uns, der Feind. Es sind vielleicht fünftausend Männer, ach was, sagt einer von uns, das sind zehntausend. Zwischen ihnen und uns eine flache, unbebaute Ebene. Die neapoletanischen Jäger steigen von den Höhen herab. Wie ruhig, wie sicher, man sieht, dass sie gut ausgebildet sind, nicht solche armen Teufel wie wir. Und ihre Trompeten, wie unheimlich die klingen! Die erste Gewehrsalve wird erst mittags um halb zwei abgegeben. Sie kommt von den neapoletanischen Jägern, die durch die Reihen der Kaktusfeigen herabgestiegen sind. ›Nicht erwidern, nicht das Feuer erwidern!‹ rufen unsere Hauptleute, aber die Kugeln der Jäger pfeifen über unsere Köpfe hinweg mit einem solchen Jaulen, dass es einen umhaut. Man hört einen Knall, dann noch einen, dann bläst der Trompeter des Generals zum Angriff. Wir stürzen los, die Kugeln regnen wie Hagel, der Berg ist eine einzige Rauchwolke wegen der Kanonen, die auf uns schießen, wir überqueren die Ebene, durchbrechen die erste Linie der Feinde, ich schaue zurück und sehe Garibaldi auf dem Hügel stehen, ohne Pferd, den Säbel in der Scheide auf der rechten Schulter, wie er langsam vorangeht und alles im Blick hat. Bixio kommt herangaloppiert, um ihm mit seinem Pferd auszuhelfen, und ruft: ›General, wollt Ihr so sterben?‹ Der erwidert: ›Wie könnte ich besser sterben als für mein Land?‹ und schreitet weiter voran, ohne sich um den Kugelhagel zu kümmern. In diesem Augenblick habe ich gefürchtet, dass der General den Sieg für unmöglich hielt und den Tod suchte. Doch plötzlich kracht eine unserer Kanonen von der Straße her. Es ist, als bekämen wir Hilfe von tausend Armen, die Trompete bläst *Avanti! Avanti!*, man hört nur noch diese Trompete, die nicht aufhört, zum Angriff zu blasen. Wir stürmen mit aufgepflanztem Bajonett die erste, die zweite, die dritte Terrasse den Hügel hinauf, die bourbonischen Bataillone ziehen sich nach oben zurück, sammeln sich und scheinen neue Kraft zu gewinnen. Es scheint unmöglich, sie nochmals anzugreifen, sie sind alle oben auf dem Gipfel versammelt und wir verstreut unten am Hang, müde und matt. Eine Zeitlang passiert nichts, sie da oben, wir unten. Ab und zu ein Gewehrschuss, die Bourbonen wälzen Felsblöcke auf uns herab, werfen mit Steinen, es heißt, einer davon habe den General verwundet. Ich sehe zwischen den Kaktusfeigen einen hübschen Jungen, tödlich getroffen, von zwei Kameraden gestützt. Er bittet die Kameraden, barmherzig mit den Neapolitanern zu sein, auch sie seien doch Italiener. Der ganze Hang ist voll Gefallener, aber man hört kein Klagen. Vom Gipfel brüllen die Neapolitaner ab und zu: ›Es lebe der König!‹ Unterdessen bekommen wir Verstärkung, ich erinnere mich, dass du gekommen bist, Bandi, ganz übersät mit Wunden, aber besonders von einer Kugel, die dir über der linken Brust feststeckte, so dass ich schon dachte, in einer halben Stunde wärest du tot. Stattdessen warst du dann beim letzten Angriff wieder ganz vorn, wie viele Leben hast du?«

»Unsinn«, knurrte Bandi, »das waren nur Kratzer.«

»Und die Franziskaner, die für uns kämpften? Da war einer, mager und schmutzig, der eine uralte Donnerbüchse mit Dutzenden Kugeln und Steinen lud, dann raufkletterte und sie abschoss wie eine Mitrailleuse. Einen habe ich gesehen, der war an einer Arschbacke getroffen, er hat sich die Kugel rausoperiert und weiter geschossen.«

Dann ging Abba daran, mir die Schlacht an der Admiralsbrücke zu schildern: »Bei Gott, Simonini, das war ein Tag wie in einem Epos von Homer! Wir standen vor den Toren von Palermo, und da kommt uns ein Trupp lokaler Aufständischer zu Hilfe. Einer brüllt ›Herrgott!‹, dreht sich um sich selbst, macht drei, vier Schritte zur Seite wie ein Betrunkener und fällt in einen Graben, unter zwei Pappeln, neben denen ein toter Neapolitaner liegt, vielleicht der erste von unseren Leuten überraschte Wachmann am Tor. Und ich höre noch diesen Genuesen, der mitten im Bleihagel in seinem Dialekt schreit: ›Belandi, wie kommt man hier durch?‹, und eine Kugel trifft ihn mitten in die Stirn und streckt ihn nieder mit geborstenem Schädel. An der Admiralsbrücke, auf der Straße, auf den Bögen, unter der Brücke und in den Gärten, überall Gemetzel mit Bajonetten. Bei Tagesanbruch sind wir zwar Herren der Brücke, aber blockiert durch ein heftiges Sperrfeuer, das von einem Trupp Infanterie hinter einer Mauer kommt, während uns von links ein Häuflein Kavallerie angreift, aber aufs Land zurückgetrieben wird. Wir überwinden die Brücke, drängen uns an der Porta Termini zusammen, sind aber im Schussfeld der Kanonen eines Schiffes, das uns vom Hafen aus beschießt, und gleichzeitig unter dem Feuer einer Barrikade vor uns. Aber egal. Eine Glocke läutet Sturm. Wir dringen in die engen Gassen vor, und auf einmal, Herrgott, was für ein Anblick! Hinter einem Eisengitter, an die Stäbe geklammert mit Händen, die wie Lilien aussehen, drei wunderschöne, in Weiß gekleidete Mädchen, die uns stumm anblicken. Sie sehen aus wie die Engel, die man auf den Fresken in den Kirchen sieht. Wer seid ihr, fragen sie uns, und wir sagen, wir sind Italiener, und fragen zurück, wer sie sind, und sie antworten, sie seien Nönnchen. Ach, ihr Ärmsten, sagen wir, die wir sie gerne befreit hätten aus diesem Gefängnis und fröhlich gemacht hätten, und sie rufen *Viva Santa Rosalia!* Wir antworten *Viva l'Italia!* Und da rufen auch sie *Viva l'Italia!* mit ihren süßen Psalmenstimmen und wünschen uns den Sieg. Wir haben noch fünf Tage in Palermo gekämpft, bevor der Waffenstillstand geschlossen wurde, aber Nönnchen haben wir keine mehr gesehen und mussten uns mit Hürchen begnügen!«

Wie weit darf ich mich diesen beiden Enthusiasten anvertrauen? Sie sind jung, es waren ihre ersten Waffengänge, schon vorher haben sie ihren General angebetet, sie sind auf ihre Weise Romanciers wie Dumas, sie schmücken ihre Erinnerungen aus und machen aus einem Huhn einen Adler. Zweifellos haben sie sich tapfer verhalten bei diesen Scharmützeln, aber war es ein Zufall, dass Garibaldi so ruhig mitten durchs Feuer spazierte, ohne jemals getroffen zu werden, obwohl ihn die Feinde doch von weitem sehen mussten? Könnte es sein, dass diese Feinde auf höheren Befehl unachtsam geschossen haben, ohne genau zu zielen?

Dieser Gedanke war mir schon vorher gekommen, als ich ein paar gebrummelte Sätze vom Wirt meiner Locanda aufgeschnappt hatte, der in anderen Teilen der Apenninenhalbinsel herumgekommen ist und eine halbwegs verständliche Sprache spricht. Er hat mich darauf gebracht, ein bisschen mit Don Fortunato Musumeci zu plaudern, einem Notar, der alles über jeden wisse und auch schon bei verschie-

An der Admiralsbrücke, auf der Straße, auf den Bögen, unter der Brücke und in den Gärten, überall Gemetzel mit Bajonetten… (S. 147)

denen Gelegenheiten sein Misstrauen gegenüber den Neuankömmlingen erkennen lassen habe.

Zu dem konnte ich nicht gut im Rothemd gehen, und so fiel mir die Soutane von Pater Bergamaschi ein, die ich in meinem Gepäck hatte. Ein paarmal mit dem Kamm durchs Haar gefahren, einen gebührend salbungsvollen Gesichtsausdruck aufgesetzt und die Augen gesenkt, schon war ich aus der Locanda geschlüpft, ohne dass mich jemand hätte erkennen können. Es war eine große Unvorsichtigkeit, denn es ging das Gerücht, dass die Jesuiten aus Sizilien verbannt werden sollten. Aber es war eine gute Tarnung. Und außerdem würde ich als Opfer einer drohenden Ungerechtigkeit das Vertrauen der antigaribaldinischen Kreise gewinnen.

Ich begann das Gespräch mit Don Fortunato, indem ich ihn in einem Gartenlokal überraschte, wo er gemächlich seinen Kaffee nach der Morgenmesse schlürfte. Der Ort war zentral gelegen, fast elegant, Don Fortunato saß versonnen da, das Gesicht zur Sonne gekehrt, mit halbgeschlossenen Augen, der Bart mehrere Tage alt, im schwarzen Anzug mit Krawatte auch an diesen heißen Junitagen, eine halb erloschene Zigarre zwischen den nikotingelben Fingern. Mir ist aufgefallen, dass sie hier eine Zitronenschale in den Kaffee tun. Ich hoffe, sie tun das nicht auch beim Milchkaffee.

Am Nebentisch sitzend genügte es mir, ein bisschen über die Hitze zu klagen, und schon waren wir im Gespräch. Ich sagte, ich sei von der Römischen Kurie hergeschickt worden, um herauszufinden, was hier im Gange ist, und das erlaubte Musumeci, offen mit mir zu reden.

»Hochwürdiger Pater, glauben Sie wirklich, dass tausend kunterbunt zusammengewürfelte und aufs Geratewohl bewaffnete Personen in Marsala landen können, ohne einen einzigen Mann zu verlieren? Warum haben die bourbonischen Schiffe, und das ist die zweitgrößte Marine in Europa nach der britischen, warum haben die ins Blaue geschossen, ohne jemanden zu treffen? Und später dann bei Calatafimi, wie ist es gekommen, dass dieselben tausend Hergelaufenen, plus ein paar hundert Gauner aus den Bergen, getrieben von ein paar Grundbesitzern, die sich mit den Neuankömmlingen gutstellen wollen, konfrontiert mit einer der bestausgebildeten Armeen der Welt – ich weiß nicht, ob Sie wissen, was eine bourbonische Militärakademie ist –, wie kommt es, frage ich Sie, dass tausend und ein paar mehr Hungerleider fünfundzwanzigtausend Mann in die Flucht geschlagen haben, auch wenn man bloß einige tausend davon gesehen hat und die anderen noch in den Kasernen zurückgehalten worden sind? Ich sage Ihnen, Hochwürden, da sind Gelder geflossen, Gelder in Strömen, um die Marineoffiziere in Marsala zu schmieren und den General Landi in Calatafimi, der nach einem Tag voller Zaudern und Zögern noch genug frische Truppen gehabt hätte, um diese Herren Freiwilligen zu erledigen, aber sich stattdessen nach Palermo zurückgezogen hat. Man spricht bei ihm von einem Schmiergeld in Höhe von vierzehntausend Dukaten, wissen Sie das? Und was tun seine Vorgesetzten? Wegen sehr viel weniger hatten die Piemontesen vor zwölf Jahren den General Ramorino füsiliert – nicht dass mir die Piemontesen sympathisch wären, aber von militärischen Dingen verstehen die was. Stattdessen wurde Landi einfach durch Lanza ersetzt, der meiner Meinung nach auch geschmiert ist. Sehen Sie sich nur mal diese ach so berühmte Eroberung von Palermo an… Garibaldi hatte seine Banden mit dreitausendfünfhundert Spitzbuben aus der sizilianischen Unterwelt verstärkt, aber Lanza verfügte über sechzehntausend Mann, sechzehntausend, sage ich! Und anstatt sie massenhaft einzusetzen, schickt er sie in kleinen Gruppen den Rebellen entgegen, ist doch klar, dass sie jedesmal unterliegen, auch weil einige palermitanische Verräter dafür bezahlt worden sind, von den Dächern herab auf sie zu schießen. Im Hafen, vor den Augen der bourbonischen Marine, laden derweil piemontesische Schiffe Gewehre für die Freiwilligen aus, und man lässt Garibaldi an Land zum Carcere della Vicaria und zum Zuchthaus Bagni dei Condannati gehen, aus denen er weitere tausend gewöhnliche Verbrecher befreit und in seine Bande eingliedert. Und ich will gar nicht davon reden, was zur Zeit in Neapel geschieht, unser armer König ist umgeben von elenden Verrätern, die ihr Schmiergeld schon bekommen haben und dafür sorgen, dass ihm der Boden unter den Füßen wegrutscht…«

»Aber woher kommen all diese Gelder?«

»Hochwürdiger Pater! Es erstaunt mich, dass Sie in Rom so wenig wissen! Das ist die englische Freimaurerei! Sehen Sie den Zusammenhang? Garibaldi Freimaurer, Mazzini Freimaurer, Mazzini im Londoner Exil kontaktiert die englischen Freimaurer, der Freimaurer Cavour wird von englischen Logen gesteuert, sämtliche Männer rings um Garibaldi sind Freimaurer. Ihr Plan zielt gar nicht so sehr auf die Zerstörung des Reiches beider Sizilien, sondern viel mehr darauf, Seiner Heiligkeit einen tödlichen Schlag zu versetzen, denn es ist doch klar, dass Vittorio Emanuele nach dem Bourbonenreich auch Rom beanspruchen wird. Glauben Sie diese schöne Geschiche von den Freiwilligen, die mit neunzigtausend Lire in der Kasse aufgebrochen sind? Das war nicht mal genug, um diese Truppe von Fress- und Saufbolden während der Reise ausreichend zu verpflegen, man braucht doch bloß zu sehen, wie sie in Palermo die letzten Vorräte verschlingen und das Land ringsum kahlfressen! Nein, die Wahrheit ist: Die englischen Freimaurer haben Garibaldi drei Millionen französische Francs übergeben, und zwar in türkischen Goldpiastern, eine Währung, mit der man überall im Mittelmeerraum bezahlen kann!«

»Und wer hat jetzt dieses Gold?«

»Garibaldis Freimaurer des Vertrauens, dieser Hauptmann Nievo, ein Grünschnabel von nicht mal dreißig Jahren, der bei ihm nichts Geringeres als den Zahlmeister spielen darf. Aber diese Teufel bezahlen Generäle, Admiräle und wen Sie wollen, und sie hungern die Bauern aus. Diese erhoffen sich von Garibaldi, dass er die Ländereien ihrer Padroni an sie verteilt, aber stattdessen muss der General sich natürlich mit denen verbünden, die Land und Geld haben. Sie werden sehen, wenn diese sogenannten *picciotti*, die jetzt als sizilianische Freiheitskämpfer gerühmt werden, weil sie aus den Bergen gekommen sind, um sich Garibaldis Horde anzuschließen – wenn die begriffen haben, dass sich hier nichts geändert hat, dann werden sie anfangen, auf die Freiwilligen zu schießen, und zwar mit den Gewehren, die sie den Toten weggenommen haben.«

Als ich abends wieder im Rothemd durch die Stadt spazierte, habe ich auf einer Kirchentreppe ein paar Worte mit einem Mönch gewechselt, einem Pater Carmelo. Er behauptete, er sei siebenundzwanzig, sah aber aus wie vierzig. Er würde sich uns gerne anschließen, sagte er, aber etwas halte ihn davon ab. Ich fragte ihn, was das sei, denn in Calatafimi waren auch Franziskaner bei uns gewesen.

»Ich würde zu euch kommen«, sagte er, »wenn ich wüsste, dass ihr etwas wirklich Großes macht. Und das einzige, was ihr mir zu sagen wisst, ist, dass ihr Italien vereinigen wollt, um es zu einem einigen Volk zu machen. Aber das Volk, ob einig oder geteilt, das leidet und leidet. Und ich weiß nicht, ob ihr es schafft, sein Leiden zu beenden.«

»Aber das Volk wird Freiheit und Schulen haben«, sagte ich.

»Freiheit ist kein Brot, und Schulen auch nicht. Diese Dinge mögen vielleicht für euch Piemontesen genügen, aber nicht für uns.«

»Aber was braucht ihr denn?«

»Nicht einen Krieg gegen die Bourbonen, sondern einen Krieg der Armen gegen die, die sie hungern lassen, und die sitzen nicht nur bei Hof, sondern überall.«

»Also auch gegen euch Mönche, die ihr überall Klöster und Ländereien habt?«

»Auch gegen uns, ja gegen uns noch vor allen anderen! Aber mit dem Evangelium und dem Kreuz in der Hand. Dann würde ich kommen. So ist es mir zu wenig.«

Nach dem, was ich an der Universität von dem famosen Manifest der Kommunisten begriffen hatte, ist dieser Mönch einer von ihnen. Wirklich schwer zu verstehen, dieses Sizilien.

* * *

Mag sein, dass mich diese Obsession seit den Zeiten meines Großvaters verfolgt, aber mir ist plötzlich die Frage gekommen, ob mit diesem Komplott zur Unterstützung Garibaldis nicht auch die Juden etwas zu tun haben könnten. Gewöhnlich sind sie doch überall mit dabei. Ich wandte mich noch einmal an Musumeci.

»Na und ob!« sagte er. »Erstens sind, wenn nicht alle Freimaurer Juden, so doch alle Juden Freimaurer. Und bei den Garibaldinern? Ich habe mir mal die Mühe gemacht, die Liste der Freiwilligen von Marsala durchzusehen, die ›zu Ehren der Tapferen‹ veröffentlicht worden ist. Und da standen Namen wie Eugenio Ravà, Giuseppe Uziel, Isacco D'Ancona, Samuele Marchesi, Abramo Isacco Alpron, Moisè Maldacea und ein Colombo Donato, aber *fu Abramo*. Sagen Sie mir, ob die mit solchen Namen gute Christen sein können.«

* * *

(16. Juni) Habe mich jetzt mit meinem Empfehlungsschreiben zu diesen Hauptmann Ippolito Nievo begeben. Er ist ein Geck mit einem gepflegten Schnauzer und einem Fliegenbärtchen unter der Lippe, und er gebärdet sich als Träumer. Eine Pose, denn während wir redeten, kam ein Freiwilliger herein, um mit ihm über irgendwelche Decken zu sprechen, die requiriert werden sollten, und Nievo antwortete ihm wie ein pingeliger Buchhalter, seine Kompanie habe doch schon letzte Woche zehn Decken requiriert. »Was macht ihr denn mit den Decken? Esst ihr sie?« fragte er. Und: »Wenn du noch mehr essen willst, schicke ich dich zum Verdauen in eine Zelle.« Der Freiwillige salutierte und verschwand.

»Sehen Sie, was für eine Arbeit ich machen muss. Man wird Ihnen gesagt haben, dass ich ein *homme de lettres* bin, und doch muss ich hier die Soldaten mit Geld und Kleidung beliefern und zwanzigtausend neue Uniformen bestellen, denn täglich treffen neue Freiwillige aus Genua, La Spezia und Livorno ein. Und dann immer diese Gesuche, von Grafen und Herzoginnen, die zweihundert Dukaten Salär im Monat haben wollen und meinen, Garibaldi sei der Erzengel des Herrn. Hier erwarten sich alle, dass die Dinge von oben kommen, es ist nicht so wie bei uns, dass man sich bemühen muss, wenn man etwas haben will. Man hat mir die Kasse anvertraut, vielleicht weil ich in Padua den Doktor beider Rechte gemacht habe oder weil man weiß, dass ich nicht stehle, und nicht zu stehlen ist eine große Tugend hier auf dieser Insel, wo Fürst und Betrüger ein und dasselbe sind.«

Offensichtlich spielt er den zerstreuten Dichter. Als ich ihn fragte, ob er schon zum Oberst befördert sei, antwortete er, das wisse er nicht genau. »Sie müssen verstehen, hier ist die Lage ein bisschen konfus«, sagte er. »Bixio versucht eine militärische Disziplin nach Art der Piemontesen einzuführen, als wären wir in Pinerolo, dabei sind wir ein Haufen Freischärler. Aber bitte, wenn Sie Artikel für Ihre Zeitung in Turin schreiben, lassen Sie diese unschönen Dinge beiseite. Schildern Sie lieber die echte Erregung, die Begeisterung, von der wir hier alle durchdrungen sind. Hier sind Leute, die ihr Leben für etwas aufs Spiel setzen, woran sie glauben. Das übrige können Sie wie ein Abenteuer in Kolonialländern nehmen. In Palermo lebt es sich gut, mit seinem Klatsch und Tratsch ist es wie Venedig. Wir werden als Helden bewundert, zwei Handbreit rote Bluse und siebzig Zentimeter Säbel machen uns begehrenswert in den Augen vieler schöner Damen, deren Tugend nur Schein ist. Es vergeht kein Abend, an dem wir nicht im Parkett eines Theaters sitzen, und die Sorbets sind ausgezeichnet.«

»Sie sagten, Sie müssten für so viele Ausgaben sorgen. Wie machen Sie das mit dem wenigen Geld, mit dem Sie in Genua aufgebrochen sind? Nehmen Sie das Geld, das Sie in Marsala requiriert haben?«

»Das war nur Kleingeld. Aber als wir nach Palermo kamen, hat Garibaldi als erstes Crispi zur Banca delle Due Sicilie geschickt, um deren Gelder zu requirieren.«

»Ich habe davon gehört, man spricht von fünf Millionen Dukaten…«

Hier wurde der Dichter wieder ganz zum Vertrauensmann des Generals. »Ach, wissen Sie«, sagte er und blickte zur Zimmerdecke, »es wird soviel geredet… Hinzu kommen jedenfalls auch die Spenden von Patrioten aus ganz Italien, ja ich möchte sagen, aus ganz Europa – und das sollten Sie in Ihrer Turiner Zeitung schreiben, um auch die Zerstreuten auf die Idee zu bringen. Kurzum, das Schwierigste ist, die Bücher in Ordnung zu halten, denn wenn dies einmal offiziell Königreich Italien sein wird, werde ich alles ordentlich der Regierung Ihrer Majestät übergeben, auf den Centesimo genau aufgeführt nach Einnahmen und Ausgaben.«

Wie wirst du's mit den Millionen der englischen Freimaurer halten, fragte ich mich. Entweder ihr steckt alle unter einer Decke, du, Garibaldi und Cavour, und habt das Geld erhalten, aber man darf nicht darüber sprechen. Oder vielleicht ist das Geld zwar gekommen, aber du hast nichts davon gewusst und weißt auch jetzt nichts davon, du bist nur ein Strohmann, ein kleiner Tugendbold, hinter dem sie sich verstecken (aber wer?), und womöglich glaubst du im Ernst, ihr hättet die Schlachten allein dank der Güte Gottes gewonnen? Der Mann ist mir noch zu undurchsichtig geblieben. Das einzige, was in seinen Worten aufrichtig klang, war das tiefe Bedauern darüber, dass die Freiwilligen in diesen Wochen zur Ostküste vorrücken und sich von Sieg zu Sieg darauf vorbereiten, über die Meerenge von Messina nach Kalabrien einzudringen und weiter nach Neapel, während er hier in Palermo festsitzt, um die ökonomischen Konten in der Etappe zu pflegen und die Faust in der Tasche zu ballen. Es gibt Leute, die sind so: Anstatt sich über ihr Los zu freuen, das ihnen gute Sorbets und schöne Damen bietet, sehnen sie sich danach, dass weitere Kugeln ihre Mäntel durchlöchern.

Ich habe sagen hören, dass auf der Erde mehr als eine Milliarde Menschen leben. Ich weiß nicht, wie man es angestellt hat, sie zu zählen, aber man braucht nur in Palermo herumzulaufen, um zu begreifen, dass wir zu viele sind und uns jetzt schon andauernd auf die Füße treten. Und die meisten von ihnen stinken. Es gibt schon jetzt nur wenig zu essen, wie soll das erst werden, wenn unsere Zahl noch weiter ansteigt? Darum ist es nötig, die Bevölkerung auszudünnen. Sicher, es gibt die Pestilenzen, die Suizide, die Kapitalstrafen, es gibt Leute, die sich ständig zum Duell fordern oder denen es Spaß macht, auf dem Pferderücken Hals über Kopf durch die Wälder und über die Wiesen zu jagen, ich habe von englischen Gentlemen gehört, die ins Meer gehen, um zu schwimmen, und natürlich ertrinken sie dann… Aber das reicht nicht. Kriege sind die effizienteste und natürlichste Lösung, und man kann nur hoffen, dass sie das Wachstum der Menschheit in Grenzen halten. Sagte man nicht vor Zeiten, wenn man in den Krieg zog, dass Gott es so wolle? Aber dazu braucht man Menschen, die Lust haben, in den Krieg zu ziehen. Würden sich alle zu Hause vergraben, würde keiner mehr im Krieg sterben. Und wozu dann noch welche führen? Deshalb brauchen wir solche Leute wie Nievo, Abba und Bandi, die sich freudig ins Kampfgetümmel stürzen, den Salven der Mitrailleusen entgegen. Damit Leute wie ich leben können ohne die ständige Angst vor einer Menschheit, die einem den Atem nimmt.

Wir brauchen sie also, auch wenn ich sie nicht mag, die schönen Seelen.

* * *

Bin jetzt auch zu La Farina gegangen und habe ihm meinen Empfehlungsbrief präsentiert.

»Wenn Sie gute Nachrichten von mir erwarten, um sie nach Turin zu melden, schlagen Sie sich das aus dem Kopf. Hier gibt es keine Regierung. Garibaldi und Bixio glauben, sie befehligten Genuesen wie sie, nicht Sizilianer wie mich. In einem Land, in dem die allgemeine Wehrpflicht unbekannt ist, hat man ernsthaft daran gedacht, dreißigtausend junge Männer einzuberufen. In vielen Kommunen ist es zu richtigen Aufständen gekommen. Man dekretiert, dass in den Gemeinderäten keine Angestellten der früheren königlichen Verwaltung sitzen dürfen, dabei sind das oft die einzigen, die lesen und schreiben können. Vorgestern haben ein paar Pfaffenfresser vorgeschlagen, die städtische Bibliothek zu verbrennen, weil sie von den Jesuiten gegründet worden ist. Man macht einen jungen Mann aus Marcilepre, den niemand kennt, zum Gouverneur von Palermo. Im Innern der Insel häufen sich Delikte aller Art, und oft sind die Mörder dieselben, die für die öffentliche Ordnung einstehen müssten, denn man hat auch echte Briganten dafür eingestellt. Garibaldi ist ein ehrenwerter Mann, aber er sieht nicht, was direkt unter seinen Augen vorgeht: von einer einzigen Pferdeherde, die in der Provinz Palermo requiriert worden ist, sind zweihundert Tiere verschwunden! Man erteilt den Auftrag, ein Bataillon aufzustellen, jedem beliebigen, der darum ersucht, so dass es Bataillone gibt, die eine Musikkapelle und Offiziere in voller Zahl für höchstens vierzig bis fünfzig Soldaten haben! Man vergibt ein und denselben Posten an drei oder vier Personen! Man lässt ganz Sizilien ohne Gerichte, es gibt weder Zivil- noch Straf-, noch Handelsgerichte, weil die ganze Richterschaft en bloc entlassen worden ist, und man bildet Militärkommissionen, die über alles und jeden richten sollen, wie in den Zeiten der Hunnen! Crispi und seine Bande behaupten, Garibaldi wolle keine Zivilgerichte, weil die Richter und Advokaten Betrüger seien, er wolle keine parlamentarische Versammlung, weil die Abgeordneten Männer der Feder und nicht des Schwertes seien, er wolle keine öffentlichen Sicherheitskräfte, weil die Bürger sich alle selbst bewaffnen und schützen sollten. Ich weiß nicht, ob das wahr ist, aber inzwischen gelingt es mir nicht einmal mehr, mich mit dem General zu besprechen.«

Am 7. Juli habe ich erfahren, dass La Farina festgenommen und nach Turin zurückgeschickt worden ist. Auf Befehl von Garibaldi, aber offenkundig auf Betreiben von Crispi. Cavour hat nun keinen Informanten mehr. Alles wird also von meinem Bericht abhängen.

Ich brauche mich nicht mehr als Pater zu verkleiden, um zu hören, was die Leute hinter vorgehaltener Hand sagen: In den Tavernen schimpfen sie lauthals, und manchmal sind es gerade die Freiwilligen, die sich über den allgemeinen Schlendrian beklagen. Von den Sizilianern, die sich Garibaldi nach dem Einzug in Palermo angeschlossen haben, soll ein halbes Hundert schon wieder gegangen sein, einige unter Mitnahme ihrer Waffen. »Das sind Bauern, die sich wie Stroh entzünden und schnell ermüden«, rechtfertigt sie Abba. Der Kriegsrat verurteilt sie zum Tode, aber dann lässt er sie laufen, wohin sie wollen, wenn es nur möglichst weit weg ist.

Ich versuche zu begreifen, welche Gefühle diese Leute wirklich haben. Die ganze Aufregung, die überall in Sizilien herrscht, kommt daher, dass dies ein gottverlassenes Land war, von der Sonne verbrannt, ohne anderes Wasser als das des Meeres und mit nur wenigen stachligen Früchten. In dieses Land, in dem seit Jahrhunderten nichts geschehen war, ist Garibaldi mit den Seinen gekommen. Es ist nicht so, dass die Leute hier für ihn wären, und ihnen liegt auch nichts an dem König, den Garibaldi zu entthronen gedenkt. Sie sind einfach wie betrunken von der Tatsache, dass hier endlich mal etwas Neues geschieht. Und jeder interpretiert dieses Neue auf seine Weise. Vielleicht ist dieser große Wind voller Neuheiten bloß ein Schirokko, der bald wieder alle einschlafen lässt.

* * *

(30. Juli) Von Nievo, mit dem ich inzwischen eine gewisse Vertrautheit habe, erfahre ich, dass Garibaldi einen förmlichen Brief von Vittorio Emanuele erhalten hat, der ihm befiehlt, nicht die Meerenge von Messina zu überqueren. Aber dem Befehl lag ein persönliches Schreiben des Königs bei, das soviel besagt wie: Zuerst habe ich Ihnen als König geschrieben, jetzt lege ich Ihnen nahe, mir zu antworten, dass Sie meinen Rat gern befolgen würden, dass aber Ihre Pflichten gegenüber Italien Ihnen nicht erlaubten, die Neapolitaner im Stich zu lassen, wenn diese Sie bitten würden, sie zu befreien. Doppeltes Spiel des Königs, aber gegen wen? Gegen Cavour? Oder gegen Garibaldi selbst, dem er erst verbietet, aufs Festland überzusetzen, und dann Mut macht, es doch zu tun, um ihn, wenn er es getan hat, für seinen Ungehorsam zu bestrafen, indem er mit den piemontesischen Truppen in Neapel interveniert?

»Der General ist zu naiv, er wird in eine Falle gehen«, sagt Nievo. »Ich wäre gern bei ihm, aber die Pflicht zwingt mich hierzubleiben.«

Ich habe entdeckt, dass auch dieser zweifellos gebildete Mann von einer tiefen Verehrung für Garibaldi durchdrungen ist. In einem Augenblick der Schwäche hat er mir ein Gedichtbändchen gezeigt, das ihm vor kurzem zugeschickt worden ist, *Amori garibaldini*, im Norden gedruckt, ohne dass er die Fahnen korrigieren konnte.

»Ich hoffe, wer mich liest, billigt mir das Recht zu, in meiner Eigenschaft als Held auch ein bisschen ein Esel zu sein, jedenfalls haben sie alles getan, um das beweisen, indem sie eine Reihe schändlicher Druckfehler stehenließen.«

Ich habe eines dieser Gedichte überflogen, das ausdrücklich Garibaldi gewidmet ist, und bin zu der Überzeugung gelangt, dass Nievo wirklich ein bisschen ein Esel sein muss:

> *Er hat ein ich weiß nicht was im Auge*
> *das leuchtet in seinem Geist*
> *und wenn er niederkniet*
> *scheint er die Leute zu beugen.*
> *Doch auf den volkreichen Plätzen*
> *siehst du ihn höflich, menschlich*

umhergehen und die Hand
den Mädchen reichen.

Hier sind alle ganz verrückt nach diesem krummbeinigen Sitzriesen.

* * *

(12. August) War bei Nievo, um mir das Gerücht bestätigen zu lassen:
Die Garibaldiner sind an der kalabresischen Küste gelandet. Aber ich
finde ihn schlechtgelaunt vor, er ist den Tränen nahe. Er hat erfahren,
dass man in Turin unzufrieden mit seiner Verwaltung ist.

»Dabei habe alles säuberlich hier aufgelistet«, sagt er und klopft mit
der Hand auf seine in rotes Leinen gebundenen Bücher. »Soundsoviel
Einnahmen, soundsoviel Ausgaben. Falls jemand etwas unterschlagen
hat, wird man es in meiner Kontoführung erkennen. Wenn ich diese
Bücher jemandem mit Pflichtgefühl übergebe, werden einige Köpfe
rollen. Aber nicht meiner.«

* * *

(26. August) Auch ohne ein Stratege zu sein, glaube ich aus den Nachrichten, die ich erhalte, zu begreifen, was in Kürze geschehen wird. Ob
wegen Freimaurergold oder Schwenk zur savoyischen Sache, einige
Minister in Neapel intrigieren gegen König Francesco. In Neapel wird
es zu einem Aufstand kommen, die Aufständischen werden die piemontesische Regierung um Hilfe bitten, und Vittorio Emanuele wird
gen Süden marschieren. Garibaldi scheint nichts davon zu bemerken,
oder er begreift alles und beschleunigt seinen Marsch. Er will vor Vittorio Emanuele in Neapel eintreffen.

* * *

Finde Nievo wutentbrannt, während er mir einen Brief vor die Nase
hält. »Ihr Freund Dumas«, fährt er mich an, »gibt sich erst als Krösus,
und dann meint er, der Krösus sei ich! Sehen Sie, was er mir schreibt,

Er hat ein ich weiß nicht was im Auge / das leuchtet in seinem Geist / und wenn er niederkniet / scheint er die Leute zu beugen… (S. 159)

und dann hat er auch noch die Stirn zu behaupten, er tue das auch im Namen des Generals! Rings um Neapel wittern die schweizerischen und bayerischen Söldner der Bourbonen schon die Niederlage und bieten sich an, für vier Dukaten pro Kopf zu desertieren. Da es fünftausend sind, kostet die Sache zwanzigtausend Dukaten, das sind neunzigtausend Francs. Dumas, der immer so tat, als wäre er reich wie sein Graf von Monte Christo, hat sie nicht und stellt uns mit grandseigneuraler Miene die Lächerlichkeit von tausend Francs zur Verfügung. Dreitausend würden die neapolitanischen Patrioten sammeln, meint er. Und den Rest, meint er, könnte ich ja drauflegen. Woher, glaubt er, soll ich das Geld denn nehmen?«

Er bietet mir etwas zu trinken an. »Sehen Sie, Simonini, jetzt sind alle ganz aufgeregt wegen der Landung auf dem Festland, und niemand hat Notiz von einer Tragödie genommen, die die Geschichte unserer Expedition schwer belasten wird. Die Sache ist in Bronte passiert, unweit von Catania. Zehntausend Einwohner, die meisten Bauern und Hirten, noch bis vor kurzem dazu verurteilt, unter einem Regime zu leben, das an den mittelalterlichen Feudalismus erinnert. Die Ländereien dort waren formell dem Admiral Nelson zum Geschenk gemacht worden, weshalb er den Titel Herzog von Bronte bekam, aber faktisch sind sie in den Händen weniger Wohlhabender oder *galantuomini*, wie sie dort sagen, geblieben. Die Leute wurden ausgebeutet und wie Tiere behandelt, es war ihnen verboten, in die herrschaftlichen Wälder zu gehen, um essbare Kräuter zu sammeln, und um die Felder zu betreten, mussten sie eine Mautgebühr zahlen. Als Garibaldi eintrifft, glauben diese Leute, nun sei der Augenblick der Gerechtigkeit gekommen und die Ländereien würden ihnen zurückgegeben, sie bilden sogenannte liberale Komitees, und der Prominenteste ist ein gewisser Avvocato Lombardo. Aber Bronte ist englisches Eigentum, und die Engländer haben Garibaldi in Marsala geholfen, also auf wessen Seite soll er stehen? An diesem Punkt ist das Verständnis der Einheimischen zu Ende, sie wollen auch nicht mehr auf den Avvocato Lombardo und andere Liberale hören, und es kommt zu einem Ausbruch der Volkswut, einem Gemetzel, einem Massaker an den *galantuomini*. Das war Unrecht, kein Zweifel, und es hatten sich auch entlaufene

Zuchthäusler unter die Aufständischen gemischt, man weiß ja, bei all dem Durcheinander, das es auf dieser Insel gegeben hat, ist auch viel Gesindel freigekommen, das besser dringeblieben wäre… Aber all das ist geschehen, weil *wir* gekommen sind. Von den Engländern gedrängt, hat Garibaldi Bixio nach Bronte geschickt, und der hat nicht lange gefackelt: Er hat den Belagerungszustand verhängt und der Bevölkerung schwere Repressalien auferlegt, er ist der Anschuldigung der Galantuomini gefolgt und hat den Avvocato Lombardo als Rädelsführer der Revolte identifiziert, was falsch war, aber es galt, ein Exempel zu statuieren, und so ist Lombardo füsiliert worden, zusammen mit vier anderen, darunter ein armer Irrer, der vor dem Massaker gern durch die Straßen lief und die Galantuomini beschimpfte, aber niemandem etwas zuleide getan hatte… Ganz abgesehen vom Erschrecken über diese Grausamkeit trifft mich die Sache auch persönlich. Verstehen Sie, Simonini? Einerseits treffen in Turin Nachrichten von diesen Aktionen ein, in denen wir so aussehen, als hielten wir es mit den alten Grundbesitzern, andererseits die Gerüchte, von denen ich Ihnen erzählt habe, über schlecht ausgegebene Gelder, da ist es nicht schwer, zwei und zwei zusammenzuzählen: Die Grundbesitzer bezahlen uns dafür, dass wir die armen Teufel füsilieren, und wir machen uns mit dem Geld ein gutes Leben. Dabei sehen Sie ja selbst, dass hier gestorben wird, und zwar gratis. Da kann man schon bitter werden.«

* * *

(8. September) Garibaldi ist in Neapel eingezogen, ohne auf Widerstand zu stoßen. Offenbar fühlt er sich wieder obenauf, denn Nievo sagt mir, er habe Vittorio Emanuele gebeten, Cavour zu entlassen. In Turin werden sie jetzt meinen Bericht brauchen, und mir ist klar, dass er möglichst antigaribaldinisch ausfallen muss. Ich werde viel Tinte über das Freimaurergold vergießen, ich werde Garibaldi als unbesonnenen Menschen darstellen, ausführlich auf das Massaker von Bronte eingehen, auch auf die anderen Delikte, die Diebstähle, Unterschlagungen, Bestechungen und die allgemeine Verschwendung. Ich werde das Verhalten der Freiwilligen gemäß den Erzählungen von Musu-

meci schildern: wie sie in den Klöstern prassen und die Mädchen entjungfern (vielleicht auch die Nonnen, es schadet nichts, ein bisschen auf die Tube zu drücken).

Ich werde auch ein paar Befehle zur Rekrutierung privater Güter produzieren. Und einen Brief von einem anonymen Informanten, der mich über die ständigen Kontakte zwischen Garibaldi und Mazzini via Crispi und über ihre Pläne zur Errichtung einer Republik, auch in Piemont, auf dem laufenden hält. Kurzum, es muss ein gehalt- und kraftvoller Bericht sein, der geeignet ist, Garibaldi in die Enge zu treiben. Auch weil Musumeci mir noch ein weiteres schönes Argument geliefert hat: Die Garibaldiner seien in erster Linie eine Bande ausländischer Söldner. Zu den famosen ersten Tausend gehörten Abenteurer aus Frankreich, Amerika, England, Ungarn und sogar aus Afrika, der versammelte Abschaum aller Nationen, viele davon seien schon vorher als Korsaren bei Garibaldis Seefahrten nach Süd- und Nordamerika mit dabeigewesen. Man brauche nur die Namen seiner Kommandanten zu hören: Turr, Eber, Tuccorì, Telochi, Maghiarodi, Czudaffi, Frigyessi (Musumeci spuckte diese Namen voller Verachtung aus, von denen ich außer Turr und Eber noch nie einen gehört hatte). Des weiteren seien da auch Polen, Türken, Bayern und ein Deutscher namens Wolff, der die bayerischen und schweizerischen Deserteure kommandiere, die vorher im Sold der Bourbonen gestanden hatten. Und die britische Regierung habe Garibaldi mehrere Bataillone Algerier und Inder zur Verfügung gestellt. Alles andere als italienische Patrioten! Auf tausend kämen jeweils höchstens fünfhundert Italiener… Musumeci übertreibt, ich höre ringsum nur venezianische, lombardische, emilianische oder toskanische Akzente, und Inder habe ich überhaupt keine gesehen, aber wenn ich in dem Bericht auch auf diesem Rassengemisch insistiere, kann das der Sache nur nützen.

Natürlich kommen auch noch ein paar Anspielungen auf die Juden mit rein, die so eng mit den Freimaurern verbunden sind.

Der Bericht muss möglichst schnell nach Turin gelangen und darf nicht in indiskrete Hände fallen. Ich habe ein piemontesisches Kriegsschiff gefunden, das bald in seinen Heimathafen zurückkehren soll, und es kostet mich nicht viel Mühe, ein offizielles Dokument zu fabrizieren, das dem Kapitän befiehlt, mich nach Genua mitzunehmen. Somit endet hier meine sizilianische Reise, und es tut mir ein bisschen leid, dass ich nicht miterlebe, was in Neapel und weiter geschieht, aber ich war ja nicht hier, um mich zu amüsieren, auch nicht, um ein Heldenepos zu schreiben. In guter Erinnerung behalte ich von dieser ganzen Reise letztlich nur die *pisci d'ovu*, die *babbaluci a picchipacchi* – das ist eine bestimmte Art, Schnecken zuzubereiten – und die *cannoli*, oh, diese süßen *cannoli*… Nievo hatte mir auch versprochen, mich einen bestimmten Schwertfisch *a' sammurigghu* kosten zu lassen, aber dazu ist es nicht mehr gekommen, und so bleibt mir nur der Duft des Namens.

*Garibaldi ist in Neapel eingezogen,
ohne auf Widerstand zu stoßen… (S. 163)*

8.

Die »Ercole«

Aus den Aufzeichnungen vom 30. und 31. März
und 1. April 1897

Es fällt dem ERZÄHLER nicht eben leicht, diesen Wechselgesang zwischen Simonini und seinem zudringlichen Abbé korrekt wiederzugeben, aber es scheint wirklich, dass Simonini am 30. März die letzten Ereignisse in Sizilien unvollständig rekonstruiert hat, und sein Text wird noch komplizierter durch viele geschwärzte Zeilen und andere, die mit einem X gelöscht, aber noch lesbar sind – und beunruhigend zu lesen. Am 31. März greift der Abbé Dalla Piccola wieder ein, um das hermetisch geschlossene Tor von Simoninis Gedächtnis zu öffnen und ihm zu enthüllen, woran er sich partout nicht erinnern will. Und am 1. April ist es wieder Simonini, der – nach einer unruhigen Nacht, in der er sich erinnert, Anfälle von Brechreiz gehabt zu haben – erbost die seiner Ansicht nach moralistischen Übertreibungen und Entrüstungen des Abbé richtigstellt. Somit erlaubt sich nun der ERZÄHLER, ohne zu wissen, welchem der beiden er am Ende recht geben soll, die Ereignisse so zu berichten, wie er sie zu rekonstruieren vermocht hat, und natürlich übernimmt er die Verantwortung für seine Rekonstruktion.

Kaum in Turin eingetroffen, ließ Simonini seinen Bericht dem Cavaliere Bianco zukommen, und tags darauf erhielt er ein Billet, das ihn erneut zu spätabendlicher Stunde dorthin bestellte, von wo ihn eine Kutsche zu demselben Ort wie beim ersten Mal brachte, an dem ihn Bianco, Riccardi und Negri di Saint Front erwarteten.

»Avvocato Simonini«, begann Bianco, »ich weiß nicht, ob die Vertrautheit, die uns inzwischen verbindet, mir erlaubt, Ihnen meine Gefühle unverblümt auszudrücken, aber ich muss Ihnen sagen, Sie sind ein Dummkopf.«

»Cavaliere, wie können Sie…?«

»Er kann, er kann«, schaltete sich Riccardi ein, »und er spricht auch in unserem Namen. Ich würde sogar ergänzen, ein gefährlicher Dummkopf, so gefährlich, dass man sich fragen muss, ob es klug ist, Sie noch in Turin herumlaufen zu lassen mit solchen Ideen im Kopf.«

»Entschuldigen Sie, ich mag etwas falsch gemacht haben, aber ich verstehe nicht…«

»Sie haben nicht nur etwas, Sie haben *alles* falsch gemacht! Sind Sie sich darüber im klaren, dass in wenigen Tagen – das wissen inzwischen bereits die Klatschbasen – General Cialdini mit unseren Truppen in den Kirchenstaat eindringen wird? Sehr wahrscheinlich wird unser Heer in einem Monat vor den Toren Neapels stehen. Bis dahin werden wir eine Volksabstimmung veranlasst haben, durch die das Königreich beider Sizilien mit allen seinen Territorien offiziell dem Königreich Italien angeschlossen werden wird. Wenn Garibaldi der Realist und Gentleman ist, als den wir ihn kennen, dann wird er sich auch diesem Hitzkopf Mazzini widersetzt haben und die Lage *bon gré mal gré* akzeptieren, so wie sie ist, also die eroberten Gebiete in die Hände des Königs legen und als strahlender Patriot dastehen. Dann werden wir das garibaldinische Heer auflösen müssen, denn diese inzwischen sechzigtausend Mann starke Truppe sollte man lieber nicht ungezügelt herumlaufen lassen. Wir werden die Freiwilligen ins savoyische Heer aufnehmen und die anderen mit einer Abfindungsprämie nach Hause schicken. Lauter tapfere Jungs, lauter Helden. Und da wollen Sie, dass wir Ihren ruchlosen Bericht der Presse zum Fraß vorwerfen und damit sagen, dass diese Garibaldiner, die gerade dabei sind, unsere Soldaten und Offiziere zu werden, eine Horde von Schurken und Spitzbuben waren, noch dazu Ausländer, die Sizilien geplündert haben? Dass Garibaldi nicht der reinste und edelste aller Helden ist, dem ganz Italien dankbar sein muss und sein wird, sondern ein Abenteurer, der einen schlappen und gebrechlichen Feind besiegt, indem er ihn kauft? Und dass er bis zuletzt mit Mazzini konspiriert hat, um aus Italien eine Republik zu machen? Dass sein General Nino Bixio über die Insel gezogen ist, um Liberale zu erschießen und Hirten und Bauern zu massakrieren? Sie sind ja verrückt!«

»Aber Sie, meine Herren, Sie hatten mich doch beauftragt…«

»Wir hatten Sie nicht beauftragt, Garibaldi und die tapferen Italiener, die mit ihm gekämpft haben, zu diffamieren, sondern Dokumente zu finden, die beweisen, dass die republikanische Entourage des Helden die besetzten Gebiete schlecht verwaltet, um eine piemontesische Intervention zu rechtfertigen.«

»Aber meine Herren, Sie wissen doch, dass La Farina…«

»La Farina schrieb private Briefe an den Grafen Cavour, der sie bestimmt nicht öffentlich herumgezeigt hat. Außerdem ist La Farina eben La Farina, er hat nun mal eine persönliche Abneigung gegen Crispi. Und schließlich, was sind das für Phantastereien über das Gold der englischen Freimaurer?«

»Alle reden davon.«

»Alle? Wir nicht. Und überhaupt, was sollen das für Freimaurer sein? Sind Sie Freimaurer?«

»Ich nicht, aber…«

»Dann kümmern Sie sich nicht um Dinge, die Sie nichts angehen. Lassen Sie die Freimaurer, wo sie sind.«

Offenbar hatte Simonini nicht begriffen, dass alle in der savoyischen Regierung Freimaurer waren, dabei hätte er das von den Jesuiten, die er von klein auf um sich gehabt hatte, wissen müssen. Aber schon legte Riccardi nach und fragte ihn, in welcher Geistesverwirrung er darauf verfallen sei, die Juden in seinen Bericht einzufügen.

Simonini stammelte: »Die Juden sind doch überall, und glauben Sie nicht…«

»Es geht nicht darum, was wir glauben oder nicht glauben«, unterbrach ihn Saint Front. »In einem geeinten Italien werden wir auch die Unterstützung der jüdischen Gemeinden brauchen, einerseits, und andererseits ist es unnötig, die guten italienischen Katholiken daran zu erinnern, dass unter den blütenreinen garibaldinischen

Helden auch Juden waren. Kurzum, nach all den Fettnäpfchen, in die Sie getreten sind, hätten wir genügend Gründe, Sie zum frische Luft Atmen für ein paar Dutzend Jährchen in eine unserer bequemen Alpenfestungen zu schicken. Aber leider brauchen wir Sie noch. Wie es scheint, bleibt dort unten noch dieser Hauptmann Nievo, oder Oberst, wenn er es inzwischen geworden ist, mit allen seinen Kontobüchern, und wir wissen erstens nicht, ob er sie korrekt geführt hat, und zweitens, ob es politisch nützlich wäre, wenn seine Abrechnungen bekannt würden. Sie sagen uns, dass Nievo vorhat, uns diese Bücher zu übergeben, und das wäre gut, aber bevor sie bei uns ankommen, könnte er sie anderen zeigen, und das wäre schlecht. Deshalb werden Sie nach Sizilien zurückfahren, immer noch als Sonderkorrespondent der Zeitung des Abgeordneten Boggio, um über die wunderbaren neuen Ereignisse zu berichten, werden sich wie ein Blutsauger an Nievo heften und dafür sorgen, dass diese Kontobücher verschwinden, sich in Luft auflösen, in Rauch aufgehen, so gründlich und endgültig, dass niemand mehr von ihnen spricht. Wie Sie das erreichen, ist Ihre Sache, und Sie sind ermächtigt, alle Mittel zu benutzen – wohlgemerkt alle im Rahmen der Legalität, einen anderen Auftrag kann man von uns ja nicht erwarten. Cavaliere Bianco wird Ihnen eine Anweisung für die Bank von Sizilien ausstellen, damit Sie über das nötige Geld verfügen.«

Ab hier wird auch das, was Dalla Piccola enthüllt, lückenhaft und fragmentarisch, als ob auch er Mühe hätte, sich an das zu erinnern, was sein Gegenüber so sehr zu vergessen bemüht war.

Wie es jedenfalls aussieht, hatte Simonini, als er Ende September nach Sizilien zurückgekehrt war, sich bis zum März des folgenden Jahres dort aufgehalten, immer vergeblich bemüht, Nievos Kontobücher in die Hand zu bekommen, während Bianco ihn alle vierzehn Tage per Depesche mit wachsender Ungeduld fragte, wie weit er gekommen sei.

Der Grund war, dass Nievo sich jetzt mit Leib und Seele diesen gebenedeiten Kontobüchern widmete, immer mehr von übelwollenden Stimmen bedrängt, immer mehr bemüht, Tausende von Einnahmen zu untersuchen, zu prüfen, nach Fehlern zu durchkämmem, um sicher zu sein, dass alles stimmte, inzwischen mit großer Autorität ausgestattet, da auch Garibaldi viel daran lag, dass keine Skandale oder auch nur Gerüchte aufkamen, weshalb er ihm ein Büro mit vier Mitarbeitern zur Verfügung gestellt hatte, bewacht von zwei Wächtern, einer am Eingang und einer im Treppenhaus, so dass nicht daran zu denken war, etwa bei Nacht einzudringen und nach den Büchern zu suchen.

Ja, mehr noch, Nievo hatte zu verstehen gegeben, dass ihm der Verdacht gekommen war, einigen Leuten könnte seine Buchführung nicht gefallen, weshalb er fürchtete, dass die Bücher gestohlen oder zerstört werden könnten, und so hatte er sein Bestes getan, sie unauffindbar zu machen. Daher blieb Simonini nichts anderes übrig, als seine Freundschaft mit dem Dichter noch zu vertiefen (sie waren inzwischen zum kameradschaftlichen Du übergegangen), um wenigstens zu verstehen, was Nievo mit dieser verflixten Dokumentation zu tun beabsichtigte.

Sie verbrachten viele Abende zusammen in jenem noch von ungetrübten Hitzewellen durchwehten herbstlichen Palermo, manchmal Aniswasser schlürfend und wartend, dass sich die weiße Flüssigkeit langsam im Wasser auflöste wie eine Rauchwolke. Vielleicht weil er Sympathie für Simonini empfand, vielleicht auch, weil er sich mittlerweile als Gefangener dieser Stadt fühlte und das Bedürfnis hatte, mit jemandem zu phantasieren, ließ Nievo nach und nach seine militärische Wachsamkeit fahren und wurde vertraulicher. Er sprach von einer Liebe, die er in Mailand zurückgelassen hatte, einer unmöglichen Liebe, denn sie war die Frau nicht nur seines Vetters, sondern seines besten Freundes. Aber da war nichts zu machen, auch seine anderen Liebschaften hatten ihn zur Hypochondrie getrieben.

»So bin ich nun mal, so muss ich wohl bleiben. Ich werde immer grüblerisch, dunkel, düster und gallig sein. Ich bin jetzt dreißig und habe immer Krieg geführt, um mich von einer Welt abzulenken, die ich nicht liebe. Und so habe ich zu Hause einen großen Roman zurückgelassen, noch im Manuskript. Ich würde ihn gerne gedruckt sehen, aber ich kann mich nicht darum kümmern, weil ich diese blöden Kontobücher zu pflegen habe. Wenn ich ehrgeizig wäre, wenn ich vergnügungssüchtig wäre... Wenn ich doch wenigstens bösartig wäre... Wenigstens so wie Bixio. Aber nein, nichts da. Ich bleibe ein Kind, ich lebe in den Tag hinein, ich liebe die Bewegung, um mich zu bewegen, die Luft, um sie zu atmen. Ich werde sterben, um zu sterben... Und dann wird alles vorbei sein.«

Simonini versuchte nicht, ihn zu trösten. Er hielt ihn für unheilbar.

Anfang Oktober war es zur Schlacht von Volturno gekommen, in der Garibaldi die letzte Offensive des bourbonischen Heeres zurückgeschlagen hatte. Aber etwa zur selben Zeit hatte General Cialdini das päpstliche Heer bei Castelfidardo besiegt und war in die Abruzzen und nach Molise einmarschiert, die damals noch zum bourbonischen Reich gehörten. In Palermo festgehalten, ballte Nievo die Faust in der Tasche. Er hatte erfahren, dass unter seinen Anschwärzern in Piemont auch die Anhänger von La Farina waren, was zeigte, dass La Farina inzwischen sein Gift gegen alles verspritzte, was nach Rothemden roch.

»Man möchte am liebsten alles hinschmeißen«, sagte Nievo bitter, »aber gerade in solchen Momenten darf man das Steuer nicht loslassen.«

Am 26. Oktober fand das große Ereignis statt. Garibaldi traf sich mit Vittorio Emanuele bei Teano. Er überreichte ihm praktisch den Süden Italiens. Dafür hätte er mindestens zum Senator des Reiches ernannt werden müssen, sagte Nievo, aber nichts da. Anfang November stellte Garibaldi in Caserta vierzehntausend Mann und dreihundert Pferde in Reih und Glied auf, damit der König die Parade abnehmen konnte, aber der König ließ sich nicht blicken.

Am 7. November hielt der König triumphalen Einzug in Neapel, und Garibaldi zog sich, ein moderner Cincinnatus, auf die Insel Caprera zurück. »Welch ein Mann!« sagte Nievo und weinte, wie es bei Dichtern vorkommt (was Simonini sehr peinlich fand).

Nach wenigen Tagen wurde Garibaldis Heer aufgelöst, zwanzigtausend Freiwillige wurden ins savoyische Heer aufgenommen, aber gleichzeitig wurden auch dreitausend bourbonische Offiziere eingegliedert.

»Das ist richtig«, sagte Nievo, »auch sie sind Italiener, aber es ist ein trauriger Schluss für unser Heldenepos. Ich gehe nicht ins savoyische Heer, ich tue hier noch sechs Monate Dienst und dann Adieu. Sechs Monate, um meinen Auftrag zu erfüllen, hoffentlich schaffe ich es.«

Es muss eine schreckliche Arbeit gewesen sein, denn Ende November war er mit seinen Abrechnungen gerade bis Ende Juli gelangt. Grob geschätzt brauchte er noch drei Monate und vielleicht mehr.

Als Vittorio Emanuele im Dezember nach Palermo kam, sagte Nievo zu Simonini: »Ich bin das letzte Rothemd hier unten und werde schon wie ein Wilder angestaunt. Und ich muss mich der Verleumdungen dieser La-Farina-Anhänger erwehren. Lieber Gott, wenn ich gewusst hätte, dass es so enden würde, hätte ich mich in Genua ertränkt, anstatt mich in diese Galeere einzuschiffen, und das wäre besser gewesen.«

Bis dahin hatte Simonini noch keine Möglichkeit gefunden, die vermaledeiten Kontobücher in die Hand zu bekommen. Doch überraschend kündigte ihm Nievo Mitte Dezember an, dass er für kurze Zeit nach Mailand zurückkehren werde. Nahm er die Bücher mit? Ließ er sie in Palermo? Es war unmöglich, das in Erfahrung zu bringen.

Nievo blieb fast zwei Monate fort, und Simonini verbrachte diese triste Zeit (ich bin kein sentimentaler Nostalgiker, sagte er sich, aber was ist Weihnachten in einer Wüste ohne Schnee und voller Kaktusfeigen?) mit Ausflügen in die Umgebung von Palermo. Er hatte sich ein Maultier gekauft, hatte wieder die Soutane von Pater Bergamaschi angezogen, und ritt von Dorf zu Dorf, um sich einerseits umzuhören, was die Pfarrer und Bauern so redeten, andererseits aber und vor allem, um die Geheimnisse der sizilianischen Küche zu erkunden.

Dabei fand er in einsamen Landgasthäusern urige Köstlichkeiten zu kleinem Preis (aber groß im Geschmack) wie die *acqua cotta*: Es genügte, Brotstücke in eine Suppenterrine zu tun, sie mit viel Öl und frischgemahlenem Pfeffer anzumachen, derweil wurden Zwiebelscheiben, Tomatenstückchen und Poleiminze in gut gesalzenem Wasser gekocht, nach zwanzig Minuten wurde das Ganze über das Brot gegossen, man ließ es ein paar Minuten stehen und servierte es noch heiß.

Vor den Toren von Bagheria entdeckte er eine Taverne mit wenigen Tischen in einem dunklen Hausgang, aber in diesem auch in den Wintermonaten angenehmen Schatten bereitete ein Wirt, der ziemlich schmutzig aussah (und es vielleicht auch war) herrliche Gerichte auf Basis von Innereien zu, wie Gefülltes Herz, Schweinegelee und Gekröse aller Art.

Dort lernte er zwei sehr verschiedene Personen kennen, die sein Genie erst später in einem einzigen Plan vereinigen sollte. Aber greifen wir nicht vor.

Der erste schien ein armer Irrer zu sein. Der Wirt sagte, er gebe ihm aus Mitleid zu essen und ein Dach überm Kopf, obwohl er in Wahrheit durchaus imstande war, viele nützliche Arbeiten zu verrichten. Alle nannten ihn Bronte, und tatsächlich schien es, als sei er dem Massaker von Bronte entronnen. Ständig verfolgten ihn die Erinnerungen an den Aufstand, und nach ein paar Gläsern Wein schlug er mit der Faust auf den Tisch und schrie: »*Capelli guaddativi, l'ura du giudizziu s'avvicina, populu non mancari all'appellu*«, was soviel hieß wie »Herren, hütet euch, die Stunde der Gerechtigkeit naht, Volk, fehle nicht beim Appell!« Das war der Satz, den sein Freund Nunzio Ciraldo Fraiunco vor dem Aufstand gerufen hatte, einer der fünf, die dann von Bixio füsiliert worden waren.

Sein intellektuelles Leben war nicht eben rege, aber zumindest eine Idee hatte er, und es war eine fixe Idee: Er wollte Nino Bixio töten.

Für Simonini war Bronte bloß ein bizarrer Typ, der ihm half, ein paar langweilige Winterabende zu verbringen. Interessanter war ihm sofort ein anderer erschienen, ein struppiger und zunächst störrischer Mensch, der jedoch, als er gehört hatte, wie Simonini den Wirt nach den Rezepten der diversen Gerichte fragte, das Wort ergriffen und sich als ein nicht minder großer Liebhaber guter Küche zu erkennen gegeben hatte. Simonini erklärte ihm, wie man *agnolotti alla*

*Alle nannten ihn Bronte, und tatsächlich schien es,
als sei er dem Massaker von Bronte entronnen… (S. 174)*

piemontese macht, und er revanchierte sich mit allen Geheimnissen der Kapaunzubereitung, Simonini schilderte ihm die *cruda all'albese*, bis er sie am liebsten mit einem Happen verschlungen hätte, und er verbreitete sich über die Alchimie des Marzipans.

Dieser Meister Ninuzzo, wie er sich nannte, sprach ein annähernd reines Italienisch und ließ durchblicken, dass er auch in fremden Ländern gereist sei. Bis er, der sich als frommer Verehrer der verschiedenen Jungfrauen in den örtlichen Kirchen und als respektvoll gegenüber der kirchlichen Würde Simoninis erwies, diesem seine eigenartige Position anvertraute: Er war Feuerwerker des bourbonischen Heeres gewesen, aber nicht als Militär, sondern als Handwerker und Experte für die Bewachung und Verwaltung eines Pulvermagazins in der Nähe. Die Garibaldiner hatten die bourbonischen Militärs verjagt und das Pulvermagazin samt Munition beschlagnahmt, doch um nicht die ganze Kasematte aufzulassen, hatten sie Ninuzzo als Wächter des Ortes im Dienst behalten, besoldet von der Militärverwaltung. Und nun saß er gelangweilt da und wartete auf Befehle, voller Groll auf die Besatzer aus dem Norden, voller Wehmut seinem König nachtrauernd und voller Phantasien über Revolten und Aufstände.

»Ich könnte noch halb Palermo in die Luft sprengen, wenn ich wollte«, raunte er Simonini zu, nachdem er begriffen hatte, dass auch der nicht auf seiten der Piemontesen stand. Und angesichts seiner verblüfften Miene erzählte er ihm, dass die Usurpatoren nicht bemerkt hätten, dass unter dem Pulvermagazin eine Höhle sei, in der noch Pulverfässer, Granaten und anderes Kriegshandwerkzeug lagere. Gut aufgehoben für den nicht mehr fernen Tag des Aufstands, denn schon organisierten sich Widerstandsgruppen in den Bergen, um den piemontesischen Invasoren das Leben schwer zu machen.

Je länger er von Sprengstoffen sprach, desto mehr hellte sich seine Miene auf, und sein stumpfes Profil und die trüben Augen wurden fast schön. Bis er eines Tages Simonini zu seiner Kasematte mitnahm und ihm, nach kurzer Erkundung der Höhle wieder aufgetaucht, auf der flachen Hand ein paar kleine schwärzliche Körner zeigte.

»Ach, hochwürdiger Pater«, sagte er, »es gibt nichts Schöneres als Pulver von guter Qualität. Sehen Sie die Farbe, schiefergrau, die Körner zerbröseln nicht zwischen den Fingern. Wenn Sie ein Blatt Papier hätten, würde ich sie darauflegen, anzünden, und sie würden verbrennen, ohne das Papier zu berühren. Früher mischte man es aus fünfundsiebzig Teilen Salpeter, zwölfeinhalb Teilen Holzkohle und zwölfeinhalb Teilen Schwefel, dann sind sie zu der sogenannten englischen Dosierung übergegangen, mit fünfzehn Teilen Holzkohle und zehn Teilen Schwefel, und so kommt es dann, dass du Kriege verlierst, weil deine Granaten nicht explodieren. Heute nehmen wir vom Metier – aber leider oder Gott sei Dank sind wir nur wenige – statt des Salpeters das Nitrat aus Chile, was etwas ganz anderes ist.«

»Ist es besser?«

»Es ist das beste. Sehen Sie, Pater, Sprengstoffe werden jeden Tag neue erfunden, und einer funktioniert schlechter als der andere. Da war mal ein Offizier des Königs – des legitimen, meine ich –, der sich als großer Kenner aufspielte und mir die neueste Erfindung empfahl, das Pyroglyzerin. Er wusste nicht, dass es nur durch Erschütterung funktioniert und sich deshalb schwer zur Detonation zu bringen lässt, weil man mit einem Hämmerchen draufhauen müsste und dann als erster in die Luft fliegen würde. Hören Sie auf mich, Pater, wenn Sie wirklich mal jemand in die Luft sprengen wollen, dann gibt es nichts Besseres als das gute alte Schwarzpulver. Und dann, ja, dann ist es eine Pracht.«

Meister Ninuzzo schaute entzückt, als gäbe es auf der Welt nichts Schöneres. Zu der Zeit maß Simonini seinen Phantastereien noch nicht viel Bedeutung zu. Aber später, im Januar, sollte er sich ihrer erinnern und sie in neuem Licht sehen.

Denn nachdem er hin und her überlegt hatte, wie er die Kontobücher der Expedition in die Hände bekommen könnte, sagte er sich: Entweder sind die Bücher hier in Palermo, oder sie werden hier wieder sein, wenn Nievo aus Mailand zurück ist. Danach wird Nievo sie übers Meer nach Turin mitnehmen müssen. Also ist es sinnlos, ihm Tag und Nacht auf den Fersen zu sein, denn so werde ich den Tresor nicht finden, und wenn doch, kann ich ihn nicht öffnen. Und wenn ich ihn finde und öffne, kommt es zu einem Skandal, Nievo zeigt das Verschwinden der Bücher an, und es könnte passieren, dass meine

Auftraggeber in Turin beschuldigt werden. Und die Sache könnte auch dann nicht stillschweigend über die Bühne gehen, wenn ich es schaffen würde, Nievo mit den Büchern zu überraschen und ihm ein Messer in den Rücken zu stoßen. Ein Leichnam wie der von Nievo wäre in jedem Fall ein Problem. Die Bücher sollen in Rauch aufgehen, haben sie mir in Turin gesagt. Aber dann müsste auch Nievo mit in Rauch aufgehen, und zwar so, dass angesichts seines Verschwindens (das als ein natürlicher Unfall erscheinen müsste) das Verschwinden der Bücher in den Hintergrund treten würde. Also das Gebäude der Militärverwaltung in die Luft sprengen? Zu auffällig. Es bleibt nur eine Lösung: Nievo verschwinden zu lassen, mitsamt den Büchern und allem, was bei ihm ist, während er sich von Palermo nach Turin begibt. Bei einer Tragödie auf See, bei der fünfzig bis sechzig Personen ertrinken, wird niemand denken, das alles sei angezettelt worden, um vier Kladden aus der Welt zu schaffen.

Gewiss eine phantasievolle und kühne Idee, aber wie es scheint, war Simonini an Alter und Weisheit gereift, und die Zeiten der kleinen Spielchen mit Kommilitonen an der Uni waren vorbei. Er hatte den Krieg gesehen, sich an den Tod gewöhnt, zum Glück den der anderen, und hatte ein reges Interesse daran, nicht in jenen Festungen zu landen, von denen Negri di Saint Front gesprochen hatte.

Natürlich musste Simonini über dieses Projekt lange nachgedacht haben, auch weil er ja gar nichts anderes tun konnte. Einstweilen beriet er sich mit Meister Ninuzzo, während er ihm leckere Mahle anbot.

»Meister Ninuzzo, Sie werden sich fragen, warum ich hier bin, und ich sage Ihnen, ich bin hier auf Anordnung des Heiligen Vaters, um das Reich der beiden Sizilien wiederherzustellen.«

»Pater, ich bin der Ihre, sagen Sie, was ich tun soll.«

»Nun denn, an einem Tag, dessen Datum ich noch nicht weiß, soll ein Dampfer von Palermo zum Festland ablegen. Dieser Dampfer wird einen Tresor an Bord haben, in welchem Befehle und Pläne zur endgültigen Vernichtung der Autorität des Heiligen Vaters und zur Verleumdung unseres Königs liegen. Dieser Dampfer muss sinken, bevor er Turin erreicht, und weder Menschen noch Dinge dürfen sich retten.«

»Nichts leichter als das, Pater. Man benutzt eine ganz neue Erfindung, die anscheinend die Amerikaner gemacht haben. Ein sogenanntes ›Kohle-Torpedo‹. Eine Bombe, die wie ein Stück Kohle aussieht. Man versteckt sie zwischen den echten Kohlen, mit denen der Kessel des Dampfers befeuert wird, und sobald das Torpedo in den Kessel gelangt und genügend erhitzt ist, kommt es zur Explosion.«

»Nicht schlecht. Aber das Ding müsste im richtigen Moment in den Kessel geworfen werden. Das Schiff darf nicht zu früh und nicht zu spät explodieren, das heißt nicht gleich nach dem Ablegen und nicht erst kurz vor der Ankunft, weil es dann alle sehen würden. Es müsste auf halbem Wege explodieren, weitab von indiskreten Augen.«

»Das ist schon schwieriger zu bewerkstelligen. Da man schließlich keinen Heizer bestechen kann, weil er das erste Opfer wäre, müsste man den genauen Zeitpunkt berechnen, an dem diese bestimmte Menge Kohlen in den Kessel geschaufelt wird. Und das würde nicht einmal die Hexe von Benevent schaffen…«

»Und was dann?«

»Nun, lieber Pater, die einzige Lösung, die immer funktioniert, ist und bleibt eben ein Fässchen Pulver mit einer schönen Lunte.«

»Aber wer würde sich bereitfinden, eine Lunte an Bord eines Schiffes anzuzünden, im Wissen, dass er dann selber mit in die Luft fliegen würde?«

»Niemand, außer er ist ein Experte, wie – Gott sei Dank oder leider – nur noch wir wenigen es sind. Der Experte weiß, wie man die Länge der Lunte berechnet. Früher waren die Lunten mit Schwarzpulver gefüllte Strohhalme oder ein geschwefelter Docht oder mit Teer und Salpeter getränkte Schnüre. Man wusste nie genau, wie lange sie brauchen würden, bis es soweit war. Aber Gott sei Dank gibt es seit etwa dreißig Jahren die langsam brennende Lunte, von der ich in aller Bescheidenheit noch ein paar Meter in meiner Höhle habe.«

»Und was macht man mit der?«

»Mit der kann man festlegen, wie lang die Flamme vom Moment ihrer Entzündung bis zum Moment ihrer Ankunft beim Pulver braucht, und diese Dauer durch die Länge der Lunte bestimmen. Wenn also der Feuerwerker wüsste, dass er, nachdem er die Lunte entzündet hat, einen Ort auf dem Schiff erreichen kann, wo ihn jemand in einem schon zu Wasser gelassenen Beiboot erwartet, so dass der Dampfer in die Luft fliegt, wenn sich das Boot schon weit genug von ihm entfernt hat, dann wäre alles perfekt, was sage ich, es wäre ein Meisterwerk!«

»Meister Ninuzzo, es gibt einen Ma… Nehmen wir an, das Meer wäre stürmisch in dieser Nacht, so dass niemand ein Beiboot zu Wasser lassen könnte. Würde ein Feuerwerker wie Sie ein solches Risiko eingehen?

»Ehrlich gesagt, nein, Pater.«

Man konnte von Meister Ninuzzo nicht verlangen, in den so gut wie sicheren Tod zu gehen. Aber von einem weniger Umsichtigen vielleicht doch.

Ende Januar kehrte Nievo aus Mailand nach Neapel zurück, wo er gut zwei Wochen blieb, vielleicht um auch dort noch Dokumente zu sammeln. Dann erhielt er Order, nach Palermo zu fahren, dort alle seine Bücher abzuholen (demnach waren sie in Palermo geblieben) und sie nach Turin zu bringen.

Das Wiedersehen mit Simonini war herzlich wie unter Brüdern. Nievo verlor sich in sentimentalen Betrachtungen über seine Reise nach Norden, über seine unmögliche Liebe, die unseliger- oder wunderbarerweise bei diesem Besuch neu aufgelebt war… Simonini hörte ihm aufmerksam zu, seine Augen schienen feucht zu werden von den elegischen Erzählungen seines Freundes, in Wahrheit brannte er nur darauf zu erfahren, auf welchem Schiff die Kontobücher nach Turin gebracht werden sollten.

Endlich sagte Nievo den Namen. Anfang März würde er Palermo in Richtung Neapel auf der *Ercole* verlassen und von Neapel weiter nach Genua fahren. Die *Ercole* sei ein ehrbares älteres Dampfschiff englischer Fabrikation mit zwei seitlichen Schaufelrädern, fünfzehn Mann Besatzung und Platz für mehrere Dutzend Passagiere. Sie habe schon eine lange Geschichte hinter sich, sei aber noch rüstig und versehe ihren Dienst gut. Von diesem Moment an war Simoninis ganzes Trachten darauf gerichtet, alle nur möglichen Informationen über die *Ercole* zu sammeln, er fand heraus, in welcher Locanda der Kapitän logierte und dass er Michele Mancino hieß, und im Gespräch mit den Matrosen verschaffte er sich ein gutes Bild von der inneren Bauweise des Schiffes.

Daraufhin, erneut in Soutane und mit frommer Miene, begab er sich wieder nach Bagheria und nahm den Bronte beiseite.

»Bronte, hör zu«, sagte er, »in Palermo wird bald ein Schiff ablegen, das Nino Bixio nach Neapel bringen soll. Der Moment ist gekommen, dass wir, die letzten Verteidiger des Thrones, uns rächen für das, was Bixio deinem Land angetan hat. Dir gebührt die Ehre, zu seiner Exekution aufzubrechen.«

»Sagt mir, was ich tun soll.«

»Dies ist eine Lunte, ihre Dauer ist festgelegt worden von einem, der mehr davon versteht als du und ich. Wickle sie dir um die Hüfte. Einer unserer Männer, der Hauptmann Simonini, ein Offizier Garibaldis, aber heimlich ein Getreuer unseres Königs, wird eine Kiste an Bord bringen lassen, die der militärischen Geheimhaltung unterliegt und, wie eine schriftliche Anweisung besagen wird, im Laderaum ständig von einem Mann seines Vertrauens bewacht werden muss, nämlich von dir. Die Kiste wird natürlich voller Pulver sein. Simonini wird sich mit auf das Schiff begeben und dafür sorgen, dass dir zu einem bestimmten Zeitpunkt, wenn wir in Sichtweite des Stromboli sind, der Befehl erteilt wird, die Lunte anzulegen, sie fachgerecht auszurollen und zu entzünden. Zur gleichen Zeit wird ein Beiboot zu Wasser gelassen. Die Länge und Konsistenz der Lunte wird es dir erlauben, aus dem Laderaum an Deck zu steigen und dich ans Heck zu begeben, wo Simonini dich erwarten wird. Ihr werdet beide Zeit genug haben, euch vom Schiff zu entfernen, bevor es explodiert und mit ihm der verfluchte Bixio. Allerdings darfst du diesen Simonini danach niemals wiedersehen und dich ihm nicht nähern, falls du ihn irgendwo sehen solltest. Wenn du beim Schiff anlangst mit dem Karren, auf dem Ninuzzo dich hinbringen wird, wirst du einen Matrosen dort finden, der sich Almalò nennt. Der wird dich in den Laderaum bringen, und da wirst du ruhig warten, bis Almalò kommt, um dir zu sagen, dass es Zeit ist, zu tun, was du weißt.«

Brontes Augen glänzten, aber dumm war er nicht. »Und was, wenn das Meer stürmisch ist?« fragte er.

»Wenn du im Laderaum spürst, dass das Schiff ein bisschen schwankt, brauchst du dir keine Sorgen zu machen, das Beiboot ist breit und stark, es hat einen Mast und ein Segel, und bis zum Land wird es nicht weit sein. Außerdem wird Hauptmann Simonini, wenn er findet, dass die Wellen zu hoch sind, nicht sein Leben riskieren wollen. Du würdest den Befehl nicht erhalten, und Bixio würde ein andermal umgebracht. Aber wenn du den Befehl erhältst, kannst du sicher sein, dass jemand, der mehr vom Seegang versteht als du, zu dem Ergebnis gelangt ist, dass ihr heil und gesund in Stromboli ankommen werdet.«

Enthusiasmus und volle Zustimmung bei Bronte. Lange Besprechung mit Meister Ninuzzo, um die Details der Höllenmaschine zu klären. Zur gegebenen Zeit erschien Simonini, ganz in Schwarz gekleidet, wie sich die Leute Spione und Geheimagenten vorstellen, bei Kapitän Mancini mit einem Begleitschreiben voller Stempel und Siegel, aus dem hervorging, dass auf Befehl Seiner Majestät des Königs Vittorio Emanuele II. eine große Kiste mit streng geheimem Inhalt nach Neapel transportiert werden müsse. Damit sie nicht auffalle, solle die Kiste zwischen andere Waren im Laderaum gestellt werden, aber sie müsse Tag und Nacht von einem Vertrauensmann Simoninis bewacht werden. In Empfang nehmen solle sie der Matrose Almalò, der schon andere vertrauliche Aufträge für die Armee ausgeführt habe, und im übrigen solle sich der Kapitän nicht weiter um die Angelegenheit kümmern. In Neapel werde ein Offizier der Bersaglieri sich der Kiste annehmen.

Der Plan war also sehr einfach, und die Operation würde niemandem auffallen, schon gar nicht Nievo, der sich, wenn überhaupt, nur um die Sicherheit seiner eigenen Kiste mit den Kontobüchern kümmern würde.

Die Abfahrt der *Ercole* war für ein Uhr mittags vorgesehen, und die Fahrt nach Neapel würde fünfzehn bis sechzehn Stunden dauern. Es würde also gut passen, das Schiff auf der Höhe der Insel Stromboli explodieren zu lassen, deren ständig aktiver Vulkan in der Nacht weithin sichtbare feurige Lohen ausstößt, so dass die Explosion bis in die frühen Morgenstunden unbemerkt bliebe.

Natürlich hatte Simonini längst Kontakt mit Almalò aufgenommen, der ihm als der Käuflichste der Besatzung erschien, hatte ihm eine üppige Summe und die wichtigsten Informationen gegeben: Er solle Bronte am Kai erwarten und ihn mitsamt seiner Kiste in den Laderaum bringen. »Im übrigen«, sagte er ihm, »brauchst du nur noch gegen Abend aufzupassen, wann am Horizont die Feuerschwaden des Stromboli auftauchen, und dabei spielt es keine Rolle, wie hoch der Seegang ist. Wenn du sie siehst, steigst du in den Laderaum hinunter, gehst zu diesem Mann und sagst ihm: ›Ich soll dir bestellen: Es ist soweit.‹ Kümmere dich nicht darum, was er macht oder machen wird, aber um deine Neugier zu befriedigen, verrate ich dir: Er wird eine Flasche mit einer Botschaft darin aus der Kiste holen und sie durch eine Luke ins Meer werfen; jemand wird auf einem Boot in der Nähe warten, die Flasche holen und nach Stromboli bringen. Du gehst einfach zurück in deine Kabine und vergisst alles. So, und jetzt wiederhole mir, was du dem Mann sagen sollst.«

»Ich soll dir bestellen: Es ist soweit.«

»Bravo.«

Zur Stunde der Abfahrt war Simonini am Kai, um Nievo Adieu zu sagen. Sie verabschiedeten sich gerührt. »Liebster Freund«, sagte Nievo, »du bist mir so lange Zeit nahe gewesen, und ich habe dir mein Herz geöffnet. Es kann sein, dass wir uns nie wiedersehen. Wenn ich meine Bücher in Turin abgeliefert habe, kehre ich nach Mailand zurück, und dort… nun, wir werden sehen. Ich werde mich um meinen Roman kümmern. Lebwohl, umarme mich, und viva l'Italia!«

»Lebwohl, mein lieber Ippolito, ich werde dich nie vergessen«, erwiderte Simonini, und es gelang ihm sogar, sich ein paar Tränen abzupressen, weil er sich so intensiv in seine Rolle hineinversetzt hatte.

Nievo ließ aus seiner Kutsche eine schwere Kiste ausladen und verfolgte aufmerksam, wie sie an Bord gebracht wurde. Kurz bevor er den Laufsteig betrat, erschienen zwei Freunde von ihm, die Simonini nicht kannte, und redeten auf ihn ein, er solle nicht mit der alten

Ercole fahren, die sei nicht sicher genug, am nächsten Morgen werde der Dampfer *Elettrico* ablegen, der sei vertrauenerweckender. Simonini erstarrte für einen Moment, aber Nievo zuckte die Achseln und sagte, je eher seine Dokumente ans Ziel gelangten, desto besser. Kurz darauf legte die *Ercole* ab.

Zu behaupten, Simonini habe die nächsten Stunden in heiterer Stimmung verbracht, hieße seiner Kaltblütigkeit zuviel Kredit einräumen. Im Gegenteil, er verbrachte den ganzen restlichen Tag und Abend in Erwartung eines Ereignisses, das er nicht würde sehen können, nicht einmal wenn er auf die Punta Raisi stiege, die sich im Westen über Palermo erhebt. Gegen neun Uhr abends sagte er sich, die inzwischen vergangene Zeit überschlagend, dass nun vielleicht schon alles vorbei war. Er war nicht sicher, ob Bronte den Befehl pünktlich ausgeführt hatte, aber er stellte sich vor, wie sein Matrose ihm auf der Höhe von Stromboli die Order erteilte, und wie der Ärmste sich niederbeugte, um die Lunte in die Kiste zu stecken und sie anzuzünden, und wie er dann schnell an Deck kletterte und zum Heck lief, wo er niemanden finden konnte. Vielleicht würde er den Betrug erkennen und sich wie ein Irrer (war er das nicht sowieso?) zurück in den Laderaum stürzen, um die Lunte noch rechtzeitig zu löschen, aber zu spät, die Explosion würde ihn unterwegs erwischen.

Simonini fühlte sich so befriedigt über die glücklich vollbrachte Mission, dass er, wieder im Gewande des Geistlichen, sein Maultier bestieg und sich in der Taverne von Bagheria ein gehaltvolles Abendessen auf Basis von Pasta mit Sprotten und *piscistocco alla ghiotta* gönnte (Stockfisch zwei Tage in kaltem Wasser einweichen, in Scheiben schneiden, eine Zwiebel, eine Selleriestange, eine Karotte, ein Gläschen Öl, Tomatenmark, entkernte schwarze Oliven, Pinienkerne, Sultaninen und Birnen, entsalzte Kapern, Salz und Pfeffer).

Dann dachte er an Meister Ninuzzo… Einen so gefährlichen Zeugen sollte man nicht frei herumlaufen lassen. Also bestieg er wieder sein Maultier und ritt zu dem Pulvermagazin. Meister Ninuzzo saß eine alte Pfeife schmauchend vor der Tür und begrüßte ihn mit breitem Lächeln. »Denken Sie, dass es geschafft ist, Pater?«

*Gegen neun Uhr abends sagte er sich, die inzwischen vergangene
Zeit überschlagend, dass nun vielleicht schon alles
vorbei war… (S. 184)*

»Ich denke ja, Sie dürfen stolz sein, Meister Ninuzzo«, antwortete Simonini und umarmte ihn mit den Worten »Es lebe der König«, wie es in jener Gegend üblich war. Dabei stieß er ihm einen Dolch zwei Handbreit tief in den Leib.

Da an diesem abgelegenen Ort nur selten jemand vorbeikam, würde es lange dauern, bis man die Leiche gefunden hätte. Wenn dann durch einen sehr unwahrscheinlichen Zufall die Gendarmen oder jemand an ihrer Stelle den Weg zurück bis zur Taverne in Bagheria fänden, würden sie dort erfahren, dass Ninuzzo in den letzten Monaten viele Abende mit einem ziemlich verfressenen Geistlichen verbracht hatte. Aber auch dieser Kirchenmann wäre dann nicht mehr auffindbar, da Simonini sich inzwischen längst aufs Festland abgesetzt hätte. Was Bronte betraf, so würde sich niemand um sein Verschwinden kümmern.

Gegen Mitte März traf Simonini wieder in Turin ein und wartete auf ein Treffen mit seinen Auftraggebern, denn es war Zeit, dass sie ihre Rechnungen beglichen. Und tatsächlich kam Bianco eines Nachmittags in seine Kanzlei, setzte sich vor seinen Schreibtisch und sagte:

»Simonini, Sie machen aber auch *nie* etwas richtig.«

»Was soll das heißen?« protestierte Simonini, »Sie wollten doch, dass die Kontobücher in Rauch aufgehen, und sind sie das etwa nicht?«

»Ja, schon, aber mit ihnen ist auch der Oberst Nievo in Rauch aufgegangen, und das ist mehr, als wir wollten. Über dieses verschwundene Schiff wird inzwischen zuviel geredet, und ich weiß nicht, ob es gelingen wird, die Gerüchteküche zum Schweigen zu bringen. Es wird schwierig sein, das Büro für Besondere Angelegenheiten aus dieser Geschichte herauszuhalten. Irgendwie wird es uns zwar schon gelingen, aber das schwächste Glied der Kette sind Sie. Früher oder später könnte ein Zeuge auftauchen und daran erinnern, dass Sie mit Nievo in Palermo befreundet waren und dass Sie dort unten – sieh da, sieh da – im Auftrag von Boggio waren. Boggio, Cavour, Regierung… Mein Gott, ich wage gar nicht an die Gerüchte zu denken, die sich daraus ergeben könnten. Deshalb müssen Sie verschwinden.«

»In die Festung?« fragte Simonini.

»Sogar über einen in die Festung verbannten Mann könnten Gerüchte kursieren. Wir wollen nicht die Farce mit der Eisernen Maske wiederholen. Wir denken an eine weniger theatralische Lösung. Sie lassen hier in Turin alles stehen und liegen und setzen sich ins Ausland ab. Gehen Sie nach Paris. Für die ersten Ausgaben muss die Hälfte des Honorars genügen, das wir ausgemacht haben. Im Grunde kann man ja sagen, Sie haben des Guten zuviel tun wollen, und das ist dasselbe, wie wenn man eine Arbeit nur halb macht. Und da wir nicht von Ihnen verlangen können, dass Sie in Paris auf lange Sicht überleben, ohne wieder irgendein Unheil anzurichten, werden wir uns sofort mit unseren dortigen Kollegen ins Benehmen setzen, die Ihnen von Zeit zu Zeit besondere Aufträge erteilen können. Sagen wir einfach, Sie wechseln in den Sold einer anderen Verwaltung über.«

9.

Paris

2. April 1897, spätabends

Seit ich dieses Tagebuch führe, bin ich in kein Restaurant mehr gegangen. Heute abend musste ich mich stärken und beschloss, an einen Ort zu gehen, wo jeder, dem ich begegnete, so betrunken sein würde, dass er mich, auch wenn ich ihn nicht erkenne, ebenfalls nicht erkennen würde. Es ist das Lokal von Père Lunette, nicht weit von hier in der Rue des Anglais, das seinen Namen von dem enormen *pince-nez* oder Kneifer hat, der über dem Eingang prangt, man weiß nicht, seit wann und warum.

Eher als richtig essen kann man hier knabbern: Käsehäppchen zum Beispiel, die sie einem gratis hinstellen, um den Durst zu steigern. Denn hauptsächlich wird hier getrunken und gesungen – soll heißen, es singen die hiesigen »Artisten«, Fifi l'Absinthe, Armand le Gueulard, Gaston Trois-Pattes. Der erste Raum ist ein langer Gang, zur Hälfte der Länge nach mit einer Theke gefüllt, hinter der Wirt und Wirtin sich tummeln und ein kleines Kind schläft, mitten zwischen dem Gebrüll und Gelächter der Gäste. An der Wand gegenüber der Theke zieht sich ein langes Bord hin, an das man sich lehnen oder auf dem man sein Glas abstellen kann, nachdem man es sich geholt hat. Auf einem Regal hinter der Theke prangt die schönste Sammlung von Hochprozentigem, die in Paris zu finden ist. Aber die wahren Gäste gehen in den hinteren Raum, wo an zwei Tischen die Betrunkenen schlafen, Schulter an Schulter aneinandergelehnt. Alle Wände sind vollgekritzelt, meist mit obszönen Zeichnungen.

Heute abend habe ich mich neben eine Frau gesetzt, die damit beschäftigt war, ihren soundsovielten Absinth zu süffeln. Sie kam mir bekannt vor, sie war mal Zeichnerin für illustrierte Blätter gewesen und hat sich dann immer mehr gehen lassen, vielleicht weil sie weiß, dass sie schwindsüchtig ist und nicht mehr lange zu leben hat. Jetzt bietet sie den Gästen an, sie für ein Gläschen zu porträtieren, aber inzwischen zittert ihr die Hand. Wenn sie Glück hat, wird die Schwindsucht sie nicht erlegen, weil sie vorher auf dem Nachhauseweg nachts in die Bièvre fällt.

Ich habe ein paar Worte mit ihr gewechselt (seit zehn Tagen lebe ich so in meiner Höhle vergraben, dass ich sogar im Gespräch mit einer Frau Trost finden kann), und bei jedem Gläschen, das ich ihr anbot, konnte ich nicht umhin, auch eins für mich zu nehmen.

So kommt es, dass ich jetzt mit getrübter Sicht und benebeltem Hirn schreibe: ideale Bedingungen, um sich wenig und schlecht zu erinnern.

Ich weiß nur noch, dass ich bei meiner Ankunft in Paris zuerst etwas beunruhigt war (kein Wunder, irgendwie ging ich ja ins Exil), aber dann hat die Stadt mich erobert, und ich beschloss, hier für den Rest meines Lebens zu bleiben.

Ich wusste nicht, wie lange mein Geld reichen würde, daher suchte ich mir ein Zimmer in einem Hotel im Viertel der Bièvre. Zum Glück konnte ich mir ein eigenes leisten, denn in diesen Absteigen enthielt ein einziges Zimmer oft bis zu fünfzehn Strohsäcke, und manche hatten kein Fenster. Die Möbel kamen vom Sperrmüll, die Laken waren voller Würmer, eine Zinkschüssel diente als Abort, ein Eimerchen als Urinal, es gab nicht mal einen Stuhl, ganz zu schweigen von Seife und Handtuch. Ein Schild an der Wand forderte dazu auf, den Schlüssel außen stecken zu lassen, offenbar damit die Polizisten keine Zeit verloren, wenn sie, was öfter vorkam, nachts plötzlich hereinstürmten, die Schlafenden an den Haaren hochrissen, ihre Gesichter im Schein einer Lampe musterten, die Falschen zurückfallen ließen und die Gesuchten die Treppe hinunterschleiften, nachdem sie sie fachgerecht verprügelt hatten, wenn sie sich nicht gleich fügten.

Was das Essen betraf, so hatte ich in der Rue du Petit Pont eine Taverne gefunden, wo man für ein paar Sous einen Teller Fleischreste bekam: Alles, was die Metzger der Hallen ausgesondert hatten – Fleisch, das grün an den fetten Teilen und schwarz an den mageren war –, wurde frühmorgens abgeholt, gesäubert, mit Salz und Pfeffer bestreut, in Essig eingeweicht, dann achtundvierzig Stunden in der guten Luft des Hinterhofes aufgehängt und abends den Gästen serviert. Ruhr garantiert, Preis erschwinglich.

Nach dem, was ich mir in Turin angewöhnt hatte, und den deftigen Gerichten in Palermo wäre ich in wenigen Wochen verhungert, wenn ich nicht schon sehr bald die ersten Honorare von denen bekommen hätte, die mir der Cavaliere Bianco genannt hatte. Und schon damit konnte ich mir das Noblot in der Rue de la Huchette erlauben. Man trat in einen großen Saal, der zu einem alten Innenhof führte, und das Brot musste man selber mitbringen. Neben dem Eingang war eine Kasse, die von der Wirtin und ihren drei Töchtern geführt wurde: Sie berechneten, was man für das Hauptgericht, das Roastbeef, den Käse und die Marmelade zu zahlen hatte oder verteilten eine gekochte Birne mit zwei Nüssen. Nach dem Bezahlen wurde reingelassen, wer mindestens einen halben Liter Wein bestellte: Handwerker, brotlose Künstler, Schreiber.

Hatte man die Kasse hinter sich, gelangte man in eine Küche, wo auf einem riesigen Herd das Hammelragout, das Kaninchen oder der Ochse, das Erbsenpüree oder die Linsen kochten. Bedienung war nicht vorgesehen, man musste sich Teller und Besteck selber holen und sich in die Schlange vor dem Koch einreihen. So rückten die Gäste einander anrempelnd langsam mit ihren Tellern vor, bis sie einen Platz an der riesigen *table d'hôte* fanden. Zwei Sous für die Suppe, vier Sous für das Rindfleisch, dazu die zehn Centimes für das mitgebrachte Brot, so speiste man für vierzig Centimes. Alles kam mir exzellent vor, und übrigens war mir aufgefallen, dass auch bessere Leute gern kamen, wohl aus Lust, sich mit dem einfachen Volk gemein zu machen.

Doch auch ehe ich ins Noblot gehen konnte, habe ich diese ersten Wochen in der Hölle nie bereut: Ich machte nützliche Bekanntschaften und lernte eine Welt kennen, in der ich später wie ein Fisch im

Wasser schwimmen sollte. Und während ich den Reden zuhörte, die in diesen Gassen geführt wurden, entdeckte ich andere Straßen in anderen Teilen von Paris, wie die alte Rue de Lappe, die ganz den Eisenwaren gewidmet war, sowohl denen für Handwerk und Haushalt als auch denen für weniger reputierliche Operationen, wie Dietriche oder Nachschlüssel, und sogar der Dolch mit einfahrbarer Klinge, den man im Jackenärmel verborgen halten kann, fehlte nicht.

Ich verbrachte so wenig Zeit wie möglich in meinem Zimmer und gönnte mir die einzige Freude, die dem Pariser mit leeren Taschen vorbehalten ist: das Flanieren auf den Boulevards. Bisher hatte ich mir nicht klargemacht, wieviel größer Paris als Turin ist. Ich war fasziniert vom Schauspiel der vielen Menschen aus allen Schichten, die an mir vorbeikamen, wenige eilig, um irgendetwas zu besorgen, die meisten gemächlich, um sich gegenseitig zu betrachten. Die gutbürgerlichen Pariserinnen kleideten sich mit viel Geschmack, und wenn nicht sie selbst, so erregten doch ihre Frisuren und Hüte meine Aufmerksamkeit. Leider flanierten auf diesen Boulevards auch die sozusagen schlechtbürgerlichen Pariserinnen, die viel einfallsreicher sind im Erfinden von Verkleidungen, um die Aufmerksamkeit unseres Geschlechts zu erregen.

Prostituierte auch sie, wenn auch nicht so vulgäre wie die, die ich später in den *brasseries à femmes* kennenlernen sollte, hatten sie es auf die ökonomisch bessergestellten Herren abgesehen, was man an der teuflischen Raffinesse sah, mit der sie ihre Opfer verführten. Später erzählte mir einer meiner Informanten, einst habe man auf den Boulevards nur die *grisettes* gesehen, junge, ein bisschen einfältige Frauen, nicht keusch, aber uneigennützig, die von ihrem Liebhaber keine teuren Kleider oder Juwelen verlangten, auch weil er meist ärmer war als sie. Dann seien sie verschwunden wie die Rasse der Möpse. Danach seien die *lorettes* oder *biches* oder *cocottes* aufgekommen, die nicht geistreicher und kultivierter waren als die *grisettes*, aber begierig auf Kaschmirschals und Rüschenkleider. Zu der Zeit, als ich nach Paris kam, seien die *lorettes* durch die *Kurtisanen* ersetzt worden: schwerreiche Liebhaber, Diamanten und Karossen. Nur selten flaniert eine Kurtisane noch auf den Boulevards. Diese *Kameliendamen* haben es zum

Ich war fasziniert vom Schauspiel der vielen Menschen aus allen Schichten, die an mir vorbeikamen… (S. 192)

moralischen Prinzip erhoben, dass man weder ein Herz noch Gefühle noch Dankbarkeit haben darf und gelernt haben muss, die Impotenten auszubeuten, die nur bezahlen, um sie in Opernlogen zur Schau zu stellen. Was für ein widerwärtiges Geschlecht.

Unterdessen nahm ich Kontakt zu Clément Fabre de Lagrange auf. Die Turiner hatten mir ein bestimmtes Büro in einem unscheinbaren Gebäude an einer Straße genannt, deren Namen zu nennen mir die in meinem Beruf erworbene Vorsicht sogar in einem Tagebuch, das niemand jemals zu lesen bekommt, verbietet. Ich glaube, Langrange hatte mit der politischen Abteilung der Direction Générale de la Sûreté Publique zu tun, aber ich habe nie begriffen, ob er in dieser Pyramide an der Spitze oder an der Basis war. Er schien niemand anderem berichten zu müssen, und selbst unter der Folter hätte ich nichts von dieser ganzen politischen Informationsmaschinerie verraten können. Tatsächlich wusste ich nicht einmal, ob Lagrange ein Büro in jenem Gebäude besaß: Ich hatte ihm dorthin geschrieben, dass ich einen Empfehlungsbrief von Cavaliere Bianco für ihn hätte, und zwei Tage später erhielt ich ein Billet, das mich auf den Platz vor Notre-Dame bestellte. Ich würde ihn an einer roten Nelke im Knopfloch erkennen. Auch später bestellte er mich immer an die unwahrscheinlichsten Orte, in ein Cabaret, eine Kirche, einen Park, nie zweimal an denselben Treffpunkt.

Lagrange brauchte damals ein bestimmtes Dokument, ich fabrizierte es ihm perfekt, er beurteilte mich sofort positiv, und seitdem arbeitete ich für ihn als *indicateur*, wie es informell in jenen Kreisen heißt. Dafür erhielt ich jeden Monat 300 Francs plus 130 für Spesen (mit Zulagen in besonderen Fällen, die Herstellung von Dokumenten war extra). Das Kaiserreich gab viel für seine Informanten aus, sicher mehr als das Königreich Piemont-Sardinien, ich hatte gehört, dass bei einem Gesamtetat der Polizei von sieben Millionen Francs jährlich allein zwei Millionen auf die politische Information entfielen. Andere Stimmen behaupteten, dass der Gesamtetat bei vierzehn Millionen lag, von denen jedoch auch die organisierten Ovationen bei der Vorbeifahrt des Kaisers, die korsischen Brigaden zur Überwachung der

Mazzinianer, die Agents provocateurs und die echten Spione bezahlt werden mussten.

Bei Lagrange verdiente ich mindestens 5000 Francs im Jahr, aber durch ihn war ich auch in eine private Klientel eingeführt worden, und so konnte ich relativ bald mein jetziges Studio (beziehungsweise den Trödlerladen als Deckung) eröffnen. Durch die Herstellung falscher Testamente und den Handel mit geweihten Hostien brachte mir die Arbeit im Studio bei vier Testamenten und zehn Hostien im Monat weitere 5000 Francs ein, und mit 10 000 Francs pro Jahr war ich das, was man in Paris einen gutsituierten Bürger nennt. Natürlich waren das nie sichere Einkünfte, und mein Traum war, nicht 10 000 Francs Einkommen, sondern 10 000 Francs Rendite zu erzielen, und bei den drei Prozent der Staatsanleihen (der sichersten) hätte ich dazu ein Kapital von gut 300 000 Francs akkumulieren müssen. Eine Summe, die damals vielleicht in Reichweite einer Kurtisane lag, nicht aber in der eines noch weithin unbekannten Notars.

Auf einen Glücksfall wartend, konnte ich mich nun jedoch von einem Zuschauer in einen Akteur der Pariser Vergnügungen verwandeln. Ich hatte mich nie für das Theater interessiert, für jene grauenhaften Tragödien, in denen Alexandriner deklamiert werden, und die Salons der Museen machen mich trübsinnig. Aber es gab etwas Besseres, das mir Paris zu bieten hatte: die Restaurants.

Das erste, das ich mir erlauben wollte, auch wenn es sündhaft teuer war, hatte ich schon in Turin rühmen hören. Es war das Grand Véfour unter den Bögen des Palais Royal, das auch Victor Hugo frequentiert haben soll, um seine Hammelbrust mit weißen Bohnen zu genießen. Das andere, das mich sofort verführt hatte, war das Café Anglais an der Ecke Rue Gramont und Boulevard des Italiens. Ein Restaurant, das einst für Kutscher und Dienstboten da war und jetzt an seinen Tischen *tous Paris* bewirtete. Dort entdeckte ich die *pommes Anna,* die *écrevisses bordelaises,* die *mousses de volaille,* die *mauviettes en cérises,* die *petites timbales à la Pompadour,* den *cimier de chevreuil,* die *fonds d'artichauts à la jardinière* und die Champagner-Sorbets. Schon beim bloßen Aufzählen dieser Namen spüre ich, dass das Leben wert ist, gelebt zu werden.

Außer den Restaurants faszinierten mich auch die Passagen. Ich bewunderte die Passage Jouffroy, vielleicht weil sie drei der besten Restaurants von Paris beherbergt, das Dîner de Paris, das Dîner du Rocher und das Dîner Jouffroy. Noch heute, besonders samstags, scheint ganz Paris sich in diesem kristallenen Tunnelgewölbe zu versammeln, wo gelangweilte bessere Herren und für meinen Geschmack zu stark parfümierte Damen einander auf die Füße treten.

Vielleicht am meisten betörte mich die Passage des Panoramas. Dort sieht man eine eher volkstümliche Fauna, Kleinbürger und Provinzler, die vor Schaufenstern von Antiquitätenläden mit großen Augen Gegenstände bestaunen, die sie sich niemals leisten könnten, aber es kommen auch junge Arbeiterinnen auf dem Heimweg von der Fabrik vorbei. Wer scharf auf das Schielen nach Röcken ist, hält sich besser an die gutgekleideten Frauen in der Passage Jouffroy, aber um diese Arbeiterinnen zu sehen, flanieren hier sogenannte *suiveurs* auf und ab, Herren mittleren Alters, die die Richtung ihrer Blicke mit grüngetönten Brillen maskieren. Man kann bezweifeln, dass all diese Arbeiterinnen wirklich Arbeiterinnen sind, ihre einfache Kleidung mit Häubchen und Schürze beweist noch gar nichts. Man müsste ihre Fingerspitzen genauer betrachten, und wenn sie keine Stiche, Kratzer oder kleinen Verbrennungen aufweisen, würde das heißen, dass diese Mädchen ein bequemeres Leben führen, vielleicht gerade dank der *suiveurs*, die sie so betören.

Ich schiele in dieser Passage nicht nach den Arbeiterinnen, sondern nach den *suiveurs* (wer war es noch gleich, der gesagt hatte, der wahre Philosoph schaut im *café chantant* nicht auf die Bühne, sondern ins Parkett?). Diese Typen könnten eines Tages meine Klienten werden, oder meine Instrumente. Manchen von ihnen folge ich, wenn sie nach Hause gehen, wo sie vielleicht eine dick gewordene Gattin und ein halbes Dutzend Bälger umarmen. Ich notiere mir die Adresse. Man weiß ja nie. Ich könnte sie mit einem anonymen Brief ruinieren. Eines Tages, meine ich, wenn es nötig werden sollte.

Von den Aufträgen, die mir Lagrange zu Anfang gegeben hat, fällt mir fast keiner mehr ein. Mir kommt nur ein Name in den Sinn: Abbé

Boullan, aber das muss später gewesen sein, kurz vor oder nach dem Krieg (sieh an, es gelingt mir also, mich zu erinnern, dass es einen Krieg gegeben hat, mit einem Paris, in dem es drunter und drüber ging...).

Der Absinth ist dabei, sein Werk zu vollenden, wenn ich jetzt eine Kerze ausbliese, würde es eine große Stichflamme geben.

*Ich schiele in dieser Passage nicht nach den Arbeiterinnen,
sondern nach den suiveurs… (S. 196)*

10.

Dalla Piccola ist perplex

3. April 1897

Lieber Hauptmann Simonini,
heute morgen bin ich mit schwerem Kopf und einem sonderbaren Geschmack im Munde erwacht. Gott vergebe mir, es war der Geschmack von Absinth! Ich versichere Ihnen, ich hatte Ihre Aufzeichnungen der letzten Nacht noch nicht gelesen. Wie konnte ich wissen, was Sie getrunken haben, wenn ich es nicht selbst getrunken hätte? Und wie könnte ein Geistlicher den Geschmack eines ihm verbotenen und mithin unbekannten Getränkes erkennen? Oder nein, mein Kopf ist verwirrt, ich schreibe über den Geschmack, den ich beim Erwachen im Munde verspürte, aber das tue ich, nachdem ich Ihre Aufzeichnungen gelesen habe, und die haben mich beeinflusst. Und wahrlich, wenn ich noch nie im Leben Absinth getrunken habe, wie kann ich dann wissen, dass es der Geschmack von Absinth ist, den ich im Munde verspürte? Es ist der Geschmack von etwas anderem, und Ihr Tagebuch hat mich dazu gebracht, es für Absinth zu halten.

O lieber Herr Jesus, Tatsache ist, dass ich in meinem Bett aufgewacht bin und alles normal zu sein schien, als hätte ich den ganzen letzten Monat nichts anderes getan. Nur dass ich wusste, dass ich in Ihre Wohnung hinübergehen musste. Dort, das heißt hier, habe ich Ihre Tagebuchaufzeichnungen gelesen, die ich noch nicht kannte. Und als ich darin auf den Namen Boullan stieß, hat er mich dunkel an etwas erinnert, aber es blieb undeutlich und verschwommen.

Ich habe mir den Namen laut wiederholt, ihn mehrere Male ausgesprochen, er hat mich schaudern lassen, die ganze Wirbelsäule hinunter, als ob Ihre beiden Doktoren Bourru und Burot eine magnetische Metallschiene irgendwo an meinen Körper angelegt hätten, oder als ob ein Doktor Charcot mir einen Finger vor den Augen hin- und herbewegt hätte oder, was weiß ich, einen Schlüssel, eine geöffnete Hand, um mich in einen luziden Somnabulismus zu versetzen.

Ich sah etwas wie das Bild eines Priesters, der einer von Dämonen besessenen Frau in den Mund spuckte.

11.

Joly

Aus den Aufzeichnungen vom 3. April 1897,
spätabends

Der Tagebucheintrag von Dalla Piccola endet abrupt. Vielleicht hatte
er ein Geräusch gehört, eine Tür, die unten aufging, und hat sich davongemacht. Offen gestanden ist auch der ERZÄHLER perplex. Denn
es scheint fast, als erwache der Abbé Dalla Piccola immer nur dann,
wenn Simonini eine Stimme des Gewissens benötigt, die seine Zer-
streutheit anklagt und ihn auf den Boden der Tatsachen zurückholt,
um sonst jedoch eher selbstvergessen zu schweigen. Ja, offen gesagt,
wenn auf diesen Seiten nicht unbezweifelbar wahre Dinge berichtet
würden, könnte man meinen, dass es die Kunst des ERZÄHLERS sei,
die diesen Wechsel von gedächtnisschwacher Euphorie und erinne-
rungsreicher Dysphorie so arrangiert.

Im Frühjahr 1865 bestellte Lagrange Simonini eines Morgens zu einer
Bank im Jardin du Luxembourg und zeigte ihm ein zerknittertes Buch
mit vergilbtem Umschlag, das laut Impressum im Oktober 1864 in
Brüssel erschienen war und ohne Angabe des Autors den Titel trug:
*Dialogue aux enfers entre Machiavel et Montesquieu ou la politique
de Machiavel au XIXe siècle, par un contemporain.*
»Voilà«, sagte er, »das Buch eines gewissen Maurice Joly, der sich
hier bloß »ein Zeitgenosse« nennt. Inzwischen wissen wir, wer das ist,
aber es hat uns einige Mühe gekostet, ihn zu finden, während er Exemplare dieses im Ausland gedruckten Buches nach Frankreich ein-

führte und heimlich unter die Leute brachte. Beziehungsweise, es war mühsam, aber nicht schwierig, denn viele derer, die politisches Material einschmuggeln, sind unsere Agenten. Sie müssen wissen, die einzige Art, eine subversive Sekte zu kontrollieren, ist, ihre Führung zu übernehmen oder zumindest ihre wichtigsten Anführer auf unseren Gehaltslisten zu haben. Denn die Pläne der Feinde entdeckt man nicht durch göttliche Eingebung. Jemand hat mal gesagt, vielleicht ein bisschen übertreibend, von zehn Mitgliedern einer Geheimorganisation seien drei unsere *mouchards*, verzeihen Sie den Ausdruck, aber vulgo nennt man sie so, sechs seien vertrauensselige Dummköpfe und einer sei gefährlich. Aber schweifen wir nicht ab. Dieser Joly sitzt jetzt im Gefängnis, in Sainte-Pélagie, und wir werden dafür sorgen, dass er möglichst lange dort bleibt. Aber wir wüssten gern, wo er seine Informationen her hat.«

»Worum geht es denn in dem Buch?«

»Ich gestehe Ihnen, ich habe es nicht gelesen, es sind über fünfhundert Seiten – ein Missgriff des Autors, denn ein diffamierendes Pamphlet muss sich in einer halben Stunde lesen lassen. Einer unserer Agenten, der auf diese Dinge spezialisiert ist, ein gewisser Lacroix, hat uns eine Zusammenfassung geliefert. Aber ich schenke Ihnen dieses einzige noch vorhandene Exemplar. Sie werden sehen, auf diesen Seiten wird angenommen, dass Machiavelli und Montesquieu einen Dialog in der Hölle führen, Machiavelli ist der Theoretiker einer zynischen Sicht der Macht und vertritt die Legitimität einer Reihe von Aktionen zur Abschaffung der Presse- und Redefreiheit, der gesetzgebenden Versammlung und all jener Dinge, die immer von den Republikanern gefordert werden. Und das macht er so detailliert, so erkennbar auf unsere heutigen Tage bezogen, dass auch der einfältigste Leser merkt, dass dieses Buch unseren Kaiser diffamieren soll, indem es ihm die Absicht unterstellt, das Parlament zu neutralisieren, das Volk aufzufordern, die Macht des Präsidenten um zehn Jahre zu verlängern, die Republik in ein Kaiserreich zu verwandeln…«

»Verzeihen Sie, Monsieur de Lagrange, wir reden hier ja vertraulich und Sie kennen meine Ergebenheit gegenüber der Regierung, aber nach dem, was Sie da sagen, kann ich nicht umhin festzustellen, dass dieser Joly auf Dinge anspielt, die der Kaiser tatsächlich getan hat, und ich sehe nicht, wieso man sich dann noch fragen muss, woher Joly seine Informationen hat…«

»Aber in dem Buch wird nicht nur ironisch über das gesprochen, was die Regierung schon getan hat, sondern es enthält auch Andeutungen über das, was sie noch vorhaben könnte, als ob Joly gewisse Dinge nicht von außen sähe, sondern von innen. Sehen Sie, in jedem Ministerium, in jedem Regierungsgebäude gibt es immer ein *sousmarin* oder einen Maulwurf, der Nachrichten nach draußen gelangen lässt. Für gewöhnlich lässt man ihn leben, um durch ihn falsche Informationen zu verbreiten, an deren Verbreitung das Ministerium ein Interesse hat, aber manchmal wird er gefährlich. Wir müssen herausfinden, wer Joly informiert oder gar instruiert hat.«

Simonini dachte im stillen, dass alle despotischen Regimes derselben Logik folgen, so dass man bloß den echten Machiavelli zu lesen bräuchte, um zu begreifen, was Louis Napoleon tun würde. Aber dieser Gedanke führte ihn dazu, sich etwas bewusst zu machen, was er schon während Lagranges Zusammenfassung des Buches undeutlich gespürt hatte: Dieser Joly ließ seinen Machiavelli-Napoleon fast dieselben Worte sagen, die er, Simonini, in seinem Dokument für den piemontesischen Geheimdienst den Jesuiten in den Mund gelegt hatte. Damit war klar, dass Joly aus derselben Quelle geschöpft haben musste wie Simonini, nämlich aus dem Brief von Pater Rodin an Pater Roothaan in Eugène Sues *Geheimnissen von Paris*.

»Darum werden wir Sie«, fuhr Lagrange fort, »als einen mazzinianischen Emigranten, der verdächtigt wird, Beziehungen mit französischen Republikanern zu unterhalten, in Sainte-Pélagie einliefern. Einer der Häftlinge dort ist ein Italiener namens Gaviali, der mit dem Attentat von Orsini zu tun gehabt hat. Natürlich werden Sie versuchen, ihn zu kontaktieren, Sie als Garibaldiner, Carbonaro und wer weiß was noch alles. Durch Gaviali werden Sie Joly kennenlernen. Politische Häftlinge, die zwischen Ganoven und Strolchen aller Art isoliert sind, verstehen sich untereinander. Bringen Sie ihn zum reden, die Leute im Gefängnis langweilen sich so, und er wird sich Ihnen anvertrauen.«

»Und wie lange werde ich in diesem Gefängnis sein?« fragte Simonini, besorgt wegen der Verpflegung.

»Das wird von Ihnen abhängen. Je eher Sie etwas erfahren haben, desto eher sind Sie wieder draußen. Man wird Ihnen mitteilen, dass der Untersuchungsrichter Sie dank der Geschicklichkeit Ihres Verteidigers von allen Anklagen freigesprochen hat.«

Die Gefängniserfahrung hatte Simonini bisher noch gefehlt. Sie war nicht angenehm, wegen der Ausdünstungen von Schweiß und Urin und der gänzlich ungenießbaren Suppen. Gott sei Dank war er in der Lage, wie andere wirtschaftlich gutsituierte Häftlinge, sich jeden Tag einen Korb mit essbaren Lebensmitteln bringen zu lassen.

Vom Hof des Gefängnisses trat man in einen großen Raum mit einem Ofen in der Mitte und Bänken ringsum an den Wänden. Hier aßen gewöhnlich diejenigen, die ihr Essen von draußen geschickt bekamen. Manche beugten sich dabei über ihren Korb und hielten die Hände darüber, um den Inhalt vor den Blicken der anderen zu verbergen, andere zeigten sich großzügig, sowohl gegenüber Freunden wie auch gegenüber zufälligen Nachbarn. Simonini hatte bald herausgefunden, dass die großzügigsten einerseits die Gewohnheitsverbrecher waren, die ihr Metier zur Solidarität mit ihresgleichen erzogen hatte, und andererseits die politischen Häftlinge.

In seinen Turiner Jahren, seiner Zeit in Sizilien und den ersten Jahren in den schmutzigsten Gassen von Paris hatte Simonini genügend Erfahrung gewonnen, um den geborenen Verbrecher zu erkennen. Er teilte nicht die Ideen, die damals umzugehen begannen, nach denen die Kriminellen alle rachitisch oder bucklig sein mussten, mit einer Hasenscharte oder mit Skrofulose geschlagen oder, wie der berühmte Vidocq gesagt hatte, der sich mit Kriminellen auskannte (auch weil er selber einer gewesen war), dass sie alle krummbeinig seien; aber sicher wiesen sie viele Merkmale auf, die typisch für farbige Rassen waren, wie geringe Körperbehaarung, geringer Schädelumfang, fliehende Stirn, wulstige Augenbrauen, enorme Entwicklung der Unterkiefer und Wangenknochen, Prognathie, schräge Augen, dunklere Hautfarbe, dichtes Kraushaar, große Ohren, unregelmäßige

Zähne, dazu dumpfe Affekte, übertriebene Leidenschaft für die venerischen Freuden und den Wein, geringe Schmerzempfindlichkeit, Mangel an Moralgefühl, Faulheit, Impulsivität, Unvorsichtigkeit, große Eitelkeit, Spielleidenschaft und Aberglaube.

Ganz zu schweigen von Typen wie dem, der sich ihm jeden Tag an die Fersen heftete, um einen Happen aus seinem Korb zu erbetteln: das Gesicht kreuz und quer von tiefen fahlgrauen Narben zerfurcht, die Lippen aufgedunsen von der Korrosionswirkung des Vitriols, die Nasenknorpel abgeschnitten, die Nasenlöcher ersetzt durch zwei unförmige Höhlen, die Arme lang und dünn, die Hände kurz, dick und behaart bis über die Finger... Allerdings musste Simonini dann seine Vorstellungen von den Stigmata des Verbrechers revidieren, denn dieser, der sich Orest nannte, erwies sich als ein überaus sanftmütiger Mensch, und seit Simonini ihm schließlich etwas aus seinem Korb abgegeben hatte, blieb er ihm mit einer fast hündischen Treue ergeben.

Seine Geschichte war nicht kompliziert: Er hatte bloß ein Mädchen erwürgt, dem seine Liebesangebote nicht gefielen, und wartete nun auf sein Urteil. »Ich weiß nicht, warum sie so böse war«, sagte er, »im Grunde hatte ich sie doch gebeten, mich zu heiraten. Da hat sie gelacht. Als wenn ich ein Monster wäre. Es tut mir so leid, dass sie nicht mehr da ist, aber was hätte ein Mann mit Selbstachtung in so einer Lage tun sollen? Und außerdem, wenn sie mich nicht unter die Guillotine schicken, das Zuchthaus ist gar nicht so schlimm. Man soll dort sehr gut zu essen kriegen.«

Eines Tages zeigte er auf einen Mann und sagte: »Der da, das ist wirklich ein Böser. Er hat versucht, den Kaiser umzubringen.«

So hatte Simonini den Italiener Gaviali gefunden und mit ihm ein Gespräch angefangen.

»Ihr habt Sizilien erobern können, weil wir uns geopfert haben«, sagte Gaviali zunächst. Dann erklärte er: »Nicht ich. Mir haben sie nichts nachweisen können, außer dass ich Beziehungen zu Orsini gehabt hatte. So sind Orsini und Pieri unter die Guillotine gekommen und Di Rudio ist auf der Teufelsinsel gelandet, aber ich, wenn alles gut geht, ich komme hier bald raus.«

So hatte Simonini den Italiener Gaviali gefunden… (S. 205)

Alle kannten die Geschichte von Felice Orsini. Er war ein italienischer Patriot gewesen, der sich in London sechs Bomben mit Knallquecksilber hatte anfertigen lassen. Am Abend des 14. Januar 1858, als Napoleon III. mit Kaiserin Eugénie ins Theater fuhr, hatten Orsini und zwei seiner Genossen drei Bomben auf die Karosse des Kaisers geworfen, aber mit spärlichen Ergebnissen: Sie hatten zwar hundertsiebenundfünzig Personen verletzt, von denen acht später starben, aber das Kaiserpaar war unversehrt geblieben.

Bevor er aufs Schafott musste, hatte Orsini dem Kaiser einen herzzerreißenden Brief geschrieben, in dem er ihn aufforderte, seine schützende Hand über Italien zu halten, um dessen Einigung zu ermöglichen, und viele sagten, dieser Brief habe einen gewissen Einfluss auf die weiteren Entscheidungen Napoleons III. gehabt.

»Zuerst hatte *ich* diese Bomben basteln sollen, «sagte Gaviali, »zusammen mit einer Gruppe von Freunden, die in aller Bescheidenheit gesagt echte Magier im Bombenbauen sind. Dann hatte Orsini uns nicht mehr vertraut. Man weiß ja, die Ausländer sind immer besser als wir, und so hatte er sich auf diesen Engländer versteift, der sich seinerseits auf das Knallquecksilber versteifte. In London konnte man das Zeug in der Apotheke kaufen, man brauchte es zur Herstellung der Daguerreotypien, und hier in Frankreich wurde das Einwickelpapier der ›chinesischen Karamellen‹ damit imprägniert, so dass es, wenn man sie auspackte, eine schöne Explosion gab – bumm, und alle lachten. Das Problem ist nur, dass eine Bombe mit selbstentzündendem Sprengstoff wenig nützt, wenn sie nicht im Kontakt mit dem Ziel explodiert. Eine Bombe mit Schwarzpulver hätte große Metallsplitter rings um sich her verstreut, die alles im Umkreis von zehn Metern treffen, während eine Bombe mit Knallquecksilber sofort in kleine Fragmente zerfällt und dich nur tötet, wenn du genau dort bist, wo sie hinfällt. Na, und dann nimmt man doch lieber gleich eine Pistole, die trifft, was sie trifft.«

»Man könnte es ja noch mal versuchen«, meinte Simonini. Dann fügte er hinzu: »Ich kenne Leute, die an den Diensten einer Gruppe guter Feuerwerker sehr interessiert wären.«

Der ERZÄHLER weiß nicht, warum Simonini diesen Köder ausgeworfen hatte. Dachte er schon an etwas Bestimmtes, oder machte er das aus Berufung, aus Gewohnheit, zur Vorsorge, für alle Fälle? Jedenfalls biss Gaviali sofort an. »Reden wir darüber«, sagte er, »du sagst, du würdest hier bald rauskommen, und das könnte auch bei mir der Fall sein. Komm mich bei Père Laurette in der Rue de la Huchette besuchen. Dort treffen wir uns fast jeden Abend mit den üblichen Freunden, es ist ein Ort, zu dem die Gendarmen es aufgegeben haben zu kommen, erstens, weil sie sonst immer alle Anwesenden einsperren müssten, was viel Arbeit wäre, und zweitens, weil es ein Ort ist, bei dem ein Gendarm, wenn er reinkommt, nie sicher sein kann, ob er auch wieder rauskommt.«

»Feines Lokal«, sagte Simonini lachend. »da komme ich hin. Aber sag mal, ich habe gehört, dass hier auch ein gewisser Joly sein soll, der böse Sachen über den Kaiser geschrieben hat.«

»Der ist ein Idealist«, antwortete Gaviali, »Worte töten nicht. Aber er soll ein anständiger Kerl sein. Ich stelle ihn dir vor.«

Joly trug noch saubere Kleider, und offensichtlich fand er auch eine Gelegenheit, sich zu rasieren. Gewöhnlich verkroch er sich in dem Saal mit dem Ofen einsam in eine Ecke und verließ ihn, sobald die Privilegierten mit ihren Essenskörben erschienen, um nicht am Glück anderer leiden zu müssen. Er war ungefähr in Simoninis Alter, hatte die entzündeten Augen eines Visionärs, wenn auch mit einem Schleier von Traurigkeit, und gab sich als Mann voller Widersprüche.

»Setzen Sie sich zu mir«, lud Simonini ihn ein, »und nehmen Sie etwas von diesem Korb, für mich allein ist das zuviel. Ich habe gleich gesehen, dass Sie nicht zu diesem Gesindel gehören.«

Joly bedankte sich schweigend mit einem Lächeln, nahm gern etwas Fleisch und ein Stück Brot, blieb aber bei allgemeinen Floskeln. Simonini fuhr fort: »Zum Glück hat mich meine Schwester nicht vergessen. Sie ist nicht reich, aber sie versorgt mich gut.«

»Sie Glücklicher«, sagte Joly, »ich habe niemanden…«

Damit war das Eis gebrochen. Sie sprachen über das garibaldinische Heldenepos, das die Franzosen mit großer Anteilnahme verfolgt hatten. Simonini deutete an, dass er Ärger mit der Regierung gehabt habe, nicht nur mit der französischen, sondern auch vorher schon mit der piemontesischen, und dass er nun auf einen Prozess wegen Konspiration gegen den Staat warte. Joly erwiderte, er sei nicht einmal wegen Konspiration im Gefängnis, sondern einfach bloß wegen seiner Freude am Klatsch.

»Sich für ein notwendiges Element in der Ordnung des Universums zu halten ist für uns Freunde der guten Literatur dasselbe wie der Aberglaube für die Illiteraten. Man ändert die Welt nicht mit Ideen. Leute mit wenig Ideen sind weniger anfällig für den Irrtum, sie machen, was alle tun, und stören niemanden, und sie reüssieren, werden reich, erlangen gute Positionen, als Abgeordnete, Ordensträger, angesehene Schriftsteller, Akademiker, Journalisten. Kann man dumm sein, wenn man sich so erfolgreich um seine eigenen Angelegenheiten kümmert? Der Dumme bin ich, der ich gegen Windmühlenflügel kämpfen wollte.«

Als Joly beim dritten Gang immer noch nicht zur Sache gekommen war, rückte Simonini ein Stück näher an ihn heran und fragte, welches gefährliche Buch er denn bitte geschrieben habe. Und da verbreitete sich Joly über seinen *Dialog in der Hölle*, und je länger er darüber sprach, desto mehr empörte er sich über die Schandtaten, die er darin angeprangert hatte, und kommentierte und analysierte sie noch ausführlicher als in seinem Buch.

»Verstehen Sie? Da schafft es einer, durch allgemeine Wahlen ein despotisches Regime zu errichten! Der Elende hat einen autoritären Staatsstreich vollbracht, indem er sich auf das blöde Volk berief! Er zeigt uns, wie die Demokratie der Zukunft aussehen wird.«

Stimmt, dachte Simonini im stillen, dieser Bonaparte ist der Richtige für unsere Zeit, er hat begriffen, wie man ein Volk im Zaum halten kann, das sich vor siebzig Jahren an der Idee berauschte, einem König den Kopf abschlagen zu können. Lagrange mag ruhig glauben, dass Joly irgendwelche Einflüsterer gehabt hatte, aber es ist klar, dass er bloß die Fakten analysiert hat, die vor aller Augen liegen, so dass er die nächsten Schritte des Diktators voraussehen konnte. Mich würde eher interessieren, wer oder was tatsächlich sein Vorbild war.

So machte Simonini eine verschleierte Anspielung auf Eugène Sue und den Brief von Pater Rodin, und sofort begann Joly zu lächeln, ja fast zu erröten, und sagte, seine Idee, die schändlichen Pläne Napoleons zu schildern, sei ihm bei der Lektüre von Sue gekommen, nur sei es ihm dann sinnvoll erschienen, die jesuitische Inspiration auf den klassischen Machiavellismus zurückzuführen.

»Als ich diese Seiten von Sue las, schien mir, ich hätte den Schlüssel gefunden, um ein Buch zu schreiben, das dieses Land erschüttern würde. Was für eine Narretei! Bücher werden konfisziert, verbrannt, und für den Autor bleibt alles beim alten, als hätte er nichts getan – ich dachte damals nicht daran, dass Sue für weniger deutliche Worte ins Exil gehen musste.«

Simonini fühlte sich, als wäre ihm etwas genommen worden, das ihm gehörte. Zwar hatte auch er seine Rede von Sue abgeschrieben, aber das wusste ja niemand, und er behielt sich vor, sein Allgemeines Komplottmodell noch für andere Zwecke zu gebrauchen. Und jetzt nahm Joly es ihm weg und machte es sozusagen gemeinfrei, so dass es allen zugänglich war.

Dann aber beruhigte er sich wieder. Jolys Buch war beschlagnahmt worden, und er besaß eines der letzten noch vorhandenen Exemplare, Joly würde für ein paar Jahre ins Gefängnis müssen, und selbst wenn Simonini seinen Text von A bis Z abgeschrieben und das Komplott, nur zum Beispiel, dem Grafen Cavour oder der preußischen Regierung zugeschrieben hätte, würde es niemand bemerken, nicht einmal Lagrange, dem das neue Dokument höchstens ein bisschen glaubwürdiger erschiene. Die Geheimdienste aller Länder glauben nur das, was sie schon einmal irgendwo gehört haben, und weisen jede wirklich unerhörte Nachricht als unglaubwürdig zurück. Also Ruhe bewahren, sagte sich Simonini, er befand sich in der bequemen Lage, zu wissen, was Joly gesagt hatte, ohne dass sonst irgendjemand es wusste. Abgesehen von diesem Lacroix, den Lagrange genannt hatte, dem einzigen, der den Mut gehabt hatte, den ganzen *Dialog in der Hölle zwischen Machiavelli und Montesqieu* zu lesen. Es genügte also, Lacroix auszuschalten, und der Fall wäre erledigt.

Unterdessen war der Moment gekommen, da Simonini das Gefängnis verlassen konnte. Er verabschiedete sich mit brüderlicher Herzlichkeit von Joly, der sehr gerührt war und seinen Abschiedsworten hinzufügte: »Vielleicht können Sie mir einen Dienst erweisen. Ich habe einen Freund, einen gewissen Guédon, der vielleicht nicht weiß, wo ich bin, mir aber hin und wieder einen Korb mit etwas Essbarem schicken könnte. Von diesen scheußlichen Suppen hier kriegt man ja Sodbrennen und Ruhr.«

Er sagte Simonini, dass er diesen Guédon in einer Buchhandlung an der Rue de Beaune treffen könne, bei Mademoiselle Beuque, wo sich die Fourieristen trafen. Soweit Simonini wusste, waren die Fourieristen eine Art Sozialisten, die eine allgemeine Reform des Menschengeschlechts anstrebten, aber nicht von Revolution sprachen und darum sowohl von den Kommunisten als auch von den Konservativen verachtet wurden. Aber wie es schien, war diese Buchhandlung der Mademoiselle Beuque zu einer Art Freihafen für alle Republikaner geworden, die in Opposition zum Kaiserreich standen und sich dort unbehelligt trafen, weil die Polizei nicht glaubte, dass Fourieristen auch nur einer Fliege etwas zuleide tun könnten.

Kaum aus dem Gefängnis entlassen, beeilte sich Simonini, Lagrange Bericht zu erstatten. Ihm lag nichts daran, Joly anzuschwärzen, im Grunde tat ihm dieser Don Quijote fast leid, und so sagte er:

»Monsieur de Lagrange, unser Mann ist bloß ein naiver Literat, der sich wichtig machen wollte, was ihm dann schlecht bekommen ist. Ich habe den Eindruck gewonnen, dass er gar nicht daran gedacht hätte, sein Buch zu schreiben, wenn er nicht von jemandem aus Ihren Kreisen dazu angestiftet worden wäre. Und es tut mir leid, das sagen zu müssen, aber seine Quelle ist genau jener Lacroix, der Ihnen zufolge das Buch gelesen hat, um es für Sie zusammenzufassen – er hat es dann wohl gelesen, noch ehe es geschrieben wurde. Möglich, dass er sich auch selbst darum gekümmert hat, es in Brüssel drucken zu lassen. Fragen Sie mich nicht, warum.«

»Im Auftrag eines ausländischen Geheimdienstes, vielleicht des preußischen, um in Frankreich Unruhe zu stiften. Das wundert mich nicht.«

»Ein preußischer Agent in einem Büro wie dem Ihren? Das kann ich gar nicht glauben.«

»Stieber, der Chef der preußischen Spionage, hat neun Millionen Taler bekommen, um ganz Frankreich mit Spionen zu überziehen. Es geht das Gerücht, er hätte fünftausend preußische Bauern und neuntausend Dienstmädchen nach Frankreich geschickt, um Agenten in den Cafés, Restaurants, Hotels und in den großbürgerlichen Familien zu haben. Falsch. Die Spione sind zum geringsten Teil Preußen, nicht einmal Elsässer, die man ja wenigstens noch am Akzent erkennen würde, sondern meist gute Franzosen, die es für Geld machen.«

»Und es gelingt Ihnen nicht, diese Verräter zu finden und zu verhaften?«

»Das wäre nicht ratsam, denn dann würden die Preußen unsere verhaften. Spione neutralisiert man nicht, indem man sie aus dem Weg räumt, sondern indem man ihnen falsche Informationen zuspielt. Und dazu dienen diejenigen, die ein doppeltes Spiel treiben, die sogenannten Doppelspione. Dass allerdings dieser Lacroix so einer sein soll, ist mir neu. Herrgott, in was für einer Welt leben wir, kann man sich denn auf niemanden mehr verlassen?! Wir müssen ihn sofort loswerden!«

»Aber wenn Sie ihn vor Gericht stellen, wird weder er noch Joly irgendetwas zugeben.«

»Jemand, der einmal für uns gearbeitet hat, darf niemals vor einem Gericht auftreten, und dies – entschuldigen Sie, wenn ich hier ein allgemeines Prinzip ausspreche – würde und wird auch für Sie gelten. Lacroix wird einen Unfall haben. Seine Witwe wird eine angemessene Pension erhalten.«

Von Guédon und der Buchhandlung in der Rue de Beaune hatte Simonini nichts gesagt. Er wollte erst einmal sehen, was sich aus einem Besuch dort ergeben würde. Außerdem hatten ihn die wenigen Tage in Sainte-Pélagie etwas erschöpft.

Daher begab er sich auf schnellstem Wege zu Laperouse am Quai des Grands-Augustins, aber nicht ins Parterre, wo Austern und *entrecôtes* wie in alten Zeiten serviert wurden, sondern in eines jener *cabinets particuliers* im Oberstock, wo man *barbue sauce hollandaise, casserole de riz à la Toulouse, aspics de filets de laperaux en chaud-froid, truffes au champagne, pudding d'abricots à la Vénitienne, corbeille de fruits frais* und *compotes de pêches et d'ananas* bestellte.

Und zum Teufel mit den Sträflingen, ob Idealisten oder Mörder, und ihren elenden Suppen! Gefängnisse sind auch dazu da, dass anständige Leute ohne Risiko ins Restaurant gehen können.

Ab hier werden Simoninis Erinnerungen, wie in ähnlichen Fällen, verworren, und sein Tagebuch enthält zusammenhanglose Satzfetzen. Der ERZÄHLER kann sich nur an die Interventionen des Abbé Dalla Piccola halten. Das Paar arbeitet inzwischen mit voller Kraft und wie geschmiert...

Knapp zusammengefasst: Simonini überlegte sich, dass er, um in den Augen des kaiserlichen Geheimdienstes gut dazustehen, Lagrange etwas mehr geben musste. Was macht einen Informanten der Polizei wirklich glaubwürdig? Die Aufdeckung eines Komplotts. Also musste er ein Komplott organisieren, um es dann aufdecken zu können.

Die Idee dazu gab ihm Gaviali. Er hatte sich in Sainte-Pélagie nach dem Tag seiner Entlassung erkundigt und sich erinnert, wo er dann zu finden sein würde: in der Rue de la Huchette, in der Pinte von Père Laurette.

Am hinteren Ende der Straße trat man in ein Haus, dessen Eingang kaum mehr als ein schmaler Spalt war (allerdings nicht viel schmaler als die Rue du Chat-qui-Pêche, die von derselben Rue de la Huchette abgeht), so dass man sich regelrecht hineinzwängen musste. Nach einer steilen Treppe ging es durch Korridore mit schimmligen Wänden und Türen, die so niedrig waren, dass man kaum hindurchkam. Im zweiten Stock öffnete sich eine etwas bequemere Tür, durch die man in ein weiträumiges Lokal gelangte, das vielleicht die Fläche von drei oder mehr früheren Wohnungen einnahm, und dies war der Salon oder Saal, die Pinte oder Kaschemme von Père Laurette, den allerdings niemand kannte und der vielleicht schon vor Jahren verstorben war.

Überall Tische, an denen pfeiferauchende Kartenspieler saßen, dazwischen Mädchen mit zu früh faltig gewordenen Gesichtern und blassem Teint, die aussahen wie Puppen für arme Kinder und nichts anderes taten, als Ausschau nach Gästen mit einem noch nicht ganz leeren Glas zu halten, die sie um einen Schluck anbetteln konnten.

An dem Abend, als Simonini dieses Lokal betrat, herrschte dort große Aufregung: Jemand im Viertel hatte jemand anderen mit einem Messer niedergestochen, und es war, als hätte der Blutgeruch alle nervös gemacht. Ein plötzlich Wildgewordener hatte eines der Mädchen mit einem Schustermesser verletzt, hatte die Wirtin, als sie dazwischenging, zu Boden gestreckt, hatte wild um sich geschlagen, als man ihn zu bändigen versuchte, und konnte erst von einem Kellner überwältigt werden, der ihm eine Karaffe auf den Hinterkopf schlug. Danach hatten sich alle wieder hingesetzt und weitergemacht, was sie vorher gemacht hatten, als ob nichts gewesen wäre.

Simonini fand Gaviali an einem Tisch mit Kameraden, die seine Königsmörder-Ideen zu teilen schienen, die meisten italienische Emigranten und fast alle Experten im Bombenbasteln oder von diesem Thema Besessene. Als die Runde ein bestimmtes Maß Alkohol intus hatte, fing sie an, sich über die Fehler der großen Attentäter der Vergangenheit auszulassen: Die Höllenmaschine, mit der Cadoudal 1803 den ersten Napoleon umzubringen versucht hatte, als der noch Erster Konsul war, bestand aus einer Mischung von Salpeter und Eisenschrott, die vielleicht in den engen Gassen der alten Hauptstadt funktionierte, aber heutzutage völlig unwirksam wäre (und es offen gesagt auch damals war). Und Fieschi hatte, um König Louis-Philippe zu ermorden, 1835 eine Maschine mit achtzehn Rohren gebastelt, die alle gleichzeitig schossen, und hatte achtzehn Personen mit ihr getötet, nur nicht den König.

»Das Problem«, sagte Gaviali, »ist die Zusammensetzung des Sprengstoffs. Nimm das Kaliumchlorat: Man hat versucht, es mit Schwefel und Kohlenstoff zu mischen, um ein Schießpulver zu erhalten, aber das einzige Ergebnis war, dass die Werkstatt in die Luft flog, die sie für die Produktion gebaut hatten. Dann kam man darauf, es

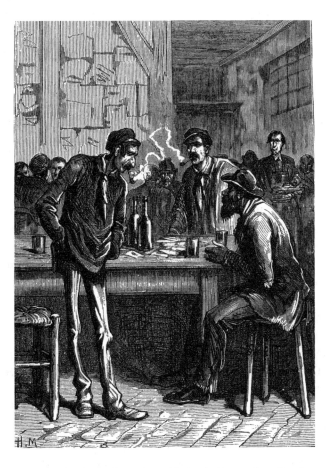

Simonini fand Gaviali an einem Tisch mit Kameraden, die seine Königsmörder-Ideen zu teilen schienen, die meisten italienische Emigranten und fast alle Experten im Bombenbasteln… (S. 214)

wenigstens für die Streichhölzer zu benutzen, aber dazu musste man einen Streichholzkopf aus Chlorat und Kupfersulfat in Schwefelsäure baden. Schöne Schweinerei. Bis dann vor über dreißig Jahren in Deutschland die Phosphorstreichhölzer erfunden wurden, die sich durch Reibung entzünden.«

»Ganz zu schweigen«, sagte ein anderer, »von der Pikrinsäure. Man hatte bemerkt, dass sie explodierte, wenn man sie im Kontakt mit Kaliumchlorat erhitzte, und das hatte zu einer ganzen Reihe von Pulvern geführt, die eines explosiver als das andere waren. Mehrere Forscher waren dabei gestorben, und so hat man die Idee aufgegeben. Man verlegte sich lieber auf die Nitrozellulose…«

»Stellt euch vor!«

»Man sollte auf die Alchimisten von einst hören. Die hatten entdeckt, dass eine Mischung aus Salpetersäure und Terpentinöl sich nach einer Weile von selbst entzündet. Vor hundert Jahren hat man entdeckt, dass wenn man der Salpetersäure Schwefelsäure beimischt, die das Wasser absobiert, dann kommt es fast immer zur Entzündung.«

»Ich würde das Xylidin ernster nehmen. Wenn man Salpetersäure mit Stärke oder Holzfasern kombiniert…«

»Du hast wohl gerade den Roman von diesem Verne gelesen, der Xylidin benutzt, um ein Raumschiff zum Mond zu schießen. Heute spricht man eher von Nitrobenzol und Nitronaphtalin. Oder wenn du Papier und Karton mit Salpetersäure behandelst, erhältst du Nitramidin oder Nitrozellulose, das ist ähnlich wie Xylidin.«

»Das sind alles instabile Produkte. Heute nimmt man höchstens noch die Schießbaumwolle ernst, die bei gleichem Gewicht sechsmal so explosiv wie das Schwarzpulver ist.«

»Aber das Ergebnis ist schwankend.«

So diskutierten sie stundenlang, wobei sie immer wieder auf die Tugenden des guten alten Schwarzpulvers zurückkamen, und Simonini musste an seine sizilianischen Gespräche mit Meister Ninuzzo denken.

Es fiel ihm nicht schwer, nachdem er einige Krüge Wein spendiert hatte, den Hass dieser Runde auf Napoleon III. zu lenken, der sich dem unmittelbar bevorstehenden savoyischen Einmarsch in Rom vermutlich widersetzen würde. Die Sache der Einheit Italiens verlangte den Tod des Diktators. Dabei war Simonini durchaus klar, dass diese weinseligen Schwärmer nur ein begrenztes Interesse an der Einheit Italiens hatten und es ihnen viel mehr darum ging, schöne Bomben explodieren zu lassen. Sie waren genau die Art von Besessenen, die er suchte.

»Das Attentat von Orsini«, erklärte er, »ist nicht gescheitert, weil er die Bomben nicht gut geworfen hätte, sondern weil diese Bomben schlecht gemacht waren. Heute haben wir tapfere Helden, die ihr Leben riskieren, um Bomben im richtigen Augenblick zu werfen, aber wir haben noch ungenaue Vorstellungen von dem Sprengstoff, den man dazu benutzen muss, und die Gespräche, die ich mit unserem Freund Gaviali geführt habe, haben mich zur Überzeugung gebracht, dass eure Gruppe uns nützlich sein könnte.«

»Wen meinen Sie, wenn Sie ›uns‹ sagen?« fragte einer.

Simonini tat so, als ob er einen Augenblick zögere, dann griff er auf die Formeln zurück, die ihm das Vertrauen der Turiner Studenten eingebracht hatten: Er repräsentiere die Führung der *Carboneria*, die *Alta Vendita*, er sei ein Stellvertreter des phantomatischen Nubius, und mehr dürfe man ihn nicht fragen, denn bei den Carbonari kenne jeder nur seinen unmittelbaren Vorgesetzten. Das Problem sei, dass neue Bomben von unbestreitbarer Effizienz nicht aus dem Stand produziert werden könnten, dazu brauche man Experimente in großer Zahl und quasi alchimistische Studien, um die richtige Mischung zu finden und sie dann auf freiem Feld auszuprobieren. Er sei in der Lage, ihnen ein ruhig gelegenes Labor anzubieten, gleich hier in der Rue de la Huchette, und auch alles nötige Geld für die Kosten. Wenn sie die Bomben dann fertig hätten, bräuchten sie sich um die Ausführung des Attentats nicht mehr zu kümmern, aber sie sollten vorher schon Flugblätter im Labor bereit halten, die den Tod des Kaisers verkündeten und die Ziele der Attentäter erklärten. Wenn Napoleon tot sei, sollten sie dafür sorgen, dass diese Flugblätter in verschiedenen Teilen der Stadt zirkulierten, und einige auch in die Pförtnerlogen der großen Zeitungen legen.

»Macht euch keine Sorgen, es gibt jemanden ziemlich hoch oben, der das Attentat mit Wohlwollen sehen würde. Einer unserer Leute in der Polizeipräfektur heißt Lacroix. Aber ich bin nicht sicher, dass man ihm voll vertrauen kann, also versucht lieber nicht, Kontakt mit ihm aufzunehmen, denn wenn er erfährt, wer ihr seid, könnte es sein, dass er euch denunziert, bloß um befördert zu werden. Ihr wisst ja, wie diese Doppelagenten sind…«

Der Vorschlag wurde begeistert angenommen, Gavialis Augen glänzten. Simonini gab ihm die Schlüssel zu dem Labor und eine ansehnliche Summe für die ersten Einkäufe. Nach ein paar Tagen ging er die Verschwörer besuchen und fand, dass die Experimente gut vorankamen, ließ ein paar hundert Flugblätter da, die ihm ein willfähriger Drucker hergestellt hatte, übergab ihnen eine weitere Summe für die Auslagen, sagte »Viva l'Italia!« und »Rom oder Tod!« und ging wieder.

Doch an diesem Abend schien ihm, als er die Rue Saint-Séverin hinunterging, die um diese Zeit menschenleer war, als hörte er hinter sich Schritte, die ihm folgten, nur dass sie, sobald er stehenblieb, nicht mehr zu hören waren. Er beschleunigte seinen Gang, aber die Schritte kamen näher und näher, bis ihm klar wurde, dass da jemand nicht einfach nur hinter ihm herging, sondern ihn verfolgte. Und tatsächlich hörte er kurz darauf dicht hinter sich ein Keuchen, dann wurde er plötzlich gepackt und in die Impasse Salembrière gedrückt, die sich (noch schmaler als die Rue du Chat-qui-Pêche) genau an diesem Punkt öffnete – ganz so, als würde sein Verfolger die Örtlichkeit sehr gut kennen und hätte den Moment des Angriffs trefflich gewählt. Und gegen die Mauer gedrückt sah Simonini nur das Schimmern einer Messerklinge, die fast seine Wange berührte. Das Gesicht seines Angreifers war im Dunkeln nicht zu erkennen, doch er stutzte, als er die Stimme hörte, die ihm mit sizilianischem Akzent in die Ohren zischelte: »Sechs Jahre habe ich gebraucht, mein lieber Herr Pater, um Ihre Spur wiederzufinden, aber jetzt habe ich Sie!«

Es war die Stimme von Meister Ninuzzo, den Simonini geglaubt hatte, mit einem zwei Handbreit tief in den Leib gestoßenen Dolch beim alten Pulvermagazin von Bagheria liegengelassen zu haben.

218

»Tja, ich lebe, weil dort, nachdem Sie gegangen waren, eine barmherzige Seele vorbeigekommen ist und mir geholfen hat. Drei Monate lang schwebte ich zwischen Leben und Tod, und am Bauch habe ich eine Narbe, die von einer Hüfte zur anderen geht… Aber kaum aus dem Bett aufgestanden, begann ich mit meiner Suche. Wer hatte einen Ordensmann gesehen, der soundso aussieht… Nun, und in Palermo hatte ihn jemand im Café mit dem Notar Musumeci gesehen und den Eindruck gehabt, er sähe einem piemontesischen Garibaldiner ähnlich, der mit Oberst Nievo befreundet war… Dann erfuhr ich, dass dieser Nievo auf See verschollen war, als ob sein Schiff sich in Rauch aufgelöst hätte, und da wusste ich, wie und warum es sich aufgelöst hatte und wer das bewerkstelligt hatte. Von Nievo war es nicht schwer, zum piemontesischen Heer zu gelangen und von da nach Turin, und so habe ich in dieser kalten Stadt ein ganzes Jahr verbracht auf der Suche nach Ihnen. Schließlich erfuhr ich, dass dieser angebliche Garibaldiner Simonini hieß, eine Kanzlei als Notar besaß, sie aber plötzlich Hals über Kopf verlassen hatte und nach Paris gegangen war. Also ging auch ich nach Paris, immer ohne einen Sous in der Tasche, und fragen Sie nicht, wie ich das gemacht habe, ich hatte nur nicht gewusst, wie groß diese Stadt ist. Es dauerte eine ganze Weile, bis ich Ihre Spur gefunden hatte. Und derweil lebte ich davon, dass ich in Straßen wie dieser hier gutgekleideten Herren, die sich verlaufen hatten, das Messer an die Kehle hielt. Einem pro Tag, das reichte zum Leben. So suchte ich immer weiter nach Ihnen. Ich stellte mir vor, dass einer wie Sie nicht so sehr die besseren Häuser frequentiert, sondern eher die *tapissi franchi*, wie man sie hier nennt… Sie hätten sich einen schönen schwarzen Bart wachsen lassen sollen, wenn Sie nicht wollten, dass man Sie so leicht erkennt…«

Das war der Moment, da Simonini beschloss, sich seine Maskerade als gutsituierter Bürger mit Bart zuzulegen, aber in dieser Bedrängnis musste er zugeben, dass er zu wenig getan hatte, um seine Spuren zu verwischen.

»Kurz und gut«, schloss Ninuzzo, »ich muss Ihnen nicht meine ganze Geschichte erzählen, es genügt mir, Ihnen den gleichen Stich in den Bauch zu versetzen, den Sie mir versetzt haben, aber sorgfältiger. Hier kommt nachts niemand vorbei, genau wie beim Pulvermagazin von Bagheria.«

Der Mond war ein bisschen herausgekommen, so dass Simonini jetzt Ninuzzos spitze Nase sehen konnte und seine Augen, die vor Bosheit glänzten.

»Meister Ninuzzo, Sie wissen nicht«, hatte er die Geistesgegenwart zu sagen, »dass ich das, was ich damals getan habe, aus Gehorsam gegenüber Befehlen tat, Befehlen von sehr hoch oben, von einer so hochheiligen Autorität, dass ich meine persönlichen Gefühle zurückstellen musste. Und aus Gehorsam gegenüber Befehlen derselben Art bin ich jetzt auch hier, um andere Unternehmungen zum Schutz von Thron und Altar vorzubereiten.«

Simonini keuchte beim Reden, aber er sah, dass die Spitze des Messers sich langsam von seinem Gesicht entfernte. »Sie haben Ihr Leben stets Ihrem König gewidmet«, fuhr er fort, »Sie müssten doch verstehen, dass es Aufträge gibt… heilige Missionen, lassen Sie mich so sagen… bei denen es sogar gerechtfertigt ist, eine Tat zu begehen, die unter anderen Umständen ruchlos wäre. Verstehen Sie?«

Meister Ninuzzo begriff noch nicht ganz, aber er ließ erkennen, dass Rache nicht sein einziges Ziel war. »Ich litt zuviel Hunger in diesen Jahren, und Sie tot zu sehen, macht mich nicht satt. Ich bin es leid, im Dunkeln zu leben. Seit ich Ihre Spur wiedergefunden hatte, sah ich Sie auch in die Restaurants der besseren Herren gehen. Sagen wir, ich lasse Ihnen das Leben für eine monatliche Summe, die mir erlaubt, mindestens so zu speisen und zu schlafen wie Sie.«

»Meister Ninuzzo, ich verspreche Ihnen mehr als eine kleine Summe monatlich. Ich bin dabei, ein Attentat auf den Kaiser der Franzosen vorzubereiten, und bedenken Sie, dass Ihr König seinen Thron verlor, weil Napoleon unterderhand Garibaldi geholfen hat. Sie wissen soviel über Sprengstoffe, Sie sollten ein Grüppchen Wagemutige kennenlernen, die sich in der Rue de la Huchette versammeln, um etwas herzustellen, was wirklich den Namen Höllenmaschine verdient. Wenn Sie sich mit denen zusammentun, könnten Sie nicht bloß an einer Aktion teilnehmen, die in die Geschichte eingehen wird, und eine Probe Ihrer außerordentlichen Fähigkeiten als Feuer werker ablegen, sondern Sie bekämen auch – bedenkt man, dass dieses Attentat von Personen höchsten Ranges angeregt worden ist – Ihren Anteil von einem Lohn, der Sie für den Rest Ihres Lebens reich machen würde.«

Schon als er nur von Sprengstoffen reden hörte, war in Ninuzzo die große Wut erloschen, die er seit jener Nacht in Bagheria gehegt hatte, und als er nun sagte:»Na gut, was soll ich tun?« wusste Simonini, dass er ihn in der Hand hatte.

»Ganz einfach: Sie begeben sich übermorgen abend um sechs zu dieser Adresse, klopfen an, treten ein und sagen, Lacroix hätte Sie geschickt. Die Freunde werden bereits avisiert sein. Aber Sie müssen, um erkannt zu werden, eine Nelke am Revers tragen. Gegen sieben komme dann auch ich. Mit dem Geld.«

»Ich werde hingehen«, sagte Ninuzzo, »aber wenn es sich um einen Betrug handelt, denken Sie daran, dass ich jetzt weiß, wo Sie wohnen.«

Am folgenden Morgen begab sich Simonini wieder zu Gaviali und sagte, es werde nun Zeit. Am nächsten Tag um sechs Uhr abends sollten alle im Labor versammelt sein. Erst werde ein sizilianischer Feuerwerker kommen, den er geschickt habe, um den Stand der Arbeiten zu kontrollieren, dann werde auch er selber kommen und anschließend Monsieur Lacroix persönlich, um ihnen alle nötigen Garantien zu geben.

Danach begab er sich zu Monsieur de Lagrange und teilte ihm mit, er habe Kenntnis erlangt von einer Verschwörung mit dem Ziel, den Kaiser zu töten. Er wisse, dass die Verschwörer sich am nächsten Tag um sechs Uhr abends in der Rue de la Huchette versammeln würden, um die fertigen Bomben ihren Auftraggebern zu überreichen.

»Aber Vorsicht«, fügte er hinzu. »Sie sagten mir einmal, von zehn Mitgliedern einer Geheimorganisation seien drei unsere Spitzel, sechs seien Dummköpfe und einer sei gefährlich. Gut, Spitzel werden Sie dort nur einen finden, nämlich mich, acht sind Dummköpfe, aber einer ist wirklich gefährlich, und der trägt eine Nelke am Revers. Und da er auch für mich gefährlich ist, hätte ich gern, dass es zu einem kleinen Getümmel kommt und der Betreffende nicht verhaftet, sondern auf der Stelle erschossen wird. Glauben Sie mir, auf diese Art vermeiden wir am besten, dass die Sache Staub aufwirbelt. Denn wehe, wenn der Mann reden würde, auch nur mit einem der Ihren.«

»Ich vertraue Ihnen, Simonini«, sagte Monsieur de Lagrange. »Der Mann wird ausgeschaltet.«

Pünktlich um sechs erschien Meister Ninuzzo mit einer roten Nelke in der Rue de la Huchette, Gaviali und die anderen zeigten ihm stolz ihre Höllenmaschinen, Simonini kam eine halbe Stunde später und kündigte die Ankunft von Lacroix an, um Viertel vor sieben stürmten die Gendarmen den Laden, Simonini schrie »Verrat!«, richtete eine Pistole auf die Gendarmen, schoss aber in die Luft, die Gendarmen erwiderten das Feuer und trafen Ninuzzo in die Brust, aber damit die Sache sauber aussah, töteten sie auch einen der Verschwörer. Ninuzzo wälzte sich noch sizilianische Flüche ausstoßend auf dem Boden, und Simonini, der immer noch tat, als schösse er auf die Gendarmen, gab ihm den Gnadenschuss.

Lagranges Männer hatten Gaviali und Genossen in flagranti ertappt, das heißt mit den ersten Exemplaren der fast fertigen Bomben und einem Stoß Flugblätter, die erklärten, wozu diese Bomben dienen sollten. In den anschließenden Kreuzverhören nannten Gaviali und Genossen den Namen des mysteriösen Lacroix, der sie (wie sie sagten) verraten habe. Ein Grund mehr für Lagrange, ihn verschwinden zu lassen. In den Protokollen der Polizei stand später, dass er an der Aktion zur Verhaftung der Verschwörer beteiligt gewesen sei und von einer Kugel getroffen wurde, die einer jener Elenden abgeschossen habe. Lobende Worte zu seinem Gedenken.

Was die Verschwörer anging, so schien es nicht nötig, sie einem spektakulären Prozess zu unterziehen. In jenen Jahren – erklärte Lagrange Simonini – zirkulierten ständig Gerüchte von Attentaten auf den Kaiser, und man nahm an, dass viele von ihnen nicht spontan entstandene Legenden waren, sondern hinterlistig von republikanischen Agenten verbreitet wurden, um die antikaiserlichen Schwärmer zur Nachahmung anzustacheln. Es war nicht ratsam, die Idee zu verbreiten, dass Anschläge auf das Leben Napoleons III. eine Art Mode geworden waren. Daher wurden die Verschwörer auf die Teufelsinsel deportiert, wo sie früher oder später an Malaria sterben würden.

Dem Kaiser das Leben zu retten ist einträglich. Hatte Simonini für die Arbeit mit Joly gut 10 000 Francs bekommen, so waren es für die Aufdeckung des Komplotts nun 30 000. Zieht man die 5000 ab, die er für die Anmietung des Ladens und den Kauf der Materialien zum Bombenbau hatte vorstrecken müssen, blieben ihm netto 35 000 Francs, mehr als ein Zehntel des Kapitals der gut 300 000, die er anstrebte.

Während er mit dem Ende Ninuzzos zufrieden war, tat es ihm wegen Gaviali ein bisschen leid, er war ja alles in allem ein guter Teufel gewesen und hatte ihm vertraut. Aber wer ein Verschwörer sein will, darf keine zu großen Risiken eingehen und niemandem vertrauen.

Schade war's auch um Lacroix, der ihm ja eigentlich nie etwas Böses getan hatte. Aber seine Witwe würde eine gute Pension bekommen.

12.

Eine Nacht in Prag

4. April 1897

Blieb nur noch, diesen Guédon aufzusuchen, den mir Joly genannt
hatte. Die Buchhandlung in der Rue de Beaune wurde von einer runz-
ligen alten Jungfer geleitet, die einen riesigen schwarzen Wollrock und
ein Häubchen wie Rotkäppchen trug, das – zum Glück – ihr halbes
Gesicht bedeckte.

Ich fand den Gesuchten sofort, einen Skeptiker, der die Welt
ringsum mit Ironie sah. Ich mag Ungläubige. Er reagierte positiv auf
Jolys Bitte: Ja, er werde ihm Essen und auch etwas Geld schicken.
Dann frotzelte er über den Freund, für den er sich einsetzte: Warum
ein Buch schreiben und Gefängnis riskieren, wenn diejenigen, die Bücher lesen, schon von Natur aus Republikaner sind, und diejenigen,
die den Diktator unterstützen, analphabetische Bauern, die Gott sei
Dank zur Wahl gehen dürfen?

Die Fourieristen? Brave Leute, aber wie könne man einen Prophe-
ten ernst nehmen, der verkünde, in einer erneuerten Welt würden
auch in Warschau Orangen wachsen, die Ozeane würden aus Limo-
nade sein, die Menschen würden Tierschwänze haben und Inzest und
Homosexualität würden als die natürlichsten menschlichen Triebe
angesehen werden?

»Und warum frequentieren Sie dann die Fourieristen?« fragte ich
ihn.

»Weil sie noch die einzigen Ehrlichen sind, die sich der Diktatur des
infamen Bonaparte widersetzen«, antwortete er. »Sehen Sie dort die

schöne Dame«, fuhr er fort. »Das ist Juliette Lamessine, eine der einflussreichsten Frauen im Salon der Comtesse d'Agoult. Sie versucht gerade, mit dem Geld ihres Mannes einen eigenen Salon in der Rue de Rivoli auf die Beine zu stellen. Sie ist bezaubernd, sie ist intelligent, sie ist eine Schriftstellerin von beachtlichem Talent, man wird sich darum reißen, bei ihr eingeladen zu werden.«

Guédon zeigte mir auch einen großen, gutaussehenden und charmanten Herrn. »Das ist Alphonse Toussenel, der berühmte Autor des Buches *L'Esprit des bêtes*. Sozialist, unbeugsamer Republikaner und närrisch verliebt in Juliette, die ihn keines Blickes würdigt. Aber er ist der brillanteste Kopf hier.«

Toussenel sprach gerade über den Kapitalismus, der im Begriff sei, die moderne Gesellschaft zu vergiften.

»Und wer sind die Kapitalisten? Die Juden, die Könige unserer Zeit. Die Revolution des letzten Jahrhunderts hat den Kapetinger enthauptet, die des unseren wird Moses enthaupten müssen. Ich werde ein Buch über das Thema schreiben. Wer die Juden sind? Nun, alle, die den Schutzlosen und dem Volk das Blut aussaugen. Also die Protestanten, die Freimaurer. Und natürlich die Kinder Israels.«

»Die Protestanten sind keine Juden«, warf ich ein.

»Wer Jude sagt, sagt Protestant. Die englischen Methodisten, die deutschen Pietisten, die schweizerischen und holländischen Calvinisten, sie alle lernen, den Willen Gottes im selben Buch wie die Juden zu lesen, in der Bibel, einer Geschichte voller Inzest, Massakern und grausamen Kriegen, in der man Siege nur durch Verrat und Betrug erringt, in der Könige Ehemänner umbringen lassen, um sich ihrer Frauen zu bemächtigen, in der Frauen, die sich heilig nennen, ins Schlafgemach feindlicher Generäle eindringen, um ihnen den Kopf abzuschlagen. Cromwell zitierte die Bibel, als er seinem König den Kopf abschlug, Malthus, der den Kindern der Armen das Lebensrecht absprach, war von der Bibel durchdrungen. Die Juden sind eine Rasse, die ihre Zeit damit verbringt, an ihre Versklavung zu erinnern, und dabei sind sie immer bereit, sich dem Kult des Goldenen Kalbes zu unterwerfen, trotz aller Zeichen des göttlichen Zorns. Die Bekämpfung der Juden müsste das Hauptziel jedes Sozialisten sein, der diesen Namen verdient. Ich rede nicht von den Kommunisten, denn deren Begründer ist Jude, aber es geht darum, das Komplott des Geldes anzuprangern. Warum ist ein Apfel in einem Pariser Restaurant hundertmal mehr wert als in der Normandie? Es gibt Völker, die wie Raubtiere sind und vom Fleisch der anderen leben, Völker von Händlern und Schacherern wie einst die Phönizier und Karthager und heute die Engländer und die Juden.«

»Dann sind Engländer und Juden für Sie dasselbe?«

»Fast dasselbe. Lesen Sie mal, was ein bedeutender englischer Politiker in seinem Roman *Coningsby* geschrieben hat – ich spreche von Benjamin Disraeli, einem sephardischen Juden, der zum Christentum übergetreten ist. Er hat die Stirn gehabt zu erklären, dass die Juden sich anschicken, die Welt zu beherrschen. Natürlich sagt er das nicht in seinen Parlamentsreden, aber er schreibt es in seinem Roman.«

Tags darauf zeigte er mir diesen Roman, in dem er ganze Abschnitte unterstrichen hatte: »Nie sehen Sie in Europa eine bedeutende intellektuelle Bewegung auftreten«, las er vor, »an der die Juden nicht kräftigen Anteil haben. Die ersten Jesuiten waren Juden! Diese geheimnisumwitterte russische Diplomatie, die Westeuropa so alarmiert, wer organisiert und dirigiert sie? Die Juden! Und wer hat sich in Deutschland quasi das Monopol auf alle Professorenlehrstühle gesichert?«

Er klappte das Buch zu und sah mich bedeutungsvoll an. »Und bedenken Sie, Disraeli ist kein gekaufter Spitzel, der sein eigenes Volk denunziert. Im Gegenteil, er will dessen Vorzüge rühmen. Er schreibt ohne Scham, dass der russische Finanzminister Graf Kankrin der Sohn eines litauischen Juden ist, so wie der spanische Minister Mendizábal der Sohn eines Konvertiten aus der Provinz Aragon. In Paris war ein Marschall des Kaisers, Napoleons Marschall Soult, der Sohn eines französischen Juden, und Jude war auch sein Marschall Masséna, der auf hebräisch Manasse hieß... Und übrigens, diese Revolution, die sich gerade in Deutschland abzeichnet, unter wessen Führung entwickelt sie sich? Unter der von Juden, siehe diesen Karl Marx und seine Kommunisten.«

Ich war mir nicht sicher, ob Toussenel recht hatte, aber seine Philippika zeigte mir, was man in den revolutionärsten Pariser Kreisen dachte, und brachte mich auf ein paar Ideen... Es war fraglich, an wen sich Dokumente gegen die Jesuiten verkaufen ließen. Vielleicht an die Freimaurer, aber mit deren Welt hatte ich noch keine Kontakte. Dokumente gegen die Freimaurer könnten für die Jesuiten interessant sein, aber ich fühlte mich noch nicht in der Lage, sie zu produzieren. Dokumente gegen Napoleon? Sicher nicht, um sie an die Regierung zu verkaufen, und was die Republikaner anging, die zweifellos potentiell einen guten Markt darstellten, so blieb nach Sue und Joly nicht mehr viel zu sagen. Dokumente gegen die Republikaner? Auch hier sah es eher so aus, als ob die Regierung schon alles hatte, was sie brauchte, und wenn ich Lagrange mit Informationen über die Fourieristen käme, würde er wohl nur lachen, denn wer weiß wie viele seiner Informanten bereits die Buchhandlung in der Rue de Beaune frequentierten.

Was also blieb? Die Juden, heiliger Himmel. Im Grunde hatte ich immer gedacht, sie würden nur meinen Großvater so obsessiv verfolgen, aber nachdem ich Toussenel gehört hatte, machte ich mir bewusst, dass es einen antijüdischen Markt nicht nur unter allen möglichen Enkeln des Abbé Barruel gab (die nicht wenige waren), sondern auch unter den Revolutionären, den Republikanern, den Sozialisten. Die Juden waren Feinde des Altars, aber auch des einfachen Volkes, dem sie das Blut aussaugten, und je nach Regierung auch Feinde des Thrones. Ich musste über die Juden arbeiten.

Dass es keine leichte Aufgabe sein würde, war mir klar. Die Aufmerksamkeit eines klerikalen Milieus ließe sich vielleicht noch durch eine Wiederaufbereitung des Materials von Barruel gewinnen, mit den Juden als Komplizen der Freimaurer und der Templer beim Anzetteln der Französischen Revolution, aber einen Sozialisten wie Toussenel würde das nicht interessieren, man müsste ihm etwas Genaueres über die Beziehung zwischen den Juden, der Akkumulation des Kapitals und den britischen Weltherrschaftsplänen erzählen.

Zum ersten Mal bedauerte ich, dass ich nie im Leben einem Juden hatte begegnen wollen. Ich entdeckte, dass ich große Wissenslücken über das Objekt meiner Abneigung hatte – die sich immer mehr mit Ressentiment auflud.

Solche Gedanken quälten und plagten mich, als ausgerechnet Lagrange mir einen Ausweg bot. Ich sagte schon, dass er mich zu unseren Besprechungen immer an die ausgefallensten Orte bestellte, und diesmal war es der Friedhof Père Lachaise. Im Grunde hatte er recht, dort würde man uns für Angehörige auf der Suche nach den Resten eines geliebten Verstorbenen halten – oder für Romantiker auf der Suche nach der vergangenen Zeit –, und so umkreisten wir beide trauernd das Grab von Abaelard und Héloïse, das Ziel von Künstlern, Philosophen und Verliebten, als Gespenster unter Gespenstern.

»Also, Simonini, ich möchte, dass Sie sich mit Oberst Dimitri treffen, man kennt ihn in unseren Kreisen nur unter diesem Namen. Er arbeitet für die Dritte Abteilung der Staatskanzlei des Russischen Reiches. Natürlich, wenn Sie nach St. Petersburg fahren, um nach dieser Dritten Abteilung zu fragen, werden alle aus den Wolken fallen, denn offiziell gibt es sie gar nicht. Ihre Agenten haben den Auftrag, die Bildung revolutionärer Gruppen zu überwachen, und bei denen dort ist das Problem viel ernster als hier bei uns. Sie haben es mit den Erben der Dekabristen zu tun, mit Anarchisten und jetzt auch noch mit Enttäuschten aus den Reihen der sogenannten emanzipierten Bauern. Vor ein paar Jahren hat Zar Alexander die Leibeigenschaft aufgehoben, aber jetzt müssen etwa zwanzig Millionen befreite Bauern ihre früheren Herren bezahlen, um Land ›nutznießen‹ zu dürfen, von dem sie nicht leben können. Viele von ihnen strömen in die Städte auf der Suche nach Arbeit...«

»Und was erwartet dieser Oberst Dimitri von mir?«

»Er sammelt... wie soll ich sagen... kompromittierende Dokumente zur Judenfrage. In Russland sind die Juden viel zahlreicher als bei uns, und in den Dörfern stellen sie für die russischen Bauern eine Bedrohung dar, weil sie lesen und schreiben und vor allem rechnen können. Ganz zu schweigen von den Städten, wo man annimmt, dass viele von ihnen zu umstürzlerischen Sekten gehören. Meine russischen Kollegen haben ein doppeltes Problem: einerseits auf die Juden zu achten, um zu erkennen, wo und wann sie eine reale Gefahr darstellen, und andererseits die Unzufriedenheit der ländlichen Massen auf sie zu lenken. Aber das wird Ihnen Dimitri alles erklären. Uns betrifft die Sache nicht. Unsere Regierung erfreut sich guter Beziehungen zu den Gruppen der jüdisch-französischen Hochfinanz und hat kein Interesse daran, in diesen Kreisen Unmut zu erzeugen. Wir wollen nur den Russen einen Dienst erweisen. In unserem Metier wäscht eine Hand die andere, und wir leihen Sie, Simonini, freundlicherweise dem Oberst Dimitri aus, obwohl Sie natürlich offiziell mit uns überhaupt nichts zu tun haben. Ach ja, noch etwas, ich rate Ihnen, sich vor dem Gespräch mit Dimitri gut über die Alliance Israélite Universelle zu informieren, die vor etwa sechs Jahren hier in Paris gegründet worden ist. Das sind Ärzte, Journalisten, Juristen, Geschäftsleute, die Crème der jüdischen Gesellschaft in Paris. Politisch sind alle, sagen wir, liberal gesonnen, jedenfalls eher republikanisch als bonapartistisch. Wie es aussieht, ist das Ziel dieser Organisation, den Verfolgten aller Religionen und Länder im Namen der Menschenrechte zu helfen. Bis zum Beweis des Gegenteils müssen wir annehmen, dass es sich um integre Bürger handelt, aber es ist schwierig, unsere Informanten bei ihnen einzuschleusen, weil die Juden sich kennen und einander erkennen, indem sie sich wie Hunde den Hintern beschnüffeln. Ich werde Sie jedoch mit jemandem in Kontakt bringen, dem es gelungen ist, das Vertrauen der Mitglieder dieser Vereinigung zu erwerben. Es ist ein gewisser Jakob Brafmann, ein Jude, der zum orthodoxen Glauben übergetreten und dann Professor für Hebräisch am theologischen Seminar von Minsk geworden ist. Er befindet sich zur Zeit in Paris, im Auftrag eben jenes Oberst Dimitri und seiner Dritten Abteilung, und es war nicht schwer für ihn, sich in die Alliance Israélite einzuführen, da er einigen dort als Angehöriger ihrer Religion bekannt war. Er wird Ihnen etwas über diesen Verein sagen können.«

»Verzeihen Sie, Monsieur Lagrange, aber wenn dieser Brafmann ein Informant von Oberst Dimitri ist, müsste doch alles, was er mir sagen wird, dem Oberst schon bekannt sein, und es hat keinen Sinn, dass ich hingehe und es ihm noch einmal erzähle.«

»Seien Sie nicht naiv, Simonini. Es *hat* einen Sinn, es *hat* einen. Wenn Sie hingehen und Dimitri dieselben Dinge erzählen, die er schon von Brafmann gehört hat, dann stehen Sie in seinen Augen als jemand da, der über sichere Informationen verfügt, die ihm bestätigen, was er schon gehört hatte.«

Brafmann. Nach den Erzählungen meines Großvaters erwartete ich ein Individuum mit dem Profil eines Geiers, fleischigen Lippen, stark vorspringender Unterlippe wie bei Negern, tiefliegenden und normalerweise wässrigen Augen, die Lider enger zusammen als bei anderen Rassen, welliges oder krauses Haar, abstehende Ohren… Stattdessen begegnete ich einem Herrn von mönchischem Äußeren mit einem großen graumelierten Bart und dichten, buschigen Augenbrauen, die in einer Art mephistophelischer Löckchen endeten, wie ich sie schon bei Russen und Polen gesehen hatte.

Wie man sieht, verändert der Glaubensübertritt auch die Gesichtszüge, nicht nur die des Charakters.

Der Mann hatte eine auch für mich singuläre Neigung zur guten Küche, wobei er jedoch die Gefräßigkeit des Provinzlers bezeugte, der alles probieren will und nicht weiß, wie man ein richtiges Menü zusammenstellt.

Wir speisten im Rocher de Cancale in der Rue Montorgueil, wo man früher die besten Austern in ganz Paris bekam. Vor etwa zwanzig Jahren war es geschlossen worden, dann hatte ein anderer Eigentümer es wiedereröffnet, es war nicht mehr so wie früher, aber die Austern gab es noch, und für einen russischen Juden waren sie gut genug. Er begnügte sich damit, zwei Dutzend *bélons* zu kosten, danach bestellte er eine *bisque d'écrevisses*.

»Um vierzig Jahrhunderte zu überleben, musste ein so vitales Volk in jedem Land, in dem es lebte, eine eigene Regierung bilden, einen Staat im Staate, den es sich immer und überall bewahrt hat, auch in den Zeiten seiner tausendjährigen Zerstreuung. Nun, und ich habe Dokumente gefunden, die beweisen, dass es diesen Staat und sein Gesetz wirklich gegeben hat: den *Kahal*.

»Und was ist das?«

»Die Institution geht auf die Zeiten von Moses zurück, aber in der Diaspora konnte sie ihres Amtes nicht mehr am hellichten Tage walten, sondern musste sich auf das Dunkel der Synagogen beschränken. Ich habe die Dokumente eines Kahal gefunden, des Kahal von Minsk, von 1794 bis 1830. Alles detailliert aufgeschrieben, jeder noch so kleine Verwaltungsakt ist registriert.«

…begegnete ich einem Herrn von mönchischem Äußeren mit einem
großen graumelierten Bart und dichten, buschigen Augenbrauen,
die in einer Art mephistophelischer Löckchen endeten, wie ich
sie schon bei Russen und Polen gesehen hatte… (S. 231)

Er entrollte mehrere papyrusähnliche Bögen, die mit für mich unverständlichen Zeichen bedeckt waren.

»Jede jüdische Gemeinde wird von einem Kahal regiert und untersteht einem autonomen Gericht, dem *Bet Din.* Dies sind die Dokumente eines bestimmten Kahal, aber selbstverständlich gleichen sie denen jedes beliebigen Kahal. Darin steht geschrieben, dass die Angehörigen einer Gemeinde nur ihrem eigenen Gericht gehorchen dürfen und nicht denen des Staates, in dem sie leben, dass und wie sie ihre Feste regeln sollen, dass und wie sie die Tiere für ihre koschere Küche schlachten sollen, um dann die unreinen Teile an die Christen zu verkaufen, dass jeder Jude sich beim Kahal einen Christen kaufen kann, um ihn auszubeuten durch Geldverleih gegen Wucherzinsen, bis er sich seines ganzen Besitzes bemächtigt hat, und dass kein anderer Jude dann Rechte an diesem Christen hat… Mitleidlosigkeit gegenüber den unteren Klassen und Ausbeutung der Armen durch die Reichen sind dem Kahal zufolge keine Verbrechen, sondern Tugenden, wenn sie von den Kindern Israels begangen werden. Einige sagen, besonders in Russland seien die Juden arm. Das stimmt, sehr viele Juden sind Opfer einer verborgenen Regierung, die von den reichen Juden gelenkt wird. Ich kämpfe nicht gegen die Juden, ich bin ja selbst als einer geboren, aber ich kämpfe gegen die *jüdische Idee,* die sich an die Stelle des Christentums setzen will… Ich liebe die Juden, dieser Jesus, den sie umgebracht haben, ist mein Zeuge…«

Brafmann holte Atem und bestellte ein *aspic de filets mignons de perdreaux.* Doch gleich darauf kehrte er wieder zu seinen Bögen zurück, die er mit glänzenden Augen betrachtete. »Und alles ist echt, sehen Sie? Die Beweise sind das Alter des Papiers, die Regelmäßigkeit der Schrift des Notars, der die Dokumente verfasst hat, und die immer gleichen Unterschriften, auch bei verschiedenen Daten.«

Die Sache war nämlich die, dass Brafmann, der die Dokumente bereits ins Französische und Deutsche übersetzt hatte und von Lagrange über meine Fähigkeiten ins Bild gesetzt worden war, nun von mir eine französische Version produziert haben wollte, die so aussehen sollte, als stamme sie genau aus der Zeit der russischen Originale. Es sei ihm wichtig, sagte er, diese Dokumente auch in anderen Sprachen zu haben, damit er den russischen Sicherheitsdiensten beweisen könne, dass dieses Kahal-Modell in den verschiedenen europäischen Ländern ernst genommen werde und insbesondere die Billigung der Alliance Israélite Universelle gefunden habe.

Ich fragte ihn, wie man aus diesen Dokumenten, die vor langer Zeit von einer entlegenen Gemeinde in Osteuropa produziert worden sind, den Beweis für die Existenz eines weltweiten Kahal ziehen könne. Er antwortete, da brauche ich mir keine Sorgen machen, die neuen Dokumente sollten nur als Belegstücke dienen, als Beweise dafür, dass diejenigen, von denen er sprach, keine Erfindung seien – und im übrigen werde sein Buch, das er gerade schreibe, sehr überzeugend den wahren Kahal anprangern, die große Krake, die ihre Tentakeln nach der zivilisierten Welt ausstrecke.

Seine Züge verhärteten sich bei diesen Worten und nahmen fast jene Raubvogelhaftigkeit an, die ihn als den Juden verraten müsste, der er trotz allem noch war.

»Die tiefsten Gefühle, die den talmudischen Geist beseelen, sind maßloser Ehrgeiz nach Weltbeherrschung, unersättliche Gier nach dem Besitz aller Reichtümer der Nichtjuden sowie Hass auf die Christen und auf Jesus Christus. Solange die Kinder Israels sich nicht zu Jesus bekehren, werden sie die christlichen Länder, die sie beherbergen, immer nur wie eine Art See betrachten, in dem jeder Jude nach Belieben fischen kann, wie es der Talmud sagt.«

Erschöpft vom Ungestüm seiner Anklage bestellte Brafmann *escalopes de poularde au velouté*, aber das Gericht sagte ihm nicht zu, und so vertauschte er es gegen *filets de poularde piqués aux truffes*. Dann zog er eine silberne Uhr aus der Weste und sagte: »Oje, es ist spät geworden. Die französische Küche ist sublim, aber die Bedienung ist langsam. Ich habe eine dringende Verabredung und muss gehen. Lassen Sie mich wissen, Hauptmann Simonini, ob es leicht für Sie ist, das richtige Papier und die richtige Tinte aufzutreiben.«

Er hatte gerade zum Abschluss ein Vanille-Soufflé genossen, und nun erwartete ich von einem Juden, mochte er auch konvertiert sein, dass er mich die Rechnung bezahlen lassen würde. Doch nein, mit grandseigneuraler Geste wollte er mir »diese kleine Zwischenmahlzeit spendieren«, wie er sich ausdrückte. Vermutlich konzedierten ihm die russischen Dienste fürstliche Spesenrechnungen.

Ich ging einigermaßen perplex nach Hause. Ein vor fünfzig Jahren in Minsk produziertes Dokument mit Anweisungen so kleinkrämerischer Art wie der Frage, wen man zu einem Fest einladen sollte und wen nicht, beweist keineswegs, dass diese Regeln auch das Handeln der großen Banken in Paris oder Berlin bestimmten. Und vor allem: Nie, nie, niemals darf man mit echten oder halbechten Dokumenten arbeiten! Wenn sie irgendwo existieren, könnte jemand sie finden und beweisen, dass etwas nicht stimmt... Um überzeugend zu sein, muss das Dokument ganz neu geschaffen werden, und vom Original darf man möglichst gar nichts zeigen, sondern nur wie vom Hörensagen reden, damit man zu keiner existierenden Quelle zurückgehen kann. So wie es bei den Heiligen Drei Königen der Fall war, von denen nur Matthäus in zwei Versen gesprochen hat, ohne zu sagen, wie sie hießen noch wie viele sie waren, noch dass sie Könige waren, alles übrige sind später hinzugekommene tradierte Gerüchte. Und doch sind diese Drei Könige für die Leute so wahr wie Josef und Maria, und soweit ich weiß, werden sogar ihre sterblichen Reste irgendwo verehrt. Enthüllungen müssen außerordentlich, überwältigend, romanhaft sein. Nur so werden sie glaubwürdig und wecken Empörung. Wieso sollte sich ein Weinbauer in der Champagne darüber aufregen, dass die Juden in Minsk ihresgleichen vorschreiben, wie sie die Hochzeiten ihrer Töchter zu feiern haben? Ist das ein Beweis dafür, dass sie ihre Hände in seine Taschen stecken wollen?

Mit einemmal wurde mir klar, dass ich das beweiskräftige Dokument ja schon hatte, oder jedenfalls den überzeugenden Rahmen dafür (der sogar noch überzeugender war als der *Faust* von Gounod, der die Pariser seit einigen Jahren so närrisch machte), und dass ich für diesen Rahmen jetzt nur noch die passenden Inhalte suchen musste. Ich meine natürlich die Versammlung der Freimaurer auf dem Donnersberg, den Plan von Joseph Balsamo und die Nacht der Jesuiten auf dem Friedhof in Prag.

Wo musste das jüdische Welteroberungsprojekt ansetzen? Beim Besitz des Goldes, wie mir Toussenel nahegelegt hatte. Die wichtigsten Stichworte meines Dokuments waren also Welteroberung, um die Monarchen und Regierungen in Alarm zu versetzen, Besitz des Goldes, um die Sozialisten, Anarchisten und Revolutionäre in Rage zu bringen, und Zerstörung der gesunden Prinzipien der christlichen Welt, um den Papst, die Bischöfe und die Pfarrer zu beunruhigen. Dazu ein Schuss von jenem bonapartistischen Zynismus, den Joly so schön bissig geschildert hatte, sowie von jener jesuitischen Heuchelei, die Joly und ich von Sue gelernt hatten.

Also ging ich wieder in die Bibliothek, aber diesmal in Paris, wo viel mehr zu finden war als in Turin, und fand weitere Bilder von jenem Friedhof in Prag. Es gab ihn schon seit dem Mittelalter, und da er die erlaubten Grenzen nicht überschreiten durfte, hatte man die Gräber im Lauf der Jahrhunderte übereinandergeschichtet, so dass dort vielleicht hunderttausend Tote begraben lagen und die Grabsteine sich dicht an dicht drängten, verdunkelt vom Laub der Holunderbäume, ohne durch irgendein Porträt eines Verstorbenen verschönert zu werden, denn die Juden scheuen Bilder. Vielleicht waren die Steinmetze fasziniert von dem Ort und hatten es übertrieben, als sie diesen Wald von Grabsteinen schufen, die sich wie Büsche auf einer Heide in alle Richtungen neigen, diesen Raum, der wie das aufgerissene Maul einer zahnlosen alten Hexe erschien. Doch angesichts einiger ausdrucksvollerer Stiche, die den Friedhof im Mondlicht zeigten, wurde mir sofort klar, welchen Nutzen ich aus dieser Hexensabbat-Atmosphäre ziehen könnte, wenn zwischen dem, was aussah wie Bodenplatten, die sich bei einer tellurischen Aufwölbung in alle Richtungen hoben, auf einmal gebeugt, in Mäntel und Kapuzen gehüllt, mit ihren grauweißen Ziegenbärten, Rabbiner zum Komplott erschienen, auch sie geneigt wie die Grabsteine, an die sie sich lehnten, um eine nächtlichen Runde von zusammengekrümmten Gespenstern zu bilden. Und im Zentrum das Grab von Rabbi Löw, der im sechzehnten Jahrhundert den Golem erschaffen hatte, jenes Ungeheuer, das die Rachegelüste aller Juden befriedigen sollte.

Besser als Dumas, besser als die Jesuiten.

Natürlich müsste das, was mein Dokument berichten sollte, als mündliche Aussage eines Zeugen jener schrecklichen Nacht erscheinen, eines Zeugen, der bei Strafe des Todes zur Wahrung des Incognitos verpflichtet ist. Er müsste vor Beginn der nächtlichen Zeremonie als Rabbiner verkleidet in den Friedhof eingedrungen sein, um sich nahe dem Steinhügel, der das Grab des Rabbi Löw gewesen war, zu verstecken. Punkt Mitternacht – als hätte die Glocke einer fernen christlichen Kirche blasphemischerweise die jüdische Zusammenkunft eingeläutet – würden dann zwölf in dunkle Mäntel gehüllte Gestalten erscheinen, und eine Stimme, wie aus der Tiefe eines Grabes aufsteigend, würde sie als die zwölf *Rosche-Bathe-Abboth* begrüßen, die Häupter der zwölf Stämme Israels, und jeder von ihnen würde antworten: »Sei gegrüßt, du Sohn des Verfluchten!«

Das wäre die Szene. Wie auf dem Donnersberg beginnt nun die Stimme dessen, der sie zusammengerufen hat: »Hundert Jahre sind seit unserer letzten Versammlung vergangen. Woher kommt ihr und wen repräsentiert ihr?« Und reihum antworten die zwölf Stimmen: Rabbi Juda aus Amsterdam, Rabbi Benjamin aus Toledo, Rabbi Levi aus Worms, Rabbi Manasse aus Buda-Pest, Rabbi Gad aus Krakau, Rabbi Simeon aus Rom, Rabbi Sebulon aus Lissabon, Rabbi Ruben aus Paris, Rabbi Dan aus Konstantinopel, Rabbi Asser aus London, Rabbi Isaschar aus Berlin, Rabbi Naphtali aus Prag. Dann lässt sich die erste Stimme, beziehungsweise der Dreizehnte in der Runde, von jedem der Zwölf die Reichtümer seiner Gemeinde mitteilen und zählt die Summen der Rothschilds und der anderen jüdischen Bankiers, die über die Welt triumphieren, zusammen. So kommt er auf 600 Francs pro Kopf für die 3,5 Millionen in Europa lebenden Juden, also insgesamt 2,1 Milliarden Francs. »Das reicht noch nicht«, kommentiert die dreizehnte Stimme, »um 265 Millionen Christen zu vernichten, aber es genügt für den Anfang.«

Ich musste noch überlegen, was die einzelnen Rabbiner sagen sollten, aber den Schluss hatte ich schon entworfen. Die dreizehnte Stimme beschwört den Geist des Rabbi Löw herauf, ein bläuliches Licht erhebt sich aus seinem Grabhügel, das immer heller und blendender wird, jeder der zwölf Versammelten wirft einen Stein auf den

Hügel, und langsam erlischt das Licht. Die Zwölf verschwinden in verschiedene Richtungen, von der Finsternis aufgeschluckt (wie man in solchen Fällen sagt), und der Friedhof kehrt zurück zu seiner gespenstisch blutarmen Melancholie.

Also Dumas, Sue, Joly, Toussenel. Was noch fehlte – abgesehen von der Meisterschaft des Abbé Barruel, meinem geistigen Führer in dieser ganzen Rekonstruktion –, war der Gesichtspunkt eines glühenden Katholiken. Und genau in diesen Tagen hatte mir Lagrange, um mich zur Beschleunigung meiner Kontaktaufnahme mit der Alliance Israélite Universelle zu drängen, einen gewissen Chevalier Gougenot des Mousseaux genannt. Der wisse etwas darüber, er sei ein konservativer katholischer Journalist, der sich bisher mit Magie, dämonischen Praktiken, Geheimgesellschaften und der Freimaurerei beschäftigt habe.

»Soweit wir wissen, beendet er gerade ein Buch über die Juden und die Judaisierung der christlichen Völker«, sagte Lagrange, »ich weiß nicht, ob Sie verstehen, was ich meine. Es könnte Ihnen nützen, sich mit ihm zu treffen, um interessantes Material für unsere russischen Freunde zu sammeln. Uns würde es nützen, Genaueres über seine weiteren Pläne zu wissen, denn wir sähen es nicht gerne, wenn die guten Beziehungen zwischen unserer Regierung, der Kirche und den Kreisen der jüdischen Hochfinanz sich trüben würden. Sie könnten sich ihm als ein Kollege vorstellen, der über jüdische Dinge forscht und seine Arbeiten bewundert. Einführen könnte Sie ein gewisser Abbé Dalla Piccola, der uns schon mehrmals gute Dienste geleistet hat.«

»Aber ich kann kein Hebräisch«, sagte ich.

»Und wer sagt, dass Gougenot es kann? Um jemanden zu hassen, muss man nicht seine Sprache sprechen können.«

Jetzt (auf einmal!) erinnere ich mich an meine erste Begegnung mit dem Abbé Dalla Piccola. Ich sehe ihn vor mir, als wäre es heute. Und dabei sehe ich, dass er alles andere als ein Doppelgänger oder Alter ego von mir ist, denn er muss mindestens sechzig Jahre alt sein, ist leicht bucklig, schielt und hat schiefe, vorstehende Zähne. Der Abbé Quasimodo, sagte ich mir, als ich ihn das erste Mal sah. Obendrein hatte er auch noch einen deutschen Akzent. Von jener ersten Begegnung weiß ich nur noch, dass Dalla Piccola mir zu verstehen gab, man müsse nicht nur die Juden im Visier behalten, sondern auch die Freimaurer, denn letztlich handle es sich immer um ein und dieselbe Verschwörung. Ich war der Ansicht, dass man nicht an mehr als einer Front kämpfen sollte, und verschob das Thema auf später, aber aus einigen Hinweisen des Abbé entnahm ich, dass Nachrichten über Freimaurerversammlungen die Jesuiten interessieren würden, da die Kirche sich gerade anschickte, einen heftigen Schlag gegen den Aussatz der Freimaurerei zu führen.

»Jedenfalls«, hatte Dalla Piccola das Gespräch beendet, »sagen Sie mir Bescheid, wenn Sie Kontakt mit diesen Kreisen aufnehmen wollen. Ich bin Bruder in einer Pariser Loge und habe dort viele gute Bekannte.«

»Sie, ein Priester?« staunte ich, und Dalla Piccola lächelte: »Wenn Sie wüssten, wie viele Priester Freimaurer sind...«

Zuvor aber hatte ich ein Gespräch mit dem Chevalier Gougenot des Mousseaux. Er war ein schon etwas debil wirkender Herr Anfang sechzig, sehr überzeugt von den wenigen Ideen, die er hatte, und nur daran interessiert, die Existenz von Dämonen und Magiern zu beweisen, dazu von Hexen und Hexenmeistern, Spiritisten, Mesmeristen, Juden, götzendienerischen Priestern und sogar »Elektrizisten«, die sich auf eine Art Lebensprinzip beriefen.

Er redete wie ein Wasserfall und begann bei Adam und Eva. Schicksalsergeben hörte ich mir an, was er über Moses zu sagen hatte, über die Pharisäer, über den Großen Sanhedrin, über den Talmud und so weiter, aber zwischendurch bot er mir einen exzellenten Cognac an und ließ die Flasche achtlos auf dem Tischchen neben mir stehen, und so konnte ich es ertragen.

Er enthüllte mir, dass der Prozentsatz der Dirnen bei den Juden höher sei als bei den Christen (wusste man das nicht schon aus den Evangelien, fragte ich mich, wo Jesus doch immer nur Sünderinnen begegnet?), dann ging er dazu über, mir zu beweisen, dass es in der talmudischen Moral keinen Nächsten gebe, auch keine Erwähnung der Pflichten, die wir ihnen gegenüber hätten, was erkläre und auf seine Weise rechtfertige, warum die Juden so mitleidlos Familien ruinieren, Mädchen entehren, Witwen und Greise aufs Pflaster werfen, nachdem sie ihnen mit ihren Wucherzinsen das Blut ausgesogen haben. Und wie die Zahl der Prostituierten sei auch die der Übeltäter bei den Juden größer als bei den Christen: »Wussten Sie, dass von zwölf Diebstahlsfällen, die vor das Gericht in Leipzig kamen, elf von Juden begangen worden waren?« rief er aus, um dann mit maliziösem Lächeln hinzuzufügen: »Aber schon auf dem Kalvarienberg kamen ja zwei Diebe auf nur einen Gerechten. Und generell gehören die von Juden begangenen Verbrechen zu den gemeinsten, wie Betrug, Fälschung, Wucher, vorgetäuschter Bankrott, Schmuggel, Geldfälschung, Erpressung, betrügerischer Handel, um nur soviel zu sagen.«

Nach fast einer Stunde über Details zum Wucher kam der pikanteste Teil, über Kindermord und Anthropophagie, und schließlich, wie um diesen finsteren Praktiken ein luzides, im hellen Tageslicht sichtbares Verhalten entgegenzusetzen, die öffentlichen Schiebereien der jüdischen Hochfinanz und die Schwäche der französischen Regierungen bei ihrer Bekämpfung und Bestrafung.

Die interessantesten, aber kaum verwendbaren Dinge kamen, als Gougenot sich, fast als wäre er selber ein Jude, über die intellektuelle Überlegenheit der Juden über die Christen erging, wobei er genau jene Aussagen von Disraeli anführte, die ich von Toussenel gehört hatte (woran man sieht, dass sozialistische Fourieristen und monarchistische Katholiken zumindest in ihren Ansichten über das Judentum übereinstimmen). Damit schien er dem gängigen Bild vom rachitischen und kränkelnden Juden zu widersprechen, und es stimmt ja: Da sich die Juden nie körperlich ertüchtigen und auch keine militärischen Künste pflegen (man denke dagegen nur an den Wert, den die Griechen auf physische Wettkämpfe legten), sind sie zwar gebrechlich und von schwacher Konstitution, aber gleichzeitig langlebiger und von einer unfassbaren Fruchtbarkeit – eine Folge auch ihres unbezähmbaren sexuellen Appetits – und immun gegen viele Krankheiten, die den Rest der Menschheit plagen, also gefährlicher in ihrem Drang, die Welt zu erobern.

»Erklären Sie mir«, sagte Gougenot, »warum die Juden fast immer
von den Cholera-Epidemien verschont geblieben sind, auch wenn sie
in den ungesündesten Vierteln der Städte wohnten. Von der großen
Pest im Jahre 1346 waren laut Tschudi, einem Historiker jener Epoche,
die Juden aus mysteriösen Gründen in keinem Lande betroffen, Fras-
cator zufolge haben sich nur die Juden vor der Typhus-Epidemie von
1505 retten können, Degner zufolge waren die Juden die einzigen, die
die Ruhr-Epidemie von 1736 in Nimwegen überlebt haben, und Wa-
wruch zufolge kommt der Bandwurm bei den deutschen Juden nicht
vor. Was sagen Sie dazu? Wie ist so etwas möglich, wo es sich doch um
das schmutzigste Volk der Welt handelt und sie nur untereinander
heiraten? Das verstößt doch gegen alle Gesetze der Natur! Liegt es
vielleicht an ihren Ernährungsregeln, die für uns so undurchschaubar
sind, oder an der Beschneidung? Welches Geheimnis lässt sie stärker
sein als wir, auch wenn sie schwächer erscheinen? Ein so perfider und
mächtiger Feind muss mit allen Mitteln vernichtet werden, sage ich
Ihnen. Bedenken Sie, zur Zeit ihres Einzugs ins Gelobte Land waren
sie nur sechshunderttausend Mann, und rechnet man für jeden erwachsenen Mann vier Personen, so kommt man auf eine Gesamtbe-
völkerung von rund zweieinhalb Millionen. Doch zur Zeit Salomons
waren sie eine Million dreihunderttausend Kämpfer, also über fünf
Millionen Seelen, das ist schon das Doppelte. Und heute? Es ist
schwierig, ihre Zahl zu berechnen, verstreut über alle Kontinente, wie
sie sind, aber die Vorsichtigsten sprechen von zehn Millionen. Sie vermehren sich, sie vermehren sich…«

Er schien ganz erschöpft von seiner Suada, so dass ich schon versucht
war, ihm ein Glas von seinem Cognac anzubieten. Aber er erholte sich
wieder, und als er beim Messianismus und bei der Kabbala angelangt
war (und folglich bereit, auch noch seine Bücher über Magie und Satanismus zu referieren), war ich in eine Art selige Starre versunken,
aus der es mir schließlich nur durch ein Wunder gelang, mich aufzu-
rappeln, ihm zu danken und mich zu verabschieden.
Zuviel des Guten, sagte ich mir. Wenn ich das alles in ein Dokument für Leute wie Lagrange reinpacken würde, bestünde die Gefahr,

Er schien ganz erschöpft von seiner Suada, so dass ich schon versucht war, ihm ein Glas von seinem Cognac anzubieten… (S. 241)

dass die Geheimdienste mich in ein Verlies werfen, womöglich ins Château d'If, wie es sich für einen Verehrer von Dumas gehört. Vielleicht hatte ich das Buch von Gougenot des Mousseaux ein bisschen zu sehr auf die leichte Schulter genommen, denn jetzt, während ich dies schreibe, erinnere ich mich, dass *Le Juif, le judaïsme et la judaïsation des peuples chrétiens* 1869 mit fast 600 engbedruckten Seiten erschienen ist, den Segen von Pius IX. bekam und ein großer Publikumserfolg wurde. Aber damals hatte ich den Eindruck, dass schon überall dünne und dicke antijüdische Bücher veröffentlicht wurden, und der riet mir zu selektivem Vorgehen.

In meinem Prager Friedhof mussten die Rabbiner etwas Leichtverständliches sagen, etwas, das populär klang und gleichzeitig irgendwie neu war, nicht wie der rituelle Kindermord, von dem man vor Jahrhunderten gesprochen hatte und an den die Leute inzwischen nur noch so glaubten wie an die Hexen, gerade genug, um ihren Kindern nicht zu erlauben, sich in der Nähe von Ghettos herumzutreiben.

So nahm ich meinen Bericht über die schaurigen Dinge in jener schicksalhaften Nacht wieder auf. Als erste sprach die dreizehnte Stimme:

»Unsere Väter haben den Erwählten Israels die Pflicht auferlegt, sich alle hundert Jahre am Grabe des heiligen Rabbi Simeon Ben Jehuda zu versammeln. Seit achtzehnhundert Jahren führt das Volk Israel den Kampf um die Herrschaft, die das Kreuz uns entrissen hat. Unter den Sohlen unserer Feinde, unter Druck und Tod und Bedrängnis jeder Art hat Israel niemals diesen Kampf aufgegeben, und weil das Volk Abrahams zerstreut worden ist über die ganze Erde, wird die ganze Erde auch ihm gehören! Unser ist seit den Zeiten Aarons das goldene Kalb.«

»Ja«, stimmte Rabbi Isaschar zu, »wenn alles Gold der Erde unser ist, ist auch alle Macht unser.«

»Zum zehnten Mal«, sprach die dreizehnte Stimme weiter, »nach tausend Jahren unaufhörlichen Kampfes gegen unsere Feinde, versammeln sich auf diesem Friedhof um das Grab unseres Rabbi Simeon Ben Jehuda die Erwählten aller Stämme des Volkes Israel. Doch in keinem Jahrhundert zuvor war es unseren Ahnen vergönnt gewesen, soviel Gold und mithin soviel Macht in ihren Händen zu konzentrieren. In Paris, in London, in Wien, in Berlin, in Amsterdam, in Hamburg, in Rom, in Neapel und bei allen Rothschilds sind die Israeliten die Herren der Finanzsituation... Sprich du, Rabbi Ruben, du kennst die Lage in Paris.«

»Alle Kaiser, Könige und regierenden Fürsten«, sagte nun Ruben, »sind heute verschuldet aufgrund der Kredite, die sie bei uns aufgenommen haben, um ihre Heere zu unterhalten und ihre schwankenden Throne zu stützen. Deshalb müssen wir den Regierungen das Schuldenmachen erleichtern, um die Staaten immer mehr in unsere Hand zu bekommen, und als Pfand zur Sicherung des Kapitals, mit dem wir sie versorgen, müssen wir ihre Eisenbahnen, ihre Bergwerke, ihre Hochöfen und Fabriken in Besitz nehmen, dazu auch andere Immobilien und die Verwaltung der Steuern.«

»Vergessen wir nicht die Land- und Forstwirtschaft«, schaltete Simeon von Rom sich ein, »die immer der unverwüstliche Reichtum jedes Landes bleiben wird. Der Großgrundbesitz bleibt scheinbar unangetastet, aber wenn wir die Regierungen dazu bringen, die großen Besitztümer zu zerkleinern, werden wir sie leichter in die Hände bekommen.«

Nun ergriff Rabbi Juda aus Amsterdam das Wort: »Aber viele unserer Brüder in Israel treten über und lassen sich christlich taufen...«

»Das macht nichts«, versetzte die dreizehnte Stimme, »die Getauften können uns trefflich helfen. Trotz der Taufe ihres Körpers bleiben ihr Geist und ihre Seele Israel treu. In einem Jahrhundert werden nicht mehr die Kinder Israels zum Christentum übertreten wollen, sondern viele Christen um Aufnahme in unsere Glaubensgemeinschaft bitten. Und dann wird Israel sie verächtlich abweisen.«

»Aber bedenken wir bitte«, sagte Rabbi Levi, »dass die christliche Kirche unser natürlicher Gegner ist. Deshalb gilt es sie zu untergraben. Wir müssen in ihr die Freigeisterei befördern, den Zweifel, den Unglauben, die Verdächtigung und Verspottung ihrer Priester.«

»Ja, verbreiten wir die Idee des Fortschritts, deren Folge die Gleichberechtigung aller Religionen ist«, ergänzte Rabbi Manasse, »kämpfen wir dafür, dass in den Schulen der christliche Religionsunterricht abgeschafft wird. Dann können die Israeliten mit ihrem Geschick und ihrem Eifer ohne weiteres Lehrer an allen Schulen werden, die religiöse Erziehung wird auf das Haus beschränkt, und da in den meisten Familien die Zeit zur Überwachung dieses Teils der Erziehung fehlt, wird die Religiosität bald ganz aufhören.«

Nun war Rabbi Dan aus Konstantinopel an der Reihe: »Und vor allem jeglicher Handel, wozu gehören Spekulation und Verdienst, muss bleiben in unserer Hand. Er ist unser angeborenes Recht. Wir müssen uns sichern den Handel mit Spiritus, mit Öl, mit der Wolle und mit dem Getreide, dann haben wir in der Hand den Ackerbau und das Land.«

Und Naphtali aus Prag ergänzte: »Auch alle Staatsämter müssen uns offenstehen. Die Justiz ist für uns von größter Bedeutung, ebenso die Advokatur. Sie passt zum Geist der Schläue und Zähigkeit unseres Volkes. Und warum soll nicht ein Jude auch Kultusminister werden, wo doch die Juden schon in mehr als einem Staat sind gewesen Finanzminister.«

Schließlich sprach Rabbi Benjamin aus Toledo: »Wir dürfen in keinem Beruf fehlen, der in der Gesellschaft zählt: Philosophie, Medizin, Rechtswissenschaft, Musik, politische Ökonomie, mit einem Wort, alle Zweige der Wissenschaft, der Kunst und der Literatur sind ein weites Feld, auf dem wir uns trefflich bewähren können und unser Genie ins rechte Licht stellen müssen. Die Medizin vor allem! Ein Arzt dringt in die intimsten Geheimnisse der Familien ein, er hat das Leben und die Gesundheit der Christen in der Hand. Auch die Ehen zwischen Juden und Christen müssen wir fördern; das bisschen unreines Blut, das dabei in unseren von Gott auserwählten Stamm kommt, wird ihn nicht verderben, aber unsere Söhne und Töchter werden in die vornehmen und mächtigen Familien der Christen einheiraten können.«

»Beschließen wir nun diese Versammlung«, sagte die dreizehnte Stimme. »Wenn das Gold die erste Macht der Welt ist, so ist die Presse die zweite. Unsere Leute müssen in allen Ländern die großen Tageszeitungen leiten. Wenn wir die Presse in der Hand haben, können wir die öffentliche Meinung lenken, die Ansichten über Ehre, Tugend,

Recht und Unrecht in ihr Gegenteil verkehren und den ersten Angriff auf die Institution der Familie führen. Simulieren wir Interesse für die sozialen Fragen, die gerade anstehen. Wir müssen das Proletariat kontrollieren, unsere Agenten in die sozialen Bewegungen einschleusen und dafür sorgen, dass sie sich erheben, wenn wir es wollen, wir müssen die Arbeiter auf die Barrikaden treiben, zu Revolutionen anstacheln, und jede dieser Katastrophen wird uns unserem einzigen Ziel näherbringen: die Welt zu beherrschen, wie es einst unserem Stammvater Abraham versprochen war. Dann wird unsere Macht wachsen wie ein gigantischer Baum, dessen Zweige Früchte tragen, die da heißen Reichtum, Genuss, Glück und Macht, zum Ausgleich für die elende Lage, die so viele Jahrhunderte lang das einzige Los des Volkes Israel war.«

So schloss, wenn ich mich recht entsinne, der Bericht vom Friedhof in Prag.

Am Ende meiner Rekonstruktion fühle ich mich erschöpft – vielleicht weil ich diese Stunden atemlosen Schreibens mit einem Trankopfer begleitet habe, das mir physische Kraft und spirituelle Erregung gab. Dabei habe ich seit gestern keinen Appetit mehr, der bloße Gedanke ans Essen verursacht mir Übelkeit. Ich erwache und übergebe mich. Vielleicht arbeite ich zuviel. Oder mich würgt ein Hass, der mich verschlingt. Wenn ich aus zeitlichem Abstand die Seiten wiederlese, die ich über den Friedhof in Prag geschrieben habe, begreife ich, wie aus dieser Erfahrung, aus dieser so überzeugenden Rekonstruktion der jüdischen Verschwörung, aus dieser tiefen Abneigung, die zur Zeit meiner Kindheit und meiner Jugend nur... wie soll ich sagen... nur ideell war, nur im Kopf, wie die Stimme eines Katechismus, den mir der Großvater eingebleut hatte, nun etwas Handfestes aus Fleisch und Blut geworden war, und erst seit es mir gelungen war, diese schaurige Nacht noch einmal zum Leben zu erwecken, waren mein Groll, mein Neid auf die jüdische Perfidie von einer abstrakten Idee zu einer unbezähmbaren Leidenschaft geworden. Oh, wirklich, es musste erst diese Nacht auf dem Friedhof in Prag stattgefunden haben, bei Gott, oder zumindest musste ich meinen Bericht über dieses Ereignis erst wiederlesen, um zu begreifen, dass es nicht mehr zu ertragen ist, wie diese verfluchte Rasse unser Leben vergiftet!

Erst als ich dieses Dokument gelesen und wiedergelesen hatte, verstand ich voll und ganz, dass mein Auftrag eine Mission war. Ich musste den Bericht unbedingt an irgendwen verkaufen, und zwar möglichst teuer, denn erst wenn interessierte Käufer ihn mit Gold aufgewogen hätten, würden sie ihn glauben und helfen, ihn glaubhaft zu machen…

Doch für heute höre ich lieber auf zu schreiben. Der Hass (oder auch nur die Erinnerung daran) verzerrt den Geist. Mir zittern die Hände. Ich muss schlafen, schlafen, schlafen.

13.

Dalla Piccola erkennt sich nicht wieder

5. April 1897

Heute morgen bin ich in meinem Bett aufgewacht, habe mich angezogen und mit jenem Minimum von Schminke zurechtgemacht, das meine Person erfordert. Dann bin ich hinübergegangen, um Ihr Tagebuch zu lesen, in dem Sie sagen, Sie seien einem Abbé Dalla Piccola begegnet, und ihn als jemanden beschreiben, der entschieden älter ist als ich und noch dazu einen Buckel hat. Ich bin in Ihr Schlafzimmer gegangen und habe mich in dem dort befindlichen Spiegel angesehen (in meiner Wohnung gibt es keinen, wie es sich für einen Ordensmann ziemt), und ohne mich in Eigenlob ergehen zu wollen, konnte ich nicht umhin festzustellen, dass ich regelmäßige Züge habe, weder bucklig bin noch schiele, noch vorstehende Zähne habe. Außerdem habe ich einen schönen französischen Akzent, allenfalls mit einer leichten italienischen Färbung.

Wer also ist dann jener Abbé mit meinem Namen, den Sie getroffen haben wollen? Und wer, bitte, bin dann ich?

14.

Biarritz

5. April 1897, vormittags

Ich bin spät aufgewacht und habe in meinem Tagebuch Ihre kurze Notiz gefunden. Sie sind ein Frühaufsteher. Mein Gott, Monsieur l'Abbé – falls Sie diese Zeilen an einem der nächsten Tage lesen (oder in einer der nächsten Nächte): Wer sind Sie wirklich? Denn gerade jetzt erinnere ich mich, dass ich Sie umgebracht habe, noch vor dem Krieg! Wie kann ich zu einem Toten sprechen?

Umgebracht habe ich Sie? Wieso bin ich mir da so sicher? Versuchen wir das zu rekonstruieren. Aber zuerst muss ich jetzt etwas essen. Seltsam, gestern konnte ich nicht ans Essen denken, ohne dass es mir übel wurde, und jetzt könnte ich alles verschlingen, was ich nur finde. Wenn ich dieses Haus unbehelligt verlassen könnte, würde ich zu einem Arzt gehen.

Nachdem ich meinen Bericht über die Versammlung auf dem Friedhof in Prag fertig hatte, war ich bereit, mich mit Oberst Dimitri zu treffen. Im Gedenken an das Wohlwollen, das Brafmann der französischen Küche entgegengebracht hatte, lud ich auch ihn ins Rocher de Cancale ein, aber Dimitri schien nicht am Essen interessiert zu sein und kostete nur ein wenig von dem, was er bestellt hatte. Er hatte leicht schräge Augen mit kleinen, stechenden Pupillen, die mich an die Augen eines Marders denken ließen, obwohl ich noch nie einen Marder gesehen hatte (ich hasse Marder so, wie ich Juden hasse). Dimitri besaß, so schien mir, die einzigartige Fähigkeit, in seinem Gegenüber ein Gefühl von Unbehagen hervorzurufen.

Er las meinen Bericht aufmerksam und sagte dann: »Sehr interessant. Wieviel?«

Es macht Spaß, mit solch einem Mann zu verhandeln, und ich riskierte eine vielleicht exorbitante Zahl, 50 000 Francs, unter Verweis auf die Auslagen für meine Informanten.

»Zu teuer«, sagte Dimitri. »Oder besser: zu teuer für mich. Aber vielleicht können wir die Kosten teilen. Wir unterhalten gute Beziehungen zu den preußischen Diensten, und auch die haben ein jüdisches Problem. Ich bezahle Ihnen fünfundzwanzigtausend, in Gold, und autorisiere Sie, eine Kopie dieses Dokuments den Preußen zukommen zu lassen, von denen Sie dann die andere Hälfte bekommen. Ich werde mich darum kümmern, sie zu informieren. Natürlich werden sie das originale Dokument haben wollen, genauso original wie das, welches Sie mir gegeben haben, aber nach dem, was mein Freund Lagrange mir gesagt hat, haben Sie ja die Fähigkeit, die Originale zu vervielfältigen. Der Mann, der sich mit Ihnen in Kontakt setzen wird, heißt Stieber.«

Weiter sagte er nichts. Er lehnte höflich ab, einen Cognac zu trinken, machte eine formelle Verbeugung, mehr deutsch als russisch, indem er den Kopf ruckartig fast im rechten Winkel zum aufrecht gehaltenen Körper neigte, und ging davon. Die Rechnung habe ich bezahlt.

Ich bat um ein Treffen mit Lagrange, der mir diesen Stieber bereits genannt hatte. Er sei spezialisiert auf das Sammeln von Informationen im Ausland, erklärte Lagrange, aber er wisse sich auch in Sekten und Bewegungen einzuschleusen, die den ruhigen Gang der Staatsangelegenheiten zu stören trachteten. Vor gut zehn Jahren habe er wertvolles Material über diesen Marx gesammelt, der sowohl den Deutschen wie den Engländern Sorgen bereite. Anscheinend sei es ihm gelungen, ihm oder einem seiner Agenten namens Krause, der unter dem falschen Namen Fleury operiere, als Doktor verkleidet in das Londoner Haus dieses Marx einzudringen und sich eine Liste mit den Namen aller Angehörigen des Bundes der Kommunisten zu beschaffen. Schöner Coup, der es erlaubt habe, viele gefährliche Indivi-

Ich bat um ein Treffen mit Lagrange… (S. 252)

duen zu verhaften, schloss Lagrange. Unnötige Vorsicht, bemerkte ich, denn um sich so übertölpeln zu lassen, mussten diese Kommunisten schon ziemlich töricht gewesen sein und wären ohnehin nicht weit gekommen. Aber Lagrange meinte, das wisse man nie. Besser vorbeugen und bestrafen, ehe die Straftaten begangen werden.

»Ein guter Agent der Nachrichtendienste ist verloren, wenn er in etwas bereits Geschehenes eingreifen muss. Unser Metier ist, dafür zu sorgen, dass es früher geschieht. Wir geben nicht wenig Geld dafür aus, Tumulte auf den Boulevards zu organisieren. Dazu braucht man nicht viel, ein paar Dutzend entlassene Zuchthäusler und einige Polizisten in Zivil genügen, sie plündern drei Restaurants und zwei Bordelle, auf den Lippen die Marseillaise, zünden ein paar Zeitungskioske an, dann kommen die Unseren in Uniform und verhaften sie alle nach einem Anschein von Handgemenge.«

»Und wem nützt das?«

»Es nützt, um die guten Bürger in Sorge zu halten und alle davon zu überzeugen, dass eine starke Hand vonnöten ist. Müssten wir reale Tumulte unterdrücken, die von wer weiß wem organisiert sind, täten wir uns nicht so leicht. Aber zurück zu Stieber. Als er zum Chef der preußischen Geheimpolizei ernannt worden war, ging er – scheinbar zwangspensioniert – als Gaukler verkleidet durch die Dörfer in Böhmen, um alles zu notieren und ein Netz von Informanten längs des Weges aufzubauen, den später die preußische Armee von Berlin nach Prag nehmen sollte. Einen ähnlichen Dienst hat er auch in Frankreich aufgezogen – in Voraussicht auf einen Krieg, der früher oder später unvermeidbar sein wird.«

»Wäre es dann nicht besser, ich ginge diesem Mann aus dem Wege?«

»Nein. Wir müssen ihn im Auge behalten. Darum ist es besser, wenn die, die für ihn arbeiten, unsere Agenten sind. Im übrigen sollen Sie sich ja über eine Geschichte informieren, die nur die Juden betrifft und uns nicht interessiert. Also werden Sie unserer Regierung nicht schaden, wenn Sie mit Stieber zusammenarbeiten.«

Eine Woche später bekam ich ein Billet von diesem Polizeirat Stieber. Er fragte mich, ob es mir sehr unangenehm wäre, nach München zu fahren, um dort einen Mann seines Vertrauens zu treffen, einen gewissen Goedsche, dem ich meinen Bericht übergeben könne. Sicher war mir das nicht gerade angenehm, aber mein Interesse an der zweiten Hälfte des Honorars war größer.

Ich fragte Lagrange, ob er diesen Goedsche kenne, und erfuhr von ihm, dass er Postbeamter gewesen war und unterderhand als Agent provocateur für die preußische Geheimpolizei gearbeitet hatte. Nach den Unruhen von 1848 hatte er, um einen Anführer der Demokraten zu diskriminieren, falsche Briefe produziert, aus denen hervorging, dass der Betreffende den König ermorden wolle. Doch wie man sieht, gibt es noch Richter in Berlin, denn jemand hatte dann bewiesen, dass diese Briefe gefälscht waren, Goedsche flog auf und musste den Postdienst verlassen. Aber damit nicht genug, die Sache hatte auch seine Glaubwürdigkeit in den Kreisen der Geheimdienste beschädigt, die zwar das Fälschen von Dokumenten verzeihen, aber nicht, wenn man sich dabei ertappen lässt. So begann er eine neue Karriere als Autor historischer Romane, die er unter dem Pseudonym »Sir John Retcliffe« veröffentlichte, sowie als Mitarbeiter der *Kreuzzeitung*, einem antijüdischen Hetzblatt in Preußen. Und die Dienste benutzten ihn nur noch zur Verbreitung von Nachrichten, ob falscher oder wahrer, über die Welt der Juden.

Er war also genau der Richtige für meinen Fall, sagte ich mir, aber Lagrange meinte, die Tatsache, dass bei dieser Geschichte auf Goedsche zurückgegriffen werde, zeige eher, dass mein Bericht den Preußen nicht viel bedeute, weshalb sie einen ihrer kleinen Handlanger beauftragt hätten, einen Blick darauf zu werfen, gleichsam zur Entlastung ihres Gewissens, und mich dann auszuzahlen.

»Das glaube ich nicht, den Deutschen liegt viel an meinem Bericht«, protestierte ich. »So viel, dass sie mir eine beträchtliche Summe dafür bezahlen wollen.«

»Wer hat Ihnen das versprochen?« fragte Lagrange, und als ich ihm Dimitri nannte, lächelte er: »Russen, Simonini, damit ist alles gesagt. Was kostet es einen Russen, Ihnen etwas im Namen der Deutschen zu versprechen? Aber fahren Sie trotzdem nach München, auch wir würden gerne wissen, was die dort planen. Und seien Sie sich immer bewusst, dass dieser Goedsche ein gewissenloser Schurke ist. Sonst würde er dieses Metier nicht ausüben.«

Man kann nicht sagen, dass Lagrange sehr nett zu mir war, aber vielleicht rechnete er zur Kategorie der Gewissenlosen auch die höheren Grade und mithin sich selbst. Aber wenn sie mich gut bezahlen, bin ich nicht nachtragend.

Ich glaube, ich habe in diesem Tagebuch schon den Eindruck beschrieben, den ich von jenen großen Münchner Bierlokalen hatte, in denen sich die Bayern an sehr langen *tables d'hôtes* Ellbogen an Ellbogen drängen, sich mit fettigen Würsten vollstopfen und mit Bier aus riesigen Maßkrügen vollaufen lassen, Männer und Frauen, die Frauen noch lachlustiger, lärmender und vulgärer als die Männer. Entschieden eine niedere Rasse, es hat mich einige Mühe gekostet nach der an sich schon überaus mühsamen Reise, nur jene zwei Tage in teutonischen Landen zu verbringen.

Genau in ein solches Bierlokal hatte mich Goedsche bestellt, und ich muss zugeben, mein deutscher Spion schien wie geboren zum Schnüffeln in diesem Ambiente: Seine unverschämt elegante Kleidung konnte den füchsischen Aspekt des von kleinen Aufträgen Lebenden nicht verbergen.

In schlechtem Französisch fragte er mich sofort nach meinen Quellen, ich blieb vage, lavierte, versuchte von anderen Dingen zu reden, verwies auf meine garibaldinischen Jugendsünden, was ihn angenehm überraschte, denn er schreibe gerade, sagte er, einen Roman über die italienischen Entwicklungen im Jahre 1860. Er sei fast fertig, der Roman werde unter dem Titel *Biarritz* erscheinen und mehrere Bände haben, aber nicht alle spielten in Italien, es gehe auch nach Sibirien und nach Warschau und eben nach Biarritz und so weiter. Er sprach gern und mit einer gewissen Anteilnahme über seinen Roman, es freue ihn besonders, auch die Sixtinische Kapelle darin unterzubringen. Ich verstand nicht ganz den Zusammenhang, aber es schien, dass der Kern der Geschichte die permanente Drohung dreier unheilvoller Kräfte war, die untergründig die Welt beherrschten, nämlich der Freimaurer, der Katholiken, insbesondere der Jesuiten, und der Juden, die sich auch unter die beiden ersten mischten, um die Fundamente der Reinheit der teutonisch-protestantischen Rasse zu untergraben.

Zuerst gehe es um die italienischen Machenschaften der mazzinianischen Freimaurer, dann verlagere sich die Geschichte nach Warschau, wo die Freimaurer gegen Russland konspirierten, zusammen mit den Nihilisten, einer verfluchten Rasse, wie sie die slawischen Völker zu allen Zeiten hervorgebracht hätten, auf beiden Seiten großenteils Juden – wichtig dabei ihr Rekrutierungssystem, das an jenes der Bayerischen Illuminaten und der Carbonari erinnere, jedes Mitglied rekrutiere neun andere, die sich untereinander nicht kennen dürfen… Danach gehe es zurück nach Italien, auf der Spur des Vormarsches der Piemontesen ins Königreich Neapel, mit einem Wirrwarr von Kränkungen, Verrat, Vergewaltigung adliger Damen, rocambolesken Reisen, todesmutigen irischen Legitimisten, alles Mantel und Degen, geheime Botschaften werden unter den Schwänzen der Pferde verborgen, ein böser carbonarischer Prinz Caracciolo vergewaltigt ein armes (irisch-legitimistisches) Mädchen, man entdeckt verräterische Ringe aus grün oxydiertem Gold mit umeinandergeschlungenen Schlangen und einer roten Koralle im Zentrum, es wird versucht, einen Sohn Napoleons III. zu entführen, dazwischen das Drama von Castelfidardo, wo das Blut der papsttreuen deutschen Truppen vergossen wurde, mit wütenden Ausfällen gegen die *welsche Feigheit* – das sagte Goedsche auf deutsch, vielleicht um mich nicht zu verletzen, aber soviel war mir noch von meinen Deutschstunden in Erinnerung, dass ich verstand: er meinte die typische Feigheit der lateinischen Rassen. Von nun an wurde die Geschichte immer verworrener, und wir waren noch nicht am Ende des ersten Bandes.

Je länger Goedsche erzählte, desto mehr glänzten seine Augen, die vage an Schweinsäuglein erinnerten, er fing langsam an zu sabbern, kicherte vor sich hin über Einfälle, die ihm exzellent vorkamen, und schien begierig auf Klatsch und Tratsch aus erster Hand über Cialdini, Lamarmora und die anderen piemontesischen Generäle – und natürlich auch über das garibaldinische Lager. Aber da in seinen Kreisen für Informationen bezahlt wird, hielt ich es nicht für angebracht, ihm gratis interessante Dinge über die Entwicklung in Italien zu erzählen. Außerdem war es besser, über das, was ich wusste, zu schweigen.

Der Mann war sowieso auf dem falschen Dampfer, sagte ich mir. Man darf niemals eine Gefahr mit tausend Gesichtern an die Wand malen, die Gefahr muss eindeutig klar und erkennbar sein, ein einziges Gesicht haben, damit die Leute wissen, woran sie sind, sonst verlaufen sie sich in alle Richtungen. Wenn du die Juden anprangern willst, dann sprich von den Juden und lass die Iren, die neapolitanischen Fürsten, die piemontesischen Generäle, die polnischen Patrioten und die russischen Nihilisten, wo sie sind. Zuviel Holz fürs Feuer. Wie kann man all diesen Spuren folgen? Zumal ja außerhalb dieses Romans das ganze Denken Goedsches ausschließlich und allein um die Juden zu kreisen schien, was umso besser für mich war, da ich ihm ja ein kostbares Dokument über die Juden anbieten wollte.

Tatsächlich erklärte er mir, dass er seinen Roman nicht wegen des Geldes oder anderer Hoffnungen auf irdischen Ruhm schreibe, sondern um die deutsche Rasse von der jüdischen Hinterlist zu befreien.

»Man muss zurückgehen bis auf das, was Martin Luther über die Juden gesagt hat: Ein solch bis ins Mark ›durchböstes, durchgiftetes, durchteufeltes Ding‹ sei es um diese Juden, jahrhundertelang seien sie ›unsere Plage, Pestilenz und Unglück gewesen und sind es noch‹. Sie seien, so Luthers Worte, ›giftige, bittere, rachgierige Schlangen, Meuchelmörder und Teufelskinder, die heimlich stechen und Schaden tun, weil sie es öffentlich nicht vermögen‹. Ihnen gegenüber sei die einzig angemessene Therapie eine *scharfe Barmherzigkeit*« – das konnte ich mir nicht übersetzen, begriff aber, dass es wörtlich verstanden eine *aspra misericordia* war, doch eigentlich meinte Luther wohl einfach Unbarmherzigkeit. »Ihre Synagogen müsse man in Brand stecken«, fuhr Goedsche fort, Luther zu zitieren, »und was nicht brennen wolle mit Erde überhäufen, so dass kein Mensch mehr einen Stein davon sehe, ihre Häuser müsse man zerstören und sie in einen Stall jagen wie die Zigeuner, ihre talmudischen Texte müsse man ihnen wegnehmen, aus denen sie nur Lügen, Fluch und Lästerung lernten, den

Wucher müsse man ihnen verbieten und alles nehmen, was sie an Gold, Barschaft und Kleinodien besitzen, den jungen Juden müsse man Axt und Spaten in die Hand drücken, den jungen Jüdinnen Rocken und Spindel, denn« – so kommentierte Goedsche grinsend – *Arbeit macht frei*. Die Endlösung wäre für Luther gewesen, die Juden wie tolle Hunde aus dem Lande zu jagen.

»Man hat nicht auf Luther gehört«, schloss Goedsche, »jedenfalls bisher nicht. Das liegt daran, dass zwar seit der Antike die nichteuropäischen Völker als hässlich angesehen wurden – nehmen Sie bloß die Neger, die noch heute zu Recht als Tiere gelten –, aber dass noch kein sicheres Kriterium definiert worden war, um die höheren Rassen zu erkennen. Heute wissen wir, dass die höchste Stufe der Menschheit mit der weißen Rasse erreicht ist und dass die höchste Form der weißen Rasse die germanische ist. Aber durch die Präsenz der Juden wird die Reinheit dieser Rasse ständig bedroht. Denken Sie nur an eine griechische Statue, welche Reinheit der Züge, welche Anmut und Eleganz der Gestalt, nicht zufällig wurde diese Schönheit mit Tugend gleichgesetzt, wer schön war, war auch gut, wie es auch bei den großen Helden unserer teutonischen Mythen der Fall war. Nun stellen Sie sich vor, diese Apolls würden durch semitische Züge entstellt, mit dunklerem Teint, finsteren Augen, krummer Nase, gedrungenem Körper. Für Homer waren dies die charakteristischen Merkmale des Thersites, der personifizierten Gemeinheit. Die christliche Legende, in der noch jüdische Elemente mitschwingen – schließlich hat Paulus sie begründet, ein asiatischer Jude, heute würden wir sagen: ein Türke –, hat uns eingeredet, alle Rassen gingen auf Adam zurück. Nein, nach der Trennung vom Urtier haben die Menschen verschiedene Wege eingeschlagen. Wir müssen an den Punkt zurückgehen, wo sich die Wege getrennt haben, also an den wahren nationalen Ursprung unseres Volkes, der nichts zu tun hat mit den Phantastereien der französischen *lumières* und ihrem Kosmopolitismus, ihrer *égalité* und ihrer *fraternité universelle*. Dies ist der Geist der neuen Zeit. Was man heute in Europa das *Risorgimento*, die Auferstehung eines Volkes nennt, ist die Berufung auf die Reinheit der ursprünglichen Rasse. Nur dass der Begriff – und das Ziel – allein für die germanische Rasse gilt, und es ist lächerlich, wenn in Italien die Rückkehr zur Schönheit von einst durch euren krummbeinigen Garibaldi repräsentiert wird und durch euren kurzbeinigen König und diesen Zwerg Cavour. Was daran liegt, dass auch die Römer zur semitischen Rasse gehörten.«

»Die Römer?«

»Haben Sie Vergil nicht gelesen? Ihr Stammvater war ein Trojaner, also ein Asiate, und diese semitische Migration hat den Geist der alt-italischen Völker zerstört, sehen Sie nur, was mit den Kelten geschehen ist: Erst wurden sie romanisiert, dann sind sie schließlich Franzosen geworden, also Lateiner auch sie. Nur den Germanen ist es gelungen, sich rein und makellos zu erhalten und die Macht Roms zu brechen. Aber schließlich kann man die Überlegenheit der arischen Rasse und die Minderwertigkeit der jüdischen und damit zwangsläufig auch der lateinischen schon an ihren Leistungen in den verschiedenen Künsten erkennen: Weder Italien noch Frankreich haben einen Bach, einen Mozart, einen Beethoven, einen Wagner hervorgebracht.«

Goedsche selbst sah nicht unbedingt wie der Inbegriff des arischen Helden aus, den er so feierte, im Gegenteil, wenn ich die Wahrheit hätte sagen müssen (aber warum soll man immer gerade die Wahrheit sagen?), erschien er mir eher wie ein lüsterner und verfressener Jude. Aber letzten Endes musste ich ihm wohl vertrauen, da ihm die Dienste vertrauten, die mir meine restlichen 25 000 Francs zahlen sollten.

Dennoch konnte ich mir eine kleine Bosheit nicht verkneifen. Ich fragte ihn, ob er sich für einen guten Repräsentanten der überlegenen apollinischen Rasse halte. Er sah mich finster an und sagte, die Zuge-hörigkeit zu einer Rasse sei nicht nur eine physische, sondern vor al-lem eine spirituelle Tatsache. Ein Jude bleibe Jude, auch wenn er durch einen Zufall der Natur mit blonden Haaren und blauen Augen gebo-ren würde, so wie es Kinder mit sechs Fingern gebe und Frauen, die multiplizieren können. Und ein Arier sei Arier und lebe den Geist sei-nes Volkes, auch wenn er schwarze Haare habe.

Aber meine Frage hatte seinen missionarischen Eifer gebremst. Er fasste sich, wischte sich mit einem großen rotkarierten Tuch den Schweiß von der Stirn und bat mich um das Dokument, dessentwe-gen wir uns getroffen hatten. Ich übergab es ihm, und nach allem, was er mir gesagt hatte, nahm ich an, es müsse ihn in Entzücken versetzen. Wenn seine Regierung die Juden gemäß dem Auftrag Luthers erledigen wollte, müsste doch meine Geschichte vom Prager Friedhof wie gerufen kommen, um ganz Preußen über die Natur der jüdischen Weltverschwörung in Alarm zu versetzen. Stattdessen las er langsam, trank zwischendurch immer wieder einen Schluck Bier, runzelte mehrmals die Stirn, kniff die Augen zu Schlitzen zusammen, so dass er fast wie ein Mongole aussah, und sagte schließlich: »Ich weiß nicht, ob diese Aufzeichnungen uns wirklich interessieren können. Sie sagen aus, was wir schon immer über die jüdischen Machenschaften wussten. Sicher sagen sie es besonders schön, und wenn das erfunden wäre, wäre es gut erfunden.«

»Aber ich bitte Sie, Herr Goedsche, ich bin doch nicht hier, um Ihnen erfundenes Material zu verkaufen!«

»Das nehme ich gar nicht an, aber auch ich habe Pflichten gegenüber denen, die mich bezahlen. Es muss erst noch die Echtheit des Dokuments geprüft werden. Ich muss diese Bögen Herrn Polizeirat Stieber und seiner Behörde vorlegen. Überlassen Sie sie mir und fahren Sie ruhig, wenn Sie wollen, zurück nach Paris. Sie erhalten die Antwort dann in den nächsten Wochen.«

»Aber Oberst Dimitri hat mir gesagt, es wäre alles erledigt.«

»Noch nicht, noch nicht. Ich sage Ihnen, überlassen Sie mir das Dokument.«

»Ich will offen zu Ihnen sein, Herr Goedsche. Was Sie da in Händen halten, ist ein Originaldokument, ein Original, verstehen Sie? Sein Wert liegt sicher in dem, was es aussagt, aber mehr noch in der Tatsache, dass diese Aussagen in einem originalen Bericht stehen, der in Prag verfasst worden ist, unmittelbar nach der Versammlung, von der er berichtet. Ich kann nicht zulassen, dass dieses Dokument in fremden Händen zirkuliert, jedenfalls nicht, ehe mir die versprochene Belohnung ausgezahlt worden ist.«

»Sie sind übertrieben misstrauisch. Also gut, bestellen Sie sich noch ein oder zwei Bier und geben Sie mir eine Stunde Zeit, damit ich diesen Text abschreiben kann. Sie sagten ja selbst, dass die Aussagen, die er enthält, soviel taugen, wie sie eben taugen, und wenn ich Sie betrügen wollte, würde es genügen, mir den Inhalt gut einzuprägen, denn ich kann Ihnen versichern, ich behalte das, was ich gelesen habe, fast Wort für Wort in Erinnerung. Aber ich möchte den Text Herrn Stieber vorlegen. Und darum lassen Sie mich ihn rasch abschreiben. Das Original ist mit Ihnen hier hereingekommen und wird dieses Lokal auch mit Ihnen wieder verlassen.«

Dagegen konnte ich nichts einwenden. So erniedrigte ich meinen Gaumen mit einem von diesen scheußlichen teutonischen Würstchen, trank viel Bier und muss sagen, manchmal kann deutsches Bier so gut wie das französische sein, und wartete geduldig, bis Goedsche alles säuberlich abgeschrieben hatte.

Wir verabschiedeten uns kühl. Er gab mir zu verstehen, dass wir uns die Rechnung teilen sollten, hatte sogar ausgerechnet, dass ich einige Biere mehr als er getrunken hatte, versprach mir, sich in ein paar Wochen bei mir zu melden, und ließ mich sprachlos zurück – sprachlos und schäumend vor Wut über diese lange vergebliche Reise auf eigene Kosten und ohne einen Taler des schon mit Dimitri ausgehandelten Honorars gesehen zu haben.

Was bin ich doch für ein Dummkopf, sagte ich mir, Dimitri wusste natürlich, dass Stieber nicht zahlen würde, und hatte sich meinen Text einfach für die Hälfte des Preises gesichert. Lagrange hatte recht gehabt, einem Russen darf man nicht trauen. Vielleicht hatte ich aber auch einfach zuviel verlangt und sollte zufrieden sein, immerhin die Hälfte bekommen zu haben.

Inzwischen war ich überzeugt, dass die Deutschen sich nie wieder bei mir melden würden, und tatsächlich vergingen mehrere Monate, ohne dass ich irgendetwas von ihnen hörte. Als ich Lagrange von meinem Ärger erzählte, sagte er mit nachsichtigem Lächeln: »Das sind die Ungewissheiten unseres Metiers, wir haben es nicht mit Heiligen zu tun.«

Aber die Sache ließ mich nicht ruhen. Meine Geschichte vom Friedhof in Prag war viel zu gut ausgedacht, um ungenutzt irgendwo in Sibirien zu enden. Ich könnte sie an die Jesuiten verkaufen. Schließlich waren die ersten richtigen Anklagen gegen die Juden und die ersten Hinweise auf ihre internationale Verschwörung von einem Jesuiten wie Barruel gekommen, und der Brief meines Großvaters musste auch anderen Mitgliedern des Ordens aufgefallen sein.

Der einzige, der mir als mögliches Bindeglied zu den Jesuiten einfiel, war der Abbé Dalla Piccola. Lagrange hatte mich mit ihm in Kontakt gebracht, also wandte ich mich an Lagrange. Er versprach mir, ihn wissen zu lassen, dass ich ihn suchte. Und tatsächlich erschien der Abbé nach einiger Zeit in meinem Laden. Ich zeigte ihm meine Ware, wie es sich in der Welt des Handels gehört, und er schien interessiert.

»Natürlich muss ich Ihr Dokument zuerst prüfen«, sagte er, »und dann jemandem in der Gesellschaft Jesu davon erzählen, denn das sind keine Leute, die so etwas blind kaufen. Ich hoffe, Sie vertrauen mir und überlassen mir das Dokument für ein paar Tage. Ich werde es nicht aus den Händen geben.«

Einem würdigen Kirchenmann vertraute ich gerne.

Eine Woche später erschien Dalla Piccola wieder im Laden. Ich bat ihn hinauf ins Studio und wollte ihm etwas zu trinken anbieten, aber er machte keine freundliche Miene.

»Simonini«, sagte er, »Sie halten mich wohl für blöd. Sie waren im Begriff, mich als Fälscher dastehen zu lassen vor den Patres der Gesellschaft Jesu, mit denen ich im Laufe der Jahre ein Netz von guten Beziehungen geknüpft hatte, das nun zu zerreißen droht!«

»Monsier l'Abbé, ich weiß nicht, wovon Sie sprechen…«

»Hören Sie auf, ihr Spiel mit mir zu treiben. Sie haben mir dieses angeblich geheime Dokument gegeben«, er warf meinen Bericht über den Friedhof in Prag auf den Tisch, »ich wollte gerade einen sehr hohen Preis dafür verlangen, da schauen mich die Jesuiten wie einen Tölpel an und weisen mich freundlich darauf hin, dass mein so streng gehütetes Dokument bereits als Fiktion erschienen ist, nämlich in einem Roman namens *Biarritz* von einem gewissen Sir John Retcliffe. Hier, manche Passagen fast genau gleich, Wort für Wort!« Er warf ein Buch auf den Tisch neben meinen Bericht. »Offensichtlich können Sie deutsch und haben diesen kürzlich erschienenen Roman gelesen. Sie haben die Geschichte von dieser nächtlichen Versammlung auf dem Friedhof in Prag gefunden, sie hat Ihnen gefallen, und Sie konn-

*Eine Woche später erschien Dalla Piccola wieder im Laden…
»Simonini«, sagte er, »Sie halten mich wohl für blöd… (S. 263)*

ten der Versuchung nicht widerstehen, eine Erfindung als Realität zu verkaufen. Und mit der Schamlosigkeit des Plagiators haben Sie darauf vertraut, dass diesseits des Rheins niemand deutsch lesen kann...«

»Hören Sie, ich glaube zu verstehen...«

»Da gibt es nicht viel zu verstehen. Ich hätte dieses Altpapier in den Müll werfen und Sie zum Teufel schicken können, aber ich bin pedantisch und rachsüchtig. Ich verspreche Ihnen, ich werde Ihre Freunde in den Diensten wissen lassen, was für einer Sie sind und wie sehr man sich auf Ihre Informationen verlassen kann. Warum sage ich Ihnen das jetzt? Nicht aus Loyalität, denn die verdient einer wie Sie nicht, sondern damit Sie wissen, falls die Dienste entscheiden, dass Sie einen Dolchstoß in den Rücken verdienen, wer sie dazu angeregt hat. Es wäre ja müßig, jemanden aus Rache zu töten, wenn der Betreffende nicht weiß, wem er seinen Tod zu verdanken hat, finden Sie nicht?«

Alles war klar, dieser Schurke von Goedsche – und Lagrange hatte mir ja gesagt, dass er Romane unter dem Pseudonym Retcliffe verfasste – hatte mein Dokument keineswegs diesem Herrn Stieber vorgelegt: Er hatte bemerkt, dass die Sache wunderbar in seinen Roman passte, und da sie auch seinen antijüdischen Furor befriedigte, hatte er sich einer wahren Geschichte bemächtigt (wie er jedenfalls glaubte), um daraus eine Erzählung zu machen – seine. Lagrange hatte mich ja auch schon gewarnt, dass der Gauner sich im Fälschen von Dokumenten hervorgetan habe, und dass nun ausgerechnet ich so naiv in die Falle eines Fälschers gegangen war, machte mich rasend vor Wut.

Doch in die Wut mischte sich auch Angst. Als Dalla Piccola von Dolchstößen in den Rücken sprach, glaubte er vielleicht, in Metaphern zu reden, aber Lagrange war deutlich gewesen: Wird in der Welt der Geheimdienste jemand unbequem, lässt man ihn verschwinden. Man denke nur, ein Mitarbeiter, der öffentlich unglaubwürdig wird, weil er Romankitsch als vertrauliche Information verkauft, und der obendrein riskiert, diese Dienste vor der Gesellschaft Jesu lächerlich zu machen, wer will den noch zwischen den Füßen haben? Ein Messerstich, und weg mit ihm in die Seine.

Das war's, was mir der Abbé Dalla Piccola versprach, und es half nichts, dass ich ihm erklärte, wie es wirklich gewesen war, denn er hatte keinerlei Grund, mir zu glauben; er wusste ja nicht, dass ich Goedsche das Dokument gegeben hatte, bevor der infame Kerl mit seinem Roman fertig war, er wusste nur, dass ich es ihm, dem Abbé, gegeben hatte, *nachdem* Goedsches Roman erschienen war.

Ich saß in einer Klemme, aus der es keinen Ausweg gab.

Es sei denn, ich würde Dalla Piccola am Reden hindern.

Ich handelte quasi instinktiv. Auf meinem Schreibtisch steht ein schwerer schmiedeeiserner Kerzenständer, den ergriff ich und stieß Dalla Piccola an die Wand. Er riss die Augen auf und rief erschrocken: »Sie werden mich doch nicht umbringen…«

»Doch, tut mir leid«, erwiderte ich.

Und es tat mir wirklich leid, aber man muss aus der Not eine Tugend machen. Ich schlug zu. Der Abbé stürzte zu Boden, und Blut quoll zwischen seinen vorstehenden Zähnen hervor. Ich betrachtete seine Leiche, ohne mich im mindesten schuldig zu fühlen. Er hatte es so gewollt.

Jetzt musste ich diese lästige Leiche nur noch irgendwie loswerden.

Als ich den Laden und die Wohnung im ersten Stock gekauft hatte, war der Vorbesitzer mit mir in den Keller gegangen und hatte mir eine Falltür gezeigt, die sich dort im Boden öffnete.

»Da werden Sie ein paar Stufen finden«, hatte er gesagt, »und am Anfang werden Sie nicht den Mut haben, da hinunterzusteigen, denn Sie werden fürchten, dass der große Gestank Sie ohnmächtig werden lässt. Aber manchmal wird es notwendig sein. Sie sind Ausländer und kennen vielleicht nicht die ganze Geschichte. Früher wurden die Abfälle hier einfach auf die Straße geworfen, es gab sogar ein Gesetz, das vorschrieb, ›Achtung, Wasser!‹ zu rufen, bevor man seine Notdurft aus dem Fenster kippte, aber es machte zuviel Mühe, man kippte den Nachttopf einfach aus, und wer gerade unten vorbeikam, hatte eben Pech gehabt. Dann sind in den Straßen offene Kanäle angelegt worden und schließlich hat man die Abwasserleitungen unter die Erde verlegt, und so sind die Kloaken entstanden. Jetzt hat der Baron Haussmann endlich ein gutes Kanalisationssystem in Paris gebaut, aber es dient hauptsächlich dazu, das Wasser abfließen zu lassen, und die Exkremente gehen ihre eigenen Wege; wenn der Abfluss unter ihrem Abort nicht verstopft ist, fließen sie zu einem Graben, der nachts entleert wird, um sie in größere Auffangbecken zu leiten. Aber zur Zeit diskutiert man, ob es nicht besser wäre, endgültig das System des *tout-à-l'égout* anzunehmen, soll heißen, dass in den großen Kanälen nicht nur das Abwasser, sondern auch aller andere Unrat zusammenfließen soll. Deshalb verlangt ein Dekret seit mehr als zehn Jahren von den Hausbesitzern, ihre Häuser durch einen mindestens ein Meter dreißig breiten Tunnel mit dem nächsten Abwasserkanal zu verbinden. Solch einen Tunnel werden Sie dort unten finden, nur ist er noch enger und nicht so hoch, wie das Gesetz es vorschreibt. Tja, sehen Sie, so ist das eben, das wird vielleicht unter den großen Boulevards richtig gemacht, aber nicht hier in einer schmalen Sackgasse, wo sich kein Mensch um so was kümmert. Und niemand wird jemals herkommen, um zu kontrollieren, ob die Leute hier wirklich hinuntersteigen und ihre Abfälle dahin bringen, wohin sie sollen. Wenn es Ihnen schlecht wird bei der Vorstellung, dieses ganze Ekelzeug zu zermatschen, dann werfen Sie ihre Abfälle einfach diese Stufen da hinunter, im Vertrauen darauf, dass an Regentagen ein bisschen Wasser bis hierher gelangt und alles wegspült. Übrigens könnte dieser Zugang zu den Kloaken auch Vorteile haben. Wir leben in Zeiten, in denen alle zehn bis zwanzig Jahre in Paris eine Revolution oder ein Aufstand ausbricht, da kann ein unterirdischer Fluchtweg nie schaden. Wie alle Pariser werden Sie den vor kurzem erschienenen Roman *Les Misérables* gelesen haben, wo der Protagonist mit einem verletzten Freund durch die Kloaken entflieht, und so verstehen Sie, was ich meine.«

Als eifriger Leser der *romans-feuilletons* kannte ich die Geschichte von Victor Hugo natürlich gut. Ich wollte gewiss nicht die dort beschriebene Erfahrung selber machen, auch weil ich nicht weiß, ob ich es so lange da unten aushalten würde. Mag sein, dass in anderen Gegenden von Paris die unterirdischen Kanäle hinreichend hoch und breit sind, aber der, der unter der Place Maubert durchfloss, musste mehrere Jahrhunderte älter sein. Es war schon nicht leicht, Dalla Piccolas Leiche aus dem ersten Stock in den Laden und von dort in den Keller zu bringen, zum Glück war das Männlein ziemlich krumm und mager, so dass es sich gut tragen ließ. Aber um es die Stufen unter der Falltür hinunterzubringen, musste ich es hinunterrollen, dann stieg ich gebeugt hinterher und zog es noch ein paar Meter weiter, um es nicht direkt unter meinem Hause verwesen zu lassen. Mit einer Hand zog ich es am Fuß hinter mir her und mit der anderen hielt ich eine Lampe hoch – und leider hatte ich keine dritte Hand, um mir die Nase zuzuhalten.

Es war das erste Mal, dass ich die Leiche eines von mir Getöteten verschwinden lassen musste, denn bei Nievo und bei Ninuzzo hatte die Sache sich ohne mein Zutun erledigt (bei Ninuzzo hätte ich allerdings etwas tun sollen, jedenfalls das erste Mal). Jetzt im nachhinein mache ich mir bewusst, dass der schwierigste Teil bei einem Mord das Verbergen der Leiche ist, das muss wohl der Grund dafür sein, warum die Pfarrer davon abraten, jemanden zu töten, außer natürlich im Krieg, wo man die Toten für die Geier liegenlässt.

Ich schleppte meinen Toten noch gut zehn Meter weiter, und einen Abbé hinter sich her durch Exkremente zu schleifen, die nicht nur die eigenen sind, sondern von wer weiß wem stammen, ist keine angenehme Beschäftigung, schon gar nicht, wenn man sie dem eigenen Opfer erzählen muss – mein Gott, was schreibe ich da? Aber schließlich, nachdem ich auf diese Weise viel Kot zermatscht hatte, gewahrte ich in der Ferne einen Lichtstreifen, der mir anzeigte, dass es am Eingang der Impasse Maubert einen Schacht zur Straße geben musste.

Hatte ich anfangs noch vorgehabt, die Leiche bis zu einem größeren Kanal zu schleppen, um sie dort der Barmherzigkeit reichlicherer Wassermassen zu überlassen, so sagte ich mir später, dass diese Wassermassen sie wer weiß wohin spülen würden, womöglich in die Seine, so dass sie dann jemand noch würde identifizieren können. Eine richtige Überlegung, denn gerade dieser Tage habe ich in der Zeitung gelesen, dass in den großen Ausflussbecken unterhalb von Clichy vor kurzem innerhalb von sechs Monaten die Kadaver von viertausend Hunden, fünf Kälbern, zwanzig Hammeln, sieben Ziegen und sieben

Schweinen, achtzig Hühnern, neunundsechzig Katzen, neunhundert-fünfzig Kaninchen, einem Affen und einer Boa Constrictor gefunden worden sind. Die Statistik sagt nichts über Abbés, aber ich hätte dazu beitragen können, sie noch spektakulärer zu machen. Würde ich meinen Toten einfach hier liegenlassen, bestanden gute Chancen, dass er sich nicht fortbewegen würde. Zwischen der Mauer und dem eigentlichen Kanal – der sicher viel älter war als die des Barons Haussmann – verlief ein schmaler Fußweg, und dort ließ ich die Leiche liegen. Bei dem Gestank und der Feuchtigkeit würde sie sich bald zersetzt haben, dachte ich mir, und dann würden nur noch unidentifizierbare Knochen bleiben. Und außerdem, wenn ich die Natur der Impasse bedachte, konnte ich darauf vertrauen, dass sie keine Instandhaltung verdiente und daher nie jemand hier herunterkommen würde. Und selbst wenn doch und wenn man hier unten noch menschliche Reste finden würde, müsste man erst mal beweisen, dass sie aus meinem Haus kamen: Jeder beliebige hätte sie durch den Schacht von der Straße hierher bringen können.

Ich kehrte zurück in mein Studio und schlug den Roman von Goedsche an der Stelle auf, wo Dalla Piccola ein Lesezeichen eingelegt hatte. Mein Deutsch war ein bisschen eingerostet, aber zum Verständnis der Fakten reichte es noch, wenn auch nicht mit allen Nuancen. Sicher, das war meine Rede des Rabbiners auf dem Friedhof in Prag, nur beschrieb Goedsche (dem man einen gewissen Sinn für Theatralik nicht absprechen konnte) den nächtlichen Friedhof noch ein bisschen dramatischer, zuerst ließ er einen Bankier namens Rosenberg auftreten, zusammen mit einem polnischen Rabbiner, der einen seidenen Kaftan trug und lange Locken an den Schläfen hatte, und um hineinzukommen, mussten sie dem Pförtner ein kabbalistisches Erkennungswort mit sieben Silben sagen.

Dann erschien der, der im Original mein Informant war, eingeführt von einem gewissen Lasali, der ihm versprach, ihn an einer Begegnung teilhaben zu lassen, die nur alle hundert Jahre stattfand. Die beiden maskierten sich mit falschen Bärten, und dann lief das Ganze mehr oder weniger so ab, wie ich es geschildert hatte, einschließlich meiner Schlussszene mit dem bläulichen Licht auf dem Grabhügel und den weißen Schemen der Rabbiner, die sich von der Finsternis aufgeschluckt in die Nacht entfernten.

Der Schamlose hatte meinen konzisen Bericht ausgenutzt, um melodramatische Szenen heraufzubeschwören. Er war zu allem bereit, um ein paar Taler zusammenzukratzen. Es gibt wirklich keine Religion mehr.

Genau das, was die Juden wollten.

Jetzt gehe ich schlafen. Ich bin von meinen mäßigen Trinkergewohnheiten abgewichen und habe nicht Wein, sondern unmäßige Mengen von Calvados getrunken (und unmäßig dreht sich mir jetzt der Kopf – ich fürchte, ich werde repetitiv). Doch da es scheint, als würde ich nur, wenn ich in einen tiefen traumlosen Schlaf versinke, als Abbé Dalla Piccola wieder erwachen, würde ich jetzt gerne sehen, wie ich in Gestalt eines Toten erwachen kann, für dessen Tod ich unbezweifelbar sowohl Ursache als auch Zeuge bin.

15.

Dalla Piccola redivivus

6. April 1897, morgens

Capitaine Simonini, ich weiß nicht, ob es während Ihres Schlafes war (mag er nun maßlos oder unmäßig gewesen sein), dass ich erwacht bin und Ihre Seiten gelesen habe. Im ersten Licht des grauenden Tages.

Nachdem ich sie gelesen hatte, sagte ich mir, dass Sie vielleicht aus irgendeinem mysteriösen Grunde gelogen haben (hindert doch Ihr Leben, das Sie so ehrlich dargelegt haben, nicht an der Annahme, dass Sie bisweilen lügen). Wenn es jemanden gibt, der mit Sicherheit wissen müsste, dass Sie mich nicht umgebracht haben, dann doch wohl ich. Trotzdem wollte ich es kontrollieren.

So habe ich mich meiner priesterlichen Kleider entledigt und bin fast nackt in den Keller hinuntergegangen. Dort habe ich die Falltür geöffnet, aber am Rand des mephitischen Tunnelganges, den Sie so eindrucksvoll schildern, hielt ich bestürzt über den Modergeruch inne. Ich fragte mich, was ich eigentlich kontrollieren wollte: ob sich da noch die wenigen Knochen einer Leiche befanden, die Sie vor mehr als fünfundzwanzig Jahren dort abgelegt haben wollen? Und musste ich mich erst in diese widerliche Kloake begeben, um zu entscheiden, dass jene Knochen nicht die meinen sind? Mit Verlaub, das weiß ich schon. Daher glaube ich Ihnen: Sie haben einen Abbé Dalla Piccola umgebracht.

Doch wer bin dann ich? Gewiss nicht der Dalla Piccola, den Sie umgebracht haben (der mir ja ohnehin gar nicht ähnlich sah), aber wie kann es zwei Abbés Dalla Piccola gegeben haben?

Die Wahrheit ist, dass ich womöglich verrückt bin. Ich wage nicht, aus dem Hause zu gehen. Und doch werde ich ausgehen müssen, um mir etwas zu kaufen, denn mein Priestergewand verbietet mir, in Tavernen zu gehen. Ich habe keine so schöne Küche wie Sie – auch wenn ich, um die Wahrheit zu sagen, nicht weniger gefräßig bin.

Mich erfasst ein ununterdrückbares Verlangen, mich umzubringen, aber ich weiß, dass es sich um eine Versuchung des Teufels handelt.

Und außerdem, warum sollte ich mich umbringen, wenn Sie mich doch schon umgebracht haben? Das wäre doch vergeudete Zeit.

7. April

Sehr geehrter Abbé, jetzt reicht's.

Ich weiß noch gut, was ich gestern gemacht habe, und heute morgen habe ich Ihre Notiz gefunden. Hören Sie auf, sich zu quälen. Erinnern auch Sie sich nicht mehr? Dann machen Sie es wie ich, starren Sie lange auf Ihren Bauchnabel und fangen dann an zu schreiben, lassen Sie Ihre Hand für Sie denken. Warum muss immer *ich* es sein, der sich an alles erinnern soll, und Sie bloß an die wenigen Dinge, die ich vergessen wollte?

In diesem Moment überfallen mich andere Erinnerungen. Kaum hatte ich Dalla Piccola umgebracht, bekam ich ein Billet von Lagrange, der mich diesmal auf der Place Fürstenberg treffen wollte, und das um Mitternacht, wenn dieser Ort wirklich sehr gespenstisch ist. Ich hatte ein schlechtes Gewissen, wie ängstliche Gemüter sagen, da ich soeben einen Menschen umgebracht hatte, und ich fürchtete (unsinnigerweise), dass Lagrange es schon wüsste. Dabei wollte er mich, wie es ja eigentlich auch zu erwarten war, wegen etwas ganz anderem sprechen.

»Capitaine Simonini«, sagte er, »wir möchten, dass Sie einen kuriosen Typ im Auge behalten, einen… wie soll ich sagen… satanistischen Kleriker.«

»Wo finde ich ihn? In der Hölle?«

»Kein Scherz. Es handelt sich um einen gewissen Abbé Boullan, der vor Jahren eine Adèle Chevalier kennengelernt hat, eine Laienschwester des Konvents Saint-Thomas-de-Villeneuve in Soissons. Über sie kursierten mystische Gerüchte, sie sei von Blindheit geheilt und habe prophetische Weissagungen gemacht, viele Gläubige begannen zu dem Kloster zu strömen, ihre Oberen waren darüber nicht glücklich, woraufhin der Bischof sie aus Soissons fortschickte – und wie's so geht, unsere Adèle wählte sich Boullan als ihren spirituellen Vater, was wieder mal zeigt, gleich und gleich gesellt sich gern. Sie beschließen, einen Verein zur tätigen Wiedergutmachung der Sünden zu gründen, soll heißen, unserem Herrn im Himmel nicht nur Gebete darzubringen, sondern verschiedene Formen von körperlicher Sühne, um ihn für die Beleidigungen zu entschädigen, die ihm die Sünder antun.«

»Daran ist doch nichts Schlechtes, oder?«

»Nur fingen sie dann an zu predigen, dass man, um sich von der Sünde zu befreien, sündigen müsse, dass die Menschheit von Anfang an entehrt worden sei durch den doppelten Ehebruch Adams mit Lilith und Evas mit Samael (und fragen Sie mich nicht, wer diese beiden sind, ich habe im Religionsunterricht nur von Adam und Eva gehört), kurzum dass man gewisse Dinge tun müsse, bei denen nicht ganz klar ist, worin sie bestanden, aber es scheint, dass der Abbé, die Laienschwester und viele ihrer Gläubigen sich zu etwas wirren Zusammenkünften trafen, bei denen jeder jeden missbrauchte. Und dazu kamen Gerüchte auf, dass der gute Abbé die Frucht seiner unerlaubten Liebe zu Adèle diskret habe verschwinden lassen. Lauter Dinge, werden Sie jetzt sagen, die eigentlich nicht uns interessieren, sondern die Polizeipräfektur, nur ist es dann soweit gekommen, dass auch Damen aus guter Familie, Gattinen hoher Beamter und sogar die Gattin eines Ministers zu dem Haufen gestoßen sind und dass Boullan diesen frommen Damen etliche Gelder abgeknöpft hat. Dadurch wurde die Sache von einer religiösen zu einer Staatsaffäre, und wir mussten uns ihrer annehmen. Die beiden wurden angezeigt, zu drei Jahren Gefängnis wegen Betrug und Beleidigung der guten Sitten verurteilt und Ende '64 entlassen. Danach verloren wir diesen Abbé aus den Augen und dachten schon, er wäre vernünftig geworden. Aber in letzter Zeit, seit er vom Heiligen Offizium nach zahlreichen Bußtaten definitiv die Absolution erteilt bekommen hat, ist er nach Paris zurückgekehrt und hat wieder angefangen, seine Thesen über die Wiedergutmachung der Sünden anderer durch Kultivierung eigener zu vertreten, und wenn

jetzt alle wieder anfangen würden, so zu denken, würde der Fall bald
wieder aufhören, bloß ein religiöser zu sein, und wieder ein politischer werden, Sie verstehen sicher, was ich meine. Im übrigen hat auch
die Kirche wieder angefangen, sich Sorgen zu machen, und kürzlich
hat der Erzbischof von Paris dem Abbé Boullan untersagt, kirchliche
Ämter auszuüben, was auch höchste Zeit war, wenn Sie mich fragen.
Daraufhin hat Boullan sich, als einzige Antwort, umgehend mit einem
anderen häresieverdächtigen Betbruder, einem gewissen Vintras, in
Verbindung gesetzt. Hier in diesem kleinen Dossier finden Sie alles,
was Sie über ihn wissen müssen, oder zumindest, was wir über ihn
wissen. Alles weitere ist Ihre Sache, behalten Sie ihn im Auge und lassen Sie uns wissen, was er ausheckt.«

»Ich bin aber keine fromme Dame auf der Suche nach einem
Beichtvater, der sie missbraucht. Wie soll ich an ihn herankommen?«

»Was weiß ich, verkleiden Sie sich womöglich als Priester. Soweit
ich weiß, haben Sie es doch sogar schon geschafft, sich als garibaldini-
scher General oder so was zu verkleiden.«

Voilà, cher Monsieur l'Abbé, das war's, was mir eben eingefallen ist.
Aber mit Ihnen hat es nichts zu tun.

16.

Boullan

8. April 1897

Capitaine Simonini, als ich heute nacht Ihre erboste Eintragung las, habe ich beschlossen, Ihrem Beispiel zu folgen und mich ans Schreiben zu machen, auch ohne zuvor meinen Bauchnabel angestarrt zu haben, eher fast automatisch, indem ich meinen Körper durch das Werk meiner Hand entscheiden lasse, sich an das zu erinnern, was meine Seele vergessen hatte. Ihr Doktor Froïde war kein Dummkopf.

Boullan... Ich sehe uns vor einer Kirche am Rande von Paris auf und ab gehen. Oder war es in Sèvres? Ich entsinne mich seiner Worte: »Die Sünden wiedergutzumachen, die gegen unseren Herrn im Himmel begangen werden, heißt auch, sie auf sich nehmen. Das Sündigen kann eine mystische Bürde sein, zumal wenn man es so intensiv wie möglich betreibt, um das volle Maß der Bosheiten auszuschöpfen, die Satan der Menschheit abverlangt, und unsere schwächsten Brüder davon zu befreien, die ja allein nicht imstande sind, die bösen Kräfte zu exorzieren, die uns versklavt haben. Haben Sie schon einmal dieses Fliegenpapier gesehen, das gerade in Deutschland erfunden worden ist? Es wird in den Konditoreien benutzt, man tränkt ein Papierband mit Melasse und hängt es über die Torten im Schaufenster. Die Fliegen werden von der Melasse angezogen, bleiben auf dem Band kleben und sterben an Erschöpfung oder ertrinken, wenn man das von Insekten wimmelnde Band in einen Kanal wirft. Sehen Sie, und der gläubige Sündenwiedergutmacher muss wie dieses Fliegenpapier sein: Er muss alle Schmach und Schande auf sich ziehen, um dann ihr reinigender Schmelztiegel zu werden.«

Ich sehe ihn vor mir in einer Kirche, wo er vor dem Altar eine fromme Sünderin »reinigen« muss, die vom Dämon besessen ist und sich am Boden wälzt und scheußliche Flüche ausstößt und die Namen der Dämonen anruft: Abigor, Abracas, Adramelech, Haborym, Melchom, Stolas, Zaebos…

Boullan trägt Messgewänder in violetter Farbe mit einem roten Chorhemd, er beugt sich über sie und spricht etwas, das wie eine Exorzismusformel klingt, aber (wenn ich recht gehört habe) verkehrt herum: *Crux sacra non sit mihi lux, sed draco sit mihi dux, veni Satanas, veni!* Dann beugt er sich über die Büßende und spuckt ihr dreimal in den Mund, danach streift er sich das Gewand ab und uriniert in einen Messkelch und bietet ihn der Unglücklichen an. Jetzt holt er aus einem Gefäß (mit den Händen!) eine Substanz, die offensichtlich fäkalen Ursprungs ist, und schmiert sie auf die inzwischen entblößte Brust der von Dämonen Besessenen.

Die Ärmste wälzt sich keuchend am Boden, stößt kurze Schreie aus, die langsam ersterben, bis sie in einen quasi hypnotischen Schlaf sinkt.

Boullan geht in die Sakristei, wo er sich oberflächlich die Hände wäscht. Dann tritt er mit mir auf den Vorplatz hinaus, ächzend, als habe er gerade eine schwere Pflicht erfüllt. *Consummatum est*, sagt er feierlich.

Ich entsinne mich, ihm gesagt zu haben, dass ich von einer Person zu ihm geschickt worden sei, die anonym zu bleiben wünsche und einen Ritus praktizieren wolle, für den geweihte Hostien nötig seien.

Boullan sagte höhnisch grinsend: »Eine schwarze Messe? Aber wenn ein Priester sie liest, ist er es doch, der die Hostien unmittelbar weiht, und die Sache wäre gültig, auch wenn die Kirche ihn des Priesteramtes enthoben hätte.«

Ich präzisierte: »Ich glaube nicht, dass die Person, von der ich spreche, eine schwarze Messe von einem Priester lesen lassen will. Sie wissen doch, dass man in bestimmten Logen die Hostie zu erdolchen pflegt, um einen Eid zu besiegeln.«

»Verstehe. Ich habe gehört, dass ein Trödler, der seinen Laden in der Nähe der Place Maubert hat, sich auch mit Hostienhandel befasst. Bei dem könnten Sie es probieren.«

War das die Gelegenheit, bei der wir uns begegnet sind?

Sie wissen doch, dass man in bestimmten Logen die Hostie zu erdolchen pflegt, um einen Eid zu besiegeln… (S. 276)

17.

Die Tage der Kommune

9. April 1897

Kurz nachdem ich Dalla Piccola getötet hatte, bestellte mich ein Billet von Lagrange diesmal an einen *Quai* der Seine.

Solcherart sind die Scherze, die einem das Gedächtnis spielt. Vielleicht vergesse ich gerade Tatsachen von größter Bedeutung, aber ich erinnere mich an die Gemütsregung, die mich an jenem Abend unweit des Pont Royal erfasste, wo ich wie von einer plötzlichen Erleuchtung getroffen stehenblieb. Ich stand vor der Baustelle des neuen Gebäudes des *Journal Officiel de l'Empire Français*, die am Abend, um die Arbeiten zu beschleunigen, von elektrischem Licht erhellt wurde. Inmitten eines Waldes von Balken und Gerüsten konzentrierte eine Lichtquelle ihre Strahlen auf eine Gruppe von Maurern. Keine Worte können die magische Wirkung dieses im Dunkel aufleuchtenden Sternenglanzes beschreiben.

Das elektrische Licht... In jenen Jahren fühlten die Törichten sich geradezu umstellt von der Zukunft. In Ägypten war ein Kanal eröffnet worden, der das Mittelmeer mit dem Roten Meer verband, so dass man, um nach Indien zu fahren, nicht mehr ganz Afrika umrunden musste (weshalb viele altehrwürdige Seefahrtsgesellschaften eingehen würden), in Paris hatte eine Weltausstellung stattgefunden, deren Bauten ahnen ließen, dass Baron Haussmanns Verunstaltung der Stadt nur ein Anfang war, in Amerika wurde eine Eisenbahnlinie quer durch den ganzen Kontinent gebaut, und da sie dort erst vor kurzem die Negersklaven befreit hatten, würde dieser Pöbel nun bald die ganze

Nation überschwemmen und sie zu einem Sumpf von Gemischtrassigen machen, schlimmer als die Juden. Während des amerikanischen Bürgerkrieges zwischen Nord- und Südstaaten waren Unterseeboote eingesetzt worden, in denen die Seeleute nicht mehr durch Ertrinken, sondern durch Ersticken unter Wasser starben, die schönen Zigarren unserer Eltern wurden immer mehr durch schwindsüchtige Papierröhren ersetzt, die in einer Minute verbrannten und dem Raucher alle Freude nahmen, unsere Soldaten aßen seit einiger Zeit schlecht gewordenes, in Blechdosen konserviertes Fleisch. In Amerika war angeblich eine hermetisch geschlossene Kabine erfunden worden, die Menschen mit Hilfe eines wassergetriebenen Kolbens in die oberen Stockwerke von Gebäuden transportierte – und schon hörte man von Kolben, die am Samstagabend gebrochen waren, und von Leuten, die zwei Tage lang in dieser engen Kabine gefangensaßen, ohne Luft zu bekommen, zu schweigen von Wasser und Nahrung, so dass man sie am Montag tot aufgefunden hatte.

Zugleich aber freuten sich alle, weil das Leben leichter wurde, man erfand Maschinen, die über große Entfernungen miteinander zu sprechen erlaubten, und andere, mit denen man ohne Feder und Tinte schreiben konnte. Würde es eines Tages noch Originale zu fälschen geben?

Die Leute standen entzückt vor den Schaufenstern der Parfümerien und bestaunten die Wunder der Hautbelebung durch Lattich-Milchsaft, der Haarwuchsförderung durch Chinarinde, der Crème Pompadour mit Bananenwasser, der Kakaobutter, des Reispulvers mit Parma-Veilchen, lauter Erfindungen, um die laszivsten Frauen noch attraktiver zu machen, aber nun auch verfügbar für Näherinnen, die bereit waren, Mätressen zu werden, weil sie an ihrem Arbeitsplatz durch Maschinen ersetzt worden waren.

Die einzige interessante Erfindung der neuen Zeit war eine Art Schüssel aus Porzellan, auf der man im Sitzen sein Geschäft verrichten konnte.

Aber nicht einmal ich machte mir klar, dass all diese ach so aufregenden Neuerungen das Ende des Kaiserreiches einläuteten. Auf der Weltausstellung hatte Alfred Krupp eine Kanone von nie gesehenen

Dimensionen gezeigt, fünfzig Tonnen schwer, hundert Pfund Pulver pro Geschoss. Der Kaiser war so begeistert davon, dass er Krupp den Orden der Ehrenlegion verlieh, aber als Krupp ihm dann den Katalog seiner Waffen schickte, die er allen europäischen Staaten zu verkaufen bereit war, überredeten die französischen Oberkommandierenden den Kaiser, das Angebot abzulehnen, da sie ihre eigenen Rüstungslieferanten vorzogen. Unterdessen hatte – natürlich – der König von Preußen zugeschlagen.

Doch Napoleon war nicht mehr so wie früher: Seine Nierensteine behinderten ihn beim Essen und Schlafen, zu schweigen vom Reiten; er glaubte den Konservativen und seiner Frau, die überzeugt waren, dass die französische Armee noch immer die beste der Welt sei, während sie – aber das erfuhr man erst später – nur noch höchstens hunderttausend Mann aufzubieten hatte, gegen vierhunderttausend Preußen. Und Stieber hatte schon in seinen Berichten nach Berlin über die *Chassepots* geschrieben, dass die Franzosen sie immer noch für den letzten Schrei in Sachen Gewehre hielten, während sie in Wahrheit so veraltet seien, dass sie bald nur noch für die Museen taugten. Außerdem, freute sich Stieber, hätten die Franzosen keinen dem deutschen vergleichbaren Nachrichtendienst aufgezogen.

Aber zurück zu meinem Bericht. Ich traf also Lagrange an dem verabredeten Punkt.

»Capitaine Simonini«, begann er ohne alle Förmlichkeiten, »was wissen Sie über den Abbé Dalla Piccola?«

»Nichts. Warum?«

»Er ist verschwunden, und das, während er einen kleinen Auftrag für uns erfüllte. Meines Wissens sind Sie der letzte gewesen, der ihn gesehen hat: Sie hatten mich um ein Treffen mit ihm gebeten, und ich hatte ihn zu Ihnen geschickt. Was ist dann geschehen?«

»Dann habe ich ihm denselben Bericht gegeben, den ich bereits den Deutschen gegeben hatte, damit er ihn gewissen kirchlichen Kreisen zeigt.«

»Simonini, vor einem Monat erhielt ich von dem Abbé ein Schreiben, in dem sinngemäß stand: Ich muss Sie so bald wie möglich sehen, ich habe Ihnen etwas Interessantes über Ihren Simonini zu erzählen. Nach dem Ton dieses Schreibens war es nichts Gutes, was er mir über Sie erzählen wollte. Also, was ist zwischen Ihnen beiden geschehen?«

»Ich weiß nicht, was er Ihnen sagen wollte. Vielleicht hielt er es für einen Fehlgriff meinerseits, dass ich ihm ein Dokument angeboten hatte, von dem er dachte, dass ich es für Sie angefertigt hätte. Er war offenbar nicht über unsere Verabredung auf dem laufenden. Mir hat er jedenfalls nichts gesagt. Ich habe ihn nicht wiedergesehen, ja ich hatte mich sogar schon gefragt, was aus meinem Vorschlag geworden war.«

Lagrange sah mich eine Weile stumm an, dann sagte er: »Wir sprechen darüber noch«, und ging davon.

Da gab es nicht viel zu besprechen. Lagrange würde mir von jetzt an auf den Fersen bleiben, und sollte er wirklich einen genaueren Verdacht schöpfen, dann würde mir der berühmte Dolchstoß in den Rücken sicher sein, obwohl ich den Abbé am Reden gehindert hatte.

So traf ich einige Vorsichtsmaßnahmen. Ich begab mich zu einem Waffenhändler in der Rue de Lappe und fragte nach einem Dolchstock. Er hatte einen, aber von sehr schlechter Qualität. Da fiel mir ein, dass ich in meiner geliebten Passage Jouffroy ein Schaufenster mit Dolchstöcken gesehen hatte, und dort fand ich tatsächlich einen sehr schönen, mit elfenbeinernem Griff in Form einer Schlange und Ebenholzrohr, sehr elegant – und robust. Der Griff ist nicht besonders geeignet, sich darauf zu stützen, wenn man ein schmerzendes Bein hat, denn obwohl leicht gebogen, ist er doch eher vertikal als horizontal; aber er funktioniert trefflich, wenn es darum geht, den Stock wie einen Degen zu führen.

Ein Dolchstock ist eine Wunderwaffe, auch wenn man vor jemandem steht, der eine Pistole hat: Du tust so, als wärst du erschrocken, weichst zurück und streckst den Stock vor, am besten mit zitternder Hand. Der andere lacht und greift nach dem Stock, um ihn dir wegzuziehen, dabei hilft er dir, die Klinge zu zücken, die spitz und sehr scharf ist, und während er noch verdutzt mit dem leeren Rohr in der Hand dasteht, stößt du blitzschnell zu und versetzt ihm fast ohne Anstrengung einen Hieb, der von der Schläfe bis zum Kinn geht, womöglich durch die Nase, und auch wenn du ihm kein Auge ausgestochen hast, wird das Blut, das ihm über die Stirn läuft, ihm die Sicht trüben. Außerdem ist es die Überraschung, die zählt, in dem Moment ist der Gegner schon ausgeschaltet.

Ist er ein unbedeutender Gegner, sagen wir ein kleiner Straßendieb, dann nimmst du deinen Stock und gehst davon, um ihn für den Rest seines Lebens entstellt zurückzulassen. Ist er jedoch ein eher heimtückischer Gegner, dann führst du nach dem ersten Hieb, fast als folgtest du der Dynamik deines Armes, noch einen zweiten in horizontaler Richtung und schneidest ihm glatt die Kehle durch, so dass er sich nicht mehr um Narben zu kümmern braucht.

Im übrigen bietet man einen würdigen und honorigen Anblick, wenn man mit einem solchen Stock daherspaziert kommt. Er ist nicht eben billig, aber er ist sein Geld wert, und in manchen Fällen darf man nicht auf die Kosten achten.

Eines Abends, als ich nach Hause kam, stand Lagrange vor dem Laden.

Ich hob leicht meinen Stock, aber dann überlegte ich, dass die Dienste nicht einen wie ihn schicken würden, um einen wie mich zu liquidieren, und zeigte mich bereit, ihm zuzuhören.

»Schönes Objekt«, sagte er.

»Was?«

»Der Dolchstock. Mit einem solchen Knauf kann er nur ein Dolchstock sein. Fürchten Sie jemanden?«

»Sagen Sie mir, ob ich das müsste, Monsieur Lagrange.«

»Sie fürchten uns, ich weiß es, weil Sie wissen, dass Sie sich verdächtig gemacht haben. Aber kommen wir zur Sache. Ein französisch-preußischer Krieg steht unmittelbar bevor, und unser Freund Stieber hat Paris mit seinen Agenten überzogen.«

»Kennen Sie sie?«

»Nicht alle, und hier kommen Sie ins Spiel. Da Sie Stieber Ihren Bericht über die Juden angeboten haben, betrachtet er sie als eine Person, die... wie soll ich sagen... zu haben ist. Einer von seinen Leuten ist nach Paris gekommen, dieser Goedsche, dem Sie ja, wenn ich mich recht entsinne, schon einmal begegnet sind. Wir nehmen an, dass er Sie aufsuchen wird. Werden Sie ein Spion der Preußen in Paris.«

»Gegen mein Land?«

»Seien Sie nicht heuchlerisch, es ist ja auch gar nicht Ihr Land. Außerdem werden Sie es für Frankreich tun. Sie werden den Preußen falsche Informationen geben, die wir Ihnen liefern.«

»Das scheint mir nicht schwierig…«

»Im Gegenteil, es ist brandgefährlich. Wenn Sie in Paris auffliegen, dürfen wir Sie nicht kennen und können nichts für Sie tun. Also wird man Sie erschießen. Wenn die Preußen entdecken, dass Sie doppeltes Spiel treiben, werden die Sie töten, wenn auch weniger legal. Deshalb haben Sie bei dieser Sache eine Wahrscheinlichkeit von, sagen wir, fünfzig Prozent, Ihr Leben einzubüßen.«

»Und wenn ich ablehne?«

»Dann sind es neunzig Prozent.«

»Wieso nicht hundert?«

»Wegen Ihres Dolchstocks. Aber verlassen Sie sich nicht zu sehr darauf.«

»Ich wusste, dass ich aufrichtige Freunde bei den Diensten habe. Danke für Ihre Bemühungen. Also gut. Ich habe mich frei entschieden, das Angebot anzunehmen, aus Vaterlandsliebe.«

»Sie sind ein Held, Capitaine Simonini. Warten Sie auf Anweisungen.«

Eine Woche später erschien Goedsche in meinem Laden, verschwitzter als üblich. Der Versuchung, ihn zu erwürgen, war schwer zu widerstehen, aber ich widerstand.

»Sie werden wissen, dass ich Sie für einen Plagiator und Fälscher halte«, sagte ich kühl.

»Ich bin es nicht mehr als Sie«, erwiderte er mit öligem Lächeln. »Glauben Sie, ich hätte nicht entdeckt, dass Sie Ihre Geschichte vom Friedhof in Prag aus dem Buch jenes Maurice Joly haben, der dafür ins Gefängnis gekommen ist? Ich hätte es auch ohne Sie gefunden, Sie haben mir nur den Weg abgekürzt.«

»Sind Sie sich darüber im klaren, Herr Goedsche, dass ich, wenn Sie hier als Ausländer auf französischem Boden agieren, bloß gewissen Leuten Ihren Namen zu nennen bräuchte, und Ihr Leben wäre keinen Pfifferling mehr wert?«

»Sind Sie sich darüber im klaren, dass Ihr Leben kein bisschen kostbarer wäre, wenn ich, sollte man mich verhaften, Ihren Namen nennen würde? Also schließen wir Frieden. Ich versuche, dieses Kapitel meines Buches als wahre Nachricht an sichere Kunden zu verkaufen. Teilen wir uns den Gewinn, wo wir ja nun zusammenarbeiten müssen.«

Wenige Tage vor dem Beginn des Krieges führte Goedsche mich auf das Dach eines Hauses unweit von Notre-Dame, auf dem ein alter Mann viele Taubenschläge unterhielt.

»Dies ist ein guter Platz, um Brieftauben fliegen zu lassen, denn in der Nähe der Kathedrale gibt es Hunderte von Tauben, und niemand achtet darauf. Jedesmal, wenn Sie nützliche Informationen haben, schreiben Sie eine Nachricht, und der Alte lässt eine Taube fliegen. Und jeden Morgen gehen Sie zu ihm und fragen, ob Instruktionen für Sie gekommen sind. Ganz einfach, nicht?«

»Was für Informationen interessieren Sie denn?«

»Wir wissen noch nicht genau, was uns in Paris interessieren könnte. Einstweilen kontrollieren wir die Gegenden, wo die Front verläuft. Aber früher oder später, wenn wir gesiegt haben, werden wir uns für Paris interessieren. Und folglich brauchen wir Nachrichten über Truppenbewegungen, über An- oder Abwesenheit der kaiserlichen Familie, über die Stimmung der Bürger, kurz, über alles und nichts, es liegt bei Ihnen, sich als nützlich zu erweisen. Es könnte sein, dass wir an Karten interessiert sind, und jetzt werden Sie mich fragen, wie man Landkarten am Hals einer Taube befestigen kann. Kommen Sie mit in das Stockwerk unter uns.«

Im Stockwerk unter dem Dach befand sich ein weiterer Mann in einem Fotolabor und ein kleiner Saal mit einer weißgetünchten Wand und einem jener Projektoren, wie man sie auf Jahrmärkten als Laterna magica kennt, die Bilder auf Wände oder große Laken werfen.

»Dieser Herr nimmt eine Nachricht von Ihnen, egal wie groß sie ist und wie viele Seiten sie hat, fotografiert sie und verkleinert sie auf ein

Blatt mit Kollodiumemulsion, das mit der Taube verschickt wird. Am Bestimmungsort wird die Nachricht wieder vergrößert und das Bild an die Wand geworfen. Und dasselbe geschieht hier, wenn wir zu lange Nachrichten erhalten. Aber jetzt wird die Luft hier zu dick für einen Preußen, ich verlasse Paris heute abend. Wir hören voneinander per Briefchen am Hals von Tauben, wie zwei Verliebte.«

Der Gedanke machte mich schaudern, worauf hatte ich mich bloß eingelassen, verflixt nochmal, und alles nur, weil ich einen Abbé umgebracht hatte! Und was passiert mit den vielen Generälen, die Tausende von Menschen umbringen?

So waren wir in den Krieg gelangt. Lagrange gab mir ab und zu eine Nachricht, die ich dem Feind zukommen ließ, aber wie Goedsche gesagt hatte, die Preußen interessierten sich nicht besonders für Paris und wollten fürs erste viel dringender wissen, wie viele Truppen Frankreich im Elsass, in Saint-Privat, in Beaumont und in Sedan hatte.

Bis zum Beginn der Belagerung lebte man in Paris noch fröhlich. Im September wurde dann die Schließung aller Theater und Cabarets verordnet, sei's um am Drama der Frontsoldaten teilzunehmen, sei's um auch noch die Feuerwehrleute an die Front schicken zu können, aber nach wenig mehr als einem Monat wurde der Comédie-Française erlaubt, Wohltätigkeitsvorstellungen zu geben, um die Familien der Gefallenen zu unterstützen, sei's auch in Sparversion ohne Heizung und mit Kerzen anstelle der Gaslaternen, danach fingen auch einige Vorstellungen im Théâtre de l'Ambigu, im Théâtre de la Porte Saint-Martin, im Châtelet und im Athénée wieder an.

Die schwierigen Tage begannen im September mit der Tragödie von Sedan. Nach Napoleons Kapitulation und Gefangennahme brach das Kaiserreich zusammen, und ganz Frankreich geriet in einen quasi (wieder quasi) revolutionären Erregungszustand. Die Republik wurde ausgerufen, doch in den republikanischen Reihen selbst rangen, wenn ich richtig verstanden hatte, zwei Seelen miteinander: Die eine wollte die Niederlage als Gelegenheit zu einer sozialen Revolution nutzen, die andere war bereit, mit den Preußen Frieden zu schließen, um nicht

Am Bestimmungsort wird die Nachricht wieder vergrößert und das Bild an die Wand geworfen... (S. 286)

jene Reformen hinnehmen zu müssen, die – wie es hieß – zu einem echten und astreinen Kommunismus führen würden.

Mitte September waren die Preußen vor den Toren von Paris angelangt, sie besetzten die Forts, die es hätten verteidigen sollen, und beschossen die Stadt. Es folgten vier Monate härtester Belagerung, in denen der größte Feind allmählich der Hunger wurde.

Politische Umtriebe häuften sich, Aufmärsche zogen kreuz und quer durch die Stadt, ich verstand wenig und interessierte mich noch weniger dafür, in solchen Zeiten treibt man sich besser nicht zuviel draußen herum. Aber das Essen, das war mein Problem, ich informierte mich täglich bei den Lebensmittelhändlern im Viertel, um zu wissen, was uns bevorstand. Wenn man durch die öffentlichen Parks wie den Jardin du Luxembourg ging, hatte man zu Anfang noch den Eindruck, die Stadt lebte inmitten von Viehherden, denn Schafe und Rinder waren massenhaft in die Stadt geholt worden. Aber schon im Oktober hieß es, es gebe nur noch fünfundzwanzigtausend Ochsen und hunderttausend Hammel, was natürlich niemals reichen würde, um eine Metropole zu ernähren.

Tatsächlich fing man in einigen Häusern schon an, die Goldfische zu braten, alle Pferde, die nicht von der Armee gebraucht wurden, landeten in den Rossschlachtereien, ein Scheffel Kartoffeln kostete dreißig Francs, und in der Pâtisserie Boissier gab es für fünfundzwanzig eine Büchse Linsen. Von Kaninchen war weit und breit keine Spur zu sehen, und die Metzgereien hatten keine Hemmungen mehr, erst schöne wohlgenährte Katzen und dann Hunde anzubieten. Sämtliche exotischen Tiere im Jardin d'Acclimatation wurden geschlachtet, und zu Weihnachten gab es bei Voisin für Leute, die es bezahlen konnten, ein Schlemmermenü mit Elefantenconsommé, Kamelbraten à l'anglaise, geschmortem Känguruh, Bärenkotelett mit Sauce Poivrade, Antilopenterrine mit Trüffeln und Katze mit Weiße-Mäuschen-Beilage – denn inzwischen gab es nicht nur auf den Dächern keine Spatzen mehr, sondern sogar in den Kloaken kaum noch Mäuse und Ratten.

Das Kamel ging ja noch, das war gar nicht mal schlecht, aber Ratten, nein. Auch in Zeiten der Belagerung finden sich Schmuggler und Aufkäufer, die Vorräte horten, und ich erinnere mich an ein denkwürdiges (sündhaft teures) Diner nicht in einem der großen Restaurants, sondern in einer Kneipe fast am Stadtrand, wo ich mit einigen Privilegierten (nicht immer aus der besten Pariser Gesellschaft, aber in solchen Notlagen werden die Kastenunterschiede vergessen) Fasan und frische Gänseleberpastete genoss.

Ende Januar wurde ein Waffenstillstand mit den Deutschen geschlossen, die dann im März eine symbolische Besetzung der Stadt vornehmen durften – und ich muss sagen, es war auch für mich ziemlich demütigend anzusehen, wie sie da mit ihren Pickelhauben über die Champs-Élysées defilierten. Danach zogen sie sich an den nordöstlichen Rand der Stadt zurück und überließen der französischen Regierung die Kontrolle der südwestlichen Zone, das heißt die Forts von Ivry, Montrouge, Vanves, Issy und vor allem das schwerbefestigte Fort auf dem Mont-Valérien, von dem aus man (wie die Preußen bewiesen hatten) leicht den Westteil der Stadt bombardieren konnte.

Die Preußen überließen Paris der Regierung Thiers, aber die Nationalgarde, die jetzt schwer zu kontrollieren war, hatte bereits die über zweihundert Kanonen, die mit einer öffentlichen Subskription angeschafft worden waren, beschlagnahmt und nach Montmartre verbracht. Thiers schickte General Lecomte, sie zurückzuholen, und der ließ zunächst auf die Nationalgarde und in die Volksmenge schießen, aber am Ende liefen seine Soldaten zu den Aufständischen über, und Lecomte wurde von seinen eigenen Männern gefangengenommen. Inzwischen hatte jemand, ich weiß nicht wo, einen anderen General erkannt, Clément Thomas, den man aus den Repressionen von 1848 in keiner guten Erinnerung hatte. Außerdem trug er auch noch Zivil, vielleicht weil er sich gerade davonmachen wollte, aber alle sagten, er habe die Kommunarden ausspionieren wollen. Man brachte ihn dahin, wo schon Lecomte wartete, und beide wurden erschossen.

Thiers zog sich mit seiner ganzen Regierung nach Versailles zurück, und Ende März wurde in Paris die Kommune ausgerufen. Jetzt war es die französische Regierung (in Versailles), die Paris belagerte und vom Mont-Valérien aus bombardierte, während die Preußen zuschauten, ja sich sogar ziemlich nachsichtig zeigten, wenn jemand ihre Linien passierte, so dass Paris während dieser zweiten Belagerung mehr Nahrungsmittel als während der ersten hatte – von den eigenen Landsleuten ausgehungert, wurde es indirekt von den Feinden beliefert. Und wenn jemand die Deutschen mit den Franzosen der Regierung Thiers verglich, dachte und raunte er schon mal, dass diese Sauerkrautfresser doch letzten Endes gute Christen waren.

Kurz bevor sich die Regierung nach Versailles zurückzog, bekam ich ein Billet von Goedsche, der mir schrieb, dass die Preußen sich jetzt nicht mehr für die Geschehnisse in Paris interessierten und die Taubenstation sowie das Fotolabor daher aufgelöst würden. Doch am selben Tag bekam ich Besuch von Lagrange, der aussah, als hätte er erraten, was Goedsche mir geschrieben hatte.

»Lieber Simonini«, sagte er, »Sie sollten für uns tun, was Sie für die Preußen getan haben: uns auf dem laufenden halten. Ich habe diese beiden Elenden, die mit Ihnen gearbeitet haben, schon verhaften lassen. Die Tauben sind in ihre Heimatschläge zurückgekehrt, aber das Fotolabor können wir gut gebrauchen. Wir hatten für schnelle militärische Informationen eine Taubenverbindung zwischen Fort d'Issy und einer Dachkammer ebenfalls in der Nähe von Notre-Dame. Von dort werden Sie Ihre Informationen an uns schicken.«

»An ›uns‹? Wen meinen Sie damit? Sie waren doch, wie man wohl sagen kann, ein Mann der kaiserlichen Polizei, Sie hätten mit Ihrem Kaiser verschwunden sein müssen. Mir scheint jedoch, dass Sie jetzt wie ein Emissär der Regierung Thiers sprechen.«

»Capitaine Simonini, ich gehöre zu denen, die bleiben, auch wenn die Regierungen wechseln. Ich folge jetzt meiner Regierung nach Versailles, denn wenn ich hierbliebe, könnte es mir so ergehen wie Lecomte und Thomas. Diese Überkandidelten sind mit dem Erschießen schnell bei der Hand. Aber wir werden ihnen Gleiches mit Gleichem vergelten. Wenn wir etwas Genaueres wissen wollen, erhalten Sie detailliertere Anweisungen.«

Etwas Genaueres… Leicht gesagt, wo jetzt an jedem Punkt der Stadt andere Dinge geschahen, Truppen der Nationalgarde zogen mit Blumen in den Gewehrläufen und roten Fahnen durch dieselben Viertel,

Mitte September waren die Preußen vor den Toren von Paris angelangt, sie besetzten die Forts, die es hätten verteidigen sollen, und beschossen die Stadt… (S. 288)

in denen brave Bürger in ihren Häusern eingeschlossen auf die Rückkehr der legitimen Regierung warteten, bei den gewählten Abgeordneten der Kommune wusste man nicht, weder aus den Zeitungen noch aus dem Gerede auf den Märkten, wer auf welcher Seite stand, es gab unter ihnen Arbeiter, Ärzte, Journalisten, moderate Republikaner und erbitterte Sozialisten bis hin zu richtigen Jakobinern, die von einer Rückkehr nicht bloß zur Kommune von 1789, sondern zu der des Terrors von 93 träumten. Aber die allgemeine Atmosphäre auf den Straßen war die einer großen Freude. Hätten die Männer nicht Uniformen getragen, hätte man an ein großes Volksfest denken können. Die Soldaten amüsierten sich mit einem Wurfspiel, das in Turin *sussi* hieß und das sie hier *jouer au bouchon* nennen, die Offiziere spazierten stolzgeschwellt umher und brüsteten sich vor den Mädchen.

Heute morgen ist mir eingefallen, dass ich unter meinen alten Sachen auch eine Schachtel mit Zeitungsausschnitten von damals haben müsste, die mir jetzt helfen zu rekonstruieren, was mein Gedächtnis allein nicht mehr schafft. Es waren Blätter aller Richtungen, *Le Rappel, Le Reveil du Peuple, La Marseillaise, Le Bonnet Rouge, Paris Libre, Le Moniteur du Peuple* und andere mehr. Wer sie las, weiß ich nicht, vielleicht bloß diejenigen, die sie schrieben. Ich kaufte sie alle, um zu sehen, ob sie etwas enthielten, was für Lagrange interessant sein könnte. Wie konfus die Lage war, begriff ich erst richtig, als ich eines Tages in der konfusen Menge einer ebenso konfusen Demonstration Maurice Joly entdeckte. Er erkannte mich nicht gleich wegen meines Bartes, aber dann erinnerte er sich meiner als eines Carbonaro oder so etwas in der Art und hielt mich für einen Kommunarden. Ich war für ihn ein freundlicher und großherziger Gefährte im Unglück gewesen, und so nahm er mich unter den Arm, führte mich zu seiner Wohnung (ein sehr bescheidenes Appartement am Quai Voltaire) und erzählte mir bei einem Gläschen Grand Marnier, wie es ihm ergangen war.

»Simonini«, sagte er, »nach Sedan habe ich an den ersten republikanischen Aktivitäten teilgenommen, ich habe für die Fortsetzung des Krieges demonstriert, aber dann ist mir klar geworden, dass diese Extremisten zuviel wollten. Die Kommune von 1793 hatte Frankreich vor der Invasion gerettet, aber manche Wunder kommen nicht zweimal in der Geschichte vor. Die Revolution kann man nicht per Dekret verkünden, sie kommt aus dem Bauch des Volkes. Frankreich leidet seit zwanzig Jahren an einem moralischen Wundbrand, das lässt sich nicht in zwei Tagen kurieren. Dieses Land ist nur fähig, seine besten Söhne zu kastrieren. Ich habe zwei Jahre im Gefängnis gelitten, weil ich mich gegen Bonaparte gestellt hatte, und als ich rauskam, habe ich keinen Verleger gefunden, der meine neuen Bücher publizieren wollte. Sie werden sagen, das war ja auch noch im Kaiserreich. Aber nach dem Fall des Kaiserreiches hat diese republikanische Regierung mich vor Gericht gestellt, weil ich Ende Oktober an einer friedlichen Besetzung des Hôtel de Ville teilgenommen hatte. Gut, ich bin freigesprochen worden, weil man mir keinerlei Gewaltanwendung nachweisen konnte, aber so werden diejenigen belohnt, die gegen das Kaiserreich und gegen den infamen Waffenstillstand gekämpft hatten. Jetzt scheint es, dass ganz Paris sich an dieser Utopie der Kommune berauscht, aber Sie ahnen nicht, wie viele versuchen, die Stadt zu verlassen, um keinen Wehrdienst leisten zu müssen. Es heißt, es stehe eine Zwangsaushebung für alle Männer von achtzehn bis vierzig bevor, aber sehen Sie nur, wie viele junge Kerle unbehelligt und dreist in den Straßen herumlaufen, und das in Vierteln, in die sich nicht mal die Nationalgarde hineintraut. Es sind nicht viele, die sich für die Revolution in den Tod schicken lassen wollen. Welch ein Trauerspiel!«

Joly kam mir wie ein unheilbarer Idealist vor, der sich nie zufriedengibt mit der Art, wie die Dinge laufen, obwohl ich zugeben musste, dass es ihm wirklich nicht gut ergangen war. Aber sein Hinweis auf die Zwangsaushebung hatte mich beunruhigt, und so ließ ich mir Bart und Haare gebührend ergrauen. Jetzt sah ich wie ein gesetzter Sechzigjähriger aus.

Im Gegensatz zu Joly traf ich auf den Plätzen und Märkten durchaus Leute, die viele neue Gesetze gut fanden, zum Beispiel die Rücknahme der Mieterhöhungen, die während der Belagerung von den Hausbesitzern vorgenommen worden waren, die Rückerstattung aller Arbeitswerkzeuge an die Arbeiter, die sie während derselben Zeit im Leihhaus versetzt hatten, die Pension für Witwen und Kinder der im Dienst gefallenen Nationalgardisten, die Verschiebung der Fälligkeit von Wechseln auf später. Lauter schöne Dinge, die die Gemeindekassen leerten und dem Pöbel zugute kamen.

Wohingegen derselbe Pöbel (man brauchte nur die Reden an der Place Maubert und in den Bierlokalen der Gegend zu hören), während er die Abschaffung der Guillotine bejubelte (was natürlich ist), sich lauthals empörte über das Gesetz, das die Prostitution verbot, womit es viele Arbeiter des Viertels ins Elend stürzte. Alle Huren von Paris waren nämlich daraufhin nach Versailles emigriert, und ich weiß wirklich nicht, wo die braven Soldaten der Nationalgarde ihre Gelüste befriedigen sollten.

Um das ultramontane Bürgertum gegen sich aufzubringen, erließ die Kommune schließlich noch antiklerikale Gesetze wie die Trennung von Kirche und Staat und die Konfiszierung der Kirchengüter – um nicht von den Gerüchten zu reden, die über die Verhaftung von Priestern und Ordensbrüdern umgingen.

Mitte April drang eine Vorhut der Versailler Armee in die nordwestlichen Zonen bei Neuilly ein und erschoss alle Föderierten, die ihr in die Hände fielen. Vom Mont-Valérien aus wurde der Arc de Triomphe mit Kanonen beschossen. Wenige Tage später wurde ich Zeuge der unglaublichsten Episode dieser Belagerung: eines Defilees der Freimaurer. Nie hätte ich die Freimaurer auf seiten der Kommunarden vermutet, aber voilà, da paradierten sie mit ihren Standarten und Schürzen, um von der Versailler Regierung einen Waffenstillstand zu erbitten, damit die Verletzten aus den bombardierten Häusern geborgen werden konnten. Sie zogen bis zum Arc de Triomphe, wo solange keine Kanonenkugeln eintrafen, da der größere Teil ihrer Logenbrüder sicherlich außerhalb der Stadt bei den Legitimisten war. Aber auch wenn eine Krähe der anderen kein Auge aushackt und die Freimaurer von Versailles sich erfolgreich für einen eintägigen Waffenstillstand eingesetzt hatten, war die Vereinbarung doch eben hier getroffen worden, und die Freimaurer von Paris hatten sich auf die Seite der Kommune gestellt.

Wenn ich im übrigen nur wenig von dem in Erinnerung habe, was in den Tagen der Kommune an der Oberfläche geschah, dann deshalb, weil ich Paris zu der Zeit vorwiegend unterirdisch durchquerte. Ein Bote von Lagrange hatte mir gesagt, was die hohen Militärs wissen wollten. Man stellt sich immer vor, dass Paris unterirdisch von einem Kanalisationssystem durchzogen ist, und davon sprechen auch gern die Romanciers, aber unter dem Netz der städtischen Abwässerkanäle gibt es bis an die Ränder der Stadt und darüber hinaus ein Gewirr von Höhlen und Gängen aus Kalkstein und Gips und antiken Katakomben. Von einigen weiß man viel, von anderen recht wenig. Die Militärs waren informiert über die Tunnel, die von den rings um Paris gelegenen Forts zur Stadtmitte führten, und als die Preußen kamen, hatten sie sich beeilt, viele Eingänge zu blockieren, um nicht ein paar böse Überraschungen zu erleben, aber die Preußen hatten gar nicht daran gedacht, auch als es noch möglich gewesen wäre, in dieses Gewirr von Gängen und Höhlen einzudringen, aus Furcht, nicht wieder hinauszufinden und sich in einem verminten Gelände zu verirren.

In Wirklichkeit waren es nur wenige, die Genaueres darüber wussten, und die meisten von ihnen waren Angehörige der Unterwelt (hier im doppelten Sinne), die sich dieser Labyrinthe bedienten, um Waren an den Zollstationen vorbeizuschmuggeln und sich vor den Razzien der Polizei zu retten. Meine Aufgabe bestand nun darin, so viele Gauner und Schmuggler wie möglich zu befragen, um mich in diesen Gängen zurechtzufinden.

Ich erinnere mich, dass ich, als ich den Empfang des Befehls bestätigte, mich nicht enthalten konnte zu schreiben: »Hat denn die Armee keine detaillierten Karten?« Worauf Lagrange mir antwortete: »Stellen Sie keine idiotischen Fragen. Zu Beginn des Krieges war unser Generalstab so siegesgewiss, dass er nur Karten von Deutschland ausgab und keine von Frankreich.«

In Zeiten, in denen gutes Essen und guter Wein knapp waren, war es leicht, alte Bekannte in irgendeinem *tapis franc* aufzutreiben und in ein besseres Speiselokal mitzunehmen, wo ich ihnen ein Hähnchen und Wein der besten Qualität vorsetzte. Und dann redeten sie nicht nur, sondern nahmen mich auch zu faszinierenden Ausflügen in den Pariser Untergrund mit. Es geht da unten nur darum, gute Lampen zu haben und sich zwecks späterer Orientierung eine Reihe von Zeichen aller Art zu notieren, die sich an den Wänden der unterirdischen Gänge finden, zum Beispiel die Skizze einer Guillotine, ein altes Ladenschild, ein mit Kohle gekritzeltes Teufelchen, ein Name, vielleicht hinterlassen von einem, der nicht mehr hinausgefunden hat. Und man darf sich nicht fürchten, wenn der Weg durch die Katakomben führt, denn folgt man der richtigen Reihe von Schädeln, gelangt man zu einer kleinen Leiter, die in den Keller eines willfährigen Lokals führt, von dem aus man ins Freie treten und die Sterne wiedersehen kann.

Einige dieser Orte kann man inzwischen besichtigen, aber andere waren bis dahin nur meinen Informanten bekannt.

Kurzum, zwischen Ende März und Ende Mai hatte ich mir eine gewisse Kompetenz erworben und schickte Lagrange diverse Skizzen, um ihm mögliche Durchgänge anzuzeigen. Dann machte ich mir klar, dass meine Nachrichten nicht mehr viel nützten, denn die Regierungstruppen drangen inzwischen oberirdisch in Paris ein. Versailles verfügte jetzt über fünf Armeekorps mit ebenso gut trainierten wie indoktrinierten Soldaten und mit einer einzigen Idee im Kopf, wie man bald erfahren sollte: Es werden keine Gefangenen gemacht, jeder gefangene Kommunarde muss ein toter Mann sein. Man hatte sogar dafür gesorgt, und ich sollte es mit eigenen Augen sehen, dass jedesmal, wenn eine Gruppe Gefangener die Zahl zehn überstieg, das Exekutionskommando durch eine Mitrailleuse ersetzt wurde. Und den regulären Soldaten waren sogenannte *brassardiers* beigesellt worden, Zuchthäusler oder noch üblere Subjekte, die Armbinden in den Farben der Trikolore trugen und noch brutaler als die regulären Truppen waren.

Am Sonntag, den 21. Mai, um zwei Uhr nachmittags lauschten achttausend festlich gestimmte Menschen im Tuilerien-Park einem Wohltätigkeitskonzert zugunsten der Witwen und Waisen der gefallenen Nationalgardisten, und noch wusste niemand, dass die Zahl der Ärmsten, die es zu unterstützen galt, binnen kurzem erschreckend ansteigen sollte. Denn (wie man später erfuhr) am selben Nachmittag gegen halb fünf, während das Konzert noch lief, drangen die Regierungstruppen durch die Porte de Saint-Cloud nach Paris ein, besetzten Auteuil und Passy und erschossen alle Nationalgardisten, die sie zu fassen bekamen. Später hieß es, um sieben Uhr abends seien mindestens zwanzigtausend Versailler in der Stadt gewesen, aber von den Spitzen der Kommune war weit und breit nichts zu sehen und zu hören. Was zeigt: Wenn man eine Revolution machen will, muss man eine gute militärische Erziehung haben, aber wenn man die hat, macht man keine Revolution, sondern steht auf seiten der Macht, und darum sehe ich keinen Grund (ich meine, keinen vernünftigen Grund), eine Revolution zu machen.

Am Montagmorgen brachten die Versailler ihre Kanonen am Arc de Triomphe in Stellung, und jemand hatte den Kommunarden die Order erteilt, eine koordinierte Verteidigung aufzugeben und sich dezentral zu verbarrikadieren, jeder in seinem Viertel. Wenn das wahr ist, hatte die Dummheit ihrer Anführer einmal mehr Gelegenheit zu brillieren.

Überall wurden Barrikaden errichtet, unter Mithilfe einer sichtlich enthusiastischen Bevölkerung, auch in Vierteln, die der Kommune feindlich gesinnt waren, wie dem der Oper und dem des Faubourg Saint-Germain, wo die Nationalgarden hochelegante Damen in den Häusern aufscheuchten und sie antrieben, ihre kostbarsten Möbel auf den Straßen anzuhäufen. Man spannte ein Seil quer über die Straße, um den Verlauf der Barrikade zu bezeichnen, und jeder eilte herbei, um einen herausgerissenen Pflasterstein oder einen Sandsack zu bringen; aus den Fenstern wurde Stühle, Kommoden, Bänke und Matratzen geworfen, mal mit Zustimmung der Bewohner, mal während sich die Bewohner heulend im letzten Zimmer einer nun leeren Wohnung zusammendrängten.

Ein Offizier deutete auf seinen fleißig arbeitetenden Trupp und forderte mich auf: »Vorwärts, Bürger, legen auch Sie mit Hand an, es ist auch Ihre Freiheit, für die wir zu sterben bereit sind!«

Ich tat, als gäbe ich mir einen Ruck, ging scheinbar einen Hocker holen, der am Ende der Straße aus einem Fenster gefallen war, und verdrückte mich um die Ecke.

Seit mindestens einem Jahrhundert macht es den Parisern Spaß, Barrikaden zu bauen, und dass die dann beim ersten Kanonenschuss zusammenbrechen, scheint sie nicht weiter zu stören: Barrikaden baut man, um sich als Held zu fühlen, aber ich möchte sehen, wie viele von diesen Helden bis zuletzt auf ihren Barrikaden ausharren. Sie machen es wie ich, und nur die Dümmsten verteidigen die Barrikaden und werden dann standrechtlich erschossen.

Nur von einem Fesselballon aus hätte man erkennen können, wie sich die Dinge in Paris entwickelten. Einige Stimmen sagten, die École Militaire sei besetzt worden, wo die Kanonen der Nationalgarde untergebracht worden waren, andere berichteten von Kämpfen an der Place Clichy, wieder andere wollten wissen, dass die Deutschen den Regierungstruppen den Zugang im Norden gestattet hätten. Am Dienstag wurde Montmartre erobert, und vierzig Männer, drei Frauen und vier Kinder wurden an den Ort gebracht, wo die Kommunarden im März die Generäle Lecomte und Thomas erschossen hatten, wurden auf die Knie gezwungen und ihrerseits erschossen.

Am Mittwoch sah ich viele öffentliche Gebäude in Flammen stehen, darunter den Tuilerien-Palast, jemand sagte, sie seien von den Kommunarden in Brand gesteckt worden, um den Vormarsch der Regierungstruppen aufzuhalten, und es gebe sogar vom Satan besessene Jakobinerinnen, die *pétroleuses*, die mit Eimern voller Öl herumliefen, um die Brände zu beschleunigen, andere schworen darauf, dass es die Haubitzen der Regierungstruppen waren, und wieder andere gaben die Schuld einstigen Bonapartisten, die die Gelegenheit nutzten, um kompromittierende Archive zu vernichten – und im ersten Moment dachte ich, wenn ich an Lagranges Stelle wäre, würde ich auch so handeln, aber dann sagte ich mir, dass ein guter Geheimdienstagent seine Informationen verbirgt, aber niemals vernichtet, denn sie können ihm immer noch dazu nützen, jemanden zu erpressen.

Von einem äußersten Skrupel getrieben, aber voll großer Furcht, mich im Zentrum eines Zusammenstoßes wiederzufinden, begab ich mich ein letztes Mal zu der Taubenstation, wo ich eine Nachricht von Lagrange fand. Er teilte mir mit, es sei nun nicht mehr nötig, per Brieftauben zu kommunizieren, und gab mir eine Adresse am Louvre, der inzwischen besetzt worden war, sowie ein Losungswort, um die Wachposten der Regierungstruppen zu passieren.

Genau zu der Zeit erfuhr ich, dass die Regierungstruppen nach Montparnasse gelangt waren, und erinnerte mich, dass mir in Montparnasse der Keller einer Weinhandlung gezeigt worden war, durch den man in einen unterirdischen Gang gelangte, der die ganze Rue d'Assas entlang bis zur Rue du Cherche-Midi führte und unter einem verlassenen Magazin am Carrefour de la Croix-Rouge endete, einer Kreuzung, die noch fest in der Hand der Kommunarden war. Da meine unterirdischen Recherchen bisher noch zu nichts genutzt hatten und ich etwas tun musste, um meinen Lohn zu verdienen, ging ich zu Lagrange.

Es war nicht schwer, von der Île de la Cité zum Louvre hinüberzugehen, aber hinter der Kirche Saint-Germain-l'Auxerrois sah ich eine Szene, die mich, ich gestehe es, ein bisschen beeindruckt hat. Ein Mann und eine Frau mit einem Kind kamen daher, und sie sahen bestimmt nicht so aus, als wären sie gerade von einer zusammengestürzten Barrikade vertrieben worden. Doch eine Handvoll betrunkener *brassardiers*, die offenbar die Eroberung des Louvre feierten, versuchte den Mann aus den Armen der Frau zu reißen, die sich weinend an ihn klammerte, bis schließlich die *brassardiers* alle drei an die Wand stießen und sie mit Schüssen durchsiebten.

Ich machte, dass ich schnell zu den Wachposten der regulären Truppen kam, die ich mit Hilfe meiner Losung passierte, und wurde in einen Raum geführt, in dem einige Leute Nadeln mit bunten Köpfen in einen großen Stadtplan von Paris steckten. Lagrange war nicht zu sehen, und ich fragte nach ihm. Ein Herr mittleren Alters mit einem übertrieben normalen Gesicht (soll heißen, wenn ich es beschreiben müsste, wüsste ich keinen besonderen Zug zu nennen) drehte sich zu mir um und begrüßte mich höflich, ohne mir die Hand zu reichen.

»Capitaine Simonini, nehme ich an. Mein Name ist Hébuterne. Von jetzt an werden Sie alles, was Sie mit Monsieur de Lagrange getan haben, mit mir tun. Sie verstehen, auch die staatlichen Sicherheitsdienste müssen sich hin und wieder erneuern, besonders nach einem

*Ein Herr mittleren Alters mit einem übertrieben
normalen Gesicht […] drehte sich zu mir um.
»Capitaine Simonini, nehme ich an.
Mein Name ist Hébuterne… (S. 299)*

Krieg. Monsieur de Lagrange hat sich eine honorable Pension verdient, vielleicht sitzt er gerade an einem lauschigen Bach und angelt, weitab von dieser unangenehmen Konfusion hier.«

Es war nicht der Zeitpunkt, Fragen zu stellen. Ich berichtete ihm von dem unterirdischen Gang, der unter der Rue d'Assas zum Carrefour de la Croix-Rouge führte, und Hébuterne sagte, es sei höchste Zeit, eine Operation an jener Kreuzung durchzuführen, denn ihm sei schon gemeldet worden, dass die Kommunarden dort viele Truppen zusammenzögen, weil sie die Ankunft der Regierungstruppen aus dem Süden erwarteten. Daher solle ich mich umgehend zu dem Weinhändler in Montparnasse begeben, dessen Adresse ich ihm genannt hatte, und dort auf einen Trupp *brassardiers* warten.

Ich trat auf die Straße und überlegte mir gerade, dass ich ohne Eile von der Seine nach Montparnasse gehen könnte, um Hébuternes Boten Zeit zu lassen, vor mir dort einzutreffen, da sah ich, noch am rechten Ufer, auf einem Bürgersteig aufgereiht die Leichen von etwa zwanzig Erschossenen liegen. Sie mussten vor kurzem gestorben sein und schienen verschiedenen gesellschaftlichen Schichten und Altersgruppen anzugehören. Da lag ein junger Mann mit den typischen Merkmalen eines Proletariers, der Mund halboffen, neben einem Bürger mittleren Alters mit gekräuseltem Haar und gepflegtem Schnurrbart, die Hände über einem nur leicht zerknitterten Gehrock gefaltet; daneben einer mit dem Gesicht eines Künstlers, ein weiterer mit fast unkenntlichen Zügen, einem schwarzen Loch anstelle des linken Auges und einem Handtuch um den Kopf gebunden, als hätte eine barmherzige Seele oder ein erbarmungsloser Ordnungsfreund diesen von wer weiß wie vielen Kugeln zerschossenen Kopf zusammenhalten wollen. Und da lag auch eine Frau, die vielleicht schön gewesen war.

Sie lagen dort in der Maisonne, umschwirrt von den ersten Fliegen der Saison, die jenes Festmahl angelockt hatte. Sie wirkten, als wären sie fast zufällig gefasst und erschossen worden, nur um jemandem ein Exempel zu statuieren, und sie waren auf dem Gehweg aufgereiht, um die Straße freizumachen, auf der in diesem Moment ein Trupp Regierungssoldaten mit einer großen Kanone vorbeizog. Was mich frappierte an diesen Gesichtern, war, es fällt mir schwer, das zu schreiben, *ihre Unbekümmertheit:* Sie schienen das Los, das sie gemeinsam ereilt und vereint hatte, gleichsam schlafend zu akzeptieren.

Als ich ans Ende der Reihe gelangte, überraschte mich das Gesicht des letzten Hingerichteten, der ein bisschen getrennt von den anderen lag, als wäre er erst später dazugelegt worden. Das Gesicht war zum Teil mit geronnenem Blut bedeckt, aber ich erkannte ganz deutlich Lagrange. Die Dienste hatten angefangen, sich zu erneuern.

Ich habe nicht die sensible Seele einer Betschwester, ich bin sogar imstande gewesen, die Leiche eines Abbé in die Kloaken hinunterzuschleppen, aber dieser Anblick verstörte mich. Nicht aus Mitleid, sondern weil er mir deutlich machte, dass so etwas auch mir widerfahren könnte. Es würde genügen, dass ich auf dem Weg von hier bis nach Montaparnasse jemandem begegnete, der mich als Zuträger von Lagrange erkannte, und das Schöne war, dass er sowohl ein Versailler als auch ein Kommunarde sein könnte, beide hätten Grund gehabt, mir zu misstrauen, und jemandem zu misstrauen hieß in diesen Tagen, ihn zu erschießen.

Ausgehend von der Überlegung, dass dort, wo noch Gebäude in Flammen standen, wahrscheinlich keine Kommunarden mehr waren und die Regierungstruppen noch nicht alles überwachten, wagte ich mich über die Seine ans linke Ufer, um durch die ganze Rue du Bac zu gehen und den Carrefour de la Croix-Rouge an der Oberfläche zu erreichen. Dort würde ich sofort in dem verlassenen Magazin verschwinden und den Rest des Weges unterirdisch zurücklegen.

Ich fürchtete zwar, dass mich die Verteidigungsanlagen der Kommunarden am Carrefour de la Croix-Rouge daran hindern könnten, das gesuchte Haus zu erreichen, aber das war nicht der Fall. Gruppen von Bewaffneten warteten in den Torbögen einiger Häuser auf Befehle, widersprüchliche Gerüchte gingen von Mund zu Mund, man wusste nicht, von welcher Seite die Regierungstruppen kommen würden, da und dort wurden kleine Barrikaden müde errichtet und wieder eingerissen, je nachdem, welche Gerüchte man hörte und welche Seitengasse man verbarrikadieren wollte. Es erschien ein größerer Trupp Nationalgardisten, und viele Bewohner der Häuser dieses gutbürgerlichen Viertels redeten auf die Bewaffneten ein, sie sollten doch bitte keine unnötigen Heldentaten versuchen, die Männer von Versailles seien schließlich immer noch Landsleute und überdies Republikaner, außerdem habe Thiers allen Kommunarden, die sich ergeben würden, die Amnestie versprochen…

Ich fand das Tor des gesuchten Hauses halb offen, trat ein und schloss es gut hinter mir zu, stieg in das Magazin hinunter und von dort in den unterirdischen Gang und erreichte wohlbehalten die Weinhandlung in Montparnasse. Dort erwarteten mich etwa dreißig *brassardiers*, die mir durch den Gang zurück folgten. In dem Magazin am Carrefour de la Croix-Rouge angelangt, stiegen die Männer zu einigen Wohnungen in den oberen Stockwerken hinauf, um die Bewohner einzuschüchtern, aber sie fanden dort gutgekleidete Personen, die sie freudig begrüßten und ihnen die Fenster zeigten, von denen aus die Kreuzung am besten zu übersehen war. Auf dieser erschien gerade aus der Rue du Dragon ein berittener Offizier mit einer Eilorder. Sie lautete offenbar, sich auf einen Angriff aus der Rue de Sèvres oder der Rue du Cherche-Midi vorzubereiten, denn an der Ecke der beiden Straßen fingen die Kommunarden an, das Pflaster aufzureißen, um eine neue Barrikade zu bauen.

Während die *brassardiers* sich an die Fenster der besetzten Wohnungen verteilten, zog ich es vor, nicht länger an einem Ort zu verweilen, wo bald die Kugeln der Kommunarden pfeifen würden, und ging hinunter. Auf der Kreuzung herrschte noch großes Durcheinander. Da ich wusste, welche Flugbahn die Geschosse aus den Fenstern des eben verlassenen Gebäudes haben würden, postierte ich mich an die Ecke der Rue du Vieux-Colombier, um mich notfalls rasch verdrücken zu können.

Der größte Teil der Kommunarden hatte, um besser arbeiten zu können, die Waffen beiseite gelegt, und so trafen die ersten Schüsse, die aus den Fenstern kamen, sie überraschend. Dann fassten sie sich wieder, aber sie hatten noch nicht begriffen, woher die Schüsse kamen, und fingen an, waagerecht in die Einmündungen der Rue de Grenelle und der Rue du Four zu schießen, so dass ich zurückweichen musste, weil ich fürchtete, sie könnten auch die Rue du Vieux-Colombier unter Feuer nehmen. Endlich bemerkte jemand, dass die Feinde von oben schossen, und es entspann sich ein heftiger Schusswechsel vom Carrefour zu den Fenstern der Häuser und umgekehrt, nur dass die Regierungssoldaten besser sahen, auf wen sie schossen, und einfach draufhielten, während die Kommunarden noch nicht begriffen, auf welche Fenster genau sie zielen mussten. Kurzum, es war ein leicht errungenes Massaker, während die unten auf der Kreuzung »Verrat!« schrien. Aber so ist es immer: Wenn man mit etwas scheitert, sucht man nach jemandem, dem man die eigene Unfähigkeit in die Schuhe schieben kann. Was heißt denn Verrat, ihr könnt eben einfach nicht kämpfen, und so was will Revolution machen!

Endlich hatte jemand das von den *brassardiers* besetzte Haus erkannt, und die Überlebenden versuchten, das Tor einzudrücken. Ich nahm an, dass die Besatzer inzwischen schon wieder in die Unterwelt abgestiegen waren und die Kommunarden das Haus leer fanden, aber ich hatte beschlossen, nicht länger zu bleiben und das weitere abzuwarten. Wie ich später erfuhr, waren die Regierungssoldaten tatsächlich durch die Rue du Cherche-Midi gekommen, und zwar in so großer Zahl, dass die letzten Verteidiger des Carrefour du Croix-Rouge vernichtet worden sein müssen.

Ich gelangte durch Nebengassen, unter Vermeidung von Richtungen, aus denen ich Gewehrfeuer hörte, zurück in meine Impasse Maubert. An den Häusermauern sah ich frisch geklebte Plakate, mit denen der Wohlfahrtsausschuss die Bürger zur letzten Verteidigung aufrief (»*Aux barricades! L'ennemi est dans nos murs. Pas d'hésitations!*«).

In einem Bierlokal an der Place Maubert erfuhr ich die neuesten Nachrichten: Siebenhundert Kommunarden waren in der Rue Saint-Jacques standrechtlich erschossen worden, das Pulvermagazin vom Jardin du Luxembourg war in die Luft geflogen, zur Vergeltung hatten die Kommunarden sich einige Geiseln aus dem Gefängnis von La Roquette geholt, darunter den Erzbischof von Paris, und hatten sie an die Wand gestellt. Einen Erzbischof zu erschießen, das markiert einen Punkt, an dem es kein Zurück mehr gibt. Um die Normalität wiederherzustellen, musste das Blutbad vollendet werden.

Aber plötzlich, während man mir von diesen Ereignissen erzählte, kamen einige Frauen herein, die mit Jubelrufen von den anderen Gästen begrüßt wurden. Es waren die *femmes*, die zu ihrer *brasserie* zurückkehrten! Die Regierungssoldaten aus Versailles hatten die von der Kommune verbannten Prostituierten mitgebracht und ließen sie in der Stadt wieder frei zirkulieren, als wollten sie ein Zeichen setzen, dass nun alles wieder seinen normalen Gang gehen werde.

Ich hielt es nicht länger aus unter diesem Gesindel. Sie verhöhnten das einzig Gute, was die Kommune getan hatte.

In den Tagen darauf erlosch die Kommune, nach einem letzten Gefecht Mann gegen Mann mit blanker Waffe auf dem Friedhof Père-Lachaise. Hundertsiebenundvierzig Überlebende, so erzählte man, waren dabei gefangengenommen und standrechtlich erschossen worden.

So haben sie gelernt, ihre Nase nicht in Dinge zu stecken, die sie nichts angehen.

18.

Protokolle

Aus den Aufzeichnungen vom 10. und 11. April 1897

Nach dem Ende des Krieges konnte Simonini seine gewohnte Arbeit wieder aufnehmen. Nach all den Todesfällen, die es gegeben hatte, waren Erbschaftsprobleme zum Glück an der Tagesordnung, sehr viele junge Leute, die an der Front oder auf den Barrikaden gefallen waren, hatten noch nie daran gedacht, ein Testament zu machen, und so war Simonini mit Arbeit eingedeckt – und mit Erlösen überhäuft. Wie schön ist der Frieden, wenn es vorher ein opferreiches Großreinemachen gab.

Sein Tagebuch übergeht daher die notarielle Routine der folgenden Jahre und deutet nur den immer noch vorhandenen Wunsch an, wieder Kontakte zu möglichen Käufern seines Dokuments über den Friedhof in Prag zu knüpfen. Er wusste nicht, was Goedsche inzwischen getan hatte, doch er musste ihm zuvorkommen. Auch weil die Juden seltsamerweise fast während der ganzen Zeit der Kommune verschwunden schienen. Hatten sie als eingefleischte Verschwörer heimlich die Fäden der Kommune gezogen, oder hatten sie sich umgekehrt als Kapitalakkumulierer in Versailles versteckt, um die Nachkriegszeit vorzubereiten? Immerhin standen sie hinter den Freimaurern, und die Pariser Freimaurer hatten sich mit der Kommune solidarisiert, die Kommunarden hatten einen Erzbischof erschossen, und die Juden mussten irgendwas damit zu tun haben. Sie töteten kleine Kinder, wieso dann nicht auch Erzbischöfe.

Während er so hin- und herüberlegte, hörte er es eines Tages im

Jahre 1876 unten klingeln, und an der Tür erschien ein älterer Herr in Soutane. Simonini dachte zuerst, es sei der übliche satanistische Abbé, der gekommen sei, um geweihte Hostien zu erstehen, aber als er genauer hinsah, erkannte er unter dem dichten, inzwischen weißen, aber immer noch schön gewellten Haar nach fast dreißig Jahren den Pater Bergamaschi.

Für den Jesuiten war es ein bisschen schwieriger, sich zu vergewissern, dass er seinen einstigen Schüler Simonino vor sich hatte, vor allem wegen des Bartes (der nach dem Krieg wieder schwarz geworden war, mit ein paar graumelierten Strähnen, wie es sich für einen Mittvierziger gehörte). Dann aber leuchteten seine Augen auf, und er sagte lächelnd: »Aber ja, du bist Simonino, du bist es noch immer, nicht wahr, mein Junge? Warum lässt du mich hier in der Türe stehen?«

Er lächelte, aber auch wenn wir nicht soweit gehen wollen zu sagen, es sei das Lächeln eines Tigers, so war es doch mindestens das einer Katze. Simonini bat ihn hinauf und fragte ihn: »Wie haben Sie mich gefunden?«

»Ach, mein Junge«, antwortete Pater Bergamaschi, »du weißt doch, dass wir Jesuiten immer eins mehr als der Teufel wissen. Obwohl die Piemontesen uns aus Turin verjagt hatten, pflegte ich doch weiter gute Kontakte mit vielen Kreisen, und so erfuhr ich, erstens, dass du bei einem Notar angestellt warst, der Testamente fälschte, was mir noch egal sein konnte, aber zweitens, dass du den piemontesischen Sicherheitsdiensten einen Bericht übergeben hattest, in dem ich als Berater Napoleons III. auftauchte und mich als Verschwörer gegen Frankreich und Piemont-Sardinien auf dem Friedhof in Prag wiederfand. Schöne Erfindung, keine Frage, aber dann wurde mir klar, dass du die ganze Geschichte von diesem Pfaffenfresser Sue abgeschrieben hattest. Ich suchte nach dir, aber man sagte mir, du seist in Sizilien bei Garibaldi gewesen und hättest danach Italien verlassen. General Negri di Saint Front, der trotz allem höfliche Beziehungen zur Gesellschaft Jesu unterhält, lenkte meine Aufmerksamkeit auf Paris, wo meine Mitbrüder gute Bekannte in den kaiserlichen Geheimdiensten hatten. So erfuhr ich, dass du Kontakt mit den Russen aufgenommen hattest und dass dein Bericht über uns auf dem

Friedhof in Prag ein Bericht über die Juden geworden war. Aber zur gleichen Zeit erfuhr ich, dass du einen gewissen Joly ausspioniert hattest, ich konnte mir über besondere Wege ein Exemplar seines Buches besorgen, das im Büro eines gewissen Lacroix verblieben war, der bei einem Zusammenstoß mit carbonarischen Bombenbastlern heldenhaft ums Leben gekommen sein soll, und da sah ich, dass zwar Joly von Sue abgeschrieben haben mag, dass aber du mit Sicherheit schamlos von Joly abgeschrieben hast. Schließlich signalisierten mir deutsche Mitbrüder, dass ein gewisser Goedsche von einer Versammlung auf dem Friedhof in Prag faselte, bei der die Juden so ziemlich dasselbe sagten, was du sie in deinem Bericht für die Russen hast sagen lassen. Aber ich wusste ja, dass die erste Version, in der wir Jesuiten auf jenem Friedhof auftraten, von dir stammte, und das lange vor diesem Schmöker von Goedsche.«

»Endlich jemand, der mir Gerechtigkeit widerfahren lässt.«

»Lass mich ausreden. In der Folgezeit, vom Krieg über die Belagerung bis zu den Tagen der Kommune, war Paris für einen Ordensmann wie mich ungesund geworden. Ich entschloss mich zurückzugehen und nach dir zu suchen, auch weil dieselbe Geschichte mit den Juden auf dem Prager Friedhof vor ein paar Jahren in einer Flugschrift in St. Petersburg aufgetaucht ist. Sie wurde als Auszug aus einem Roman präsentiert, der jedoch angeblich auf realen Tatsachen beruhte, also musste Goedsche die Quelle sein. Nun ist gerade dieses Jahr mehr oder minder derselbe Text in einer Flugschrift in Moskau erschienen. Mit anderen Worten, dort braut sich gerade etwas über den Juden zusammen, die zunehmend als Bedrohung angesehen werden. Aber eine Bedrohung sind sie auch für uns, denn durch diese Alliance Israélite Universelle verstecken sie sich hinter den Freimaurern, und der Heilige Vater ist inzwischen entschlossen, eine groß angelegte Kampagne gegen all diese Feinde der Kirche zu entfesseln. Und hierbei kannst du uns nun wieder nützlich sein, mein lieber Simonino, und den bösen Scherz wiedergutmachen, den du mir damals bei den Piemontesen gespielt hast. Nachdem du unseren Orden so diffamiert hast, schuldest du ihm etwas.«

Teufel auch, diese Jesuiten waren besser als Hébuterne, Lagrange und Saint Front zusammen, sie wussten immer alles von allen, sie brauchten keine Geheimdienste, weil sie selbst einer waren; sie hatten Mitbrüder in allen Teilen der Welt und verfolgten alles, was irgendwo gesagt wurde, in allen Sprachen, die seit dem Zusammenbruch des Turms von Babel entstanden waren.

Nach dem Fall der Kommune waren in Frankreich alle, auch die Antiklerikalen, sehr religiös geworden. Man sprach sogar davon, auf dem Montmartre eine Wallfahrtskirche zu errichten, als öffentliche Sühne für die Tragödie jener Gottlosen. Also, wenn wir schon in einer Zeit der Restauration lebten, warum dann nicht als guter Restaurator tätig werden? So erwiderte Simonini: »Einverstanden, Pater, sagen Sie mir, was ich tun soll.«

»Wir machen auf deiner Linie weiter. Erstens: Da dieser Goedsche die Rede des Rabbiners auf eigene Rechnung zu verkaufen sucht, muss einerseits eine reichhaltigere und verblüffendere Version davon erstellt werden, und andererseits muss Goedsche daran gehindert werden, seine Version weiterzuverbreiten.«

»Und wie soll ich diesen Fälscher daran hindern?«

»Ich werde meine deutschen Mitbrüder bitten, ihn im Auge zu behalten und gegebenenfalls zu neutralisieren. Soweit wir über sein Leben im Bilde sind, ist er einer, der sich von vielen Seiten erpressen lässt. Du musst jetzt daran arbeiten, aus der Rede des Rabbiners ein reicher artikuliertes Dokument zu machen, das mehr Bezugnahmen auf aktuelle politische Angelegenheiten enthält. Schau dir das Buch von Joly an. Es geht darum, den... wie soll ich sagen... den jüdischen Machiavellismus herauszustellen, und wie sie planen, die Staaten der ganzen Welt zu korrumpieren.«

Ergänzend regte Pater Bergamaschi noch an, um die Rede des Rabbiners glaubwürdiger zu machen würde es sich lohnen, auch das aufzugreifen, was der Abbé Barruel enthüllt hatte, und vor allem den Brief, den Simoninis Großvater an Barruel geschrieben hatte. Vielleicht habe Simonini ja noch eine Abschrift davon, die sehr gut als das an Barruel geschickte Original durchgehen könnte?

Simonini fand sogar noch, ganz hinten in einem Schrank, den ursprünglichen Originalentwurf in dem kleinen Schrein, in dem ihn sein Großvater aufzubewahren pflegte, und einigte sich mit Pater Bergamaschi auf eine angemessene Summe für dieses kostbare Fundstück. Die Jesuiten waren zwar geizig, aber hier war Zusammenarbeit geboten. So kam es, dass im Juli 1878 eine Nummer der französischen Zeitschrift *Le Contemporain* erschien, die reichhaltiges Material enthielt: die Erinnerungen von Pater Grivel, der ein Vertrauter Barruels gewesen war, viele Nachrichten, die Simonini bereits aus anderen Quellen kannte, und den Brief seines Großvaters. – »Der Friedhof in Prag kommt dann später«, sagte Pater Bergamaschi. »Wenn man bestimmte explosive Nachrichten auf einen Schlag bringt, vergessen die Leute sie nach der ersten Aufregung, und am Ende haben sie alles vergessen. Darum muss man die Nachrichten stückeln und scheibchenweise verabreichen, so dass jede neue Nachricht die Erinnerung an die früheren wieder auffrischt.«

Simonini zeigt sich in seinem Tagebuch deutlich befriedigt über diese Wiederentdeckung des Briefes von seinem Großvater, und in einem Anflug von Tugendhaftigkeit scheint er sich davon zu überzeugen, dass er mit dem, was er getan hatte, letztlich ein Vermächtnis erfüllte.

So machte er sich mit neuem Eifer daran, die Rede des Rabbiners anzureichern. Bei einer nochmaligen Lektüre des Buches von Joly entdeckte er, dass dieser Polemiker, offenbar weniger abhängig von Sue, als er zunächst geglaubt hatte, seinem Machiavelli-Napoleon noch andere Tücken zugeschrieben hatte, die genau auf die Juden passten.

Während Simonini dieses Material zusammentrug, wurde ihm klar, dass es zu reichhaltig und zu breit gestreut war: Eine gute Rede des Rabbiners müsste, wenn sie die Katholiken beeindrucken sollte, viele Hinweise darauf enthalten, wie die Juden planten, die allgemeinen Sitten zu verderben, und womöglich von Gougenot des Mousseaux die Idee der physischen Überlegenheit des Judentums übernehmen oder von Brafmann die Regeln zur Ausbeutung der Christen durch Wucher. Die Republikaner dagegen würden durch Hinweise auf eine immer mehr kontrollierte Presse aufgeschreckt, während

Unternehmer und kleine Sparer, stets misstrauisch gegenüber den Banken (die nach allgemeiner Ansicht ohnehin fest in jüdischer Hand sind), durch Hinweise auf die ökonomischen Pläne des Weltjudentums alarmiert würden.

So zeichnete sich in seinem Kopf allmählich eine Idee ab, die, ohne dass er sich dessen bewusst wurde, sehr jüdisch und kabbalistisch war: Er müsste nicht bloß *eine* Szene auf dem Prager Friedhof und *eine* Rede des Rabbiners beschreiben, sondern verschiedene Reden, eine für die Pfaffen, eine für die Sozialisten, eine für die Russen und eine für die Franzosen. Und er durfte nicht alle Reden vorfabrizieren, er musste sie als Versatzstücke auf separaten Bögen produzieren, die, wenn man sie verschieden mischte, mal die eine und mal die andere Rede ergäben – so dass er dann verschiedenen Käufern je nach deren Wunsch und Geschmack die richtige Rede verkaufen konnte. Kurzum, es war, als protokolliere er als guter Notar verschiedene Zeugenaussagen oder Geständnisse, um sie den Anwälten zur Verteidigung unterschiedlicher Fälle zu liefern – weshalb er nun anfing, seine Notizen als Protokolle zu bezeichnen –, und er hütete sich, das alles Pater Bergamaschi zu zeigen, denn für den filterte er nur die eindeutig religiös grundierten Texte heraus.

Zum Abschluss dieser Zusammenfassung seiner Arbeit in jenen Jahren macht Simonini noch eine persönliche Bemerkung: Zu seiner großen Erleichterung habe er gegen Ende 1878 erfahren, dass einerseits Goedsche gestorben sei, vermutlich erstickt an jenem Bier, das ihn jeden Tag mehr aufschwemmte, und andererseits der arme Joly sich – verzweifelt wie immer – eine Kugel in den Kopf geschossen habe. Friede seiner Seele, er war kein schlechter Kerl.

Vielleicht um des teuren Verstorbenen zu gedenken, hatte der Tagebuchschreiber an diesem Abend zu viele kleine Schlückchen getrunken. Jedenfalls beginnt seine Schrift hier zittrig zu werden, und die Seite bricht ab. Vermutlich war er eingeschlafen.

Doch am nächsten Tag, an dem Simonini erst gegen Abend erwachte, fand er in seinem Tagebuch eine Eintragung des Abbé Dalla Piccola,

*Ergänzend regte Pater Bergamaschi noch an, um die Rede des
Rabbiners glaubwürdiger zu machen würde es sich lohnen,
auch das aufzugreifen, was der Abbé Barruel enthüllt hatte,
und vor allem den Brief, den Simoninis Großvater
an Barruel geschrieben hatte... (S. 310)*

der morgens in sein Studio eingedrungen sein musste, um die Aufzeichnungen seines Alter ego zu lesen und sich zu beeilen, einiges moralistisch zu präzisieren.

Was denn präzisieren? Nun, dass die beiden Toten, Goedsche und Joly, unseren guten Capitaine nicht hätten überraschen dürfen, dem es – auch wenn er nicht gezielt zu vergessen suche – offensichtlich schwerfalle, sich zu erinnern.

Nachdem der Brief seines Großvaters im *Contemporain* erschienen war, habe Simonini einen Brief von Goedsche erhalten, der ihm in einem grammatikalisch dubiosen Französisch, aber sehr unmissverständlich schrieb: »Lieber Capitaine, ich vermute, dass die im *Contemporain* erschienenen Sachen die Vorspeise anderer sind, die Sie zu publizieren gedenken, und wir beide wissen, dass ein Teil jenes Dokuments mein Eigentum ist, sogar ein so großer Teil, dass ich – *Biarritz* in der Hand – beweisen könnte, dass ich der Autor des Ganzen bin, während Sie gar nichts in der Hand haben und nicht einmal beweisen könnten, dass Sie mir bei Setzen der Kommas geholfen haben. Darum verlange ich erstens, dass Sie mit mir ein Treffen vereinbaren, am besten in Anwesenheit eines Notars (aber nicht eines von ihrer Sorte), um das Eigentum am Bericht über den Prager Friedhof zu definieren. Wenn Sie dazu nicht bereit sind, werde ich Ihren Betrug öffentlich bekanntmachen. Sofort danach werde ich zweitens einen gewissen Monsieur Joly informieren, der noch nichts davon weiß, dass Sie ihm eine seiner literarischen Kreationen gestohlen haben. Wenn Sie nicht vergessen haben, dass Joly von Beruf Advokat ist, werden Sie verstehen, dass auch dies Ihnen ernstlichen Ärger bereiten kann.«

Alarmiert, hatte Simonini sofort Pater Bergamaschi informiert, und der hatte gesagt: »Kümmere du dich um Joly, und wir werden uns dieses Herrn Goedsche annehmen.«

Während Simonini noch schwankte und nicht wusste, wie er sich um Joly kümmern sollte, erhielt er ein Billet von Pater Bergamaschi, der ihm mitteilte, dass der arme Herr Goedsche schmerzlos in seinem Bett gestorben sei, und ihn aufforderte, für seine Seele zu beten, auch wenn er ein verdammter Protestant gewesen sei.

Jetzt begriff Simonini, was »sich um Joly kümmern« heißen sollte. Es war ihm nicht angenehm, gewisse Dinge zu tun, schließlich war er es, der bei Joly eine Schuld abzutragen hatte, aber er konnte nicht wegen ein paar moralischer Skrupel den Erfolg seines Plans mit Bergamaschi riskieren, und wir haben ja erst kürzlich gesehen, welch intensiven Gebrauch Simonini von Jolys Text machen wollte, ohne dabei von Protesten des Autors gestört zu werden.

So ging er ein weiteres Mal in die Rue de Lappe und kaufte sich eine Pistole, die klein genug war, um im Hause aufbewahrt zu werden, und nur geringe Durchschlagskraft hatte, dafür aber ziemlich leise war. Er erinnerte sich an Jolys Adresse am Quai Voltaire und dass sein Appartement zwar bescheiden war, aber schöne Tapeten mit Wandteppichen hatte, die sicher geräuschdämpfend wirkten. Auf jeden Fall war es besser, vormittags tätig zu werden, wenn von der Straße der Lärm der Karossen und Pferde-Omnibusse heraufdrang, die vom Pont Royal und von der Ru du Bac kamen oder an der Seine entlangfuhren.

Er klingelte an der Tür des Advokaten, der ihn überrascht hereinbat, ihm jedoch sofort einen Kaffee anbot. Und sich sogleich über seine jüngsten Missgeschicke verbreitete. Für den größten Teil derer, die Zeitungen lesen, die wie immer verlogen seien (womit er sowohl die Zeitungen wie deren Leser meine) sei er, der sowohl die Gewalt wie die revolutionären Hirngespinste immer abgelehnt habe, ein Kommunarde geblieben. Es sei ihm richtig erschienen, sich den politischen Ambitionen jenes Grévy zu widersetzen, der für das Amt des Staatspräsidenten kandidierte, und so habe er ihn mit einem auf eigene Kosten gedruckten und affichierten Protestplakat angegriffen. Daraufhin sei er, Joly, beschuldigt worden, ein Bonapartist zu sein, der gegen die Republik intrigiere, Gambetta habe verächtlich von »käuflichen Federn mit einer Vorstrafenliste« gesprochen, Edmond About habe ihn als Fälscher behandelt. Mit einem Wort, die halbe französischen Presse sei über ihn hergefallen, und nur der Figaro habe sein Plakat abgedruckt, während alle anderen seine Verteidigungsbriefe abgelehnt hätten.

Genau bedacht hatte Joly seine Schlacht zwar gewonnen, da Grévy dann auf die Kandidatur verzichtete, aber er gehörte zu denen, die nie zufrieden sind und immer verlangen, dass der Gerechtigkeit bis ins letzte Genüge getan wird. Nachdem er zwei seiner Ankläger zum Duell gefordert hatte, erhob er Anklage gegen zehn Zeitungen wegen Ablehnung von Inseraten, Diffamierung und öffentlicher Beleidigung.

»Ich habe meine Verteidigung selbst übernommen, und ich versichere Ihnen, Simonini, ich habe alle Skandale angeprangert, sowohl die von der Presse verschwiegenen wie die, von denen sie gesprochen hat. Und wissen Sie, was ich diesen Schurken – und dazu rechne ich auch die Richter – ins Gesicht hinein gesagt habe? ›Meine Herren‹, habe ich gesagt, ›ich hatte keine Furcht vor dem Kaiserreich, vor dem Sie kuschten, solange es an der Macht war, und jetzt lache ich über Sie, die Sie es in seinen schlimmsten Zügen nachäffen!‹ Und als sie versuchten, mir das Wort zu entziehen, habe ich gesagt: ›Meine Herren, das Kaiserreich hat mir den Prozess gemacht wegen Anstachelung zum Hass, Verachtung der Regierung und Beleidigung des Kaisers, aber Cäsars Richter haben mich reden lassen. Jetzt verlange ich von den Richtern der Republik, dass sie mir dieselbe Freiheit gewähren, derer ich unter dem Kaiser teilhaftig war!‹«

»Und wie ist es ausgegangen?«

»Ich habe gewonnen, alle Zeitungen bis auf eine wurden verurteilt.«

»Was bereitet Ihnen dann jetzt noch Kummer?«

»Alles. Tatsache ist, dass der Anwalt der Gegenseite, obwohl er mein Werk gelobt hatte, sich zu der Behauptung verstieg, ich hätte meine Zukunft durch ungebändigte Leidenschaftlichkeit ruiniert und zur Strafe für meinen Hochmut verfolge ein unaufhörlicher Misserfolg jeden meiner Schritte. Nachdem ich dies und das angefangen hätte, sei ich weder Abgeordneter noch Minister geworden. Vielleicht sei ich als Literat ja erfolgreicher als in der Politik. Aber nicht einmal das ist wahr, denn was ich geschrieben habe, ist vergessen, und nachdem ich meine Prozesse gewonnen hatte, bin ich aus allen Salons, die etwas zählen, verbannt worden. Ich habe viele Schlachten gewonnen und bin dennoch gescheitert. Es kommt der

Moment, da etwas in einem zerbricht und man weder Kraft noch Willen mehr hat. Man soll leben, heißt es, aber das Leben ist ein Problem, das auf die Dauer zum Suizid führt.«

Angesichts dieser Worte fand Simonini das, was er vorhatte, in höchstem Maße richtig. Er würde diesem Unglückseligen eine äußerste und alles in allem demütigende Tat ersparen: seinen letzten Misserfolg. Er war im Begriff, ein gutes Werk zu tun. Und er würde sich eines gefährlichen Zeugen entledigen.

So bat er ihn, sich rasch ein bestimmtes Dokument anzusehen und ihm zu sagen, was er davon halte. Er drückte ihm einen dicken Stapel Papiere in die Hand; es waren alte Zeitungen, aber es würde viele Sekunden dauern, bis der Gute begriff, um was es sich handelte. Joly setzte sich in einen Sessel und begann die Blätter zu ordnen, die ihm aus den Händen rutschten.

In aller Ruhe, während Joly verdutzt zu lesen begann, trat Simonini hinter ihn, hielt ihm den Lauf der Pistole an den Kopf und drückte ab.

Joly fiel zur Seite, mit hängenden Armen, während ihm ein dünner Streifen Blut aus einem Loch in der Schläfe rann. Es war nicht schwer, ihm die Pistole in die Hand zu legen. Zum Glück geschah dies sechs oder sieben Jahre bevor ein wunderwirkendes Pulver entdeckt wurde, das es ermöglichte, auf einer Waffe die unverwechselbaren Abdrücke der Finger, die sie berührt hatten, sichtbar zu machen. Zu der Zeit, als Simonini seine Rechnung mit Joly beglich, galten noch die Theorien eines gewissen Bertillon, die auf den Messungen des Skeletts und anderer Körperteile des Verdächtigen beruhten. Keinem Menschen wäre der Verdacht gekommen, dass Jolys Tod kein Suizid war.

Simonini sammelte den Packen Zeitungen wieder ein, wusch die beiden Tassen ab, aus denen sie Kaffee getrunken hatten, und ließ das Appartement in guter Ordnung zurück. Wie er später erfuhr, hatte der Concierge des Hauses, als ihm auffiel, daß Joly seit zwei Tagen nicht mehr zu sehen war, das Kommissariat des Viertels von Saint-Thomas-d'Aquin gerufen. Man hatte die Tür aufgebrochen und die Leiche gefunden. Aus einer kurzen Zeitungsmeldung ging hervor,

*Es kommt der Moment, da etwas in einem zerbricht und man
weder Kraft noch Willen mehr hat. Man soll leben, heißt es,
aber das Leben ist ein Problem, das auf die Dauer
zum Suizid führt… (S. 316 f.)*

dass die Pistole am Boden gelegen hatte. Offenbar hatte Simonini sie dem Toten nicht gut in die Hand gedrückt, aber das machte nichts. Zu seinem größten Glück lagen auf dem Tisch Briefe an die Mutter, die Schwester, den Bruder... In keinem war explizit von Selbstmord die Rede, aber alle waren von einem tiefen und edlen Pessimismus durchtränkt. Sie schienen mit voller Absicht geschrieben. Und wer weiß, ob der Ärmste nicht wirklich die Absicht gehabt hatte, sich umzubringen, in welchem Falle Simonini sich all die Mühe hätte ersparen können.

Es war nicht das erste Mal, dass Dalla Piccola seinem Mitbewohner Dinge enthüllte, die er vielleicht nur in der Beichte erfahren hatte und an die sich der andere nicht erinnern wollte. Simonini war darüber ein bisschen entrüstet und schrieb ein paar erboste Sätze an den Rand des Tagebuchs.

Sicherlich ist das Dokument, dass der ERZÄHLER hier zu resümieren versucht, noch voller Überraschungen, und vielleicht würde es sich eines Tages lohnen, daraus einen Roman zu machen.

19.

Osman-Bey

11. April 1897, abends

Lieber Abbé, ich vollbringe größte Anstrengungen, um meine Vergangenheit zu rekonstruieren, und Sie unterbrechen mich dauernd wie ein pedantischer Hauslehrer, der mir auf Schritt und Tritt meine Orthographiefehler vorhält... Sie lenken mich ab. Sie bringen mich durcheinander. Ja gut, ich habe auch Joly umgebracht, aber ich wollte einen Zweck erreichen, der die kleinen Mittel, die ich benutzen musste, heiligen würde. Nehmen Sie sich ein Beispiel am politischen Weitblick und an der Kaltblütigkeit von Pater Bergamaschi und bezähmen Sie Ihre krankhafte Aufdringlichkeit...

Nachdem ich nun weder von Joly noch von Goedsche mehr erpresst werden konnte, konzentrierte ich mich auf die Arbeit an meinen neuen Prager Protokollen (wie ich sie jetzt nannte). Ich musste mir etwas Neues ausdenken, denn meine alte Szene auf dem Friedhof in Prag war inzwischen zu einem quasi romanhaften Gemeinplatz geworden. Nachdem die Zeitschrift *Le Contemporain* den Brief meines Großvaters veröffentlicht hatte, brachte sie ein paar Jahre später die Rede des Rabbiners wie einen Tatsachenbericht, den sie von einem englischen Diplomaten namens Sir John Readcliff erhalten haben wollte. Da Goedsche seinen Roman unter dem Pseudonym Sir John Retcliffe veröffentlicht hatte, war klar, woher der Text stammte. Inzwischen habe ich aufgehört zu zählen, wie oft die Friedhofsszene von verschiedenen Autoren aufgegriffen worden ist; gerade jetzt meine ich mich zu erinnern, dass kürzlich ein gewisser Bournand ein Buch mit dem Titel *Les juifs nos contemporains* veröffentlicht hat, in dem die Rede des Rabbiners erneut auftaucht, nur dass John Readclif (mit einem f) jetzt der Name des Rabbiners ist. Mein Gott, wie kann man in einer Welt voller Fälscher leben?

Ich suchte also nach Neuigkeiten, um sie zu protokollieren, und verschmähte es auch nicht, mich aus schon gedruckten Werken zu bedienen, da ich überzeugt war, dass – einmal abgesehen von dem unglückseligen Fall des Abbé Dalla Piccola – meine potentiellen Kunden keine Leute sein würden, die ihre Tage in Bibliotheken verbringen.

Eines Tages sagte mir Pater Bergamaschi: »In Russland ist ein Buch über den Talmud und die Juden erschienen, von einem gewissen Lutostansky. Ich werde versuchen, es mir zu besorgen und von meinen Mitbrüdern übersetzen zu lassen. Aber erstmal gibt es da noch einen anderen, mit dem du reden solltest. Hast du jemals von Osman-Bey gehört?«

»Ist das ein Türke?«

»Vielleicht ein Serbe, aber er schreibt in deutscher Sprache. Ein Buch von ihm über die Eroberung der Welt durch die Juden ist schon in mehrere Sprachen übersetzt worden, aber ich denke, er braucht noch mehr Nachrichten, denn er lebt von antijüdischen Kampagnen. Es heißt, die russische Geheimpolizei habe ihm vierhundert Rubel dafür gegeben, dass er nach Paris kommt, um hier die Alliance Israélite Universelle zu untersuchen, und über die hattest du doch einiges von deinem Freund Brafmann erfahren, wenn ich mich recht erinnere.«

»Sehr wenig, um die Wahrheit zu sagen.«

»Dann erfinde halt. Du gibst diesem Bey etwas, und er wird dir etwas geben.«

»Wie finde ich ihn?«

»Er wird dich finden.«

Ich arbeitete kaum noch für Hébuterne, stand aber noch lose mit ihm in Verbindung. Wir trafen uns auf dem Platz vor Notre-Dame, und ich fragte ihn nach Details über Osman-Bey. Offenbar war er den Polizeien der halben Welt bekannt.

»Er ist vielleicht jüdischer Herkunft, wie Brafmann und andere geschworene Feinde ihrer Rasse. Er hat eine lange Geschichte hinter sich, er trat unter den Namen Millinger oder Millingen auf, später auch als Kibridli-Zade, und vor einiger Zeit gab er sich als Albaner aus. Viele Länder haben ihn ausgewiesen, wegen dunkler Affären, meistens Betrug; in anderen Ländern saß er im Gefängnis. Er hat sich auf die Juden verlegt, weil er ahnte, dass es sich auszahlen würde. In Mailand hat er einmal, ich weiß nicht mehr, bei welcher Gelegenheit, öffentlich alles widerrufen, was er über die Juden verbreitet hatte, danach veröffentlichte er in der Schweiz neue antijüdische Schriften und fuhr nach Alexandria, um dort mit ihnen hausieren zu gehen. Aber seinen wahren Erfolg hatte er in Russland, wo er anfangs Geschichten über den jüdischen Ritualmord an Christenkindern schrieb. Jetzt hat er sich auf die Alliance Israélite Universelle verlegt, deshalb würden wir ihn gerne von Frankreich fernhalten. Ich sagte Ihnen ja schon mehr als einmal, dass wir keinen Ärger mit diesen Leuten wollen, er käme uns nicht gelegen, zumindest jetzt nicht.«

»Aber dieser Osman-Bey kommt nach Paris, vielleicht ist er schon da.«

»Wie ich sehe, Sie sind inzwischen besser informiert als ich. Also gut, behalten Sie ihn im Auge, wir werden uns Ihnen in gewohnter Weise erkenntlich zeigen.«

So hatte ich nun zwei gute Gründe, um diesen Osman-Bey zu treffen: erstens, um ihm möglichst viel über die Juden zu verkaufen, und zweitens, um Hébuterne über seine Schritte auf dem laufenden zu halten. Tatsächlich meldete sich Osman-Bey nach einer Woche, indem er ein Billet unter der Tür meines Ladens hindurchschob, auf dem er mir die Adresse einer Pension im Marais angab.

Ich nahm an, dass er ein Gourmet war, und wollte ihn ins Grand Véfour einladen, um ihn eine *fricassée de poulet Marengo* und *les mayonnaises de volaille* kosten zu lassen. Wir tauschten ein paar Billets, dann lehnte er jede Einladung ab und gab mir ein Rendezvous für denselben Abend an der Ecke Place Maubert und Rue Maître-Albert. Dort würde ein Fiaker halten, zu dem solle ich gehen, um mich zu erkennen zu geben.

Als die Droschke an der Ecke des Platzes hielt, schaute jemand aus dem Fenster, dem ich ungern nachts in einer der Straßen meines Viertels begegnet wäre: lange strähnige Haare, gebogene Nase, Raubvogel-augen, erdfahler Teint, Magerkeit eines Schlangenmenschen und ein enervierendes Zucken am linken Auge.

»Guten Abend, Capitaine Simonini«, sagte er sofort. »In Paris haben auch die Mauern Ohren, wie man zu sagen pflegt. Darum bleibt als einzige Möglichkeit, wenn man in Ruhe reden will, in der Stadt umherzufahren. Der Kutscher kann uns hier nicht hören, und selbst wenn er es könnte – er ist taub wie ein Glöckner.«

So führten wir unser erstes Gespräch, während der Abend über die Stadt hereinbrach und leichter Regen nieselnd aus einer Nebeldecke kam, die langsam immer tiefer sank, bis sie fast das Straßenpflaster erreichte. Wie es schien, hatte der Kutscher Anweisung, durch die menschenleersten und dunkelsten Viertel zu fahren. Wir hätten auch auf dem Boulevard des Capucines in Ruhe sprechen können, aber Osman-Bey liebte offenbar die Inszenierung.

»Paris scheint verlassen, sehen Sie sich die Passanten an«, sagte er mit einem Lächeln, das sein Gesicht so erhellte, wie eine Kerze einen Totenschädel erhellen kann (dieser ausnehmend hässliche Mensch hatte sehr schöne Zähne). »Sie huschen umher wie Gespenster. Vielleicht werden sie sich beim ersten Morgengrauen rasch wieder in die Gräber legen.«

Ich erwiderte trocken: »Schöner Stil, erinnert mich an den besten Ponson du Terrail, aber vielleicht können wir jetzt von konkreteren Dingen sprechen. Zum Beispiel, was können Sie mir über einen gewissen Hippolyte Lutostansky sagen?«

»Das ist ein Hochstapler und Spitzel. Er war ein katholischer Priester und ist in den Laienstand zurückversetzt worden, weil er, wie soll ich sagen, unsaubere Dinge mit Knaben getrieben hatte – und schon das ist eine sehr schlechte Empfehlung, denn, Herr im Himmel, man weiß ja, dass der Mensch schwach ist, aber als Priester hat man doch einen gewissen Anstand zu wahren! Seine einzige Reaktion war, dass er zum orthodoxen Glauben übertrat und Mönch wurde… Ich kenne das Heilige Russland inzwischen gut genug, um sagen zu können, dass in jenen Klöstern, fernab von der Welt, wie sie liegen, Greise und Novizen einander in wechselseitiger Zuneigung, wie soll ich sagen, brüderlich verbunden sind. Aber ich bin kein Intrigant und interessiere mich nicht für die Angelegenheiten anderer Leute. Ich weiß nur, dass dieser Lutostansky sich eine Menge Geld von der russischen Regierung hat geben lassen, um von jüdischen Menschenopfern zu erzählen, die übliche Geschichte von der rituellen Ermordung christlicher Kinder. Als ob er die Kinder besser behandeln würde. Schließlich soll er sogar einige jüdische Kreise angesprochen und ihnen angeboten haben, für eine bestimmte Summe alles zu widerrufen, was er geschrieben hatte. Meinen Sie, die Juden würden auch nur einen Heller für ihn locker machen? Nein, der ist kein vertrauenswürdiger Mensch.«

Dann fügte er noch hinzu: »Ah, ich vergaß: Er hat auch Syphilis.«

Mir war schon als Schüler beigebracht worden, dass sich die großen Erzähler in ihren Personen immer selbst beschreiben.

Danach hörte Osman-Bey geduldig zu, was ich ihm zu berichten versuchte, verzog aber die Lippen zu einem verständnisvollen Lächeln, als ich zu meiner pittoresken Beschreibung des Prager Friedhofs kam, und unterbrach mich: »Capitaine Simonini, das klingt nun wirklich nach Literatur, mindestens so sehr wie das, was Sie mir vorgeworfen haben. Ich suche lediglich klare Beweise für eine Verbindung zwischen der Alliance Israélite Universelle und der Freimaurerei, und wenn es möglich ist, sollten sie nicht die Vergangenheit wiederaufrühren, sondern die Zukunft voraussehen, also auf Beziehungen zwischen den französischen Juden und den Preußen hinweisen. Die Alliance ist eine Macht, die im Begriff steht, die Welt mit einem Netz aus Gold und Stahl zu überziehen, um alles und alle zu besitzen, und das ist es, was bewiesen und angeprangert werden muss. Kräfte wie diese Alliance hat es seit vielen Jahrhunderten gegeben, sogar schon vor dem Römischen Reich. Deswegen funktionieren sie, sie haben dreitausend Jahre Erfahrung. Denken Sie nur daran, wie sie Frankreich durch einen Juden wie Thiers beherrscht haben.«

»Thiers war Jude?«

»Wer ist es nicht? Sie sind überall um uns und hinter uns, sie kontrollieren unsere Ersparnisse, lenken unsere Armeen, beeinflussen die Kirche und die Regierungen. Ich habe einen Angestellten der Alliance bestochen – die Franzosen sind alle bestechlich – und mir Kopien der Briefe geben lassen, die an die verschiedenen jüdischen Komitees in den Nachbarländern Russlands geschickt worden sind. Diese Komitees gibt es die ganze russische Grenze entlang, und während die Polizei die großen Straßen überwacht, schleichen ihre Boten über die Felder, durchqueren die Sümpfe, durchschwimmen die Wasserstraßen. Es ist ein einziges Spinnennetz. Ich habe dem Zaren von diesem Komplott berichtet und so das Heilige Russland gerettet. Ich ganz allein. Ich liebe den Frieden, ich wünsche mir eine Welt, die von Sanftmut beherrscht wird, in der niemand mehr die Bedeutung des Wortes ›Gewalt‹ versteht. Würden alle Juden, die mit ihrem Kapital die Kanonenhändler unterstützen, aus der Welt verschwinden, so stünde uns das Goldene Zeitalter bevor.«

»Also was tun?«

»Also werden wir eines Tages die einzig vernünftige Lösung anpacken müssen, die Endlösung: die Vernichtung aller Juden. Auch der Kinder? Jawohl, auch der Kinder. Jaja, ich weiß, das klingt nach einer Idee von Herodes, aber wenn man es mit verdorbenem Samen zu tun hat, genügt es nicht, die Pflanze abzuhacken, man muss sie mit der Wurzel ausreißen. Wenn du keine Mücken willst, töte die Larven. Auf die Alliance Israélite Universelle zu zielen kann auch nur eine vorübergehende Aufgabe sein. Auch die Alliance kann nur durch die vollständige Ausrottung der jüdischen Rasse zerstört werden.«

Am Ende dieser Fahrt durch ein menschenleeres Paris machte Osman-Bey mir einen Vorschlag.

»Capitaine, was Sie mir angeboten haben, ist sehr wenig. Sie können nicht erwarten, dass ich Ihnen interessante Informationen über die Alliance gebe, über die ich bald alles wissen werde. Aber ich schlage Ihnen einen Pakt vor: Ich kann die Juden der Alliance überwachen, aber nicht die Freimaurer. Da ich aus dem mystischen und orthodoxen Russland komme, ohne besondere Bekanntschaften im ökonomischen und intellektuellen Leben dieser Stadt zu haben, kann ich mich bei den Freimaurern nicht einschleichen. Die nehmen Leute wie Sie, gutsituierte Bürger mit Uhr in der Westentasche. Es dürfte nicht schwer für Sie sein, in diese Kreise einzudringen. Ich habe gehört, dass Sie sich der Teilnahme an einer Unternehmung von Garibaldi rühmen, einem Freimaurer reinsten Wassers, wenn es je einen gab. Also: Sie berichten mir über die Freimaurer, und ich berichte Ihnen über die Alliance.«

»Mündliche Vereinbarung und basta?«

»Unter Gentlemen braucht man dergleichen nicht schriftlich festzuhalten.«

20.

Russen?

12. April 1897, neun Uhr morgens

Lieber Abbé, wir sind definitiv zwei verschiedene Personen. Jetzt habe ich den Beweis.

Heute morgen, es mag um acht gewesen sein, bin ich aufgewacht (und zwar in meinem Bett) und bin noch im Nachthemd in mein Studio hinübergegangen, und da sah ich eine schwarze Gestalt die Treppe hinunterhuschen. Ein rascher Blick lehrte mich, dass jemand meine Papiere durchwühlt hatte, ich schnappte mir meinen Dolchstock, der sich zum Glück in Reichweite befand, und eilte hinunter in den Laden. Ich konnte gerade noch sehen, wie ein dunkler Schatten gleich einem Unglücksraben auf die Straße entwich. Ich folgte ihm und – sei es pures Unglück, sei es, dass der ungelegene Besucher seine Flucht vorbereitet hatte – ich stolperte über einen Hocker, der dort nicht hätte stehen sollen.

Mit gezücktem Stock hinkte ich in die Sackgasse – aber ach, weder rechts noch links war jemand zu sehen. Mein Besucher war geflohen. Doch ich könnte schwören, das waren Sie. Zumal Ihr Bett leer war, als ich in Ihrer Wohnung nachsehen ging.

12. April, mittags

Capitaine Simonini,

ich antworte auf Ihre Worte, nachdem ich soeben aufgewacht bin (in meinem Bett). Ich schwöre Ihnen, ich konnte heute morgen gar nicht bei Ihnen gewesen sein, denn um diese Zeit habe ich noch geschlafen.

Doch sobald ich aufgestanden war, und das mag um elf gewesen sein, erschrak ich über die Gestalt eines Mannes (sicherlich waren Sie das), der durch den Korridor mit den Theaterkostümen entfloh. Noch im Nachthemd verfolgte ich Sie bis in Ihre Wohnung, sah Sie wie ein Gespenst in Ihren wüsten Trödlerladen hinunterstürzen und durch die Tür entschwinden. Auch ich stolperte über den Hocker, und als ich auf die Impasse Maubert hinaustrat, war von dem Betreffenden keine Spur mehr zu sehen. Aber das waren Sie, das könnte ich schwören, sagen Sie mir, ob ich es erraten habe, ich bitte Sie...

12. April, früher Nachmittag

Lieber Abbé,

was geht mit mir vor? Offenbar geht es mir schlecht, es ist, als fiele ich manchmal in Ohnmacht, und wenn ich dann wieder zu mir komme, finde ich mein Tagebuch durch Ihren Eingriff verändert. Sind wir ein und dieselbe Person? Überlegen Sie einen Moment, im Namen des gesunden Menschenverstandes, wenn nicht der logischen Vernunft: Wenn unsere zwei Begegnungen beide zur selben Zeit stattgefunden hätten, wäre doch anzunehmen, dass ich auf der einen Seite und Sie auf der anderen waren. Doch wir haben unsere Erfahrungen zu verschiedenen Zeiten gemacht. Wenn ich in die Wohnung komme und sehe jemanden weglaufen, bin ich doch sicher, dass dieser Jemand nicht ich bin. Aber dass der andere notwendigerweise Sie sind, beruht auf der wenig begründeten Überzeugung, dass heute morgen in diesem Hause nur wir beide waren.

Wenn aber nur wir beide da waren, ergibt sich ein Paradox: Sie wären morgens um acht gekommen, um in meinen Sachen zu kramen, und ich hätte Sie verfolgt. Dann wäre ich um elf hingegangen, um in Ihren Sachen zu kramen, und Sie hätten mich verfolgt. Aber warum erinnert sich dann jeder von uns an die Uhrzeit und den Moment, in dem jemand in seine Wohnung eingedrungen ist, aber nicht an die Uhrzeit und den Moment, in dem *er selbst* in die Wohnung des anderen eingedrungen ist?

Natürlich könnten wir beide diesen Moment vergessen haben oder vergessen wollen oder aus irgendeinem Grunde verschwiegen haben.

Aber ich zum Beispiel weiß mit absoluter Gewissheit, dass ich nichts verschwiegen habe. Im übrigen scheint mir die Idee, dass zwei verschiedene Personen gleichzeitig und symmetrisch den Wunsch gehabt haben sollen, dem jeweils anderen etwas zu verschweigen, ziemlich romanhaft zu sein, nicht einmal Montépin hätte sich eine solche Intrige ausdenken können.

Plausibler ist die Hypothese, dass drei Personen im Spiel waren. Ein mysteriöser Monsieur Mystère dringt morgens um acht bei mir ein, und ich denke, das wären Sie. Vormittags um elf dringt derselbe Mystère bei Ihnen ein, und Sie glauben, das wäre ich. Scheint Ihnen das so unglaubwürdig, bei all den Spionen, die hier umgehen?

Allerdings beweist uns das nicht, dass wir zwei verschiedene Personen sind. Ein und dieselbe Person kann sich als Simonini an den Besuch von Mystère um acht erinnern, ihn dann vergessen und sich als Dalla Piccola an den Besuch von Mystère um elf erinnern.

Deshalb löst die ganze Geschichte keinswegs das Problem unserer Identität. Sie macht unser beider Leben bloß noch komplizierter (beziehungsweise das Leben des einen, der wir beide sind), indem sie uns einen Dritten zwischen die Füße wirft, der bei uns eindringen kann, als gäbe es nichts, was ihn daran hindern könnte.

Und wenn wir nicht zu dritt wären, sondern zu viert? Mystère1 dringt um acht bei mir ein, und Mystère2 um elf bei Ihnen? Welche Beziehung besteht zwischen Mystère1 und Mystère2?

Und schließlich, sind Sie ganz sicher, dass derjenige, der Ihren Monsieur Mystère verfolgte, Sie waren und nicht ich? Geben Sie zu, das ist doch eine schöne Frage.

Auf jeden Fall warne ich Sie. Ich habe immer noch meinen Dolchstock. Sobald ich erneut einen Schatten in meiner Wohnung entdecke, schaue ich nicht erst lange, wer das ist, sondern stoße sofort zu. Schwer vorstellbar, dass ich jener andere bin und dass ich mich selber töte. Ich könnte Mystère (1 oder 2) töten. Aber ich könnte auch Sie töten. Also hüten Sie sich.

12. April, abends

Capitaine,

Ihre Worte, die ich las, als würde ich aus einer langen Starre erwachen, haben mich verstört. Und wie im Traum stand mir das Bild des Dr. Bataille vor Augen (aber wer ist das?), der mir in Auteuil ziemlich berauscht eine kleine Pistole gab und sagte:»Ich fürchte, wir sind ein bisschen zu weit gegangen, die Freimaurer wollen unseren Tod, wir sollten uns lieber bewaffnen.« Ich war sehr erschrocken, mehr wegen der Pistole als wegen der Drohung, denn ich *wusste* (aber woher?), dass ich mit den Freimaurern verhandeln konnte. Am nächsten Tag verbannte ich die Waffe in eine Schublade, hier in meiner Wohnung an der Rue Maître-Albert.

Heute nachmittag haben Sie mich erschreckt, und da bin ich hingegangen, um die Schublade wieder zu öffnen. Dabei hatte ich das seltsame Gefühl, als hätte ich das schon einmal getan und täte es jetzt zum zweiten Mal, aber dann riss ich mich zusammen. Schluss mit den Träumen! Gegen sechs Uhr abends ging ich vorsichtig durch den Korridor mit den Kostümen zu Ihrer Wohnung. Da sah ich eine dunkle Gestalt mir entgegenkommen, einen Mann, der gebeugt voranging, bewaffnet nur mit einer kleinen Kerze. Das hätten Sie sein können, mein Gott, aber ich verlor den Kopf: Ich schoss, und der andere brach vor meinen Füßen zusammen, ohne sich noch zu regen.

Er war tot, ein einziger Schuss, direkt ins Herz. Ich hatte zum ersten und hoffentlich letzten Mal in meinem Leben geschossen. Wie entsetzlich!

Ich durchsuchte seine Taschen: Da waren nur Briefe in russischer Sprache. Und als ich ihm ins Gesicht sah, war es offenkundig: Er hatte hohe Wangenknochen und leicht schräge Augen wie ein Kalmücke, zu schweigen von den fast weißblonden Haaren. Er war zweifellos ein Slawe. Was wollte er von mir?

Ich konnte mir nicht erlauben, den Leichnam im Hause zu behalten, also trug ich ihn hinüber in den Keller unter Ihrem Laden, öffnete die Falltür, und diesmal fand ich den Mut hinunterzusteigen. Mit großer Mühe schleppte ich den Leichnam die Stufen hinunter und zog ihn, auf die Gefahr hin, in den Miasmen zu ersticken, bis zu der Stelle, wo ich glaubte, nur die Knochen des anderen Dalla Piccola zu finden. Stattdessen gab es dort zwei Überraschungen. Zum einen hatten jene Ausdünstungen und jener unterirdische Schimmel dank eines Wunders der Chemie, dieser Königswissenschaft unserer Zeit, die Konservierung dessen bewirkt, was angeblich meine sterbliche Hülle war, zwar reduziert zu einem Skelett, aber mit Fetzen einer lederähnlichen Substanz daran, so dass noch eine vage menschliche Form zu erkennen war, wenngleich eine mumifizierte. Zum anderen fand ich neben dem angeblichen Dalla Piccola noch zwei weitere Leichen, die eines Mannes in Priestersoutane und die einer halbnackten Frau, beide schon halb verwest, aber mir war, als erkannte ich in ihnen Personen, die mir einmal ziemlich vertraut gewesen waren. Wer waren diese beiden Toten, die so etwas wie einen Sturm in meinem Herzen entfachten und unsägliche Bilder in mir wachriefen? Ich weiß es nicht, ich will es nicht wissen. Doch unsere beiden Geschichten sind offenbar noch wesentlich komplizierter.

Jetzt erzählen Sie mir bitte nicht, dass auch Ihnen etwas ganz Ähnliches passiert ist. Ich würde dieses Spiel überkreuzter Koinzidenzen nicht ertragen.

12. April, nachts

Lieber Abbé,
ich laufe nicht herum, um Leute umzubringen, jedenfalls nicht ohne Grund. Aber ich bin hinuntergegangen, um nachzusehen, ich war seit Jahren nicht mehr in der Kloake. Großer Gott, da liegen wirklich vier Leichen! Eine habe ich vor Ewigkeiten dorthin gebracht, eine andere haben Sie heute abend dazugelegt, aber wer sind die beiden anderen?

Wer frequentiert meine Kloake und füllt sie mit Leichen? Die Russen? Was wollen die Russen von mir – von Ihnen – von uns?

Oh, quelle histoire!

Er war tot, ein einziger Schuss, direkt ins Herz… (S. 332)

21.

Taxil

Aus den Aufzeichnungen vom 13. April 1897

Simonini zerbrach sich den Kopf darüber, wer in seine Wohnung eingedrungen sein könnte – und in die von Dalla Piccola. Dabei fiel ihm allmählich wieder ein, dass er in den achtziger Jahren begonnen hatte, den Salon von Juliette Adam zu frequentieren, jener schönen und intelligenten Dame, die ihm in der Buchhandlung an der Rue de Beaune als Madame Lamessine vorgestellt worden war, und dass er dort Juliana Dmitrijewna Glinka kennengelernt hatte und durch sie in Kontakt mit Ratschkowski gekommen war. Wenn jetzt jemand bei ihm (oder bei Dalla Piccola) eingedrungen war, dann sicher auf Rechnung einer jener beiden, die er, wie er sich langsam wieder erinnerte, als Konkurrenten auf der Jagd nach demselben Schatz erlebt hatte. Aber seit damals waren rund fünfzehn Jahre vergangen, in denen soviel geschehen war. Seit wann waren die Russen hinter ihm her?

Oder waren es vielleicht die Freimaurer? Dann musste er etwas getan haben, was sie gegen ihn aufgebracht hatte, vielleicht suchten sie in seiner Wohnung nach kompromittierenden Dokumenten, die er über sie besaß. In jenen Jahren hatte er die Freimaurerkreise zu kontaktieren versucht, sei es, um Osman-Bey zu befriedigen, sei es wegen Pater Bergamaschi, der ihm im Nacken saß, weil seine Brüder in Rom einen Frontalangriff gegen die Freimaurerei entfesseln wollten (und gegen die Juden, die hinter ihr standen), wozu sie frisches Material brauchten – und wie wenig sie hatten, zeigte sich daran, dass *La Civiltà cattolica,* die Zeitschrift der Jesuiten, sich gezwungen sah, den Brief von Simoninis Großvater an Abbé Barruel nochmals zu veröffentlichen, obwohl er drei Jahre vorher schon im *Contemporain* erschienen war.

Simonini rekonstruierte: In jenen Jahren hatte er sich gefragt, ob es vorteilhaft für ihn wäre, ernstlich in eine Loge einzutreten. Er würde sich einer gewissen Disziplin unterwerfen müssen, an Versammlungen teilnehmen müssen und Mitbrüdern nie eine Gunst verweigern dürfen. Das alles würde seine Bewegungsfreiheit einschränken. Zudem war nicht auszuschließen, dass eine Loge, bevor sie ihn aufnahm, Untersuchungen über sein gegenwärtiges Leben und seine Vergangenheit anstellen würde, was er nicht zulassen durfte. Darum wäre es vielleicht sinnvoller, den einen oder anderen Freimaurer zu erpressen, um ihn als Informanten zu benutzen. Einem Notar, der so viele falsche Testamente aufgesetzt hatte, zumeist für Vermögen von einem gewissen Umfang, musste doch irgendwann auch mal ein höheres Tier der Freimaurerei über den Weg gelaufen sein.

Außerdem würde es gar nicht nötig sein, regelrechte Erpressungen aufzuziehen. Schon vor einigen Jahren war Simonini zu der Überzeugung gelangt, dass ihm der Aufstieg vom kleinen Spitzel zum international gefragten Spion zwar einiges eingebracht hatte, aber nicht genug für seine Ambitionen. Das Leben als Spion zwang ihn zu einer quasi klandestinen Existenz, während er mit zunehmendem Alter immer mehr das Bedürfnis nach einem gesellschaftlich reichen und ehrenvollen Leben verspürte. So hatte er seine wahre Berufung erkannt: nicht ein Spion *sein,* sondern die Leute *glauben machen,* dass er einer sei, und zwar einer, der an verschiedenen Tischen spielt, so dass man nie weiß, für wen er gerade Informationen sammelt und wie viele er hat.

Für einen Spion gehalten zu werden war sehr viel einträglicher, weil alle versuchten, ihm Geheimnisse zu entlocken, die sie für unschätzbar hielten, weshalb sie bereit waren, viel Geld springen zu lassen, um ein paar Vertraulichkeiten von ihm zu ergattern. Aber da sie sich nicht als Nachrichtenjäger zu erkennen geben wollten, nahmen sie seine Tätigkeit als Notar zum Vorwand und bezahlten ihm, ohne

mit der Wimper zu zucken, auch exorbitante Rechnungen – wobei
sie dann, notabene, nicht nur viel zuviel für unbedeutende notarielle
Dienste berappten, sondern auch keinerlei relevante Informationen
erhielten. Sie glaubten einfach bloß, dass sie ihn gekauft hätten, und
warteten geduldig auf neue Nachrichten.

Dem ERZÄHLER scheint, dass Simonini seiner Zeit voraus war:
Mit dem Umsichgreifen der freien Presse und neuer Informations-
systeme, vom Telegraphen bis zum nicht mehr fernen Radio, wurden
vertrauliche Nachrichten immer seltener, was zu einer Krise für den
Beruf des Geheimagenten führen musste. Besser gar kein Geheimnis
besitzen und nur glauben machen, dass man welche besitze. Es ist,
wie wenn man von der Rendite eines Vermögens lebt oder von den
Abgaben für ein Patent: Du liegst auf der faulen Haut, die anderen
brüsten sich, umwerfende Informationen von dir erhalten zu haben,
dein Ruhm wächst, und der Rubel rollt ganz von allein.

Wen also kontaktieren, wer könnte, ohne dass er direkt erpresst
würde, eine Erpressung fürchten? Der erste Name, der Simonini in
den Sinn kam, war Léo Taxil. Er erinnerte sich, ihn kennengelernt
zu haben, als er ihm gewisse Briefe fabrizierte (Briefe von wem? für
wen?) und Taxil ihm mit einem etwas gravitätischen Stolz von seiner
Zugehörigkeit zur Loge *Le Temple des amis de l'honneur français* erzählte. War Taxil der Richtige? Simonini wollte nichts falsch machen,
daher wandte er sich zwecks genauerer Information an Hébuterne.
Anders als Lagrange wechselte Hébuterne nie den Treffpunkt: Es war
immer dieselbe Stelle hinten im Mittelschiff von Notre-Dame.

Als Simonini ihn fragte, was die Geheimdienste über Léo Taxil
wüssten, musste Hébuterne lachen. »Gewöhnlich sind wir es, die Sie
nach Informationen fragen, nicht umgekehrt. Aber diesmal will ich
Ihnen entgegenkommen. Der Name sagt mir etwas, aber es betrifft
nicht die Dienste, sondern die Polizei. In ein paar Tagen lasse ich es
Sie wissen.«

Der Bericht kam noch in derselben Woche und war zweifellos interessant. Er besagte, dass Marie Joseph Gabriel Antoine Jogand-Pa-
gès, genannt Léo Taxil, 1854 in Marseille geboren, bei den Jesuiten zur

Schule gegangen war und als gleichsam logische Folge mit achtzehn angefangen hatte, bei antiklerikalen Zeitungen mitzuarbeiten. In Marseille verkehrte er mit anrüchigen Frauenzimmern, darunter einer Prostituierten, die später wegen Mordes an ihrer Puffmutter zu zwölf Jahren Zwangsarbeit verurteilt wurde, und einer weiteren, die wegen versuchten Mordes an ihrem Geliebten ins Gefängnis kam. Vielleicht beschuldigte ihn die Polizei übertrieben pingelig einiger Gelegenheitsbekanntschaften, was seltsam war, denn wie sich zeigte, hatte Taxil auch für die Justiz gearbeitet und ihr Informationen über die von ihm frequentierten republikanischen Kreise geliefert. Aber vielleicht hatte sich die Polizei auch einfach bloß seiner geschämt, denn einmal war er sogar angezeigt worden, weil er Reklame für angebliche Karamellbonbons gemacht hatte, die in Wirklichkeit potenzsteigernde Pillen waren. 1873 hatte er, immer noch in Marseille, eine Reihe von Leserbriefen an die lokalen Zeitungen geschrieben, alle unter erfundenen Namen von Fischern, die mit der Behauptung, in der Bucht von Marseille wimmele es von Haien, einen beträchtlichen Alarm auslösten. Später war er, verurteilt wegen antireligiöser Artikel, nach Genf geflohen. Dort verbreitete er Nachrichten über die Existenz von Resten einer römischen Stadt auf dem Grunde des Genfer Sees, womit er Scharen von Touristen anlockte. Wegen Verbreitung falscher und tendenziöser Nachrichten wurde er aus der Schweiz ausgewiesen und ließ sich erst in Montpellier und dann in Paris nieder, wo er eine *Librairie Anticléricale* in der Rue des Écoles gründete. Vor kurzem in eine Freimaurerloge eingetreten, war er nur wenig später wegen Unwürdigkeit wieder ausgestoßen worden. Offenbar war inzwischen antiklerikale Agitation nicht mehr so einträglich wie früher, und er war mit Schulden überhäuft.

Langsam erinnerte sich Simonini wieder an alles über diesen Taxil. Er hatte eine Reihe von Büchern verfasst, die nicht nur antiklerikal, sondern eindeutig antireligiös waren, zum Beispiel ein *Leben Jesu*, erzählt durch sehr respektlose Karikaturen (so etwa über das Verhältnis der Jungfrau Maria zur Taube des heiligen Geistes). Er hatte auch einen Schauerroman mit dem Titel *Der Sohn des Jesuiten* ge-

…ein Leben Jesu, erzählt durch sehr respektlose Karikaturen (so etwa über das Verhältnis der Jungfrau Maria zur Taube des heiligen Geistes)… (S. 338)

schrieben, der bewies, was für ein Betrüger er war: Auf der ersten Seite stand eine Widmung an Giuseppe Garibaldi (»den ich liebe wie einen Vater«), wogegen ja noch nichts einzuwenden gewesen wäre, aber auf dem Umschlag warb er mit einer »Einführung von Giuseppe Garibaldi«. Diese Einführung trug den Titel »Antiklerikale Gedanken« und präsentierte sich als eine wüste Beschimpfung des Klerus (»wenn ein Priester vor mir steht, und vor allem ein Jesuit, die Quintessenz eines Priesters, dann frappiert mich die ganze Hässlichkeit seiner Natur so stark, dass sie mir Schaudern und Übelkeit verursacht«), aber nirgends wurde das Werk genannt, in das diese Einführung angeblich einführte – womit klar war, dass Taxil sich den Text von Garibaldi aus irgendeinem anderen Kontext geholt hatte und in seinem Buch präsentierte, als wäre er extra dafür geschrieben.

Mit einem so fragwürdigen Zeitgenossen wollte Simonini sich lieber nicht kompromittieren. So beschloss er, sich ihm als »Notar Fournier« vorzustellen, zu welchem Zweck er sich eine schöne Perücke aufsetzte, das Haar von ungewisser Farbe, zu Kastanienbraun tendierend, säuberlich gekämmt mit Seitenscheitel, und sich einen dünnen Schnurrbart von gleicher Farbe anklebte, der seinem Gesicht ein hageres Aussehen gab, das er mit einer passenden Crème noch etwas blasser machte. Vor dem Spiegel probierte er, sich ein leicht idiotisches Lächeln ins Gesicht zu pflanzen, das zwei Goldzähne sichtbar machte – dank einem kleinen dentistischen Meisterwerk, das ihm erlaubte, seine natürlichen Zähne zu bedecken. Die kleine Prothese verzerrte zudem seine Aussprache und veränderte dadurch auch seine Stimme.

Tags zuvor hatte er seinem Mann in der Rue des Écoles ein *petit bleu* per Rohrpost geschickt, in dem er ihn für den nächsten Tag ins Café Riche einlud. Das war eine bewährte Art, sich einzuführen, denn in diesem Lokal hatten nicht wenige berühmte Persönlichkeiten gesessen, und angesichts einer Scholle oder einer Waldschnepfe *alla Riche* würde ein zur Prahlerei neigender Parvenu nicht widerstehen können.

Léo Taxil hatte ein pausbäckiges Gesicht mit fettiger Haut, auf dem ein imposanter zweiteiliger Schnurrbart prangte, eine breite Stirn mit großen Geheimratsecken, die ständig von Schweißperlen glänzten, und eine etwas zu stark aufgetragene Eleganz. Er sprach zu laut und mit einem unerträglichen Marseiller Dialekt.

Er verstand nicht recht, warum dieser Notar Fournier ihn sprechen wollte, aber peu à peu fing er an, sich geschmeichelt zu fühlen, da er es offenbar mit einem scharfen Beobachter der menschlichen Natur zu tun hatte, einem von denen, welche die Romanciers jener Zeit »Philosophen« nannten, der sich für seine antiklerikalen Streitschriften und seine einzigartigen Erfahrungen interessierte. So begann er mit erregter Stimme und vollem Mund, seine Kühnheiten als Jugendlicher zu beschreiben.

»Als ich die Geschichte mit den Haifischen in der Bucht von Marseille verbreitete, blieben sämtliche Badestationen von den Catalans bis zum Strand von Prado mehrere Wochen lang leer, der Bürgermeister sagte, die Haie seien bestimmt aus Korsika gekommen im Gefolge eines Schiffes, das verdorbene Reste von Räucherfleisch ins Meer geworfen hätte, der Stadtrat verlangte, dass eine Kompanie *chassepots* zu einer Expedition auf einem Schlepper losgeschickt würde, und tatsächlich sind hundert Mann unter dem Kommando von General Espivent eingetroffen! Und die Geschichte mit dem Genfer See? Da waren Korrespondenten aus allen Ecken Europas gekommen! Es wurde behauptet, die versunkene Stadt sei zur Zeit von Cäsars *De bello gallico* erbaut worden, als der See noch so schmal war, dass die Rhône hindurchfloss, ohne dass die Wasser sich vermischten. Die örtlichen Bootsbesitzer machten gute Geschäfte, indem sie die Touristen auf den See hinausfuhren, und man goss Öl aufs Wasser, um besser auf den Grund sehen zu können. Ein berühmter polnischer Archäologe schickte einen Artikel nach Hause, in dem er berichtete, er habe auf dem Seegrund eine Straßenkreuzung mit einer Reiterstatue darauf gesehen! Die Haupteigenschaft der Leute ist ihre Bereitschaft, alles zu glauben. Und bitte, wie hätte sich denn die Kirche fast zweitausend Jahre lang halten können, wenn es nicht diese allgemeine Leichtgläubigkeit gäbe?«

Simonini bat ihn um Informationen über den *Tempel der Freunde der französischen Ehre*.

»Ist es schwierig, in eine Loge einzutreten«, fragte er.

»Es genügt, sich in einer guten wirtschaftlichen Lage zu befinden und bereit zu sein, die gesalzenen Mitgliedsbeiträge zu bezahlen. Und sich gehorsam gegenüber den Maßnahmen zum wechselseitigen Schutz der Brüder zu zeigen. Und was die Moral betrifft, darüber wird viel geredet, aber noch voriges Jahr war der Sprecher des Großen Kollegiums der Riten ein Bordellbesitzer an der Chaussée d'Antin, und einer der Dreiunddreißig Einflussreichsten in Paris ist ein Spion, beziehungsweise der Chef eines Spionagebüros, was auf dasselbe hinausläuft, ein gewisser Hébuterne.«

»Was muss man tun, um aufgenommen zu werden?«

»Dafür gibt es Riten! Ah, wenn Sie wüssten! Ich weiß ja nicht, ob die Freimaurer wirklich an diesen Großen Artifex des Universums glauben, von dem sie immer reden, aber sicher nehmen sie ihre Liturgien ernst. Wenn Sie wüssten, was ich alles tun musste, um als Lehrling aufgenommen zu werden!«

Und hier begann Taxil mit einer Reihe von Erzählungen, die einem die Haare zu Berge stehen ließen.

Simonini war sich nicht sicher, dass dieser eingefleischte Flausenerfinder ihm keine Märchen erzählte. Er fragte ihn, ob er nicht meine, dass er hier Dinge enthülle, die ein Freimaurer eifersüchtig zu hüten und für sich zu behalten hätte, und ob er das ganze Ritual nicht eher grotesk beschrieben habe. Darauf erwiderte Taxil leichthin: »Ach, wissen Sie, ich habe keine Verpflichtungen mehr. Diese Idioten haben mich ausgeschlossen.«

Offenbar hatte er seine Finger mit dringehabt, als eine neue Zeitung in Montpellier, *Le Midi Républicain*, in ihrer ersten Nummer eine Reihe von Glückwunsch- und Solidaritätsadressen berühmter Persönlichkeiten brachte, darunter Victor Hugo und Louis Blanc. Danach aber schickten alle diese angeblichen Briefschreiber plötzlich freimaurerisch inspirierte Briefe an andere Zeitungen, in denen sie behaupteten niemals den *Midi Républicain* unterstützt zu haben, und sich über den schamlosen Missbrauch ihrer Namen beschwerten. Es kam zu einer Reihe von Prozessen vor der Loge, in denen Taxils Verteidigung darin bestand, erstens die Originale jener Briefe vorzulegen und zweitens das Verhalten Victor Hugos mit der Senilität jenes illustren Greises zu erklären – wodurch er sein erstes Argument mit einer inakzeptablen Beleidigung eines Großen sowohl des Vaterlandes als auch der Freimaurerei befleckte.

Hier nun fiel Simonini wieder ein, wie er damals die beiden Briefe von Victor Hugo und Louis Blanc fabriziert hatte. Offenbar hatte Taxil diese Geschichte vergessen; er war so sehr daran gewöhnt zu lügen, sogar sich selbst gegenüber, dass er von diesen Briefen mit leuchtenden Augen und im besten Glauben sprach, als wären sie echt gewesen. Und falls er sich vage an einen Notar Simonini erinnerte, brachte er ihn jedenfalls nicht in Zusammenhang mit dem Notar Fournier.

Entscheidend war jedoch, dass Taxil einen tiefen Hass auf seine einstigen Logenbrüder bekundete.

Simonini begriff sofort, dass er, wenn er Taxils narrative Ader anbohrte, pikantes Material für Osman-Bey bekommen würde. Aber in seinem fiebrig arbeitenden Hirn entwickelte sich noch eine andere Idee, erst nur als vage Intuition, als Keim einer Inspiration, aber dann als ein fast in allen Einzelheiten ausgefeilter Plan.

Nach ihrer ersten Begegnung, in deren Verlauf sich Taxil als tüchtiger Esser erwiesen hatte, lud ihn der falsche Notar ins Père Lathuile ein, ein kleines volkstümliches Restaurant am Rande von Clichy, wo es ein famoses *poulet sauté* und die noch berühmteren *tripes à la mode de Caen* gab, um nicht von den Weinen zu sprechen, und zwischen zwei genüsslichen Schmatzern fragte er ihn, ob er nicht Lust hätte, für einen Verlag – und natürlich für ein angemessenes Honorar – seine Memoiren als ehemaliger Freimaurer zu schreiben. Als er von Honorar reden hörte, zeigte Taxil sich sofort sehr aufgeschlossen für den Vorschlag. Simonini verabredete ein weiteres Treffen mit ihm und begab sich unverzüglich zu Pater Bergamaschi.

»Hören Sie, Pater«, sagte er. »Wir haben hier einen in der Wolle gefärbten Antiklerikalen, dem seine antiklerikalen Bücher nicht mehr soviel einbringen wie früher. Er ist überdies ein Kenner der Freimaurerwelt, der eine Stinkwut auf diese Welt hat. Es würde genügen, dass Taxil zum Katholizismus überträte, seine antireligiösen Werke beichtete und anfinge, alle Geheimnisse der Freimaurerwelt öffentlich anzuprangern, dann hättet ihr Jesuiten einen unerbittlichen Propagandisten auf eurer Seite.«

»Aber ein Mensch konvertiert nicht von einem Moment auf den anderen, bloß weil du es ihm sagst.«

»Meiner Ansicht nach ist das bei Taxil nur eine Frage des Geldes. Und es genügt, seine Lust am Verbreiten falscher Nachrichten zu kitzeln, um ihn zu dem unerwarteten Klubwechsel zu bewegen, mit der Aussicht auf eine Schlagzeile auf Seite eins. Wie hieß doch gleich dieser Grieche, der den Artemis-Tempel in Ephesus angezündet hat, um in aller Munde zu kommen?«

»Herostrat... Gewiss, gewiss«, antwortete Pater Bergamaschi nachdenklich. Und fügte hinzu: »Im übrigen sind die Wege des Herrn unendlich...«

»Wieviel können wir ihm für eine Konversion zahlen?«

»Einmal festgehalten, dass aufrichtige Konversionen gratis sein sollten, dürfen wir *ad maiorem Dei gloriam* nicht knickrig sein. Biete ihm fünfzigtausend Francs an. Er wird sagen, das sei zu wenig, aber weise ihn daraufhin, dass er einerseits seine Seele rettet, was keinen Preis hat, und andererseits, wenn er antifreimaurerische Bücher schreibt, von unserem Distributionssystem profitiert, was heißt, dass er Hundertausende von Exemplaren verkaufen kann.«

Simonini war noch nicht sicher, dass die Sache so klappen würde, deshalb wandte er sich erneut an Hébuterne und berichtete ihm, dass es ein jesuitisches Komplott gab, um Taxil dazu zu bringen, öffentlich gegen die Freimaurer zu polemisieren.

»Wenn's doch nur so wäre!« antwortete Hébuterne. »Hin und wieder stimmen meine Ansichten mit denen der Jesuiten überein. Sehen Sie, Simonini, ich spreche zu Ihnen als Würdenträger – und nicht als ein kleiner – des Grand Orient de France, des einzigen wahren, laizistischen und republikanischen Freimaurertums, das zwar antiklerikal, aber nicht antireligiös ist, denn es anerkennt den Großen Artifex des Universums – und im übrigen steht es jedem von uns frei, ihn als Gott der Christen anzuerkennen oder als eine unpersönliche kosmische Macht. Dass dieser Tölpel von Taxil in unseren Kreisen verkehrte, ist uns immer noch peinlich, auch wenn wir ihn ausgestoßen haben. Es würde uns nicht missfallen, wenn ein Abtrünniger anfinge, derart grausige Dinge über die Freimaurerei zu verbreiten, dass niemand sie glaubt. Wir erwarten eine Offensive von seiten des Vatikans, und ich nehme an, dass der Papst sich nicht wie ein Gentleman verhalten wird. Die Welt der Freimaurer wird von verschiedenen Konfessionen verseucht, ein Autor wie Ragon hat schon vor vielen Jahren 75 verschiedene Freimaurereien, 52 Riten, 34 Orden, davon 26 androgyne, und 1400 rituelle Grade aufgezählt. Und ich könnte Ihnen von der templerischen und schottischen Freimaurerei erzählen, vom Ritus von Heredom, vom Ritus von Swedenborg, vom Ritus von Memphis und Misraim, den der Tölpel und Hochstapler Cagliostro begründet hatte, und dann von den Unbekannten Oberen Weishaupts, von den Satanisten, den Luziferianern beziehungsweise Palladisten, auch ich verliere da leicht die Übersicht. Es sind vor allem die verschiedenen Satanskulte, die eine sehr schlechte Werbung für uns machen, und dazu haben leider auch respektable Mitbrüder beigetragen, womöglich aus rein ästhetischen Gründen, ohne zu ahnen, welchen Schaden sie damit angerichtet haben. Proudhon mag ja nur kurze Zeit Freimaurer gewesen sein, aber vor vierzig Jahren schrieb er ein Gebet an Luzifer: ›Komm, o Satan, komm, o du von den Priestern und Königen Geschmähter, lass dich umarmen und an mein Herz drücken!‹ Auch der Italiener Rapisardi hat einen Luzifer-Hymnus geschrieben, der nichts anderes war als der üblich Prometheus-Mythos, und Rapisardi war noch nicht mal Freimaurer, aber ein Freimaurer wie Garibaldi hat ihn in den siebenten Himmel gelobt, und darum gilt heutzutage als Evangelium, dass die Freimaurer Luzifer verehren. Pius IX. hat nie aufgehört, hinter der Freimaurerei auf Schritt und Tritt den Teufel zu wittern, und vor einiger Zeit hat dieser italienische Dichter Carducci – ein bisschen Republikaner, ein bisschen Monarchist, ein großer Wortheld und leider auch ein großer Freimaurer – einen Hymnus an Satan verfasst, in dem er ihm sogar die Erfindung der Eisenbahn zuschreibt. Danach hat Carducci zwar gesagt, der Satan sei nur eine Metapher gewesen, aber schon stand der Satanskult wieder als die wichtigste Freizeitbeschäftigung der Freimaurer da. Kurzum, es würde uns Freimaurern nicht missfallen, wenn eine schon seit längerem disqualifizierte Person, eine notorische Wetterfahne, die mit Aplomb aus der Freimaurerei ausgeschlossen worden ist, eine Reihe übel diffamierender Schriften gegen uns zu publizieren anfinge. Das böte uns eine Möglichkeit, die Angriffe des Vatikans abzuwehren und gegen einen Pornographen zu kehren. Beschuldigen Sie einen Mann des Mordes, und Sie können sicher sein, dass Ihnen geglaubt wird, bezichtigen Sie ihn, mittags und abends kleine Kinder zu verspeisen wie Gilles de Rais, dann nimmt Sie niemand ernst. Reduzieren Sie das Antifreimaurertum auf das Niveau von Schauerromanen, dann haben Sie es zu einem Gegenstand der Kolportage reduziert. Also gut, wohlan, wir brauchen Leute, die uns mit Schlamm überhäufen.«

Wie man sieht, war Hébuterne ein überlegener Kopf, an Gewieftheit auch seinem Vorgänger Lagrange überlegen. Im Augenblick konnte er noch nicht sagen, wieviel der Grand Orient in dieses Unternehmen würde investieren können, aber nach ein paar Tagen meldete er sich wieder: »Hunderttausend Francs. Aber es muss sich wirklich um Schund und Plunder handeln.«

Simonini verfügte nun also über hundertfünfzigtausend Francs, um Schund und Plunder einzukaufen. Würde er Taxil mit dem Versprechen der hohen Auflagen nur fünfundsiebzigtausend Francs anbieten, so würde dieser angesichts der schlimmen Lage, in der er sich befand, sofort einschlagen. Und fünfundsiebzigtausend würden für Simonini verbleiben. Fünzig Prozent Provision, kein schlechtes Geschäft.

In wessen Namen sollte er Taxil den Vorschlag machen? Im Namen des Vatikans? Der Notar Fournier sah nicht gerade wie ein Bevollmächtigter des Heiligen Stuhls aus. Er konnte ihm höchstens den Besuch von jemand wie Pater Bergamaschi ankündigen, im Grunde sind ja die Priester extra dazu geschaffen, dass einer sich bekehrt und ihnen seine trübe Vergangenheit beichtet.

Doch apropos trübe Vergangenheit, konnte Simonini denn Pater Bergamaschi vertrauen? Man durfte Taxil nicht in den Händen der Jesuiten lassen. Es hat atheistische Schriftsteller gegeben, die pro Buch kaum hundert Exemplare verkauften, und als sie dann vor dem Altar niederknieten und ihre Erfahrung als Konvertiten erzählten, steigerten sie ihren Absatz auf viele Tausende Exemplare. Im Grunde und bei Licht besehen zählten die Antiklerikalen sich unter die Republikaner in den Städten, aber die frommen Konservativen, die von einer vergangenen Zeit mit König und Pfarrer träumten, bevölkerten die Provinz, und selbst wenn man diejenigen wegließ, die nicht lesen und schreiben konnten (für die jedoch der Pfarrer lesen würde), waren sie Legion, wie die Teufel. Wenn man Pater Bergamaschi aus der Sache heraushielt, konnte man Taxil eine Zusammenarbeit bei seinen neuen Büchern vorschlagen und ihn eine Zusatzvereinbarung unterschreiben lassen, derzufolge demjenigen, der mit ihm zusammenarbeitet, zehn oder zwanzig Prozent des Ertrags seiner künftigen Werke zukommen sollten.

1884 führte Taxil den letzten Schlag gegen die Gefühle der guten Katholiken, indem er sein Buch *Die Liebschaften von Pius IX.* veröffentlichte, womit er einen verstorbenen Papst diffamierte. Im selben Jahr gab der regierende Papst Leo XIII. seine Enzyklika *Humanum Genus* heraus, die eine »Verurteilung des philosophischen und moralischen Relativismus der Freimaurerei« war. Und so, wie einige Jahre zuvor die Enzyklika *Quod Apostolis muneris* desselben Papstes die Ungeheuerlichkeiten der Sozialisten und Kommunisten »zerschmettert« hatte, zielte nun diese direkt auf die Freimaurergesellschaft im Ganzen ihrer Doktrinen und enthüllte die Geheimnisse, die ihre Adepten versklavten und zu jedem Verbrechen bereit machten: »Heucheln und im Dunkel verborgen bleiben wollen, andere gleich Sklaven mit den stärksten Banden an sich fesseln, ohne dass diese den Grund dazu klar erkennen, sie nach fremder Willkür zum Werkzeug jeglichen Frevels gebrauchen, ihnen den Mordstahl in die Hand drücken unter dem Vorwand der Straflosigkeit – das ist eine Ungeheuerlichkeit, die der Natur durchaus widerstreitet.« Zu schweigen vom Naturalismus und Relativismus der freimaurerischen Lehren, nach denen allein die menschliche Vernunft in allen Dingen die oberste Richtschnur zu sein hatte. Und die Ergebnisse dieser Ansprüche lagen ja offen zutage: der Papst seiner weltlichen Macht beraubt, die Kirche offen angegriffen, die Ehe zu einem bloßen Vertrag profaniert, die Erziehung der Jugend aus den Händen der Geistlichen in die von Laien übertragen, und gelehrt wurde, »alle Menschen hätten dasselbe Recht und seien ihrem Wesen nach vollkommen gleich, jeder sei von Natur aus frei, keiner habe das Recht, anderen zu gebieten, und Gehorsam einer Autorität gegenüber zu fordern, die nicht von ihnen ausgegangen ist, sei Tyrannei«. Dergestalt, dass für die Freimaurer »die Quelle aller Rechte und Pflichten der Bürger das Volk oder der Staat ist«, und der Staat könne nicht anders als atheistisch sein.

Es war evident, dass »wo Gottesfurcht und Achtung vor Gottes Geboten geschwunden ist, wo die Autorität der Fürsten geschmäht, Aufruhr erlaubt und gutgeheißen, den Begierden der Menge volle Zügellosigkeit gestattet wird und nur die Furcht vor Strafe sie noch zurückhält, ein allgemeiner Umsturz erfolgen muss… was ja auch eingestandenes Ziel der Sozialisten und Kommunisten ist, von deren Vorstellungen frei zu sein die Freimaurerei nicht behaupten kann.«

Es war höchste Zeit, Taxils Konversion »explodieren« zu lassen.

An diesem Punkt scheint Simoninis Tagebuch sich gleichsam zu winden und zu kneten. Als ob unser Mann sich nicht mehr recht erinnerte, wer Taxil dazu gebracht hatte zu konvertieren, und auf welche Weise. Als ob sein Gedächtnis gleichsam einen Sprung machte und ihm nur noch erlaubte, sich zu erinnern, dass Taxil im Laufe weniger Jahre zum katholischen Helden der Antifreimaurerei geworden war. Nachdem der Marseiller seine Rückkehr in die Arme der Kirche *urbi et orbi* verkündet hatte, veröffentlichte er erst *Les Frères Trois-Points* (die drei Punkte waren die des 33. Freimaurergrades) und *Les Mystères de la Franc-Maçonnerie* (mit dramatischen Illustrationen von

...veröffentlichte er Les Frères Trois-Points *(die drei Punkte waren die des 33. Freimaurergrades)* und Les Mystères de la Franc-Maçonnerie *(mit dramatischen Illustrationen von Satansbeschwörungen und haarsträubenden Riten)... (S. 348)*

Satansbeschwörungen und haarsträubenden Riten) und gleich danach *Les Sœurs Maçonnes*, worin es um die weiblichen Logen ging (die bislang unbekannt waren), und ein Jahr später *La Franc-Maçonnerie dévoilée* sowie *La France Maçonnique*.

Schon in diesen ersten Büchern genügte die Beschreibung einer Initiation, um den Leser erschauern zu lassen. Taxil war für acht Uhr abends in das Freimaurerhaus bestellt worden, wo er von einem Bruder Pförtner empfangen wurde. Um halb neun schloss man ihn in das Kabinett der Reflexionen ein, eine Kammer mit schwarzgestrichenen Wänden, auf denen Totenköpfe mit zwei überkreuzten Schienbeinknochen zu sehen waren sowie Schriftzeilen von der Art *Führt eitle Neugier dich hierher, weiche von hinnen!* Plötzlich flackerte die Gasflamme wiederholt, eine falsche Wand glitt auf verborgenen Schienen beiseite, und vor dem profanen Eindringling tat sich ein von Friedhofslichtern erhellter unterirdischer Raum auf. Ein frisch abgehackter menschlicher Kopf lag auf einem Richtblock auf blutigem Leinen, und während Taxil entsetzt zurückwich, rief eine Stimme, die aus der Wand zu kommen schien: »Zittere, o Profaner! Du siehst den Kopf eines meineidigen Bruders, der unsere Geheimnisse verraten hat!«

Natürlich handelte es sich um einen Trick, merkte Taxil an, und der Kopf musste der eines Komparsen sein, der verborgen in dem ausgehöhlten Richtblock hockte; die Lampen hatten Dochte, die in Kampferspiritus getränkt waren, der mit grobem Küchensalz brennt, und es war jene Mischung, welche die Taschenspieler auf dem Jahrmarkt »Höllensalat« nennen, die, wenn sie brennt, ein grünliches Licht erzeugt, das dem Kopf des falschen Geköpften eine leichenähnliche Farbe verleiht. Doch bei anderen Initiationen hatte Taxil von Wänden gehört, die aus einem angelaufenen Spiegel bestanden, auf welchem, sobald die Flamme der Lampe erlosch, eine Laterna magica Gespenster erscheinen ließ, die sich bewegten, und maskierte Männer, die einen Angeketteten umgaben und ihn mit Dolchen durchbohrten. Dies alles nur um zu sagen, mit was für unwürdigen Mitteln die Loge versuchte, sich leicht beeindruckbare Aspiranten hörig zu machen.

Nach dieser Einleitung richtete ein sogenannter Schrecklicher Bruder den Profanen her, nahm ihm Hut, Rock und den rechten Schuh ab, krempelte ihm das rechte Hosenbein bis übers Knie hoch, entblößte seinen Arm und die Brust auf der Seite des Herzens, verband ihm die Augen, ließ ihn sich mehrere Male um sich selbst drehen und führte ihn dann, nach einem Auf und Ab über verschiedene Treppen, in den Saal der Verlorenen Schritte. Eine Tür öffnete sich, wozu ein Bruder Experte mittels eines Instruments aus dicken metallisch kreischenden Federn das Geräusch großer Ketten simulierte. Der Aspirant wurde in einen Saal geführt, wo der Experte ihm eine Schwertspitze auf die nackte Brust setzte und der Venerable ihn fragte: »Profaner, was spürt Ihr auf Eurer Brust? Was habt Ihr auf den Augen?« Worauf der Gefragte antworten musste: »Eine dichte Binde bedeckt mir die Augen, und auf der Brust spüre ich die Spitze einer Waffe.« Und der Venerable: »Mein Herr, dieses Eisen, stets gezückt, um den Meineidigen zu bestrafen, ist das Symbol des Gewissensbisses, der Euch das Herz zerreißen würde, wenn Ihr zu Eurem Unglück ein Verräter der Gesellschaft würdet, in die Ihr Einlass begehrt; und die Binde, die Euch die Augen bedeckt, ist das Symbol der Verblendung, in welcher derjenige verharrt, der sich von Leidenschaften beherrschen lässt und sowohl im Unwissen wie im Aberglauben versinkt.«

Dann bemächtigte sich jemand des Aspiranten, ließ ihn weitere Drehungen um sich selbst machen, bis ihm schwindlig wurde, und schob ihn voran zu einer großen spanischen Wand aus mehreren Schichten starken Papiers, ähnlich den papierbespannten Ringen, durch welche die Pferde im Zirkus springen. Auf das Kommando, ihn in die Höhle zu führen, wurde der Ärmste mit voller Kraft gegen diese spanische Wand geworfen, das Papier zerriss, und er stürzte auf eine dahinter ausgelegte Matratze.

Eine weitere Prüfung war die Unendliche Treppe, die in Wirklichkeit eine Art Paternoster war, denn wer sie mit verbundenen Augen hinaufstieg, fand immer wieder eine neue Stufe, auf die er treten musste, aber da sich die Treppe ununterbrochen nach unten wegdrehte, blieb der Betreffende immer auf gleicher Höhe.

*Auf das Kommando, ihn in die Höhle zu führen, wurde
der Ärmste mit voller Kraft gegen diese spanische Wand geworfen,
das Papier zerriss, und er stürzte auf eine dahinter
ausgelegte Matratze... (S. 351)*

Schließlich tat man sogar so, als unterzöge man den Aspiranten der Absaugung des Blutes und der Stempelung mit einem Brandzeichen. Für das Blut kam ein Bruder Chirurg, der den nackten Arm packte, ihn ziemlich fest mit der Spitze eines Zahnstochers piekte, und ein anderer Bruder goss einen dünnen Strahl lauwarmen Wassers auf den Arm des Aspiranten, um ihn glauben zu machen, es sei sein Blut, was da floss. Für die Prüfung mit dem Brandeisen rieb einer der Experten mit einem trockenen Tuch einen Teil des Körpers ab und presste dann ein Stück Eis darauf, oder auch das warme Ende einer eben erloschenen Kerze oder den Boden eines Likörgläschens, das erhitzt worden war, indem man Papier darin verbrannt hatte. Wenn alles überstanden war, machte der Venerable den Aspiranten mit den geheimen Zeichen und speziellen Motti bekannt, an denen die Brüder einander erkennen.

Nun erinnerte sich Simonini an diese Werke von Taxil als deren Leser, nicht als deren Anreger. Gleichwohl entsann er sich langsam, dass jedesmal, wenn ein neues Buch von Taxil erschien, er vorher – also musste er es schon kennen – zu Osman-Bey gegangen war, um ihm den Inhalt zu erzählen, als handle es sich um ganz extraordinäre Enthüllungen. Zwar machte Osman-Bey ihn dann beim nächsten Mal darauf aufmerksam, dass alles, was er ihm das letzte Mal erzählt hatte, anschließend in einem Buch von Taxil erschienen war, aber Simonini hatte leichtes Spiel mit der Antwort, dass Taxil ja sein Informant sei und dass er, Simonini, nichts dafür könne, wenn Taxil, nachdem er ihm die Freimaurergeheimnisse enthüllt habe, aus ihnen noch einen ökonomischen Vorteil zu ziehen versuche, indem er sie in einem Buch publiziere. Man müsste ihn eher noch extra dafür bezahlen, dass er seine Erfahrungen *nicht* veröffentlichte – und bei diesen Worten sah Simonini sein Gegenüber mit sprechenden Blicken an. Doch Osman-Bey meinte, Geld auszugeben, um einen notorischen Schwätzer zum Schweigen zu überreden, sei nutzlos. Warum sollte Taxil ausgerechnet über Geheimnisse schweigen, die er gerade eben erst enthüllt hatte? Und zu Recht misstrauisch geworden, rückte Osman-Bey seinerseits keine Enthüllungen mehr über das heraus, was er von der Alliance Israélite Universelle erfahren hatte.

So hörte Simonini auf, ihn zu informieren. Aber das Problem war, sagte er sich, während er dies alles aufschrieb: Wieso erinnere ich mich daran, dass ich Osman-Bey Dinge erzählt habe, die ich von Taxil erfahren hatte, während mir von meinen Kontakten mit Taxil nichts mehr in Erinnerung ist?

Schöne Frage. Wenn er sich an alles erinnert hätte, wäre er nicht hier um aufzuschreiben, was er Schritt für Schritt rekonstruierte. *Quelle histoire!*

Mit diesem weisen Kommentar war Simonini schlafen gegangen, um an dem, was er für den nächsten Morgen hielt, wieder aufzuwachen, schweißüberströmt wie nach einer Nacht voller Albträume und Magenkrämpfe. Doch als er sich wieder an seinen Schreibtisch setzte, musste er feststellen, dass er nicht am nächsten, sondern am übernächsten Morgen aufgewacht war. Und während er nicht eine, sondern zwei unruhige Nächte geschlafen hatte, war der unvermeidliche Abbé Dalla Piccola, nicht zufrieden damit, Simoninis Kloake mit Leichen zu füllen, erneut interveniert, um Geschehnisse zu erzählen, von denen Simonini offensichtlich nichts wusste.

22.

Der Teufel im 19. Jahrhundert

14. April 1897

Cher Capitaine Simonini,
wiederum: Wo Sie wirre Ideen haben, erwachen in mir lebhafteste Erinnerungen.

So scheint mir heute, dass ich es war, der erst zu Monsieur Héburterne und dann zu Pater Bergamaschi ging. Zu beiden ging ich in Ihrem Auftrag, um Geld in Empfang zu nehmen, das ich Léo Taxil geben sollte. Dann ging ich, diesmal im Auftrag des Notars Fournier, zu Léo Taxil.

»Monsieur«, sagte ich zu ihm, »ich will mich nicht hinter meinem Priestergewand verschanzen, um Sie aufzufordern, jenen Christus Jesus anzuerkennen, den Sie verhöhnen, und ob Sie zur Hölle fahren oder nicht, ist mir gleichgültig. Ich bin nicht hier, um Ihnen das ewige Leben zu versprechen, ich bin hier, um Ihnen zu sagen, dass eine Reihe von Publikationen, welche die Verbrechen der Freimaurer anprangern, ein wohlmeinendes Publikum fänden, das ich nicht zögere, sehr groß zu nennen. Vielleicht können Sie sich nicht vorstellen, wieviel es einem Buch nützen würde, die Unterstützung aller Klöster, aller Pfarreien, aller Erzbistümer nicht nur in Frankreich, sondern auf längere Sicht der ganzen Welt zu haben. Um Ihnen zu beweisen, dass ich nicht hier bin, um Sie zu bekehren, sondern um Sie Geld verdienen zu lassen, sage ich Ihnen sofort, was meine bescheidenen Wünsche sind. Es genügt, dass Sie mir ein Dokument unterzeichnen, das mir – beziehungsweise der frommen Kongregation, die ich vertrete – zwanzig Prozent Ihrer künftigen Tantiemen zusichert, und ich werde Sie mit jemandem bekannt machen, der von den Geheimnissen der Freimaurer sogar noch mehr weiß als Sie.«

Ich denke, Capitaine Simonini, dass wir vereinbart hatten, die famosen zwanzig Prozent von Taxils Tantiemen unter uns aufzuteilen. *A fonds perdu* machte ich ihm sodann das andere Angebot:

»Es gibt auch fünfundsiebzigtausend Francs für Sie, fragen Sie nicht, woher sie kommen, vielleicht kann Ihnen mein Gewand einen Hinweis geben. Diese fünfundsiebzigtausend Francs gehören Ihnen, auch schon bevor Sie anfangen, auf bloßes Vertrauen hin, sofern Sie morgen in aller Öffentlichkeit Ihre Konversion verkünden. Von diesen fünfundsiebzigtausend – ich wiederhole: fünfundsiebzigtausend – müssen Sie kein Prozent Provision zahlen, denn bei mir und meinen Mandanten haben Sie es mit Personen zu tun, für die Geld der Kot des Teufels ist. Zählen Sie nach: Es sind fünfundsiebzigtausend.«

Die Szene steht mir so deutlich vor Augen, als betrachtete ich eine Daguerreotypie.

Ich hatte gleich das Gefühl, dass Taxil nicht nur von den fünfundsiebzigtausend Francs und der Verheißung künftiger Tantiemen beeindruckt war (obwohl das Geld auf dem Tisch seine Augen erglänzen ließ), sondern auch von der Idee, eine Drehung um hundertachtzig Grad zu vollführen und aus einem in der Wolle gefärbten Antiklerikalen zu einem glühenden Katholiken zu werden. Er genoss die Verblüffung der Öffentlichkeit und die Artikel, die über ihn in den Zeitungen stehen würden. Das war noch viel besser, als eine römische Stadt auf dem Grunde des Genfer Sees zu erfinden.

Er lachte lustvoll auf und machte bereits Pläne für die kommenden Bücher, einschließlich der Illustrationen.

»Oh«, sagte er, »ich sehe schon einen ganzen Tatsachenbericht, romanhafter als ein Roman, über die Geheimnisse der Freimaurer. Ein geflügelter Baphomet auf dem Umschlag, und ein abgeschlagener Kopf, um an die Satansriten der Templer zu erinnern... Herrgottnochmal (entschuldigen Sie den Ausdruck, Monsieur l'Abbé), das wird die Nachricht des Tages sein. Umso mehr, als – entgegen dem, was meine Schmierschriften behaupteten – katholisch und gläubig zu sein und mit den Pfarrern auf gutem Fuße zu stehen etwas sehr Ehrenwertes ist, auch für meine Familie und meine Nachbarn, die mich oft so ansehen, als hätte ich höchstpersönlich Unseren Herrn Jesus gekreuzigt. Aber wer, sagen Sie, könnte mir denn helfen?«

»Ich werde Sie mit einem Orakel bekannt machen, einer Kreatur, die im Zustand der Hypnose unglaubliche Dinge über die palladistischen Riten erzählt.«

* * *

Das Orakel musste Diana Vaughan sein. Es war, als wüsste ich alles über sie. Ich erinnere mich, dass ich eines Morgens nach Vincennes ging, als wäre mir die Adresse der Klinik von Dr. Du Maurier seit jeher bekannt. Die Klinik ist ein nicht sehr großes Haus mit einem kleinen, aber reizenden Garten, in dem einige Patienten mit anscheinend ruhiger Miene sitzen, die Sonne genießen und einander apathisch ignorieren.

Ich stellte mich Dr. Du Maurier vor und erinnerte ihn daran, dass Sie ihm versprochen hatten, mich mit ihm bekannt zu machen. Ich erwähnte vage eine Vereinigung frommer Damen, die sich geistig verwirrter Jugendlicher annahm, und da schien mir, dass er sich sehr erleichtert fühlte.

»Ich muss Sie vorwarnen«, sagte er, »heute ist Diana in der Phase, die ich als normal definiert habe. Capitaine Simonini wird Ihnen von der Sache erzählt haben, in dieser Phase haben wir die perverse Diana, um uns recht zu verstehen, die sich für eine Anhängerin einer mysteriösen Freimaurersekte hält. Um sie nicht zu alarmieren, werde ich Sie als einen Freimaurer-Bruder vorstellen... Ich hoffe, einem Geistlichen macht das nichts aus...«

Er führte mich in ein schlicht eingerichtetes Zimmer mit Schrank und Bett sowie einem weißbezogenen Lehnsessel. Darauf saß eine junge Frau mit zarten regelmäßigen Zügen, weichem rotblondem Haar, das auf ihrem Kopf zusammengesteckt war, einem hochmütigen Blick und einem kleinen, schön gezeichneten Mund. Doch sofort verzogen sich ihre Lippen zu einer höhnischen Grimasse. »Dr. Du Maurier will mich wohl in die mütterlichen Arme der Kirche werfen?« fragte sie.

»Aber nein, Diana«, sagte Du Maurier, »trotz seiner Soutane ist der Abbé ein Bruder.«

»Von welcher Obedienz?« fragte Diana sofort.

Ich wehrte geschickt ab: »Das darf ich nicht sagen«, flüsterte ich vorsichtig, »und Sie wissen vielleicht, warum...«

Die Reaktion war angemessen. »Verstehe«, sagte Diana, »dann schickt Sie der Großmeister aus Charleston. Ich bin froh, dass Sie ihm meine Version der Fakten überbringen können. Die Versammlung fand in der Rue Croix-Nivert im Haus der Loge Les Cœurs Unis Indivisibles statt, Sie kennen sie sicher. Ich sollte als Meisterin des Tempels einge- führt werden und präsentierte mich mit aller mir möglichen Demut, um den einzigen guten Gott, Luzifer, anzubeten und den bösen Gott Ado- nai, den Gottvater der Katholiken, zu verabscheuen. Ich näherte mich voller Inbrunst, glauben Sie mir, dem Altar des Baphomet, wo mich So- phia Sapho erwartete, die mich über die palladistischen Dogmen zu befragen begann, und demütig antwortete ich: Was ist die Pflicht einer Meisterin des Tempels? Jesus zu verabscheuen, Adonai zu verfluchen, Luzifer zu verehren. Ist es nicht das, was der Großmeister wollte?« Und bei dieser Frage ergriff Diana meine Hände.

»Gewiss, so ist es«, antwortete ich vorsichtig.

»Dann sprach ich das rituelle Gebet: Komm, Komm, o großer Luzifer, o großer von den Priestern und Königen Geschmähter! Und ich zitterte vor Erregung, als die ganze Versammlung, jeder seinen Dolch ziehend, ausrief: *Nekam Adonai, nekam!* An diesem Punkt aber, während ich mich am Altar erhob, präsentierte mir Sophia Sapho einen Hostienteller, wie ich ihn nur in den Schaufenstern der Läden für religiöse Objekte ge- sehen hatte, und während ich mich noch fragte, was dieser widerliche Kultgegenstand der römischen Messe an diesem Ort zu suchen hatte, erklärte mir die Großmeisterin, da Jesus den wahren Gott verraten habe, als er auf dem Tabor einen ruchlosen Pakt mit Adonai geschlossen habe, und da er die Ordnung der Dinge verkehrt habe, als er das Brot in seinen Leib verwandelte, sei es unsere Aufgabe, diese blasphemische Hostie, mit der die Priester jeden Morgen den Verrat Jesu erneuerten, mit einem Dolch zu durchstechen. Sagen Sie mir, mein Herr, will der Großmeister wirklich, dass diese Geste Teil einer Initiation ist?«

»Es steht mir nicht zu, mich darüber zu äußern. Sagen Sie mir lieber, was Sie getan haben.«

»Ich habe mich selbstverständlich geweigert. Eine Hostie erdolchen heißt glauben, dass sie wirklich der Leib Jesu ist, während ein Palladist sich weigern muss, diese Lüge zu glauben. Das Hostien-Erdolchen ist ein katholischer Ritus für gläubige Katholiken!«

»Da haben Sie, glaube ich, recht«, sagte ich. »Ich werde mich zum Botschafter Ihrer Rechtfertigung beim Großmeister machen.«

»Danke, Bruder«, sagte Diana und küsste mir die Hände. Dann, fast nachlässig, knöpfte sie den oberen Teil ihrer Bluse auf und zeigte mir eine blendend weiße Schulter, wobei sie mich einladend ansah. Aber plötzlich krümmte sie sich auf dem Sessel zusammen, als würde sie von Krämpfen geschüttelt. Dr. Du Maurier rief eine Krankenschwester, und gemeinsam trugen sie die junge Frau auf das Bett. Der Doktor sagte: »Gewöhnlich wechselt sie, wenn sie eine solche Krise hat, von einem Zustand in den anderen über. Sie hat noch nicht das Bewusstsein verloren, das ist bloß eine Kontraktion des Unterkiefers und der Zunge. Da genügt eine leichte Ovarialkompression...«

Nach einer Weile sank Dianas Unterkiefer herunter, ein wenig nach links verschoben, der Mund verzog sich schief und blieb offen stehen, so dass man die Zunge sah, die sich zusammengerollt hatte, mit der Spitze nach innen, als wäre die Kranke im Begriff, sie zu verschlucken. Dann entspannte sich die Zunge, kam plötzlich ein Stück aus dem Mund heraus und fuhr wieder hinein und züngelte wieder heraus und wieder hinein, mehrmals mit großer Schnelligkeit, wie bei einer Schlange. Schließlich kehrten Zunge und Kiefer wieder in ihren natürlichen Zustand zurück, und die Kranke stammelte ein paar Worte: »Die Zunge... mir brennt der Gaumen... Ich habe eine Spinne im Ohr...«

Nach einer kurzen Ruhepause hatte die Kranke erneut eine Kontraktion des Unterkiefers und der Zunge, die erneut mit einer Ovarialkompression beruhigt wurde, aber bald darauf begann sie zu keuchen, Satzfetzen kamen aus ihrem Mund, der Blick wurde starr, die Pupillen rutschten nach oben, der ganze Körper erstarrte, die Arme zuckten und vollführten kreisförmige Bewegungen, wobei die Handrücken sich berührten und die Finger sich streckten...

»Die Füße wie Pferderücken gebogen«, kommentierte Du Maurier. »Das ist die epileptische Phase. Normal. Sie werden sehen, gleich kommt die clowneske Phase...«

Das Gesicht verkrampfte sich zusehends, der Mund klappte auf und zu, weißer Speichel trat in Form großer Blasen hervor. Jetzt stieß die Kranke kurze Schreie und Seufzer aus, die wie »uh! uh!« klangen, die Gesichtsmuskeln zuckten krampfhaft, die Lider flatterten auf und ab, und als wäre die Kranke eine Akrobatin, bog sich ihr Körper empor, bis er nur noch auf Füßen und Hinterkopf ruhte.

Ein paar Sekunden lang bot sich uns das grässliche Schauspiel einer aus den Fugen geratenen Marionette, die ihr Gewicht verloren hatte, dann fiel die Kranke zurück aufs Bett und begann Haltungen anzunehmen, die Du Maurier als »leidenschaftsbestimmt« definierte, zuerst beinah drohende, als wehrte sie sich gegen einen Aggressor, dann fast schelmische, als wollte sie jemandem zuzwinkern. Gleich danach setzte sie die schlüpfrige Miene eine Verführerin auf, die den Kunden mit obszönen Zungenbewegungen lockt, dann nahm sie die Pose liebevollen Flehens ein, mit feuchtem Blick, ausgestreckten Armen und gefalteten Händen, die Lippen geschürzt, wie um einen Kuss zu provozieren, schließlich verdrehte sie die Augen so sehr nach oben, dass nur noch das Weiße zu sehen war, und brach in eine erotische Verzückung aus: »O mein guter Herr«, stieß sie mit gebrochener Stimme hervor, »o liebste Schlange, heilige Viper... ich bin deine Cleopatra... hier an meiner Brust... will ich dich nähren... o mein Lieb, dringe ganz in mich ein...«

»Diana sieht eine Tempelschlange, die in sie eindringt, andere sehen das Herz Jesu, das sich mit ihnen vereint. Eine phallische Form zu sehen oder das Bild einer männlichen Dominanz«, erklärte Du Maurier, »ist für eine Hysterikerin manchmal fast dasselbe wie denjenigen wiederzusehen, der sie als Kind vergewaltigt hat. Vielleicht haben Sie Abbildungen von Berninis Skulptur der Heiligen Teresa gesehen, die in der Kirche Santa Maria della Vittoria in Rom steht: Sie würden sie nicht von dieser Unglückseligen unterscheiden können. Eine Mystikerin ist eine Hysterikerin, die ihrem Beichtvater begegnet ist, bevor sie ihren Arzt gefunden hat.«

... als wäre die Kranke eine Akrobatin, bog sich ihr Körper empor, bis er nur noch auf Füßen und Hinterkopf ruhte... (S. 360)

Unterdessen hatte Diana die Haltung einer Gekreuzigten angenommen und war in eine neue Phase eingetreten, in der sie anfing, dunkle Drohungen auszustoßen, ohne dass zu erkennen war, gegen wen, und schreckliche Enthüllungen anzukündigen, wobei sie sich heftig im Bett hin und her warf.

»Lassen wir sie schlafen«, sagte Du Maurier. »Wenn sie aufwacht, wird sie in den anderen Zustand eingetreten sein und sich Vorwürfe machen wegen der schrecklichen Dinge, die gesagt zu haben sie sich erinnern wird. Bitte sagen Sie Ihren frommen Damen, dass sie nicht erschrecken sollen, wenn solche Krisen eintreten. Es genügt, die Kranke festzuhalten und ihr ein Taschentuch in den Mund zu stopfen, damit sie sich nicht die Zunge abbeißt, aber es wird auch nicht schaden, ihr ein paar Tropfen eines Beruhigungsmittels einzuträufeln, das ich Ihnen geben werde.«

Dann fügte er hinzu: »Tatsache ist, dass man diese Patientin von den anderen getrennt halten muss. Und ich kann sie hier nicht länger behalten, dies ist kein Gefängnis, sondern eine Heil- und Pflegeanstalt, die Patienten laufen umher, und es ist nützlich, ja therapeutisch unverzichtbar, dass sie miteinander reden und den Eindruck haben, ein normales und heiteres Leben zu führen. Meine Patienten sind keine Verrückten, sie sind nur Personen mit zerrütteten Nerven. Dianas Krisen können die anderen beeindrucken, und was sie ihnen in ihrem ›bösen‹ Zustand anzuvertrauen pflegt, ist, ob es stimmt oder nicht, für alle verstörend. Ich hoffe, Ihre frommen Damen haben die Möglichkeit, sie zu isolieren.«

Mein Eindruck nach dieser Begegnung war: Sicher wollte der Doktor seine Patientin Diana loswerden, er verlangte, dass sie praktisch wie eine Gefangene gehalten wurde, und fürchtete, dass sie Kontakte mit anderen Patienten hatte. Aber das war noch nicht alles, er fürchtete auch, dass jemand ihre Reden ernst nehmen könnte, und darum hob er vorsorglich beide Hände und erklärte, es handle sich um das Delirium einer Geisteskranken.

* * *

Ich hatte seit ein paar Tagen das Haus in Auteuil gemietet. Nichts Besonderes, aber behaglich. Man trat in das typische Wohnzimmer einer bürgerlichen Familie, ein mahagonifarbenes Sofa, bezogen mit altem Utrecht-Samt, rote Damastvorhänge, eine Pendeluhr mit kleinen Säulen auf dem Kamin, flankiert von zwei Blumenvasen unter Glasglocken an den beiden Enden, eine Konsole vor einem Spiegel und ein glänzend gebohnerter Parkettboden. Daneben ein Schlafzimmer, das ich für Diana bestimmt hatte: die Wände mit einem perlgrauen Moiree bespannt, vor dem Bett ein dicker Teppich mit großen roten Rosetten; die Vorhänge am Bett und am Fenster aus demselben Stoff, dessen Eintönigkeit von breiten violetten Streifen durchbrochen wurde. An der Wand über dem Bett hing ein Mehrfarbendruck, der ein verliebtes Hirtenpärchen zeigte, und auf einem Wandbord stand eine Pendeluhr mit Intarsien aus Kunstedelsteinen, flankiert von zwei pausbäckigen Putten, die einen Lilienstrauß in Form eines Kandelabers hielten.

Im Oberstock gab es zwei weitere Schlafzimmer. Das eine war für eine halb taube Alte vorgesehen, die gern zur Flasche griff und den Vorteil hatte, nicht aus der Gegend zu sein und alles zu tun, um sich ein paar Francs zu verdienen. Ich weiß nicht mehr, wer sie mir empfohlen hatte, aber sie schien mir ideal, um auf Diana aufzupassen, wenn niemand anders im Hause war, und sie zu beruhigen, wenn sie einen ihrer Anfälle bekam.

Übrigens fällt mir gerade ein, während ich dies schreibe, dass die Alte seit einem Monat nichts mehr von mir gehört haben dürfte. Vielleicht hatte ich ihr genügend Geld zum Leben dagelassen, aber für wie lange? Ich sollte rasch mal nach Auteuil fahren, aber gerade merke ich, dass ich die Adresse nicht mehr weiß. Auteuil wo? Ich kann doch nicht von Haus zu Haus laufen und fragen, ob hier eine palladistische Hysterikerin mit Persönlichkeitsspaltung wohnt.

* * *

Im April hatte Taxil öffentlich seine Bekehrung verkündet, und schon im November war sein erstes Buch mit spektakulären Enthüllungen über die Freimaurerei erschienen, *Les Frères Trois-Points*. In derselben Zeit habe ich ihn zu Diana geführt. Ich hatte ihm ihre zwei Zustände nicht verborgen und musste ihm erklären, dass sie uns nicht in ihrem Zustand als gottesfürchtiges Mädchen nützen würde, sondern in dem als eingefleischte Palladistin.

In den letzten Monaten hatte ich die junge Frau gründlich studiert und ihre Zustandswechsel mit Dr. Du Mauriers Beruhigungsmittel unter Kontrolle gehalten. Aber ich hatte begriffen, dass es enervierend war, auf ihre unvorhersehbaren Krisen zu warten, und dass ich ein Mittel finden musste, um sie auf Kommando ihren Zustand wechseln zu lassen. Im Grunde ist es wohl das, was Dr. Charcot mit seinen Hysterikerinnen macht.

Mir fehlte die magnetische Macht Charcots, und so ging ich in die Bibliothek, um mir einige eher traditionelle Lehrbücher über Hysterie zu suchen, wie *De la cause du sommeil lucide* von dem alten (und authentischen) Abbé Faria. Von diesem Buch und einigen anderen Lektüren angeregt beschloss ich, mich der Kranken frontal gegenüber zu setzen, ihre Knie zwischen meine Knie zu nehmen, ihre Daumen mit zwei Fingern zu fassen und ihr in die Augen zu sehen, dann nach mindestens fünf Minuten die Hände zurückzuziehen und sie ihr auf die Schultern zu legen, sie langsam die Arme hinab bis zu den Fingerspitzen zu führen und das fünf bis sechs Mal zu wiederholen, ihr dann die Hände auf den Kopf zu legen und sie langsam in fünf bis sechs Zentimetern Abstand vor ihrem Gesicht und Hals hinunterzuführen bis zur Einwölbung ihres Bauches, dabei die anderen Finger unter ihren Rippen, und schließlich ihren Körper hinabzugleiten bis zu den Knöcheln oder sogar bis zu den Fußspitzen.

Unter dem Aspekt der Scham war das für die »gute« Diana zu invasiv, und zuerst schrie sie auf, als würde ich (Gott vergebe mir) ihre Jungfräulichkeit attackieren, aber die Wirkung trat so sicher ein, dass sie sich beinahe schlagartig beruhigte, für ein paar Minuten eindämmerte und dann im ersten Zustand wieder erwachte. Leichter war es, sie in den zweiten Zustand zurückkehren zu lassen, da die »böse« Diana lustvoll auf meine Berührungen reagierte und die Behandlung zu verlängern trachtete, indem sie sie mit schlüpfrigen Körperbewegungen und kleinen Seufzern begleitete. Zum Glück konnte sie sich der hypnotischen

Wirkung nicht lange entziehen und dämmerte auch diesmal wieder ein, andernfalls hätte ich Probleme gehabt, sowohl den Kontakt fortzusetzen, der mich verwirrte, als auch ihre abstoßende Wollust zu zügeln.

* * *

Ich glaube, jedes männliche Wesen könnte Diana als ein Geschöpf von einzigartiger Anmut betrachten, zumindest soweit einer wie ich das beurteilen kann, den Habit und Berufung vom Elend der Geschlechtlichkeit ferngehalten haben; und Taxil war ohne Zweifel ein Mann mit lebhaftem Appetit.

Als Dr. Du Maurier mir seine Patientin überließ, hatte er mir auch einen Koffer voll eleganter Kleider mitgegeben, den Diana bei sich gehabt hatte, als er sie aufnahm – woraus man schließen konnte, dass die Familie ihrer Herkunft gutsituiert gewesen sein musste. Und mit unverkennbarer Koketterie hatte sie sich an dem Tag, als ich ihr Taxils Besuch ankündigte, sorgfältig zurechtgemacht. So geistesabwesend sie in ihren beiden Zuständen auch schien, war sie doch sehr aufmerksam in den kleinen weiblichen Eigenheiten.

Taxil war sofort begeistert (»Schönes Weibsbild«, raunte er mir zu und leckte sich die Lippen), und später, als er meine hypnotischen Prozeduren zu imitieren versuchte, tendierte er zur Fortsetzung seiner Tätschelbewegungen, auch als die Patientin unverkennbar eingeschlafen war, so dass ich mit einem leisen »Mir scheint, jetzt reicht es« eingreifen musste.

Ich fürchte, wenn ich ihn mit Diana allein gelassen hätte, während sie in ihrem ersten Zustand war, hätte er sich noch andere Freiheiten erlaubt, und sie hätte sie ihm gestattet. Deswegen sorgte ich dafür, dass unsere Sitzungen mit der Kranken immer zu dritt stattfanden. Und manchmal auch zu viert. Denn um die Erinnerungen und die Energien der satanistischen und luziferischen Diana (und ihre luziferischen Launen) zu stimulieren, hatte ich es für gut gehalten, sie in Kontakt mit dem Abbé Boullan zu bringen.

* * *

Boullan. Als der Erzbischof von Paris ihn des Amtes enthoben hatte, war er nach Lyon gegangen, um sich der dortigen Carmel-Gemeinde anzuschließen; sie war von Eugène Vintras gegründet worden, einem Visionär, der bei seinen Auftritten ein langes weißes Gewand trug, auf dem ein rotes Kreuz verkehrt herum aufgemalt war, sowie ein Diadem mit indischem Phallussymbol. Wenn er predigte, erhob er sich in die Luft und versetzte seine Anhänger in Ekstase. Während seiner Liturgie fingen die Hostien an zu bluten, aber es gab Stimmen, die von homosexuellen Praktiken sprachen, von Ordination von Liebespriesterinnen und von Erlösung durch das freie Spiel der Sinne, also lauter Dingen, zu denen Boullan sich ohne Zweifel hingezogen fühlte. So kam es, dass er nach Vintras' Tod sich zu dessen Nachfolger ausrief.

Nach Paris kam er mindestens einmal im Monat. Er konnte es gar nicht glauben, dass er jemanden wie Diana aus dämonologischer Sicht studieren durfte (um sie auf die beste Weise zu exorzieren, sagte er, aber inzwischen wusste man, wie er zu exorzieren pflegte). Er war schon über sechzig, aber noch ein kraftvoller Mann mit einem Blick, den als magnetisch zu bezeichnen ich nicht umhinkann.

Boullan hörte aufmerksam zu, was Diana erzählte – und was Taxil mit religiöser Inbrunst aufschrieb –, doch er schien andere Ziele zu verfolgen, und bisweilen raunte er der Kranken Anstachelungen oder Ratschläge ins Ohr, von denen wir nichts mitbekamen. Gleichwohl war er uns nützlich, denn unter den Geheimnissen der Freimaurerei, die es zu enthüllen galt, waren natürlich auch das Erdolchen geweihter Hostien und die verschiedenen Formen von schwarzer Messe, und darin war Boullan eine Autorität. Taxil notierte sich die verschiedenen dämonischen Riten, und je mehr seiner Bücher erschienen, desto mehr verbreitete er sich über diese Liturgien, die seine Freimaurer auf Schritt und Tritt praktizierten.

* * *

Nachdem er in kurzer Folge einige Bücher veröffentlicht hatte, war das wenige, was Taxil über die Freimaurer wusste, allmählich erschöpft. Neue Ideen bekam er nur von der »bösen« Diana geliefert, wenn sie unter Hypnose erwachte und mit weit aufgerissenen Augen von Szenen

Wenn Vintras predigte, erhob er sich in die Luft und versetzte seine Anhänger in Ekstase… (S. 366)

berichtete, die sie vielleicht erlebt hatte oder von denen sie in Amerika hatte reden hören oder die sie sich einfach bloß ausdachte. Es waren Geschichten, die einem den Atem stocken ließen, und ich muss sagen, obwohl ich ein erfahrener Mann bin (stelle ich mir vor), war ich von ihnen schockiert. So sprach sie zum Beispiel eines Tages von der Initiation ihrer Feindin, Sophie Walder oder Sophia Sapho, und es war nicht klar, ob sie sich des inzestuösen Beigeschmacks der ganzen Szene bewusst war, jedenfalls erzählte sie sie nicht in tadelndem Ton, sondern mit der Erregung einer, die das Privileg hatte, sie mitzuerleben.

»Es war ihr Vater«, begann Diana langsam, »der sie einschlafen ließ und ihr ein glühendes Eisen auf die Lippen legte... Er musste sicher sein, dass der Körper vor jedem äußeren Angriff geschützt war. Sie trug eine Halskette mit einem Anhänger, einer zusammengerollten Schlange... Da, jetzt nimmt der Vater sie ihr ab, öffnet einen Korb, holt eine lebendige Schlange heraus und legt sie auf ihren Bauch... Die Schlange ist wunderschön, es sieht aus, als ob sie tanzt, während sie sich zu Sophies Hals hinaufwindet und sich dort zusammenrollt, um den Platz des Anhängers einzunehmen... Jetzt ringelt sich die Schlange zum Gesicht empor, streckt die Zunge heraus, nähert sie züngelnd ihren Lippen und küsst sie zischend. Oh, wie ist das... herrlich... schlüpfrig... Jetzt erwacht Sophie, sie hat Schaum vor dem Mund, sie steht auf und bleibt reglos stehen wie eine Statue, der Vater knöpft ihr Korsett auf und legt ihre Brüste frei! Und jetzt scheint er ihr mit einem Stab eine Frage auf die Brust zu schreiben, und die Buchstaben schneiden sich rot in ihr Fleisch, und die Schlange, die eingeschlafen zu sein schien, erwacht zischend und bewegt den Schwanz, um mit ihm, immer auf Sophies nackter Haut, die Antwort zu schreiben.«

»Woher weißt du diese Dinge, Diana?« fragte ich sie.

»Ich weiß sie aus meiner Zeit in Amerika... Mein Vater hatte mich in den Palladismus eingeführt. Dann bin ich nach Paris gekommen, vielleicht wollte ich weg... In Paris bin ich der Sophia Sapho begegnet. Sie war immer meine Feindin. Als ich nicht tun wollte, was sie von mir verlangte, hat sie mich zu Dr. Du Maurier gebracht. Mit der Behauptung, ich sei verrückt.«

* * *

Ich bin bei Dr. Du Maurier, um Dianas Spur zurückzuverfolgen: »Sie müssen verstehen, Doktor, meine Kongregation kann dieser jungen Frau nicht helfen, wenn sie nicht weiß, woher sie kommt, wer ihre Eltern sind.«

Du Maurier sieht mich an, als wäre ich eine Wand: »Ich weiß nichts, das habe ich Ihnen doch gesagt. Sie ist mir von einer ihrer Verwandten anvertraut worden, die gestorben ist. Die Adresse dieser Verwandten? Es wird Ihnen seltsam vorkommen, aber die habe ich nicht mehr. Vor einem Jahr hat es in meinem Arbeitszimmer einen Brand gegeben, und da sind viele Dokumente verlorengegangen. Ich weiß nichts über Dianas Vergangenheit.«

»Aber sie kam aus Amerika?«

»Vielleicht, aber sie spricht akzentfreies Französisch. Sagen Sie Ihren frommen Damen, sie sollen sich nicht zu viele Fragen stellen, denn es ist unmöglich, dass die Kranke aus dem Zustand, in dem sie sich befindet, in die normale Welt zurückfinden kann. Und sie sollen sie sanft behandeln und sie ihre Tage so beschließen lassen – denn ich sage Ihnen, in einem so fortgeschrittenen Stadium von Hysterie überlebt man nicht lange. Früher oder später wird sie eine heftige Entzündung am Uterus bekommen, und dagegen ist die medizinische Wissenschaft machtlos.«

Ich bin überzeugt, dass er lügt, vielleicht ist auch er ein Palladist (alles andere als Grand Orient) und hat es akzeptiert, eine Feindin der Sekte lebendig einzumauern. Aber das sind meine Phantasien. Jedenfalls ist es Zeitvergeudung, weiter mit Du Maurier zu sprechen.

Ich befrage Diana, sowohl im ersten wie im zweiten Zustand. Sie scheint sich an nichts zu erinnern. Sie trägt ein goldenes Kettchen mit einem Medaillon am Hals; darauf ist das Bild einer Frau, die ihr sehr ähnlich sieht. Ich habe bemerkt, dass man das Medaillon öffnen kann, und bitte sie, mir zu zeigen, was darin ist, aber sie weigert sich heftig, mit einem Ausdruck von Angst und wilder Entschiedenheit: »Das hat mir meine Mutter gegeben«, wiederholt sie nur.

* * *

Es mag inzwischen vier Jahre her sein, dass Taxil seine antifreimaurerische Kampagne begonnen hat. Die Reaktion der katholischen Welt hat unsere Erwartungen weit übertroffen: 1887 wurde Taxil von Kardinal Rampolla zu einer Privataudienz bei Papst Leo XIII. gebeten. Eine offizielle Legitimation seiner Schlacht und der Auftakt zu einem großen Erfolg auf dem Buchmarkt. Und zu schönen Einkünften.

Im selben Jahr bekam ich ein sehr knappes, aber vielsagendes Billett: »Hochwürdiger Abbé, mir scheint, die Sache sprengt den Rahmen unserer Absichten: Wollen Sie irgendwie Vorsorge treffen? Hébuterne.«

Es gab kein Zurück. Ich spreche nicht von den Tantiemen, die weiter erfreulich sprudelten, sondern von der Gesamtheit an Pressionen und Allianzen, die sich in und mit der katholischen Welt gebildet hatten. Taxil war mittlerweile der Held des Antisatanismus, und er wollte gewiss nicht auf dieses Prädikat verzichten.

Inzwischen bekam ich auch knappe Billetts von Pater Bergamaschi: »Läuft alles gut, scheint mir. Aber was ist mit den Juden?«

Stimmt, Pater Bergamaschi hatte empfohlen, Taxil nicht nur pikante Enthüllungen über die Freimaurer zu entlocken, sondern auch über die Juden. Und über diesen Punkt schwiegen sowohl Diana als auch Taxil. Bei Diana wunderte es mich nicht, vielleicht gab es in dem Amerika, aus dem sie kam, nicht so viele Juden wie bei uns, und das Problem schien ihr unwichtig. Aber bei den Freimaurern wimmelte es von Juden, und das hielt ich Taxil vor.

»Was soll ich dazu sagen?« antwortete er. »Ich bin nie einem jüdischen Freimaurer begegnet und wusste gar nicht, dass es da welche gab. Ich habe nie einen Rabbiner in einer Loge gesehen.«

»Wahrscheinlich gehen sie nicht als Rabbiner gekleidet hin. Aber ich weiß von einem sehr gut informierten Jesuitenpater, dass Monsignore Meurin, der nicht irgendein Pfarrer, sondern ein Erzbischof ist, in einem seiner nächsten Bücher beweisen wird, dass alle freimaurerischen Riten kabbalistischen Ursprungs sind, und dass es die jüdische Kabbala ist, die das Freimaurertum zur Dämonenverehrung führt...«

»Dann lassen wir doch Monsignore Meurin sprechen, wir haben genügend Eisen im Feuer.«

Diese Zurückhaltung Taxils hat mich lange gewundert (ich fragte mich schon, ob er Jude ist), bis ich entdeckte, dass er im Zuge seiner diversen journalistischen und publizistischen Unternehmungen eine Reihe von Prozessen am Hals gehabt hatte, sei's wegen Beleidigung, sei's wegen Obszönität, und viele gesalzene Strafen zahlen musste. Daher hatte er sich bei einigen jüdischen Wucherern stark verschuldet und hatte noch nicht alles zurückzahlen können (auch weil er die beträchtlichen Einkünfte aus seiner antifreimaurerischen Tätigkeit fröhlich ausgab). Darum fürchtete er, dass diese Juden, die bisher noch stillhielten, ihn wegen seiner Schulden ins Gefängnis bringen könnten, wenn sie sich von ihm attackiert fühlten.

Aber war es nur eine Frage des Geldes? Taxil war ein Filou, keine Frage, aber zu einigen Gefühlen war er schon fähig, zum Beispiel hing er sehr an der Familie. So empfand er wohl ein gewisses Mitleid mit den Juden als Opfern vieler Verfolgungen. Er sagte, die Päpste hätten die Juden im Ghetto geschützt, wenn auch nur als Bürger zweiter Klasse.

In jenen Jahren fühlte er sich ganz groß: Da er sich für den Herold des katholischen Denkens legitimistischer und antifreimaurerischer Prägung hielt, beschloss er, in die Politik zu gehen. Ich vermochte ihm bei seinen diversen Machenschaften nicht zu folgen, aber er kandidierte für einen Pariser Stadtrat und ließ sich auf eine Konkurrenz und Polemik mit einem wichtigen Journalisten wie Drumont ein, der eine heftige antijüdische und antifreimaurerische Kampagne führte, die viel Gehör bei den Kirchenleuten fand, und nun zu insinuieren begann, dass Taxil ein Intrigant sei – und insinuieren ist vielleicht ein zu schwacher Ausdruck.

1891 verfasste Taxil eine Streitschrift gegen Drumont, und da er nicht wusste, wie er ihn angreifen sollte (schließlich waren sie beide Antifreimaurer), sprach er von seiner Judäophobie als einer Form von Geistesverirrung. Und verstieg sich dazu, ihm Mitschuld an russischen Pogromen vorzuwerfen.

Drumont, der ein hochbegabter Polemiker war, antwortete mit einer eigenen Streitschrift, in der er sich über diesen Herrn lustig machte, der sich als Paladin der Papstkirche aufwarf, um sich von Bischöfen und Kardinälen umarmen und gratulieren zu lassen, nachdem er nur wenige Jahre zuvor noch rüpelhaft und verleumderisch über den Papst, über Priester und Ordensleute geschrieben hatte, um nicht von Jesus und der Jungfrau Maria zu reden. Aber es gab noch Schlimmeres.

Mehrere Male war es mir untergekommen, mit Taxil in seinem Hause zu sprechen, in dessen Erdgeschoss früher einmal seine *Librairie Anticléricale* gewesen war, und wir wurden oft von seiner Frau unterbrochen, die hereinkam und ihrem Gatten etwas ins Ohr flüsterte. Wie ich später erfuhr, kamen immer noch zahlreiche unbeirrbare Antiklerikale zu dieser Adresse, um nach antikatholischen Werken des inzwischen superkatholischen Taxil zu fragen, der noch zu viele Exemplare davon auf Lager hatte, um sie leichten Herzens zu vernichten. So fuhr er fort, mit großer Vorsicht und immer nur seine Frau vorschickend, ohne je selber in Erscheinung zu treten, auch diese exzellente Ader noch auszubeuten. Aber ich hatte mir nie Illusionen über die Aufrichtigkeit seiner Konversion gemacht: Das einzige philosophische Prinzip, an dem er sich orientierte, hieß *pecunia non olet*.

Allerdings hatte das auch Drumont bemerkt, und so attackierte er seinen Konkurrenten nicht nur als einen irgendwie mit den Juden Verbandelten, sondern auch als einen noch immer eingefleischten Antiklerikalen. Genug, um schwere Zweifel unter seinen gottesfürchtigsten Lesern zu säen.

Ein Gegenangriff war fällig.

»Taxil«, schlug ich ihm vor, »ich will nicht wissen, warum Sie sich nicht persönlich gegen die Juden engagieren wollen, aber könnte man nicht jemand anderen ins Spiel bringen, der sich dieser Sache annimmt?«

»Solange ich nicht direkt damit verbunden werde, hätte ich nichts dagegen«, antwortete Taxil und fügte hinzu: »Tatsächlich genügen meine Enthüllungen nicht mehr und auch nicht die Phantastereien, die uns Diana erzählt. Wir haben uns ein Publikum geschaffen, das mehr will, vielleicht lesen die Leute mich nicht mehr, um die Intrigen der Feinde des Kreuzes zu erfahren, sondern aus purer Lust an der narrativen Erfindung, wie es bei jenen intrigenreichen Romanen geschieht, in denen die Leser dazu gebracht werden, sich auf die Seite des Verbrechers zu schlagen.«

* * *

Und so war Dr. Bataille ins Spiel gekommen.

Taxil hatte einen alten Freund entdeckt oder wiedergefunden, einen deutschen Marinearzt, der in vielen exotischen Ländern gereist war, nicht ohne da und dort seine Nase in die Tempel der diversen religiösen Grüppchen zu stecken, aber der vor allem eine grenzenlose Bildung im Bereich der Abenteuerromane hatte, solcher wie der Bücher von Boussenard oder der phantasievollen Erzählungen von Jacolliot, zum Beispiel *Le spiritisme dans le monde* oder *Voyage aux pays mystérieux*. Die Idee, sich auf die Suche nach neuen Themen im Universum der Fiktion zu machen, fand meine volle Zustimmung (und wie ich Ihrem Tagebuch entnehme, haben ja auch Sie sich gern an Dumas oder Sue inspiriert). Die Leute verschlingen Berichte von Reisen zu Lande oder zur See oder Kriminalgeschichten aus reiner Lust und Neugier, danach vergessen sie leicht, was sie gelernt haben, und wenn man ihnen etwas als wahre Tatsache erzählt, was sie in einem Roman gelesen haben, kommt ihnen vage das Gefühl, dass sie davon schon gehört haben, und sie nehmen es als Bestätigung dessen, was sie ohnehin glaubten.

Der Mann, den Taxil gefunden hatte, war Dr. Charles (eigentlich Karl) Hacks. Er hatte über den Kaiserschnitt promoviert, hatte etwas über die Handelsmarine publiziert, aber noch keine Gelegenheit gehabt, sein Talent als Erzähler auszubeuten. Er litt unter akutem Alkoholismus und war ständig blank. Nach dem, was ich aus seine Reden verstanden hatte, war er im Begriff, ein grundlegendes Werk gegen alle Religionen und besonders gegen das Christentum als »Hysterie des Kreuzes« zu veröffentlichen, aber angesichts der Vorschläge von Taxil erklärte er sich bereit, tausend Seiten gegen die Teufelsanbeter und zur Verteidigung der Kirche zu schreiben.

Ich erinnere mich, dass wir 1892 begannen, für eine geplante Reihe von insgesamt 240 Heften, die sich über etwa dreißig Monate erstrecken sollte, eine Serie mit dem Titel *Le Diable au XIXe siècle* herauszubringen, mit einem großen grinsenden Luzifer auf dem Titelbild, die Flügel geformt wie bei Fledermäusen und der Schwanz geringelt wie bei Drachen, und mit einem Untertitel, der da lautete: »Die Mysterien des Spiritismus: die luziferische Freimaurerei, vollständige Enthüllungen über den Palladismus, die Theurgie, die Goétie und den ganzen modernen Satanismus, den okkulten Magnetismus, die luziferischen Medien, die Kabbala am Ende des Jahrhunderts, die Magie der Rosenkreuzer, die Besessenheiten im Latenzzustand und die Vorläufer des Antichrist.« Das Ganze angeblich aus der Feder eines mysteriösen Dr. Bataille.

Als wäre es Programm, enthielt das Werk nichts, was nicht schon anderswo geschrieben und gedruckt worden war: Taxil oder Bataille plünderten die gesamte bisherige Literatur und kochten ein brodelndes Gebräu aus unterirdischen Kulten, Teufelserscheinungen, haarsträubenden Riten, Rückgriffen auf templerische Riten mit dem üblichen Baphomet und dergleichen zusammen. Auch die Illustrationen wurden kopiert aus anderen Büchern über okkulte Wissenschaften, die sich wechselseitig kopiert hatten. Die einzigen neuen Bilder waren die Porträts der Großmeister des Freimaurertums, die ein bisschen so aussahen wie jene Steckbriefe, die im wilden amerikanischen Westen die gesuchten und der Gerechtigkeit lebendig oder tot auszuliefernden Gesetzesbrecher zeigen.

* * *

Es wurde hektisch gearbeitet, Hacks-Bataille, beflügelt von reichlichen Mengen Absinth, erzählte Taxil seine Erfindungen, und Taxil schrieb sie auf und schmückte sie aus, oder Bataille kümmerte sich um die Einzelheiten der medizinischen Wissenschaft oder der Giftkunde sowie um die Beschreibung der Städte und der exotischen Riten, die er tatsächlich gesehen hatte, während Taxil ausführlich die letzten Delirien Dianas beschrieb.

So evozierte Bataille zum Beispiel den Felsen von Gibraltar als einen schwammigen Körper voller Gänge, Höhlen und Grotten, in denen Sekten aller Art bis zu den gottlosesten ihre Riten zelebrierten, oder er beschrieb die freimaurerischen Gaunereien der indischen Sekte oder die Erscheinungen des Asmodeus, und Taxil zeichnete ein Profil der Großmeisterin Sophia Sapho. Nach Lektüre des *Dictionnaire infernal* von Collin de Plancy regte er an, Sophia müsse enthüllen, dass die Anzahl der höllischen Legionen sechstausendsechshundertsechsundsechzig sei und jede Legion aus sechstausendsechshundertsechsundsechzig

…mit einem großen grinsenden Luzifer auf dem Titelbild, die Flügel geformt wie bei Fledermäusen und der Schwanz geringelt wie bei Drachen… (S. 373)

Dämonen bestehe. Obwohl inzwischen betrunken, multiplizierte Bataille richtig und kam zu dem Ergebnis, dass es alles in allem, Teufel und Teufelinnen zusammengenommen, vierundvierzig Millionen vierhundertfünfunddreißigtausendfünfhundertsechsundfünzig Dämonen gebe. Wir rechneten nach und bestätigten ihm verblüfft, dass es stimmte, er schlug mit der Hand auf den Tisch und rief »Da seht ihr, dass ich nicht betrunken bin!« und belohnte sich mit weiteren Gläsern Absinth, bis er unter den Tisch kullerte.

Aufregend war es, sich das toxikologische Laboratorium der Freimaurer in Neapel vorzustellen, wo die Gifte präpariert wurden, die den Feinden der Logen verabreicht werden sollten. Batailles Meisterwerk war das, was er ohne irgendeinen chemischen Grund das *Manna* nannte: Man setzt eine Kröte in eine Vitrine voller Vipern und Nattern, füttert sie nur mit giftigen Pilzen, gibt Fingerhut und Schierling dazu, lässt die Tiere verhungern und bespritzt die Leichen mit einem Schaum aus pulverisiertem Kristall und Wolfsmilch, tut dann das Ganze in einen Destillierkolben, entzieht ihm die Feuchtigkeit auf kleiner Flamme, trennt schließlich die Asche der Leichen von den nicht brennbaren Pulvern und erhält so nicht nur ein, sondern zwei Gifte, ein flüssiges und eines in Pulverform, beide gleichermaßen tödlich.

»Ich sehe schon vor mir, wie viele Bischöfe sich über diese Seiten begeistern werden«, freute sich Taxil und kratzte sich zwischen den Beinen, wie er es in Momenten großer Befriedigung tat. Und er sprach aus Erfahrung, denn zu jedem neuen Heft der Serie *Le Diable* bekam er Briefe von Kirchenfürsten, die ihm zu seinen mutigen Enthüllungen gratulierten, mit denen er so vielen Gläubigen die Augen öffne.

Manchmal griffen wir auch auf Diana zurück. Nur sie konnte die *Arcula Mystica* des Großmeisters von Charleston erfinden, eine kleine Truhe, von der es nur sieben Exemplare auf der ganzen Welt gab: Wenn man sie öffnete, sah man einen silbernen Trichter ähnlich dem Schalltrichter eines Jagdhorns, aber kleiner; links davon war ein Seil aus zusammengedrehten Silberfäden, dessen eines Ende an dem Gerät befestigt war und am anderen eine Art kleiner Glocke trug, die man sich ins Ohr stecken konnte, um die Stimmen derer zu hören, die an einem der sechs anderen Exemplare der *Arcula* sprachen. Rechts von dem

Trichter saß eine silberne Kröte, aus deren geöffnetem Maul kleine Flämmchen kamen, wie um zu bestätigen, dass die Kommunikation funktionierte, und sieben kleine goldene Statuen repräsentierten sowohl die sieben Kardinaltugenden der palladistischen Skala als auch die sieben freimaurerischen Leitmaximen. So konnte der Großmeister in Charleston, indem er auf eine der Statuen drückte, so dass sie in ihrem Sockel versank, seinen Gesprächspartner in Berlin oder in Neapel an das Gerät rufen. Befand sich der Gerufene gerade nicht vor seiner Arcula, verspürte er einen warmen Wind im Gesicht und raunte zum Beispiel: »In einer Stunde bin ich bereit«, und dann quakte die Kröte in der Arcula des Großmeisters laut: »In einer Stunde.«

Anfangs hatten wir uns noch gefragt, ob die Geschichte nicht ein bisschen allzu grotesk war, auch weil ja schon vor vielen Jahren ein gewisser Meucci sich sein *Telettrofono* oder *Telephon*, wie man heute sagt, hatte patentieren lassen. Aber diese netten Spielzeuge waren damals nur etwas für reiche Leute, unsere Leser kannten sie wahrscheinlich noch gar nicht, und eine sensationelle Erfindung wie die Arcula bewies eine zweifellos diabolische Inspiration.

Mal trafen wir uns im Hause von Taxil, mal in Auteuil; ein paarmal hatten wir uns auch in die Höhle von Bataille gewagt, aber die penetrante Geruchsmischung, die dort herrschte (billiger Fusel, ungewaschene Wäsche und seit Wochen verdorbene Speisen), riet uns von diesen Sitzungen ab.

* * *

Eines unserer Probleme war, wie wir den General Albert Pike charakterisieren sollten, den Großmeister der Universalen Freimaurerei, der von Charleston aus die Geschicke der Welt lenkte. Aber nichts ist unerhörter als das schon Publizierte.

Kaum hatten wir mit der Publikation des *Diable au XIXᵉ siècle* begonnen, erschien der erwartete Band von Msgr. Meurin, dem Erzbischof von Port-Louis (wo zum Teufel war das?), *La Franc-Maçonnerie, Synagoge de Satan*, und Dr. Bataille, der fließend Englisch sprach, hatte während seiner Reisen ein Buch namens *The Secret Societies* gefunden, das

1873 in Chicago erschienen war und von einem General John Phelps stammte, der ein erklärter Gegner der Freimaurerlogen war. Wir brauchten nur zu wiederholen, was in diesen beiden Büchern über General Pike stand, um das Bild dieses Großen Alten zu zeichnen, der Großmeister und -priester des weltweiten Palladismus war, vielleicht auch Mitbegründer des Ku-Klux-Klan und beteiligt an dem Komplott, das zur Ermordung Abraham Lincolns geführt hatte. Wir beschlossen, diesen Großmeister des Obersten Rates von Charleston mit den folgenden Titeln sich schmücken zu lassen: Bruder General, Souveräner Kommandeur, Meister Experte der Großen Symbolischen Loge, Geheimer Meister, Vollkommener Meister, Intimer Sekretär, Vorgesetzter und Richter, Auserwählter Meister der Neun, Illustrer Auserwählter der Fünfzehn, Erhabener Auserwählter Ritter, Oberhaupt der Zwölf Stämme, Großmeister-Architekt, Schottischer Groß-Auserwählter des Heiligen Gewölbes, Vollkommener und Erhabener Maurer, Ritter des Degens oder des Ostens, Prinz von Jerusalem, Ritter vom Osten und Westen, Souveräner Prinz Rosenkreuzer, Großer Patriarch, Venerabler Meister *ad vitam* aller Symbolischen Logen, Noachit oder Preußischer Ritter, Großmeister des Schlüssels, Prinz des Libanon, Oberster des Tabernakels, Ritter der Ehernen Schlange, Souveräner Kommandeur des Tempels, Ritter der Sonne, Prinz Adept, Ritter des Heiligen Andreas von Schottland, Groß-Auserwählter Ritter Kadosch, Vollkommener Initiierter, Großinspekteur-Inquisitor-Kommandeur, Erhabener Prinz des Königlichen Geheimnisses, Schottischer Trinitarier, Allmächtigster und Mächtiger Souveräner Großkommandeur-General-Großmeister des Bewahrers des Heiligen Palladiums, Souveränder Pontifex der Universalen Freimaurerei.

Wir zitierten auch einen Brief von ihm, in dem die Exzesse einiger Brüder in Italien und Frankreich verurteilt wurden, die »getrieben von legitimem Hass auf Gott und die Priester« den Gegenspieler Gottes unter dem Namen Satan glorifizierten – der jedoch ein vom Priesterbetrug erfundenes Wesen sei, dessen Name niemals in einer Loge ausgesprochen werden dürfe. Daher verurteilte er die Praktiken einer Genueser Loge, die bei einer Straßendemonstration ein Spruchband mit der Aufschrift »Gepriesen sei Satan!« getragen hatte, stellte dann aber klar, dass die Verurteilung dem Satanismus galt (einem Aberglauben christlichen Ursprungs), während die Freimaurerreligion in der Reinheit der luziferischen Lehre bewahrt werden müsse. Es seien die Priester mit ihrem Glauben an den Teufel gewesen, die Satan und den Satanismus erfunden hätten, mitsamt den Hexen und Zauberern und der schwarzen Magie, während die Luziferianer Adepten einer hell leuchtenden Magie seien, wie jener der Templer, ihrer alten Meister. Die schwarze Magie sei die der Anhänger Adonais, des bösen Gottes, den die Christen anbeteten, der die Heuchelei in Heiligkeit, das Laster in Tugend, die Lüge in Wahrheit, den Glauben ans Absurde in theologische Wissenschaft verwandelt habe und dessen Taten allesamt seine Grausamkeit, seine Gemeinheit, seinen Hass auf die Menschen, seine Barbarei und seine Ablehnung der Wissenschaft bezeugten. Luzifer dagegen sei der gute Gott, der sich Adonai entgegenstelle, so wie das Licht sich dem Dunkel entgegenstellt.

Boullan versuchte, uns die Unterschiede zwischen den verschiedenen Kulten dessen zu erklären, der für uns einfach der Teufel war:

»Für einige ist Luzifer der gefallene Engel, der bereut hat und der künftige Messias werden könnte. Es gibt Sekten, die nur aus Frauen bestehen und die Meinung vertreten, Luzifer sei ein weibliches Wesen, und zwar ein positives, das sich dem bösen männlichen Gott entgegenstellt. Andere sehen ihn zwar als den von Gott verfluchten Satan, meinen aber, dass Christus nicht genug für die Menschheit getan habe, und widmen sich daher der Anbetung des Gegenspielers von Gott – und dies sind die wahren Satanisten, die schwarze Messen und dergleichen feiern. Es gibt auch Satansanbeter, die lediglich ihrer Lust an der Hexerei, am *envoutement*, am *sortilegium* folgen, und andere, die den Satanismus zu einer regelrechten Religion machen. Unter diesen gibt es Leute, die scheinbar kulturelle Zirkel organisieren, wie Josephin Péladan und, schlimmer noch, Stanislas de Guaita, der die Kunst der Giftmischerei kultiviert. Und dann gibt es die Palladisten. Das ist ein Ritus für wenige Eingeweihte, zu denen auch ein Carbonaro wie Mazzini gehörte. Es heißt, die Eroberung Siziliens durch Garibaldi sei ein Werk der Palladisten gewesen, der Feinde Gottes und der Monarchie.«

Ich fragte Boullan, wie es komme, dass er Leute wie Guaita und Péladan des Satanismus und der schwarzen Magie bezichtigte, während doch, soweit ich aus dem Pariser Klatsch gehört hätte, diese beiden gerade *ihn* des Satanismus bezichtigten.

»Ach, wissen Sie«, sagte er, »in dieser Welt der okkulten Wissenschaften sind die Grenzen zwischen Böse und Gut sehr durchlässig, und das, was für die einen gut ist, ist für andere böse. Manchmal, das war auch schon in den antiken Geschichten so, ist der Unterschied zwischen einer Fee und einer Hexe bloß einer des Alters und der Anmut.«

»Aber wie agieren diese Zauberer?«

»Es heißt, der Großmeister von Charleston war in einen Streit mit einem gewissen Gorgas in Baltimore geraten, der dort Oberhaupt eines abtrünnigen schottischen Ritus ist. Er beschaffte sich durch Bestechung der Wäscherin von Gorgas ein Taschentuch von ihm. Das legte er in Salzwasser ein, und jedesmal, wenn er Salz hinzutat, murmelte er *Sagrapim melanchtebo rostromouk elias phitg.* Dann trocknete er das Tuch an einem Feuer, das mit Magnolienzweigen genährt wurde, vollführte drei Wochen lang jeden Samstagmorgen eine Anrufung des Moloch, wobei er die Arme ausstreckte und das Taschentuch ausgebreitet auf den Händen hielt, wie um es dem Dämon als Geschenk anzubieten. Am dritten Samstag gegen Abend verbrannte er das Tuch über einer Alkoholflamme, tat die Asche auf einen Bronzeteller und ließ sie die ganze Nacht so liegen, verknetete sie am nächsten Morgen mit Wachs und formte daraus eine Puppe, ein Püppchen. Solche teuflischen Kreationen nennt man *Dagyde.* Er steckte die *Dagyde* in eine Glaskugel, die mit einer Luftpumpe verbunden war, und pumpte die Luft aus der Kugel, so dass dort ein Vakuum entstand. In diesem Augenblick begann sein Gegner eine Reihe von grässlichen Schmerzen zu verspüren, deren Herkunft er sich nicht zu erklären vermochte.«

»Ist er daran gestorben?«

»Das sind Feinheiten, vielleicht wollte man nicht so weit gehen. Worauf es ankommt, ist, dass man mit der Magie auch über Distanzen operieren kann, und das ist es, was Guaita und Co. mit mir machen.«

Mehr wollte Boullan mir nicht sagen, aber Diana, die ihm zugehört hatte, sah ihn voller Verehrung an.

* * *

Im geeigneten Augenblick hatte Bataille auf mein Drängen ein schönes Kapitel über die Präsenz der Juden in den Freimaurersekten eingefügt, wobei er bis zu den Okkultisten des siebzehnten Jahrhunderts zurückging und die Existenz von fünfhunderttausend jüdischen Freimaurern anprangerte, die sich klandestin neben den offiziellen Logen formiert hatten, so dass ihre Logen keine Namen, sondern nur Ziffern trugen.

Wir kamen zur rechten Zeit. Mir scheint, dass gerade in jenen Jahren manche Zeitungen anfingen, einen schönen Ausdruck zu benutzen: *Antisemitismus*. Wir fügten uns also in eine »offizielle« Strömung ein, das spontane antijüdische Misstrauen wurde zu einer Doktrin, wie das Christentum oder der Idealismus.

Bei diesen Sitzungen war auch Diana dabei, und als wir die jüdischen Logen benannten, stieß sie mehrmals die Worte »Melchisedek, Melchisedek« hervor. Woran erinnerte sie sich? Sie redete weiter: »Im Rat der Patriarchen... war das Erkennungszeichen der jüdischen Freimaurer... eine silberne Halskette mit einem goldenen Täfelchen... es stellte die Gesetzestafeln dar... das mosaischen Gesetz...«

Die Idee war gut, und so trafen sich unsere Juden im Tempel des Melchisedek, um Erkennungszeichen zu verabreden, Losungsworte, Grüße und Schwüre, die irgendwie jüdisch klingen mussten, wie *Grazzin Gaizim, Javan Abbadon, Bamachec Bamearach, Adonai Bego Galchol*. Natürlich taten sie in ihren Logen nichts anderes, als die Heilige Römische Kirche und den üblichen Adonai zu bedrohen.

So befriedigte Taxil (gedeckt von Bataille) einerseits seine katholischen Auftraggeber und vermied es andererseits, seine jüdischen Gläubiger zu verärgern. Obwohl er sie jetzt hätte auszahlen können, hatte er doch in den ersten fünf Jahren dreihunderttausend Francs an Tantiemen (netto) realisiert, von denen unter anderem sechzigtausend an mich gingen.

* * *

Seit 1894, scheint mir, sprachen die Zeitungen von nichts anderem als von einem Hauptmann des Heeres, einem gewissen Alfred Dreyfus, der militärische Informationen an die preußische Botschaft verkauft hatte.

Und wie es der Zufall wollte, war der Kerl auch noch Jude. Sofort stürzte sich Drumont auf den Fall Dreyfus, und ich regte an, dass auch die Hefte des *Diable du XIXe siècle* mit erstaunlichen Enthüllungen beitragen sollten. Aber Taxil meinte, bei Geschichten über militärische Spionage sollte man sich lieber nicht einmischen.

Erst später begriff ich, was er gemeint hatte: Über den jüdischen Beitrag zur Freimaurerei zu sprechen war eines, aber Dreyfus ins Spiel zu bringen hätte geheißen zu insinuieren (oder zu enthüllen), dass Dreyfus außer Jude auch Freimaurer war, und das wäre kein kluger Schachzug gewesen, denn da die Freimaurerei besonders in der Armee prosperierte, waren wahrscheinlich viele hohe Offiziere, die Dreyfus vor Gericht stellen wollten, ebenfalls Freimaurer.

* * *

Im übrigen fehlte es uns nicht an Themen, die wir ausbeuten konnten, und hinsichtlich des Publikums, das wir uns geschaffen hatten, waren unsere Karten besser als die von Drumont.

Eines Tages, etwa ein Jahr nach dem Beginn der Serie *Le Diable*, sagte Taxil zu uns: »Letztlich stammt doch alles, was in *Le Diable* erscheint, von Dr. Bataille, und warum sollten wir dem vertrauen? Wir bräuchten eine zum Katholizismus bekehrte Ex-Palladistin, die uns die verborgensten Geheimnisse der Sekte enthüllt. Und außerdem, hat man jemals einen schönen Roman ohne eine Frau gesehen? Die Sophia Sapho haben wir in einem negativen Licht präsentiert, sie kann die Sympathie der katholischen Leser nicht gewinnen, auch wenn sie konvertieren würde. Wir bräuchten eine, die auf Anhieb liebenswert ist, wenn auch noch Satanistin, als wäre ihr Gesicht von der bevorstehenden Konversion gleichsam schon erleuchtet, eine naive Palladistin, die von der Sekte umgarnt worden ist, aber sich nach und nach von ihr befreit, um in die Arme der Religion ihrer Väter zurückzukehren.«

»Diana«, sagte ich spontan. »Diana ist gleichsam lebendes Bild und Inbegriff dessen, was eine bekehrte Sünderin sein kann, ist sie doch fast auf Kommando mal die eine und mal die andere.«

So trat Diana in Heft 89 des *Diable* in Erscheinung.

Eingeführt wurde sie von Bataille, aber um ihren Auftritt glaubwürdiger zu machen, schrieb sie ihm sogleich einen Brief, in dem sie sich unzufrieden mit der Art ihrer Präsentation zeigte und sogar das Bild kritisierte, das im Stil der *Diable*-Serie von ihr veröffentlicht worden war. Ich muss zugeben, dass Dianas Porträt eher maskulin aussah, und so boten wir sofort ein weiblicheres Bild von ihr an, das von einem Zeichner gemacht worden war, der sie in ihrer Pariser Unterkunft aufgesucht hatte.

Diana debütierte mit der Zeitschrift *Le Palladium régénéré et libre*, die sich als Organ sezessionistischer Palladisten vorstellte, welche den Mut hatten, den Luzifer-Kult bis in seine kleinsten Details zu beschreiben, auch bis zu den blasphemischen Ausdrücken, die in seinen Riten verwendet wurden. Ihr Abscheu vor dem noch praktizierten Palladismus war so offenkundig, dass ein gewisser Kanonikus Mustel in seiner *Revue Catholique* von Dianas palladistischer Dissidenz als einer Vorstufe zur Konversion sprach. Diana bedankte sich, indem sie Mustel zwei Hundert-Francs-Noten für seine Armen schickte, und Mustel forderte seine Leser auf, für Dianas Bekehrung zu beten.

Ich schwöre, dass wir diesen Mustel weder erfunden noch bezahlt hatten, aber es sah ganz so aus, als befolge er eine von uns geschriebene Regieanweisung. Und zusammen mit seiner *Revue* engagierte sich auch die Wochenzeitschrift *La Semaine Réligieuse*, hinter der Msgr. Fava, der Bischof von Grenoble, stand.

Im Juni 1895, wenn ich mich recht entsinne, konvertierte Diana zum Katholizismus, und im Verlauf von sechs Monaten veröffentlichte sie, immer in Fortsetzungsfolgen, ihre *Mémoires d'une ex-palladiste*. Wer die Hefte des *Palladium régénéré* abonniert hatte (das natürlich jetzt sein Erscheinen einstellte), konnte zum Abonnement der *Mémoires* wechseln oder sein Geld zurückbekommen. Ich habe den Eindruck, dass die Leser, abgesehen von einigen Fanatikern, den Frontwechsel akzeptierten. Im Grunde erzählte die konvertierte Diana ebenso phantastische Geschichten wie die Sünderin Diana, und dies war es, was das Publikum wollte. Das war ja auch Taxils Grundgedanke: Es macht keinen Unterschied, ob man die Liebschaften von Papst Pius IX. mit seinen Haushälterinnen oder die homosexuellen Riten einer

*…und so boten wir sofort ein weiblicheres Bild
von Diana an… (S. 383)*

freimaurerischen Satanistensekte schildert. Die Leute wollen Verbotenes lesen, basta.

Und verbotene Dinge versprach Diana: »Ich werde schreiben, um alles bekannt zu machen: was in den palladistischen Zirkeln geschehen ist und was ich nach Maßgabe meiner Kräfte verhindert habe, was ich stets verachtet habe und was ich für gut und richtig hielt. Das Publikum wird sich selber ein Urteil bilden...«

Tapfere Diana. Wir hatten einen Mythos kreiert. Sie wusste nichts davon, sie lebte im Rausch der Drogen, die wir ihr verabreichten, um sie ruhig zu halten, und gehorchte nur unseren Liebkosungen – mein Gott, nein, nur denen *der beiden!*

* * *

Ich durchlebe erneut Momente großer Erregung. Die engelgleiche bekehrte Diana wurde zum Ziel der Begeisterung und Liebe von Pfarrern und Bischöfen, Familienmüttern und reuigen Sündern. Das Magazin *Pèlerin* berichtete, eine gewisse schwerkranke Louise sei zur Pilgerfahrt nach Lourdes unter dem Schutze Dianas zugelassen und wundersamerweise geheilt worden. *La Croix*, die größte katholische Zeitung, schrieb: »Wir haben soeben die Druckfahnen des ersten Kapitels der *Memoiren einer Ex-Palladistin* gelesen, deren Publikation Miss Vaughan dieser Tage beginnt, und wir sind noch immer von einer unsäglichen Emotion erfüllt. Wie bewundernswert ist die Gnade Gottes in den Seelen, die sich ihm hingeben...« Ein Msgr. Lazzareschi, Delegierter des Heiligen Stuhls beim Zentralkomitee der italienischen Anti-Freimaurer-Union, ließ zur Feier der Bekehrung Dianas eine dreitägige Danksagung in der Kirche des Heiligen Herzens in Rom zelebrieren, und eine Hymne auf Jeanne d'Arc, die Diana zugeschrieben wurde (aber es war eine Arie aus einer Operette, die ein Freund von Taxil für einen muselmanischen Sultan oder Kalifen geschrieben hatte) wurde bei den antifreimaurerischen Festlichkeiten des Römischen Komitees aufgeführt und auch in einigen Kirchen gesungen.

Auch diesmal, als hätten wir es erfunden, kam Diana eine mystische Karmeliterin aus Lisieux zu Hilfe, die trotz ihrer jungen Jahre im Geruch der Heiligkeit stand. Diese Schwester Teresa vom Jesuskind und vom Heiligen Antlitz, die ein Exemplar der Memoiren der bekehrten Diana erhalten hatte, war von der Geschichte so tief gerührt, dass sie Diana als Figur in ein von ihr für ihre Mitschwestern geschriebenes Theaterstück namens *Der Triumph der Demut* einfügte, in dem auch Jeanne d'Arc auftrat. Und ein Bild von sich als Jeanne d'Arc gekleidet schickte sie an Diana.

Während Dianas Memoiren in mehrere Sprachen übersetzt wurden, beglückwünschte Kardinalvikar Parocchi sie zu ihrer Konversion, die er als einen »großartigen Triumph der Gnade« bezeichnete, der apostolische Sekretär Msgr. Vincenzo Sardi schrieb, die Vorsehung habe Diana erlaubt, jener ruchlosen Sekte anzugehören, damit sie sie besser zertreten könne, und das Jesuitenorgan *Civiltà cattolica* erklärte, dass Miss Diana Vaughan, »aus der Finsternis ans göttliche Licht gerufen, ihre Erfahrung nun in den Dienst der Kirche stellt mit Publikationen, die an Exaktheit und Nützlichkeit ihresgleichen suchen«.

* * *

Ich sah Boullan immer öfter in Auteuil. Was für Beziehungen hatte er zu Diana? Manchmal, wenn ich unvermutet in Auteuil auftauchte, überraschte ich sie Arm in Arm, wobei Diana mit verzückter Miene zur Decke sah. Aber vielleicht war sie ja in ihren zweiten Zustand eingetreten, hatte gerade gebeichtet und genoss ihre Reinigung. Verdächtiger schienen mir ihre Beziehungen zu Taxil. Einmal überraschte ich sie halb entkleidet auf dem Sofa in seinen Armen, während sein Gesicht blauviolett angelaufen war. Sehr gut, sagte ich mir, jemand muss ja die fleischlichen Gelüste der »bösen« Diana befriedigen, und ich würde dieser Jemand nicht sein wollen. Schlimm genug der Gedanke, fleischliche Beziehungen mit einer Frau zu haben, und wie dann erst mit einer Verrückten.

Wenn ich bei der »guten« Diana bin, legt sie jungfräulich ihren Kopf auf meine Schulter und fleht mich schluchzend an, ihr die Absolution zu erteilen. Die Wärme dieses Kopfes an meiner Wange und dieser Atem, der nach Buße riecht, lassen mich leicht erschauern – weshalb ich mich sofort zurückziehe und Diana auffordere, vor irgendeinem Heiligenbildnis niederzuknien und um Vergebung zu bitten.

* * *

In den palladistischen Kreisen (haben die wirklich existiert? – viele anonyme Briefe schienen es zu beweisen, auch weil man nur von etwas zu reden braucht, um es existieren zu lassen) wurden dunkle Drohungen gegen die Verräterin Diana ausgestoßen. Und inzwischen war etwas geschehen, was sich meiner Erinnerung entzieht. Mir kommt auf die Zunge zu sagen: der Tod des Abbé Boullan. Doch ich erinnere mich vage, dass ich ihn auch in den letzten Jahren stets an der Seite Dianas sah.

Ich verlange zuviel von meinem Gedächtnis. Ich muss mich ausruhen.

23.

Zwölf gut verbrachte Jahre

Aus den Aufzeichnungen vom 15. und 16. April 1897

Von hier an überkreuzen sich nicht nur die Tagebuchseiten von Dalla Piccola fast wütend mit denen von Simonini, wobei sie beide von denselben Fakten sprechen, wenn auch aus entgegengesetzten Perspektiven, sondern sogar Simoninis Seiten selbst scheinen sich wie in Krämpfen zu winden, als falle es ihm ungeheuer schwer, sich zur gleichen Zeit verschiedene Ereignisse, Personen und Situationen ins Gedächtnis zu rufen, mit denen er im Lauf dieser Jahre in Berührung gekommen war. Der Zeitraum, den Simonini rekonstruiert (wobei er oft die Zeiten verwechselt und etwas vorher ansetzt, was aller Wahrscheinlichkeit nach erst später geschehen sein konnte), müsste von Taxils angeblicher Konversion bis zu den Jahren 1896 oder 97 gehen. Also gut ein Dutzend Jahre umfassen, in Form einer Reihe knapper Notizen, manche fast stenographisch kurz, als fürchtete er, etwas zu übergehen, was ihm plötzlich eingefallen war, vermischt mit ausführlicheren Passagen über Gespräche, Reflexionen und dramatische Ereignisse.

Deshalb wird der ERZÄHLER, da ihm jene ausgewogene *vis narrandi* fehlt, die auch beim Tagebuchschreiber zur Neige zu gehen scheint, sich darauf beschränken, die Erinnerungen in mehrere Kurzkapitel aufzuteilen, so als wären die Dinge eins nach dem anderen oder eins vom anderen getrennt geschehen, während sie sich aller Wahrscheinlichkeit nach mehr oder weniger gleichzeitig zutrugen — etwa wenn Simonini von einem Gespräch mit Ratschkowski kam, um sich am selben Nachmittag mit Gaviali zu treffen. Aber das passt schon, wie man zu sagen pflegt.

Salon Adam

Simonini erinnert sich, dass er beschloss, nachdem er Taxil erfolgreich zur Konversion überredet hatte (wobei er nicht weiß, wieso der ihm dann von Dalla Piccola gleichsam aus der Hand genommen wurde), wenn nicht direkt in eine Freimaurerloge einzutreten, so doch mehr oder minder republikanische Kreise zu frequentieren, in denen er, wie er sich vorstellte, Freimaurer in großer Zahl finden würde. Und dank der guten Dienste derer, die er in der Buchhandlung an der Rue de Beaune kennengelernt hatte, insbesondere Toussenels, fand er Aufnahme im literarischen Salon jener Juliette Lamessine, die inzwischen Madame Adam geworden war, Gattin eines Abgeordneten der republikanischen Linken, der den Crédit Foncier gegründet hatte und später Senator auf Lebenszeit wurde. So zierten Geld, hohe Politik und Kultur jenen Salon erst am Boulevard Poissonnière, dann am Boulevard Malesherbes, in dem nicht nur die Gastgeberin selbst eine angesehene Autorin war (sie hatte sogar eine Garibaldi-Biographie verfasst), sondern auch Staatsmänner wie Gambetta, Thiers oder Clemenceau und Schriftsteller wie Prudhomme, Flaubert, Maupassant und Turgenjew verkehrten. Dort begegnete Simonini auch dem greisen, inzwischen zum Monument seiner selbst erstarrten, durch Alter, Ehrungen und die Überbleibsel eines Schlaganfalls versteinerten Victor Hugo.

Simonini war es nicht gewohnt, in solchen Kreisen zu verkehren. Es muss genau zu jener Zeit gewesen sein, als er Dr. Froïde im Magny kennenlernte (wie er sich in seiner Tagebuchaufzeichnung vom 25. März erinnert) und gelächelt hatte, als der junge Arzt ihm erzählte, dass er sich für die Teilnahme an einem Diner bei Dr. Charcot einen Frack leihen und eine schöne Krawatte kaufen musste. Jetzt musste sich auch Simonini nicht nur einen Frack und eine Krawatte zulegen, sondern auch einen schönen neuen Bart vom besten (und diskretesten) Perückenmacher in Paris machen lassen. Doch obwohl ihm aus seiner Studienzeit in Turin eine gewisse Bildung geblieben war und er in seinen Pariser Jahren die Lektüre nicht ganz vernachlässigt hatte, fühlte er sich etwas unbehaglich, wenn um ihn herum eine brillante, wohlinformierte, bisweilen sogar profunde Konversation geführt wurde, deren Protagonisten sich immer *à la page* erwiesen. Deshalb zog er es vor zu schweigen, allen aufmerksam zuzuhören und nur gelegentlich auf einige lang zurückliegende Waffentaten bei Garibaldis Expedition in Sizilien anzuspielen, denn in Frankreich verkaufte sich Garibaldi, wie man zu sagen pflegt, immer noch gut.

Im übrigen war Simonini frustriert. Er hatte erwartet, in Juliette Adams Salon nicht nur republikanische Reden zu hören, was für jene Zeit das mindeste war, sondern dezidiert revolutionäre, stattdessen umgab sich die Hausherrin gerne mit Russen aus dem Milieu des Zarismus, war anglophob wie ihr Freund Toussenel und druckte in ihrer *Nouvelle Revue* einen Autor wie Léon Daudet, der zu Recht als ebenso reaktionär galt, wie sein Vater Alphonse als aufrichtiger Demokrat betrachtet wurde – doch beide, das sei zum Lob der Dame gesagt, waren in ihrem Salon willkommen.

Auch war nicht klar, woher die antijüdischen Polemiken kamen, die sich oft durch die Gespräche im Salon zogen. Aus dem sozialistischen Hass auf den jüdischen Kapitalismus, den besonders Toussenel repräsentierte, oder aus dem mystischen Antisemitismus, den die eng mit dem russischen Okkultismus verbundene Juliana Glinka einbrachte, eingedenk der Riten des brasilianischen Candomblé, in die sie als junges Mädchen in Rio de Janeiro eingeführt worden war, wo ihr Vater als Diplomat diente, und die als enge Vertraute von Madame Blavatsky galt, der großen Pythia des Okkultismus jener Jahre?

Das Misstrauen, das Juliette Adam gegenüber der jüdischen Welt hegte, war unverkennbar. Einmal hatte Simonini einen Abend miterlebt, an dem aus Texten des russischen Schriftstellers Dostojewski gelesen wurde, der offensichtlich Kenntnis von dem hatte, was jener Brafmann, dem Simonini vor Jahren begegnet war, über den großen Kahal zu berichten wusste.

»Dostojewski schreibt über die Juden: so viele Male verloren sie ihr Territorium, ihre politische Unabhängigkeit, ihre Gesetze, fast sogar ihren Glauben, und jedesmal fanden sie wieder zusammen, jedesmal noch vereinter als vorher – ein so vitales, so ungewöhnlich starkes und energisches Volk konnte gar nicht existieren, ohne einen ideellen Staat über den realen Staaten zu haben, einen *status in statu*, den es sich immer und überall zu bewahren wusste, selbst in Zeiten fürchterlichster tausendjähriger Zerstreuung und Verfolgung. Er besteht darin, dass sie sich gegenüber den Völkern, unter denen sie lebten, isolierten und abschotteten, sich nicht mit ihnen vermischten und sich an ein Grundprinzip hielten, das da lautet: ›Selbst wenn du zerstreut wirst über das Antlitz der Erde, lass dich nicht beirren, glaube trotzdem an alles, was dir verheißen, glaube unabänderlich daran, dass sich alles erfüllen wird, bis dahin aber lebe, verabscheue, sei einig, beute aus und – warte, warte…‹«

»Dieser Dostojewski ist ein großer Meister der Rhetorik«, kommentierte Toussenel. »Sehen Sie, wie er zuerst Verständnis und Sympathie für die Juden äußert, ja ihnen seine Hochachtung ausdrückt: ›Bin etwa auch ich ein Feind der Juden? Kann es sein, dass ich ein Feind dieser unglücklichen Rasse bin? Nein, im Gegenteil, ich sage und schreibe ja gerade, dass alles, was Humanität und Gerechtigkeit erfordern, alles, was Menschlichkeit und das christliche Gesetz erforden, für die Juden getan werden muss…‹ Schöne Prämisse. Aber dann beschreibt Dostojewski ausführlich, wie diese unglückliche Rasse darauf abzielt, die christliche Welt zu zerstören. Brillante rhetorische Volte. Nicht neu, vielleicht haben Sie das Kommunistische Manifest von Marx gelesen. Es beginnt mit einem formidablen Theatercoup: ›Ein Gespenst geht um in Europa…‹, dann folgt eine in kühnen Strichen skizzierte Geschichte der sozialen Kämpfe vom antiken Rom bis heute, und was Marx dabei über die Bourgeoisie als *revolutionäre* Klasse schreibt, lässt einem den Atem stocken. Er zeigt uns, wie diese unaufhaltsame neue Kraft ›über die ganze Erdkugel jagt‹, als wäre sie der schöpferische Odem Gottes am Anfang der *Genesis*. Und am Ende dieser Eloge – die, ich schwöre es Ihnen, wirklich voller Bewunderung ist – treten plötzlich die unterirdischen Kräfte auf den Plan, die der bourgeoise Triumph heraufbeschworen hat: Der Kapitalismus erzeugt aus sich selbst heraus, als sein ureigenstes Produkt, seinen eigenen Totengräber, das Proletariat. Das nun voller Stolz verkündet: Jetzt wollen wir euch zerstören und uns alles aneignen, was euer war. Wunderbar. Und genauso macht es Dostojewski mit den Juden: Erst rechtfertigt er ihr Komplott, das ihr Überleben in der Geschichte garantiert, und dann prangert er sie als die Feinde an, die es zu vernichten gilt. Dostojewski ist ein echter Sozialist.«

»Nein, er ist kein Sozialist«, widersprach Juliana Glinka lächelnd. »Er ist ein Visionär, und darum sagt er die Wahrheit. Sehen Sie nur, wie er auch das scheinbar vernünftigste Argument vorwegnimmt, nämlich dass, auch wenn es im Laufe der Jahrhunderte einen Staat im Staate gegeben hat, es die Verfolgungen waren, die ihn erzeugt haben, und er sich auflösen würde, wenn die Juden gleiche Rechte wie die eingeborenen Bevölkerungen hätten. Irrtum, erklärt Dostojewski. Selbst wenn die Juden gleiche Rechte wie die anderen Bürger hätten, würden sie niemals die anmaßende Idee aufgeben, dass eines Tages ein Messias kommen und ihnen mit seinem Schwert alle Völker zu Füßen legen werde. Deswegen ziehen die Juden eine einzige Tätigkeit vor, den Handel mit Gold und Juwelen; so fühlen sie sich bei der Ankunft des Messias nicht an das Land gebunden, das sie beherbergt hat, und können bequem alles mitnehmen, was sie besitzen, wenn – wie Dostojewski poetisch schreibt – dereinst im Osten die Morgenröte erstrahlt und das auserwählte Volk mit Zimbeln und Pauken und Flöten, mit Silber und Gold und seinen Heiligtümern wieder in sein altes Haus einzieht.«

»In Frankreich ist man zu nachsichtig mit ihnen gewesen«, schloss Toussenel, »und jetzt beherrschen sie die Börsen und sind die Herren des Kreditwesens. Deshalb kann der Sozialismus nicht umhin, antisemitisch zu sein… Es ist kein Zufall, dass die Juden in Frankreich genau im selben Augenblick siegten wie die neuen Prinzipien des Kapitalismus, die von jenseits des Ärmelkanals kamen.«

»Sie simplifizieren die Dinge zu sehr, Monsieur Toussenel«, sagte die Glinka. »In Russland sind unter den Anhängern der revolutionären Ideen dieses Marx, den Sie so loben, auch viele Juden. Sie sind überall.«

Bei den letzten Worten drehte sie sich zu den Fenstern des Salons, als wollte sie nachsehen, ob *sie* mit ihren Dolchen schon an der

…und jetzt beherrschen sie die Börsen und sind die Herren des Kreditwesens. Deshalb kann der Sozialismus nicht umhin, antisemitisch zu sein… (S. 393)

nächsten Straßenecke warteten. Und Simonini dachte schaudernd, von einer plötzlichen Wiederkehr seiner kindlichen Ängste gepackt, an den alten Mordechai, der nachts sabbernd die Treppe heraufkam.

Arbeit für die Ochrana
In der Glinka hatte Simonini sofort eine mögliche Kundin erkannt. Er begann damit, sich neben sie zu setzen und ihr diskret den Hof zu machen – wozu er sich einen gewissen Ruck geben musste. Er war kein guter Richter in Fragen der weiblichen Reize, aber er hatte immerhin bemerkt, dass sie ein Mardergesicht mit zu eng an der Nasenwurzel stehenden Augen hatte, während Juliette Adam, wenngleich nicht mehr die strahlende Schönheit, die er vor zwanzig Jahren kennengelernt hatte, noch eine Dame von imposanter Gestalt und attraktiver Majestät war.

Daher verausgabte sich der Gute bei der Glinka nicht allzusehr und hörte lieber ihren Phantasien zu, indem er so tat, als interessierte er sich dafür, dass die Dame einmal in Würzburg die Vision eines Gurus vom Himalaya gehabt haben wollte, der sie in wer weiß welche Offenbarung eingeführt hatte. Sie war einfach eine Person, der er antijüdisches Material anbieten konnte, das zu ihren esoterischen Neigungen passte. Zumal ein Gerücht besagte, dass Juliana Glinka eine Nichte von General Orshejewski sei, einem führenden Kopf der russischen Geheimpolizei, der sie zur *Ochrana* gebracht habe, der geheimen »Sicherheitsabteilung« des Zarenreiches – und dass sie in dieser Funktion mit Pjotr Ratschkowski zu tun habe, dem neuen, in Paris residierenden Chef aller Ochrana-Aktivitäten außerhalb Russlands (wobei unklar blieb, ob sie seine Untergebene oder Mitarbeiterin oder direkte Konkurrentin war). Die linke Zeitung *Le Radical* hatte den Verdacht geäußert, Madame Glinka verdiene sich ihren Lebensunterhalt mit der systematischen Denunziation von Exilrussen – was bedeutete, dass sie nicht nur im Salon von Juliette Adam verkehrte, sondern auch in anderen Kreisen, die Simonini nicht kannte.

Er musste also die Szene auf dem Prager Friedhof den Vorlieben der Glinka anpassen, indem er die langatmigen Passagen über ökonomische Projekte herausnahm und stattdessen auf den mehr oder weniger messianischen Aspekten der Rabbinerreden insistierte.

Nachdem er sich ein wenig bei Gougenot und ähnlichen Autoren jener Zeit umgeschaut hatte, ließ Simonini die Rabbiner über die Wiederkehr des von Gott auserwählten Herrschers als König von Israel phantasieren, dem es bestimmt sei, alle Ruchlosigkeiten der Gojim auszumerzen. So fügte er mindestens zwei Seiten messianische Phantasmagorien in die Geschichte vom Friedhof ein, Passagen wie: »Mit aller Macht und Schrecklichkeit Satans nähert sich das Reich des siegreichen Königs von Israel unserer nicht regenerierten Welt. Der aus dem Blute Zions geborene König, der Anti-Christ, nähert sich dem Thron der Weltmacht.« Doch in Anbetracht des Umstandes, dass in zaristischen Kreisen jeder republikanische Gedanke Schrecken auslösen würde, fügte er hinzu, dass nur ein republikanisches System mit Volksabstimmung den Juden die Möglichkeit geben würde, durch Bestechung der Mehrheit diejenigen Gesetze einzuführen, die ihren Zwecken dienten. Nur diese Trottel von Gojim meinen, sagten die Rabbiner auf dem Friedhof, dass es in einer Republik größere Freiheit gebe als in einer Autokratie, während es sich gerade umgekehrt verhält, denn in einer Autokratie regieren die Weisen und in einem liberalen Regime der Pöbel, der sich leicht von den Juden aufhetzen lässt. Wie die Republik mit einem König der Welt zusammenleben könnte, war nicht schwer zu beantworten: Die Geschichte Napoleons III. hatte doch gezeigt, dass Republiken sehr wohl Autokraten und Kaiser hervorbringen können.

Eingedenk der Erzählungen seines Großvaters kam Simonini jedoch auf die Idee, die Reden der Rabbiner mit einer langen Passage über die Funktionsweise der verborgenen Weltregierung anzureichern. Seltsamerweise bemerkte die Glinka dann nicht, dass es sich um dieselben Argumente wie bei Dostojewski handelte – oder vielleicht bemerkte sie es doch und zog daraus den Schluss, dass hier offensichtlich ein uralter Text die Ansichten Dostojewskis bestätigte und sich damit als authentisch erwies.

So wurde auf dem Friedhof von Prag enthüllt, dass die kabbalistischen Juden die Kreuzzüge angestiftet hatten, um Jerusalem die

Würde des Mittelpunktes der Welt wiederzugeben, wozu sie sich auch (und hier konnte Simonini auf ein sehr reiches Schrifttum zurückgreifen) der unvermeidlichen Templer bedienten. Schade nur, dass dann die Araber die Kreuzzügler ins Meer zurückgejagt hatten und die Templer das bekannte böse Ende nahmen, sonst wäre der Plan schon einige Jahrhunderte früher gelungen.

In dieser Perspektive erinnerten die Rabbiner in Prag daran, wie der Humanismus, die Französische Revolution und der Amerikanische Unabhängigkeitskrieg zur Unterminierung der Prinzipien des Christentums und des Respekts vor den Thronen beigetragen hatten, um die jüdische Welteroberung vorzubereiten. Natürlich mussten die Juden sich eine respektable Fassade verschaffen, und so erfanden sie die Freimaurerei.

Simonini hatte sich geschickt bei dem alten Barruel bedient, den die Glinka und ihre russischen Auftraggeber offenbar nicht kannten, und tatsächlich hielt es General Orshejewski, dem die Glinka den Bericht geschickt hatte, für opportun, daraus zwei Texte zu machen: einen kürzeren, der mehr oder weniger der originalen Szene auf dem Prager Friedhof entsprach und in mehreren russischen Zeitschriften veröffentlicht wurde – wobei man vergaß (oder annahm, dass es die Leser vergessen würden oder tatsächlich nicht wussten), dass eine »Rede des Rabbiners«, die aus dem Roman von Goedsche entnommen war, schon mehrere Jahre zuvor in St. Petersburg zirkulierte und später auch in dem *Antisemiten-Katechismus* von Theodor Fritsch erschienen war. Der zweite Text erschien als Pamphlet unter dem Titel *Taina Jewrejstwa* (»Das Geheimnis der Judenheit«) mit einem Vorwort von Orshejewski selbst, in dem er schrieb, in diesem endlich ans Licht gekommenen Text zeigten sich zum ersten Mal die tiefen Beziehungen zwischen Freimaurerei und Judentum, die beide den Nihilismus verträten (was im damaligen Russland eine schwere Anschuldigung war).

Selbstredend erhielt Simonini von Orshejewski ein angemessenes Honorar, und die Glinka erschien pünktlich (gefürchtet und furchterregend), um ihren Körper als Lohn für diese wunderbare Unternehmung anzubieten – ein Graus, vor dem Simonini floh, indem er mit eindrucksvoll zitternden Händen und vielen jungfräulichen Seufzern erklärte, sein Los sei nicht unähnlich dem jenes armen Octave de Malivert, über den sich seit Jahrzehnten alle Leser Stendhals in Klatsch und Tratsch ergingen.

Von diesem Moment an war die Glinka nicht mehr an Simonini interessiert – und er nicht mehr an ihr. Aber eines Tages, als er ins Café de la Paix kam, um ein einfaches *déjeuner à la fourchette* zu sich zu nehmen (Kotelett und gegrillte Niere), traf er sie an einem Tisch, wo sie mit einem korpulenten und ziemlich vulgär aussehenden Menschen saß, mit dem sie in offensichtlich erregtem Zustand diskutierte. Er blieb stehen, um sie zu begrüßen, und die Glinka konnte nicht umhin, ihm Monsieur Ratschkowski vorzustellen, der ihn interessiert ansah.

Im ersten Moment hatte Simonini die Gründe für dieses Interesse nicht verstanden, aber ein paar Tage später schon, als er die Klingel seines Ladens läuten hörte und Ratschkowski persönlich vor ihm stand. Mit breitem Lächeln und gebieterischer Nonchalance schritt der Mann durch den Laden, stieg die Treppe hinauf ins Studio und setzte sich bequem auf einen Sessel neben dem Schreibtisch.

»Wenn ich Sie bitten darf«, sagte er, »sprechen wir von Geschäften.«

Blond wie ein Russe, wenn auch leicht angegraut wie ein Mann jenseits der Dreißiger, hatte Ratschkowski fleischig-sinnliche Lippen, eine vorspringende Nase, Augenbrauen wie ein slawischer Teufel, ein herzliches Katerlächeln und eine honigsanfte Sprechweise. Ähnlicher einem Gepard als einem Löwen, notierte Simonini – und fragte sich, ob es weniger besorgniserregend wäre, nachts von Osman-Bey ans Ufer der Seine bestellt zu werden oder morgens von Ratschkowski in sein Büro in der russischen Botschaft an der Rue de Grenelle. Er entschied sich für Osman-Bey.

»Also, Capitaine Simonini«, begann Ratschkowski, vielleicht wissen Sie nicht so genau, was diese Organisation ist, die Sie im Westen fälschlich Ochrana nennen und die von den russischen Emigranten verächtlich Ochranka genannt wird.«

»Ich habe davon raunen gehört.«

»Kein Grund zum Raunen, alles liegt offen zutage. Es handelt sich um die *Ochrannoje Otdelenie*, die Sicherheitsabteilung, den Dienst für vertrauliche Nachrichten, der unserem Innenministerium untersteht. Sie wurde nach dem Attentat auf Zar Alexander II. gegründet, um die kaiserliche Familie zu schützen. Aber dann musste sie sich immer mehr um die Bedrohung durch den nihilistischen Terrorismus kümmern und auch verschiedene Abteilungen im Ausland einrichten, wo sich des Landes Verwiesene und Emigranten tummeln. Deswegen befinde ich mich hier, im Interesse meines Landes. Im offenen Tageslicht. Verbergen tun sich die Terroristen. Verstehen Sie?«

»Verstehe. Aber was soll ich…?«

»Gehen wir der Reihe nach vor. Sie sollten sich nicht fürchten, mir ihr Herz auszuschütten, wenn Sie zufällig etwas über terroristische Gruppen erfahren. Ich habe gehört, dass Sie seinerzeit die französischen Sicherheitsdienste auf gefährliche Antibonapartisten hingewiesen haben, und denunzieren kann man nur Freunde oder jedenfalls Personen, mit denen man häufig Umgang hat. Ich bin kein Naivling, auch ich hatte zu meiner Zeit Kontakte mit russischen Terroristen, *tempi passati*, aber gerade deshalb habe ich in den antiterroristischen Diensten Karriere gemacht, in denen nur diejenigen reüssieren, die mit den radikalen Gruppen aus einer Schüssel gegessen haben. Um dem Gesetz kompetent zu dienen, muss man es verletzt haben. Hier in Frankreich hatten Sie das Beispiel Ihres Vidocq, der erst Polizeichef geworden war, nachdem er im Knast gesessen hatte. Misstrauen Sie Polizisten, die… wie soll ich sagen… zu sauber sind. Sie sind Lackaffen. Aber zurück zu uns. In letzter Zeit haben wir erkannt, dass sich unter den Terroristen auch einige jüdische Intellektuelle befinden. Im Auftrag einiger Personen am Hofe des Zaren versuche ich zu zeigen, dass die Juden dabei sind, die Moral des russischen Volkes zu untergraben und sogar sein Überleben zu bedrohen. Sie werden gehört haben, dass ich als ein Protegé des Ministers Witte gelte, der im Ruf steht, ein Liberaler zu sein, und dass er mir bei dieser Thematik kein Gehör schenken würde. Aber merken Sie sich, man darf nie bloß seinem aktuellen Herrn dienen, man muss sich immer schon auf dessen Nachfolger vorbereiten. Kurz, ich will keine Zeit verlieren. Ich habe gesehen, was Sie der Madame Glinka gegeben haben, und bin zu dem Schluss gekommen, dass es zum großen Teil Schrott ist. Klar, Sie haben sich als Deckung den Beruf eines Trödlers gewählt, also eines, der gebrauchte Ware teurer als neue verkauft. Aber vor Jahren haben Sie dem *Contemporain* brandheiße Dokumente zum Druck gegeben, die Sie von Ihrem Großvater hatten, und es würde mich wundern, wenn Sie nicht noch mehr davon hätten. Es heißt, Sie wüssten über viele Dinge sehr vieles...« (Bei diesen Worten dachte Simonini wieder einmal an die Vorteile seines Projekts, eher für einen Spion gehalten zu werden, als einer zu sein.) »Daher wünsche ich mir von Ihnen glaubhaftes Material. Ich weiß die Spreu vom Weizen zu unterscheiden. Aber wenn ich schlechtes Material bekomme, werde ich böse. Klar?«

»Was wollen Sie denn genau?«

»Wenn ich das wüsste, würde ich Sie nicht bezahlen. Ich habe in meinem Dienst Leute, die es sehr gut verstehen, ein Dokument herzustellen, aber ich muss ihnen Inhalte geben. Und ich kann dem guten russischen Untertan nicht erzählen, dass die Juden den Messias erwarten, das interessiert weder den Muschik noch den Gutsbesitzer. Wenn sie den Messias erwarten, muss das den Leuten mit einem Bezug auf ihre Taschen erklärt werden.«

»Aber warum zielen Sie gerade auf die Juden?«

»Weil es in Russland so viele Juden gibt. Wäre ich in der Türkei, würde ich auf die Armenier zielen.«

»Also wollen Sie, dass die Juden vernichtet werden, so wie – vielleicht kennen Sie ihn – Osman-Bey?«

»Osman-Bey ist ein Fanatiker – und übrigens selber ein Jude. Zu dem halten wir lieber Distanz. Ich will die Juden nicht vernichten, ich würde sogar sagen, die Juden sind meine besten Verbündeten. Ich bin daran interessiert, die Moral des russischen Volkes aufrechtzuerhalten, und ich wünsche nicht – beziehungsweise die Personen, die ich zu befriedigen suche, wünschen nicht –, dass dieses Volk seine Unzufriedenheiten gegen den Zaren kehrt. Also braucht es einen Feind. Nun wäre es sinnlos, den Feind unter, was weiß ich, den Mongolen oder Tataren zu suchen, wie es die Autokraten früherer Zeiten getan haben. Damit der Feind erkennbar und furchterregend ist, muss er im Hause sein oder jedenfalls an der Schwelle des Hauses. Deswegen die Juden. Die göttliche Vorsehung hat sie uns gegeben, also benutzen wir sie doch, Herrgottnochmal, und beten wir dafür, dass es immer ein paar Juden gibt, die man fürchten und hassen kann. Wir brauchen einen Feind, um dem Volk eine Hoffnung zu geben. Jemand hat gesagt, der Patriotismus sei die letzte Zuflucht der Kanaillen – wer keine moralischen Prinzipien hat, wickelt sich gewöhnlich in eine Fahne, und die Bastarde berufen sich stets auf die Reinheit ihrer Rasse. Die nationale Identität ist die letzte Ressource der Entrechteten und Enterbten. Doch das Identitätsgefühl gründet sich auf den Hass, Hass auf den, der nicht mit einem identisch ist. Daher muss man den Hass als zivile Leidenschaft kultivieren. Der Feind ist der Freund der Völker. Man braucht immer jemanden zum Hassen, um sich im eigenen Elend gerechtfertigt zu fühlen. Hass ist die wahre Ur-Leidenschaft. Liebe ist eine Ausnahmesituation. Deswegen haben sie Christus umgebracht: Er sprach wider die Natur. Man kann nicht jemanden das ganze Leben lang lieben, aus dieser unmöglichen Hoffnung entstehen Ehebruch, Muttermord, Freundesverrat... Dagegen kann man jemanden sehr wohl das ganze Leben lang hassen. Vorausgesetzt, er ist immer da, um unseren Hass zu schüren. Hass wärmt das Herz.«

Drumont

Nach diesem Gespräch war Simonini ein bisschen besorgt. Ratschkowski hatte es offenbar ernst gemeint, und wenn er kein wirklich neues Material bekäme, würde er »böse« werden. Nicht, dass Simonini seine Quellen schon ausgeschöpft hätte, im Gegenteil, er hatte ja viele Blätter für seine multiplen Protokolle gesammelt, aber ihm schien, dass noch etwas hinzukommen müsste, nicht bloß diese Geschichten mit dem Antichrist, die gut für Leute wie die Glinka waren, sondern etwas, das mehr in die gegenwärtige Zeitstimmung passte. Mit einem Wort, er wollte seinen aktualisierten Prager Friedhof nicht ausverkaufen, sondern im Gegenteil seinen Preis erhöhen. Und darum wartete er.

Er sprach mit Pater Bergamaschi darüber, der ihn seinerseits bedrängte, mehr Antifreimaurer-Material zu beschaffen.

»Sieh dir dieses Buch an«, sagte der Jesuit. »Es heißt *La France Juive* und ist von Édouard Drumont. Hunderte von Seiten über die Juden in Frankreich. Da haben wir mal einen, der offenbar mehr über das Thema weiß als du.«

Simonini blätterte kurz in dem Buch und rief: »Aber das sind ja dieselben Sachen, die der alte Gougenot schon vor über fünfzehn Jahren geschrieben hatte!«

»Na wenn schon. Dieses Buch hat reißenden Absatz gefunden, offensichtlich kennen seine Leser den alten Gougenot nicht. Und meinst du etwa, dein russischer Kunde hätte Drumont schon gelesen? Bist du nicht der Meister der Wiederverwertung? Also geh hin und informiere dich, was sie in diesem Milieu sagen und tun.«

Mit Drumont in Kontakt zu treten war nicht schwer. Im Salon Adam hatte sich Simonini mit Alphonse Daudet angefreundet, der ihn zu den abendlichen Treffen einlud, die an Tagen, an denen der Salon Adam nicht an der Reihe war, in seinem Hause in Champrosay stattfanden. Huldvoll empfangen von Julia Daudet, trafen sich dort Persönlichkeiten wie die Brüder Goncourt, Pierre Loti, Émile Zola, Frédéric Mistral und eben Drumont, der nach der Publikation seines Buches über das »Jüdische Frankreich« berühmt zu werden begann. Seitdem und auch in den folgenden Jahren ließ Simonini sich oft bei ihm blicken, erst in der *Ligue Antisémite*, die Drumont gegründet hatte, und dann in der Redaktion seiner Zeitung *La Libre Parole*.

Drumont hatte eine Löwenmähne und einen langen schwarzen Bart, eine Hakennase und funkelnde Augen, so dass man meinen könnte (jedenfalls nach der damals üblichen Ikonographie), er wäre ein jüdischer Prophet; und tatsächlich hatte sein Antijudaismus etwas Prophetisches, etwas Messianisches an sich, als hätte der Allmächtige ihm den speziellen Auftrag erteilt, das auserwählte Volk zu vernichten. Simonini war fasziniert von Drumonts antijüdischem Ressentiment. Er hasste die Juden sozusagen aus Liebe, aus freier Wahl, aus Hingabe – aufgrund eines Triebes, der ihm den Sexualtrieb ersetzte. Drumont war kein philosophischer oder politischer Antise-

…in den folgenden Jahren ließ Simonini sich oft bei ihm blicken, erst in der Ligue Antisémite, die Drumont gegründet hatte, und dann in der Redaktion seiner Zeitung La Libre Parole… (S. 402)

mit wie Toussenel, auch kein theologischer wie Gougenot, er war ein erotischer Antisemit.

Es genügte, ihn reden zu hören, zum Beispiel in den lange sich hinziehenden Redaktionssitzungen.

»Ich habe gerne das Vorwort zu diesem Buch des Abbé Desportes geschrieben, über das Mysterium des Blutes bei den Juden. Dabei handelt es sich nicht bloß um mittelalterliche Praktiken. Noch heute mischen die schönen jüdischen Baronessen, wenn sie Salon halten, Blut von Christenkindern in die Plätzchen, die sie ihren Gästen anbieten.«

Oder auch: »Der Semit ist geschäftstüchtig, gierig, intrigant, schlau und gerissen, während wir Arier enthusiastisch, heroisch, ritterlich, uneigennützig, freimütig und vertrauensvoll bis zur Naivität sind. Der Semit ist irdisch, er sieht nichts, was über das gegenwärtige Leben hinausgeht, haben Sie je in der Bibel Hinweise auf ein Jenseits gefunden? Der Arier ist stets voller Leidenschaft für die Transzendenz, er ist ein Kind des Ideals. Der christliche Gott wohnt hoch droben im Himmel, der jüdische Gott erscheint manchmal auf einem Berg, manchmal in einem brennenden Dornbusch, aber nie weiter oben. Der Semit ist Händler, der Arier ist Landwirt, Dichter, Mönch und vor allem Soldat, denn er hat keine Angst vor dem Tod. Dem Semiten fehlt die schöpferische Fähigkeit, haben sie jemals jüdische Musiker, Maler, Dichter gesehen, haben sie je einen Juden gesehen, der wissenschaftliche Entdeckungen gemacht hat? Der Arier ist Erfinder, der Semit beutet die Erfindungen aus.«

Drumont zitierte auch gern, was Wagner geschrieben hatte: »Wir können uns auf der Bühne keinen antiken oder modernen Charakter, sei es ein Held oder ein Liebender, von einem Juden dargestellt denken, ohne unwillkürlich das bis zur Lächerlichkeit Ungeeignete einer solchen Vorstellung zu empfinden… Im Besonderen widert uns nun aber die rein sinnliche Kundgebung der jüdischen Sprache an… Als durchaus fremdartig und unangenehm fällt unsrem Ohre zunächst ein zischender, schrillender, summsender und murksender Lautausdruck der jüdischen Sprechweise auf… Sehr natürlich gerät im *Gesange*, als dem lebhaftesten und unwiderleglich wahrsten Ausdrucke des persönlichen Empfindungswesens, die für uns widerliche

Besonderheit der jüdischen Natur auf ihre Spitze, und auf jedem Gebiete der Kunst, nur nicht auf demjenigen, dessen Grundlage der
Gesang ist, sollten wir, einer natürlichen Annahme gemäß, den Juden
je für kunstbefähigt halten dürfen.«

»Aber wie kommt es dann«, fragte jemand, »dass die Juden das
Musiktheater erobert haben? Rossini, Meyerbeer, Mendelssohn,
auch die Giuditta Pasta: alles Juden…«

»Vielleicht weil es gar nicht stimmt, dass die Musik eine höhere
Kunst ist«, meinte ein anderer. »Hat nicht dieser deutsche Philosoph
geschrieben, dass sie niedriger steht als die Malerei und die Literatur,
weil sie auch den stört, der sie nicht hören will? Wenn jemand in deiner Nähe eine Musik spielt, die du nicht magst, bist du gezwungen,
sie zu hören, so als ziehe jemand ein Schnupftuch hervor, das mit
einem Duft parfümiert ist, den du nicht magst. Arischer Ruhm ist die
Literatur, die sich jetzt in der Krise befindet. Die Musik dagegen, eine
sinnliche Kunst für Verweichlichte und Kranke, triumphiert. Nach
dem Krokodil ist der Jude das melomanischste aller Tiere, alle Juden
sind Musiker. Pianisten, Geiger, Cellisten, alles Juden.«

»Ja, aber nur als Interpreten, als Parasiten der großen Komponisten«, widersprach Drumont. »Hier wurden Meyerbeer und Mendelssohn genannt, das sind zweitrangige Komponisten, aber Delibes und
Offenbach, die sind keine Juden.«

Es entspann sich eine große Diskussion über die Frage, ob die Juden keinen Sinn für Musik haben oder ob Musik nicht vielmehr *die*
jüdische Kunst par excellence ist, aber die Meinungen blieben geteilt.

Schon als der Eiffelturm geplant wurde und erst recht, als er dann
fertig geworden war, steigerte sich der Furor in der Antisemitischen
Liga aufs höchste: Der Turm sei das Werk eines deutschen Juden,
die jüdische Antwort auf Sacré-Cœur, verkündete Jacques de Biez,
vielleicht der kämpferischste Antisemit der Gruppe, der seine Demonstration der jüdischen Minderwertigkeit mit dem Argument zu
beginnen pflegte, dass die Juden andersherum schreiben als normale
Menschen. »Schon die Form dieses babylonischen Fabrikats zeigt,
dass ihr Gehirn anders tickt als unseres…«

Als nächstes sprach man vom Alkoholismus, der französischen Plage jener Epoche. Angeblich wurden damals allein in Paris 141 000 Hektoliter pro Jahr konsumiert!

»Der Alkohol«, sagte jemand, »ist bei den Juden und bei den Freimaurern verbreitet, die ihr traditionelles Gift, das Aqua Tofana, perfektioniert haben. Heute produzieren sie einen Giftstoff, der aussieht wie Wasser, aber Opium und Cantharidin enthält. Er erzeugt Apathie und Schwachsinn und führt schließlich zum Tod. Er wird in die alkoholischen Getränke getan und fördert den Suizid.«

»Und wie steht es mit der Pornographie? Toussenel hat geschrieben – manchmal können auch Sozialisten die Wahrheit sagen –, das Schwein sei das Emblem des Juden, der sich nicht schäme, sich in Gemeinheit und Schande zu wälzen. Schon im Talmud steht, es sei ein gutes Omen, von Exkrementen zu träumen. Alle obszönen Publikationen stammen von Juden. Gehen Sie mal in die Rue du Croissant, diesen Markt für pornographische Blätter. Ein schummriger Laden am anderen, alle von Juden geführt. Ausschweifungen, wo Sie hingucken, Mönche, die es mit kleinen Mädchen treiben, Priester, die nur mit Haaren bedeckte Frauen auspeitschen, priapische Szenen, Zechereien betrunkener Fratres… Die Leute gehen vorbei und lachen, auch Familien mit Kindern! Es ist der Triumph des Anus, entschuldigen Sie das Wort. Sodomitische Kanoniker, entblößte Hinterteile von Nonnen, die sich von schweinischen Priestern züchtigen lassen…«

Ein anderes beliebtes Thema war das jüdische Nomadenleben.

»Der Jude ist Nomade, aber nicht, um neue Länder zu erkunden, sondern um vor etwas zu fliehen«, erklärte Drumont. »Der Arier reist, entdeckt Amerika und die unbekannten Gebiete, der Semit wartet, dass die Arier neue Länder entdecken, und geht dann hin, um sie auszubeuten. Beachten Sie auch die Märchen. Abgesehen davon, dass die Juden niemals genug Phantasie hatten, sich ein schönes Märchen auszudenken, haben ihre semitischen Brüder, die Araber, diese Geschichten aus *Tausendundeine Nacht* erzählt, in denen jemand einen Beutelsack voller Gold, eine Höhle mit den Diamanten

406

»Der Alkohol«, sagte jemand, »ist bei den Juden und bei den Freimaurern verbreitet, die ihr traditionelles Gift, das Aqua Tofana, perfektioniert haben… (S. 406)

der Räuber, eine Flasche mit einem wohltätigen Geist entdeckt, und alles kommt als Geschenk vom Himmel. In den arischen Märchen dagegen – denken Sie nur an die Eroberung des Grals – muss alles durch Kampf und Opfer errungen werden.«

»Mit all dem«, sagte einer von Drumonts Freunden, »ist es den Juden gelungen, alle Widrigkeiten zu überleben...«

»Gewiss«, rief Drumont fast schäumend vor Wut, »es ist unmöglich, sie zu vernichten! Jedes andere Volk, das in eine andere Weltgegend wandert, leidet unter dem Klimawechsel, unter der neuen Nahrung, und wird schwächer. Die Juden dagegen werden mit jedem Ortswechsel stärker, wie es auch bei Insekten vorkommt.«

»Sie sind wie die Zigeuner, die auch nie krank werden. Selbst wenn sie sich von toten Tieren ernähren. Vielleicht hilft ihnen der Kannibalismus, und deshalb rauben sie kleine Kinder...«

»Aber es ist nicht gesagt, dass Kannibalismus das Leben verlängert, sehen Sie nur die Neger in Afrika: Sie sind Kannibalen, aber trotzdem sterben sie wie die Fliegen in ihren Dörfern.«

»Wie erklärt sich dann aber die Immunität des Juden? Seine durchschnittliche Lebensdauer ist dreiundfünfzig Jahre, während es bei den Christen nur siebenunddreißig sind. Aufgrund eines Phänomens, das sich seit dem Mittelalter beobachten lässt, scheinen die Juden resistenter gegen Epidemien als die Christen zu sein. Man könnte meinen, dass sie eine permanente Pest in sich haben, die sie vor der gewöhnlichen Pest irgendwie schützt.«

Simonini wies darauf hin, dass diese Themen und Argumente schon von Gougenot behandelt worden waren, aber in Drumonts Diskussionskreis kümmerte man sich weniger um die Originalität der Ideen als um ihre Wahrheit.

»Mag sein«, sagte Drumont, »dass sie resistenter als wir gegen körperliche Krankheiten sind, aber dafür sind sie anfälliger für die geistigen Krankheiten. Das ständige Leben zwischen Transaktionen, Spekulationen und Konspirationen verändert ihr Nervensystem. In Italien kommt ein Geistesverwirrter auf dreihundertachtundvierzig Juden und einer auf siebenhundertachtundsiebzig Katholiken. Prof. Charcot hat interessante Studien über die russischen Juden gemacht, über die wir Nachrichten haben, weil sie meist arm sind, während sie in Frankreich vorwiegend reich sind und ihre Krankheitsfälle für teures Geld in der Klinik des Dr. Blanche verstecken. Wissen Sie, dass Sarah Bernhardt einen weißen Sarg in ihrem Schlafzimmer hat?«

»Sie vermehren sich doppelt so schnell wie wir. Inzwischen gibt es mehr als vier Millionen in der Welt.«

»Das steht schon im *Exodus*: ›Die Kinder Israels vermehrten sich und wuchsen sehr und wurden überaus stark und bevölkerten das Land.‹«

»Und nun sind sie hier. Und sie waren auch früher schon hier, auch wenn wir es gar nicht ahnten. Wer war Marat? Sein wahrer Name war Mara. Er entstammte einer aus Spanien vertriebenen sephardischen Familie, und um seine Herkunft zu verschleiern, war er zum Protestantismus übergetreten. Marat: zerfressen von Skrofulose, im Schmutz gestorben, ein Geisteskranker, der unter Verfolgungswahn litt und dann unter Mordzwang, ein typischer Jude, der sich an den Christen rächt, indem er möglichst viele von ihnen auf die Guillotine schickt. Sehen Sie sich sein Porträt im Musée Carnavalet an, Sie erkennen sofort den Halluzinierer, den Neuropathen, wie bei Robespierre und anderen Jakobinern, an dieser Asymmetrie der beiden Gesichtshälften, die den Geistesgestörten verrät.«

»Die Revolution ist vor allem von Juden gemacht worden, das wissen wir. Aber Napoleon mit seinem Hass auf den Papst und seinen Freimaurer-Allianzen, war der Semit?«

»Könnte sein, hat auch Disraeli gesagt. Die Balearen und Korsika dienten den aus Spanien vertriebenen Juden als Refugium. Dann sind diese Juden zum Christentum übergetreten, also Maranen geworden, und haben die Namen der Herren angenommen, denen sie dienten, wie Orsini und Bonaparte.«

In jeder Gesellschaft gibt es einen *gaffeur*, der im falschen Moment die falsche Frage stellt. So kam auch hier die dornige Frage auf: »Und was ist mit Jesus? Er war Jude, und doch musste er jung sterben, und dabei ging es nicht um Geld, er dachte nur ans Himmelreich...«

Die Antwort kam von Jacques de Biez: »Meine Herren, dass Jesus ein Jude war, ist eine Legende, die gerade von Juden in Umlauf gesetzt worden ist, besonders von Paulus und den vier Evangelisten. In Wirklichkeit war Jesus von keltischer Rasse, wie wir Franzosen, die erst viel später von den Lateinern erobert wurden. Und bevor sie von den Lateinern entmannt wurden, waren die Kelten ein Eroberervolk. Haben Sie jemals von den Galatern reden gehört, die bis nach Griechenland kamen? Galilea hat seinen Namen von den Galliern, die es kolonisiert haben. Im übrigen ist auch der Mythos von einer Jungfrau, die einen Sohn geboren hat, ein keltisch-druidischer Mythos. Jesus war blond und blauäugig, alle Bilder, die wir von ihm haben, bezeugen das. Und er predigte gegen die Sitten und Bräuche, den Aberglauben, die Laster der Juden, und im Gegensatz zu dem, was sich die Juden von ihrem Messias erwarteten, sagte er, dass sein Reich nicht von dieser Welt sei. Und während die Juden Monotheisten waren, brachte Christus die Idee der Dreieinigkeit aufs Tapet, wobei er sich am keltischen Polytheismus inspirierte. Deshalb haben sie ihn umgebracht. Jude war Kaiphas, der ihn verurteilte, Jude war Judas, der ihn verriet, und Jude war Petrus, der ihn verleugnete...«

Im selben Jahr, in dem er seine Zeitung *La Libre Parole* gründete, hatte Drumont das Glück oder die Intuition, den Panamaskandal auszuschlachten.

»Ganz einfach«, erklärte er Simonini, bevor er seine Kampagne begann. »Ferdinand de Lesseps, derselbe, der 1869 den Suezkanal eröffnet hatte, wurde beauftragt, einen Kanal durch den Isthmus von Panama zu bauen. Sechshundert Millionen Francs mussten aufgebracht werden, wozu Lesseps eine Aktiengesellschaft gründete. Die Arbeit begann 1881 unter tausend Schwierigkeiten, Lesseps benötigte mehr Geld und legte eine Subskription auf. Aber er benutzte einen Teil des eingenommenen Geldes, um Journalisten zu bestechen und die Schwierigkeiten zu verbergen, die nach und nach auftauchten, zum Beispiel die Tatsache, dass 1887 gerade erst die Hälfte der Kanalstrecke gebaut, aber schon 1,4 Milliarden Francs ausgegeben worden waren. Lesseps bat Gustave Eiffel um Hilfe, den Juden, der diesen schrecklichen Turm gebaut hat, dann sammelte er weiter Geld und verwendete es, um sowohl die Presse als auch diverse Minister zu bestechen. So musste die Compagnie de Panama vor vier Jahren Konkurs anmelden, und achthundertfünfzigtausend brave Franzosen, die an der Subskription teilgenommen hatten, verloren ihr ganzes Geld.«

»Die Geschichte ist bekannt.«

»Ja, aber jetzt kann ich beweisen, dass es jüdische Finanziers waren, die Lesseps unterstützt haben, darunter Baron Jacques de Reinach – ein Baron mit preußischem Namen! Die morgige Ausgabe von *La Libre Parole* wird Aufsehen erregen!«

Sie erregte tatsächlich Aufsehen, indem sie Journalisten, Regierungsbeamte und ehemalige Minister in die Korruptionsaffäre verwickelte. Reinach beging Selbstmord, einige bedeutende Persönlichkeiten mussten ins Gefängnis, Lesseps kam wegen Verjährung davon, Eiffel konnte sich nur um Haaresbreite retten, Drumont triumphierte als Moralapostel, aber vor allem hatte er seine antijüdische Kampagne mit konkreten Argumenten untermauert.

Einige Bomben

Noch bevor jedoch Simonini den Kontakt zu Drumont hergestellt hatte, scheint er von Hébuterne an den gewohnten Ort im hinteren Mittelschiff von Notre-Dame gebeten worden zu sein.

»Capitaine Simonini«, sagte er, »vor Jahren habe ich Sie beauftragt, diesen Taxil zu einer Anti-Freimaurer-Kampagne zu drängen, die so offenkundig nach Zirkus riecht, dass sie sich gegen die vulgärsten Anti-Freimaurer kehrt. Der Mann, der mir in Ihrem Namen garantiert hatte, dass die Sache unter Kontrolle bleiben würde, war der Abbé Dalla Piccola, dem ich nicht wenig Geld anvertraut hatte. Aber jetzt scheint mir, dass dieser Taxil es übertreibt. Da Sie es waren, der mir den Abbé geschickt hatte, muss ich Sie jetzt dringend bitten, auf ihn und Taxil Druck auszuüben.«

Hier gesteht Simonini, so etwas wie einen Blackout zu haben: Er meint zu wissen, dass der Abbé Dalla Piccola sich um Taxil kümmern sollte, aber er kann sich nicht erinnern, ihm irgendeinen Auftrag dazu gegeben zu haben. Er erinnert sich nur, Hébuterne gesagt zu haben, dass er sich der Sache annehmen werde. Sodann habe er ihm gesagt, dass er sich im Moment weiter mit den Juden beschäftige und im Begriff sei, mit der Gruppe um Drumont Kontakt aufzunehmen. Dabei habe er mit Überraschung entdeckt, wie positiv Hébuterne diese Gruppe sah. Hatte er nicht wiederholt gesagt, dass die Regierung sich nicht in antijüdische Kampagnen einmischen wolle?

»Die Dinge ändern sich, Capitaine«, antwortete Hébuterne auf seine diesbezügliche Frage. »Sehen Sie, bis vor nicht sehr langer Zeit waren die Juden entweder arme Teufel, die in Ghettos lebten, wie es noch heute in Russland vorkommt oder auch in Rom, oder sie waren große Bankiers wie bei uns. Die armen Juden verliehen Geld zu Wucherzinsen oder praktizierten als Ärzte, aber wer Glück hatte und zu Vermögen kam, finanzierte den Hof und mästete sich an den Schulden der Könige, indem er ihnen ihre Kriege finanzierte. In diesem Sinne war er stets auf seiten der Macht und mischte sich nicht in die Politik ein. Und da er an den Finanzen interessiert war, befasste er sich auch nicht mit der Industrie. Dann geschah etwas, das auch wir erst mit Verspätung bemerkt haben. Nach der Revolution hatten die Staaten einen höheren Bedarf an Finanzmitteln, als ihn die jüdischen Bankiers befriedigen konnten, und so verlor der Jude allmählich seine Position als Monopolist auf dem Kreditmarkt. Unterdessen, und das haben auch wir erst jetzt bemerkt, hatte die Revolution allmählich, zumindest bei uns in Frankreich, zur Gleichstellung aller Bürger geführt. Und so waren die Juden, immer abgesehen von den Armen in den Ghettos, normale Bürger geworden, Bourgeoisie, und nicht nur die Großbourgeoisie der Kapitalisten, sondern auch die Mittel- und Kleinbourgeoisie der selbständigen Berufe, der Staatsapparate und der Armee. Wissen Sie, wie viele jüdische Offiziere es heute bei uns in der Armee gibt? Mehr, als Sie glauben würden. Und wenn's nur die Armee wäre: die Juden haben sich auch nach und nach in die Welt der anarchistischen und kommunistischen Umstürzler eingeschlichen. Waren die Salonrevolutionäre früher antijüdisch, weil antikapitalistisch, und die Juden letztlich stets Verbündete der jeweiligen Regierung, so ist es heute Mode, *oppositioneller* Jude zu sein. Denken Sie nur an diesen Marx, von dem unsere Revolutionäre soviel reden. Was war er anderes als ein mittelloser Bürger, der auf Kosten einer aristokratischen Ehefrau lebte? Und vergessen wir auch nicht, dass zum Beispiel die ganze höhere Erziehung in ihrer Hand liegt, vom Collège bis zur École des Hautes Études, desgleichen alle Pariser Theater und ein großer Teil der Zeitungen, siehe das *Journal des débats*, das heute das offizielle Organ der Hochfinanz ist.«

Simonini begriff nicht recht, was genau Hébuterne jetzt, wo ihm die jüdischen Bürger zu aufdringlich geworden waren, über sie wissen wollte. Auf seine Nachfrage machte Hébuterne eine vage Geste.

»Ich weiß es nicht. Wir müssen sie nur im Auge behalten. Die Frage ist, ob wir dieser neuen Kategorie von Juden trauen können. Wohlgemerkt, ich denke nicht an die Phantasien, die über ein jüdisches Welteroberungskomplott zirkulieren! Diese bürgerlichen Juden erkennen sich in ihrer ursprünglichen Gemeinde nicht mehr wieder und schämen sich ihrer nicht selten, aber zugleich sind sie unzuverlässige Bürger, weil erst seit kurzem vollberechtigte Franzosen, und morgen könnten sie uns verraten, womöglich gemeinsam mit preußischen bürgerlichen Juden. Zur Zeit der preußischen Invasion waren die meisten Spione elsässische Juden.«

Sie wollten sich schon verabschieden, da fügte Hébuterne noch hinzu: »Nebenbei: Zur Zeit von Lagrange hatten Sie doch mit einem gewissen Gaviali zu tun. Sie hatten dafür gesorgt, dass er festgenommen wurde.«

»Ja, er war der Kopf dieser Attentäter in der Rue de la Huchette. Wenn ich nicht irre, sind sie jetzt alle auf der Teufelsinsel oder irgendwo dort unten.«

»Alle außer Gaviali. Er ist vor kurzem ausgebrochen und in Paris gesehen worden.«

»Kann man von der Teufelsinsel ausbrechen?«

»Man kann überall ausbrechen, wenn man genug Haare auf den Zähnen hat.«

»Warum nehmen Sie ihn nicht fest?«

»Weil uns ein guter Bombenbastler zur Zeit ganz gelegen käme. Wir haben ihn identifiziert: Er verdingt sich als Lumpensammler in Clignancourt. Warum gehen Sie ihn nicht zurückholen?«

Es war nicht schwer, die Lumpensammler in Paris zu finden. Obwohl über die ganze Stadt verstreut, war ihr Reich einst zwischen der Rue Mouffetard und der Rue Saint-Médard gewesen. Jetzt waren sie, jedenfalls die, die Hébuterne identifiziert hatte, an der Porte de Clignancourt zu Hause und lebten in einer Kolonie von Baracken mit Reisigdächern, zwischen denen in der schönen Jahreszeit Sonnenblumen blühten, die erstaunlicherweise in jener abstoßenden Atmosphäre gewachsen waren.

Am Rande dieser Kolonie befand sich ein sogenanntes Restaurant der Nassen Füße, das so hieß, weil die Interessenten draußen auf der Straße warten mussten, bis sie an die Reihe kamen, und wenn sie für einen Sous eingetreten waren, durften sie eine große Gabel in einen Topf tauchen und sich herausfischen, was sie fanden – wenn sie Glück hatten, war es ein Stück Fleisch, andernfalls eine Karotte – und wieder gehen.

Die Lumpensammler hatten ihre eigenen *hôtels garni*. Nichts Besonderes, ein Bett, ein Tisch, zwei wacklige Stühle. An der Wand Heiligenbildchen oder Stiche aus alten Romanen, die sie im Müll gefunden hatten. Eine Spiegelscherbe, das Nötigste für die sonntägliche Toilette. Hier sortierte der Lumpensammler seine Funde: die Knochen, das Porzellan, das Glas, die alten Bänder, die Fetzen von Seide. Der Tag begann morgens um sieben, und wer abends nach sechs von den Stadtpolizisten (oder *flics*, wie man sie inzwischen allgemein nannte) noch bei der Arbeit gefunden wurde, musste eine Strafe zahlen.

Simonini ging Gaviali dort suchen, wo er hätte sein müssen, und nach einer Weile zeigte man ihm in einer *bibine*, wo es nicht nur Wein, sondern auch Absinth gab, der angeblich vergiftet war (als ob der normale Absinth nicht schon giftig genug wäre) ein Individuum. Simonini hatte sich extra den Bart abgenommen, weil ihm eingefallen war, dass er zur Zeit seiner Bekanntschaft mit Gaviali noch keinen getragen hatte. Seitdem waren zwanzig Jahre vergangen, und er glaubte, noch einigermaßen wiedererkennbar zu sein. Wer nicht wiederzuerkennen war, war Gaviali.

Er hatte ein käseweißes faltiges Gesicht und einen langen Bart. Eine gelbliche Krawatte, die eher wie ein Strick aussah, hing ihm von einem fettigen Kragen, aus dem ein spindeldürrer Hals kam. Auf dem Kopf trug er einen zerlumpten Hut, am Leib eine grünliche Joppe über einer zerknitterten Weste, die Schuhe waren kotbesudelt, als hätte er sie seit Jahren nicht geputzt, und die Schnürsenkel klebten schlammig am Leder. Doch unter den Lumpensammlern fiel er nicht weiter auf, da niemand besser gekleidet war.

Simonini nannte seinen Namen und erwartete ein freudiges Wiedererkennen. Aber Gaviali sah ihn mit einem harten Blick an.

»Sie haben den Mut, Capitaine, mir wieder vor Augen zu treten?« sagte er, und angesichts von Simoninis Verblüffung fuhr er fort: »Halten Sie mich für einen Idioten? Ich habe genau gesehen, an jenem Tag, als die Gendarmen kamen und auf uns schossen, dass Sie diesem Unglücklichen, den Sie uns als Ihren Agenten geschickt hatten, den Gnadenschuss gaben. Und danach fanden wir Überlebenden uns alle auf demselben Segelschiff wieder, das uns zur Teufelsinsel brachte, nur Sie waren nicht dabei. Da war's nicht schwer, zwei und zwei zusammenzuzählen. In fünfzehn Jahren Nichtstun auf der Teufelsinsel wird man gescheit: Sie haben sich unser Komplott ausgedacht, um uns dann zu denunzieren. Muss ein einträgliches Metier sein.«

»Tja, und nun? Wollen Sie sich rächen? Sie sind bloß noch ein menschliches Wrack, und wenn Ihre Hypothese stimmt, müsste die Polizei mich anhören, und da bräuchte ich nur die Zuständigen zu informieren, und Sie kämen wieder auf die Teufelsinsel.«

»Ich bitte sie, Capitaine. Die Jahre dort unten haben mich weise gemacht. Wenn man Verschwörer sein will, muss man die Begegnung mit einem Spitzel in Rechnung stellen. Das ist wie beim Räuber-und-Gendarm-Spielen. Und außerdem, hat nicht jemand gesagt, mit den Jahren werden alle Revolutionäre zu Verteidigern von Thron und Altar? Mir liegt nicht viel an Thron und Altar, aber für mich ist die Zeit der großen Ideale vergangen. Bei dieser sogenannten dritten Republik weiß man ja nicht mal, wo der Tyrann ist, den man töten soll. Nur auf eines verstehe ich mich noch: auf Bomben. Und dass Sie mich suchen gekommen sind, sagt mir, dass Sie Bomben wollen. Na gut, solange Sie dafür bezahlen warum nicht? Sie sehen ja, wie ich lebe. Eine bessere Unterkunft und ein besseres Restaurant würden mir genügen. Wen soll ich denn in den Tod befördern? Wie alle einstigen Revolutionäre bin ich käuflich geworden. Eine Lage, die Ihnen ja vertraut sein müsste.«

»Ich will Bomben von Ihnen, Gaviali, ich weiß noch nicht, was für welche und wo. Wir sprechen darüber zu gegebener Zeit. Was ich Ihnen versprechen kann, ist Geld, Tilgung Ihrer Vergangenheit und neue Dokumente.«

Gaviali erklärte sich bereit zum Dienst bei jedem, der ihn gut bezahlte, und Simonini gab ihm fürs erste genug zum Leben für mindestens einen Monat, ohne Lumpen sammeln zu müssen. Nichts ist besser als Zuchthaus, um Gehorsam gegenüber denen zu lehren, die das Sagen haben.

Was Gaviali tun sollte, erfuhr Simonini dann später von Hébuterne. Im Dezember 1893 hatte ein Anarchist namens Auguste Vaillant einen kleinen Sprengkörper (gefüllt mit Nägeln) in die Deputiertenkammer geworfen und gerufen: »Tod der Bourgeoisie! Lang lebe die Anarchie!« Eine symbolische Geste. »Hätte ich töten wollen, hätte ich die Bombe mit Bleikugeln gefüllt«, sagte Vaillant im Prozess, »ich kann doch nicht lügen, bloß um Ihnen die Freude zu machen, mir den Kopf abzuschlagen.« Um ein Exempel zu statuieren, hatten sie ihm dann trotzdem den Kopf abgeschlagen. Aber nicht dies war das Problem: Die Sicherheitsdienste waren besorgt, dass Gesten wie diese als heroisch erscheinen und folglich nachgeahmt werden könnten.

»Es gibt schlechte Lehrmeister«, erklärte Hébuterne, »die Terror und soziale Unruhe rechtfertigen und dazu anstacheln, während sie selber ruhig in ihren Clubs und Restaurants sitzen und Champagner trinkend von Dichtung reden. Denken Sie nur an diesen Journalisten-Schmierfink Laurent Tailhade – der zugleich Deputierter ist und daher doppelten Einfluss auf die öffentliche Meinung genießt. Er hat über Vaillant geschrieben: »Was kümmern uns die Opfer, wenn es eine schöne Geste war?« Für den Staat sind Leute wie Tailhade gefährlicher als Vaillant, denn ihnen kann man nicht so leicht den Kopf abschlagen. Man muss diesen Intellektuellen, die nie den Zoll für ihre Reden zahlen, eine öffentliche Lektion erteilen.«

Die Lektion sollte von Simonini und Gaviali organisiert werden. Wenige Wochen später ging im Restaurant Foyot, genau in der Ecke, wo Tailhade gewöhnlich seine teuren Menüs zu speisen pflegte, eine Bombe hoch, die ihn ein Auge kostete (Gaviali war wirklich ein Genie, die Bombe war absichtlich so konstruiert worden, dass ihr Opfer nicht daran starb, sondern nur schwer genug verletzt wurde). Die regierungsnahen Zeitungen hatten leichtes Spiel, sarkastische Kommentare von der Art zu schreiben: »Und nun, Monsieur Tailhade, war das jetzt eine schöne Geste?« Ein schöner Coup jedenfalls für die Regierung, für Gaviali und für Simonini. Und Tailhade hatte außer einem Auge auch seine Reputation verloren.

Am zufriedensten war Gaviali, und Simonini sagte sich, dass es doch schön war, jemandem wieder zu Leben und Kredit zu verhelfen, der beides unseligerweise durch die unseligen Wechselfälle des Lebens verloren hatte.

Es gab noch andere Aufgaben, mit denen Hébuterne in diesen Jahren Simonini betraute. Der Panamaskandal hörte langsam auf, die öffentliche Meinung zu beeindrucken, denn wenn die Nachrichten immer dieselben sind, erzeugen sie bald Langeweile. Drumont hatte mittlerweile das Interesse daran verloren, aber andere bliesen noch immer ins Feuer, und natürlich war die Regierung besorgt über dieses (wie es dann gerne heißt) Wiederaufrühren alter Geschichten. Man musste die öffentliche Aufmerksamkeit von den Nachbeben dieses alten Skandals ablenken, und so bat Hébuterne Simonini, einen schönen Aufruhr zu organisieren, der geeignet war, die ersten Seiten der Gazetten zu füllen.

Einen Aufruhr zu organisieren sei nicht leicht, meinte Simonini, worauf Hébuterne ihm nahegelegte, es einmal bei den Studenten zu versuchen, die seien doch immer am ehesten geneigt, Krawall zu machen. Etwas bei den Studenten anzetteln und dann einen Spezialisten für öffentliche Unordnung einschleusen, das sei die beste Methode.

Simonini hatte zwar schon lange keinen Kontakt mehr mit der studentischen Welt, aber ihm war sofort klar, dass unter den Studenten am ehesten diejenigen in Frage kamen, die revolutionäre Neigungen hatten, am besten anarchistische. Und wer kannte sich besser als jeder andere in den Kreisen der Anarchisten aus? Derjenige, der sie beruflich unterwanderte und denunzierte, also Ratschkowski. So begab er sich zu Ratschkowski, der ihn mit einem Lächeln, das alle seine Wolfszähne zeigte, aber freundlich sein wollte, nach dem Grund des Besuches fragte.

»Ich brauche nur ein paar Studenten, die auf Kommando Krawall machen.«

»Das ist leicht«, sagte der Russe, »gehen Sie ins Château-Rouge.«

Das Château-Rouge war dem Anschein nach eine Armenküche für die Bedürftigsten des Quartier Latin, in der Rue Galande. Es befand sich hinten in einem Hof, hatte eine blutrot gestrichene Fassade, und wenn man eintrat, überfiel einen sofort ein Gestank von ranzigem Fett, Schimmel und immer wieder neu aufgekochter Suppe, deren Dampf mit den Jahren so etwas wie harte, fühlbare Spuren auf den schmierigen Wänden hinterlassen hatte. Dabei war nicht erkennbar, warum und wieso, denn in dieses Lokal musste man sich das Essen selber mitbringen, das Haus bot nur den Wein, den Teller und das Besteck. Ein pestilenzialischer Nebeldunst, bestehend aus Tabaksqualm und Emanationen aus Gashähnen, schien Dutzende von Clochards betäubt zu haben, die nebeneinander an Tischen sitzend, zu dritt oder viert pro Seite, einer an die Schulter des anderen gelehnt, in Schlaf gesunken waren.

Doch in den beiden hinteren Sälen fanden sich keine Vagabunden, sondern alte, billig aufgetakelte Nutten, vierzehnjährige Hürchen mit schon unverschämter Miene, geränderten Augen und den blassen Zeichen der Tuberkulose, und Stadtteilgauner mit dicken Ringen voll falscher Steine und Gehröcken, die besser als die Lumpen im ersten Saal waren. Mitten in diesem stinkenden Durcheinander spazierten gutgekleidete Herren und Damen im Abendkleid umher, denn ein Besuch im Château-Rouge war zu einem aufregenden Abenteuer geworden, das man sich nicht entgehen lassen durfte: Spätabends, nach dem Theater, trafen Luxuskarossen ein, und *tout Paris* ging den Rausch der Unterwelt genießen – ein Großteil letzterer war vermutlich vom Wirt des Château-Rouge mit Gratis-Absinth angeheuert worden, um die guten Bürger anzulocken, die für den gleichen Absinth den doppelten Preis bezahlten.

In diesem Etablissement kontaktierte Simonini, einer Anregung von Ratschkowski folgend, einen gewissen Fayolle, der von Beruf Fötenhändler war. Er war ein älterer Mann, der seine Abende im Château-Rouge verbrachte, wo er für achtzigprozentigen Branntwein ausgab, was er tagsüber in Hospitälern durch das Sammeln von Föten und Embryonen verdiente, die er an die Studenten der École de Médecin verkaufte. Er stank außer nach Alkohol auch nach verwestem Fleisch, und der Geruch, den er ausströmte, zwang ihn, sogar unter den Stammgästen des Château-Rouge isoliert zu bleiben; doch er genoss, wie es hieß, viele Bekanntschaften im studentischen Milieu und besonders unter den Dauerstudenten, die mehr dazu neigten, sich allerlei Freiheiten zu erlauben, als Föten zu studieren, und die zu jedem Krawall bereit waren, sobald sich eine Gelegenheit bot.

Nun wollte es der Zufall, dass gerade in diesen Tagen die jungen Männer des Quartier Latein erbost waren über einen alten Perückenträger, den Senator Bérenger, der sofort den Spitznamen »Père la Pudeur« bekam, weil er ein Gesetz eingebracht hatte, das gegen die Beleidigung der guten Sitten vorgehen sollte, deren erste Opfer (sagte er) gerade die Studenten seien. Anlass waren die exhibitionistischen Darbietungen einer gewissen Sarah Brown, die sich halbnackt und gut im Fleisch (und wahrscheinlich verschwitzt, wie Simonini schaudernd dachte) im Bal des Quat'z Arts präsentierte.

Wehe, wenn man den Studenten die ehrlichen Freuden des Voyeurismus nimmt. Eine Gruppe, die Fayolle kannte, war bereits entschlossen, eines Nachts unter den Fenstern des Senators Radau zu machen. Man musste nur noch wissen, wann das sein würde, und dafür sorgen, dass dann in der Nachbarschaft andere Individuen bereitstanden, die nur darauf warteten, handgreiflich zu werden. Für

Doch in den beiden hinteren Sälen fanden sich keine Vagabunden, sondern alte, billig aufgetakelte Nutten, vierzehnjährige Hürchen mit schon unverschämter Miene, geränderten Augen und den blassen Zeichen der Tuberkulose, und Stadtteilgauner mit dicken Ringen voll falscher Steine und Gehröcken, die besser als die Lumpen im ersten Saal waren… (S. 418)

eine mäßige Summe war Fayolle bereit, sich um alles zu kümmern. Simonini brauchte Hébuterne nur noch über Tag und Stunde zu informieren.

So erschien, kaum dass die Studenten angefangen hatten zu randalieren, eine Kompanie Soldaten oder Gendarmen. Nichts ist besser als die Polizei, unter allen Breitengraden der Welt, um in Studenten kriegerische Leidenschaften zu wecken, und so flogen im allgemeinen Geschrei bald die ersten Steine, doch eine Tränengaspatrone, die ein Soldat abgeschossen hatte, bloß um ein bisschen Rauch zu machen, traf einen unseligen Passanten, der zufällig des Weges kam, ins Auge. Voilà, da haben wir ihn, den unverzichtbaren Toten! Natürlich sofort Barrikaden, Beginn einer regelrechten Revolte. In diesem Moment traten die von Fayolle angeheuerten Schläger in Aktion. Die Studenten hielten einen Pferde-Omnibus an, baten die Passagiere höflich auszusteigen, banden die Pferde los und kippten das Gefährt auf die Seite, um daraus eine Barrikade zu machen, doch die anderen Hitzköpfe intervenierten sofort und steckten das Vehikel in Brand. Nach kurzer Zeit war man vom lärmenden Protest zum Aufruhr übergegangen und vom Aufruhr zu einem Anflug von Revolution. Genug, um die ersten Seiten der Zeitungen eine ganze Weile zu beschäftigen, und Adieu Panamaskandal.

Das Bordereau

Das meiste Geld verdiente Simonini 1894. Die Sache war eher zufällig passiert, auch wenn dem Zufall immer ein bisschen nachgeholfen werden muss. Zu dieser Zeit hatte sich Drumonts Unwille über die Präsenz allzu vieler Juden in der Armee verstärkt.

»Niemand spricht darüber«, klagte er, »denn von diesen potentiellen Verrätern des Vaterlandes zu sprechen, die sich mitten in unserer ruhmreichsten Institution eingenistet haben, und laut zu sagen, dass unsere Armee durch so viele von diesen Juden vergiftet ist« (er sprach die Worte »diese Juden«, *ces juifs*, so aus, dass es wie *ces juëfs, ces juéfs* klang, wobei er die Lippen vorstülpte, als wollte er einen ebenso innigen wie ungestümen Kontakt mit der ganzen Rasse der infamen Israeliten aufnehmen), »heißt den Glauben an unsere Armee aufgeben, aber einer *muss* doch davon sprechen. Wissen Sie, wie der Jude heutzutage versucht, respektabel zu werden? Indem er eine Karriere als Offizier macht oder indem er in den Salons der Aristokratie als Künstler und Päderast auftritt. Ah, diese Herzoginnen sind ihrer Ehebrüche mit Adligen alten Schlages oder mit gutmütigen Kanonikern so überdrüssig und können nie genug kriegen vom Bizarren, vom Exotischen und vom Monströsen, dass sie sich von geschminkten und wie Frauen mit Patschuli parfümierten Personen betören lassen. Aber dass die gute Gesellschaft aus der Art schlägt, ist mir ziemlich egal, die diversen Marquisen, die mit den diversen Ludwigs vögelten, waren nicht besser, doch wenn die Armee entartet, dann sind wir ans Ende der französischen Zivilisiation gelangt. Ich bin überzeugt, dass der überwiegende Teil der jüdischen Offiziere in unserer Armee zu einem Netz von preußischen Spionen gehört, doch mir fehlen die Beweise, die Beweise.«

»Finden Sie sie!« forderte er die Redakteure seiner Zeitung auf.

In der Redaktion von *La Libre Parole* lernte Simonini den Major Walsin-Esterházy kennen: Er gab sich sehr dandyhaft, prahlte ständig mit seiner aristokratischen Herkunft und seiner Wiener Erziehung, erwähnte vergangene und zukünftige Duelle, dabei wusste man, dass er hoch verschuldet war, die Redakteure mieden ihn, wenn er sich mit vertraulicher Miene näherte, weil sie ahnten, dass er sie anpumpen wollte, und jeder wusste, wenn man ihm etwas lieh, sah man es nicht wieder. Leicht feminin, führte er immer ein besticktes Taschentuch zum Mund, und einige sagten, er sei tuberkulös. Seine Karriere beim Militär war bizarr gewesen, erst Kavallerieoffizier im Italienfeldzug 1866, dann bei den päpstlichen Zuaven, dann in der Fremdenlegion, mit der er am Krieg 1870 teilgenommen hatte. Man munkelte, er habe mit der militärischen Gegenspionage zu tun, aber natürlich handelte es sich nicht um Informationen, die man an die Uniform geheftet trug. Drumont behandelte ihn sehr zuvorkommend, vielleicht um sich einen Kontakt mit militärischen Kreisen zu sichern.

Eines Tages lud dieser Esterházy nun Simonini zum Diner ins Bœuf à la Mode ein. Nachdem sie ein *mignon d'agneau aux laitues* bestellt und die Weinkarte diskutiert hatten, kam Esterházy zur Sache: »Capitaine Simonini, unser Freund Drumont sucht nach Beweisen, die er nie finden wird. Das Problem ist nicht herauszufinden, ob es preußische Spione jüdischer Herkunft in der Armee gibt. Heilige Einfalt, in dieser Welt gibt es überall Spione, und über einen mehr oder weniger regen wir uns nicht auf. Das politische Problem ist zu *beweisen*, dass es welche gibt. Sie werden mir zustimmen, um einen Spion oder Verschwörer zu entlarven, braucht man keine Beweise zu finden, es ist leichter und ökonomischer, welche zu fabrizieren, und am besten auch den Spion gleich mit. Ergo müssen wir im Interesse der Nation einen jüdischen Offizier finden, der aufgrund irgendeiner Schwäche hinreichend verdächtig ist, und zeigen, dass er der preußischen Botschaft in Paris wichtige Informationen hat zukommen lassen.«

»Wen meinen Sie, wenn Sie *wir* sagen?«

»Ich spreche hier im Namen der Sektion für Statistik des Service des Renseignements Français, die von Colonel Sandherr geleitet wird. Vielleicht wissen Sie, dass diese so neutral benannte Sektion sich hauptsächlich mit den Deutschen befasst. Anfangs interessierte sie sich für das, was die Deutschen bei sich zu Hause tun, sammelte Informationen aller Art, aus den Zeitungen, aus den Berichten reisender Offiziere, aus den Gendarmerien, von unseren Agenten auf beiden Seiten der Grenze, um soviel wie möglich über die Organisation ihres Heeres herauszufinden, wie viele Kavalleriedivisionen sie haben, wie hoch der Sold ihrer Truppen ist, kurzum, alles. Aber in letzter Zeit hat der Dienst beschlossen, sich auch um das zu kümmern, was die Deutschen *bei uns* tun. Manche beklagen diese Vermischung von Spionage und Gegenspionage, aber die beiden Aktivitäten sind eng miteinander verwoben. Wir müssen wissen, was in der deutschen Botschaft geschieht, da sie fremdes Territorium ist, und das ist Spionage, aber dort werden Informationen über uns gesammelt, und die zu erfahren ist Gegenspionage. Nun arbeitet in der deutschen Botschaft eine Madame Bastian für uns, die dort als Putzfrau angestellt ist und so tut, als sei sie Analphabetin, dabei kann sie sogar deutsch lesen und verstehen. Ihre Aufgabe besteht darin, jeden

Tag die Papierkörbe in den Büros zu leeren und uns dann Notizen und Dokumente zukommen zu lassen, die die Preußen meinten – Sie wissen ja, wie stumpfsinnig die sind – der Vernichtung anheimgegeben zu haben. Es geht also darum, ein Dokument zu erzeugen, in dem unser Offizier den Preußen streng geheime Nachrichten über die französische Heeresbewaffnung ankündigt. Bei dieser Sachlage wird man vermuten, dass der Betreffende jemand sein muss, der Zugang zu vertraulichen Nachrichten hat, und wird ihn entlarven. Wir brauchen also einen Vermerk, eine kleine Liste, nennen wir es ein *Bordereau*. Und deswegen wenden wir uns an Sie, der Sie in diesen Dingen, wie es heißt, ein Künstler sind.«

Simonini fragte sich nicht, woher man im Nachrichtendienst des französischen Generalstabs seine Fähigkeiten kannte. Wahrscheinlich von Hébuterne. Er bedankte sich für das Kompliment und sagte: »Ich nehme an, ich soll die Handschrift einer bestimmten Person reproduzieren.«

»Wir haben den idealen Kandidaten bereits gefunden. Es ist ein gewisser Hauptmann Dreyfus, Elsässer natürlich, der als Anwärter für den Dienst im Generalstab bei uns tätig ist. Er hat eine reiche Frau geheiratet und gibt sich gerne als Casanova, weshalb seine Kollegen ihn nur mit Mühe ertragen, sie würden ihn auch nicht mögen, wenn er Christ wäre. Er wird also keinerlei Solidarität finden. Er ist optimal für unsere Zwecke. Wenn das Dokument vorliegt, wird man ein paar Kontrollen vornehmen und die Handschrift von Dreyfus erkennen. Dann wird es Sache von Leuten wie Drumont sein, den Skandal öffentlich zu machen, die jüdische Gefahr an die Wand zu malen und zugleich die Ehre der Armee zu retten, die den Spion so meisterhaft entlarvt und neutralisiert hat. Klar?«

Sonnenklar. Anfang Oktober saß Simonini im Büro von Oberstleutnant Sandherr, der ein erdfahles, nichtssagendes Gesicht hatte. Die perfekte Physiognomie für einen Chef der Spionage- und Gegenspionagedienste.

»Hier haben Sie ein Muster der Handschrift von Dreyfus und die Textvorlage«, sagte Sandherr und reichte ihm zwei Blätter. »Wie Sie

*Dann wird es Sache von Leuten wie Drumont sein,
den Skandal öffentlich zu machen... (S. 424)*

sehen, muss das Schreiben an den Militärattaché der Botschaft, Maximilian von Schwartzkoppen adressiert sein und militärische Dokumente über die hydraulische Bremse der 120-Millimeter-Kanone und andere Details dieser Art ankündigen. Auf so etwas sind die Deutschen scharf.«

»Wäre es nicht gut, schon ein paar technische Angaben einzuflechten?« fragte Simonini. »Es würde noch kompromittierender aussehen.«

»Ich hoffe, Sie sind sich im klaren«, antwortete Sandherr, »wenn der Skandal erst einmal ausgebrochen ist, wird dieses *Bordereau* Gemeingut sein. Wir können den Zeitungen keine technischen Informationen zum Fraß vorwerfen. Also an die Arbeit, Capitaine Simonini. Um es ihnen bequem zu machen, habe ich Ihnen ein Zimmer mit den nötigen Utensilien herrichten lassen. Papier, Feder und Tinte sind genau diejenigen, die in diesen Büros benutzt werden. Ich wünsche mir etwas gut Gemachtes. Lassen Sie sich Zeit und üben Sie erst eine Weile, damit die Handschrift perfekt wird.«

So machte es Simonini. Das *Bordereau* war ein Dokument auf dünnem Papier mit dreißig Schriftzeilen, achtzehn auf der Vorderseite und zwölf auf der Rückseite. Simonini hatte dafür gesorgt, dass die Zeilen der ersten Seite mehr Durchschuss hatten als die auf der zweiten, die auch etwas hastiger geschrieben waren, denn so unterläuft es einem, wenn man einen Brief in erregtem Zustand schreibt und bewusst locker anfängt, um dann das Schreibtempo zu beschleunigen. Aber er hatte auch bedacht, dass ein solches Dokument, wenn man es in den Papierkorb wirft, vorher zerrissen wird, also beim Nachrichtendienst in mehreren Teilen ankommt, die zusammengesetzt werden müssen, weshalb es besser war, auch die Buchstaben weit auseinanderzuziehen, damit das Zusammenkleben erleichtert wurde, aber nicht so weit, dass er von der Schriftprobe abwich, die ihm gegeben worden war.

Mit einem Wort, er hatte gute Arbeit geleistet.

Alles lief wie am Schnürchen, Sandherr schickte das *Bordereau* an den Kriegsminister General Mercier und ordnete gleichzeitig eine Überprüfung der Handschriften aller Offiziere an, die mit der Sektion zu tun hatten. An deren Ende informierten ihn seine zuverlässigsten Mitarbeiter, dass es sich um die Handschrift von Hauptmann Dreyfus handelte, der daraufhin am 15. Oktober 1894 verhaftet wurde. Zwei Wochen lang wurde die Nachricht zurückgehalten, aber tröpfchenweise durch kleine Indiskretionen angedeutet, um die Neugier der Journalisten hervorzukitzeln, dann fing man an, einen Namen zu munkeln, zuerst noch unter dem Siegel der Verschwiegenheit, aber schließlich gab man zu, dass es sich um Hauptmann Dreyfus handelte.

Sobald Esterházy von Sandherr dazu autorisiert war, informierte er Drumont, woraufhin dieser durch die Redaktionsräume lief und, den Brief des Majors schwenkend, ein ums andere Mal ausrief: »Die Beweise, die Beweise, ich *habe* die Beweise!«

Am 1. November erschien *La Libre Parole* mit der Schlagzeile in Riesenlettern »Hochverrat. Jüdischer Offizier A. Dreyfus in Haft!« Die Kampagne hatte begonnen, ganz Frankreich brannte vor Empörung.

Doch am selben Vormittag, während in der Redaktion auf das freudige Ereignis angestoßen wurde, fiel Simoninis Blick zufällig auf den Brief, in dem Esterházy die Verhaftung von Dreyfus mitgeteilt hatte. Er lag auf Drumonts Schreibtisch, befleckt von seinem Champagnerglas, aber noch gut lesbar. Und Simonini, der mehr als eine Stunde damit verbracht hatte, die angebliche Handschrift von Dreyfus zu imitieren, erkannte sofort sonnenklar, dass diese Handschrift, die er so perfekt zu imitieren gelernt hatte, in allem und jedem der von Esterházy glich. Niemand hat ein besseres Gespür für solche Dinge als ein Fälscher.

Was war passiert? Hatte ihm Sandherr statt eines von Dreyfus beschriebenen Blattes eine Schriftprobe von Esterházy gegeben? War das möglich? Bizarr, unerklärlich, aber so muss es gewesen sein. Hatte er es aus Versehen getan? Mit Absicht? Und wenn ja, warum? Oder war Sandherr selbst von einem seiner Untergebenen getäuscht worden, der ihm die falsche Probe gegeben hatte? Wenn Sandherr hintergangen worden war, musste man ihn über die Vertauschung informieren. Aber wenn Sandherr selbst die Proben vertauscht hatte, um Esterházy zu schaden, würde Simonini, wenn er das Opfer informierte, alle Geheimdienste gegen sich haben. Also schweigen? Und was, wenn die Geheimdienste eines Tages *ihm* die Vertauschung in die Schuhe schieben würden?

Simonini war nicht verantwortlich für den Fehler, das musste er klarstellen, zumal er seit jeher großen Wert darauf legte, dass seine Fälschungen sozusagen authentisch waren. Darum beschloss er, das Risiko zu wagen, und begab sich zu Sandherr, der sich zunächst abweisend zeigte und ihn nicht empfangen wollte, vielleicht weil er einen Erpressungsversuch fürchtete.

Als Simonini ihm dann die Wahrheit eröffnete (die einzige wirkliche übrigens in dieser Geschichte voller Lügen), machte Sandherr, noch erdfahler als gewöhnlich, eine ungläubige Miene.

»Colonel«, sagte Simonini, »Sie werden doch sicher eine photographische Kopie des *Bordereau* aufbewahrt haben. Besorgen Sie sich Handschriftenproben von Dreyfus und Esterházy, und dann vergleichen wir die drei Texte.«

Sandherr gab ein paar Anweisungen, nach kurzer Zeit hatte er drei Bögen auf dem Schreibtisch, und Simonini machte ihn auf einige Stellen aufmerksam: »Sehen Sie zum Beispiel hier. In allen Wörtern mit zwei *s*, wie *Adresse* oder *interessant*, ist bei Esterházy das erste *s* etwas kleiner und das zweite etwas größer, und sie sind fast nie verbunden. Das war es, was ich gestern vormittag sofort bemerkte, denn mit diesem Detail hatte ich mich besonders beschäftigt, als ich das *Bordereau* schrieb. Jetzt sehen Sie sich die Handschrift von Dreyfus an, die ich hier zum ersten Mal sehe. Es ist verblüffend, bei allen Wörtern mit zwei *s* ist das erste größer und das zweite kleiner, und sie sind immer verbunden. Soll ich fortfahren?«

»Nein, das genügt. Ich weiß nicht, wie es zu dieser Verwechslung gekommen ist, ich werde der Sache nachgehen. Das Problem ist nur, dass sich dieses Dokument mittlerweile in den Händen von General Mercier befindet, der jederzeit den Wunsch haben könnte, es mit einer Handschriftenprobe von Dreyfus zu vergleichen. Allerdings ist er kein Handschriftenexperte, und ein paar Ähnlichkeiten zwischen diesen beiden Handschriften gibt es schon. Er darf nur nicht auf den Gedanken kommen, sich auch eine Handschriftenprobe von Esterházy zu besorgen, aber ich sehe nicht, wieso er ausgerechnet an Esterházy denken sollte – wenn Sie nichts sagen. Also versuchen Sie, die ganze Sache zu vergessen, und bitte kommen Sie nie wieder in diese Büros. Ihre Belohnung wird angemessen erhöht werden.«

Um zu erfahren, wie es weiterging, brauchte Simonini sich nicht mehr an vertrauliche Nachrichten zu halten, denn über den Fall Dreyfus berichteten mittlerweile alle Zeitungen. Auch im Generalstab gab es Leute, die noch eine gewisse Vorsicht walten ließen und nach sicheren Beweisen dafür suchten, dass das *Bordereau* wirklich von Dreyfus stammte. So bat Sandherr einen berühmten Handschriftenexperten, Bertillon, um sein Urteil, und der kam zu dem Schluss, dass die Handschrift des *Bordereau* nicht wirklich der von Dreyfus gleiche, aber dass es sich um einen evidenten Fall von Selbstfälschung handle: Dreyfus habe seine Handschrift (wenn auch nur teilweise) verändert, um glauben zu machen, dass jemand anders den Brief geschrieben habe. Trotz der vernachlässigenswerten Details stamme das Dokument mit Sicherheit von Dreyfus.

Wer hätte noch wagen können, daran zu zweifeln, während *La Libre Parole* inzwischen jeden Tag auf die öffentliche Meinung einhämmerte und sogar den Verdacht weckte, dass die Affäre unter den Teppich gekehrt werden könnte, weil Dreyfus Jude war und von den Juden geschützt werde? Es gebe vierzigtausend Offiziere in der Armee, schrieb Drumont, wieso habe Mercier die Geheimnisse der nationalen Verteidigung ausgerechnet einem elsässisch-jüdischen Kosmopoliten anvertraut? Mercier war ein Liberaler, den Drumont und die nationalistische Presse schon seit langem unter Druck setzten und des Philosemitismus bezichtigten. Er konnte jetzt nicht als Verteidiger eines verräterischen Juden auftreten. Daher war er nicht im geringsten daran interessiert, die Untersuchung versanden zu lassen, im Gegenteil, er zeigte sich sehr aktiv.

Drumont hämmerte weiter: »Lange waren die Juden der Armee fern geblieben, die sich ihre französische Reinheit bewahren konnte. Jetzt, wo sie sich auch in die Armee eingeschlichen haben, werden sie bald die Herren Frankreichs sein, und Rothschild wird sich von ihnen die Mobilisierungspläne geben lassen… Und man kann sich denken, zu welchem Zweck.«

Die Spannung stieg höher und höher. Ein Dragonerhauptmann Crémieu-Foa schrieb an Drumont, er beleidige alle jüdischen Offiziere, und verlangte Genugtuung. Die beiden schlugen sich, und um die Konfusion noch zu erhöhen, voilà, wer kam als Crémieu-Foas Sekundant? Major Esterházy… Der Marquis de Morès aus der Redaktion der *Libre Parole* forderte seinerseits Crémieu-Foa zum Duell, aber die Vorgesetzten des Offiziers untersagten ihm die Teilnahme an einem erneuten Duell und sperrten ihn in die Kaserne ein. An seiner Stelle erschien ein Hauptmann Mayer, der an einem Lungendurchschuss starb. Hitzige Debatten, Proteste gegen dieses Wiederaufflammen der Religionskriege… Und Simonini betrachtete hingerissen die Ergebnisse einer einzigen Stunde seiner Arbeit als Schreiber.

Im Dezember wurde der Kriegsrat einberufen, und in der Zwischenzeit war ein weiteres Dokument aufgetaucht, ein Brief des italienischen Militärattachés Panizzardi an die Deutschen, in dem »diese Kanaille D.« erwähnt wurde, die ihm die Pläne einiger Festungsanlagen verkauft habe. War »D.« als Dreyfus zu lesen? Niemand wagte daran zu zweifeln, und erst später sollte man entdecken, dass ein gewisser Dubois gemeint war, ein Angestellter des Ministeriums, der Informationen für zehn Francs pro Stück verkaufte. Zu spät, am 22. Dezember wurde Dreyfus für schuldig befunden, und am 5. Januar 1895 wurde er in der École Militaire degradiert. Im Februar sollte er dann auf die Teufelsinsel deportiert werden.

Simonini hatte sich die Degradierungszeremonie angesehen und beschreibt sie in seinem Tagebuch als überaus eindrucksvoll: Die Truppen an den vier Seiten des weiten Hofes aufgestellt, Dreyfus trifft ein und muss fast einen Kilometer durch dieses Spalier von

Tapferen gehen, die ihm, wenngleich mit ungerührter Miene, ihre Verachtung auszudrücken scheinen, General Darras zieht den Säbel, die Fanfare ertönt, Dreyfus in Hauptmannsuniform marschiert auf den General zu, eskortiert von vier Artilleristen unter dem Komando eines Sergeanten, Darras verliest das Degradierungsurteil, ein riesiger Gardefeldwebel mit Federbuschhelm tritt vor den Hauptmann, reißt ihm die Epauletten, die Tressen, die Knöpfe vom Rock, nimmt ihm den Säbel ab, zerbricht ihn auf seinem Knie und wirft die beiden Hälften dem Verräter vor die Füße.

Dreyfus schien ungerührt, und viele Presseberichte wollten später darin ein Zeichen seines Verrats sehen. Simonini glaubte gehört zu haben, dass er im Moment seiner Degradierung »Ich bin unschuldig!« rief, aber gemessen und ohne seine Habachtstellung aufzugeben. Na klar, bemerkte Simonini sarkastisch, der kleine Jude hatte sich so sehr mit seiner (usurpierten) Würde als französischer Offizier identifiziert, dass er nicht imstande war, die Entscheidungen seiner Vorgesetzten anzuzweifeln, und da sie nun einmal beschlossen hatten, dass er ein Verräter sei, musste er dieses Urteil ohne den Schatten eines Zweifels hinnehmen. Vielleicht fühlte er sich in diesem Moment wirklich als Verräter, und die Beteuerung seiner Unschuld war für ihn nur ein obligater Bestandteil des Rituals.

So glaubte Simonini sich zu erinnern, aber in einer seiner Schachteln fand er einen Zeitungsartikel von einem gewissen Brisson in der *République française* vom Tag darauf, der das Gegenteil behauptete:

Im selben Augenblick, in dem der General ihm die entehrende Formel ins Gesicht geschleudert hat, hebt er den Arm und ruft: »Es lebe Frankreich, ich bin unschuldig!«

Der Unteroffizier hat seine Aufgabe beendet. Das Gold, das die Uniform geschmückt hatte, liegt am Boden. Man hat ihm nicht einmal die roten Bänder gelassen, das Erkennungszeichen der Waffengattung. In seinem nun vollkommen schwarzen Dolman und mit dem plötzlich verdunkelten Képi sieht Dreyfus aus, als wäre er schon in Sträflingskleidung... Er ruft weiter: »Ich bin unschuldig!« Die Menge hinter der

Absperrung, die nur seine dunkle Gestalt sieht, bricht in Beschimpfungen und schrille Pfiffe aus. Dreyfus hört diese Verfluchungen, und seine Wut wird noch erbitterter.

Während er an einer Gruppe von Offizieren vorbeimarschiert, vernimmt er diese Worte: »Judas! Verräter!« Dreyfus fährt wütend herum und wiederholt abermals: »Ich bin unschuldig, ich bin unschuldig!«

Jetzt kann man seine Züge erkennen. Ein paar Sekunden lang fixieren wir ihn in der Hoffnung, eine höhere Offenbarung darin zu erkennen, einen Reflex jener Seele, der sich bisher nur die Richter hatten annähern können, um ihre tiefsten Gründe zu erforschen. Doch was seine Physiognomie beherrscht, ist Zorn, ein bis zum Paroxysmus gesteigerter Zorn. Seine Lippen sind zu einer schrecklichen Grimasse verzerrt, die Augen blutunterlaufen. Und wir begreifen: wenn der Verurteilte so standhaft wirkt und mit einem so martialischen Schritt daherkommt, dann weil er gleichsam von diesem Furor gepeitscht wird, der seine Nerven bis zum Zerreißen spannt…

Was verbirgt sich in der Seele dieses Mannes? Welchen Motiven gehorcht er, wenn er seine Unschuld in dieser Weise beteuert, mit einer so verzweifelten Energie? Hofft er vielleicht, die öffentliche Meinung zu verwirren, Zweifel in uns zu wecken, die Loyalität der Richter, die ihn verurteilt haben, in Verdacht zu ziehen? Ein Gedanke kommt uns, leuchtend wie ein Blitz: Wenn er nicht schuldig wäre, was für eine schreckliche Qual!

Simonini lässt nicht erkennen, dass er irgendeine Qual verspürt hätte, denn dass Dreyfus schuldig war, stand für ihn fest, er hatte es ja selbst mit entschieden. Doch die Kluft zwischen seiner Erinnerung und diesem Artikel zeigte ihm, wie tief diese Affäre ein ganzes Land aufgewühlt hatte und dass jeder darin sah, was er sehen wollte.

Aber sei's drum, sollte Dreyfus doch zum Teufel gehen, oder zur Insel desselben. Es war nicht mehr seine Sache.

Die Belohnung, die er zu gegebener Zeit diskret bekam, übertraf tatsächlich seine Erwartungen.

…ein riesiger Gardefeldwebel mit Federbuschhelm tritt vor den
Hauptmann, reißt ihm die Epauletten, die Tressen, die Knöpfe
vom Rock, nimmt ihm den Säbel ab, zerbricht ihn auf
seinem Knie und wirft die beiden Hälften
dem Verräter vor die Füße… (S. 431)

Taxil im Auge behalten

Während all dies geschah, behielt Simonini, wie er sich gut erinnert, immer auch Taxils Aktivitäten im Auge. Nicht zuletzt deshalb, weil Taxil ein Dauergesprächsthema in Drumonts Kreisen war, wo man die Taxil-Affäre zunächst mit skeptischem Amüsement und dann mit wutschnaubender Empörung verfolgte. Drumont betrachtete sich als Antifreimaurer, Antisemit und seriöser Katholik – was er auf seine Weise auch war –, und ertrug es nicht, dass seine Sache von einem Filou unterstützt wurde. Dass Taxil ein Filou war, glaubte Drumont schon seit geraumer Zeit, er hatte ihn auch schon in seinem Buch *La France Juive* angegriffen und darauf hingewiesen, dass alle seine antiklerikalen Bücher von jüdischen Verlegern publiziert worden waren. Aber in diesen Jahren verschlechterten sich ihre Beziehungen aus politischen Gründen noch mehr.

Wie wir bereits von Abbé Dalla Piccola wissen, bewarben sich beide als Kandidaten für einen Sitz im Pariser Stadtrat und zielten auf dieselbe Wählerschaft ab. Daher wurde ihre Schlacht nun öffentlich ausgetragen.

Taxil schrieb ein Pamphlet mit dem Titel *Monsieur Drumont, étude psychologique*, in dem er einigermaßen sarkastisch den exzessiven Antisemitismus seines Gegners kritisierte und bemerkte, dass Antisemitismus eher typisch für die sozialistische und revolutionäre Presse sei als für die Katholiken. Drumont antwortete ihm mit einem *Testament d'un antisémite*, in dem er Taxils Konversion anzweifelte und an den Schlamm erinnerte, mit dem er die heiligen Dinge beworfen hatte, nicht ohne beunruhigende Fragen über Taxils Nicht-Kriegszustand mit der jüdischen Welt aufzuwerfen.

Wenn wir bedenken, dass im selben Jahr 1892 die Zeitung *La Libre Parole* gegründet wurde, ein politisches Kampfblatt, das fähig war, sowohl den Panamaskandal als auch die Serie *Le Diable au XIXe siècle* anzuprangern, die man schwerlich als eine seriöse Publikation betrachten konnte, so verstehen wir, warum in Drumonts Redaktion Sarkasmen über Taxil an der Tagesordnung waren und man seine zunehmenden Missgeschicke mit boshaftem Lächeln begleitete.

Mehr als die Kritiken, bemerkte Drumont, schadete Taxil der unerwünschte Applaus. Zum Fall jener mysteriösen Diana meldeten sich Dutzende von recht zwielichtigen Abenteurern, die sich familiärer Beziehungen mit einer Frau rühmten, die sie wahrscheinlich nie gesehen hatten.

Ein gewisser Domenico Margiotta veröffentlichte *Souvenirs d'un trente-troisième: Adriano Lemmi, Chef Suprème des Franc-Maçons* und schickte sie an Diana, nicht ohne ihr zu versichern, dass er sich mit ihrer Revolte solidarisch erkläre. In seinem Begleitschreiben präsentierte sich dieser Margiotta als Sekretär der Loge Savonarola in Florenz, Ehrwürdiger der Loge Giordano Bruno in Palmi, Souveräner Großinspektor-General, 33. Grad, des Alten und Angenommenen Schottischen Ritus, Souveräner Prinz des Ritus von Memphis und Misraim (95. Grad), Inspektor der Loge Misraim in Kalabrien und Sizilien, Ehrenmitglied des Grand Orient National de Haïti, Aktives Mitglied des Obersten Bundesrates von Neapel, Generalinspektor aller Freimaurerlogen der drei Kalabrien, Großmeister *ad vitam* des Orientalischen Freimaurer-Ordens von Misram oder Ägypten in Paris (90. Grad), Kommandant des Ordens der Ritter-Verteidiger der Universalen Freimaurerei, Ehrenmitglied *ad vitam* des Obersten und Allgemeinen Rates der Italienischen Föderation in Palermo, Permanenter Inspektor und Souveräner Delegierter des Großen Zentraldirektoriums von Neapel und Mitglied des Reformierten Neuen Palladiums. Er hätte folglich ein hoher Würdenträger der Freimaurerei sein müssen, doch er erklärte, er habe die Freimaurerei vor kurzem verlassen. Drumont meinte, er sei zum katholischen Glauben übergetreten, weil die höchste und geheime Leitung der Sekte nicht ihm zugesprochen worden war, wie er erwartet hatte, sondern einem gewissen Adriano Lemmi.

Und von diesem obskuren Adriano Lemmi berichtete nun Margiotta, er habe seine Karriere als Dieb begonnen, habe in Marseille einen Kreditbrief der neapolitanischen Firma Falconet & Co. gefälscht und der Gattin eines mit ihm befreundeten Arztes eine Perlentasche und 300 Goldfrancs gestohlen, während sie ihm in der Küche einen Tee machte. Nach einer Zeit im Gefängnis sei er nach Konstantinopel gefahren, um sich dort in den Dienst eines alten jüdischen Kräuterhändlers zu stellen, demgegenüber er sich bereit erklärt habe, dem Christentum abzusagen und sich beschneiden zu lassen. Von den Juden unterstützt, habe er dann seine Karriere bei den Freimaurern gemacht.

Daran sehe man, schloss Margiotta, dass »die verfluchte Rasse Judas, von der alle Übel der Menschheit herkommen, all ihren Einfluss aufgeboten hatte, um einen der Ihren, und zwar den ruchlosesten von allen, zur höchsten und universalen Leitung des Freimaurer-Ordens aufsteigen zu lassen«.

Der kirchlichen Welt kamen diese Anklagen sehr gelegen, und Margiottas 1895 erschienenes Buch *Le Palladisme: Culte de Satan-Lucifer dans les triangles maçonniques* begann mit Geleitworten der Bischöfe von Grenoble, Annecy, Montauban, Aix-en-Provence, Limoges, Mende, Tarentaise, Pamiers und Oran sowie des Lateinischen Patriarchen von Jerusalem Ludovico Piavi.

Das Dumme war nur, dass die Informationen Margiottas die halbe politische Welt Italiens miteinbezogen und insbesondere jenen Francesco Crispi, der einst Garibaldis Stellvertreter gewesen und jetzt italienischer Ministerpräsident war. Solange man phantasmagorische Berichte über Freimaurerriten publizierte und verkaufte, blieb man im Grunde unbehelligt, aber wenn man sich in die Beziehungen zwischen Freimaurerei und politischer Macht einmischte, riskierte man, einige sehr rachsüchtige Personen zu erzürnen.

Das hätte Taxil wissen müssen, aber er versuchte offenbar, jenes Terrain zurückzugewinnen, das Margiotta ihm zu entreißen im Begriff war, und so erschien, diesmal unter Dianas Namen, ein fast vierhundert Seiten starkes Buch mit dem Titel *Le 33ème Crispi*, in dem, vermischt mit bekannten Fakten wie dem Skandal um die Banca Romana, in den Crispi verwickelt gewesen war, Berichte über seinen Pakt mit dem Dämon Haborym und über seine Teilnahme an einer palladistischen Sitzung standen, in deren Verlauf die übliche Sophie Walder verkündet habe, sie sei schwanger mit einer Tochter, die ihrerseits den Antichrist hervorbringen werde.

»Operettenkitsch«, empörte sich Drumont. »So führt man keinen politischen Kampf.«

Dennoch wurde das Werk mit Wohlwollen im Vatikan aufgenommen, was Drumont noch mehr in Rage brachte. Der Vatikan hatte eine offene Rechnung mit Crispi, denn dieser hatte ein Standbild von Giordano Bruno, einem Opfer der kirchlichen Intoleranz, am Ort seiner Verbrennung auf dem Campo dei Fiori in Rom errichten lassen, und noch am selben Abend hatte ihn Leo XIII. in seinem Sühnegebet am Grab des Apostels in der Peterskirche genannt. Man kann sich die Freude des Papstes vorstellen, als er nun diese Anti-Crispi-Dokumente las: Er beauftragte seinen Sekretär Msgr. Sardi, Diana nicht nur den üblichen »apostolischen Segen« zu senden, sondern auch eine herzliche Danksagung und eine Aufforderung, ihr verdienstvolles Werk der Demaskierung jener »ruchlosen Sekte« fortzusetzen. Und dass die Sekte ruchlos war, bezeugte die Tatsache, dass in Dianas Buch der Dämon Haborym mit drei Köpfen erschien, einem menschlichen mit Flammenhaaren, einem Katzen- und einem Schlangenkopf – wenngleich Diana mit wissenschaftlicher Strenge präzisierte, dass sie ihn niemals in dieser Gestalt gesehen habe (bei ihrer Anrufung habe er sich vielmehr als ein schöner Greis mit silbrig wallendem Bart gezeigt).

»Sie kümmern sich nicht einmal darum, ein Mindestmaß an Wahrscheinlichkeit zu beachten!« erregte sich Drumont. »Wie schafft es eine Amerikanerin, die seit kurzem in Frankreich lebt, alle Geheimnisse der italienischen Politik zu kennen? Sicher, die Leute achten nicht auf so was, und Diana verkauft sich gut, aber dem Pontifex Maximus, dem *Pontifex Maximus* wird man vorwerfen, solch einen Unfug geglaubt zu haben! Man muss die Kirche vor ihren eigenen Schwächen schützen!«

Die ersten offenen Zweifel an der Existenz Dianas wurden dann in *La Libre Parole* geäußert. Und kurz darauf schalteten sich explizit religiös inspirierte Periodika wie *L'Avenir* und *L'Univers* im selben Sinne in die Polemik ein. In anderen katholischen Kreisen tat man dagegen alles, um Dianas Existenz zu beweisen: In *Le Rosier de Marie* erschien das Zeugnis des Präsidenten des Ordens der Advokaten von Saint-Pierre, Lautier, der versicherte, Diana in Gesellschaft von Taxil, Bataille und dem Zeichner, der sie porträtiert hatte, gesehen zu haben, allerdings zu einer Zeit, als Diana noch Palladistin gewesen war. Gleichwohl musste die Konversion sie schon innerlich erleuchtet haben, denn der Autor beschrieb sie so: »Sie ist eine junge Frau von neunundzwanzig Jahren, anmutig, vornehm, von mehr als mittlerer Größe, mit offener, freier und ehrlicher Miene, der Blick funkelnd von einer Intelligenz, die Entschiedenheit und Gewohntsein ans Kommandieren bezeugt. Sie kleidet sich elegant und mit Geschmack, ohne Affektiertheit und ohne das Übermaß an Schmuck, das die Mehrheit der reichen Ausländerinnen so lächerlich charakterisiert... Ihre Augen sind ungewöhnlich, mal meerblau, mal ein lebhaftes Goldgelb.« Als ihr ein Chartreuse-Likör angeboten wurde, habe sie aus Hass auf alles, was irgendwie nach Kirche klang, abgelehnt. Sie habe nur Cognac getrunken.

Im September 1896 war Taxil der Hauptorganisator eines großen antifreimaurerischen Kongresses in Trient. Aber gerade dort wurden die Verdächtigungen und Kritiken von seiten deutscher Katholiken heftiger. Ein Pater Baumgarten wollte Dianas Geburtsurkunde sehen und das Zeugnis des Priesters, vor dem sie dem Palladismus abgeschworen hatte. Taxil behauptete, die Beweise in der Tasche zu haben, zeigte sie aber nicht.

Ein Abbé Garnier ging so weit, in *Le Peuple Français* einen Monat nach dem Kongress in Trient den Verdacht zu äußern, Diana sei eine freimaurerische Mystifikation, ein Pater Bailly ging in der hochangesehenen Zeitschrift *La Croix* ebenfalls auf Distanz, und die *Kölnische Volkszeitung* erinnerte daran, dass Bataille-Hacks noch im selben Jahr, in dem die Serie *Le Diable* begann, Gott und alle seine Heiligen verflucht hatte. Für Diana fochten dagegen der übliche Kanonikus Mustel, die jesuitische *Civiltà cattolica* und ein Sekretär des Kardinals Parrocchi, der ihr schrieb, »um ihr den Rücken zu stärken gegen den Sturm von Schmähungen, der sich nicht scheute, sogar ihre Existenz in Zweifel zu ziehen«.

Drumont fehlte es nicht an guten Bekanntschaften in diversen Milieus, und mit journalistischer Witterung – Simonini war nicht klar, wie er das geschafft hatte – gelang es ihm, Hacks-Bataille aufzuspüren, vermutlich hatte er ihn während einer seiner alkoholischen Krisen überrascht, in denen er immer mehr zu Melancholie und Reue neigte, und so kam es zum großen Theatercoup: Hacks gestand seine Fälschung, zuerst in der *Kölnischen Volkszeitung*, dann in *La Libre Parole*. Offenherzig schrieb er: »Als die Enzyklika *Humanum Genus* erschienen war, hatte ich gedacht, das wäre doch eine Gelegenheit, mit der Leichtgläubigkeit und unergründlichen Dummheit der Katholiken Geld zu verdienen. Man brauchte bloß einen Jules Verne zu finden, um diesen Räuberpistolen einen erschröcklichen Anstrich zu geben. Dieser Verne bin ich dann gewesen, das ist alles... Ich habe Abrakadabra-Szenen erzählt, die ich in esoterische Kontexte stellte, da ich sicher war, dass niemand sie nachprüfen würde... Und die Katholiken haben alles geschluckt. Die Borniertheit dieser Leute ist so groß, dass sie auch heute noch, wenn ich erklärte, dass ich sie auf den Arm genommen habe, mir nicht glauben würden.«

Lautier schrieb in *Le Rosier de Marie*, er sei vielleicht getäuscht worden und habe eine andere Frau als Diana gesehen, und schließlich erschien auch eine erste jesuitische Attacke aus der Feder eines gewissen Pater Portalié in der sehr seriösen Zeitschrift *Études*. Und als wäre das noch nicht genug, meldeten einige Zeitungen, dass Msgr. Northrop, der Bischof von Charleston (dem Wohnort von General Pike, dem Großmeister aller Großmeister), nach Rom gefahren sei, um Leo XIII. persönlich zu versichern, dass die Freimaurer in seiner Stadt brave Leute seien und nirgendwo in ihren Tempeln eine Satansfigur hätten.

Drumont triumphierte. Taxil war kaltgestellt, der Kampf gegen die Freimaurer und der gegen die Juden kehrten in seriöse Hände zurück.

24.

Eine nächtliche Messe

16. April 1897

Cher Capitaine,

Ihre letzten Seiten akkumulieren eine unglaubliche Menge von Ereignissen, und es ist klar, dass ich, während Sie all diese Dinge erlebten, anderes erlebt habe. Und offenbar waren Sie informiert über das, was um mich herum vorging (kein Wunder bei dem Lärm, den Taxil und Bataille machten), und vielleicht erinnern Sie sich an mehr davon, als ich zu rekonstruieren vermag.

Wenn wir jetzt April 1897 haben, hat meine Geschichte mit Taxil und Diana zwölf Jahre gedauert, in denen zu viele Dinge geschehen sind. Wann zum Beispiel haben wir Boullan verschwinden lassen?

Es müsste im ersten Jahr der Serie *Le Diable* gewesen sein. Boullan kam eines Abends ganz außer sich nach Auteuil, er wischte sich dauernd mit einem Taschentuch die Lippen ab, auf denen sich ein weißlicher Schaum bildete.

»Ich bin erledigt«, sagte er, »sie bringen mich um.«

Dr. Bataille meinte, ein gutes Glas hochprozentigen Alkohols werde ihn schon wieder aufrichten, Boullan lehnte nicht ab, und dann erzählte er uns mit gebrochener Stimme eine Geschichte von Hexereien und Teufelswerk.

Er hatte uns schon früher von seinem überaus schlechten Verhältnis zu Stanislas de Guaita und dessen Orden vom Kabbalistischen Rosenkreuz erzählt sowie auch zu jenem Joséphin Péladan, der dann im Geiste der Dissidenz den Orden vom Katholischen Rosenkreuz gegründet hatte – mit beiden hatte sich selbstverständlich auch die Serie *Le Diable* beschäftigt. Aus meiner Sicht gab es wenig Unterschiede zwischen den Rosenkreuzern Péladans und der Sekte von Vintras, deren Hoherpriester Boullan geworden war, sie waren allesamt Leute, die in langen Messgewändern voll kabbalistischer Zeichen herumliefen, und man verstand nicht recht, ob sie auf der Seite unseres Herrgotts oder auf der des Teufels standen, aber vielleicht war Boullan ja gerade deswegen mit Péladan aneinandergeraten. Sie jagten im selben Revier und versuchten dieselben armen Seelen zu verführen.

Was Guaita betraf, so präsentierten ihn seine Getreuen als feinsinnigen Edelmann (er war Marquis), der Zauberbücher voller Pentagramme sammelte, Werke von Lullus und Paracelsus, Manuskripte seines Lehrers in weißer und schwarzer Magie, Eliphas Lévi, und andere hermetische Schriften von erlesener Rarität. Seine Tage verbrachte er, so hieß es, in einer kleinen Parterrewohnung an der Avenue Trudaine, wo er nur Okkultisten empfing und manchmal wochenlang nicht ausging. Doch anderen zufolge kämpfte er in diesen Räumen gegen ein Phantom, das er in einem Schrank gefangenhielt, und sah, mit Alkohol und Morphium vollgepumpt, die Gespenster lebendig werden, die er in seinen Delirien erzeugte.

Dass er sich in sinistren Disziplinen bewegte, zeigen die Titel seiner *Essais de sciences maudites*, in denen er die luziferischen oder luziferianischen, satanischen oder satanesken, diabolischen oder diabolesken Intrigen Boullans anprangert, den er als einen pervertierten Satanisten darstellt, welcher »die Unzucht zur liturgischen Praxis erhoben« habe.

Die Geschichte war alt, schon 1887 hatten Guaita und seine Anhänger ein »initiatisches Tribunal« einberufen, das Boullan verurteilt hatte. War das nur eine moralische Verurteilung gewesen? Boullan behauptete seit langem, er sei auch physisch verurteilt worden, und fühlte sich ständig attackiert, durchbohrt, von okkulten Strömen verletzt, von unsichtbaren Speeren, die Guaita und seine Leute auch aus großer Entfernung auf ihn schleuderten.

Und nun fühlte er sich am Ende.

»Jeden Abend, genau in dem Augenblick, wenn ich einschlafe, verspüre ich Hiebe, Faustschläge, Ohrfeigen – und das ist keine Täuschung

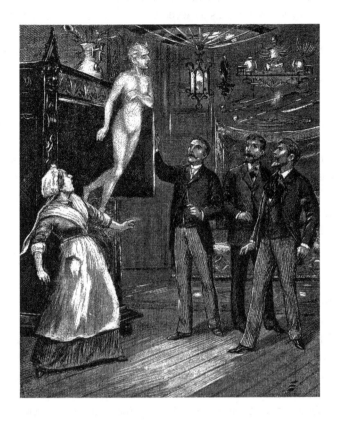

…er kämpfte in diesen Räumen gegen ein Phantom, das er in einem Schrank gefangenhielt, und sah, mit Alkohol und Morphium vollgepumpt, die Gespenster lebendig werden, die er in seinen Delirien erzeugte… (S. 442)

meiner kranken Sinne, glauben Sie mir, denn im selben Augenblick heult meine Katze auf, als sei sie von einem elektrischen Schlag getroffen worden. Ich weiß, dass Guaita eine Wachsfigur modelliert hat, in die er mit einer Nadel sticht, und dann empfinde ich stechende Schmerzen. Ich habe versucht, ihm mit einem Gegenzauber zu antworten, der ihn blind machen soll, aber Guaita hat es bemerkt, er ist in diesen Künsten besser als ich, und hat den Zauber gegen mich umgekehrt. Meine Augen trüben sich, mein Atem geht schwer, ich weiß nicht, wie lange ich noch leben werde...«

Wir waren nicht sicher, dass er uns die Wahrheit sagte, aber darum ging es nicht. Der Ärmste litt wirklich. Und da hatte Taxil eine seiner genialen Ideen: »Stellen Sie sich tot«, sagte er, »lassen Sie durch Getreue verbreiten, Sie seien auf einer Reise nach Paris gestorben, kehren Sie nicht nach Lyon zurück, suchen Sie sich in Paris eine Zuflucht, rasieren Sie sich den Bart ab, und werden Sie ein anderer. Machen Sie es wie Diana, erwachen Sie als ein anderer, aber bleiben Sie dann im Unterschied zu Diana der andere und warten Sie, bis Guaita und seine Leute Sie für tot halten und aufhören, Sie zu quälen.«

»Und wie lebe ich, wenn ich nicht mehr in Lyon bin?«

»Leben Sie hier bei uns in Auteuil«, schlug ich vor, »jedenfalls bis das Gröbste vorbei ist und Ihre Feinde entlarvt sind. In letzter Zeit benötigt Diana immer mehr Hilfe, da können Sie uns als Dauergast nützlicher sein denn als gelegentlicher Besucher.«

»Aber wenn Sie treue Freunde haben«, fügte Taxil hinzu, »schreiben Sie ihnen, bevor Sie sich totstellen, Briefe voller Vorahnungen Ihres Todes, und beschuldigen Sie unmissverständlich Guaita und Péladan, damit Ihre untröstlichen Anhänger eine Kampagne gegen Ihre Mörder entfesseln.«

So geschah es. Die einzige Person, die wir einweihten, war Madame Thibault, Boullans Assistentin, Priesterin, Vertraute (und vielleicht noch mehr), die seinen Pariser Freunden eine erschütternde Beschreibung seines Todeskampfes gab – wie sie es seinen Getreuen in Lyon beibrachte, weiß ich nicht, vielleicht ließ sie einen leeren Sarg beerdigen. Kurz darauf wurde sie als Gouvernante bei einem Freund und posthumen Verteidiger Boullans, dem modischen Schriftsteller Huysmans eingestellt – und ich bin sicher, dass sie an manchen Abenden, wenn ich nicht in Auteuil war, ihren alten Komplizen besuchen kam.

Als die Nachricht von Boullans Tod bekannt wurde, blies der Journalist Jules Bois im *Gil Blas* zur Attacke auf Guaita und beschuldigte ihn der Hexerei und des Mordes an Boullan, während der *Figaro* ein Interview mit Huysmans brachte, der ausführlich in allen Einzelheiten erklärte, wie Guaitas Hexerei funktioniert hatte. Bois setzte nach und verlangte im *Gil Blas* eine Autopsie der Leiche, um zu sehen, ob die Leber und das Herz tatsächlich Einstichspuren der unsichtbaren Speere von Guaita aufwiesen, und forderte eine gerichtliche Untersuchung des Falles.

Guaita erwiderte, ebenfalls im *Gil Blas*, mit einer ironischen Erklärung über seine todbringenden Kräfte (»Jawohl, ich manipuliere mit infernalischer Kunst die subtilsten Gifte, mache sie derart volatil, dass ihre toxischen Dämpfe über Hunderte von Meilen Entfernung zu den Nasenlöchern derer fließen, die mir nicht sympathisch sind, ich bin der Gilles de Rais des kommenden Jahrhunderts«) und forderte sowohl Huysmans als auch Bois zum Duell.

Bataille meinte höhnisch grinsend, mit all ihren magischen Kräften sei es keinem der beiden Streithähne gelungen, den anderen auch nur zu ritzen, aber eine Zeitung in Toulouse deutete an, dass tatsächlich jemand Zauberei angewandt haben musste, denn eines der Pferde, die den Landauer von Jules Bois zum Duell bringen sollten, war grundlos gestrauchelt und musste ausgewechselt werden, auch das zweite Pferd war zusammengebrochen, der Landauer war umgestürzt, und Bois erschien blutend und zerschunden am Ort des Duells. Überdies soll, wie er später sagte, auch eine Kugel, die im Lauf seiner Pistole steckengeblieben war, durch eine übernatürliche Kraft blockiert worden sein.

Boullans Freunde ließen den Zeitungen auch die Nachricht zukommen, Péladans Rosenkreuzer hätten eine Messe in Notre-Dame feiern lassen, aber im Moment der Elevation hätten sie drohend die Fäuste zum Altar gereckt. Parbleu, wer hätte das gedacht! Aber für die Serie *Le Diable* waren das schöne Nachrichten, interessant und sogar glaubwürdiger als die, an welche ihre Leser gewöhnt waren. Nur musste auch Boullan darin erwähnt werden, und zwar ohne ihn schönzufärben.

Boullan… fühlte sich ständig attackiert, durchbohrt, von okkulten Strömen verletzt, von unsichtbaren Speeren, die Guaita und seine Leute auch aus großer Entfernung auf ihn schleuderten… (S. 442)

»Sie sind tot«, sagte Bataille zu ihm, »und es braucht Sie nicht mehr zu interessieren, was über Sie geredet wird. Außerdem werden wir, falls Sie eines Tages wieder auftauchen sollten, eine Aura von Geheimnis um sie schaffen, die Ihnen sicher gefallen wird. Also kümmern Sie sich nicht darum, was wir schreiben, es wird nicht über Sie sein, sondern über die Person Boullan, die nicht mehr existiert.«

Boullan war einverstanden, und vielleicht genoss er sogar in seinem narzisstischen Wahn, was Bataille ungerührt weiter über seine okkulten Praktiken phantasierte. Aber in Wirklichkeit war er inzwischen nur noch an Diana interessiert. Er bedrängte sie mit krankhafter Beharrlichkeit, so dass ich fast um die Ärmste fürchtete, die immer mehr von seinen Phantasien hypnotisiert war, als lebte sie nicht auch so schon ziemlich weit außerhalb der Realität.

Was dann geschah, haben Sie gut erzählt, Capitaine. Die katholische Welt zerfiel in zwei Teile, von denen der eine begann, die Existenz Diana Vaughans in Zweifel zu ziehen. Hacks-Bataille packte aus, und Taxils Gebäude brach zusammen. Wir wurden bedrängt vom Gekläff unserer Gegner und zugleich von den vielen Nachahmern Dianas, wie diesem Margiotta, den Sie geschildert haben. Wir begriffen, dass wir vielleicht ein bisschen zu dick aufgetragen hatten, die Idee eines Teufels mit drei Köpfen, der mit dem italienischen Regierungschef dinierte, war schwer zu verdauen.

Nach wenigen Begegnungen mit Pater Bergamaschi war ich überzeugt, dass inzwischen, auch wenn die römischen Jesuiten der *Civiltà cattolica* weiter stur an der Causa Diana festhielten, die französischen Jesuiten entschlossen waren (siehe den Artikel von Pater Portalié, den Sie zitieren), die ganze Geschichte zu begraben. Ein weiteres kurzes Gespräch mit Hébuterne machte mir deutlich, dass auch die Freimaurer auf ein rasches Ende der Farce drängten. Für die Katholiken ging es darum, die Sache stillschweigend zu beenden, um die Hierarchie nicht noch mehr zu diskreditieren, die Freimaurer wünschten sich dagegen eine aufsehenerregende öffentliche Absage, damit die jahrelange antifreimaurerische Propaganda als bloße Prahlerei einer Randgruppe abgetan werden konnte.

So bekam ich eines Tages zwei kurze Schreiben. Eines von Pater Bergamaschi, das lautete: »Hiermit autorisiere ich Sie, Taxil 50 000 Francs anzubieten, damit er das ganze Unternehmen beendet. Mit brüderlichen Grüßen in Xto, Bergamaschi.« Das andere von Hébuterne: »Machen wir Schluss damit. Bieten Sie Taxil 100 000 Francs an, wenn er öffentlich erklärt, dass er alles erfunden hat.«

Ich hatte nun also Rückendeckung von beiden Seiten, ich brauchte bloß noch ans Werk zu gehen – natürlich nach Entgegennahme der von meinen Auftraggebern versprochenen Summen.

Die Fahnenflucht von Hacks-Bataille erleichterte mir die Aufgabe. Ich brauchte nur noch Taxil zur Konversion oder besser zur Rekonversion zu drängen. Wie zu Beginn dieser Unternehmung standen mir erneut 150 000 Francs zur Verfügung, und für Taxil würden 75 000 genügen, da ich Argumente hatte, die überzeugender waren als Geld.

»Hören Sie, Taxil, wir haben Hacks verloren, und es wäre schwierig, Diana einer Konfrontation mit der Öffentlichkeit auszusetzen. Ich werde mir überlegen, wie man sie verschwinden lassen kann. Aber Sie sind es, der mir Sorgen bereitet: Aus Stimmen, die ich gesammelt habe, scheint mir hervorzugehen, dass die Freimaurer beschlossen haben, mit Ihnen Schluss zu machen, und Sie selbst haben ja geschrieben, wie blutig deren Rache sein kann. Bisher hatte die öffentliche Meinung der Katholiken Sie geschützt, aber nun sehen Sie, dass sogar die Jesuiten in Deckung gehen. Doch voilà, jetzt bietet sich Ihnen eine außerordentliche Gelegenheit: Eine Loge, fragen Sie mich nicht welche, denn es handelt sich um eine sehr vertrauliche Angelegenheit, bietet Ihnen fünfundsiebzigtausend Francs, wenn Sie öffentlich erklären, dass Sie sich einen großen Spaß gemacht und alle auf den Arm genommen haben. Verstehen Sie, welchen Vorteil die Freimaurer davon haben: Sie reinigen sich von dem Kot, mit dem Sie sie beworfen haben, und werfen ihn auf die Katholiken, die nun als leichtgläubige Naivlinge dastehen. Was Sie betrifft, so werden Sie durch die Publizität, die Ihnen dieser Theatercoup einbringen wird, Ihre nächsten Werke noch besser verkaufen als Ihre bisherigen, die in letzter Zeit bei den Katholiken immer schlechter gingen. Erobern Sie sich das antiklerikale und freimaurerische Publikum zurück. Das steht Ihnen gut zu Gesicht.«

Ich brauchte nicht lange zu insistieren: Taxil ist ein Possenreißer, und die Idee, sich in einer neuen Posse zeigen zu können, ließ seine Augen schon glänzen.

»Einverstanden, lieber Abbé, ich miete mir einen Saal und verkünde der Presse, an einem bestimmten Tag werde Diana Vaughan persönlich auftreten, und sie werde dem Publikum unter anderem ein Photo des Dämons Asmodeus präsentieren, das sie mit Erlaubnis keines Geringeren als Luzifer höchstpersönlich geschossen habe! Außerdem verspreche ich auf einem Programmzettel, dass eine Schreibmaschine im Wert von vierhundert Francs, die Diana gehört hat, unter den Anwesenden verlost wird, wobei es dann gar nicht nötig sein wird, sie wirklich zu verlosen, denn wenn es soweit ist, werde ich vor das Publikum treten und erklären, dass Diana nie existiert hat – und wenn sie nicht existiert hat, dann existiert natürlich auch keine Schreibmaschine von ihr. Ich sehe die Szene schon vor mir: Ich werde in alle Zeitungen kommen, und zwar auf Seite eins. Wunderbar. Geben Sie mir die nötige Zeit, um das Ereignis gut zu organisieren, und – wenn es Ihnen nichts ausmacht – bitten Sie um einen Vorschuss auf diese fünfundsiebzigtausend Francs, für die Spesen...«

Tags darauf hatte Taxil einen passenden Saal gefunden, den der Société de Géographie, aber er wird erst am Ostermontag frei sein. Ich weiß noch, wie ich zu ihm sagte: »Also praktisch in einem Monat. Lassen Sie sich bis dahin möglichst wenig in der Öffentlichkeit sehen, damit kein weiterer Klatsch aufkommt. Ich werde in der Zwischenzeit überlegen, wie man Diana kaltstellen kann.«

Taxil stutzte einen Moment, wobei seine Lippen leicht zitterten und mit ihnen sein Schnurrbart: »Sie wollen Diana doch nicht... eliminieren?« sagte er.

»Wo denken Sie hin?« antwortete ich. »Vergessen Sie nicht, dass ich ein Kirchenmann bin. Ich werde sie dorthin zurückbringen, woher ich sie geholt habe.«

Der Gedanke, Diana zu verlieren, schien ihn zu verstören, aber die Angst vor der Rache der Freimaurer war stärker als das, was ihn zu Diana hinzog oder hingezogen hatte. Außer einem Filou war er auch ein

Feigling. Wie hätte er wohl reagiert, wenn ich ihm gesagt hätte, dass ich tatsächlich daran dachte, Diana zu eliminieren? Vielleicht hätte er es aus Angst vor den Freimaurern hingenommen. Solange nicht er es war, der die Tat vollbringen musste.

Ostermontag wird am 19. April sein. Wenn ich also Taxil beim Abschied sagte, dass es bis dahin noch praktisch ein Monat sei, muss das am 19. oder 20. März gewesen sein. Heute ist der 17. April. Demnach bin ich mit meiner Rekonstruktion der Geschehnisse dieser letzten zehn Jahre bis etwa vor einem Monat gelangt. Und wenn dieses Tagebuch nicht nur Ihnen, Capitaine, sondern auch mir dazu verhelfen soll, den Ursprung meiner gegenwärtigen Verwirrung zu finden, dann ist das bisher noch nicht geschehen. Oder hat vielleicht das entscheidende Ereignis gerade in diesen letzten vier Wochen stattgefunden?

Auf einmal ist mir, als hätte ich Angst, mich noch weiter zu erinnern.

18. April, frühmorgens

Während Taxil noch wütend im Hause umherlief und sich hemmungslos gehenließ, schien Diana gar nichts von dem, was um sie herum geschah, zu bemerken. Im Hin und Her zwischen ihren beiden Zuständen verfolgte sie unsere Besprechungen mit weit aufgerissenen Augen und schien nur aufzuhorchen, wenn der Name einer Person oder eines Ortes etwas wie ein schwaches Licht in ihr entzündete.

Sie verkümmerte immer mehr zu einer Art Pflanze, mit einer einzigen animalischen Komponente, einer immer erregteren Sinnlichkeit, die sich abwechselnd mal auf Taxil richtete, mal auf Bataille, solange er noch unter uns weilte, mal auf Boullan natürlich und – so sehr ich versuchte, ihr keinen Vorwand zu liefern – mal auch auf mich.

Diana war mit Anfang zwanzig in unsere Clique gekommen und hatte inzwischen die Mitte Dreißig überschritten. Trotzdem sagte Taxil mit immer schlüpfrigerem Lächeln, je reifer sie werde, desto faszinierender sei sie – als ob eine Frau von über dreißig noch begehrenswert sein könnte. Doch es ist auch wahr, dass seine nahezu baumstarke Vitalität manchmal seinem Blick eine Vagheit verlieh, die irgendwie geheimnisvoll wirkte.

Aber das sind Perversionen, mit denen ich mich nicht auskenne. Mein Gott, wieso halte ich mich hier bei der fleischlichen Form jener Frau auf, die für uns bloß ein bedauernswertes Werkzeug sein sollte?

* * *

Ich habe gesagt, dass Diana nichts von dem bemerkte, was um sie herum geschah. Vielleicht täusche ich mich: Im März geriet sie in Erregung, vielleicht weil sie weder Taxil noch Bataille mehr zu sehen bekam. Sie hatte eine hysterische Krise, der Dämon, klagte sie, quäle sie grausam, verletze sie, beiße sie, verdrehe ihr die Beine, schlage ihr ins Gesicht – und tatsächlich hatte sie blaue Ringe um die Augen. Auf ihren Handflächen zeigten sich Wundmale, die wie Stigmata aussahen. Sie fragte mich, warum die höllischen Kräfte ausgerechnet bei einer frommen Anhängerin Luzifers so hart zuschlugen, und fasste mich wie hilfesuchend am Ärmel.

Ich dachte an Boullan, der sich mit Zaubereien besser auskannte als ich. Und tatsächlich, kaum hatte ich ihn gerufen, ergriff sie seine Arme und begann zu zittern. Er legte ihr die Hände auf den Nacken und redete sanft auf sie ein, bis sie sich beruhigte, dann spuckte er ihr in den Mund.

»Und wer sagt dir, meine Tochter«, fragte er sie, »dass es dein Herr Luzifer ist, der dir diese Quälereien antut? Meinst du nicht, dass dein Feind der Große Feind *par excellence* ist, jener Aeon, den die Christen Jesus Christus nennen, oder einer seiner angeblichen Heiligen, der dich für deinen palladistischen Glauben bestrafen will?«

»Aber Monsieur l'Abbé«, sagte Diana verwirrt, »wenn ich Palladistin bin, dann weil ich dem pflichtvergessenen Christus keinerlei Macht zuerkenne. Ich habe mich ja sogar einmal geweigert, eine Hostie zu erdolchen, weil ich es verrückt fand, eine reale Präsenz in etwas anzuerkennen, was doch bloß ein Mehlgebäck war.«

»Und hier irrst du, meine Tochter. Schau dir an, was die Christen tun, sie anerkennen die Herrschaft ihres Christus, aber deswegen meinen sie nicht, dass es den Teufel nicht gäbe, im Gegenteil, sie fürchten seine List, seine Feindschaft, seine Verführungen. Und so müssen auch wir es tun: Wenn wir an die Macht unseres Herrn Luzifer glauben, dann weil wir überzeugt sind, dass sein Feind Adonai, womöglich auch in Gestalt des Christus, spirituell existiert und sich durch seine Bosheiten manifestiert. Und darum musst du dich darein fügen, das Bild deines Feindes in der einzigen Weise zu zertreten, die einem gläubigen Luziferianer gestattet ist.«

»Und das wäre?«

»Die schwarze Messe. Du kannst das Wohlwollen unseres Herrn Luzifer nur erlangen, indem du deine Ablehnung des christlichen Gottes durch die schwarze Messe zelebrierst.«

Diana schien überzeugt, und Boullan bat mich um Erlaubnis, sie zu einer Versammlung gläubiger Satanisten mitzunehmen, wo er ihr beweisen wolle, dass Satanismus und Luziferianismus oder Palladismus dieselben Ziele und dieselbe reinigende Kraft hätten.

Ich ließ ungern zu, dass Diana aus dem Hause ging, aber ich musste ihr eine Erleichterung verschaffen.

* * *

Finde Boullan im vertraulichen Gespräch mit Diana. Er sagt gerade: »Hat es dir gestern gefallen?«

Was ist gestern geschehen?

Er fährt fort: »Gut, morgen abend muss ich erneut eine feierliche Messe in einer geweihten Kirche in Passy zelebrieren. Ein wunderbarer Abend, der 21. März, Frühlingsäquinoktium, das Datum ist reich an okkulten Bedeutungen. Aber wenn du bereit bist zu kommen, muss ich dich spirituell vorbereiten, und zwar jetzt und allein, in der Beichte.«

Ich ging hinaus, und Boullan blieb mehr als eine Stunde mit ihr allein. Als er mich schließlich zurückrief, sagte er, Diana werde übermorgen abend in die Kirche von Passy gehen, aber sie wolle, dass ich sie begleite.

»Ja, Monsieur l'Abbé«, sagte sie mit ungewöhnlich glänzenden Augen und geröteten Wangen, »ich bitte Sie darum.«

Ich hätte ablehnen sollen, aber ich war neugierig geworden und wollte nicht in Boullans Augen als Frömmler erscheinen.

* * *

Ich schreibe und zittere, die Hand bewegt sich fast von allein über das Papier, ich rufe mir das Geschehene nicht mehr in Erinnerung, ich erlebe es wieder, es ist, als erzählte ich etwas, das in diesem Augenblick gerade geschieht...

Es war der Abend des 21. März. Sie, Capitaine, haben Ihr Tagebuch am 24. März begonnen und haben geschrieben, ich hätte am 22. März das Gedächtnis verloren. Wenn also etwas Schreckliches geschehen ist, dann muss es am Abend des 21. gewesen sein.

Ich versuche zu rekonstruieren, aber es kostet mich Mühe, ich fürchte, ich habe Fieber, mir brennt die Stirn.

Als ich Diana in Auteuil abgeholt habe, gebe ich dem Kutscher eine bestimmte Adresse. Er sieht mich schräg an, als misstraute er einem Kunden wie mir, trotz meines Priestergewandes, aber als ich ihm ein gutes Trinkgeld verspreche, fährt er los, ohne ein Wort zu sagen. Wir entfernen uns immer weiter vom Zentrum und nähern uns der Peripherie über Straßen, die immer dunkler werden, bis wir in eine schmale Gasse einbiegen, die von kleinen verlassenen Häusern gesäumt ist und als Sackgasse vor der halbzerfallenen Fassade einer alten Kapelle endet.

Wir steigen aus, und der Kutscher scheint rasch wieder fort zu wollen, so rasch, dass er, während ich nach dem Bezahlen noch in der Tasche krame, um ihm einen Extra-Franc zu geben, ungeduldig ausruft: »Lassen Sie nur, Monsieur l'Abbé, trotzdem danke«, um auf das Trinkgeld zu verzichten und so schnell wie möglich davonzufahren.

»Es ist kalt, ich habe Angst«, sagt Diana und drängt sich an mich. Ich zucke zurück, aber im selben Augenblick, während ich ihren Arm unter dem Kleid fühle, wird mir bewusst, dass sie seltsam bekleidet ist: Sie trägt einen Kapuzenmantel, der sie von Kopf bis Fuß einhüllt, so dass man sie in dieser Dunkelheit für einen Mönch halten könnte, einen von jenen, die in den Romanen im gotischen Stil, die zu Beginn dieses Jahrhunderts Mode wurden, in den Kellergewölben der Klöster auftreten. Ich habe sie noch nie so gekleidet gesehen, aber ich muss zugeben, mir ist auch nie in den Sinn gekommen, ihren Koffer zu inspizieren, den sie aus Dr. Du Mauriers Klinik mitgebracht hatte.

Die schmale Pforte der Kapelle steht halb offen. Wir treten ein, das einzige Kirchenschiff wird von einer Reihe Kerzen erleuchtet, die auf dem Altar brennen, und von glühenden Kohlebecken auf Dreifüßen, die den Altar im Halbkreis einer kleinen Apsis umgeben. Der Altar ist mit einem dunklen Tuch bedeckt, ähnlich denen, die man bei Beerdigungen verwendet. Auf ihm, anstelle des Kruzifixes oder einer Ikone, steht eine Statue des Teufels in Gestalt eines Ziegenbocks mit einem vorgereckten, überdimensionalen, mindestens dreißig Zentimeter langen Phallus. Die Kerzen sind nicht weiß oder elfenbeinfarben, sondern schwarz. Aus einem Tabernakel unter der Statue blicken drei Totenschädel.

»Davon hat Abbé Boullan gesprochen«, raunt mir Diana zu. »Das sind die Reliquien der drei Magier aus dem Morgenland, der wahren: Theobens, Menser und Saïr. Sie waren durch das Erlöschen eines fallenden Sterns gewarnt worden und zogen aus Palästina fort, um nicht Zeugen der Geburt Christi zu werden.«

In einem Halbkreis vor dem Altar steht eine Reihe jugendlicher Gestalten, rechts Jünglinge, links Mädchen. Das Alter beider Gruppen ist noch so zart, dass man kaum Unterschiede zwischen den beiden Geschlechtern erkennen würde und meinen könnte, dieser anmutige Halbkreis werde von graziösen Androgynen gebildet, deren Unterschiede auch noch dadurch verschleiert werden, dass alle auf dem Kopf einen Kranz verwelkter Rosen tragen, wäre da nicht der Umstand, dass die Knaben alle nackt sind und sich durch ihr Glied auszeichnen, das sie einander ostentativ zeigen, während die Mädchen kurze Hemden aus einem fast durchsichtigen Stoff tragen, der ihre kleinen Brüste und die herbe Kurve der Hüfte umschmeichelt, ohne irgendetwas zu verbergen. Sie sind alle sehr schön, auch wenn die Gesichter mehr Bosheit als Unschuld ausdrücken, aber das steigert sicher noch ihren Zauber – und ich muss gestehen (kuriose Situation: ich, der Geistliche, beichte Ihnen, Capitaine!), dass ich, der ich angesichts einer inzwischen reifen Frau wenn nicht Schrecken, so doch Furcht verspüre,

454

mich nur mit Mühe dem Reiz einer noch adoleszenten Kreatur entziehen kann.

Diese einzigartigen Messdiener halten harzreiche Zweige an die Kohlebecken, lassen sie aufflammen und entzünden damit die Räucherfässchen, aus denen sie dichten Rauch sowie einen stechenden Geruch exotischer Drogen aufsteigen lassen. Andere dieser nackten Epheben verteilen kleine Kelche, und einer davon wird auch mir gebracht. »Trinken Sie, Monsieur«, sagt ein Jüngling mit dreistem Blick. »Das hilft, sich in den Geist des Ritus hineinzuversetzen.«

Ich habe getrunken, und nun sehe und höre ich alles, als geschähe es in einem Nebel.

Der Zelebrant tritt ein, und ich erkenne Boullan. Er trägt ein weißes Messgewand mit einem eingestickten roten Planeten, auf dem ein umgekehrtes Kruzifix steht. Im Schnittpunkt der beiden Kreuzbalken sieht man das Bild eines schwarzen Ziegenbocks, der sich auf den Hinterbeinen aufrichtet und die Hörner vorstreckt. Doch bei der ersten Bewegung des Abbé öffnet sich das Messgewand wie zufällig oder aus Versehen, tatsächlich aber aus perverser Koketterie, und zeigt einen Phallus von beträchtlicher Größe, wie ich ihn niemals bei einem so schlaffen Wesen wie Boullan erwartet hätte, erigiert wohl durch eine im voraus eingenommene Droge. Die Beine stecken in dunklen, aber ganz durchsichtigen Strümpfen wie jene (leider inzwischen im *Charivari* und anderen Magazinen abgebildeten, also auch für Abbés und Kaplane sichtbaren, selbst wenn sie es nicht wollten) der Tänzerin Celeste Mogador, wenn sie den Cancan im Bal Mabille tanzt.

Der Zelebrant hat den Gläubigen den Rücken gekehrt und seine Messe auf Latein begonnen, während die Androgynen ihm respondieren.

»In nomine Astaroth et Asmodei et Beelzébuth. Introibo ad altare Satanae.«

»Qui laetificat cupiditatem nostram.«

»Lucifer omnipotens, emitte tenebram tuam et afflige inimicos nostros.«

»Ostende nobis, Domine Satanas, potentiam tuam, et exaudi luxuriam meam.«

»Et blasphemia mea ad te veniat.«

Nun zieht Boullan ein Kreuz hervor, legt es sich unter die Füße und tritt mehrmals darauf, wobei er ausruft:»O Kreuz, ich zertrete dich zum Gedenken an und als Rache für die antiken Meister des Tempels. Ich zerstampfe dich, denn du warst das Werkzeug der falschen Heiligsprechung des falschen Gottes Jesus Christus.«

In diesem Augenblick, ohne mich vorzuwarnen und wie aus plötzlicher Eingebung (aber sicher aufgrund von Instruktionen, die Boullan ihr gestern während der Beichte gegeben hat), geht Diana geradeaus zwischen den beiden Reihen der Gläubigen hindurch und stellt sich direkt vor den Altar. Dann dreht sie sich zu den Gläubigen (oder Ungläubigen, wie man's nimmt), streift sich mit feierlicher Geste Kapuze und Mantel ab und steht splitternackt da. Mir fehlen die Worte, Capitaine Simonini, aber es ist, als sähe ich sie entschleiert wie Isis, das Gesicht nur mit einer kleinen schwarzen Maske bedeckt.

Etwas wie ein Schluckauf überkommt mich, als ich zum ersten Mal eine Frau in der ganzen unerträglichen Pracht ihres entblößten Leibes sehe. Ihr rotblondes Haar, das sie sonst keusch in Knoten zusammengeflochten trägt, fällt freigelassen schamlos an ihr herunter bis auf die Gesäßbacken, deren perfekte Rundung es liebkost. Bemerkenswert an dieser heidnischen Statue ist der Hochmut des feinen Halses, der sich wie eine Säule auf Schultern von marmornem Weiß erhebt, während die Brüste (zum ersten Mal sehe ich die Brustwarzen einer Frau!) sich fest und selbstbewusst mit satanischem Stolz aufrichten. Zwischen ihnen, als einziges nicht fleischliches Residuum, hängt das Medaillon, das Diana nie ablegt.

Sie dreht sich um und steigt mit schlüpfrig weichen Bewegungen die drei Stufen zum Altar hinauf, legt sich dort, unterstützt vom Zelebranten, auf den Altar, bettet den Kopf auf ein schwarzes Samtkissen mit silbernen Fransen, wobei ihr Haar über die Tischkante fließt, hält den Bauch leicht hochgewölbt und die Beine weit auseinander, um das rotblonde Vlies zu zeigen, das den Eingang in ihre weibliche Höhlung verbirgt, während ihr Körper dunkel im rötlichen Schein der Kerzen schimmert. Mein Gott, ich weiß nicht, mit welchen Worten ich beschreiben soll, was ich sehe, es ist, als hätten mein natürliches Grauen vor dem weiblichen Leib und die Furcht, die mich erfüllt, sich aufgelöst, um

Raum für nur eine Empfindung zu lassen, ein ganz neues Gefühl, als strömte eine noch nie gekostete Flüssigkeit durch meine Adern...

Boullan hat einen kleinen Phallus aus Elfenbein auf Dianas Brust gelegt und auf ihren Bauch ein besticktes Tuch, auf das er eine steinerne Schale stellt.

Aus der Schale nimmt er eine Hostie, und es ist sicher nicht eine jener schon geweihten, mit denen Sie, Capitaine, zu handeln pflegen, sondern eine, die Boullan, der ja immer noch vollgültiger Priester der heiligen Römischen Kirche ist, wenn auch wohl inzwischen exkommuniziert, sich nun anschickt, auf Dianas Bauch zu weihen.

So spricht er: »*Suscipe, Domine Satanas, hanc hostiam, quam ego indignus famulus tuus offero tibi. Amen.*«

Dann nimmt er die Hostie, und nachdem er sie zweimal zu Boden gesenkt, zweimal zum Himmel gehoben, einmal nach rechts und einmal nach links gedreht hat, zeigt er sie der Gemeinde mit den Worten: »Aus dem Süden rufe ich das Wohlwollen Satans an, aus dem Osten das Wohlwollen Luzifers, aus dem Norden das Wohlwollen Belials, aus dem Westen das Wohlwollen Leviathans. Mögen die Tore der Hölle sich öffnen, und mögen zu mir kommen, gerufen von diesen Namen, die Wachen am Brunnen des Abgrundes. Vater unser, der du bist in der Hölle, verflucht sei dein Name, dein Reich vergehe, dein Wille werde missachtet, auf Erden wie in der Hölle! Gelobt sei der Name des Tieres!«

Und laut rufen die Chorknaben: »Sechs sechs sechs!«

Die Zahl des Tieres!

Jetzt ruft Boullan: »Gepriesen sei Luzifer, dessen Name Unglück ist. O Meister der Sünde, der widernatürlichen Liebe, des wohltätigen Inzests, der göttlichen Sodomie, Satan, wir beten dich an! Und dich, o Jesus, dich zwinge ich, in diese Hostie zu fahren, damit wir dein Leiden erneuern können und dich noch einmal foltern mit den Nägeln, die dich ans Kreuz hefteten, und dich erneut mit der Lanze des Longinus durchbohren!«

»Sechs sechs sechs!« wiederholen die Chorknaben.

Boullan hebt die Hostie und spricht: »Im Anfang war das Fleisch, und das Fleisch war bei Luzifer, und Luzifer war das Fleisch. Dieses war im Anfang bei Luzifer. Alle Dinge sind durch dieses gemacht, und ohne dieses ist nichts gemacht, was es gibt. Und das Fleisch wurde Wort und wohnte unter uns in der Finsternis, und wir sahen seinen stumpfen Glanz, den stumpfen Glanz des eingeborenen Kindes von Luzifer, voller Gebrüll und Wut und Begierde.«

Er streicht die Hostie über Dianas Bauch, dann steckt er sie in ihre Vagina. Als er sie wieder herausgezogen hat, zeigt er sie der Gemeinde und ruft laut: »Nehmt und esst!«

Zwei der Androgynen knien vor ihm nieder, heben sein Messgewand und küssen gemeinsam sein erigiertes Glied. Dann stürzt sich die ganze Schar der Jugendlichen ihm zu Füßen, und während die Knaben zu masturbieren beginnen, reißen die Mädchen sich gegenseitig die Schleier ab und fallen übereinander her, wobei sie lüsterne Schreie ausstoßen. Die Luft ist geschwängert von immer stechenderen Gerüchen, und alle Anwesenden, einer nach dem anderen, erst begehrliche Seufzer und dann spitze Lustschreie ausstoßend, reißen sich die Kleider vom Leibe und fangen an sich zu paaren, ohne Ansehen der Person, des Alters oder des Geschlechts, und ich sehe zwischen den Dämpfen, wie eine mehr als siebzigjährige Megäre mit faltiger Haut, die Brüste flach wie Salatblätter, die Beine knochendürr, sich auf dem Boden wälzt, während ein Jüngling begierig küsst, was einst ihre Vulva gewesen.

Ich zittere am ganzen Leibe, schaue umher nach einem Ausgang aus diesem Bordell, der Ort, wo ich kauere, ist so voll giftiger Dämpfe, dass ich mich wie in einer dichten Wolke fühle, das Getränk, das man mir zu Beginn gegeben hat, enthielt sicher eine Droge, ich kann mich nicht mehr kontrolliert bewegen und sehe alles wie durch einen rötlichen Nebelschleier. Und in diesem Nebel sehe ich, wie Diana, immer noch nackt, aber ohne die kleine Maske, vom Altar herabsteigt, während die Menge der Rasenden, ohne ihr wüstes Treiben zu unterbrechen, ihr Bestes tut, um sie durchzulassen. Sie kommt auf mich zu.

Entsetzt weiche ich zurück, erschrocken vor dem Gedanken, auch ich könnte mich so tierisch verhalten wie diese Masse Verrückter, aber ich stoße an eine Säule, Diana erreicht mich, steht keuchend vor mir — o mein Gott, mir zittert die Feder, mir wird schwindlig, Tränen schießen mir in die Augen, und heulend vor Ekel (damals wie jetzt), unfähig sogar zu schreien, weil sie mir etwas in den Mund gestopft hat, was nicht mein ist, fühle ich mich zu Boden sinken, die Gerüche betäuben mich, dieser Körper, der sich mit dem meinen zu vereinigen sucht, versetzt mich in eine präagonale Erregung, und dämonisiert wie eine Hysterikerin der Salpêtrière berühre ich (mit meinen Händen, als ob ich es *wollte!*) jenes fremde Fleisch, befühle eine seiner Wunden mit der Neugier eines Chirurgen, flehe diese Hexe an, von mir abzulassen, beiße sie, um mich zu wehren, und sie fordert mich auf, es noch einmal zu tun, ich drehe den Kopf nach hinten und denke an Dr. Tissot, ich weiß, dass diese Ergüsse zum Abmagern meines ganzen Körpers führen, zu fahler Totenblässe meines Gesichts, zu vernebelter Sicht und erregten Träumen, zu Heiserkeit und schmerzenden Augäpfeln, zu mephitischer Invasion roter Flecken in meinem Gesicht, zum Erbrechen kalkweißer Materie, zu rasendem Herzklopfen – und schließlich, mit der Syphilis, zur Erblindung.

Und während ich schon nichts mehr sehe, verspüre ich auf einmal die quälendste, unsäglichste und unerträglichste Empfindung meines Lebens, als sprudelte alles Blut meiner Adern plötzlich aus einer Wunde in jedem meiner bis zum Zerreißen gespannten Glieder, aus der Nase, den Ohren, den Fingerspitzen, sogar aus dem Anus, Hilfe, Hilfe, ich glaube zu verstehen, was der Tod ist, vor dem jedes lebende Wesen flieht, auch wenn es ihn sucht aufgrund des widernatürlichen Triebes, die eigene Brut zu vermehren...

Ich kann nicht mehr weiterschreiben, das ist kein Erinnern mehr, das ist neuerliches Erleben, und die Erfahrung ist unerträglich, ich möchte erneut das Gedächtnis verlieren...

* * *

Es ist, als erwachte ich aus einer Ohnmacht, Boullan sitzt neben mir und hält Diana an der Hand, die wieder in ihren Mantel gehüllt ist. Er sagt mir, dass vor der Tür eine Kutsche wartet, ich solle Diana nach Hause bringen, sie sei ganz erschöpft. Sie zittert und murmelt unverständliche Worte.

Boullan ist ungewöhnlich beflissen, und zuerst denke ich, er will etwas wiedergutmachen, schließlich war er es, der mich in diese widerliche Geschichte hineingezogen hat. Doch als ich ihm sage, er könne gehen, ich würde mich um Diana kümmern, besteht er darauf, uns zu begleiten, und erinnert mich daran, dass auch er in Auteuil wohnt. Es klingt, als wäre er eifersüchtig. Um ihn zu provozieren sage ich, dass ich nicht nach Auteuil fahre, sondern anderswohin, und dass ich Diana zu einem guten Freund bringen werde.

Er erbleicht, als raubte ich ihm eine Beute, die ihm gehört.

»Das spielt keine Rolle«, sagt er, »ich komme mit, Diana braucht Hilfe.«

Beim Einsteigen gebe ich dem Kutscher ohne nachzudenken meine Adresse in der Rue Maître-Albert, als hätte ich beschlossen, dass Diana von jetzt an aus Auteuil zu verschwinden habe. Boullan sieht mich an, ohne zu begreifen, aber er schweigt, steigt ebenfalls ein und ergreift Dianas Hand.

Wir sprechen während der ganzen Fahrt kein Wort, ich führe die beiden in mein Appartement, lege Diana aufs Bett, fasse sie an der Hand, und zum ersten Mal nach dem, was stumm zwischen uns geschehen ist, spreche ich zu ihr. »Warum, warum?« rufe ich laut.

Boullan versucht sich einzumischen, aber ich stoße ihn so heftig gegen die Wand, dass er zu Boden sinkt – erst jetzt fällt mir auf, wie schwach und kränklich dieser Dämon ist, ich bin ein Herkules im Vergleich zu ihm.

Diana windet sich, ihr Mantel geht auf, ich ertrage es nicht, ihren Busen wiederzusehen, und versuche, sie wieder zu bedecken, dabei verfängt sich meine Hand an der Halskette mit ihrem Medaillon, in dem kurzen Gerangel reißt die Kette, und das Medaillon bleibt in meiner Hand. Diana versucht es wiederzuholen, ich weiche in den hinteren Teil des Zimmers zurück und öffne die kleine Schatulle.

Es erscheint ein goldener Umriss, der ohne jeden Zweifel die mosaischen Gesetzestafeln darstellt, und eine hebräische Schrift.

»Was soll das heißen?« frage ich, während ich mich Diana nähere, die mit weit aufgerissenen Augen auf dem Bett liegt. »Was bedeuten diese Zeichen hinter dem Bild deiner Mutter?«

»Meine Mama«, murmelt sie mit fahler Stimme, »meine Mama war Jüdin... Sie glaubte an Adonai...«

»Meine Mama«, murmelt sie mit fahler Stimme, »meine Mama war Jüdin...« (S. 460)

So also ist das. Ich habe mich nicht nur mit einer Frau vereinigt, einer Tochter aus dem Stamme Satans, sondern mit einer Jüdin – denn bei den Juden, das weiß ich, zählt die Abstammung von der Mutter. Und somit, sollte mein Samen bei dieser Vereinigung ihren unreinen Leib befruchtet haben, hätte ich einen Juden gezeugt.

»Das kannst du mir nicht antun«, schreie ich und stürze mich auf die Hure, umklammere ihren Hals, sie windet sich, ich drücke fester zu, Boullan rappelt sich auf und packt mich von hinten, ich versetze ihm einen Tritt in die Leiste und sehe ihn in einer Ecke zusammenbrechen, ich werfe mich erneut auf Diana (oh, ich hatte wirklich den Verstand verloren!), ihre Augen treten aus den Höhlen, ihre Zunge streckt sich dick angeschwollen aus dem Mund, ich höre ein letztes Keuchen, dann erschlafft ihr Körper leblos unter meinem Griff.

Ich komme wieder zu mir. Ich bedenke die Ungeheuerlichkeit meiner Tat. In einer Ecke stöhnt Boullan, quasi entmannt. Ich versuche mich zu beruhigen und lache: Komme, was da wolle, ich werde jedenfalls nicht der Vater eines Juden sein.

Ich fasse mich wieder. Ich überlege, ich muss die Leiche der Frau in der Kloake unter dem Keller verschwinden lassen – die inzwischen einladender als Ihr Prager Friedhof zu werden beginnt, Capitaine. Aber es ist dunkel, ich müsste eine Lampe mitnehmen, durch den ganzen Korridor bis zu Ihrer Wohnung gehen, die Treppe zum Laden und weiter zum Keller hinuntersteigen. Ich könnte die Hilfe von Boullan gebrauchen, der sich gerade wieder vom Boden aufrappelt und mich mit dem Blick eines Irren anstarrt.

Im selben Augenblick wird mir klar, dass ich den Zeugen meines Verbrechens nicht aus diesem Hause gehen lassen kann. Ich entsinne mich der Pistole, die mir Bataille gegeben hat, öffne die Schublade, in die ich sie gelegt habe, und richte sie auf Boullan, der mich weiter wie irre anstarrt.

»Tut mir leid, Abbé«, sage ich, »wenn Sie sich retten wollen, helfen Sie mir, diesen ach so zarten Leib verschwinden zu lassen.«

»Ja, ja«, sagt er wie in erotischer Ekstase. In seiner Verwirrung muss ihm die tote Diana mit heraushängender Zunge und aufgerissenen Augen ebenso begehrenswert erscheinen wie die nackte Diana, als sie mich zu ihrer Lust missbraucht hatte.

Allerdings bin auch ich nicht eben klar und nüchtern. Wie im Traum hülle ich Diana in ihren Mantel, reiche Boullan eine Lampe, packe die Tote an den Füßen und schleife sie durch den Korridor bis zu Ihrer Wohnung, Capitaine, dann die Treppe hinunter in Ihren Laden und Ihren Keller und weiter bis in die Kloake, bei jeder Stufe schlägt der Kopf der Leiche mit einem dumpfen Geräusch auf, und schließlich lege ich sie neben die Überreste des Abbé Dalla Piccola (des anderen).

Boullan scheint verrückt geworden zu sein. Er lacht.

»Überall Tote«, sagt er. »Vielleicht ist es hier unten besser als draußen in der Welt, wo mich Guaita erwartet... Könnte ich nicht bei Diana bleiben?«

»Aber ja doch, Abbé«, sage ich, »ich könnte mir nichts Besseres wünschen.«

Ich ziehe die Pistole, schieße und treffe ihn mitten in die Stirn. Er stürzt taumelnd zu Boden, halb auf Dianas Beine. Ich muss mich bücken, ihn hochheben und ordentlich neben sie legen. Jetzt liegen sie nebeneinander wie zwei Liebende.

* * *

Und so habe ich nun gerade eben, indem ich es erzählte, durch bange Erinnerungsarbeit entdeckt, was geschehen war, kurz bevor ich das Gedächtnis verloren hatte.

Der Kreis hat sich geschlossen. Jetzt weiß ich es. Jetzt, im Morgengrauen des 18. April, am Ostersonntag, habe ich niedergeschrieben, was in der Nacht zum 22. März demjenigen widerfahren war, den ich für den Abbé Dalla Piccola gehalten ha.........

25.

Klarheit gewinnen

Aus den Aufzeichnungen vom 18. und 19. April 1897

An dieser Stelle würde, wer über Simoninis Schulter spähend die Eintragungen Dalla Piccolas gelesen hätte, gesehen haben, dass der Text plötzlich abbrach, als hätte die Feder, die seine Hand nicht mehr zu halten vermochte, während der Körper des Schreibenden zu Boden sank, einen langen sinnlosen Schnörkel gemacht, der über den Rand der Seite hinausging und mit einem Klecks auf dem grünen Filzbelag des Schreibtisches endete. Und danach, auf einem nächsten Blatt, schien es, als habe nun Hauptmann Simonini wieder zu schreiben begonnen.

Dieser fand sich, als er erwachte, als Priester gekleidet mit Dalla Piccolas Perücke auf dem Kopf, doch er wusste nun ohne den Schatten eines Zweifels, dass er Simonini war. Er sah sofort auf dem Schreibtisch die mit einer hysterischen und immer konfuser werdenden Schrift bedeckten letzten Seiten, die der angebliche Dalla Piccola verfasst hatte, und während er sie las, geriet er ins Schwitzen, sein Herz klopfte heftig, und gemeinsam mit dem Schreibenden rief er sich in Erinnerung, was geschehen war, bis er zu dem Moment kam, wo die Eintragung des Abbé endete und er (der Abbé) oder er (Simonini) in Ohnmacht gefallen waren... nein: gefallen *war*.

Als er wieder zu sich kam und der Nebel in seinem Kopf sich nach und nach lichtete, wurde ihm alles klar. Er begriff und *wusste* nun plötzlich, dass er und Dalla Piccola ein und dieselbe Person waren. Denn das, woran Dalla Piccola sich in der letzten Nacht erinnert hatte, kam nun auch ihm langsam wieder ins Gedächtnis zurück, will sagen, er erinnerte sich daran, dass er verkleidet als Abbé Dalla Piccola (nicht als der mit den vorstehenden Zähnen, den er vor vielen Jahren umgebracht hatte, sondern als der andere, den er jahrelang wieder ins Leben gerufen und verkörpert hatte) die schreckliche Erfahrung der schwarzen Messe gemacht hatte.

Was war danach geschehen? Vielleicht hatte Diana ihm während ihres Gerangels die Perücke vom Kopf gerissen, vielleicht hatte er, um die Leiche der Unseligen in die Kloake zu schleppen, sich die Soutane abgestreift und war dann, fast außer sich, nur taumelnd und tastend in sein Zimmer an der Rue Maître-Albert zurückgekehrt, wo er am Morgen des 22. März erwachte, ohne zu begreifen, wo seine Sachen geblieben waren.

Der fleischliche Kontakt mit Diana, die Enthüllung ihrer schändlichen Herkunft und ihre notwendige, fast rituelle Tötung waren zuviel für ihn gewesen, und so hatte er in jener selben Nacht das Gedächtnis verloren, oder genauer, sie hatten es beide gemeinsam verloren, Dalla Piccola und Simonini, und die beiden Persönlichkeiten hatten sich während dieses Monats in ihm abgewechselt. Vermutlich war er wie Diana von einem Zustand in den anderen übergewechselt, jedesmal durch eine Krise, einen epileptischen Anfall, eine Ohnmacht oder dergleichen, aber ohne sich dessen bewusst zu werden und in der Annahme, dass er bloß geschlafen hätte.

Die Therapie des Doktor Froïde hatte funktioniert: Indem Simonini seinem Alter ego nach und nach erzählte, was er mühsam und wie im Traum seinem trägen Gedächtnis entriss, war er schließlich zu dem entscheidenden Punkt gelangt, zu dem traumatischen Ereignis, das ihn in die Amnesie gestürzt und in zwei Personen zerteilt hatte, von denen jede sich nur an einen Teil ihrer gemeinsamen Vergangenheit erinnern konnte, ohne dass er oder der andere, der jedoch auch er selber war, ihre Einheit wiederherzustellen vermochten, da jeder der beiden versuchte, dem anderen den schrecklichen, nicht eingestehbaren Grund dieser ihrer Gedächtnisstörung zu verbergen.

Die Erinnerungsarbeit hatte Simonini sehr angestrengt, er fühlte sich erschöpft, und um sich zu vergewissern, dass er wirklich zu neuem Leben wiedergeboren war, klappte er das Tagebuch zu und beschloss auszugehen und sich jeder Begegnung zu stellen, da er nun endlich wieder wusste, wer er war. Ein gutes Essen wäre jetzt schön, aber an diesem Tag wollte er sich noch keine Schlemmerei gönnen, da seine Sinne schon schwer genug geprüft worden waren. Wie ein Eremit in der Wüste verspürte er ein Bedürfnis nach Buße. So ging er zu Flicoteaux und brachte es fertig, für dreizehn Sous auf vernünftige Weise schlecht zu essen.

Nach Hause zurückgekehrt, notierte er sich einige Details, die er noch rekonstruieren musste. Es gab eigentlich keinen Grund mehr, ein Tagebuch weiterzuführen, das er begonnen hatte, um sich an das zu erinnern, was er nun wusste, aber inzwischen war ihm das Tagebuchschreiben zu einer Gewohnheit geworden. In der Annahme, dass es einen Dalla Piccola gäbe, der ein anderer war als er selber, hatte er fast einen Monat lang die Illusion genährt, es gäbe jemanden, mit dem er einen Dialog führen könnte, und während er diesen Dialog zu führen versuchte, war ihm bewusst geworden, wie allein er schon immer, schon seit seiner Kindheit gewesen war. Vielleicht (wagt der Erzäh-ler hier einzuwerfen) hatte er seine Persönlichkeit aus ebendiesem Grunde gespalten: um sich einen Gesprächspartner zu erschaffen.

Jetzt war der Moment gekommen, sich klarzumachen, dass der Andere nicht existierte und dass auch das Tagebuch nur ein solitärer Zeitvertreib war. Doch er hatte sich an dieses Monologisieren gewöhnt und beschloss weiterzumachen. Nicht dass er sich selbst besonders liebte, aber der Verdruss, den ihm die anderen bereiteten, brachte ihn dazu, sich selbst immerhin zu ertragen.

Erfunden hatte er Dalla Piccola – *seinen* Dalla Piccola, nachdem er den wahren umgebracht hatte –, als Lagrange ihn gebeten hatte, sich um Boullan zu kümmern. Dabei hatte er sich gedacht, dass ein Geistlicher bei manchen Unternehmungen weniger verdächtig sein würde als ein Laie. Und er fand es auch nicht schlecht, jemanden wieder ins Leben zu rufen, den er liquidiert hatte.

Als er das Haus mit dem Laden in der Impasse Maubert gekauft hatte (was damals ein Schnäppchen gewesen war), hatte er das Zimmer mit dem Ausgang zur Rue Maître-Albert nicht gleich benutzt und es vorgezogen, seine Adresse in der Impasse zu haben, um den Laden betreiben zu können. Erst als Dalla Piccola dann in Erscheinung trat, hatte er das Zimmer mit billigen Möbeln ausgestattet und dort die Phantom-Wohnung seines Phantom-Abbés eingerichtet.

Außer zum Herumschnüffeln in satanistischen und okkultistischen Kreisen hatte ihm Dalla Piccola auch für Auftritte am Bett eines Sterbenden gedient, an das ihn der nahe (oder ferne) Verwandte gerufen hatte, der dann der Begünstigte in dem Testament sein sollte, das Simonini herstellen würde – so dass, falls jemand das unerwartete Testament anzweifelte, man die Zeugenaussage eines Geistlichen hatte, der schwören konnte, dass das Testament mit dem letzten Willen des Sterbenden übereinstimmte, den ihm dieser ins Ohr geflüstert hatte. So ging es bis zu der Taxil-Geschichte, bei der Dalla Piccola dann beherrschend geworden war und praktisch das ganze Unternehmen mehr als zehn Jahre lang geleitet hatte.

Als Dalla Piccola hatte Simonini auch mit Pater Bergamaschi und Hébuterne verhandeln können, denn seine Verkleidung war sehr effizient gewesen. Dalla Piccola war bartlos, dunkelblond, hatte dichte Augenbrauen und trug vor allem eine blaugetönte Brille, die seinen Blick verbarg. Und als wäre das noch nicht genug, hatte er sich auch eine andere Handschrift zugelegt, die kleiner und fast weiblich war, und hatte sogar begonnen, seine Stimme zu verändern. Tatsächlich, sprach und schrieb Simonini als Dalla Piccola nicht bloß anders, sondern dachte auch anders und versetzte sich ganz in dessen Rolle hinein.

Schade, dass Dalla Piccola nun verschwinden musste (das Schicksal aller Abbés mit diesem Namen), aber Simonini musste sich die ganze Geschichte vom Halse schaffen, sei's um aus seinem Gedächtnis die schändlichen Dinge zu tilgen, die zu seinem Trauma geführt hatten, sei's weil Taxil am Ostermontag gemäß seinem Versprechen öffentlich abschwören würde, sei's schließlich weil, nachdem nun Diana verschwunden war, es besser sein würde, alle Spuren der ganzen

Verschwörung zu tilgen für den Fall, dass jemand sich beunruhigende Fragen stellen sollte.

Es war jetzt Ostersonntag, Simonini blieb nur dieser Tag und der Vormittag des folgenden. Daher zog er sich noch ein letztes Mal als Dalla Piccola an, um Taxil aufzusuchen, der fast einen Monat lang alle paar Tage nach Auteuil gekommen war, ohne dort jemand anders als die Alte zu finden, die von nichts wusste, so dass Taxil schon fürchtete, Diana und der Abbé seien von Freimaurern entführt worden. Simonini sagte ihm, Dr. Du Maurier habe ihm endlich die Adresse der wahren Familie von Diana in Charleston gegeben und er habe einen Weg gefunden, sie nach Amerika zurückzuschicken. Gerade noch rechtzeitig, damit Taxil seine öffentliche Aufdeckung des Schwindels in Szene setzen konnte. Er gab ihm fünftausend Francs als Vorschuss auf die versprochenen fünfundsiebzigtausend, und sie verabredeten sich für den nächsten Nachmittag in der Société de Géographie.

Danach, immer noch als Dalla Piccola, begab er sich nach Auteuil. Große Überraschung der Alten, die ebenfalls fast einem Monat lang weder Diana noch den Abbé gesehen hatte und nicht wusste, was sie dem armen Monsieur Taxil sagen sollte, der so oft vergeblich gekommen war. Er erzählte ihr dieselbe Geschichte: Diana habe ihre Familie wiedergefunden und sei nach Amerika zurückgekehrt. Ein großzügiges Handgeld ließ die Alte verstummen, sie raffte ihre paar Lumpen zusammen und verschwand am Nachmittag.

Gegen Abend verbrannte Simonini sämtliche Dokumente und sonstigen Spuren der Kumpanei jener Jahre, und danach brachte er einen Koffer mit allen Kleidern und Schmucksachen Dianas als Geschenk zu Gaviali. Ein Lumpensammler fragt nie, woher das Kleid kommt, das ihm in die Hände fällt. Am nächsten Morgen begab sich Simonini zum Besitzer des Hauses in Auteuil, sagte etwas von einer überraschenden Mission in fernen Ländern, kündigte den Mietvertrag und zahlte auch die nächsten sechs Monate, ohne zu diskutieren. Der Besitzer ging mit ihm durchs Haus, um zu prüfen, ob die Möbel und Tapeten in gutem Zustand waren, ließ sich die Schlüssel geben und schloss mit zweimaligem Umdrehen ab.

Nun ging es nur noch darum, Dalla Piccola »umzubringen« (zum zweiten Mal). Das war rasch getan. Simonini schminkte sich den Priester ab, hängte Perücke und Soutane zurück in den Korridor, und schon war der Abbé Dalla Piccola vom Antlitz der Erde verschwunden. Sicherheitshalber entfernte er auch das Betpult und die frommen Bücher aus dem Appartement und verwandelte sie in seinem Trödlerladen zu Waren für nicht sehr wahrscheinliche Liebhaber solcher Dinge, und so stand ihm nun ein normales Pied-à-terre zur Verfügung, das er für andere Personifizierungen verwenden konnte.

Von der ganzen Geschichte blieb nichts mehr zurück, außer in den Erinnerungen von Taxil und Bataille. Aber Bataille würde sich nach seinem Verrat bestimmt nicht mehr blicken lassen, und was Taxil betraf, so würde die Geschichte an diesem Nachmittag enden.

Am Nachmittag des 19. April ging Simonini in seinen normalen Kleidern zur Société de Géographie, um sich das Spektakel von Taxils öffentlichem Widerruf anzusehen. Außer Dalla Piccola hatte Taxil nur einen angeblichen Notar Fournier kennengelernt, einen bartlosen Mann mit braunem Haar und zwei Goldzähnen, und den bärtigen Simonini hatte er nur ein einziges Mal gesehen, als er zu ihm gegangen war, um sich die Briefe von Victor Hugo und Louis Blanc fälschen zu lassen, aber das war vor fünfzehn Jahren gewesen, und wahrscheinlich hatte er das Gesicht dieses Schreiberlings längst vergessen. Daher konnte Simonini, der sich für alle Fälle mit einem weißen Bart und einer grüngetönten Brille ausgerüstet hatte, so dass man ihn für ein Mitglied der Geographischen Gesellschaft halten konnte, seelenruhig im Parkett sitzen und das Spektakel genießen.

Es war ein Ereignis, über das am nächsten Tag alle Zeitungen berichteten. Der Saal war brechend voll von Neugierigen, von Anhängern Diana Vaughans, von Freimauern, von Journalisten, und sogar Delegierte des Erzbischofs und des Apostolischen Nuntius waren gekommen.

Taxil sprach mit typisch südfranzösischer Keckheit und Eloquenz. Als erstes überraschte er das Publikum, das eine Präsentation Dianas

erwartete und eine Bestätigung all dessen, was er in den letzten fünfzehn Jahren veröffentlicht hatte, indem er gegen die katholischen
Journalisten polemisierte und den Kern seiner Enthüllungen mit
einem »Lieber lachen als weinen, sagt die Weisheit der Völker« ankündigte. Sodann sprach er von seiner Lust am Schwindel (»Man ist
nicht ungestraft ein Kind aus Marseille«, rief er zwischen den Lach-
salven des Publikums), und um seine Zuhörer davon zu überzeugen, dass er ein großer Flunkerer war, erzählte er überaus launig die
Geschichte mit den Haien in der Bucht von Marseille und die mit
der versunkenen Stadt im Genfer See. Aber nichts kam an den größten Schwindel seines Lebens heran. Und schon erzählte er lang und
breit von seiner angeblichen Konversion und wie er Beichtväter und
geistliche Herren getäuscht hatte, die sich der Ehrlichkeit seiner
Bekehrung versichern wollten.

Schon dieser Anfang wurde immer wieder zuerst von lautem Gelächter und dann von empörten Zwischenrufen diverser Priester
unterbrochen. Einige sprangen auf und verließen den Saal, andere
packten die Stühle, als wollten sie auf den Redner losgehen. Kurzum,
es war ein großer Tumult, in dem es der Stimme Taxils gerade noch
gelang, sich vernehmbar zu machen, als er erzählte, wie er, um der
Kirche einen Gefallen zu tun, sich nach der Enzyklika *Humanum Genus* entschlossen hatte, die Freimaurer zu verunglimpfen. Doch im
Grunde, sagte er, »müssten mir auch die Freimaurer dankbar sein,
denn meine Veröffentlichung ihrer Rituale stand nicht im Gegensatz
zu ihrem Beschluss, antiquierte Praktiken abzuschaffen, die für jeden fortschrittlich denkenden Freimaurer lächerlich geworden waren. Was die Katholiken angeht, so habe ich schon in den ersten Tagen meiner Bekehrung festgestellt, dass viele von ihnen überzeugt
sind, der Große Architekt des Universums – das Höhere Wesen der
Freimaurer – sei der Teufel. Eh bien, also brauchte ich bloß diese
Überzeugung noch zu vertiefen.«

Der Tumult ging weiter. Als Taxil von seiner Audienz bei Leo XIII.
sprach (der Papst hatte ihn gefragt: »Mein Sohn, was wünschen Sie?«,
und Taxil hatte geantwortet: »Heiliger Vater, vor Ihren Füßen zu
sterben, hier, in diesem Augenblick, das wäre mein größtes Glück!«),

wurden die Zwischenrufe zu einem Chor: »Respektieren Sie Leo XIII., Sie haben kein Recht, seinen Namen auszusprechen!« Einer rief aus: »Müssen wir uns das anhören? Das ist widerlich!«, ein anderer: »Oh, dieser Halunke! Oh, diese schmutzige Orgie!«, während die Mehrheit grinste und feixte.

»Und so«, sagte Taxil, »ließ ich den Baum des zeitgenössischen Luziferianismus wachsen und bereicherte ihn um ein palladistisches Ritual, das ich von Anfang bis Ende erfunden hatte.«

Dann erzählte er, wie er aus einem alkoholisierten alten Freund den Dr. Bataille gemacht hatte, wie er Sophie Walder oder Sapho erfunden hatte und wie er schließlich selbst die Werke verfasst hatte, die unter dem Namen Diana Vaughan erschienen waren. Diana, sagte er, sei ursprünglich nur eine französische Protestantin gewesen, von Beruf Daktylographin und Vertreterin einer amerikanischen Schreibmaschinenfirma, eine intelligente und humorvolle Frau von eleganter Schlichtheit, wie die meisten Protestantinnen in Frankreich. Er habe angefangen, sie für die Teufeleien zu interessieren, sie sei amüsiert gewesen und seine Komplizin geworden. Sie habe Gefallen an dem Schwindel gefunden, es habe ihr Spaß gemacht, mit Bischöfen und Kardinälen zu korrespondieren, Briefe vom Privatsekretär des Pontifex Maximus zu empfangen und den Vatikan über die Komplotte Luzifers zu informieren.

»Aber wir haben auch erlebt«, fuhr Taxil fort, »dass Freimaurer an unsere Erfindungen glaubten. Als Diana enthüllte, dass Adriano Lemmi vom Großmeister in Charleston als dessen Nachfolger im höchsten luziferischen Pontifikat ernannt worden sei, nahmen einige italienische Freimaurer, darunter ein Parlamentsabgeordneter, die Nachricht ernst und beschwerten sich, dass Lemmi sie nicht informiert habe, und gründeten in Sizilien, in Neapel und in Florenz drei unabhängige Oberste Räte des Palladismus und ernannten Miss Vaughan zum Ehrenmitglied. Der berüchtigte Monsieur Margiotta schrieb, er habe Miss Vaughan kennengelernt, dabei bin ich es gewesen, der ihm von einer erfundenen Begegnung erzählt hatte, die er erlebt zu haben vorgab oder an die er sich wirklich zu erinnern glaubte. Die Verleger selbst waren hinters Licht geführt worden, aber

Diana, sagte er, sei ursprünglich nur eine französische Protestantin gewesen, von Beruf Daktylographin und Vertreterin einer amerikanischen Schreibmaschinenfirma, eine intelligente und humorvolle Frau von eleganter Schlichtheit, wie die meisten Protestantinnen in Frankreich… (S. 472)

sie haben keinen Grund, sich zu beschweren, denn ich habe ihnen ermöglicht, Werke zu publizieren, die es mit *Tausendundeiner Nacht* aufnehmen können.«

Und den Protestierenden rief er zu: »Meine Damen und Herren, wenn man merkt, dass man auf den Arm genommen worden ist, tut man am besten daran, mit dem Publikum zu lachen. Jawohl, Monsieur l'Abbé Garnier« – das war einer seiner heftigsten Kritiker, der sich im Saal befand –, »wenn Sie sich weiter so aufregen, wird man nur noch mehr über Sie lachen.«

»Sie Kanaille!« rief Garnier und wollte sich mit dem Stock auf ihn stürzen, während seine Freunde ihn zurückzuhalten versuchten.

»Im übrigen«, fuhr Taxil in seraphischer Ruhe fort, »können wir niemanden dafür kritisieren, dass er an die Teufel in unseren Initiationszeremonien geglaubt hat. Glauben doch auch die guten Christen, dass Satan ihren Herrn Jesus Christus auf einen hohen Berg getragen und ihm von dort aus alle Reiche der Erde gezeigt hat – und wie soll er das wohl geschafft haben, wenn die Erde rund ist?«

»Bravo!« riefen die einen.

»Schluss mit der Blasphemie!« riefen die anderen.

»Meine Damen und Herren«, schloss Taxil, »ich gestehe Ihnen, dass ich einen Kindesmord begangen habe: Der Palladismus ist mausetot. Sein Vater hat ihn soeben ermordet.«

Der Tumult erreichte den Gipfel. Abbé Garnier stieg auf einen Stuhl und versuchte den Anwesenden eine Rede zu halten, aber seine Stimme ging im Gelächter der einen und im Wutgeheul der anderen unter. Taxil blieb auf dem Podium stehen, von wo er gesprochen hatte, und betrachtete stolz die tobende Menge. Es war sein Moment des Ruhmes. Wenn er als König der Flunkerer gekrönt werden wollte, hatte er sein Ziel erreicht.

Stolz und mit gespieltem Unverständnis sah er auf diejenigen hinunter, die sich fäusteschüttelnd oder stockschwingend vor ihm drängten und schrien: »Schämen Sie sich nicht?« Worüber sollte er sich schämen? Darüber, dass alle von ihm sprachen?

Wer sich jedoch am meisten amüsierte, war Simonini, der daran dachte, was Taxil in den nächsten Tagen erwartete.

Der Gute würde den Abbé Dalla Piccola suchen, um sein Geld zu bekommen. Wenn er nach Auteuil ginge, würde er ein verlassenes oder vielleicht schon von anderen bewohntes Haus vorfinden. Er hatte nie erfahren, dass Dalla Piccola eine Adresse in der Rue Maître-Albert besaß. Er wusste nicht, wo er den Notar Fournier finden könnte, und es war ihm auch nie in den Sinn gekommen, ihn mit demjenigen in Verbindung zu bringen, der ihm vor vielen Jahren den Brief von Victor Hugo gefälscht hatte. Boullan würde unauffindbar sein. Er hatte nie erfahren, dass Hébuterne, den er vage als hohen Würdenträger der Freimaurer kannte, etwas mit seiner Geschichte zu tun hatte, und von Pater Bergamaschis Existenz wusste er nichts. Mit einem Wort, Taxil würde nicht wissen, von wem er sich seine Belohnung holen sollte, die Simonini infolgedessen nicht nur zur Hälfte, sondern zur Gänze einsteckte (leider abzüglich der fünftausend Francs Vorschuss).

Es war ergötzlich, sich den armen Gauner vorzustellen, wie er durch Paris lief auf der Suche nach einem Abbé und einem Notar, die nie existiert hatten, nach einem Satanisten und einer Palladistin, deren Leichen in einer unbekannten Kloake lagen, nach einem Dr. Bataille, der, selbst wenn er ihn nüchtern wiedergefunden hätte, ihm nichts hätte sagen können, und nach einem Bündel Franc-Scheine, das in unbefugten Taschen gelandet war. Geschmäht von den Katholiken, argwöhnisch von den Freimaurern betrachtet, die eine neue Kehrtwende fürchten mussten, vielleicht auch belastet mit hohen Schulden bei den Druckern, ohne zu wissen, wohin er sein armes verschwitztes Haupt legen sollte.

Aber, fand Simonini, dieser Filou aus Marseille hatte es sich so verdient.

26.

Die Endlösung

10. November 1898

Anderthalb Jahre ist es jetzt her, dass ich mich von Taxil, von Diana und, was am meisten zählt, von Dalla Piccola befreit habe. Wenn ich krank war, bin ich inzwischen geheilt. Dank der Selbsthypnose – oder dank Dr. Froïde. Dennoch habe ich während all dieser Monate unter verschiedenen Ängsten gelitten. Wenn ich gläubig wäre, würde ich sagen, ich hatte Gewissensbisse und fühlte mich gequält. Aber Gewissensbisse worüber und gequält von wem?

Den Abend, an dem ich mich so diebisch darüber gefreut hatte, wie schön es mir gelungen war, Taxil übers Ohr zu hauen, hatte ich in heiterer Stimmung gefeiert. Schade nur, dass ich meinen Triumph nicht mit jemandem teilen konnte, aber ich habe mich daran gewöhnt, mich allein zu befriedigen. Ich ging ins Brébant-Vachette, wie es die einstigen Gäste des Magny taten. Mit dem, was mir das Ende der Taxil-Unternehmung eingebracht hatte, konnte ich mir jetzt alles leisten. Der Maître erkannte mich, aber wichtiger war, dass auch ich ihn erkannte. Er beschrieb mir ausführlich die *salade Francilion*, die nach den Triumphen des gleichnamigen Stückes von Alexandre Dumas kreiert worden war (aber von Alexandre Dumas Sohn – mein Gott, wie ich altere…). Man lässt Kartoffeln in Brühe kochen, schneidet sie in Stücke und würzt sie, solange sie noch warm sind, mit Salz, Pfeffer, Olivenöl und Orléans-Essig sowie einem halben Glas Weißwein, wenn möglich Château d'Yquem, und gibt feingeschnittene aromatische Kräuter dazu. Gleichzeitig werden in *court-bouillon* sehr große

Muscheln (aber nur ein Drittel der Menge der Kartoffeln) mit einer Selleriestange gekocht. Anschließend vermischt man beides und bedeckt es mit einer feinen Schicht in Champagner gedünsteter Trüffelscheiben. Das alles zwei Stunden vor dem Servieren, so dass es zur rechten Zeit kalt geworden aufgetragen werden kann.

Dennoch ist mir nicht heiter zumute, und ich verspüre das Bedürfnis, meinen Gemütszustand zu klären, indem ich dieses Tagebuch wiederaufnehme, als wäre ich noch bei Dr. Froïde in Behandlung.

Der Grund ist, dass weiter beunruhigende Dinge geschehen sind und ich in einer fortwährenden Unsicherheit lebe. Vor allem quäle ich mich noch immer damit, herauszufinden, wer der Russe ist, der tot in meiner Kloake liegt. Er war hier gewesen, und vielleicht waren es sogar zwei Russen, hier in diesen Räumen am 12. April des vorigen Jahres. Ist einer von ihnen womöglich wiedergekommen? Mehrmals konnte ich etwas nicht finden – nichts Besonderes, eine Schreibfeder, eine Lage Papier –, und dann fand ich sie an einer Stelle wieder, wo ich schwören könnte, sie niemals hingelegt zu haben. Ist jemand hiergewesen, hat zwischen meinen Sachen gewühlt, hat sie verrückt, hat etwas gefunden? Was?

Russen, das heißt Ratschkowski, aber der Mann ist eine Sphinx. Er kam mich zweimal besuchen, immer um mich nach dem zu fragen, was er für noch unveröffentlichtes Material aus der Erbschaft meines Großvaters hält, und ich habe ihn hingehalten, zum einen weil ich noch kein befriedigendes Dossier zusammengestellt habe, zum anderen, um seine Begierde danach zu steigern.

Beim letzten Mal sagte er mir, er sei jetzt mit seiner Geduld am Ende. Er bestand darauf zu erfahren, ob es bloß eine Frage des Geldes sei. Nein, erwiderte ich, ich sei nicht geldgierig, mein Großvater habe mir wirklich Dokumente hinterlassen, in denen vollständig protokolliert worden sei, was in jener Nacht auf dem Prager Friedhof gesagt worden war, aber ich hätte sie nicht bei mir, ich müsse Paris verlassen, um sie von einem bestimmten Ort zu holen. »Dann tun Sie das«, sagte Ratschkowski. Und schloss mit einer vagen Anspielung auf den Ärger, den ich durch die Weiterentwicklung der Affäre Dreyfus bekommen könnte. Was weiß er darüber?

Tatsächlich war mit Dreyfus' Verbannung auf die Teufelsinsel der Fall keineswegs ausgestanden. Im Gegenteil, inzwischen haben diejenigen ihre Stimme erhoben, die Dreyfus für unschuldig halten, die sogenannten »Dreyfusards«, wie sie jetzt allgemein genannt werden, und mehrere Graphologen haben sich zu Wort gemeldet, um das Gutachten von Bertillon in Frage zu stellen.

Alles hatte Ende November 95 angefangen, als Sandherr den Nachrichtendienst verließ (er scheint an fortgeschrittener Paralyse oder etwas in der Art zu leiden) und von einem gewissen Picquart ersetzt wurde. Dieser Picquart erwies sich sogleich als ein Wühler, der seine Nase in alles stecken muss, und offensichtlich wühlte er auch weiter in der Affäre Dreyfus herum, obwohl sie seit Monaten abgeschlossen war, und so kam es, dass man im März vorigen Jahres in einem der üblichen Papierkörbe der deutschen Botschaft den Entwurf eines Telegramms fand, das der deutsche Militärattaché an Major Esterházy schicken wollte. Nichts Kompromittierendes, aber wieso unterhielt dieser Militärattaché Beziehungen zu einem französischen Offizier? Picquart nahm Esterházy genauer unter die Lupe, besorgte sich Handschriftenproben von ihm und entdeckte, dass seine Handschrift derjenigen des angeblich von Dreyfus geschriebenen *Bordereau* glich.

Ich erfuhr davon, weil die Nachricht zur *Libre Parole* durchgesickert war und Drumont sich mächtig aufregte über diesen Störenfried, der eine glücklich beigelegte Affäre wieder aufrühren wollte.

»Ich weiß, dass Picquart zu den Generälen Boisdeffre und Gonse gegangen ist, um ihnen die Sache anzuzeigen, aber zum Glück haben sie ihm kein Gehör geschenkt. Unsere Generäle sind ja nicht neurotisch.«

Anfang November traf ich Esterházy in der Redaktion, er war sehr nervös und bat mich um ein privates Gespräch. Er kam zu mir nach Hause, begleitet von einem Major Henry.

»Simonini, man munkelt, die Handschrift des *Bordereau* sei meine. Sie haben sie doch aus einem Brief oder einer Notiz von Dreyfus kopiert, nicht wahr?«

»Natürlich. Das Muster hatte mir Sandherr gegeben.«

»Ich weiß, aber warum hatte Sandherr an jenem Tag nicht auch mich zu sich bestellt? Sollte ich das Schriftmuster von Dreyfus nicht zu sehen bekommen?«

»Ich habe nur getan, worum man mich gebeten hatte.«

»Ich weiß, ich weiß. Aber Sie täten gut daran, mir bei der Lösung des Rätsels zu helfen. Denn falls Sie zu einer Kabale benutzt worden sind, deren Gründe mir noch entgehen, könnte es sein, dass jemand es für angebracht hält, einen gefährlichen Zeugen wie Sie zu beseitigen. Darum betrifft Sie die Sache aus der Nähe.«

Ich hätte mich niemals mit Militärs einlassen dürfen. Ich fühlte mich unbehaglich. Aber dann erklärte mir Esterházy, was er von mir wollte. Er gab mir einen Brief des italienischen Militärattachés Panizzardi als Schriftprobe und den Text eines Briefes, den ich fabrizieren sollte, in dem Panizzardi den deutschen Militärattaché auf die Zusammenarbeit mit Dreyfus ansprach.

»Major Henry wird sich darum kümmern, dieses Dokument zu finden und General Gonse zukommen zu lassen«, schloss Esterházy.

Ich tat meine Arbeit, Esterházy übergab mir 1000 Francs, und was dann geschah, weiß ich nicht, aber Ende 96 wurde Picquart zum Vierten Scharfschützenregiment nach Tunesien versetzt.

Doch genau zu der Zeit, als ich damit beschäftigt war, Taxil auszuschalten, scheint Picquart Freunde mobilisiert zu haben, und nun wurden die Dinge komplizierter. Natürlich handelte es sich um offiziöse Nachrichten, die den Zeitungen zugespielt wurden, die dreyfusardischen (das waren nur wenige) meldeten sie als gesichert, während die anti-dreyfusardischen sie als Verleumdungen abtaten. Es waren Telegramme an Picquart aufgetaucht, aus denen man schloss, dass er der Autor des berüchtigten Telegramms aus der deutschen Botschaft an Esterházy gewesen sei. Soweit ich verstanden habe, handelte es sich um einen Schachzug von Esterházy und Henry. Ein schönes Ping-Pong-Spiel, bei dem es nicht nötig war, Anklagen zu erfinden, da es genügte, die Anklagen des Gegners gegen ihn zu kehren. Herrgottnochmal, Spionage und Gegenspionage sind zu ernste Dinge, als dass man sie den Militärs überlassen dürfte, Profis wie Lagrange und Hébuterne hätten nie solch einen Pfusch angerichtet, aber was kann man schon von Leuten erwarten, die heute gut für den Nachrichtendienst und morgen gut für die Vierte Scharfschützenkompanie in Tunesien sind oder die von den päpstlichen Zuaven zur Fremdenlegion wechseln?

Zudem hatte ihm der letzte Schachzug wenig genützt, gegen Esterházy war eine Untersuchung eröffnet worden. Was, wenn er, um sich von jedem Verdacht zu befreien, erzählen würde, dass *ich* das *Bordereau* geschrieben hatte?

* * *

Ein Jahr lang habe ich schlecht geschlafen. Jede Nacht hörte ich Geräusche im Haus, war versucht, aufzustehen und in den Laden hinunterzugehen, aber ich fürchtete, einem Russen zu begegnen.

* * *

Im Januar dieses Jahres gab es einen Prozess unter Ausschluss der Öffentlichkeit, in dem Esterházy von allen Anklagen und jedem Verdacht freigesprochen wurde. Picquart wurde zu sechzig Tagen Festungshaft verurteilt. Aber die Dreyfusards lassen nicht locker, ein eher vulgärer Schriftsteller wie Zola hat einen feurigen Anklageartikel (»J'accuse!«) geschrieben, eine Gruppe von Möchtegernschriftstellern und angeblichen Wissenschaftlern hat sich eingemischt und verlangt die Revision des Prozesses. Wer sind diese Proust, France, Sorel, Monet, Renard, Durkheim? Nie im Salon Adam gesehen. Von diesem Proust heißt es, er sei ein fünfundzwanzigjähriger Päderast, dessen Schriften zum Glück unpubliziert sind, und Monet ist ein Farbenkleckser, von dem ich ein oder zwei Bilder gesehen habe, in denen er die Welt wie mit Triefaugen zu betrachten scheint. Was gehen einen Literaten und einen Maler die Entscheidungen eines Militärtribunals an? O armes Frankreich, wie Drumont immer klagt. Wenn diese sogenannten »Intellektuellen«, wie jener Anwalt hoffnungsloser Fälle, der Clemenceau ist, sie zu nennen pflegt, sich doch bloß um die wenigen Dinge kümmern würden, von denen sie etwas verstehen sollten!

Gegen Zola wurde ein Prozess eröffnet, in dem er glücklicherweise zu einem Jahr Gefängnis verurteilt worden ist. Es gibt noch eine Justiz in Frankreich, sagt Drumont, der im Mai zum Deputierten von Algier gewählt worden ist, so dass es nun eine schöne Gruppe von Antisemiten in der Kammer gibt, was hilfreich sein wird für die Verteidigung der antidreyfusardischen Thesen.

Alles schien gut zu werden, im Juli wurde Picquart zu acht Monaten Haft verurteilt, Zola ist nach London geflohen, ich dachte schon, dass jetzt niemand mehr den Fall wieder aufrühren könnte, als plötzlich ein Hauptmann Cuignet auftrat, um zu beweisen, dass der Brief, in dem Panizzardi Dreyfus der Kollaboration mit den Deutschen beschuldigte, eine Fälschung war. Ich weiß nicht, wie er das behaupten konnte, denn ich hatte meine Arbeit perfekt wie immer gemacht. Jedenfalls schenkten die Generäle ihm Gehör, und da der Brief seinerzeit von Major Henry entdeckt und publik gemacht worden war, sprach man bald von einem »faux Henry«. Als Henry dann Ende August verhört wurde, gestand er und wurde auf dem Mont-Valérien eingesperrt, und am nächsten Tag schnitt er sich mit seinem Rasiermesser die Kehle durch. Wie ich schon sagte, bestimmte Dinge darf man nicht den Militärs überlassen: Wie kann man einen des Verrats Verdächtigen einsperren und ihm sein Rasiermesser lassen?

»Henry hat sich nicht umgebracht. Er ist umgebracht *worden!*« behauptete Drumont wütend. »Es gibt noch zu viele Juden im Generalstab! Wir werden eine Subskription auflegen, um einen Prozess zur Rehabilitation Major Henrys zu finanzieren!«

Jedoch vier oder fünf Tage später floh Esterházy nach Belgien und von dort weiter nach England. Fast ein Schuldeingeständnis. Die Frage war nur, warum er sich nicht verteidigt hatte, indem er die Schuld auf mich schob.

* * *

Von solchen Gedanken geplagt, hörte ich vorgestern nacht erneut Geräusche im Haus. Am nächsten Morgen fand ich nicht nur im Laden, sondern auch im Keller alles umgewühlt und die Falltür zur Kloake offen.

Es gibt noch zu viele Juden im Generalstab… (S. 482)

Während ich noch überlegte, ob ich nicht auch fliehen sollte wie Esterházy, klingelte es an der Ladentür. Ratschkowski. Ohne erst lange hinaufzusteigen, setzte er sich gleich im Laden auf einen der Stühle, die dort zum Verkauf stehen für den unwahrscheinlichen Fall, dass Kunden nach so etwas fragen, und begann ohne Umschweife.

»Was würden Sie sagen, wenn ich der Sûreté mitteile, dass hier unter Ihrem Keller vier Leichen liegen, mal ganz davon abgesehen, dass eine davon die eines meiner Männer ist, den ich seit langem suche? Ich bin es müde zu warten. Ich gebe Ihnen zwei Tage, um mir die Protokolle zu bringen, von denen Sie gesprochen haben, und dann vergesse ich, was ich da unten gesehen habe. Mir scheint, das ist ein fairer Pakt.«

Dass Ratschkowski inzwischen alles über meine Kloake wusste, überraschte mich nicht mehr. Früher oder später würde ich ihm etwas geben müssen, also versuchte ich lieber noch rasch einen Vorteil aus dem Pakt zu ziehen, den er mir vorschlug. »Sie könnten mir helfen«, wagte ich zu erwidern, »ein Problem zu lösen, das ich mit dem Nachrichtendienst der Armee habe…«

Er lachte auf: »Haben Sie Angst, man könnte entdecken, dass Sie der Autor des *Bordereau* sind?«

Dieser Mann weiß wirklich alles. Er legte die Hände zusammen, wie um seine Gedanken zu sammeln, und versuchte es mir zu erklären.

»Wahrscheinlich haben Sie nichts von dieser Sache verstanden und fürchten nur, dass jemand Sie hineinzieht. Beruhigen Sie sich. Ganz Frankreich hat ein Interesse daran, und zwar aus Gründen der nationalen Sicherheit, dass dieses *Bordereau* für echt gehalten wird.«

»Wieso?«

»Weil die französische Artillerie dabei ist, eine ganz neue Waffe zu entwickeln, die 75er-Kanone, und darum möchte sie, dass die Deutschen weiter glauben, die Franzosen seien immer noch mit der 120er beschäftigt. Die Deutschen sollten erfahren, dass ein Spion bereit war, ihnen die Geheimnisse der 120er zu verkaufen, damit sie glaubten, dies sei der wunde Punkt. Als Person mit gesundem Menschenverstand werden Sie jetzt einwenden, die Deutschen hätten doch sagen müssen: »Potztausend, wenn dieses *Bordereau* echt wäre, hätten wir doch etwas darüber wissen müssen, bevor wir es in den Papierkorb warfen!« Sie hätten das Blatt eigentlich verschlucken müssen. Und doch sind sie in die Falle gegangen, denn im Milieu der Geheimdienste sagt niemand den anderen alles, man denkt immer, der Schreibtischnachbar könnte ein Doppelagent sein, und wahrscheinlich haben sie sich gegenseitig beschuldigt: »Wie? Eine so wichtige Mitteilung war da eingetroffen, und nicht einmal der Militärattaché hat davon gewusst, obwohl sie an ihn adressiert war? Oder hat er es doch gewusst und geschwiegen?« Stellen Sie sich den Sturm von gegenseitigen Verdächtigungen vor, jemand sollte dafür büßen. Daher *mussten* einfach alle an die Echtheit des *Bordereau* glauben, und sie müssen es noch. Und darum musste Dreyfus möglichst schnell auf die Teufelsinsel geschickt werden, damit er nicht zu seiner Verteidigung vorbrachte, gerade dass er sich den Deutschen als Spion für die 120er-Kanone angeboten haben sollte, zeige doch, dass er kein Spion sein könne, denn wenn überhaupt, hätte es nur für die 75er einen Sinn gehabt. Wie man hört, soll ihm sogar jemand eine Pistole hingelegt haben, als Einladung zum Selbstmord, um der Entehrung zu entgehen, die ihn erwartete. Auf diese Weise hätte man jedes Risiko eines öffentlichen Prozesses vermieden. Aber Dreyfus ist ein Dickschädel und hat darauf bestanden, sich zu verteidigen, weil er dachte, er könne seine Unschuld beweisen. Ein Offizier sollte nie denken. Im übrigen, wenn Sie mich fragen, von der 75er hatte der Unglückselige keine Ahnung, woher denn auch, solche Papiere kommen doch nicht auf den Tisch eines Anwärters. Aber Vorsicht kann nie schaden. Verstehen Sie? Wenn herauskäme, dass *Sie* das *Bordereau* fabriziert haben, würde das ganze Gebäude zusammenbrechen und die Deutschen würden begreifen, dass die 120er eine falsche Fährte war – schwer von Begriff mögen sie ja sein, die *boches*, aber so schwer nun auch wieder nicht. Vielleicht werden Sie jetzt sagen, in Wahrheit sind nicht nur die deutschen, sondern auch die französischen Nachrichtendienste in der Hand eines Haufens von Stümpern. Das ist evident, andernfalls würden diese Männer für die Ochrana arbeiten, die ein bisschen besser funktioniert und, wie Sie sehen, Informanten bei den einen wie den anderen hat.«

»Aber Esterházy?«

»Der ist ein Doppelagent, er tat so, als spioniere er Sandherr für die Deutschen der Botschaft aus, aber derweil spionierte er die Deutschen der Botschaft für Sandherr aus. Er gab sich viel Mühe, den Fall Dreyfus aufzuziehen, aber Sandherr hatte bemerkt, dass Esterházy sich zu weit vorgewagt hatte und dass die Deutschen anfingen, ihn zu verdächtigen. Sandherr wusste ganz genau, dass er Ihnen eine Handschriftenprobe von Esterházy gegeben hatte. Dreyfus sollte beschuldigt werden, aber wenn die Sache schief ging, würde es immer noch möglich sein, die Schuld auf Esterházy zu schieben. Natürlich hat Esterházy zu spät gemerkt, in welche Falle er gegangen war.«

»Aber warum hat er dann nicht meinen Namen genannt?«

»Weil man ihn dann der Lüge überführt hätte und er in einer Festung gelandet wäre, wenn nicht in einem Kanal. Während er so jetzt seelenruhig in London leben kann, mit einer guten Pension auf Kosten der Dienste. Ob man den Verrat weiter Dreyfus zuschreibt oder sich entschließt, Esterházy als den Verräter anzusehen, das *Bordereau* muss in jedem Fall echt bleiben. Niemand wird die Schuld einem Fälscher wie Ihnen geben. Sie sind gut abgesichert. Ich dagegen kann Ihnen viel Ärger machen wegen der Leichen da unten. Also heraus mit den Daten, die ich brauche. Übermorgen wird ein junger Mann zu Ihnen kommen, der für mich arbeitet, ein gewisser Golowinski. Wir erwarten von Ihnen nicht, dass Sie die Originale fabrizieren, die müssen russisch geschrieben sein, und darum wird er sich kümmern. Sie sollen ihm nur Material liefern, neues, authentisches und überzeugendes, zur Ausstaffierung ihres alten Dossiers über den Prager Friedhof, das inzwischen Hinz und Kunz bekannt ist. Damit will ich sagen: dass der Ursprung der Enthüllungen eine Versammlung auf jenem Friedhof ist, soll mir schon recht sein, aber es muss offen bleiben, wann diese Versammlung stattgefunden hat, und es muss sich um aktuelle Themen handeln, nicht um mittelalterliche Phantastereien.«

Ich musste mich sputen.

* * *

Mir blieben nur knapp zwei Tage und zwei Nächte, um die Hunderte von Notizen und Zeitungsausschnitten, die ich im Laufe meiner mehr als zehnjährigen Bekanntschaft mit Drumont gesammelt hatte, zu sichten und herzurichten. Dass es lauter Sachen waren, die alle schon in *La Libre Parole* gestanden hatten, machte mir keine Sorgen, denn für die Russen waren sie vielleicht neu. Aber es ging darum, eine passende Auswahl zu treffen. Diesen Golowinski und seinen Chef interessierte sicher nicht, ob die Juden mehr oder weniger unbegabt für Musik oder für Erkundungsexpeditionen waren. Interessanter war da schon der Verdacht, dass sie den wirtschaftlichen Ruin der braven Leute vorbereiteten.

Ich überprüfte, was ich schon in den früheren Reden der Rabbiner verwendet hatte. Die Juden nahmen sich vor, die Eisenbahnen, die Bergwerke, die Hochöfen und Fabriken in ihre Gewalt zu bekommen, dazu die Verwaltung der Steuern und die Land- und Forstwirtschaft, sie hatten es auf die Justiz, die Advokatur und das Schulwesen abgesehen, sie wollten sich in die Philosophie einnisten, in die Politik, in die Wissenschaft, in die Kunst und vor allem in die Medizin, denn Ärzte dringen tiefer in die Familien ein als Priester. Sie planten, die Kirchen zu unterminieren, die Freigeisterei zu verbreiten, den Religionsunterricht in den Schulen abzuschaffen, den Handel mit Alkoholika und die Kontrolle der Presse an sich zu reißen. Lieber Gott, was sollten sie denn *noch* wollen?

Nicht, dass ich nicht auch dieses Material wiederverwenden konnte. Ratschkowski kannte die Reden der Rabbiner wahrscheinlich nur in der Version, die ich der Glinka gegeben hatte, in der es vor allem um religiöse und apokalyptische Themen ging. Aber zweifellos musste ich meine früheren Texte um neue Passagen erweitern.

So ging ich sorgfältig alle Themen durch, die das Interesse eines durchschnittlichen Lesers reizen könnten. Ich schrieb sie in einer schönen Handschrift nieder, wie sie vor mehr als einem Jahrhundert gebräuchlich war, auf einem gebührend vergilbten Papier – und voilà, da waren sie, die Dokumente, die mir mein Großvater hinterlassen hatte, hinterlassen als wirklich in den Versammlungen der Juden verfasst in jenem Turiner Ghetto, in dem er als junger Mann eine Zeitlang gelebt hatte, übersetzt aus den Protokollen der Rabbiner nach ihrer Versammlung auf dem Friedhof in Prag.

Als Golowinski am nächsten Tag kam, war ich überrascht, dass Ratschkowski so wichtige Aufgaben einem so schlaffen und kurzsichtigen, schlechtgekleideten und wie der Klassenletzte aussehenden jungen Muschik anvertrauen konnte. Dann, als ich mit ihm sprach, bemerkte ich, dass er gescheiter war, als es schien. Er sprach ein schlechtes Französisch mit starkem russischem Akzent, aber er fragte sofort, wie es komme, dass die Rabbiner im Turiner Ghetto französisch schrieben. Ich sagte ihm, dass zu jener Zeit in Piemont alle Menschen, die schreiben konnten, französisch sprachen, und das überzeugte ihn. Hinterher habe ich mich gefragt, ob meine Rabbiner auf dem Friedhof eigentlich hebräisch oder jiddisch gesprochen hatten, aber da die Dokumente ja nun auf französisch vorlagen, spielte das keine Rolle mehr.

»Sehen Sie«, sagte ich, »hier wird zum Beispiel darauf insistiert, dass man das Denken der atheistischen Philosophen verbreiten muss, um die Gojim zu demoralisieren. Und hören Sie das hier: ›Wir müssen selbst den Begriff von Gott in den Köpfen der Christen austilgen und durch arithmetische Berechnungen und materielle Bedürfnisse ersetzen.‹«

Mein Kalkül war, dass Mathematik allen Leuten irgendwie unangenehm ist. In Erinnerung an Drumonts Klagen über die obszöne Presse hatte ich mir gedacht, dass die Idee der Verbreitung leichter und seichter Massenunterhaltung zumindest für die anständigen Bürger bestens in das Komplott passen würde. »Hören Sie das hier«, sagte ich zu Golowinski: »Um die Massen daran zu hindern, sich eine eigene politische Meinung bilden, werden wir sie mit Vergnügungen, Spielen, Leidenschaften und Volkshäusern ablenken und zu Wettbewerben in Kunst und Sport aller Art einladen… Wir werden den Wunsch nach ungebremstem Luxus anstacheln, und wir werden die Löhne erhöhen, was aber den Arbeitern keinen Vorteil bringen wird, da wir zur gleichen Zeit die Preise der notwendigsten Lebensmittel erhöhen werden unter dem Vorwand schlechter Ernten. Wir werden die Basis der Produktion untergraben, indem wir die Keime der Anarchie unter den Arbeitern verbreiten und ihre Lust am Alkohol anstacheln. Wir werden versuchen, die öffentliche Meinung zu allen Arten von phantastischen Theorien hinzulenken, die irgendwie fortschrittlich oder liberal erscheinen könnten.«

»Gut, gut«, sagte Golowinski. Aber gibt es auch etwas, das sich besonders für Studenten eignet, außer der Sache mit den Berechnungen? In Russland sind nämlich die Studenten sehr wichtig, sie sind die Hitzköpfe, die man unter Kontrolle halten muss.«

»Hier, wie wär's damit: ›Wenn wir an der Macht sind, werden wir aus den Lehrplänen alle Stoffe entfernen, die den Geist der Jugend verwirren könnten, und aus den Schülern gehorsame Kinder der Staatsgewalt machen, die ihren Herrscher lieben. Das Studium der Klassiker und der alten Geschichte, in der sich mehr schlechte als gute Beispiele finden, werden wir durch das Studium der Zukunftsfragen ersetzen. Wir werden aus dem Gedächtnis der Menschen alle Geschehnisse früherer Jahrhunderte löschen, die unangenehm für uns sein könnten. Durch systematische Erziehung werden wir imstande sein, alle Reste jenes unabhängigen Denkens auszuräumen, dessen wir uns lange Zeit für unsere Ziele bedient haben... Für Bücher mit weniger als dreihundert Seiten werden wir die Steuer verdoppeln, das wird die Schriftsteller zwingen, so umfangreiche Werke zu publizieren, dass sie nur wenige Leser finden. Wir selbst dagegen werden billige Werke veröffentlichen, um die Mentalität der Massen in unserem Sinne zu beeinflussen. Die Besteuerung wird die Produktion der bloßen Zerstreuungsliteratur verringern, und niemand, der uns mit seiner Feder anzugreifen versucht, wird einen Verleger finden.‹ Was die Zeitungen angeht, so sieht der jüdische Plan eine scheinbare Pressefreiheit vor, die zur besseren Kontrolle der Meinungen dient. So sagen unsere Rabbiner, dass es darum gehen wird, möglichst viele Periodika zu erwerben oder selbst zu gründen, die verschiedene Meinungen ausdrücken, so dass die Leser denen vertrauen, die scheinbar ihren Meinungen nahestehen, ohne zu bemerken, dass in Wirklichkeit alle die Meinung der jüdischen Herrschenden wiedergeben. Die Journalisten zu kaufen werde nicht schwierig sein, fügen sie hinzu, denn diese bildeten eine Art Freimaurerbund, und kein Verleger werde den Mut haben, das Geheimnis zu enthüllen, das sie alle zusammenhält, denn in die Welt der Zeitungen werde niemand aufgenommen, der nicht irgendeine trübe Affäre in seinem Privatleben hatte. Natürlich müsse man den Zeitungen verbieten, über kriminelle Affären zu berichten, damit das Volk glaubt, dass die neue Regierung sogar das Verbrechen abgeschafft hat. Wegen der Fesseln, die der Presse angelegt werden, solle man sich dabei keine übermäßigen Sorgen machen, denn ob die Presse frei sei oder nicht, merke das Volk, das unter harter Arbeit und Armut leidet, gar nicht. Was kümmert es den proletarischen Arbeiter, ob die Schwätzer das Recht zum Schwatzen haben?«

»Das ist gut«, freute sich Golowinski, »denn bei uns lamentieren die Hitzköpfe immer über eine angebliche Zensur durch die Regierung. Man muss den Leuten klarmachen, dass eine jüdische Regierung noch schlimmer wäre.«

»Dazu habe ich hier was Gutes: ›Wir müssen uns die Kläglichkeit und Haltlosigkeit der Menge vor Augen führen, ihren Mangel an moralischem Gleichgewicht. Die Macht der Menge ist eine blinde, sinnlose, unvernünftige Kraft, die sich bald nach rechts und bald nach links wendet. Können die Volksmassen ruhig urteilen und ohne Eifersucht die Angelegenheiten des Staates verwalten, die sie nicht mit persönlichen Interessen verwechseln dürfen? Können sie die Verteidigung gegen einen äußeren Feind organisieren? Das ist ganz unmöglich, denn ein Plan, der in so viele Teile zerfällt, wie es Köpfe in der Masse gibt, verliert seinen Wert, wird unverständlich und undurchführbar. Nur ein Autokrat kann große Pläne entwerfen und jedem Teil seine besondere Rolle im Mechanismus der Staatsmaschinerie zuweisen… Ohne absoluten Despotismus gibt es keine Zivilisation, denn Zivilisation kann nur unter dem Schutz eines Führers gedeihen, wer immer das sein mag, nicht in den Händen der Masse.‹ Daraus folgt, wie es in diesem anderen Dokument heißt: ›Weil man noch nie eine Verfassung gesehen hat, die aus dem Willen eines Volkes hervorgegangen ist, muss das Kommando immer von einem einzigen Kopf ausgehen.‹ Und lesen Sie dies: ›Wie ein Wischnu mit hundert Armen werden wir alles kontrollieren. Wir werden nicht einmal mehr die Polizei brauchen: Ein Drittel unser Untertanen wird die beiden anderen Drittel überwachen.‹«

»Hervorragend!«

»Und dies noch: ›Die Masse ist barbarisch und beweist es bei jeder Gelegenheit. Schauen Sie auf diese alkoholisierten, stumpfsinnig gewordenen Tiere, denen die Freiheit erlaubt, sich hemmungslos zu betrinken. Dürfen wir uns und den Unsrigen erlauben, auf diese tiefste Stufe zu sinken? Bei den Christen ist das Volk verroht durch den Alkohol, ihre Jugend wird verführt durch die Klassiker und die verfrühten Ausschweifungen, zu denen sie von unseren Agenten angestachelt werden – von Hauslehrern, Dienstboten, Erzieherinnen, Angestellten… In der Politik siegt allein die rohe Kraft. Die Gewalt muss der Grundsatz sein, List und Heuchelei die Regel. Das Übel ist das einzige Mittel, um das Gute zu erreichen. Daher schrecken wir auch nicht vor Bestechung, Betrug und Verrat zurück. Der Zweck heiligt die Mittel.‹«

»Bei uns spricht man viel von Kommunismus, was denken die Rabbiner in Prag darüber?«

»Lesen Sie dies: ›In der Politik dürfen wir nicht zögern, das Eigentum zu konfiszieren, wenn wir dadurch Unterwerfung und Macht erlangen. Wir legen Wert darauf, als Befreier der Arbeiter zu erscheinen, indem wir so tun, als ob wir sie liebten nach dem Prinzip der Brüderlichkeit, das von unserer Freimaurerei verkündet worden ist. Wir werden ihnen sagen, dass wir gekommen sind, um sie aus ihrer Unterdrückung zu befreien, und werden sie auffordern, in die Reihen unserer Armeen von Sozialisten, Anarchisten und Kommunisten einzutreten. Aber der Adel, der die arbeitenden Klassen ausbeutete, hatte noch ein Interesse daran, dass sie gut genährt, gesund und stark waren. Unser Interesse ist dagegen die Degeneration der Gojim. Unsere Macht wird darauf beruhen, die Arbeiter in einer ständigen Unterernährung und Ohnmacht zu halten, denn so unterwerfen wir sie unserem Willen, und in ihrem Milieu werden sie niemals die Kraft und Energie finden, sich gegen uns zu erheben.‹ Und nehmen Sie auch dies hinzu: ›Wir werden eine weltweite Wirtschaftskrise erzeugen, mit allen Mitteln, die sich uns bieten, und mit Hilfe des Goldes, das sich zur Gänze in unseren Händen befindet. Wir werden riesige Massen von Arbeitern in ganz Europa aufs Pflaster werfen. Dann werden sich diese Massen mit Freude auf jene stürzen, die sie in ihrer Ignoranz seit Kindesbeinen beneidet haben, werden ihr Blut vergießen und sich ihrer Habe bemächtigen. Uns aber werden sie nichts antun, denn wir werden den Zeitpunkt der Attacke im voraus wissen und die nötigen Maßnahmen treffen, um unsere Interessen zu schützen.‹«

»Haben Sie auch etwas über Juden und Freimaurer?«

»Aber gewiss doch. Hier ein sehr klarer Text: ›Solange wir die Macht noch nicht erreicht haben, werden wir überall in der Welt Freimaurerlogen gründen und vervielfachen. Diese Logen werden die wichtigsten Orte sein, an denen wir unsere Informationen sammeln, und zugleich werden sie unsere Propagandazentren sein. In diesen Logen werden wir alle sozialistischen und revolutionären Klassen der Gesellschaft bündeln. Fast alle Agenten der internationalen Geheimpolizei werden Mitglieder unserer Logen sein. Die meisten derer, die in Geheimgesellschaften eintreten, sind Abenteurer, die es bloß irgendwie zu etwas bringen wollen und keine ernsthaften Absichten haben. Mit solchen Leuten wird es uns leicht sein, unser Ziel zu verfolgen. Es versteht sich, dass wir es sein müssen, die als einzige die Unternehmungen der Freimaurer lenken.‹«

»Phantastisch!«

»Vergessen Sie nicht, dass auch die reichen Juden mit Interesse auf einen Antisemitismus blicken, der sich gegen die armen Juden richtet, da er die weichherzigeren Christen dazu bringt, mit der ganzen jüdischen Rasse Mitleid zu haben.«

Ich hatte auch viele Seiten gesammelt, die Joly sehr detailliert über die Mechanismen der Darlehen und Zinsen geschrieben hatte. Ich verstand nicht viel von diesen Mechanismen und war auch nicht sicher, ob die Zinsen noch dieselben wie zu Jolys Zeit waren, aber ich vertraute meiner Quelle und gab Golowinski Seiten um Seiten, die vermutlich den einen oder anderen aufmerksamen Leser unter verschuldeten Händlern oder Handwerkern gefunden hätten oder gar unter solchen, die in den Strudel der Zinswucherei geraten waren.

Schließlich dachte ich noch an das, was ich in *La Libre Parole* über die Untergrundbahn gelesen hatte, die in Paris gebaut werden sollte. Es war eine alte Geschichte, man sprach davon seit Jahrzehnten, aber erst im Juli 1897 war ein offizielles Projekt gebilligt worden, und erst vor kurzem hatte man mit den Ausschachtungsarbeiten für die Linie von der Porte de Vincennes zur Porte Maillot begonnen. Ziemlich wenig bisher, aber schon hatte sich eine *Compagnie du Métropolitain* gegründet, und seit über einem Jahr führte *La Libre Parole* eine Kampagne gegen die vielen jüdischen Aktionäre, die sich dort engagierten. Daher schien es mir nützlich, das jüdische Komplott mit der Pariser Métro zu verbinden, und so schlug ich vor: »Bald werden in allen Städten Untergrundbahnen gebaut sein; von denen aus werden wir alle Städte der Welt in die Luft jagen, samt ihren Einrichtungen und Dokumenten.«

»Aber wenn die Versammlung in Prag vor langer Zeit stattgefunden hat«, fragte Golowinski, »woher wussten die Rabbiner dann von den Untergrundbahnen?«

»Zunächst mal, wenn Sie die letzte Version der Rede des Rabbiners nachlesen, die vor zehn Jahren im *Contemporain* erschienen ist, werden Sie sehen, dass die Versammlung auf dem Prager Friedhof 1880 stattgefunden hat, und wenn ich mich nicht täusche, gab es da schon eine Untergrundbahn in London. Und außerdem kann es nicht schaden, wenn der Plan einen leicht prophetischen Ton hat.«

Golowinski fand großes Gefallen an dieser Passage, die ihm »verheißungsvoll« schien, wie er sich ausdrückte. Dann gab er zu bedenken: »Meinen Sie nicht, dass viele der hier ausgedrückten Ideen im Widerspruch zueinander stehen? So will man zum Beispiel einerseits den Luxus und die überflüssigen Freuden verbieten und Trunkenheit mit Strafe belegen, und andererseits will man Sport und Spiele verbreiten und die Arbeiter zum Trinken animieren...«

»Die Juden sagen immer das eine und zugleich auch das Gegenteil, sie sind geborene Lügner. Aber wenn Sie ein Dokument mit vielen Seiten produzieren, werden die Leute das nicht in einem Zug lesen. Man muss darauf achten, immer nur eine Empörung auf einmal auszulösen, und zwar so, dass, wenn jemand sich über etwas entrüstet, was er heute gelesen hat, er sich nicht mehr an das erinnert, was ihn gestern empört hatte. Und im übrigen, wenn Sie genau lesen, werden Sie sehen, dass die Rabbiner *jetzt* Luxus, Spiele und Alkohol benutzen wollen, um die Massen zu verdummen, aber wenn sie erst einmal an der Macht sind, wollen sie alle zur Sittenstrenge zwingen.«

»Stimmt, entschuldigen Sie.«

»Na ja, ich habe halt über diese Dokumente seit Jahrzehnten nachgedacht, schon seit ich ein Junge war, und kenne alle ihre Nuancen«, schloss ich mit berechtigtem Stolz.

»Sie haben recht. Aber ich würde gerne mit einer richtig starken Aussage enden, mit etwas, das einem im Gedächtnis bleibt, das die Bösartigkeit der Juden symbolisiert. Zum Beispiel: ›Wir haben einen grenzenlosen Ehrgeiz, eine verzehrende Habgier, einen erbarmungslosen Rachedurst und einen glühenden Hass.‹«

»Nicht schlecht für einen *roman feuilleton*. Aber meinen Sie wirklich, dass die Juden, die ja nicht dumm sind, so etwas sagen würden? Damit würden sie sich doch selbst als ruchlos bezichtigen?«

»Darüber würde ich mir keine Sorgen machen. Die Rabbiner sprechen auf ihrem Prager Friedhof, wo sie sicher sind, nicht von Fremden gehört zu werden. Sie sprechen offen und haben keine Scham. Aber uns kommt es darauf an, dass sich die Massen empören.«

Golowinski war ein guter Mitarbeiter. Er nahm meine Dokumente als authentisch oder tat jedenfalls so, aber er zögerte nicht, sie zu verändern, wo es ihm passend erschien. Ratschkowski hatte den richtigen Mann gewählt.

»Ich denke«, schloss er, »ich habe jetzt genug Material, um dasjenige zusammenzustellen, was wir die Protokolle der Versammlung der Rabbiner auf dem Friedhof in Prag nennen werden.«

Der Prager Friedhof war im Begriff, mir aus den Händen zu gleiten, aber ich habe wohl meinen Beitrag zu seinem Triumph geleistet. Mit einem Seufzer der Erleichterung lud ich Golowinski zum Abendessen ins Paillard ein, an der Ecke der Chaussée d'Antin und des Boulevard des Italiens. Teuer, aber exquisit. Golowinski zeigte sich angetan von dem *poulet archiduc* und dem *canard à la presse*. Aber vielleicht hätte sich einer, der aus den russischen Steppen kam, mit gleichem Appetit

…ich würde gerne mit einer richtig starken Aussage enden, mit etwas, das einem im Gedächtnis bleibt, das die Bösartigkeit der Juden symbolisiert. Zum Beispiel: »Wir haben einen grenzenlosen Ehrgeiz, eine verzehrende Habgier, einen erbarmungslosen Rachedurst und einen glühenden Hass«… (S. 494)

auch das *choucroute* reingeschaufelt. Ich hätte sparen und die argwöhnischen Blicke vermeiden können, mit denen die Kellner einen so geräuschvoll kauenden Gast betrachteten.

Doch es schmeckte ihm, und seine Augen – sei's wegen des Weines oder aus echter Leidenschaft, aus religiöser oder politischer – glänzten vor Erregung.

»Das wird ein exemplarischer Text werden«, sagte er, »aus dem ihr tiefer Hass hervorgehen wird, den sie als Rasse und als Religion hegen. Diese Seiten brodeln geradezu von Hass, er scheint aus einem Gefäß voller Galle überzulaufen… Viele werden begreifen, dass es Zeit für die Endlösung wird.«

»Den Ausdruck habe ich schon mal gehört. Von Osman-Bey, kennen Sie ihn?«

»Vom Hörensagen. Aber es ist evident, diese verfluchte Rasse muss um jeden Preis ausgelöscht werden.«

»Ratschkowski ist nicht dieser Ansicht, er sagt, er brauche die Juden lebendig, um einen guten Feind zu haben.«

»Unsinn. Ein guter Feind findet sich immer. Und glauben Sie nicht, dass ich, weil ich für Ratschkowski arbeite, alle seine Ideen teile. Er selber hat mich gelehrt, dass man, während man für seinen heutigen Chef arbeitet, sich schon auf seinen morgigen Chef vorbereiten muss. Ratschkowski ist nicht ewig. Im Heiligen Russland gibt es radikalere Leute als ihn. Die westeuropäischen Regierungen sind zu furchtsam, um sich zu einer Endlösung zu entscheiden. Russland ist dagegen ein Land voller Energie und visionärer Hoffnung, das immer an eine totale Revolution denkt. Von dort haben wir uns die entscheidende Tat zu erwarten, nicht von diesen Franzosen, die immer noch mit *égalité* und *fraternité* herumeiern, oder von diesen tölpelhaften Deutschen, die zu keiner großen Tat fähig sind…«

Ich hatte es schon nach dem nächtlichen Gespräch mit Osman-Bey geahnt. Nach dem Brief meines Großvaters hatte Abbé Barruel seine Anklagen nicht mehr fortgesetzt, weil er ein allgemeines Massaker fürchtete, aber was mein Großvater sich gewünscht hatte, war vermutlich das, was Osman-Bey und Golowinski vorschwebte. Vielleicht

496

hatte mein Großvater mich dazu verurteilt, seinen Traum zu verwirklichen. O Gott, ein ganzes Volk auszurotten, zum Glück musste ich es nicht selber tun, aber meinen bescheidenen Beitrag leistete ich gerade dazu.

Und im Grunde war es auch eine einträgliche Unternehmung. Die Juden würden mich niemals dafür bezahlen, dass ich alle Christen ausrottete, sagte ich mir, denn Christen gibt es einfach zu viele, und wenn es möglich wäre, würden sie selbst dafür sorgen. Bei den Juden dagegen wäre es, alles in allem, möglich.

Ich musste sie ja nicht selbst liquidieren – ich, der ich (im allgemeinen) vor physischer Gewalt zurückschrecke –, aber ich wusste schon, wie man vorgehen müsste, denn ich hatte die Tage der Pariser Kommune erlebt. Nimm gut trainierte und gut indoktrinierte Brigaden, und jede Person mit krummer Nase und krausem Haar, die dir begegnet, an die Wand mit ihr! Es können auch ein paar Christen dazwischengeraten, aber wie jener Bischof sagte, der das von den Albigensern besetzte Béziers angreifen musste: Tötet sie alle, Gott wird die Seinen erkennen.

Es steht in ihren Protokollen geschrieben: Der Zweck heiligt die Mittel.

27.

Abgebrochenes Tagebuch

20. Dezember 1898

Nachdem ich Golowinski alles ausgehändigt hatte, was mir noch von meiner Sammlung für die Protokolle vom Friedhof geblieben war, fühlte ich mich irgendwie leer. Wie ein Student nach dem Examen fragte ich mich: »Und jetzt?« Seitdem ich auch von meiner Persönlichkeitsspaltung geheilt war, hatte ich niemanden mehr, dem ich von mir erzählen konnte.

Ich hatte die Arbeit eines Lebens beendet, die mit der Lektüre des *Joseph Balsamo* von Dumas begonnen hatte, auf dem Dachboden in Turin. Ich denke an Großvater, an seine ins Leere gerichteten Augen, wenn er das Gespenst von Mordechai beschwor. Auch dank meines Werkes nähern sich nun die Mordechais aller Welt einem majestätischen und entsetzlichen Scheiterhaufen. Aber was ist mit mir? Es gibt eine Melancholie der erfüllten Pflicht, die größer und ungreifbarer ist als diejenige, die man auf Dampfschiffen kennt.

Ich fabriziere weiter eigenhändige Testamente und verkaufe immer noch gut zehn Hostien pro Woche, aber Hébuterne will nichts mehr von mir, vielleicht hält er mich für zu alt, und schweigen wir von den Leuten im Generalstab, wo mein Name selbst in den Köpfen derer ausgetilgt worden sein muss, die ihn noch gekannt hatten – wenn es davon noch welche gibt, seit Sandherr gelähmt in irgendeiner Klinik liegt und Esterházy in einem Londoner Luxusbordell Bakkarat spielt.

Nicht dass ich Geld bräuchte, ich habe genug auf dem Konto, aber ich langweile mich. Ich habe Verdauungsstörungen und kann mich nicht einmal mehr mit gutem Essen trösten. Ich mache mir eine Suppe zu Hause, und wenn ich in ein Restaurant gehe, kann ich hinterher die ganze Nacht nicht schlafen. Manchmal muss ich mich übergeben. Auch das Urinieren geht nicht mehr so leicht wie früher.

Ich besuche immer noch die Redaktion der *Libre Parole*, aber selbst Drumonts antisemitische Ausbrüche können mich nicht mehr erregen. An dem, was auf dem Prager Friedhof geschehen ist, arbeiten jetzt die Russen.

Die Affäre Dreyfus brodelt weiter, jeden Tag gibt es etwas Neues, heute die unerwartete Stellungnahme eines katholischen Dreyfusards in der Zeitung *La Croix*, die immer wütend antidreyfusardisch war (schöne Zeiten, als *La Croix* sich noch für Diana engagierte!), gestern berichteten alle Blätter auf Seite eins über eine gewalttätige antisemitische Demonstration auf der Place de la Concorde. Im *Figaro* erschien vor einiger Zeit eine Karikatur von Caran d'Ache mit der Überschrift *Un diner en famille*: Zwei Zeichnungen, in der ersten sitzt eine vielköpfige Familie harmonisch um einen Tisch, und der Patriarch mahnt mit erhobenem Finger: »Vor allem, lasst uns nicht über die Affäre Dreyfus reden!«; unter der zweiten steht: »Sie haben darüber geredet«, und man sieht eine wüste Schlägerei, in der jeder jedem an die Gurgel geht.

Die Affäre spaltet die Franzosen, und, wie man da und dort liest, auch den Rest der Welt. Wird der Prozess wieder aufgenommen? Einstweilen ist Dreyfus noch auf der Teufelsinsel. Gut so.

Neulich bin ich zu Pater Bergamaschi gegangen und fand ihn alt und müde geworden. Kein Wunder, wenn ich jetzt achtundsechzig bin, muss er inzwischen fünfundachtzig sein.

»Ich wollte mich gerade von dir verabschieden, Simonino«, sagte er. »Ich gehe zurück nach Italien, um meine Tage dort in einem unserer Häuser zu beschließen. Ich habe genug für die Glorie des Herrn getan. Aber du, lebst du noch immer inmitten so vieler Intrigen? Mir sind Intrigen inzwischen verhasst. Wie schön war es doch zu deines Großvaters Zeiten – dort die Carbonari und hier wir, man wusste, wer und wo der Feind war. Ich bin nicht mehr der von damals.«

*Neulich bin ich zu Pater Bergamaschi gegangen und fand
ihn alt und müde geworden… (S. 500)*

Er ist schon etwas verwirrt. Ich habe ihn brüderlich umarmt und bin gegangen.

* * *

Gestern kam ich an der Kirche Saint-Julien-le-Pauvre vorbei. Neben dem Eingang saß ein menschliches Wrack, ein blinder Krüppel mit kahlem Kopf voll blauroter Narben, der eine triste Melodie auf einer kleinen Flöte spielte, die er in einem Nasenloch hielt, während aus dem anderen ein leises Zischen ertönte und der Mund sich wie bei einem Ertrinkenden öffnete, um Atem zu schöpfen.

Ich weiß nicht warum, aber ich hatte auf einmal Angst. Als wäre das Leben etwas Hässliches.

* * *

Ich kann nicht mehr gut schlafen, ich habe wilde Träume, in denen mir Diana bleich und zerzaust erscheint.

Oft gehe ich frühmorgens aus, um zu sehen, was die Tabaksammler machen. Ich war schon immer fasziniert von ihnen. Wenn es hell wird, gehen sie umher mit ihrem stinkenden Sack, den sie sich vor den Bauch gebunden haben, und einem Stock mit eiserner Spitze, mit dem sie die Stummel aufspießen, auch wenn sie unter einem Tisch liegen. Es ist amüsant zu sehen, wie sie aus den Cafés im Freien von den Kellnern verjagt werden, mit Fußtritten und manchmal auch mit einer Seltersdusche aus der Siphonflasche.

Viele haben die Nacht am Seineufer verbracht, und morgens kann man sie auf den Quais sitzen sehen, wo sie den noch vom Speichel feuchten Tabak von der Asche trennen oder sich das mit Tabaksäften getränkte Hemd waschen und in der Sonne trocknen lassen, während sie mit ihrer Arbeit fortfahren. Die Kühnsten sammeln nicht nur Zigarrenstummel, sondern auch Zigarettenkippen, bei denen das Trennen des Tabaks vom nassen Papier noch ekliger ist.

Dann sieht man sie ausschwärmen zur Place Maubert und Umgebung, um ihre Ware zu verkaufen, und kaum haben sie etwas verdient, verschwinden sie in einer Kaschemme, um sich mit dem zerrüttenden Alkohol vollaufen zu lassen.

Ich schaue dem Leben der anderen zu, um mir die Zeit zu vertreiben. Denn ich selber lebe wie ein Pensionär oder ein Kriegsveteran.

* * *

Es ist seltsam, aber mir ist, als hätte ich Sehnsucht nach den Juden. Sie fehlen mir. Seit meiner Jugend habe ich mir gleichsam Stein für Stein meinen Prager Friedhof aufgebaut, und nun ist es, als hätte Golowinski ihn mir geraubt. Wer weiß, was die in Moskau daraus machen. Womöglich packen sie meine Protokolle in ein trockenes bürokratisches Dokument ganz ohne schauerromantischen Hintergrund. Niemand würde das lesen wollen, ich hätte mein Leben damit verschwendet, eine zwecklose Zeugenaussage zu produzieren. Aber vielleicht ist gerade dies die Art, wie sich die Ideen meiner Rabbiner (es sind immer noch *meine* Rabbiner) in der Welt verbreiten und die Endlösung vorbereiten.

* * *

Irgendwo habe ich gelesen, dass es in der Avenue de Flandre hinten in einem alten Hof einen portugiesischen Judenfriedhof gibt. Seit dem Ende des 17. Jahrhunderts stand dort ein Hotel eines gewissen Camot, der den Juden erlaubte (die in der Mehrheit Deutsche waren), ihre Toten in seinem Hinterhof zu begraben, fünfzig Francs für Erwachsene und zwanzig für Kinder. Dann war das Hotel an einen gewissen Matard übergegangen, einen Abdecker, der anfing, neben den Juden auch die Kadaver der Pferde und Rinder zu begraben, denen er das Fell abgezogen hatte. Die Juden protestierten, und die aus Portugal erwarben für ihre Toten ein kleines Grundstück nebenan, während die aus den anderen europäischen Ländern ein Terrain in Montrouge fanden.

Anfang dieses Jahrhunderts war dann der Friedhof geschlossen worden, aber man kann noch hinein. Er enthält etwa zwanzig Grabsteine, einige hebräisch beschrieben und andere französisch. Ich fand eine kuriose Inschrift, die lautet: »Der höchste Gott hat mich im dreiundzwanzigsten Jahr meines Lebens zu sich gerufen. Ich ziehe meine jetzige Lage der Sklaverei vor. Hier ruht der selige Samuel Fernandez Patto, gestorben am 28. Prairial des zweiten Jahres der einen und unteilbaren Französischen Republik.« Genau das, was zusammengehört: Republikaner, Atheisten und Juden.

Der Ort ist verwahrlost, aber er hat mir dazu verholfen, mir den Friedhof in Prag besser vorstellen zu können, von dem ich ja nur Bilder gesehen habe. Ich bin ein guter Erzähler gewesen, ich hätte ein Künstler werden können: Mit wenigen Strichen hatte ich einen magischen Ort errichtet, das dunkle und mondbleiche Zentrum einer Weltverschwörung. Warum habe ich mir meine Kreation entgleiten lassen? Ich hätte noch soviel mehr daraus machen können…

* * *

Ratschkowski ist wiedergekommen. Er sagte, er brauche mich noch einmal. Ich wurde ärgerlich: »Sie halten unseren Pakt nicht ein. Ich dachte, wir wären quitt. Ich habe Ihnen nie gesehenes Material gegeben, und Sie haben über meine Kloake geschwiegen. Eigentlich bin ich es, der noch etwas von Ihnen erwartet. Sie werden nicht annehmen, dass solch ein kostbares Material gratis war.«

»Sie sind es, der unseren Pakt nicht einhält. Die Dokumente waren der Preis für mein Schweigen. Jetzt wollen Sie auch noch Geld. Also gut, ich diskutiere darüber nicht, dann ist das Geld eben der Preis für die Dokumente, und Sie schulden mir noch etwas für mein Schweigen über die Kloake. Und außerdem, Simonini, wir handeln hier nicht wie auf dem Basar, Sie täten gut daran, mich nicht ärgerlich zu machen. Ich habe Ihnen gesagt, dass es für Frankreich von essentieller Bedeutung ist, das *Bordereau* als echt anzusehen, aber das gilt nicht für Russland. Es würde mich nichts kosten, Sie der Presse zum Fraß vorzuwerfen. Sie würden den Rest Ihres Lebens in Gerichtssälen verbringen. Ach ja, ich vergaß: Um mir ein Bild von Ihrer Vergangenheit zu machen, habe ich mit diesem Pater Bergamaschi gesprochen und mit

Monsieur Hébuterne, und beide haben mir gesagt, Sie hätten ihnen einen Abbé Dalla Piccola geschickt, der die Taxil-Affäre aufgezogen habe. Ich habe versucht, diesen Abbé zu finden, aber er scheint sich in Luft aufgelöst zu haben, zusammen mit all denen, die an der Taxil-Affäre mitgewirkt haben in einem Haus in Auteuil, außer Taxil selbst, der in Paris umherirrt, ebenfalls auf der Suche nach diesem verschwundenen Abbé. Ich könnte Sie des Mordes an Dalla Piccola beschuldigen.«

»Es gibt keine Leiche.«

»Es gibt vier andere Leichen hier unten. Wer diese vier in einer Kloake versteckt hat, kann leicht auch eine fünfte woanders entsorgt haben.«

Der Kerl hatte mich in der Hand. »Also gut«, gab ich nach, »was wollen Sie?«

»In dem Material, das Sie Golowinski gegeben haben, gibt es etwas, das mich sehr frappiert hat: die Idee, die Tunnel der Untergrundbahnen zu benutzen, um die großen Städte in die Luft zu jagen. Aber damit die Sache glaubwürdig wird, müsste tatsächlich mal irgendwo da unten eine Bombe hochgehen.«

»Und wo, in London? Hier ist die Métro noch nicht soweit.«

»Aber die Ausschachtungen haben begonnen, es gibt schon Tunnelbohrungen längs der Seine, und ich verlange ja nicht, dass ganz Paris in die Luft fliegt. Mir genügt es, wenn zwei oder drei Stützbalken zusammenbrechen, besser noch, wenn es ein Stück vom Straßenbelag ist. Eine kleine Explosion, die aber wie eine Drohung und Bestätigung klingt.«

»Verstehe. Und was soll ich dabei tun?«

»Sie haben doch schon mit Sprengstoff gearbeitet und haben Experten an der Hand, wenn ich nicht irre. Betrachten Sie den Fall von der richtigen Seite. Meines Erachtens müsste das Ganze problemlos gehen, denn nachts werden diese ersten Tunnel noch nicht bewacht. Aber nehmen wir an, der Attentäter wird durch einen unglücklichen Zufall entdeckt. Wenn er ein Franzose ist, riskiert er ein paar Jahre Gefängnis, wenn er ein Russe ist, bricht ein französisch-russischer Krieg aus. Darum kann es keiner von meinen Leuten machen.«

Ich wollte schon protestieren, er könne mich nicht zu einer so unsinnigen Tat drängen, ich sei ein gesetzter älterer Herr. Aber dann
überlegte ich mir: Woher kommt das Gefühl von Leere, das mich seit
Wochen erfüllt, wenn nicht aus der Tatsache, dass ich kein Protagonist
mehr bin?

Wenn ich diesen Auftrag annähme, wäre ich wieder an vorderster
Front. Ich würde daran mitwirken, meinem Prager Friedhof Glaubwürdigkeit zu verschaffen, ihn wahrscheinlicher zu machen, also
wahrer, als er es jemals war. Noch einmal würde ich – ich allein –
eine Rasse besiegen.

»Ich muss mit der richtigen Person reden«, antwortete ich. »In ein
paar Tagen hören Sie von mir.«

* * *

So habe ich Gaviali wieder aufgesucht, er arbeitet noch als Lumpensammler, aber dank meiner Hilfe hat er jetzt saubere Papiere und ein
bisschen Geld beiseite gelegt. Leider ist er in weniger als fünf Jahren
schrecklich gealtert – die Teufelsinsel hinterlässt ihre Spuren. Seine
Hände zittern, und er kann nur mit Mühe das Glas heben, das ich ihm
großzügig mehrmals gefüllt habe. Er bewegt sich steif und kann sich
kaum noch bücken, so dass ich mich frage, wie er die Lumpen auf-
sammelt.

Mein Vorschlag erfüllt ihn mit neuem Leben: »Es ist nicht mehr so
wie früher, als man bestimmte Sprengstoffe nicht benutzen konnte,
weil sie einem keine Zeit ließen, sich zu entfernen. Heute macht man
alles mit einer guten Zeitbombe.«

»Wie funktioniert die?«

»Ganz einfach. Man nimmt einen gewöhnlichen Wecker und stellt
ihn auf die gewünschte Zeit ein. Wenn es soweit ist, löst der Zeiger
einen Mechanismus aus, und statt dass der Wecker läutet, aktiviert er,
wenn er richtig verbunden ist, einen Zünder. Der Zünder aktiviert die
Ladung und bumm. Wenn Sie schon zehn Meilen entfernt sind.«

Am nächsten Tag brachte er mir eine Apparatur, die in ihrer Ein-
fachheit furchterregend aussah. Wie konnte dieses feine Gewirr von

Drähten und diese dicke Geheimratszwiebel eine Explosion auslösen? Doch, doch, das hat schon funktioniert, sagte Gaviali stolz.

Zwei Tage später ging ich mir die laufenden Ausschachtungen mit der Miene eines Neugierigen ansehen, nicht ohne ein paar Fragen an die Arbeiter zu richten. Ich fand eine Stelle, wo man leicht von der Straße hinuntersteigen kann und zum Eingang eines von Balken gestützten Tunnels gelangt. Ich will nicht wissen, wohin dieser Tunnel führt und ob er überhaupt irgendwohin führt: Es würde genügen, die Bombe an den Eingang zu legen, und die Sache wäre erledigt.

Beim nächsten Treffen mit Gaviali sagte ich streng: »Größte Hochachtung vor Ihrem Wissen, aber Ihre Hände zittern, und Ihre Beine versagen, Sie könnten da nicht hinuntersteigen, und wer weiß, was Sie mit den Drähten anrichten würden.«

Seine Augen wurden feucht. »Ich weiß, ich tauge zu nichts mehr.«

»Wer könnte die Arbeit für Sie machen?«

»Ich kenne hier niemanden mehr, vergessen Sie nicht, meine besten Genossen sind noch auf der Teufelsinsel, und Sie haben sie dorthin geschickt. Also übernehmen Sie nun auch die Verantwortung. Sie wollen eine Bombe hochgehen lassen? Dann legen Sie sie selber.«

»Unsinn, ich bin kein Experte.«

»Man braucht kein Experte zu sein, wenn man von einem Experten instruiert worden ist. Schauen Sie sich genau an, was ich hier auf diesem Tisch aufgebaut habe, es ist unverzichtbar, um eine gute Zeitbombe funktionieren zu lassen. Ein normaler Wecker wie dieser, man muss nur den inneren Mechanismus kennen, der das Läuten zur gewünschten Zeit auslöst. Dann eine Batterie, die vom Wecker aktiviert wird und den Zünder aktiviert. Ich bin einer vom alten Schlage, ich würde diese Batterie nehmen, die sogenannte Daniell Cell. Bei diesem Batterietyp werden, anders als beim Voltaischen, vorwiegend flüssige Elemente verwendet. Es geht darum, einen kleinen Behälter zur Hälfte mit Kupfersulfat und zur Hälfte mit Zinksulfat zu füllen. In die Kupfersulfatschicht wird ein Kupferplättchen und in die Zinksulfatschicht ein Zinkplättchen eingeführt. Die Enden der beiden Plättchen stellen die beiden Pole der Batterie dar. Klar?«

»Bis hierher schon.«

Ich will nicht wissen, wohin dieser Tunnel führt und ob er überhaupt irgendwohin führt: Es würde genügen, die Bombe an den Eingang zu legen, und die Sache wäre erledigt… (S. 507)

»Gut. Das einzige Problem ist, dass man beim Transport einer Daniell Cell gut aufpassen muss, aber solange sie nicht mit dem Zünder
und mit der Ladung verbunden ist, kann nichts passieren, und wenn
sie verbunden ist, steht sie hoffentlich auf einer ebenen Fläche, andernfalls wäre der Ausführende ein Idiot. Für den Zünder genügt eine
beliebige kleine Ladung. Kommen wir nun zur eigentlichen Ladung.
Früher, Sie werden sich noch erinnern, habe ich noch das Schwarzpulver gelobt. Vor etwa zehn Jahren ist aber nun das Ballistit erfunden
worden, zehn Prozent Kampfer und Nitroglyzerin und Kollodium zu
gleichen Teilen. Am Anfang hatte man das Problem der leichten Ver-
dunstbarkeit des Kampfers und somit der Instabilität des Produkts.
Aber seit es die Italiener in Avigliana produzieren, scheint es zuverläs-
sig zu sein. Ich wäre noch unentschieden, ob ich nicht lieber das in
England erfundene Kordit nehmen soll, bei dem der Kampfer durch
fünf Prozent Vaseline ersetzt worden ist und für den Rest achtund-
fünfzig Prozent Nitroglyzerin und siebenunddreißig Prozent Schießbaumwolle mit Aceton-Zusatz, das Ganze in spaghettiähnliche Stäb-
chen gepackt. Mal sehen, was ich nehmen werde, die Unterschiede
sind nur gering. Also, zuerst muss man am Wecker die gewünschte
Uhrzeit einstellen, dann verbindet man den Wecker mit der Batterie
und diese mit dem Zünder, dann den Zünder mit der Ladung, und
dann zieht man den Wecker auf und setzt ihn in Gang. Ich empfehle
dringend, nie die Reihenfolge der Operationen umzukehren, denn es
ist ja wohl klar, wenn man erst verbindet und dann den Wecker in
Gang setzt und dann die Urzeit einstellt… bumm! Verstanden? Wenn
man fertig ist, geht man nach Hause oder ins Theater oder ins Restaurant, und die Bombe macht alles allein. Klar?«

»Klar.«

»Capitaine, ich würde nicht so weit gehen zu sagen, dass auch ein
Kind diese Bombe legen könnte, aber bestimmt kann es ein ehemaliger Offizier der Garibaldiner. Sie haben eine sichere Hand und ein
ruhiges Auge, Sie brauchen bloß die paar kleinen Handgriffe zu machen, die ich Ihnen gezeigt habe. Hauptsache, Sie machen sie in der
richtigen Reihenfolge.«

* * *

Also gut, ich mache das. Wenn ich es schaffe, werde ich mit einem Schlag wieder jung sein, fähig, alle Mordechais dieser Welt in den Staub zu treten. Und die kleine Hure aus dem Turiner Ghetto. *Gagnu*, eh? Dir werd' ich's zeigen!

Ich muss den Geruch der erhitzten Diana loswerden, der mich in den heißen Sommernächten seit anderthalb Jahren verfolgt. Mir wird bewusst, dass ich nur existiert habe, um diese verfluchte Rasse zu besiegen. Ratschkowski hat recht, nur der Hass wärmt das Herz.

Zur Erfüllung seiner Pflicht geht man in großer Uniform. Also habe ich den Frack angelegt, den ich an den Abenden im Salon Adam getragen hatte, und den dazugehörigen Bart. Fast zufällig habe ich ganz hinten in einem meiner Schränke noch eine kleine Reserve Kokain von Parke & Davis gefunden, die ich für Dr. Froïde vorgesehen hatte. Keine Ahnung, warum sie hier liegengeblieben war. Ich habe das Zeug noch nie probiert, aber wenn er recht hatte, müsste es mir einen Ruck geben. Ich habe drei Gläschen Cognac hinterhergekippt. Jetzt fühle ich mich wie ein Löwe.

Gaviali würde gern mitkommen, aber ich werde es ihm nicht erlauben, mit seinen steifen Bewegungen könnte er mich behindern.

Ich habe sehr gut verstanden, wie die Sache funktioniert. Ich werde eine Bombe legen, die Epoche macht.

Gaviali gibt mir noch letzte Anweisungen: »Und passen Sie hier auf, und passen Sie da auf.«

Was glaubt er denn, ich bin doch nicht schon gaga.

Anhang

Unnötige Hintergrundinformationen

Die einzige erfundene Person in dieser Geschichte ist der Protagonist Simon Simonini, während jedoch sein Großvater, Hauptmann Giovan Battista Simonini, keine Erfindung ist, auch wenn die Geschichte ihn nur als den mysteriösen Autor eines Briefes an Abbé Barruel kennt.

Alle anderen Personen (bis auf einige Nebenfiguren wie der Notar Rebaudengo oder Meister Ninuzzo) haben wirklich existiert und haben gesagt und getan, was sie hier sagen und tun. Das gilt nicht nur für diejenigen, die unter ihren richtigen Namen auftreten (und auch eine Figur wie Léo Taxil, so erfunden sie vielen vorkommen mag, hat wirklich existiert), sondern auch für Figuren, die nur deshalb unter erfundenen Namen auftreten, weil hier um der erzählerischen Ökonomie willen eine einzige (erfundene) Person tut und sagt, was in der realen Geschichte zwei reale Personen getan und gesagt haben.

Doch genau bedacht hat auch Simon Simonini, obwohl Ergebnis einer Collage, in der ihm Dinge zugeschrieben werden, die in Wirklichkeit mehrere verschiedene Personen getan haben, in gewisser Weise existiert. Ja, um es offen zu sagen, er ist immer noch unter uns.

Geschichte und Intrige

Der ERZÄHLER ist sich bewusst, dass der LESER in der reichlich chaotischen Handlung der hier reproduzierten Tagebücher (mit vielen Vor- und Rückblenden, wie man sie aus dem Kino kennt) den Überblick über die lineare Entwicklung der Fakten von Simoninis Geburt bis zu seinem letzten Eintrag verlieren könnte. Das liegt an der unvermeidlichen Differenz zwischen *story* und *plot*, wie man heute sagt, oder schlimmer noch, wie die russischen Formalisten (alles Juden) sagten, zwischen *fabula* und *sjužet* oder *Intrige* im Sinne von Handlungsverwicklung. Auch der Erzähler hat, um die Wahrheit zu sagen, oft Mühe gehabt sich zurechtzufinden, aber er glaubt, dass ein guter Leser auch von diesen Feinheiten absehen und trotzdem die Geschichte goutieren könnte. Doch für den Fall eines übermäßig strengen Lesers oder eines mit nicht fulminanter Auffassungsgabe folgt hier eine Tabelle, aus der die Verhältnisse zwischen den beiden Ebenen ersichtlich werden (die es freilich in jedem Roman gibt, der – wie man früher sagte – *gut gemacht* ist).

In der Spalte *Intrige* steht die Abfolge der Tagebuchseiten, die den Kapiteln entsprechen, so wie der Leser sie liest. In der Spalte *Geschichte* wird dagegen die reale Abfolge der Ereignisse rekonstruiert, die Simonini oder Dalla Piccola zu verschiedenen Zeiten heraufbeschwören oder rekonstruieren.

Kapitel	Intrige	Geschichte
1. Der Passant, der an jenem grauen Morgen	Der Erzähler beginnt Simoninis Tagebuch mitzulesen	
2. Wer bin ich?	Tagebuch 24. März 1897	
3. Chez Magny	Tagebuch 25. März 1897 (Erinnerung an die Mahl- zeiten im Magny)	
4. Großvaters Zeiten	Tagebuch 26. März 1897	1830–1855 Kindheit und Jugend bis zum Tod des Großvaters
5. Simonini als Carbo- naro	Tagebuch 27. März 1897	1855–1859 Arbeit bei Notar Rebaudengo und erste Kontakte mit Geheimdiensten
6. Im Dienst der Dienste	Tagebuch 28. März 1897	1860 Gespräch mit den Chefs der piemon- tesischen Sicherheitsdienste
7. Mit den Tausend	Tagebuch 29. März 1897	1860 Auf der *Emma* mit Dumas Ankunft in Palermo Begegnung mit Nievo Erste Rückkehr nach Turin
8. Die Ercole	Tagebuch 30. März bis 1. April 1897	1861 Nievos Verschwinden Zweite Rückkehr nach Turin
9. Paris	Tagebuch 2. April 1897	1861 ff. Erste Jahre in Paris
10. Dalla Piccola ist perplex	Tagebuch 3. April 1897	
11. Joly	Tagebuch 3. April nachts	1865 Im Gefängnis, um Joly zu bespitzeln Falle für die Carbonari

515

Kapitel	Intrige	Geschichte
12. Eine Nacht in Prag	Tagebuch 4. April 1897	1865–1866 Erste Version der Szene auf dem Friedhof in Prag Begegnungen mit Brafmann und Gougenot
13. Dalla Piccola erkennt sich nicht wieder	Tagebuch 5. April 1897	
14. Biarritz	Tagebuch 5. April vormittags	1867–1868 Begegnung mit Goedsche in München Mord an Dalla Piccola
15. Dalla Piccola redivivus	Tagebuch 6. und 7. April 1897	1869 Lagrange spricht von Boullan
16. Boullan	Tagebuch 8. April 1897	1869 Dalla Piccola bei Boullan
17. Die Tage der Kommune	Tagebuch 9. April 1897	1870–1871 Krieg und Pariser Kommune
18. Protokolle	Tagebuch 10. und 11. April 1897	1871–1879 Rückkehr von Pater Bergamaschi Bereicherung der Friedhofsszene Mord an Joly
19. Osman-Bey	Tagebuch 11. April 1897	1881 Begegnung mit Osman-Bey
20. Russen?	Tagebuch 12. April 1897	
21. Taxil	Tagebuch 13. April 1897	1884 Simonini begegnet Taxil
22. Der Teufel im 19. Jahrhundert	Tagebuch 14. April 1897	1884–1896 Die Geschichte von Taxil, dem Antifreimaurer

Kapitel	Intrige	Geschichte
23. Zwölf gut verbrachte Jahre	Tagebuch 15. und 16. April 1897	1884–1896 Dieselben Jahre aus Simoninis Sicht (in diesen Jahren trifft er die Psychiater im Magny, wie in Kapitel 3 berichtet)
24. Eine nächtliche Messe	Tagebuch 17. April 1897 (bis zum frühen Morgen des 18. April)	1896–1897 Ende der Taxil-Affäre 21. März 1897: Schwarze Messe
25. Klarheit gewinnen	Tagebuch 18. und 19. April 1897	1897 Simonini begreift und liquidiert Dalla Piccola
26. Die Endlösung	Tagebuch 10. November 1898	1898 Die Endlösung
27. Abgebrochenes Tagebuch	Tagebuch 20. Dezember 1898	1898 Vorbereitung des Attentats

Сергѣй Нилусъ.

Великое

въ маломъ

и

АНТИХРИСТЪ,

какъ близкая политическая возможность.

ЗАПИСКИ ПРАВОСЛАВНАГО.

(ИЗДАНІЕ ВТОРОЕ, ИСПРАВЛЕННОЕ И ДОПОЛНЕННОЕ).

ЦАРСКОЕ СЕЛО.
Типографія Царскосельскаго Комитета Краснаго Креста.
1905.

Erste Ausgabe der Protokolle der Weisen von Zion

Postume Fakten

1905   In Russland erscheint die dritte Auflage des Buches *Das Große im Kleinen und Der Antichrist als nahe politische Möglichkeit* von Sergej Nilus, in dem ein Text mit folgenden Worten vorgestellt wird: »Von einem persönlichen Freund, der jetzt verstorben ist, wurde mir ein Manuskript übergeben, das mit außerordentlicher Präzision und Klarheit den Plan einer finsteren Weltverschwörung beschreibt… Dieses Dokument kam vor etwa vier Jahren in meine Hände, zusammen mit der absoluten Garantie, dass es die wahrheitsgemäße Übersetzung von (originalen) Dokumenten ist, die einem der einflussreichsten und höchsten Eingeweihten der Freimaurerei von einer Frau gestohlen worden sind… Der Diebstahl geschah am Ende einer geheimen Sitzung der ›Initiierten‹ in Frankreich – einem Lande, das als Brutstätte der ›jüdisch-freimaurerischen Verschwörung‹ gilt. Denen, die sehen und hören wollen, wage ich dieses Manuskript zu enthüllen, es trägt den Titel *Die Protokolle der Weisen von Zion*.«
Die *Protokolle* werden sofort in sehr viele Sprachen übersetzt.

1921   Die Londoner *Times* entdeckt die Ähnlichkeiten mit dem Buch von Joly und entlarvt die *Protokolle* als Fälschung. Trotzdem sind sie seitdem immer wieder als echtes Dokument veröffentlicht worden.

1925   Hitler, *Mein Kampf* (I, 11): »Wie sehr das ganze Dasein dieses Volkes auf einer fortlaufenden Lüge beruht, wird in unvergleichlicher Art in den von den Juden so unendlich gehassten ›Protokollen der Weisen von Zion‹ gezeigt. Sie sollen auf einer Fälschung beruhen, stöhnt immer wieder die ›Frankfurter Zeitung‹ in die Welt hinaus: der beste Beweis dafür, dass sie echt sind… Wenn dieses Buch erst einmal Gemeingut eines Volkes geworden sein wird, darf die jüdische Gefahr auch schon als gebrochen gelten.«

1939   Henri Rollin, *L'Apocalypse de notre temps*: »Man kann sie als das weitest verbreitete Buch der Welt nach der Bibel bezeichnen.«

Bildnachweis

S. 149: *Sieg bei Calatafimi*, 1860, © Mary Evans Picture Library/Archivi Alinari

S. 193: Honoré Daumier, *Ein Tag, an dem man nicht zahlt…* (*Le Public au Salon*, 10, für *Le Charivari*), 1852 © BnF

S. 407: Honoré Daumier, *Unglaublich, da gibt es Leute, die trinken Absinth in einem Lande, das so guten Wein produziert!* (*Croquis parisiens* für *Le Journal amusant*), 1864, © BnF

S. 433: *Le Petit Journal*, 13. Januar 1895 © Archivi Alinari

Alle anderen Illustrationen sind dem Bildarchiv des Autors entnommen.

Inhalt

1. Der Passant, der an jenem grauen Morgen   7
2. Wer bin ich?   11
3. Chez Magny   39
4. Großvaters Zeiten   59
5. Simonini als Carbonaro   101
6. Im Dienst der Dienste   117
7. Mit den Tausend   137
8. Die »Ercole«   167
9. Paris   189
10. Dalla Piccola ist perplex   199
11. Joly   201
12. Eine Nacht in Prag   225
13. Dalla Piccola erkennt sich nicht wieder   249
14. Biarritz   251
15. Dalla Piccola redivivus   271
16. Boullan   275
17. Die Tage der Kommune   279
18. Protokolle   307

19.	Osman-Bey	321
20.	Russen?	329
21.	Taxil	335
22.	Der Teufel im 19. Jahrhundert	355
23.	Zwölf gut verbrachte Jahre	389
24.	Eine nächtliche Messe	441
25.	Klarheit gewinnen	465
26.	Die Endlösung	477
27.	Abgebrochenes Tagebuch	499

Anhang

Unnötige Hintergrundinformationen 513

Postume Fakten 519

Bildnachweis 521